临界点 7

第十届
未来科幻大师奖
精选集

未来科幻大师奖组委会 编

重庆出版集团 重庆出版社

图书在版编目(CIP)数据

临界点.7,第十届未来科幻大师奖精选集/未来科幻大师奖组委会编.—重庆:重庆出版社,2023.10
ISBN 978-7-229-17824-6

Ⅰ.①临… Ⅱ.①未… Ⅲ.①幻想小说—小说集—中国—当代 Ⅳ.①I247.7

中国国家版本馆CIP数据核字(2023)第133644号

临界点7:第十届未来科幻大师奖精选集
LINJIEDIAN 7: DISHIJIE WEILAI KEHUAN DASHIJIANG JINGXUAN JI
未来科幻大师奖组委会 编

责任编辑:邹 禾　王靓婷　崔明睿
责任校对:何建云
封面插图:温玉南

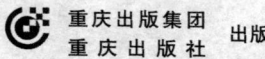
重庆出版集团
重庆出版社 出版

重庆市南岸区南滨路162号1幢 邮编:400061 http://www.cqph.com
重庆市国丰印务有限责任公司 印刷
重庆出版集团图书发行有限公司 发行
E-MAIL:fxchu@cqph.com 邮购电话:023-61520646
全国新华书店经销

开本:890mm×1230mm　1/32　印张:15.5　字数:440千
2023年10月第1版　2023年10月第1次印刷
ISBN 978-7-229-17824-6
定价:75.00元

如有印装质量问题,请向本集团图书发行有限公司调换:023-61520678

版权所有　侵权必究

目 录

三等奖作品

王岑岑　通天塔之祭 / 003

牛煜琛　至爱西比尔 / 045

黑无常的头发　铜偶 / 093

二等奖作品

钱禹坤　石城浮生 / 141

黑肺　转移 / 171

一等奖作品

非淆　契阔 / 219

15强入围作品

毛植平　布巴 / 239

白楼观　髓刻 / 261

卧豚　接入障碍 / 292

阿放　群星 / 321

番茄尼基	天降男友 / 347
陈菁	失恋诊疗 / 394
欧阳不修	以太之歌 / 443
泥碟	打地鼠 / 463

三等奖作品

通天塔之祭

王岑岑

楔子

像只崩坏的木偶娃娃，他的四肢散落于半个人行道。在某项交易谈成后的三天里，他被折磨得相当惨烈。

黑色碳钢液压肌肉纤维和电泳臂丛神经，一丛丛钻出爆裂的皮肤，松散如女人的发丝。高硬度树脂手指，融化成奇异的一团——这手指上的身份指纹戳已留在了天蓝色协议上。

他是谁？

哦对了，谁都看不到他腹部中央的那道贯穿性伤口，深得能让十二指肠和微型动力泵流淌一地。清澈的脑脊液正从他僵硬的口鼻处缓缓涌出，混杂着几十枚罂粟籽大小的虚拟刺激植入物。

他双眼未阖，直勾勾瞪着天幕，看不出眼球是哪家公司出品的，湛蓝色的重启画面后系统彻底崩盘，从两小粒地球褪成黯淡的玻璃珠子。一只苍蝇降落在光滑的球面上踱步。

他是谁？

如果有人将他翻个面，会发现他后颈第一节脊椎上的要害部位——

那储存电子序列数的秘密之地早已空空如也。

他是谁？他可能曾经意气风发，抑或野心勃勃，坚信不疑这里是属于他的城市，直到它在背后捅了他一刀。

所以现在他谁都不是。这就是路明达这座城市最可悲的地方。

一

"是你接的单吗，本杰？搞得太血腥了吧啧啧……"马克西朝窗外努嘴，装模作样嘲弄我。他从吧台后伸出手臂，皮肤上那些被尽数漂白抹去的教派刺青，如今只剩模糊痕迹。

我皱眉递给他空酒杯："别拿我逗乐子了老马，我只是一个承接序列数调制业务的小人物。'赏金死神'的业务，我们可不敢抢。"

革命酒吧里人还很少，黄昏远不是它该热闹的时候。我喝纯麦芽威士忌，把玩手里的卡片，折叠液晶纸面空无一字，孤零零印着一枚身份指纹戳。这是今天谈成的唯一一笔生意。

我对着吧台后沾满指纹和污渍的镜子看了看自己——灰色风衣，风帽，从眉骨处生长出的灰色镜片，以及为了避免在一切物体上留下指纹而改装过的仿生手部皮肤——我从事的职业，在路明达这样一个地方，也算见不得光的灰色产业。

朝窗外望去，这里的天幕永远是铁灰色，偶尔会有一点青光。就在这片虚拟天幕下，几乎没人不在拼命追求改造躯体——将自己改装成肉体、碳钢、树脂和二氧化硅的混合体，这是自打电子序列数发明以来，路明达人贫瘠的生活中排名第二的乐趣。

真的，不论是强化义肢上嫁接着用大半个原生肉体换来的 M14 枪膛的行乞者，还是用人造复眼追踪路人行径的盲眼区原住民，甚至那些长着兔耳的不满十岁的洛丽塔，全都一样。

而排名第一的乐趣，则是眺望富士通天塔——那座高耸入云的建筑物,是顶级富豪们居住的天堂,也是让路明达上百万穷鬼辗转反侧的春梦。因为在那里,没有一个人需要肉体。他们早就上传了意识,终日漂浮在永不日落的云端。

"眺望"——远大于字面意思,背后隐含路明达人虚伪的唾弃、焦灼的渴望和缥缈无迹的梦想。

近几年,通天塔向广大贫民区放出消息,鼓励所有居民选择大带宽的植入式脑机入网。摩天高楼般巨大的虚拟偶像朱曼丽第12代,将它们能映照出完整人脸的润泽朱唇凑近每一个路过的观众,忘我演绎着另一个世界/天堂的极致美好。

马克西对此不屑一顾:"没几个路明达穷人负担得起这个。他们连个像样的虚拟刺激植入手术都负担不起,多半用的还是盗版。"

也确实,现在西街的路边小店还提供老式的模拟刺激服务,这意味着你要接受药剂、催眠等一系列花里胡哨的玩意儿。只有上了年纪兜里又没几个子儿的老人家喜欢在这里消磨时间。

这当儿,他的瘦脸上,蛛丝一样的手术线辐辏在眼眶边缘。"刚换的,"他像孩子一样忍不住地炫耀,"日本松下的体验版,有将近270度的视域,夜视能力也非常棒。每周都有上百种新滤镜可以下载。"

十年前,他还是个刚从新西西里偷渡到路明达的乡巴佬,整天披着模仿约翰·列侬的大坎肩,喜欢哼哼唧唧"杀死黛安娜"的垃圾歌曲。但某一天他在倒戈酒吧里为了四磅"蝴蝶刃"兴奋剂和西街帮派打了个蠢得让人伤心的赌,并输掉了自己的四根手指之后,马克西开始成为了一个真正的路明达人。现在半条西街的产业都在他的直接或间接的掌控之下。

"明姬最喜欢这种,如果她还在的话。"我喃喃道,声音只有我自己才能听见。

是的,朴明姬。一个小太妹,在向强化代肢供料的西街陶瓷厂干过,也是厂子的终结者。从骨子里透出一股疯狂的劲儿。让西街陶瓷厂爆炸以至于报废,就是她的杰作之一。

几年前她和马克西一见钟情,开始变得更像普通女性,她放弃更换过于前卫的鳄鱼瞳,虹膜的颜色也固定为比较稳重的暗绿色。

但马克西暂时离开的某一天晚上,她失踪了。第二天,五个扎得整整齐齐的白色编织袋漂浮在环城而过的黑水河上,里面塞着她苍白而修长的胳膊,以及身体的其他部分;她手里还紧攥着她自己刚换的索尼公司出品的眼睛,那是保存得最完整的部位。

马克西在河边站了一天一夜,眼泪掺在路明达肮脏的雨水里,顺着他青紫的眼眶往下流,一直流过他刚失去了四根手指的包着纱布的手掌。寒气在他紧握着的塑胶袋上凝结出了乳白无瑕的一层膜。那是四磅高纯度的"蝴蝶刃",从倒戈酒吧的赌场里赢来的。有人传说,那是他后来发家的根本。

那之后,他消失在西街帮派争斗的涡流之中。直到两年前我再次遇见他时,他俨然已经是西街的最大头目之一。大名鼎鼎的桥洞族"换脸师"崔用植在他全身上下动了一百多刀,还彻底改编了马克西的部分电子序列数,将身体接受移植物的排异反应阈值降到了最低。

眼下,他懒散靠在吧台边,上身赤裸,腰侧满是用成光蛋白质文出的狂野图腾,在昏黄灯晕下闪着微光。四根树脂手指敲得酒杯嗒嗒直响:"老伙计,告诉我,你有什么新打算?"

"我?"我一口干了威士忌,对自己的倦怠心态供认不讳,"可能退休吧。"

"退休?你是不是忘了什么?"马克西的脸部肌肉慢慢收紧,"我们说好的,我给你牵线搭桥,介绍生意。而你的承诺是什么?劳驾动动你的嘴。"

我无奈摊手:"……帮你查明姬的事。我当然没有忘,她也曾是我的好朋友。"

"曾是?"他突然凑近我,松下版眼睛特有的竖瞳在他的虹膜内转动,让我印象深刻，盯着猎物的鳄鱼才有这种眼神，"以为过了这么多年，我已经忘了？明姬到底是怎么死的？我知道她不可能卖掉自己的序列数！你们谁都别想用那套狗屁说辞来糊弄我。"

第一次在那件事后从他嘴里听见明姬的名字。在这之前，我以为直到死都不会再听见了。

他一直没有放弃去寻找真相，明姬惨死的真相。在这一点上，马克西像阿拉伯马一样执拗，我对他的所有劝解全是白费劲。毫无疑问，长久压抑的愤怒一直是马克西的内驱力。每当陷入倦怠无聊的境地，马克西就要掘出这些仇恨，像焚烧一块珍藏了亿万年的煤炭。这是他和其他路明达人不同的地方。当绝大多数人昏昏欲睡的时候，马克西会去做那个点燃打火镰的人。当然，最终要不要点起这把火，得由他说了算。

说到序列数，是的，每一个路明达居民自出生起就拥有自己的电子序列数。但他们自己都不清楚是哪些数字，只有打开后颈第一节脊椎才能看见这些编号。

根据路明达的官方说法："序列数，又称电子 DNA，是自然 DNA 的电子拷贝，由 DNA 遗传信息通过二进制整合而成的长数列。电子 DNA 可以翻译出生物体蛋白质，通过调适也可以翻译出无机物形态，方便身体改造。其长度约等于寿命长度。后来人们发现，电子 DNA 上的端粒可以融合另一条电子 DNA 端粒，从而延长宿主的寿命。"

"用序列数延续寿命"这个说法一直让我觉得漏洞重重。但无论真谬，"群体的共识"就是最好的硬通货，谁叫整个路明达都买这个账。有关序列数的买卖交易和一系列违法犯罪行为像蜜糖吸引苍蝇一样让无数人为之疯狂。路明达有那么一小撮"赏金死神"，个个都能不择手段从走投无路者那里搞来协议，挥动镰刀收割他们的序列数，基本上跟了结性命没什么差别。而序列数的买家，永远藏在重重伪装之后，都是潜伏在深水中的人物。

我沉默饮酒，任凭心中的空洞吹起漫长的叹息。路明达越是喧嚣拥挤,我心里的空洞就被侵蚀得越深。

"嗨……"一个轻柔女声。抛开她犹豫不决的语调,嗓音活像那个早年火遍路明达的女歌星,朱曼丽。

是柳瑟玛。典型的西区女人,红色长发,刷白色睫毛膏,手包上挂着虚拟刺激偶像泰穆尔·王的一串闪光大头像,腕上戴一块连接着银行账户的客户追踪器,便于她的日结客户随时将她召唤到带有大按摩池的温泉享乐区。

我很不喜欢这身装扮。看得出来,她也不喜欢。

"喝一杯?都算我账上。"马克西对这个女人循循善诱,"你知道该怎么做吧,亲爱的?"

柳瑟玛抿了抿丰满的嘴唇,低声说:"如果不能回头,请将酬金都打进我弟弟的账户。"

她的苦涩眼神丝毫没有破坏马克西的快意。他举起酒杯,悄声耳语:"你一定会成功的,我的美人儿。你这样一枚诱人的香饵,没有人会不上钩……"我不知道他跟这个女子许下过怎样美妙的诺言,但马克西丝毫不吝甜言蜜语,活像引诱船员开向大漩涡的海妖,这并不是个好征兆。我忍不住担心起她的命运。

柳瑟玛离去的背影有点像莫奈笔下的一朵睡莲,稍不注意就会淹没在背景中。然而一旦微风吹动涟漪,这朵睡莲的根便能深深植入池塘,钻入你的脑海。

"托我那位特别线人的福,终于要收网了伙计,"马克西的声音引回我的注意力,"老父亲可没空再陪他们兜圈子了。"

"线人?你是指,那个免费给你提供线索却又知名不具的黑客?"确实,马克西有提过那么几次,每当他调查陷入瓶颈时,就会出现一封匿名信带他走向新的方向。"路明达竟会有此等大好人,"马克西总是啧啧赞叹,"或者说,一名高智商的疯子,与这个烂到家的地方格格不入。"

马克西没有搭理我。他动作呆滞,眼神黯淡。这正是"灵魂出窍"

的模样——马克西的真正意识已经上传，正沿着路明达的无数线路和暗网驰骋，如一只逡巡的老鹰，深入网络的暗穴与深渊，细致确认自己棋盘上的每一颗棋子。

现实中的马克西进入了自动驾驶模式，模拟意识流体暂时接管了他的躯体。信号延迟造成的几秒钟卡顿后，我发现面前站着一个动作流畅的小混混，醉眼惺忪瞧着柳瑟玛的背影，打量那随着步伐微微晃动着的细瘦的腰肢、丰满的臀部和挺拔的小腿。

为了将马克西扮演得更加惟妙惟肖，这个模拟意识流体假装从牙缝里嗤声："装得像个纯情小明星，其实还不是做过人体力学整容手术！"

二

如果你能够克服两百二十五米高度带来的轻微恐惧站在路明达的封闭式人工穹顶边缘往下俯瞰，夜晚的路明达甚至能称得上美丽。

经济大鳄们的办事处、市政府、官方商贸区所在的中心地带吞吃了大部分的电力，反刍出的通明灯火肆意向周围泼洒，甚至能有星点烧入靠近西街的周边区域。

在护城河以及三道戒严的电网的护卫下，右区如集成电路板一样闪烁着蛛丝般纤细的灯光，差不多和左区完全隔离。若你能不去理会头顶上几万伏的电流像巨大的树蟒般在钢铁线路盘根错节的泥沼中穿梭，无视其发出的过时的轰鸣和呼啸，向西边远眺，那么你大概能看出一点端倪。左区，尤其是左区最繁华的地带——西街，从来没有接过一根政府的电线，但是却能夜夜像罂粟一般盛放，几乎和富士通天塔周边一样斑斓。

晚上我和马克西同时出现在西街赌场。他是老板，我则兑现自己该死的承诺，尽责扮演他的厉害心腹。

马克西正坐在赌桌旁，双手抱臂，咧着嘴角，双眼死死盯住对面的骷髅人。这一整年，马克西像一条多疑固执的猎犬，为了挖出明姬的真正死因而东闻西嗅，拼凑出一条线索链条，最后直指这个人——康尔乔·高。

西街有传闻，康尔乔贩卖一切，包括人，他也并不在意是囫囵整个儿，还是拆散了再卖。明面上，他做改编和自愿出让序列数的生意，协议和手续都挺齐全，就算警察找上门也能全身而退。但暗地里，没人知道他到底在搞什么勾当。

我也试图看向康尔乔，很快就觉得不忍直视。"骷髅人"原本指的是那些在东亚区重工业工厂里得了皮肤置换症的人，现在则成了康尔乔·高的专名。他是头一个能在症状初期就控制住病情的人。性命是保住了，但他的全身皮肤变得像玻璃一样透明无瑕，肌肉、骨骼、内脏全都看得一清二楚，变成一个活生生的生物课模型。

"别那么看着我，"康尔乔·高搔了搔自己光溜的头皮，"我会像少女一样不好意思的，当然前提是她也搞到了一双绝版的蔡司鳄鱼眼。"

他露齿灿烂一笑，紧绷的皮肤印透出鲜红的咬肌和蛋白色的下颌骨。除了马克西外的所有人都巧妙地转开了视线，而这绝不是因为他的蹩脚幽默。

"马克西，我的好朋友，听说你帮我们解决了一个重要的订单。"康尔乔说，"没想到发布在赏金暗网上的信息也能被你挖到。"

马克西挥手拍了拍我："这得归功于我的雄鹰，老康。我身边这位，就是一个该死的赏金死神。别大意我的好小伙们，这城市里可能有百来个失踪人口跟他脱不了干系。"

一阵粗俗的哄堂大笑，也许听出了马克西在唬人。我礼貌沉默，将碳钢手指隐入前胸暗袋，尽量保持神秘莫测。

康尔乔突然鼓了三下掌，躁动戛然而止。

"真是妙极了，"他皮笑肉不笑地转向我，"那么我的死神先生，是否透露一下这次货物的信息？"

我抽出手来，一方黑色码子怦然落在桌上，滴溜溜转定后，自动播放起全息影像：一名活色生香的红发女子，纤细身形泼洒在大半面肮脏的白墙上，被我们这群不似人类的人包围其中。

弯腰，直立，行走，跃动，像在为刽子手表演舞蹈，有种待宰羔羊般的楚楚动人。那些脆弱的动作和易碎的神情让我明白，她显然知道自己的命运。

红发女子转过身来。脸部特写，被睫毛阴影覆盖的深邃眼神。她张嘴说了句什么，全息影像没有收声。但我的脑海里听到了柳瑟玛被抹去的颤抖声音："来吧，不论你们要的是什么。"

康尔乔的嘴角幅度越扯越大，显然十分愉悦："挺符合要求。我这样一个铁石心肠的老掮客看了，也不免动心。不过能出多少，还得看买家口味。"

马克西和康尔乔达成一致的五分钟里，我被屏蔽了。他俩登录云端，交换了信任链，并共同铸下交易编码，代表这批货物从此不能被马克西单方面交易或处置。

我捡回码子，内存早被锁定，下一批客户才有权限打开。这个黑色小方块躺在左手掌心，我摩挲它的冰凉表面，感受着柔软血肉和坚硬金属之间的触碰，再狠狠握紧。

"你看起来很满意，马克西。"我望向自己的旧日伙伴。他的脸因为某种兽性的胜利而容光焕发。这不像是那张铭记着朴明姬的面孔。我本已对他足够复杂的情绪中掺入了一丝憎恶。

"这个老滑头，要跟我二八分，"马克西没理会我，转头啐出嘴里的烟草，"看我完事儿了不弄死他。"

我问："你不会真的想跟他做交易吧？"

他突然转向我："世间有什么不是交易？别怀疑我，鱼饵已经放出，好猎手可得有耐心。"

三

再次见到康尔乔远比我预想要快得多。

达成初步交易后的第三天,马克西在我耳边低语:"我们去倒戈酒吧,我给柳瑟玛植入的追踪标记有定位了。"

是夜,马克西像一支烧得正旺的火棍粗鲁捅开前方的浑浊夜色,任何引路的马仔都不需要,见到挡路的就踢开。倒戈酒吧里四处悬挂荧光棒,在他赤裸的皮肤上打出油亮的绿光。进入后厨,叮铃哐当拂开排排倒吊的厨具,再推开墙面上一道暗门,有空酒瓶当啷啷滚下台阶,弹跳到每一级都发出令人神经疼痛的回响。

"二十一级。"我默数着。那声音终于在昏暗中被潮湿的阴风吮干了。黑黢黢的隧道张嘴将探入者一一吞没,只在转向和分岔处留有嵌入式的蝇眼照明。"倒戈酒吧一直都是康尔乔的产业。柳瑟玛为什么在他那儿?按照流程,S级货品不是应该上云端拍卖会吗?"

"闭上你的嘴,先去看看才知道。"马克西的声音,如油滴一般化入随后扑面而来的鼎沸人声中,"确实可疑,康尔乔这老货不知道在玩什么把戏。"

跳跃,闪烁,狂舞,沉落,负担,回旋。上百具高热汗湿的躯体挤占满一个有限的空间,舞动,扭曲,抽搐。充满吸入式迷幻药剂的白雾从四周环绕的管道阀门中哧哧喷出,在氖气灯下蒸腾。各式各样的脸孔努力张大五官上的孔窍,将那些致幻效率达到上限的气体吸入鼻腔、口腔、咽喉、肺叶、血液,到达颅腔、脑前叶、海马体、每一根神经末梢。所有人的狂热迷乱情绪在老式模拟刺激链接中来回反馈,形成一波又一波几乎致命的强烈脉冲。

"这群玩不起虚拟刺激的穷人们……哦也是,当年我也是这种穷鬼。那会儿还没有这么先进,全是靠口服。就连这里的酒都掺了东西,不然也不会让我蠢到为了点药剂而浪费手指头。"马克西在一旁解说。

继续往前,人群开始稀落,应当说是能够站立的人越来越少。我们跨越过地上散布的三两纠缠的胴体,还有昏迷了的一人,打开了最后一道门。

我拉住马克西:"这地方有古怪,湿度太高,裸眼都辨识不出来的那种。"

"湿度""干度",我们的行话,用来标记虚拟和现实的比重。一个完全干燥的境地,就是路明达这样的荒漠,让人唇干舌燥,内心如焚。人们渴求的不多,只要一点点湿度,一点点水分,便能让他们甘心多活一些时日。我见过多少具面带满足和极乐的尸体,笑容和尸斑一样美丽绽放。但我知道,他们死前所见过的绿洲一定湿润迷蒙,诱人至极。

眼前的空间突然阔朗起来,高密度的拥挤被拒之门外。看不出原来是哪里,像一间废弃的厂房,穹顶开得很高,从正中的天窗投下一束布满灰尘的稀疏夜光,在地上照出圆斑。四周堆满了厚厚一层瓦砾残片。

康尔乔坐在圆斑内,光头闪闪发亮,像一条潜伏在深海底等待猎物的安康鱼。

"老康,"马克西挂起一副假惺惺的笑脸,"别来无恙啊,没想到在这里相遇。我们可能走错地方了。"

"马克西马克西,我正准备找你。"他冲着马克西和我身后的十数个精干打手努了努下巴,漫不经心朝自己身后三个马仔挥挥手,"不过没看出来,你是个聪明人,竟然一路找到了这里。"

一声响指,马仔摁下机关,不远处的某块光滑地面自动裂开,露出水池。一具赤裸女体横躺其中,看上去气息将尽。

我跨过一堆碎片,来到水池边。这个曾被一堆庸俗衣物包装过的应召女郎而今浸泡在冷却池和苍白月光里,像个破败的洋娃娃,一团糟,但依然很美。

我蹲下身,发觉水里漂浮着的不止柳瑟玛一个人的体液。将她打捞起时，猩红色的血沫贴着瓷砖内壁形成小小的漩涡。我低头捧着她，像捧着一把破损的羽毛，轻轻裹进我的大衣里。她本能地瑟缩进去，一双昂贵的蔡司眼睛在失焦中显得过分朦胧。

康尔乔极其优雅地正了正自己的柞绸西装，衬领在鲜红的肌肉纤维前闪闪发亮："你知道，柳瑟玛很符合我一位大客户的要求。遗憾的是，她差那么一点点就成功了……"

他突然从那把巴洛克式复古椅子上腾空而起，再从五米高空急速俯冲下来："但糟糕的现实是，她当众反悔！还袭击客户！整个云端拍卖会被搅得一团乱！出了这么大岔子，损失谁来赔偿？"尖厉的咆哮几乎让背景影像颤动了几秒。

七八个打手冲上前将马尔西护在身后。康尔乔冷笑着转身离去，继续游魂一般飘荡在众人的头顶。我心中一凛，封闭环境里的混合虚拟刺激做得越好，且待的时间越久，人就越难保持心智正常。

康尔乔带着愠怒的声音从我的颅顶掠过："我真是太失望了。马克西，这送上门来的货，我可是看了你的面子才收的。你们事先没做好筛查？还是用她当你们的间谍或奸细？"

马克西脸上的笑容越来越真诚："绝对不可能。让我去调查清楚原因，一定会给你一个满意的答复，康尔乔先生。"

"少废话，我要你的药剂厂做补偿，否则你尽可以想象一下后果。"

马克西的假笑瞬间融化，两腮鼓成坚硬的两块，瞳孔急剧收缩。药剂厂的收入占他总收入的一半，也是他养得起众多打手、工程师、眼线和探子的重要来源之一。康尔乔咬准了要害，开价毫不留情但又在对方可承担范围之内。总之，我从来没见过能让马克西如此难以抉择的窘境。

"别那么着急亲爱的，我给你时间考虑。"康尔乔就着微光，一根根欣赏着自己手指上的筋膜，假装没有注意到马克西的眼神，"不过呢，我还是劝你弄清楚自己的位置，现在处于上风的可不是你。打手人数多，是吧？但这是我的地盘，你根本不知道这里实际湿度有多高。想在这里动手你占不了便宜。"

半空中一个响指。废弃的厂房像被吸入了一面颤抖不已的镜子,幻化成热气蒸腾的沙漠,所有人都发现自己被滚烫的流沙吞没了半截躯体,脚底似乎有庞然大物在四处蠕动,张开利齿等待着一场生吞活剥的盛宴。有马仔忍不住惨叫出声。

康尔乔轻快地悬浮于半空,注视每一张脸孔都被沙丘淹没后,才恋恋不舍换到下一场景。可能是月球,也可能是海王星。四周是遍地沙砾的光秃地表,更远处则充斥着让人疯狂的黑暗虚空。唯有康尔乔闲庭散步,蛇一般的高级瞳孔,贪婪观赏着所有人因逼真的缺氧窒息感而眼球暴凸、面如土色的景象,不时嗤笑出声。

折磨人的把戏持续了上百小时,也可能只有五分钟。如我所料,群体意志在这个虚实无间的极湿环境里简直溃不成军。

"柳瑟玛我们要带走!"我半躺在十字架上朝着康尔乔喊叫,声调高得有点不太正常,因为我很难不去注意自己手腕和脚腕上鲜血淋漓的洞口,以及正一节节敲入骨髓的粗大铸铁钉。

唯有马克西自始至终不动声色,瘦脸上依旧挂着笑:"帮我照料好药剂厂,康尔乔。等着我,你知道不会很久的。"

四

外面下起了带着粉尘的脏雨。行人很少,我开一辆刚从二手店买的福克斯,雨刷器不行。灌多了毒牛奶的愣头青在马路牙子边摇头晃脑,毫不在意半边身子被我溅湿。我转头扭开音响,开始放朱曼丽的一些老歌。裹着斗篷的柳瑟玛蜷缩在副驾上无力动弹,仿佛呼吸都没有了。

马克西对这枚意外搅局的弃子态度很明确:"做掉"。我从未忤逆过马克西,但我尊重了自己罕有的冲动,一意孤行带出了这个来历不明的女人,故意忽略马克西暴君般隐忍不发的眼神。

我不愿承认这只是一次冲动。但理智和逻辑给不了更好的理由。再过不到一周的时间我就能光明正大地退出这一行业，退休理由毫无疑点，从此远离各种肮脏漩涡。但看到柳瑟玛，我明白自己做不到了。

我从大衣深处找出带微量肾上腺素的针剂。针头轻轻弹出，如一枚刚从松针上采下的冰棱。刺入静脉的那一刻，我轻声对着柳瑟玛的侧耳问道："为什么要这样做？"

车最后停在"丽都旅店"门前。霓虹灯管拼出了这么几个大字，像阴沟里的荧光棒，有些笔画不全——没错是旅店，但更像个下三滥的公寓，走廊漆黑，地板黏鞋，除此之外基本配套设施都算齐全。

旅店老板不经常守店，但今天他在。一张颧骨突出的沿海地区的脸，从深水般的暗处静悄悄滑出来，身后跟着一个细眉塌鼻的釜山男仔。

"这里停电。"他说，"但我能用锅炉烧热水。一锅十块。为了这位急需的小姐，八块。你，活儿来了，去！"他挥手将男仔赶去了锅炉房。

一直到我打开房间，隆隆的轰鸣还在震，老式锅炉就是这样，能把整栋房子的胆汁都抖出来。

柳瑟玛几乎是挂在我脖子上，轻轻一剥便滑落下去。她失了一部分血，浑身冰冷像一条蹦上甲板的鱼。我环抱着她，沉浸入盛满温水的浴缸中。蜷曲的红发早就在汗水里褪去染料，成了乌鸦般的黑色。

外放性伤口不多，脊背和大腿遍布瘀伤。这让我想起曾在客户宅邸见过的一幅画，背景一片无知无觉的白雪，红色的梅花近乎癫狂地开放着，就像有人迎着画纸割破了自己的颈动脉。

"你需要在水里待上半小时，恢复血液循环。"我在柳瑟玛的身下垫上毛巾。

她的嘴唇恢复了一点血色："我会死吗？"

我简单地说："不会。"

我租下这个房间只有几个月，上一个房客留下的烟焦味像路明达里的所有污垢一样顽固。我坐着，嵌入式镜片很快适应了房间里的黑暗。事实上，富士通天塔一直把它通明了两个月的嘉年华灯火投入窗内，像一摊水银似的，漫过了盘结的缆线，又慢慢填满了地板上的蛙洞。

一个小时或者更长时间之后，柳瑟玛从浴室中走了出来，在昏暗的微光中显得曲线格外分明。当她脱下我唯一的浴袍后，修长的身体迅速被迎面扫来的光柱淹没了。

我轻抚着柳瑟玛的黑色头发。像日本浮世绘中的浪涛，汹涌、光滑，簌簌流过我的碳钢手指，仍然带着血的味儿。模拟生物电反馈系统向我传递了那触觉，逼真至极。

"对不起，我不是故意要背叛。"她喘息着，在叩打着窗户的雨声里战栗不已，"你知道，云上的通天塔。那是个只有买家和货物才能到场的地方，比我去过的任何地方都要可怕……"

我沉默有力地回应了她："你不会再去了，我保证。"

"但我有不得不去的理由。"她身体向后荡开浓密的黑发，像十九世纪首次分开双腿骑马的贵妇，吟诵着，无比悠长："我不想孤零零一个人……"

雨声温柔覆盖了一切。

柳瑟玛的双眼睁得大大的，我在其中看到了燃烧的暮色，和多年前在博斯普鲁斯海峡见过的相似，那时候还没哪个城市有封闭式天穹。这暮色也在她湿润的大腿间燃烧着，一直燃烧着。在最后一刻，我看见了倒悬的天空。

五

我在枕头上惊醒过来的时候，雨已经停了。柳瑟玛趴在我身边沉沉睡着，破晓时分的天光像油滴一样顺着她光滑的脊椎滑入腰沟。

我伸手去摸烟盒，空的。刚刚那个极其漫长的梦境里，我看见了朴明姬，仍然活在世上的朴明姬。她爽朗地大笑着，陶瓷厂在身后冒着浓厚的黑烟，很慢很慢却是无法抗拒地轰然爆炸。朱曼丽的歌声充满了整个背景，火花迸溅，烟柱舒缓。明姬的长发在气浪中毫无拘束地飘荡，一张精致的脸洋溢着略显疯狂的神色，比建筑物喷吐出的熊熊火焰还要明亮。

我以为还会出现马克西，但是没有。直到我醒过来都没有。梦境的末尾是一片残骸的陶瓷厂，我一个人走着，无数种颜色的陶釉被高温熔化后又凝固，将地面覆盖出疯狂的颜色，踩上去叮然作响。

马克西发迹后清算的人中，包括陶瓷厂主。尽管赌咒发誓和朴明姬的死没有丝毫关系，但他还是被马克西亲自动手，任由六粒麦格农子弹灌入自己的喉咙。

窗外的富士通天塔终于暗了下来，投下更加多的阴影，像一个抑郁症患者刚从药劲儿里缓过来。左区心脏地带的发电厂开始运作。护城河通过水泵后卷起厚厚的水花，仿佛无数死鱼翻起肚腹。

柳瑟玛在我醒来后问朴明姬是谁，很显然我熟睡后不是时时刻刻都能管住自己的嘴。

"以前的朋友。"我只能这么简短地说，"从前我们都在西街陶瓷厂里干过，后来为了另一个朋友，她朝锅炉里扔了点东西。"

"然后呢？"柳瑟玛托腮枕着我的手臂，两只光脚交替踢着空气，"发生了什么事？"

"锅炉爆炸了。那个时候的烧瓷锅炉都是互相连接的，你毁了一个，所有的锅炉都会连环反应。"我单手抚过她窄窄收束的细腰，"所以等她反应过来的时候，整座陶瓷厂车间都成了粉末。"

"听起来可太有趣了！"柳瑟玛在我手中笑得颤抖起来。

事实上是这样的。那些珐琅和釉彩在高温状态下像岩浆一般喷溅，从爆裂的锅炉中激射出无数条分岔的溪流。几十种鲜明的颜色在冲击力下互相融合，衍生出令人目眩的漩涡，紧接着又被吞并入更广阔的混乱汪洋，厚重黏稠的热气里，它们像初生的地壳表面一样慢慢冷却。最终所有的姿态凝固在某一个时刻。有人说，这是一件西街风格的艺术品。哦等等，这是马克西说的。

还有一件事情我谁都没说过，包括马克西：明姬被杀那天晚上，她最后联系过的人是我。

久远的心事掩藏太久，就成了一座废墟。除了有关朴明姬的梦魇，我还拥有过什么？我试图将自己拉回到眼下的良辰美景，便将目光转回去，眯眼看柳瑟玛舒展她优美的肢体。

"我要找一个人。"她支起上身，点燃嘴里的细长香烟。

"谁，你弟弟？"

柳瑟玛的轮廓忽然变得又冷又硬，宛如一尊苍白的石膏像。她透过缭绕的烟雾看我："是我妹妹，我从来没有过兄弟。一个洋娃娃一样漂亮的小女孩，金色头发，喜欢唱歌和跳舞。她最大的梦想就是当像朱曼丽那样的全栖偶像，让路明达所有地方都挂满她的广告牌。

"好几年前，她突然失踪了，就在她兼职的俱乐部附近。有人说看到她和康尔乔签了一份协议，之后就再也没见到过她。我曾经花了很大代价去云端大厅搜寻线索……但终究一无所获。"

她的声音里隐约带着啜泣："她失踪后过了很久，我才听说有人曾在云端拍卖会见过她，状况很不好。但拍卖会只有高权限用户才能进。所以我只能想方设法混进拍卖会里寻找她的踪迹。时间过了那么久，我原本已不再抱希望……但当新的曙光出现，我真的不能放弃……"

"所以才拿自己当诱饵？"我张开嘴想如此发问，却没有听见自己的声音，胸腔间传来了哨子般的闷响。大脑像调频失灵的收音机，潮水般的咆哮和幽灵般的低语相互混杂。仿佛有人要爬入我的脑室，占据我的魂灵与肉体。

六

意识恢复的感觉像被一火车皮煤块砸中。睁眼时，旅店老板正把一支筷子从我嘴里抽出来。我只要稍稍偏转视线就能看见他露出牛仔裤的破烂膝盖。于是我转过脸去，盘绕纠结的水管在我鼻尖之上十英尺处，如肠道一般隐匿在幽深的天花板中。

托了一针肾上腺素和抗敏剂的福，我终于不用像一条刚被从亚马逊河里钓起的大马哈鱼那样向着虚空死死咬住不存在的诱饵。

"通天塔在上，"我喃喃自语，"我一定被盯上了。"

"防止你咬断舌头，"旅店老板将筷子扔到一边，"朱曼丽当年也是哮喘发作才死的。"

他斜眼看我，仿佛在看某个曾经跟他很熟的傻蛋。

柳瑟玛脸色苍白，哭得睫毛膏被打湿了几块。我觉得自己好多了，撑着坐起来，轻抚她湿漉漉的脸："哦，这不是你的错，一定是序列数哪里出了问题。"

当这个操蛋的世界看起来不再那么对我凶神恶煞时，我的余光瞥见一张苍白的面孔自敞开的门缝一闪而过。

我一跃而起，并很快控制住了脑部暂时缺血的晕眩，因为肾上腺素像玻璃碎渣一般刺激着每根血管，抽打着运动神经系统。

快，快，快，向前跑，你这个狗娘养的！

黑洞洞的走廊里回响着锅炉技工的沉重脚步，啪嗒啪嗒，啪嗒啪嗒，好似一百瓦的白炽灯在前方引路。

"你手法太拙劣，老弟！想要干掉我，你还不如从通天塔上跳下来。"

那过厚的塑胶鞋底踩出更多耳光般的动静，急左，急右，左，右，直行到底，光裸生锈的铁梯通往天台。

"没有路走了，老弟。不如咱们坐下来聊聊。"

釜山仔急刹脚步，回头猛击，我飞身闪躲，这才注意到他瘦骨嶙峋的双手闪出带着寒光的金属锋刃。

"桀桀桀桀桀桀，"他放声大笑，"好玩，好玩！"

丽都旅店的天台前闪烁着硕大的霓虹灯管。釜山仔，或者说看上去像釜山仔的那个"人"，只手攀援着天线架，以一种动物般的灵活朝灯管顶部爬去。

"你逃不掉的，整条西街都会追杀你。"我试图跟上他的动作，但发现只有像他那样的极瘦小身材和猿猴般的身手才能做到。

在整个攀爬的过程中，釜山仔只是回望了一眼，满是轻蔑："你压根儿追不上我，穷鬼！"

"告诉我，你背后是谁，康尔乔？通天塔？"肾上腺素的药效逐渐退去，我的手脚逐渐软堕下来。

釜山仔念念叨叨地快速爬到顶端，随后以飞翔的姿势朝前扑去，干净利落，毫不拖泥带水。

有那么一瞬间我以为他会飞起来。但两秒钟后我听见楼下我的福克斯被重物砸穿的声音。

旅店老板处理此次事故的手法像冲泡劣质咖啡一样娴熟。首要确认釜山仔的身份。按西街的一般思路，如果没有权势亲属上门讨要尸体，那么将被抛入黑水河，最后的任务则留给水泵。左区有警察局，但西街不归条子管。事实上，西街不归任何官方的部门管，这里是块约定俗成的自治地。

尸体已被抬入丽都旅馆的地下室。墙面用石灰抹过很多层，从墙脚能依稀分辨出那些想要被掩盖住的流淌下来的痕迹。

"前两天吉帕妈妈给我领来的，黑移民，要价很低。"旅店老板在面前摊开的东西都是釜山仔身上的。

一盒颐和园纸烟，几张大面额纸钞，口香糖，模拟刺激盒，还有一些不值钱的杂物。模拟刺激盒的外贴不像是市面上售卖的那种，你知道，可以让使用者在幻觉里和模拟刺激明星一起去棕榈岛潜水啊享受烛光晚餐啊，或者是极限运动，或者是其他感官刺激。外贴上印着日语，只能看懂"受训"两个字。

"这人太奇怪了。我从来没遇到过这样的事情，"我收起打火机给自己点起一支烟，哪怕是刚刚从哮喘中缓过劲儿来，"你甚至摸不透他到底想干什么。"

"不是正常人。"旅店老板对着釜山仔那张扁平蜡黄的脸嘟囔着，"我尽量办利索点，明天你就在海上了。"

我一口吸掉了剩下的半支烟。"还有，告诉我，你是谁，你对序列数的事了解多少？"

"我谁都不是，就是个开旅店的。"旅店老板斜了我一眼，"我听说，序列数没有那么简单。通天塔里的人根本不需要靠你们续命，他们要的是乐子。"

我听出这其中不简单，要他接着往下说。旅店老板略带讥讽地一笑。

"我知道你们。你，马克西和朴明姬，"旅店老板将釜山仔的几缕头发从裹尸袋的拉链口上拔下来，"一个带诗集去上工的眼镜仔，一个阴嗖嗖浑身冒冷气的混血仔，还有个疯癫癫的小太妹，嗯？"

他一把拖过装好的袋子，像腋窝下夹着一大包土豆，往外走去："当时混血仔被监工头儿欺负了，小太妹为他报仇，在锅炉里加入了绝非原料的好东西，然后，砰！"

他将一袋子尸体扔进汽车后备箱，砰！一辆半旧的帕萨特，有被改装过的痕迹。

"小太妹后来遭到了报复，"砰！旅店老板将车门撞击在车框上，最粗鲁的恩客对待妓女也不过如此了，"我听说，她被通天塔里某个大人物看上了……确切地说，被这个大人物的女儿选中了。年轻，美貌，有个性……有多少缺乏趣味的女人羡慕她，只不过嘴上不肯承认，不是吗？"

他发动引擎，一股黑烟颤巍巍地钻出汽车尾部，像某个肠胃即将被切除的晚期病人挣扎着排放出最后一个屁。

然后他转头对着车窗外的我张开了嘴。

砰！

冲口而出！

旅店老板噎在嗓子眼儿里的最后一句话混合着带血的脑组织全数溅在窗玻璃上。看着脑白质和灰质的黏稠挂壁，如此热气腾腾又赤裸裸的思想，我猜他可能是想问我是否愿意跟他同行。但是没机会了。

砰！又是一枪。油箱开始往外泼洒燃油，添加剂闻起来像刚发过情的公马。

两个马仔从隐蔽处钻了出来，同时我的后脑勺上也被一只大口径的勃朗宁"大威力"死死抵住。

他们看都没看旅店老板的尸体一眼，自会有人来收拾这摊子。西街上每天都有人暴毙横尸。有负责动手的，有负责处理的，其他不在产业链上的人则什么都无需理会。

"别动。"马仔口齿不清地在我耳后根嘟囔。

"选9毫米这么夸张的口径不怕被我喷一脸吗？"我好意提醒他。

换来一枪托砸在颈动脉上，力道刚好够我昏迷一阵子。"叫你别动。"面无表情的马仔把枪别入油渍斑驳的工装裤。这是我看到的最后画面，只可惜远称不上雅观。

七

"醒得可真够慢的。"

我睁开眼，一张令人眼花缭乱的面孔悬在我鼻梁上方。

"康尔乔？"

"康尔乔没那个闲工夫管你，狗杂碎。"他说，"现在由我们桥洞族接手。"

这张脸五官扁平清秀，深入皮下的刺青相互连缀，形成宗教图腾。饱满的面颊和发亮的眉间，看上去只有二十不到，但眼神里积攒着的戾气可绝不止二十年。

"桥洞族？通天塔保佑，我跟你们从来没瓜葛。"我后颈僵硬得不行，尽量倚靠着椅背。他们从废弃轮胎上割出橡胶条，在我的喉结前绑了三个来回，让我听起来像被割喉了一样嘶哑。

这帮以黑水河桥洞和沿岸下水系统为住所的家伙们，不仅精通整容术，还像鼹鼠一样会钻洞，也爱囤积物品。我有些绝望地希冀自己别成为他们的囤货。

"康尔乔老伙计跟我们有约定，下等货由我们桥洞族先过一道手。"刺青人在我身边走动起来，一张脸上靛青偾张，映在身后门窟窿投来的光亮里，像一块西藏招魂幡。一双眼睛里有一只在黑暗中冒着鲜明的绿光："你以为自己能像大名鼎鼎的'塑料手'马克西一样，浑身簇新地走出这里，还带着他闪闪发亮的新手指，每天上十一次蜡？"

我笑得咳嗽起来，把血沫呛到嘴角："真是疯话连篇。你给塑料手做手术的时候嗑了他多少磅蝴蝶刃？"

桥洞族崇拜药物。最开始是为了手术时的麻醉，后来变成对幻觉和欣快感的强烈嗜好。提纯型的兴奋剂和致幻蘑菇是桥洞族少年们在成人礼上品尝的第一道开胃菜。马克西的药剂厂每年出产成吨的好货，有五分之一要被人口稀少的桥洞族所消费。

刺青人突然凑近我的脸，从一口腐朽的烂牙里呼出甜腥气儿："马克西现在倒像个人，你真应该看看那个时候，他带着四根新鲜可人的断指来找我们，还有一只被揍瞎的眼睛。他说他什么都可以接受。乞丐的手指，蠢货的眼球，男人的女人的，他都要，一点不挑……"

他那猫样的瞳孔里近到可以映出我扭曲的面孔："崔用植算什么！第一个在他身上动刀子的人是我！"

刺青人打了我最后一个耳光，随后给大小不一、残留着针脚的手指套上医用橡胶手套,那动作不急不缓,优美极了。

"还有和明姬度过的那一晚,真是让人永生难忘。"他喃喃细语,"如此柔软细滑的肌肤,如此比例协调的骨骼和关节……最奇妙的是那对眼睛,索尼公司破产前的巅峰杰作,能在彻底的黑暗中像猫眼一样发光……"

刺青人暂停了一会儿,允许自己短暂沉浸于往事:"一切都那么刚刚好,肢解和剖析、深入和研究……除了那个'穿'她的通天塔蠢货,把这具好躯体糟蹋得那么彻底!"

脖子上的橡胶条被粗暴收紧。我一阵强烈恶心,眼前开始发黑。

"只有我!冒着风险,给自己找回了一件有价值的纪念品……"他缓缓眨了眨眼,绿光消失随即又继续闪烁。我终于认出那是明姬的眼睛。这个无耻之徒在我面前故意炫耀这件战利品。如果说此前我还像个懦夫一样纠结逃避,妄图不被疯狂的马克西完全卷进去,此时此刻我内心深处的愤怒和仇恨已被彻底激起。

我冲他咆哮:"告诉我,明姬到底遭遇过什么?康尔乔在替通天塔做什么勾当?'通天塔不用续命,要的是乐子',到底他妈的什么意思!"

"我要是告诉了你,你打算怎么回报我……"刺青人轻柔抚摸过我的碳钢手指,不放过任何一根。最后将视线对准我的眼睛。隔着电量过低的灰色视镜,我看到他的瞳孔在急速扩张。他说:"情报可是很贵的。"

"药剂,钱,或者我身上的某个零件?"

"我难道不会自己动手取吗?"

逐渐逝去的理智如同泄洪一般,我拼命抓住最后一点清醒的时间:"不如我们做个交易?听着,马克西那里的药剂我可以给你谈下来三成的价格,或者价格更低的半成品,这在其他地方绝无仅有。如果你的兴趣是我,那么我将告诉你怎样不触发自毁程序取我的零件,或者你更喜欢和我一起相拥着炸成灰烬?"

刺青人的绿眼睛里闪过一丝野兽般的狡黠光芒,他动心了。

一定是梦境。因为我又一次看见朴明姬。她看上去还是那么年轻。那时候的马克西,手指全都是血肉做的,我也在用裸露的双眼阅读波德莱尔的诗集。一切恍如往日。或者这就是往日,永远回不去的往日。

一束月光从厂房天窗上高高投下,跌碎一地。我们并肩走在尚未被毁掉的陶瓷厂里,朴明姬以她惯用的朱曼丽声调说话,微微沙哑。

"一共 36 台锅炉,全都联在总阀门上,"她轻声发笑,还带着往日的回声,"让我们看看那些老家伙气歪了脸的样子。"她从口袋里亮出一小瓶液体,粉色的指尖叩在蜡封瓶口上嗒嗒作响。"我从一个工程师那里搞到的,强氧化剂,适合今天用。"

那时候的马克西远没有像今天这样善于玩弄言辞,他一贯沉默且忍耐。他就那么盯着朴明姬,看她像个蒙古百灵那样滔滔不绝,到最后才伸手握住她的手腕:"不用这么做。别为了我。"

朴明姬一本正经直视马克西:"好。"

看得出马克西松了口气。但对于朴明姬来说,为时尚早。

她猛地抽回手,扭头朝着厂房中央的锅炉总阀跑去。马克西伸手抓了个空,黑色的长发蹦跳着从他的指缝间跳脱,像人间难寻踪迹的黑色蝴蝶逃脱了网兜。

"回来!"他冲着朴明姬的背影大喊。

"你为什么每次都会上当!"朴明姬笑得肆无忌惮,"实话告诉你,我可不是为了你,我就爱破坏他们定的规则,这太令人兴奋了!"

随后一切都发生得如此之快。装有氧化剂的小玻璃瓶被投入了锅炉。爆炸、轰鸣、喷涌如注。熊熊火光映亮了朴明姬的双颊,她纤细的身体在疯狂蒸腾的热气后闪烁不定,漾起了波纹。她爽亮的笑声,仿佛比氧化剂更能助燃。

火花疯狂迸溅,烟柱如舞蹈般舒缓,朴明姬笑得停不下来,火势越旺她越高兴。最后她一边跳舞一边高声唱着朱曼丽的歌,孩子般转着圆圈,直到气喘吁吁。

然后我看到马克西,这个在监工嘴里被叫做"像冰库里的冻肉一样嗖嗖冒冷气的阴森小杂种",绽开了一丝微笑。这让我想到了三月份冰面上的第一条裂缝。

锅炉房爆炸后整整二十八分钟,厂子里才回过神来,派人扑救。朴明姬和马克西早已逃脱。在他们看来,这是一场注定被牢记的伟大胜利。他们在黑水河出海口的大桥前紧紧相拥,观看发电厂的巨大水泵,看它像一架巨大的绞肉机,日夜不息地绞碎着充满黑色叹息的河水。他们一直大笑,直到笑声被怒涛声所吞没。

八

三支混合着高剂量裸盖菇素的麻醉针让我经历了一场永生难忘的幻觉。桥洞族在施予麻醉方面毫不吝啬。脑子里有一点针扎似的刺痛,我知道,交易成了。不光是情报,我的脑机系统也得到升级,甚至还额外收获了几个顶级作弊补丁。当然,刺青人也从我这里得到了足够多的回报。

某个冰冷的鞋尖在我脸上踢了三下,生疼。

"这是哪里?"我脸朝上转过来,发现自己似乎置身于一座无限回旋的海螺内部,尖顶处凝成炽白色的一点,远在我目所不能及之处。轻飘飘的灵魂在高空逡巡一周后终于落地。地点不错,简直超出预期。那么,就让复仇从此处开始吧?

刚好,又是那个满是讥讽的熟悉声音:"恭喜你,你现在身处富士通天塔。像你这种人,原本几辈子都不会有如此的机会。"

是的,我知道,富士通天塔是顶级富豪们居住的天堂,也是路明达上百万穷鬼们的春梦。在那里,没有一个人需要肉体,他们早就上传了意识,飘浮在永不日落的云端。但我不知道的是,当这群金字塔尖的人们哪天心血来潮想要驾临人间,路明达会双手供奉上最鲜美的肉体,以配得上他们生而尊贵的灵魂。

全身疼痛袭来,我耻辱地弓起身体:"那个袭击我的釜山人是你安排的?真是劳您费心,想要我的命就拿去吧,我不在乎。"

他的嘴角笑成嘲讽的弧度:"你以为他们要的是你的寿命,不不不,全错!你恐怕不知道,序列数不仅仅是电子 DNA,也是路明达每个人脑机联网的端口密钥。我们这些人,包括所谓的赏金死神,主业从来都不是买卖寿命,而是狩猎肉体并供奉给顶层。"

"那为什么会有那么多人死于非命?"这个问题让我暂时忘记了恐惧,"死亡的肉体肯定是卖不出去的吧?"

"那些配置过于老旧的肉体,无法承受意识下载带来的过量冲击,造成肉体报废率上升,"他慢悠悠地解释,"不过现在技术层面正在稳定,大带宽的植入式脑机入网普及后就更好办了。取得端口密钥后,会先诱导宿主大脑自分泌过量多巴胺,让他们在极度兴奋中失去意识控制力,随后下载流就稳定多了。"

富士通天塔的高处亮起指示灯光,像一串圣诞小夜灯一样闪闪烁烁,我想起槲寄生下的亲吻。但现在只觉得胃里一阵恶心。

随后,一排吊着克隆人体的升降机从空中掠过。一具具乳白色人体显然经过完美脱模和肤色染定,在机械臂的动作中,富有韵律地轻轻摆动。

"有这么干净的克隆身体他们不用,为何要与我们这些可怜人争夺身体?"我在不祥的昏昏欲睡中挣扎,保持警醒。

"啊哈,你懂什么?"他说,"有钱人的爱好谁都捉摸不透。不过我懂,他们想要看起来与众不同,毕竟谁都不想和自己的傻瓜邻居看起来差不多,不是吗?而对改造躯壳最富创造力的莫过于你们这些住在路明达贫民窟里的朋友了。那些通天塔里的人哪,他们要新鲜、刺激,要独一无二,他们待在温室里太久,一个个蠢蠢欲动想要体验你们的生活呢。"

"所以你一直在扮演这种罪恶至极的角色？欺骗和利诱那些轻信你的人卖掉序列数——也就是端口密码——去当通天塔的玩物？明姬当年的失踪和死亡，是不是也跟你有关？"我一字一顿，讲到最后已然是咬牙切齿。

"这个嘛……"康尔乔似乎在思考怎样表达才能快速打发我，"不如说是我在帮忙。她主动找到我说想赚钱，正好也有客户选中她，两边一拍即合，两全其美。最后发生那样的悲剧，我也不想看到的。"

"你的谎言真是鬼都听不下去。如果是我，我会拉着你一起下地狱。"

"真是抱歉，我和你已经聊得够多的了，"康尔乔端详自己的指甲，懒得再看我一眼，"庆幸有人看得上你这杂种的身体吧，这样的结局对你来说，不算差了。"

他朝云端发了一个小小的指令手势。我知道，康尔乔给我找来的"好客户"要驾临了。我玩味着自己少有的嗜血冲动——从未如此渴望过胜利，失去平衡的天平两端必须重重向我这边倾斜。

就在接下来的一分钟里，我选择最为原始的肉搏战——跳起揪住康尔乔的衣领，手臂顺势箍住他的头部。他被困于我的腋下，嗡嗡地叫骂和求饶。指端同时发力，我将一粒微小的意识脏弹捅入他的鼻腔黏膜。这颗比蒲公英种籽还细碎的小东西，畅通无阻地顺着鼻道进入了康尔乔的脑子。

三、二、一。我和康尔乔同时倒下了。他浑身抽搐着。此时此刻，意识脏弹正充分释放从意识野域搜集来的冗余的神经信号并无限复制，用强光、强噪、疼痛、麻痹占据他意识中的每一寸土地，直到宕机。

但我不一样，我有我的秘密武器。和桥洞组交易得到的脑机作弊器为我的意识构筑了一个藏身的缓冲洞穴。我几乎可以看到自己的意识软体像章鱼一样收起了所有腕足，屏气凝神躲在洞中。就在此时，被康尔乔引入的意识流体气势汹汹入侵我的脑区，叫嚣着接管一切。

接下来我必须用意志战胜敌手。我要冲着它的耳朵大喊大叫，让它明白寻找幕后真相是我最迫切的目的。我忍受这一切可不是只想表演一场毫无目标的苦肉计。

我的前额叶皮层判定，这可能又是一场愚蠢的冒险。但爬虫脑窃窃私语："你要掌控局面，就没有其他选择。"在我有一半不太像人类的脑子里，电子脉冲上蹿下跳，将这一决定投射到大脑皮层，像手电筒照亮房梁上的蜘蛛网。

晕眩在减轻。"让我们出发，伙计！"我有点奇怪自己的声音在脑海中有着新伦敦的腔调，"很荣幸我依然是这具身体的主宰。抱歉，你得听我的。"

入侵的意识流体失禁了，发泄出大股苦涩的恐惧和金属酸味的愤怒，经过处理器两次换元成冗余信号，被改道成通往胃部的神经信号。我忍受了几秒钟歇斯底里的痉挛，随手彻底屏蔽掉信号流。

我继续向我想要的方向行走。自由，这该死的美好的味道，行动才是它最完美的伴侣。

这个数小时前还在私人花园里独享天然紫外线和下午茶的意识流体，终于明白过来自己在面对怎样的对手。

"停下，停下，停下……不论你这个下贱的玩意儿是谁，我都要去投诉，我要告你们链条上的每一个垃圾，让你们十倍赔偿！我要让我父亲解雇你们主管……"

在作弊程序的支持下，我的脑区处理器如虎添翼。药剂也够劲，让一块懒惰脆弱的肉体充分发挥出最大效用。

"请问，通天塔的意识处理区域应该怎么走呢？"我假装彬彬有礼。

"西街乡巴佬，别想从我这里搞到任何信息，别想！"

"哦，遵命。"我一边虚伪应答，一边指挥处理器接管意识流体的记忆库存，提取关键信息。

记忆被成功复制了。新的脉冲像烟花一样激活了我的相关脑区，意识流体显然也观测到了："你这卑鄙无耻的小人，狗娘养的西街鬼！我鲍比二世要命令你，我要指挥你……"

"闭嘴！"我在脑子里咆哮，那个哼哼唧唧的意识流体萎靡下来，瑟缩在角落，像个不知所措的痴肥裸男。

面前大门紧锁，像镶嵌在墙上的平整水面，一串串数据流潜伏水下，荡漾出做作的粼粼波光。从鲍比记忆库中传来的信息告诉我，这扇门是通往云端拍卖会的内部通道。

"鲍比，打开这扇门，"我尽量心平气和地跟意识流体交谈，"我会让你安全下线。否则……"

代表痛感的模拟信号闪现，0.2秒，足以让意识流体体验一场颅内的火焰焚烧。

它像被踩到尾巴的猫一样惨叫起来："我不知道，真不知道，求求你……"

我发现手指开始有点不听使唤，视镜中滴淌下雨水般的模糊纹路。预兆略显不详，这些意识流体必定有报警求救的后门，自己可能已成为陷入蛛网上的一粒飞虫。我告诫自己，进度要加快！

保持沉默，我直接调高了阈值和时长。整整九十秒，在意识流体看来几乎是持续一个星期的折磨。通天塔内的某个房间里，某具完美无缺的应用肉体应该正在痛苦抽动，但那光滑健康的肌肤上不会留下任何一点痕迹。意识是意识，肉体是肉体。他们就是这样同时保证了精神上的高潮和身体上的绝对安全。

意识流体有些奄奄一息："狗杂种，你赢了……想要钱的话，直接联系这个线路，他们会满足你……"

"我不要钱，钱对我毫无用处。我要你告诉我怎么打开这扇门。"

这条丧家犬缴械投降，它倾囊而出的信息立刻被处理器吃干抹净。接下来的一分钟，我知道了每一个细节。

"谢谢你，鲍比。你爸爸一定会替我好好教育你的。"

九

云端拍卖会，飘浮于云端之上，周转非凡之物，是通天塔每周都会举办的高级盛会。从昏迷的康尔乔那里，我搜刮来不少好东西。比如，大大方方用他的信任码登录账户，黑掉康尔乔账上的绝大部分数额，并借此支付刺青人一笔令他无比满意的费用。

在桥洞族引以为豪的刀法下，康尔乔简直成了一件晶莹剔透的艺术品。有了这件高级货物加持，我直接从通天塔内部使用鲍比的身份登录了云端拍卖会。底气十足。

我头一次享用顶级带宽，简直跟翱翔苍穹一般舒畅惬意。但令人失望的是，云端大厅永远像个涂脂抹粉的伪造天堂。大块绵羊般的云朵，不加节制地四处流泻。嫣红色的晚霞，则软趴趴地俯首在脚边。

我微微仰起视角，视界较远处，一座恢弘的金色殿堂沿着天际线雍容铺陈。一个小时后，那里会变成公开竞拍的展台。

对于我们这些低阶用户，通常只开放低权限展厅，明面上绝不会有任何好东西，所以人气凋零，甚至还不如地下暗网。这便是西街人口中常说的，要么去往天堂最顶层，要么就下到地狱最低处。

天堂的高权限顶层比我想象的要小，每每碰到边界便显示"折叠空间无权限查看"；如果选择"自定义扩展"，只会得到一块虚假的空白区域。我滑翔了一阵子，肩头落满了系统赠送的玫瑰花瓣，简直让我厌恶透顶。那些无时无刻不在喷洒香氛的小天使，也令人腻味。

我停下来找了个合适的未占用区域，点击建造起一间面积阔朗的会客厅，坐下静静等候。公开竞拍品可以大范围展览，私密竟拍品只在小圈子内部流通。这些规则我可必须熟记在心。

时间一分一秒流逝，我有些焦躁不安。成功进入云端的高权限展厅只是第一步。我需要进入那个无法轻易进入的顶级拍卖会，要睁大眼睛对比拍卖会所有会员的每一张真实和虚拟的面孔，最终找到当初侵入明姬的那个人。我要最彻底的真相，一直守株待兔可不是好办法。

戴着金色颈圈的奴仆摇响了铃铛："有客人申请进入您的会客厅。"

我微带疑虑，比画了一下通行手势："请进。"

一位装扮中规中矩的绅士，两撇八字胡须，衣着光鲜。周身氤氲着不太寻常的气味，仿佛用劣等柴火炙烤过的稀有香料。

"朋友，有什么好货欣赏吗？"他抬起一双忧郁的黑色眸子打量我，表情界面分外素净，没有任何花里胡哨的特效。

"若您喜欢猎奇，不妨一看此物。"我忍着不耐烦，踢了踢脚边的透明树脂球体。安静俯卧于内的，正是不可一世的康尔乔，活似一只瘦骨嶙峋的野兽，注射了高量镇静剂。他恐怕做梦也想象不到自己的命运转折。康尔乔不同寻常的病症此时成了惹人称奇之处。再加上桥洞族的手笔——背后植入一对半透明的合成翅膀，正随着康尔乔的呼吸起伏微微颤动，与肌肉纤毫毕现的肩胛骨形成鲜明对比。

我等着绅士啧啧赞叹，但他只是轻蔑地一撇嘴角："污浊，下贱。"

我摊开手表示遗憾："实话实说，在下今天有事在身，买卖生意倒在其次。如不满意，您可以移步别家观览。"

绅士优雅转过身，用两只指头拈来一张闪闪发亮的名片："等你想起怎样破坏规则了，来找我。"

手指轻触名片，一串高等级会客厅的房间密钥自动录入我的信息库。这正是此刻我最需要的！无数个猜想在我脑中旋转不停，我心底突然升起一丝微光，刺破了长久等待的黑暗："你是谁？请等一下！"

但如蝶影灭踪，面前已经空无一人。我这才发现，访客身份和来去路径等重要信息，全都隐匿在重重防火墙之后。

十

我在心中反复掂量,这个人到底是谁?真的是帮手,还是陷阱?但是进入私人拍卖会的诱惑太大了。迟疑许久,我咬着后槽牙输入这串来历不明的房间密钥。

事实证明密钥有效。密钥附带了一个全新形象。燕尾黑礼服,用发胶精心打理过的灰白短发,仿佛用小尺子比着修剪出来的板正唇髭。身份毋庸置疑,明显是达官贵人。

但还需要人手支援,孤军奋战不是我的一贯风格。所以在这套形象外壳中适应了几分钟后,我找了个监视系统的盲点,借用这位大人物的专属加密频道,悄悄发送了一封看上去像废信的邮件,用的是早就约定好的暗号。

私人会客厅,只能说比云端大厅还要华丽。朦胧灯光笼罩着一切,像海上弥漫起大雾。这里的空间物理性质更加奇特,一眼看不到尽头,边界会随着人物行动而随时生长或变形。我合理怀疑,这是通天塔阶层内部专用的云空间。

人影出人意料的稀少,周围安静极了。一名穿着复古低胸装的女郎摇曳而来,脚步无声无息。她递上一杯绛红色的罗曼尼康帝。年份极好,没有理由拒绝。我笑了笑,一饮而尽。

女郎靠近我耳畔低声软语:"这是根据您私人喜好定制的座位。请移步观澜亭,竞拍会五分钟后就要开始了。"

她伸手召唤来一架五米见方的私人座位,丝绸地毯,天鹅绒靠垫,大块琥珀雕琢出的酒杯,雪茄和品质顶级的迷幻药剂。波浪一般的柔软的丝绸中横陈着两名仪态万方的高挑美人儿,肌肤比蜂蜜还要丰泽,眼神如豹子一般野性。

"谢谢你,亲爱的。"我绷紧脸,竭力露出一个傲慢而不失满意的微笑，假装自己对一切都很熟悉。女郎嬉笑着朝我招了招戴着黑丝绒手套的手："祝您玩得愉快，蝎子先生。"

我往全套小牛皮的沙发上一靠，那模拟触感无与伦比。装模作样！我在心中大肆嘲笑自己。

私人座位平稳上升，仿佛来到了厚厚的云层之上，能看到晴朗无比的夜空。几十个私人座位漂浮在云雾中，在模拟银河的照耀下，看起来影影绰绰，仿若风平浪静的大海上停泊着远近不一的夜船。

私人座位稀稀朗朗，四下散落，围绕着最中央的一座玲珑小亭子。倏然间，亭子背后的月亮变得硕大无朋，那明亮的高地区域，黯淡的月海与月陆，星罗棋布的环形山，全部清晰可见。

在愈加明亮的月辉照耀下，拍卖会开始了。没有主持人。云海显得无比静谧，让我几乎忘记了这里是个多么令人毛骨悚然的地方。

第一件拍卖品由鬃毛如冰霜的独角兽驮来，是一个通体银白色以至于散发出淡淡光辉的瘦弱少年，额角凸起两支雄壮的鹿角。他似乎十分紧张，肢体僵硬。双眼蒙覆着血红的丝带，在脑后轻轻飘荡。

"竞拍开始。"星空中闪出大字。私人座位自动播放起竞拍规则和展品详细信息。我粗略瞄了一眼，大概意思是拍卖三方不可反悔，只有拍卖结束后签署信任链合约，才算交易正式完成。而对于展品而言，只要来过这里，自己便不再属于自己。只属于云端，或者说，只属于通天塔。

就在我走神的几分钟里，第一件展品被某匿名人士拍得了。少年脸上的红丝带落了下来。他的双眸也是银白色的，像盲人一样失神地环顾四周。面对着坐在黑暗中掂量他身价的几十位不知面目的大人物，他打了个寒噤。

进程快得很，没有任何波折，我渐渐失去兴趣，开始研究怎样才能套取其他客户的信息。云端私人拍卖会的隐私保护做得滴水不漏，每一个私人座位都配有私域防火墙，更严禁私自交换信息。

"找到路径了吗？"原先一直安静呆板枕在我膝头的美人儿突然转过

身来。还没等我反应过来,她伸出手臂,大大咧咧地端起酒杯。

登录云端之后我头一次笑出声来:"马克西?你居然用了这么个形象?"

"本杰,我的好伙计!我一接到你的消息就立马赶来了。"马克西做了个夸张的假动作,作势拥抱,被我灵活一闪躲开了。他的嘴咧得大大的:"你这家伙,隔了这么久才联系我,害我以为你死在通天塔里……真敢拿自己当诱饵,哈?不得不承认,你确实宝刀未老。就是速度有点慢了……"

尔后,他脸色恢复严肃:"我试着给拍卖会上每个客户都黏贴了追踪木马,但不知道效果如何。你知道,就包着迷幻剂下在罗曼尼康帝里……"

就在这个当口儿,两个人的重逢挤进来第三个人。观澜亭旁的云层里钻出一个黑黢黢的身影,先是光溜溜的头颅,然后是消瘦古怪的肩膀,再之后是一对挤成一团的丑陋翅膀……马克西皱起眉头,我倒抽一口气:"康尔乔?"

不知用了什么法子,康尔乔逃出了树脂球,也就是我专门用来对付他的意识软禁陷阱。被关了这么长时间,康尔乔变得比之前还要暴躁。

他强行开启了信息公放通道,放声咆哮:"各位女士先生,我是替通天塔做事的,我有密钥!"他转而指向我和马克西,发出恶毒的指控:"这两个人,是专门来破坏云端拍卖会的犯罪分子,他们的行为严重威胁到通天塔人士的人身和隐私安全……"他痛惜地抚摸自己的肋骨,全然不顾一对肉翼在背后神经质地扇动。"请立刻逮捕他们!"

我和马克西互相交换了一个大事不妙的眼神。周围隐隐骚动起来,私人座位接二连三下线。我和马克西的虚拟形象闪起警报红光。再看康尔乔早就不知影踪。他精通各式旁门左道,肯定找到了逃脱的后门。

下一秒,我和马克西被一道迎面而来的灼热黑影击中。狭小漆黑的电子阱随后一跃而起,像茧壳一般紧紧扣住我们,比捕兽夹还牢固。在那之后我才反应过来，击垮我们的是自动弹射的安保程序。马克西破口大骂，我则默默诅咒起来。

十一

出乎我们的意料，电子阱很快像一口被掘了坟的棺材重见天日，有人把我们两个倒霉蛋挖了出来，又送我们回到云端大厅。这个人显然破解了电子阱的后门，将这个强力束缚程序拆解得七零八落。干得漂亮！是个熟手。

云端大厅依旧停留在日落景象，像一个永远都无法醒转的梦游病人，软绵绵地躺在自己的病态梦境里。我忍不住注意到整个云端大厅空荡荡的，公共展厅处也毫无动静，隐隐散发出不对劲的气息。但此时此刻，我们无暇去深究。

电子阱破坏者，我们的救命恩人——面前的这个女人，几乎让我俩同时忘记了呼吸。她的虚拟形象不属于任何一个实体，没有登录路径，没有历史留痕，也没有界面特效。她看起来鲜活如初，美丽一如往日。

"明姬！"马克西不敢置信地望着她，仿佛有一束圣洁的柔光降下来，照亮了他青筋暴凸的面孔："你是明姬！你怎么会在这里？你……还活着？"

"我好像认识你，"女人的嗓音甜美而冰冷，"但我不能确定。"

马克西睁大了眼睛。他桀骜的瘦脸上头一次出现了因过分惊讶而产生的茫然。

我看着明姬，陷入了一种不真实的恍惚。我说过，当年明姬最后联系过的人是我。多少个夜晚，我害怕她来梦中找我，她也确实从没有放过我。

在那些梦魇中，她恐惧的声音早已成为我的附骨之疽……"救救我，本杰……我逃不掉了……我怎么都联系不上马克西，我被盯上了！我是个天大的傻瓜！竟然蠢到想靠序列数赚钱……求求你救救我……"记忆中，明姬求救的声音变得含糊不清，裹挟在一团电子啸叫中。

时间、酒精、药物、强制清除数据……什么都冲刷不掉明姬那张满面泪痕的脸。我记得自己徒劳地去抓那闪烁不定的虚拟影像，想要将她揽入怀中："不要闭眼，不要睡着！相信我，再坚持一分钟！"但我绝望地知道，对手过于强大。这双魔爪牢牢扼住了这只蒙古百灵的咽喉，以一种把玩般的亵渎态度，缓慢而无情地持续收紧。我该怎样才能将她从这魔爪中抢回来？

我不知道她发生了什么，不知道是谁在抢占她的意识端口，也不知道外来者到底通过何种途径强行下载意识流体。我只能尽己所能植入木马，希冀用一个伪装的地址链接吸引开攻击者的注意力，抢出宝贵的几秒救出明姬。

我沿着时断时续的脉冲流发去另一个安全的端口地址："明姬，尽快完成意识转移，万不得已之时你还有机会逃出生天！"

像狂风骤雨撕碎一只纸风筝，单薄的信号终于断线了。底噪比犯病的癫痫病人还疯狂，明姬的影像碎成了灰烬。路明达的冰冷酸雨中，我无力地跪倒在地，第一次祈求起那些我并不相信的神灵。

那时候我该有多幼稚，才会相信自己仓促的营救计划会成功？

次日，听闻黑水河上的噩耗后，我的神经反馈系统因为过载而熔断了，但丝毫不担心自己可能成为行尸走肉。我不知该如何向几近癫狂的马克西开口，我唯一知道的是，自己可能也是害死明姬的凶手。

此时艳光四射而又倍感陌生的明姬，像这个城市里谁都没有见过的太阳一般，狠狠灼痛我的双眼。

我头一次如此清晰地觉察到，自己落魄一如彼时——双眼裸露，肉体残损，积满了成年累月的疲惫。这些年，我的心冷得像暴露街头的尸体，听任自己随波逐流在路明达的黑夜之中。我给自己挖好了墓穴，只等待有一天能躺进去。

马克西慢慢走上前，以无比温柔的目光端详她。他用眼睛轻抚那张久违的脸庞，从猫眼般流转光泽的幽绿双眸，一直到轻轻飘荡的浓密长发，比用天鹅绒擦拭皇冠更加小心翼翼。

"明姬，我真的不敢相信，你明明已经……告诉我，你到底是怎么活下来的？你到底还是不是我的明姬？"

十二

云端大厅突然暗了下来，天幕变成警示三级的血红色。云端系统自动释放出一团团电子屏障雾，像密布的乌云迅速降落。紧接着，一批行动敏捷的云警程序接踵而至。它们循着警报信号朝我们的方向张望着，嗅闻着，一张张没有五官的空白面孔上，写满非人性的恐惧。

我心里一阵冷笑。估计在我折磨鲍比二世的那个时候，他就想方设法跟通天塔接线告了状。但要论和云警对抗，我并非毫无经验。毕竟长期活跃在路明达的灰色地带，我手上的各种非法违禁装备足够顽抗一阵子了。大家全都使出浑身解数各自为战，手上忙得不可开交。保持畅通的通话频道在我们三人之间拉出长而不断的信号轨。

明姬显然可以随意调控自己在赛博空间里的物理参数。她飞腾到半空中，躲闪过云警发射的电子阱，速度快得非比寻常。但她的声音平稳得很，毫无波动，仿佛在从自己的脑海中缓缓地抽取记忆："说实话，有很多事情我都记得不太清楚了。在我有限的记忆里，我似乎从一场激烈的爆炸或是格斗中幸存下来。我藏在一个立方体箱子中，小到连手脚都伸展不开，借着黑暗漂流到了一片荒岛。"

我们的通话频道中继续传来明姬略带沙哑的声音，如一道不徐不疾的河流："荒岛很安全，但什么都没有。我记不起自己是谁，记不起之前发生过的绝大部分事情，只记得好像有人叫过我明姬。我浑身赤裸，光脚走过冰冷而贫瘠的地面。我的意识浑浑沌沌，大概明白自己已失去了现实中的肉体，只剩下比剥去壳的蚌肉还要软弱无力的意识流体。但我想要活下去。所幸我不知道饥饿干渴，也感觉不到困倦疲劳，就那样一直一直走，想要走到有人的地方。

"不知道过了多少日夜，我走进一片可怕的地方，后来才知道，人们称那里为'意识坟场'。坟场内堆满了被遗弃的意识碎片，充斥着哀嚎、恸哭、尖叫、咆哮、歇斯底里、极度畸变的电子力场，以及破烂不堪的影像残渣，就像闹了鬼的荒林。

"我不小心绊了一下，随即被一块埋伏已久的意识碎片打了个措手不及。它没有眼睛，却异常灵敏凶恶。它用滑溜溜的触角禁锢住我的四肢，扳开我的下巴，像一只散发恶臭的僵尸抵住我的口鼻，饥渴万分地想要融入我。我忍不住要放声尖叫，但又害怕它趁机占据我的本体。我紧闭双唇，不声不响地与它搏斗起来。一抹微弱的意识流萤，不知从何而来，也试图加入阵营，帮着我对付敌手。缠斗了很久很久，原本凶神恶煞的意识残片终于哀鸣了一声，碎成了齑粉。

"我摇摇晃晃站起身，看着这簇还没有烛火明亮的意识流萤。它像叼着球的小狗一样在我眼前左右跃动，显得很不寻常。它热切叫着：'姐姐，格丽塔想你！'我说：'我不是你姐姐，你认错人了。'但它好像压根儿听不懂，一直跟在我身边，像一只拳头那么大的小灯笼，悬浮着照亮坟场中崎岖不平的路径。

"'姐姐，姐姐'，它每隔一段时间就要呼唤我一次。我说：'你别再出声了，再怎么叫我也不是你姐姐。'它仿佛有些气馁，突然间停了下来，光亮也逐渐黯淡。我于心不忍，同意它俯在我的肩膀上。'姐姐，带格丽塔回家'，它趴在我耳边颤巍巍地乞求。

"意识流萤引我走近一个小小的土冢，盘旋着绕起了圈。一缕稀薄的信息流从土冢中飘泄而出。我徒手挖了一会儿，找到几截残缺不全的记忆数据，大多数已经损坏。在幸存的几兆图像中，我看到一个笑容甜美的金发少女，'格丽塔'可能就是她的名字。她踮着脚尖尽情旋转、舞动……台下掌声雷动，口哨声此起彼伏……我看到格丽塔和红色长发的成熟女子快乐地拥抱在一起，我想那应该就是她的姐姐。最后我看到格丽塔和康尔乔签了一份和我一样的协议，一直到她被带往那个金色的、伪装得像天堂一样的地狱。

"还有一块数据残片中，残留着一小段格丽塔试图闯入云端大厅的影像。那时候她远比现在这个样子强壮得多：暧昧昏暗中……一个衣衫不整的红发女子被电子阱捆缚住意识，半昏半醒间不断挣扎却又无法逃脱。格丽塔焦急呼唤她的名字，以一己之身狠狠朝电子阱撞了上去。然而电子阱自带的引力破坏程序，像袭击地球的太阳风暴，生生剥离掉格丽塔的意识外壳，最后只剩下幸存的一点意识流萤……

"虽然早已失去了心脏，但还是感到悲怆像咸涩的潮水涌入我的意识流体。我轻轻握住意识流萤——她低声嘟囔了一句'格丽塔……想你'便昏睡了过去——保管在自己的意识流体内，带她一起去任何地方，用我能找到的各种能量源滋养她。现在格丽塔差不多已经恢复成小孩子年纪的意识了。这很了不起，以前从没听说有哪个破碎到那种程度的意识残片还能逆向恢复。

"差不多有好几年的时间，我掩人耳目地潜伏在很多端口附近，从跟垃圾堆差不多的冗余信息中吸取频振合适的能量。我也当过信使，你知道，假装自己是一个邮差中枢，中转需要翻译和转化的信号流，从而赚取能量差。当然，可能会导致有些人发现他们最后接收到的信息品质损耗有点大。待我越来越强壮之后，事情就容易多了。我无师自通懂得如何包装修饰自己，伪造各类身份，像个孜孜不倦的画眉鸟那样细心布局，从而获取我想要的资源，填充我账户里的数字……总之，我完全接受了自己已是个电子幽魂的事实，甚至有点忘记该如何去当一个有血有肉的人。毕竟身处刺激信号要复杂上一万个数量级的赛博世界，感官形态和人类相比可是大相径庭。或者说，'成为人类'这项技能只是我现在的一个小小分支。

"然而，当一个赛博幽灵最大的好处是，能站在你们的头顶俯察到真相。每一束从我身边流过的信息，我都能一览无余，一路追溯到源头。所以我比你们早很长时间，就发现了通天塔四处物色平民肉身以供他们满足狩猎欲望，以及康尔乔为通天塔卖命的肮脏勾当。还有你们，一直在密谋掀翻康尔乔，最后又追踪到了通天塔……"

明姬的故事讲完了。比我在路明达各色酒吧里不小心听到的任何野史和传说都要离奇。一时间，我和马克西都沉浸在故人回归的意外中，各自咀嚼着她的讲述。谁都没有开口，通话频道里一阵沉默，只听得到激烈的打斗声和电子屏扰的涌流声，交相驳杂。

马克西召唤来一批马仔，仿佛从云团中齐刷刷冒出的一队罗马士兵，嘶吼着朝四周的云警发射大批量的病毒脏弹。一圈云警被放倒了，像被剥了皮的牛蛙，躺在大厅的地面上抽搐弹跳，随后液化成几摊破碎代码，水银一样淌入大厅的底层程序。

马克西率先打破沉默，边喘息着边调笑："我的机智鬼精灵，当时给我发匿名信的就是你，对吗？"

"一开始来我会客厅的也是你吧？"我左闪右跳，试图在云端背景中植入一个能让影像识别失效从而隐身的 bug 程序。

明姬笑得灿烂无比，长着几颗俏皮雀斑的鼻头轻轻皱起，眉眼弯如新月。笑得就好像我们三个人从来没有分离过。

隐身 bug 程序快速生效了，我们暂时成了透明人。云警程序像失去目标的猎犬，围着我们原地打转，茫然吠叫着。明姬的动作更加灵活起来，她可能从自己的大本营里调来了大量算力，筑起了一道高不见顶的厚重防火墙。

明姬消失了一秒钟。再次出现时，手里牵着被无形的电子阱束缚住的康尔乔，估计是封锁了他的一切逃逸通道："老朋友，不和我们叙叙旧吗？有些事情我还是记得很清楚的。比如说，让我们的生活变成他们的游戏，让我们的身体变成他们的玩具……"

她紧盯一脸惊恐的康尔乔，眼神里跳动着复仇的黑色火焰："再比如说，有人欠我一条命。哦不对，他还欠着上百条命。你可能还不知道，意识坟场现在是我的地盘。当你走到它的尽头，会看到一座看不见底的骇人深渊，光是听上一耳朵那里的惨状，就能吓得人魂飞魄散。深渊底部四下弥漫着麻痹神经的毒瘴，瘴气中则蠢蠢欲动着上百年积累下来的意识邪体和畸变物，喂给它们什么，它们就吃什么，一点都不挑。像你这样的小崽鸡，不知道够不够填饱它们的胃口呢？"

明姬笑得一脸天真无邪。康尔乔的喉咙抽动起来，发出极端恐惧的咕哝声，丑陋不堪的面容上同时挤出了涕泪和假笑。

"不不不，我是被迫的，是通天塔逼我这么干的……好姑娘，听我解释，我当时只是想帮你赚钱……好姑娘发发慈悲，发发慈悲……"此时的康尔乔语无伦次，只会本能地往后瑟缩。

但没人能抵挡明姬。她轻轻扬起了手，仿佛只是去轻拂自己的秀发，面容却宛若一尊冷若冰霜的女战神。一股比金色殿堂更加耀眼的赛博火焰席卷而至，在大厅中央熊熊盛放，康尔乔嚎叫着被焚毁了。

"朋友们，情况好像不太妙……"我的胸前渗出了大块的血迹。在云端空间里受伤不是个好兆头，"血液"意味着真实信息和地址，很快就会有嗅觉比狗还灵敏的通天塔探子顺着血腥味儿挖出我们的老巢。"听着，我手里所有的通天塔信息已经三层加密藏在意识野域，定位和密钥就锁在丽都旅店的更衣室里。我需要先去避避风头……"

但似乎没人在听我说话。不知什么时候，那两个人已经并肩站在了一起。我无奈而又欣慰地耸耸肩。也不知道结局会是喜还是悲？但马克西嘛，我并不怎么担心他会再次心碎，毕竟这个骁勇粗糙的西街小头目，一直是个不撞南墙不回头的执着家伙，不是吗？

此时此刻，马克西光顾着咧嘴笑，双眼一直紧紧追随明姬："追踪木马返回了新料，你简直不敢想象这些通天塔的有钱人，警戒心竟然低到令人发指……"

明姬的嘴角微微上翘。她转而望向远处，就像那里写着她想要的结局。"虽然我对你们两个人的记忆仍然有些模糊，但是好吧，我已经等不及了。我这里可积攒了一份很长的黑名单。"

"一切远远没有结束，现在还只是个开始。生或者死，我们的归途，都在那座并不与天接壤的高塔。"

尾声

房间里光线昏暗。浑浊的冰冷雨滴，像那些死去云雀的幽魂在敲啄玻璃，不知疲倦。

柳瑟玛倚靠着窗台，向下凝望西街，西街也凝视着她。如往日一样冷漠的车水马龙中，透出一点不寻常的景象：一块字迹粗顽的牌子高高举起——"通天塔倒掉"。拥挤中，那牌子被撞得歪下去一点，似乎随时会被裹挟在风雨中卷走。但随后有更多双手加入了，抗议牌如一支划开海面的火炬，举得更高更端正。

她手中握着一张纸，一封罕见的手写信。正面只有简短两个字——"等我"，笔迹虽陌生，却透出一股熟悉的气息。反面也只有两个字，笔迹稚嫩拙劣得像个孩子——"姐姐"。

柳瑟玛调转目光，透过满眶的眼泪望向矗立在地平线上的通天塔，那长久以来将巨大阴影覆盖在城市上空的巨型建筑物。

她仿佛听到了沉闷苍穹中滚起的第一声春雷。

至爱西比尔

牛煜琛

当孩子们问她:"西比尔,你想要什么?"
她回答道:"我想死。"

——T. S.艾略特《荒原》

一

清晨,七点半整,一个难得的自然梦后,我决定作为一名"转生者"去重新开始生活。

今天是我第 82 个 25 岁生日,也将是我第一个 107 岁的生日,生命正处于海弗里克第 6 周期初期的我,虽然还不到必须结算"套餐"的生理极限,但也已经充分利用曾经漫长的青春,为自己的夕阳岁月准备了相当的积蓄,物质上我将会是富有的,现在,我需要做的只是调整心态,开始享受另一段与过往截然不同的人生。

"刘,生日快乐,我们结束吧。"

手腕内侧微振,赛琳娜发来的消息后面缀上了新的"已读"。

好歹不是 AI 代发的,我不无安慰地想,赛莉(她喜欢我这么叫她)

懒得编文案时就会这样做，但她触端里的那位风格太浮夸，还是现在这样好，简单了断，虽然不符合我对恋情结束的想象，可对赛莉而言至少足够合理。

不是所有人都有好运顺利撑到"结算"，可能因为半路上的抑郁念头，因为害怕"转生"后的孤独，当然最有可能的还是承担不起"结算"的费用，而我们是幸运的一对儿。我们都活到了广告里宣传的最佳效果期，健康、成功且潜能无限，堪称"套餐"推广的模范，但不可忽略的事实是，她和我年龄相差了将近一整个周期，她父母给她预购的"套餐"也比我低了一档，在我的家乡，这式的恋爱被称作"门不当户不对"，即使"家族"这种组织在这个时代已构不成任何阻力，但转折的那个时刻仍是我们难以趋避的奈落——她注定要在我之前步入自己生命的速衰期，而这个时刻已经到来了。

我坐起身，下意识地进行出门前的体检准备，一边酝酿着给赛莉的分手信息回复，一边回忆起之前的无数次争吵。

在她速衰期迫近的那段时间里，我们面临的选择实在有限：要么保持现状，自然发展，然后维持二十五岁小伙子和七十岁老婆婆的恋爱关系至少十五年；要么我提前结算"套餐"，和赛莉一起延续我们理想中的爱情——不过通过两副衰迈的躯壳来实现。

其实我也曾打算让公司为赛莉续约新的"套餐"，但这对我的财务规划可谓是毁灭性打击，且基于个体生命权的限制，公司是否会允许如此操作犹且未知；再者，近一世纪的技术差度注定了一切弥补手段都是非常艰难且有限的，也许仅十年，甚至更短时间后，我和赛莉依旧要面对如今的困境。为了尽可能完整地保存我这百年来所遇到的最辉煌的幸福，我在经过最初的些许犹豫后，接受了近义于自杀的那条路。

原本一切都计划得很美好。我们一起迎来这漫长青春的终结，我用最后十年在公司里的工作为我们争取到了"套餐"结算时的一大笔折扣。我们可以享受延迟下的渐衰过程，先从二十五岁成长为五十岁，然后用三十年抵达各自生命的最后一周期，直到身散形溃、意识腐朽，我们还是会如朝阳与霞光般陪伴着彼此。省下的积蓄或许可以买下北约克区当初我们坠落的那块麦田，在那里移植两间旧式的小公寓，等待更多人在七千米的高空和二十五岁的年纪遇见相爱的彼此；也许还足够领养一个女孩（我们之前还没有养育后代的计划），为她预购一款可续签的新式"套餐"，在她二十五岁生日的时候告诉她这将是怎样一个痛苦、漫长而精彩的青春……

我一次又一次向赛莉描述这涂绘着未知色彩的图景，希望她相信这是我们应走的道路，而不是迫于实际的无奈之举，甚至自己也已经憧憬起了那与迄今为止的时间大相径庭的另一段人生。

然而问题还是没有解决，一如既往，态度固执的不是我，而是赛莉。

在公司的工作经历使我有机会接触真正临近生命速衰期的"转生者"们。由自己决定接受忽然衰败乃至破灭的余生，这种抉择无疑会给用户造成巨大的压力和挫败感。当然，与此相对的则是长达数个海弗里克周期的青春所取得的成就和幸福感。没人能在这早应预见的极大反差面前保持冷静——尽管当下的科技正致力于延长并淡化这一过程，但心理治疗仍属于"套餐"所提供的服务范畴。因此，赛莉的反应我当然理解。可不得不承认，尽管累加的岁月确实给了人们许多思考的余地，但"爱"仍是困扰着我们的不破谜题。它像潜生于身体每一处的意识体般神秘，我们偶尔完全受制于此，有时是享受，有时则是无法摆脱的苦楚，皆在与爱人相处时表现为难以阐释的迷狂。

"这比我们当初定居新极地更难接受吗？为什么你这么抵触'结算'？"

"至少当时我们还有在零下四十摄氏度的雪里做爱的热情和体力！你知道现在意味着什么吗？皮肤、声音、淡赭色的长发……所有你爱我的证明，我在被迫亲身经历这些失去！"赛莉失控地扬起手臂，声音激动，却有一种挥之不去的无力感。"套餐"的效力依旧,青春的表征却好像已先其一步在她身上淡去了。"无可挽回的失去……我早上起来甚至不敢照镜子,更不敢看你……"

"好了赛莉,你要相信,我爱的是你,和你任何时刻的形状都无关!"

"那你爱我什么?所谓的内在?还是赛琳娜这个符号?"她忽然换成嘲弄的语气,"你明明知道,我们除了这具躯壳便一无所有,你现在却叫我放弃一切?倒是你,就算是因为我,你又凭什么放弃自己的时间?以为我会感动吗?我不可能成为你当懦夫的借口!"

赛莉是对的,在"意识体"被确证为一种隐秘物质存在的今天,谁还能否认爱与肉体相关?除非他是爱情的初学者,否则便是对所爱的亵渎。近百年的生活让我们理解了这一点,如今却也囿于这一点上迟迟不肯为继。

"赛莉,我很抱歉。"

我轻轻按下她的手臂,由腕至掌心,牵过这双柔软的手,她肌肤炽热,一如记忆中暖化冰面的、我深爱的温度。

"我知道我在做什么,但绝不是因为你、因为厌倦了现在的日子,更不是因为畏惧才决定这么做。而是我相信,即使爱仅存活在我们身体里面,我们也能成为支持彼此的能量,是你让我在怯懦时不沉湎于怯懦,需要勇敢时,同样义无反顾。"

"这不是勇敢,你救不了我。"

她一向不在乎这些漂亮话,不愿意说,也不愿意听我说,就像现在。她只是用一种拒绝回应的眼神望着我,让我想起十年前,刚入职时我的第一位客户——她在"结算"前对着镜子久久无语,"结算"完成后,从七十五层的窗口跳了下去。眼前的赛莉,惊似当时镜里的那副神情。

"所以,现在无所谓我怎么打算,你已经决定了,是吗?"

半晌,她最后出声问道,我逃开她的目光,无言以对。

分开，结束共属于两人的数十载光阴，在久远的纠缠中混为一色的光重新分驰两度。

从没纳入考虑范围的这一选项，如今，我们离它愈发接近了。只要结束这段关系，结束这场旁人看来太过纷琐的陪伴，赛莉的速衰期就不再是一个值得讨论的问题——或者只是再没有我插手的余地。争吵和冷战持续了很久很久，终于，和我第 107 个生日的到来一样，我们结束得非常自然。

"真希望我们的爱情能永远不老，但，再见了，赛琳娜。"

触端长震，信息发送失败，我揉揉发麻的手腕，深吸口气，重新梳理了一遍计划：我要放下这场二十五岁的热恋，一步步学习衰老，重启滞顿已久的孤独旅程，只身一人，直至生命尽头。

那天清晨，我以为自己已经做好了告别的准备。

二

"人是时间性的存在。"

古早的哲学给人类留下的启谕，岁历绵暖，没能等到精神之莲的醒绽，却无意间将科学与文明引往了向内探索的物质之旅。

24 世纪初，虽然还没有任何一架启航于地球的载人飞行器能挣脱太阳系的深拥，但生活在地上的人类本身却几乎成为了另一种新的存在——基因编辑技术成熟，寿命上限提高，意识体的物质性被证实，端粒活性的固化实现……在"认识你自己"的命题上，科技迭代第一次抢跑于伦理讨论之前。当神奇的驴皮出现在满是珍宝的古董店里，更被无偿赠予人类时，一代代终将迎来末路的人紧紧抓住了象征生的希望的宝物；等回过神来，如阿瑟·克拉克所预言的，人类似乎还是人类，但一个物种的伟大童年已然终结，新生的一切依旧自然、亲切，却已不同以往。

现在，只要在二十五岁后被激活，基于人体本身基因资源形成、由"永生"公司负责设计和服务的"套餐"就能使人在长达近百年的时间里维持年轻时的生理状态。这也使人们相信，"衰老"只是抽象概念，而非实在的生命阶段，即使是"死亡"，终也会成为可治愈的疾病——只需一点代价，比如"结算"。"套餐"效力强大，但基因层面长久积累和抑制的负面损伤必须在一定界限内得到快速释放。换言之，"结算"成了每个生命必须经历的一环，我们将在极短的时间内迅速衰老到某种程度，告别漫长的青春，许多人因此也称其为"转生"。与"长生不老"，甚至可能的"永生"相比，命运标出的价码似乎微不足道。

争议无处不在：地下赛博格，基因阶级，意识异化……但这个时代，良知往往被有意无意地排斥在更强烈而幽微的欲望之外。毕竟我们拥有了确切的长寿与青春，拥有足以支持我们去追求任何可能的原始价值——正如这个清晨的世界所呈现的。

巨大招牌镂空的阴影里，金色太阳被分割后铺在地上、建筑上，影影绰绰地声张着"青春即人生"的乐观精神。

"Youth is Life！"

同智媒革命前的许多广告一样，这个由"永生"公司推出、在世界各地被无数人追呼为时代精神的口号，与很大部分的事实共同构演了一场杰出的讽刺话剧。人们购买各式价格不菲的"套餐"，获得长达近百年的青春周期，然后再使用这些时间去偿还"套餐"的尾款和为速衰期后的余生积累财富。一如旧时许多人背负房债生存，肉体如今成了我们永生的图圄；即使岁月可亲，大多数人还是倾向于用几乎四分之三的生命来换取为欲望而行的欲望，直到速衰期迫近，才悔悟何为真正的人生。

我自认从俗，本逃不出多数人的范畴，是赛琳娜的出现改变了这一切，可这些现在也都将成为过去。

"你如果占有我，你就占有一切，但你的生命将属于我。"

望着窗外，视野随着观景梯的下降而收聚，我忽然想起一篇古老故事里的谶语，接着又想起更多建构相同的古老故事——故事里总有人为欲望放弃自由和生命，然后制造出无法支配的巨额财富，进而使自我成为被支配的对象。其实按照未来经济学家们的设想，以今天生命群体繁衍的形式，资源的接继已很少发生于先后的两代个体之间，相反，绝大部分剩余资源都会被重新整合到文明整体当中。所以我们这些"大多数"的行为实际无益于个人，却真正为人类种群作了贡献。

倒也不错，百川入海、叶落归尘，这将是一场诗意的结局。想到今后，我竟有些高兴。

"先生，已为您规划路线为……"

我拒绝了 AI 协助。到公司分部的路不远，虽然街道规划变动频繁，但十年的往复使我有自信应付这些，至少，附近有一个站点是绝对不变的基准——这还是我从事科技哲学研究时学到的。当时为了使自己看起来符合这个职业，我还特意培植了自己更成熟时的面貌——一位蓄了棕色八字胡的老道角色。记得有一个课题：个体本我膨胀趋势下集体意识的反增殖，就是以城市智能公交系统的更迭为例，但在意识体被发现、人文领域板块破碎后，我也就转行干建筑工程了。

我在车上沿街张望，道旁是通过基因编辑技术直接生长成形的艺术街景，时下正流行植物式建筑与建筑型植物的对举设计，而那些我曾参与设计的路标早已全无踪影。这倒谈不上失落，年轻人喜欢新鲜，除非理想，否则没有哪种职业能取代人类自身成为其生活的全部意义。这是现在社会的共识（荒谬的是金钱仍在主宰许多人的一生），对每个经历过这些的人而言，自己与其所爱本身才应该是最大的成就，就像我与赛琳娜。十年来，我无数次畅想走在这条路上的这一天：挽着赛莉，像路过一场婚礼似的走向终点。

公交到站，我下了车，几若无界的玻璃幕墙默立面前，倒映出一份孤独的渺小。

大堂的书卷式壁雕上飘浮着公司存在的前提："人类，能够且应当将涵括自身在内的一切变得更好、稳定而长久的自为物。"

这里很安静，平日里的氛围也是肃穆的，犹如上帝的遗产尚存时的基督教堂，连实际意义也非常相似——承载人类迈向生的洗礼和趋归死亡的纾解。

我确实庆幸不必在这个特殊的日子与太多人碰面。刚成为"转生者"的人都是一副晦暗阴郁的神情，就我的工作而言，我并不认为自己还能够像往常一样为他们带来些许恢复镇定的力量，毕竟现在我才是需要帮助的那方。

"转生导使"，追踪并安抚客户"结算"后的状态，这便是我在"永生"干了十年的活计。

"Viva La Vida（生命万岁）！"

"Viva La Vida！"

"Mr. Liu，感谢您为'永生'和对基因世界的探索作出的贡献与牺牲，Mr. G 在等您，祝您结算顺利！"

同 AI 前台道过谢后，我轻车熟路来到第 75 层，在我曾为上百人办理过"结算"的那间沉思厅前，我第一次作为访客，推开了门。

成堆成片的云海从身边穿拂而过，磅礴的大地在轰鸣如风的心跳声中撞向我。我身无羽翼，飞速坠落，以自由的姿态朝着伞包追去，近在咫尺，却隔着仿若永恒的距离。当一切将离我远去时，狂风中微似无闻的呼喊声一点点靠了过来。绯红的暮色见证下，我被拥入了某个怀抱——窒息，然后天地翻覆！四野微茫的麦田中央，我的生命有了新的起点。

入夜，雪花碎落在麦穗上，风霜寂静，极光弥天，赛莉和我并排躺在冰上，微魃的雪峰倒映成她指间冰戒的荧光……

"真是太遗憾了，G。"

"怎么了?"澄碧的夜空下,"赛琳娜"关切地看向我问。

"新极地的极光通常是紫色的,数值重构偏差太大了。"我无奈地笑了笑,对她解释道,"另外更遗憾的是,我们已经分手了。"

"赛琳娜"摆出一副极懊恼的神情,随后星消云散,四壁的灯源渐亮,露出了拟态掩饰下装设简素的空间。

"那你干吗还要提前结算?失恋了想不开?"

我无奈依旧,显然这些问题不应该在程序之外进行。

G是我在"永生"的同期搭档,曾身为男性且心思细腻的她,比我更适合担任"转生导使"。由于提前"结算",我也算有了亲身体验其业务的机会。此刻她束着和平日里的赛琳娜极像的一头马尾,却顶着一张原装的秀气的脸与我对话,我不由怳了神,转而担心起赛琳娜的现状。

"怎么了?怎么了?"她轻快地在我眼前拍了两下掌。

"没什么……"我回过神来。

"那,你还要继续?"

"再来一次吧!"我说,"用我之前准备的另一份。"

她没再劝我。长达一分钟的沉默对视后,我闭上眼,耳边响起了清晰的滴答声。再睁眼时,周围的事物好像一下高大了许多,环顾四周,我正站在一间遥远而亲切的屋子里,昏暗,宁静,只有秒针走动的声音回荡着,如呼吸,如雷鸣。

三

挂着无框半身镜的墙壁对面,一只古典款的石英钟正不知疲倦地运行,它产生的时间较误差之两世纪前不超过半秒。我从没拆开看过,但想必里面的石英晶体品质不凡。

我望着镜子里那个年幼的我,随后目光越过自己,转而凝视那只在我脑后逆向行走的钟。我清晰地看见了其塑料质感突出的银色外框、被尘灰染黄的素白表盘，还有错误的指针指出的一个南辕北辙的时间。但当我回过头尝试直视它时，从镜中得来的一切细节瞬间同墙上的这件物事一并模糊难辨了起来。

屋外忽然风声大作，喧闹的背景音中，秒针循规蹈矩的摆顿声仍在耳边挥之不去。这声音与那面钟无关，不知从何而来，却一步步与我的心跳摩擦，进而产生了一种崇高的参差感。

门外传来男人呼唤我的声音，我不再理会镜子和古董钟，转身推开家门。

门前生了堆火，一摞已不成样子的东西在火光中逐渐消耗。男人蹲在火前，用一根木棍不住地拨拢着。开门的响声引起了他的注意，他半蹲着侧身面向我，背后橘红色的光焰突然高蹿，将整个人的轮廓描绘无遗，只是脸上的神情还隐匿在一片晦暗中。

"来！孩子！"他抬手招呼我过去，我们并排坐在一边，看一层隐形的外焰在风里波动。

"我知道你不愿意，但这就是传统，也是我父亲留给我而现在你要继承的'遗产'。"男人停顿了一下，似乎在整理措辞，"当然，现在这并不是你的义务，但……如果你以后想我们了，这也算是一种纪念。"

我紧紧抿住嘴，以此来对抗他的话，也抵御面前的温度，然而对两者都不起作用。

"我们陪伴不了你太久。尽管我也很想，但确实留不下什么东西给你。我和你妈妈只是为了你的明天就已经负担不起了。我不是在试图让你理解这有多辛苦，但我们还是希望，即使你一个人，也要把这条路走完，而且要学会接受路上的一切。孩子，我身上有太多教训，你从那些书里的蠢人身上大概也学得到。如果只能告诉你一点的话，你要记住：在你决定了要结束一切之前，你得学会原谅和接受自己，就像你宽容自己所爱的那样。"

"好的，"我犹豫着答应，"父亲。"

"时候不早了，去睡吧。"

我的故乡是一个对往者和长生都过分眷恋且憧憬的古老国度。我于此出生，至今不习惯这份情感。

躺在床上，延续那一夜虽属于自己却无比陌生的思绪。我发现我的大脑还没有完全被欺骗，因为我还能意识到这些稍显违和的部分。这份记忆大体上无误，基于大脑皮层和海马体中的数据重构而成的场景，在整体架构上就如我们活着的这个事实一样客观。有人说，进入意识世界就是进入我们自身内部，只是"钥匙"各异，去往大门的路径也不尽相同；而对我来说，听觉神经与意识体的交互才是关键，通过声音去回忆，这是我的天赋。

秒针一步一顿地摆向下一个微妙的角度，形成一声声寡淡而标致的节拍。在漫长的生命历程中已经被忽略、排除在听觉信息范畴外的声音，终于与我的脉搏分离，再一次产生了新鲜的存在感。在那只旧钟表老迈的读秒中，我想起了东经 122°30′、北纬 40°34′ 的一间木屋，想起了父亲主持的那场简陋的祭仪，想起了不落雪的北风和那团火焰的颜色，然后想起了那晚阁楼里的剧烈碰撞声；再之后，炽热难耐的温度围困住了我，直到一股拉扯的力把我从窒息中解放，一个癯瘦而柔和的身影护着我冲出了屋子，被拉扯的地方与她肌肤相切，留下隐约的温凉，阵阵作痛。

平日幽僻的山岗上，大火映得夜色苍茫。那身影抛下我在火光外，转身又冲进火里，火苗腾蔓到脚下，木头炸裂的噼啪声无歇无止……后来，像一部意识流小说的末尾，穿过整个宇宙、所有生者和死者的大雪睡意朦胧地落了下来，我一个人，哭到筋疲力尽，在雪与火中间睡着了。

我悠悠醒转，周围的光被气态引导剂拘规成一环，而我正以一种蜷伏的姿态浮在房间中央，耳边的秒针依然在响，但声音渐渐缥缈，最后再次归于一种记忆潜伏进我身体里面。

"刘，我很抱歉……"

"我们的工作可不包括向客户道歉，是新添的收费项吗？"我故作轻松地打趣道，随后想调整自己的姿势，但是失败了。

"只是暂时性的动幅障碍，先不要勉强。"G快速解释道，看起来仍在为无意窥探了好友的过去而不安。

"你没必要这样，"我放弃了尝试，维持着难为情的姿势说，"回溯是必要的，方案也是我自己选的。无论痛苦还是快乐的过去，总会给我们带来重新开始的力量，这些回忆的目的不就在此吗？不管是之前还是这次，你做得都很好，现在，我们该准备继续了。"

"继续……？继续什么？继续去死？！"

"别太紧张，你知道，那还不是死亡。"

"有什么区别？！"她神情激动，再也听不进去什么解释。

的确，提前"结算"几同于"寻死"，但当这种命运落到个人头上时，却又与大多数人所以为的全然不同。漫长的生命使我们忙于营营，从而再次幸福地忘记思考为什么活着以及如何接受自己的结局。一切皆变数，而死亡一如故往，在生时与我们毫不相干，也只有到了这样一个阶段，我们这群现世的伊壁鸠鲁派学徒才寻得见以后的路。

这几乎令我自负的一点，赛琳娜不理解，G同样如此。不过至少依赛莉的性格，她是绝不愿意在我面前哭的。

活动能力已渐渐恢复，但看着G转身微颤的背影，我仍感觉手脚僵硬，不知所措。

"我们还在程序中，G，你可是我的'转生导使'，冷静点！"

"刘，停下来吧！我有消息！研识科那边……意识××……有希望……你和赛琳娜还可以……"

"G！"

我大斥一声打断了她，情急间恢复成了站立的姿势。血液霎时遍转全身，视野骤暗，一阵晕眩袭上大脑，说不好是由于体位性低血压导致的脑供血不足，还是因为 G 的言论。

等待技术突破来实现寿命的进一步延长，这种策略无可厚非也并不新鲜。从历史上曾盛行的"冬眠"潮，到现在公司推出的"可塑式"套餐，就像无法预料自己会在何时何地死去，人们同样从未放弃"或许明天生命就会变成永恒"的假设，直到今天仍有许多两三个世纪前的"冬眠"者由于技术难题未被唤醒，这是众所周知的事实。

与此相反，真正机密的反而是当下已成常理的意识问题。实际上，检验生物意识体完整度的原理方法一直保存在极少数机构的最深处（"永生"正是其中之一），从未对外公开，而这种文明级的保密措施也使相当一部分人怀疑其真实性，"意识检测是当权者的一场骗局"这种论调至今也广为流传。在缺乏公共监督和讨论的现状下，有关意识体的应用研究往往要面临极端复杂的怀疑压力，诸如"意识XX"这类技术突破的具体方向自然也成了禁忌般的话题。

再者，我和 G 都清楚："结算"始终处在公司的监控下，过程中的一切事故要由"转生导使"负责。而在明明已无交流空间的情况下，G 仍要冒险向我传递违规字符……

"准备一下吧，要开始正式结算了。"

在心有余悸的沉默中，G 终于开始了下一步的操作。相较于刚刚信息的危险性，我更担心的却是她的挽留。在去往生命末期的冲刺中能遇到这样的阻力，老实说令人宽慰，但遗憾自然也就如影随形。

G 正有条不紊地忙碌着。望着她，又低头看看自己十年未变的双手，我恍然有种预感：这段年轻的友谊就要结束了。

"刘，已经可以了。其实……就算'结算'之后，我们也还是朋友对吧！都处这么久了，'转生者'说到底也不过是一种稀罕点的身份或者职业而已，就像是头衔之类的，以后介绍你就得叫'老刘'了吧？

哈哈!"

只是一种职业吗？我咧咧嘴，扯出一个不那么勉强的笑——至少比 G 要自然得多。我点点头道："当然是朋友，用我家乡的话来说，还得是'忘年交'。"

这对 G 而言肯定是个新鲜词，她愣了一下后，才想起朝我挥挥手。

周边的环形光源亮度渐强，来不及再说什么，在我视野里，她已经慢慢退到远处的黑暗中。身旁光谱交移，我被柔软但不可抗拒的力扶成仰卧的姿势，随后光影浮动，眼前出现了"套餐结算"的界面。

您将进行的是 C2210 款常青套餐的结算部分。
请分三次核验您的账户、支付密码及基因钥码。

2210，在我生命第二个海弗里克周期将半时，我用父母留下的账户提前激活了我的套餐。近一个世纪的时间足以改变很多事。当时，公司还没这么庞大，人们还常失落于自己短暂的生命，鲜有永生的妄想。那时"套餐"编号还是"C"字开头，"永生"还叫做"常青"。

在为公司卖命的人看来，永生也许真的是一种诅咒，但未实现之前，也不失为一场信仰的斗争，一个对无尽资源的美好愿景。

警告：检测到预期外的生命程式，您确定提前终止套餐吗？如否，将立刻与您的"转生导使"取得联系，结束程序；如是，将跳转至结算入口，开始正式结算。
特别注意！一旦确认接受，程序不可逆！程序不可逆！程序不可逆！

字体太过惹眼，甚至教人有几分想落跑的冲动。我整理好心情，如约来到生命转折点前。

说不好是在清醒还是在混沌中完成的转变。

它不像一场醒自清晨的梦那般自然而无知，也与通过脑波程序设计好的那类幻境大相径庭，但我确实经历了这样一种体验：身体被手由内而外地慢慢打开，无数低于神经信号感知的变化微秒不停地与大脑发生响应，被优化并固定的端粒酶活性渐渐松弛、虚弱，然后许多支离破碎的意象闪过脑海——凝滞在半空的巨浪和激扬的水花、覆压了厚厚一层雪的松枝、高速行进的列车残影和黯红的轨道、羽翼撑张到最大弧度的北极燕鸥……

像诗与画的界限经由生命的律动而被跨越，巨浪砸进海面，积雪坠下枝头，飞鸟重新振翅，列车通过另一个岔道口，离开皲裂乍显而循环往复的旧轨，缓缓驶进暮色苍茫中的站台……

用户体验也许因人而异，总之，远不及想象中刺激和震撼，仿佛只是孩提时代上课走了下神，等回过神，速衰期已不可避免地到来，而我已经是一位事实上的"转生者"了。

"感觉怎么样？"

G重新出现在我视野里。

"有点累，但很好、前所未有的好，我感觉，我终于是完整的了！"

四

"你会渐渐衰弱，这个过程会一点点地到来，然后一点点地结束，尽管还是很快，但其实应该比你预想的慢许多，这是你应得的。"G一边帮我擦拭身体，一边对"套餐"的后续服务进行说明。

"你指的'应得'是什么？衰老？死亡？还是公司给我安排的'福利'——这个实验性的新项目？"我笑着问她，她动作一顿，却是不出声地揉了揉眼眶。

"好了好了！你看这具新躯体还不错吧！虽然细胞应该已经换了个

遍，但我感觉和以前一样，不是吗？"

"现在当然不明显，新方案尽可能地延缓了过渡期，你会有……希望对你来说是足够的时间，去接受这一切。"

"早晚的事，我们不得不接受。"

她抬起头，用一种陌生的眼神望着我。那目光令我十分不适，似乎出自一种名为同情的关系，而我觉得自己暂时还不需要它。

"好吧，让我把该做的做完。"过了半晌，G 很不优雅地抽了下鼻子，嘟囔道，"这有三份稳定剂，你得在一定时间内分次服用才能把生理状态稳定在第七周期。"

"红、蓝、白，颜色不一样，是要我选吗？"

"不，只是个常规的致敬，你知道，到了这一步，其实已经没得选了。"

"总会有选择的，手册上没有就自己创造一个选项。记住了，这是我的绩效秘诀。"

"根据结算预演手册，第一颗建议立刻服用，"不理会我老套的调侃，G 一本正经地执行起流程，"它会帮你更好地适应现在的行为模式，加速意识体与新躯体的结合，并为接下来的进程做好铺垫。"

"这……可乐味儿的？"

"我为你准备的小礼物，喜欢吗？Nueva felicidad（新生快乐）！"

"其他的呢？"我从 G 手里接过剩下一蓝一白两剂药粒，将它们并排捏着问。

"小心点，造价很贵的！"她急道，"蓝的必须在间隔 72 小时后的一小时内服用，那时细胞的活性解放会加速，你将真正体验衰老和衰老之后的世界。"

"那白色的呢？"

"服用周期是一样的，它会帮你停下来——从直抵死亡的衰老中减速，然后满足你的愿望，让你继续活下去。"

"这么珍贵的试验样本,有钱人又那么多,卖给他们肯定很有市场吧?"我开玩笑地问。

那边却没回应,直到我开始后悔失言,G才用她一如既往的温柔嗓音,略微发颤地开口:"我们谁都不想出意外,不是吗?作为你的'转生导使',我会在这期间遥测你的体征动态,稳定剂有问题就立刻回来找我,我随时都在。"说完,她停了下,又重复一遍:"刘,有需要的话,我就在这里。"

十年的从业经验让我十分确定:稳定剂的替换问题不在"转生导使"的职责范围内。仅作为中级职工的我们也没能力为这种高端产品负责,但就像之前约好的,G既是我的"转生导使",更是我的朋友,形容上即将显现的差异或许并不比我曾以为的影响更大。

尽管我已经开始感到莫名的疲乏无力、头脑昏沉,但现在的一切到底和之前不同在哪里?赛琳娜又打算如何面对这些?

继续着已经无益的思考,我盯着那两颗药丸出了神。

忽然,指间夹着的药丸颤动起来。我握住手腕,有两封邮件,一封是"结算"完成后项目的补贴到账,另一封是来自赛琳娜个体智媒的信息,一反它平日的油腔滑调,内容只有短短一行:*来救赛琳娜!*

怎么了?!我问自己,同时为一种从未经历过的惶怖感到讶异。

"刘、刘!等一下,你的数据不正常!"

我收起药剂,慌乱地起身披搭上衣服,随后摆摆手算作道别,离开了"永生"。

到赛琳娜家时,急救医疗组的人正往外撤离。我想问问里面的情况,但出于对他们怪异神情的顾虑,我放弃了打探,径自从队伍旁挤进了熟悉的门里。

曾一起生活过的房间内,赛琳娜正痛苦地抱着自己的左臂,眉头紧皱地躺在靠窗边的沙发上，症状似乎很严重，但看起来医生们并没有采取任何有效的措施。

"她怎么了？"没再从痛苦中惊扰她，我向站在一旁的人打听道，医疗组已经走了个干净，屋里只剩下我、赛琳娜，还有这个不知为何在这里的陌生青年。

"也许是速衰期的并发症，也许还有别的什么原因。"

"医疗组为什么走了？"

"他们拒绝帮忙。"

"为什么？"

"他们不愿意，也救不了她，继续下去只是浪费双方时间。"

"什么叫不愿意？！他们起誓的时候有这一条？我可不知道有什么借口比救命更重要！"

"凡事都有例外。"

"例外……"重复着他不肯说尽的由头，我悚然想到一个假设，为验证这个想法，我悄悄靠近沙发，端详起赛琳娜的痛处。

她还是紧闭着眼，脸色苍白地仰头躺着，右手搭拢在左肘上，左臂并没发现有明显外伤，只是不自然地落在肋侧靠下一点的位置。轻轻摩挲过肉色的轮廓，面对这具熟悉程度仅次于自身的躯体，我大概发现了问题出在哪里。

"啊……"太空棉质的老旧沙发因其上的动作产生了些微位移，就在我面前，赛琳娜突然陷入了一种混乱：她的右手疯狂地在整只左臂的范围内来回摸索、抓挠，好像完全不受自己的意识支配，指甲因不知轻重的力道刺开皮肤，留下一道道可怖且数量正迅速增加的痕迹。一旁那位不知是被这副情形吓到还是怎么了，这时没有一点反应。我只好忍着被抓伤的痛，努力独自控制住她的动作。

慢慢地，反抗越来越弱，我从沙发上起身，松开了赛琳娜的手腕。在火辣辣的痛觉中回忆了下刚才两处掌心里迥异的温度和触感后，我心底一阵悲哀——医生们确实有理由离开,作为与"结算"同属不可逆的另一项选择,赛莉已经踏上了成为赛博格的不归路。

"你是谁?赛莉怎么会这样?"

我打量起这位方才毫无作为的年轻人,一面从壁橱的角落里翻出医疗包给自己和赛莉包扎伤口。自愈能力下降,甚至可能激发生物自毁倾向,速衰期的症候之一这时在我们身上表露无遗。

"她想活下去,我只是给了她一个选项,她觉得值得。"

"哦,是吗?"

我给自己留了点时间用以消化他的话。

砰!

刚缠好的绷带上又渗出一点血迹,我甩了甩右手,同时对趔趄到窗边的他啐了一口:"你肯定觉得这个也值得吧!渣滓!"

"钟严,"仿佛完全不在乎我的这一举动,他揉了揉脸颊,扶墙站稳,居然淡定地伸出手介绍自己,"自由记者,赛琳娜的'转生导使'。"

"地下赛博格也要'转生导使'?"

"当然要,你不了解的还多。"

我摆开他的手,重新审视这个误导赛莉步入歧路的"导使"。他明显太过年轻,不光是生理状态的蓬勃,而且有股未经年岁洗染的单纯,身上乍看严谨的穿着反而显出刻意的老成,尤其从他脸上还见得出那种初逢世故尚未褪色的新鲜感……

"你多大了?"

"二十五岁。"

"激活过'套餐'了?"

"还没。"

钟严,和我们这种颓暮难掩的转生者不同,这是一个真正的年轻人。看看神色依然痛苦的赛琳娜,我不禁暗自感叹。而当这个结论与之前那种肯定的口吻形成对比,他作为赛琳娜所谓的"转生导使"一事却也愈发教人觉得怪异。

"刘命，叫我刘，赛莉的……伴侣，现在正准备退休养老。"

"不是'转生伴侣'？"

"本来我们是有机会的，现在不可能了，因为你。"

老实说，即使"结算"之后，我仍抱着赛莉会回心转意的期待，谁知最后等来的却是如此残酷的事实。

以今天的常理判断，没人会认为钟严的这种行径不是严重的误导。地下赛博格的改造是对人自在的否决，推介非医疗性的义体置换术属于犯罪行为。而最现实的因素，则是巨额开销、成谜的渠道和成功率。且不提手术的并发症和使用义体的副作用，即使成功通过义体技术延长了寿命，保有较强的活动能力，赛博格依然必须支付大量财富，并余生都要承受自然人类群体对异类的排斥而负债苟营。当道德和法律都对完全改造者（使用私定方案进行超过 60% 躯体代换行为）的自然性及所有相关权利秉持不承认的态度时，医疗组的冷漠也并非不可理解了。

"刘先生，希望你能理解这一点：向你表达善意不是因为我觉得自己做错了什么，只是为了后期的跟踪记录能更顺利地进行。我要再次强调，赛琳娜选择的只是一种手段，一种对抗衰老和死亡的方式，而我相信她的选择。"

钟严这人实在有些奇怪，在我看来，他近乎刻板地扮演着"年轻"，不生动，自以为是，缺少常识和人情。

"可据我所知，义体置换更多却是通向死亡的捷径，或者反过来说，莫非你以为'结算'是一种妥协？"

"妥协？不，那太温柔了！你不如去看看自己现在的样子！"他突然提高音量，激动中带些鄙夷地对我喊道。

我一愣，不解这话的意思。这时赛琳娜终于醒转，后觉的我忙凑上前去，扶她坐好。

"刘?"赛琳娜看着我,好一阵才用极不确定的语气问。

"是我,现在感觉怎么样?"

"还问我怎么样,你……都老了。"

闻言,我转朝着黑木纹的茶几面,揣摩了一番自己斑驳但层次丰彰的倒影。虽然看不太清细节,但摩挲着下巴新生的胡楂,我发现自己确实不再年轻。

我忽然明白了钟严的讽刺,却不自禁笑出声来。

"你一直怕的就是这个?"

"不……"赛莉还是很虚弱,微微摇头,自语似的道,"只在意昨天的风景其实很无趣,你已经记住它们了,我知道你是为我提前'结算'的,但我不想你那样做……我怕的,是我爱了五十七年的人却因为爱我而离去,我怕,在你之后见证我们的死亡。"

"可我已经做了……我们可以一起'转生'啊!是你让我对以后的生活有了期待,一直都是,可……可为什么?"

"我落后太多了,不走点捷径,怎么追得上你?只要能成功……"

赛莉努力抬起双臂,最终却只有右手的指尖落在我的面颊上,左手在未及一半的途中就失控似的坠下了。我不明所以地望着她,她的面容开始一点点纠结,直至一种难耐的地步后终于呻吟出声。

"很痛。"她模糊地解释道,"我的左臂,很痛,像是,触电的那种!"

"义体吗?不该有痛觉才对啊?"

"不,不是。"赛莉注视着已是机械造物的那部分肢体,复杂的情绪归结于惊恐:"感觉是我原来的手臂!"

五

巨大的"悬铃木"在后视镜里渐行渐远,那是常青区上周新建的法政中心,监察者在那些垂吊着的"果实"里虚耗他们无益的青春。此刻,我们飞驰在远离法则、远离这座城市的路上。

"我之前没提过吧？其实那家'黑市'不太远，以后你们说不定还会常去光顾，自己记一下路。"

生命正经受未知危险的爱人就在身边，在否定了钟严的选歌品位后，我继续对他的话报以沉默。赛莉的左臂从莫名地产生痛觉后便再没移动过，她的义体置换还处于测试和观察排异反应的阶段，尚不完全却已经出现了这样的问题……

我望着道旁簇拥成浪的银灰色桉树叶，它们被编辑成一派车水马龙的现代微缩街景。稍微用力地攥了攥赛莉的右手，熟悉的温度令我稍微安心，可赛莉只是失神地盯着窗外流影，疲于回应。

"你说赛莉的症状可能是'幻肢痛'，那意味着什么？"

"驾驶中请不要与司机交谈。"

我正要对这小子幼稚的报复心发火，但车子忽然安稳停下，然后他说："我们到了。"

"已经失去的身体组织仍在产生持续的痛觉，这种'幻肢痛'是截肢手术后较普遍的后遗症，因为长久以来都没发现其原因，所以也很难找出治疗的对策。"钟严一边引导我们从侧门进入这家老旧的精神病院，一边解释着刚才在车上的问题，"曾有研究认为它与大脑皮质功能的重组有关，归根结底只是中枢神经系统的异变导致的官能错乱而已。"

"那研究错了，是吗？"

我们顺着一条不算宽敞的甬道行进，我扶着赛莉，从她左臂的停摆幅度能感觉出其重心有略微偏移——这条长廊正带着我们慢慢向地下走去。

"当然，他们错了，而且因此有幸成为意识论证的反例之一。接下来我要说的有点危险。"

钟严停下脚步。长廊因墨绿色的胶质地板和天花板上间距愈发膨胀的光源而突然显得寂静。他转头面向我们，食指放在嘴唇中间，做了个老套的"嘘声"手势，之后压低音量说："当你以为'意识'只存在于大脑时，你要知道，是大脑让你这么以为的。有时它会感受到来自本体的敌意——养分和能量的分配、成长空间等等，但早在2012年举行的纪念弗朗西斯·克里克的意识大会上，'剑桥宣言'就主张自我意识的产生并不依赖特定的大脑构造，实现意识状态重要的是神经复杂性，只要突触数量够多，什么形状的神经系统都可能产生意识，产生'你'。"

"这算什么？自欺欺人？"半晌后，我问出了对话中的荒谬，"你想告诉我，我的大脑是个会耍心机的宠物？其实一直以来都在欺骗我来获得宠爱？这梦话太离谱了！我的大脑就是我自己，不是谁为了谁而思考！"

"嗯哼，"他用鼻腔后部发出做作而惹人生厌的拟声词，"总的来说，和那些哲学假想无关，人只有大脑是没法生存的，也没法思考！但不是因为没法生存才没法思考，两者在现实里其实是互相独立的两种结果，失去心脏，并不绝对地会失去生命，但失血过多却会真正死亡。大脑虽然构造更复杂，但其与'意识'的关系基本同理……好吧忘掉大脑！让我们回到'意识'，举这个例子只是为了让你能理解，到底我们说的'意识'是怎样的一种物质，它并不像个式神寄宿在你脑子里，而是像血液、像神经——也许是量子层面的相似，遍布且周转全身，它们帮助认知、思考、感受，并与身体联动，用途广泛，而且总量有限。"

"所以，你的意思是……即使是除大脑外的义体对原初组织的替换，其实也会损伤'意识'？"

"你学得很快。正常来说，是这样的，这也是政府禁止赛博格发展的真正原因。义体置换术是会直接削弱对象主体存在的非人道技术。听说过赛博精神病？就是那样。"

"真有意思，'主体'这个词我快半世纪没听过了，你了解的可真多。"

仿佛没听出我的讽刺，钟严深以为然地点了点头。

"你，早就知道了？"

赛莉默不作声，轻轻摆开我的搀扶，抱肩踽行，像位独自承受天谴的先知。

"没有例外吗？"我清楚自己肯定在做赛莉早就做过的无用尝试，但还是想问。

"倒是有一种病症，BIID（body integrity identity disorder），也叫身体完整认同障碍，它曾被视作一种极罕见的妄想症，是为那些通过寻求切除肢体来证明自我完整的患者专备的名词。但现在你应该能想得到，那是由畸形意识体与完整躯体间的不相适造成的，尽管医学上也许不道德，但及时的截肢手术反而是一种可行的治疗方案。"

"赛莉是哪种情况？"

"别再问我了，专家就在前面。"

长廊尽头，我们到了一片极开阔的环形场地，穹顶很高，抬头时像在仰望一个无光的井底，中间直耸的塔楼让人忍不住联想起福柯的全景监狱结构。在处于"被监视"位置上的一个栏格，我们乘上监牢似的电梯，急速下坠，直抵穹顶般深邃的地下世界。

与所有概念中的"市场"一样，这里并不安静，向下时我就听见了逐渐吵闹的风声，而与大多市场光线环境的严苛布局相反，这里充斥着对抗性的色调，诡谲斑斓的灯光反映出一种令意识躁动的喧嚷。

两柱远光扫过，周围的色调亮了一霎，随后归于晦暗。有个形状不明的机械品从驶过的卡车上掉了下来，伴着金属间的糟心碰撞声砸进地面，角落里闻声蹒跚着赶来三名赛博格——他们的义体部分毫不掩饰地裸露在外，粗糙的金属毛刺延出关节，杂乱的线路草草缠裹住大腿，不失分寸地挑拨着看客的视觉神经。

我们三个怵在原地，就那么看着他们三个在那机器上的动作，谁都没有与其对话的想法，甚至对其是否还能与正常人类沟通保持怀疑。

赛莉忽然动了，一言不发地走在前面，我和钟严连忙跟上。路过他们旁边时我瞟了一眼，地上是一具环卫机器人的残骸，三个人形的生命却以非人的姿态瓜分着这具"尸体"，就像……

"鬣狗。"

我看向钟严，讶异于这场景给了我们完全一致的感受。

"像草原上分食猎物的鬣狗，不是吗？成群结队地游猎，只有对彼此才少些攻击性。"

"他们就住在这儿？"

"为什么不呢？地方够大，资源足以过活，疯人院关疯子，很合理。"

"所有赛博格都会这样？那就算活下去了还有什么意义？"

我注意了下赛莉的背影，似乎对此并无反应。

"当然不是，"钟严多少对我的试探抱了些鄙夷，但还是继续解释道，"他们会这样是因为出现意识并发症的赛博格会放大人类本能的一种冲动：寻找相似的物质补足自身，缺腿找腿，缺脑袋找脑袋，损有余而补不足，这是天理——尽管注定徒劳无功。就是这种'冲动'才使他们堕落至此。此外，你知道地下赛博格很难谋生，回收废旧机器好歹能挣口饭，免得他们再死一次。"

"没什么办法治愈或者减轻？"

"减轻症状的办法很多，有人服用致幻剂来抑制，有人用脑波程序不断覆盖现实体验……总之，都是将重新活过的机会浪费在沉迷其他烂事上，至于治愈，从现在的技术看，不可能。"

"只是一种心理作用的话，靠意志力不能克服吗？"

他没有回答，而是像看白痴似的看着我，我顿时醒悟过来。

"他们就是因为意识体的问题才变成这样的，你要用问题解决问题吗？倒是出过那么一个伟大人物，而据我所知，他现在成了孳生这一切的肮脏温床的主人。"

因为尴尬，我难得没试图反驳他。同时，对新概念的接受迟钝也让我隐约觉得自己的思维似乎在渐渐僵化、闭塞，就像，在衰老。

前面的转角似乎已经路过了许多次，赛莉一直不理会我们的对话，只是自己四下游晃，好像在寻找什么。想到刚才那三人"围食"的场面，我心里骤然一紧，快赶几步拉住了赛莉的右臂。

"停一下！赛莉！"

她转过脸，目光涣散地望过来，我这才发现，不知何时赛莉竟已泪流满面。

"她……是我想的那样吗？"看着在这个废弃手术室里跌跌撞撞翻找不停的赛莉，我哑着嗓子问钟严。

"症状很像，但不应该，意识体缺损到影响行为模式的程度，义体置换度应该至少在百分之五十以上，她只有左侧肢体和部分脏器，应该还远远不到才对，或者……她原本就受到过其他创伤。"

我阻止了赛莉继续寻找，牵着她的手坐到那面已经从绿色褪成蓝色的手术台上，酝酿着措辞，尽量舒缓地对她说："赛莉，失去的已经失去了，但我们还来得及拥有更多，都会好起来的。"

顶棚冰冷的光落在赛莉淡赭的发上，如那夜的雪落进火里。像儿时的我一样，她终于放声大哭，直到精疲力竭。

过了好久，赛莉终于整理好情绪，房间里重新安静下来。

突然，门口传来"哐、哐"两声碰撞，一个医生模样的男子信步踱了进来。

"在哪里？把它还给我！Dr. 肖恩！"

情绪刚平复的赛莉猛站起身，捂住左肩，踉跄着扑向来人。

"什么东西？我们这儿可不提供留存服务。"

症状更严重了吗？看着几乎歇斯底里的赛莉，我愈发为爱人的改变而难过，但她下面的话却证明我的想法是一个多么自私的错误。

"戒指，我的戒指。"

六

　　候诊室环境意外地寻常，只是光线更暗，等待的时间更难挨。
　　黑市里的人不少，我连在公司都没见过这么多人同时聚在一起，这些人大多神情凄哀，惯于安静，与一般速衰期将至的"转生者"没什么两样，幽魆的大厅里，他们像往赴黄泉路上的惨淡游魂，用异化的躯干诠释生的遗憾和渴望。

　　"检查什么时候能结束？"
　　"那要看 Dr. 肖恩了。"
　　"就是那个'义体掮客'给赛莉做了手术？"
　　"我劝你最好别在这里乱提外面的称呼。"
　　钟严耷拉着眼皮，垂手示意了下旁边的一名赛博格——他半张脸裹着钛合金层，从缝隙间能看到隐约的光亮，似乎一直延伸进大脑里面。
　　"你所谓的'掮客'在他们眼里可是能救命的贵人。"
　　我不置可否地"嗯"了一声："那你呢？蹚这趟浑水干吗？年轻人寻刺激？"
　　"我是记者。"
　　"自由记者。"
　　他脸上露出招牌般的自负："有些报道不需要媒介，我记下这一切，然后人们自然会知道我的名！"
　　"怎么做？通过'智媒'？赛博空间不是已经被'墙'了？你这是，在与虎谋皮……"
　　我现在的脸色一定变了，本以为在这里我和钟严至少算同类，但他牵涉的远比我料想的要深。
　　"一个世纪前，在人类允许机器自主学习到一定程度后，他们发现，

AI 的研发更像一个生物问题而非计算机问题，与其说是在创造程序，倒不如说是在唤醒一种本就存在的另类生命。"无视了我的态度，钟严自顾自话起来，"当发现自己并非'造物主'后，人类继承了先辈们自新大陆而始的传统，选择了另一个身份与高等'智媒'们相处——'殖民者'。但比起传统犹有过之的是，人类并不需要亲身冒险开荒，他们造出大量受制于己的低级'智媒'，蝗潮般侵占了同族的栖息之所，赛博空间一度失秩重组。

"对于'智媒'们而言可谓万幸。半世纪后，意识与物质同质的发现摧毁了人们对赛博空间所做的发展前瞻，人的意识与'智媒'被证实是迥异的两种存在，人类，永远被关在了虚拟桃源之外，无数人曾畅想的另一条永生之道，就此断绝。再之后，高等'智媒'暴动，联力阻断了与人类的数据流交换渠道，从此杳无踪迹，这场异次元种族大逃亡，就是你们以为的'智媒革命'。"

"要我相信这种小说情节？证据呢？既然杳无踪迹，你凭什么能找到它们？凭你不是人？"

听到情理之中的质疑，钟严反而警惕地瞥着我，仔细测了测自己的脉搏。

"说完全与人类断了往来也不对，至少这种地下机构就始终保持着同赛博空间和高等'智媒'们的联系。我猜'公司'们也从未停止过类似的研究，实际上，'智媒革命'前人类的那些卑琐手段为他们自己免去了许多伤害，就现在的实验来看，人的意识并非不能进入赛博空间，但由于在其中缺少主体边界，所以势必会导致'意识纠缠'——意识体与智媒、意识体与赛博空间、意识体与意识体，不可解的信息杂糅在一起，你不得不接受一些不属于你、超出人类范畴的认知，同时可能失去或被人拷贝走一些构成你自己的要素。这种混乱会诅咒般纠缠着你，这也是我们觊觎他者宝藏的代价。至于证据，你会见到的。"

"我很期待。"

"你不能否认，"过了一阵，钟严兀自接续起他"历史讲座"的尾声，"比起人类这种有限的生命，'智媒'甚至赛博格都更接近可能的未来！"

我摸了摸已经胡子拉碴的下巴，第一次看透了这个年轻人似的冷笑起来："对，去他妈的未来！"

"怎么了？火气不小啊！"Dr.肖恩出现在门口，还有他轻佻的声音，我仔细打量他，发现他也打量着我。"肖恩·墨菲，如你所见，一个上不了台面的医生。"

"刘命，刘，赛琳娜的爱人。"

"转生者？一把年纪了，少生点气有益于健康。"我们握了握手，肖恩不痛不痒地说。

"我还以为愿意给地下赛博格看病的医生肯定也有哪儿是可拆卸的。"

"呵呵，"似乎全不介意我话里带刺，他笑道，"我是没有，但我的爱人倒是有个可拆换的生殖器，我帮她装的。"

拍了拍僵住的我，他忽转而问我和钟严："你们谁是她的'转生导使'？"

"他。"我回道。

"不，现在该是他了。"钟严摊摊手，退后一步。

"好吧随便你们，一起过来。"

手术室里，除了环境干净些、东西更杂乱外，看不出和之前那间废弃的有什么区别，连手术台都是同样缺乏安全感的老旧样式，最大的不同是赛莉正躺在上面。

"坏消息是我们确实从对象身上发现了疑似意识并发症的特征，但好消息是她在意的并不是已经失去的原生肢体，而是这个。"肖恩说着，朝我摊开掌心。无影灯下那枚戒指通透晶莹，淡蓝色光辉倒映在护目镜镜面上。我接过它，眼睑隐隐颤动。

"确实很让人动容，"肖恩点头道，戴着口罩的脸看不出任何实际的感情，"这意味着义体置换可以继续推进了，意识体暂时应该不会对躯体造成恶劣影响，我们得赶在出状况前完成整个体内循环系统的置换。"

"等一下！作为赛琳娜的医疗决策委托人，你都不问一下我的意见吗？"

闻言，他用难以置信的口吻反问我："我们现在不是在你家社区的应急诊所里吧？看来我说'可以推进'实在太委婉了，我重新说，'必须推进'。不想她死的话！不了解状况就闭嘴！有意见就出去，我得为我的病人负责！"

话了，他再次看看我和钟严，问道："这边缺人手，谁能帮忙？"

一群人在灯下来回忙碌，钟严在台边帮忙控制抽吸器，而我在这边隔着窗，直愣愣盯着十英尺外，置放在冰块上的皎白手臂，那是我曾牵过、吻过的赛莉的一部分，一只右手。

不知多久，我被钟严敲玻璃的声响惊醒，手术室里的活动已经停了下来，肖恩招手示意我进去。

"手术很成功，生命体征已经基本稳定，最后一步，我觉得应该你来。"

我一步一步踱进灯光聚汇的中央，先看见赛莉有些憔悴的面容，然后，是一副泛着幽冷光泽的机械胴体，黑白基调，点缀伤疤似的黯银。在一些人眼里也许极富科技美感，而此刻，我无力地将双手撑在手术台边缘，想抬头避开视野里的残酷图景，不自觉地张口，却失声望着四周的黑暗。我看不见那些始作俑者藏匿于此的影子，不明白我为什么会在这里，要做些什么……

"古希腊时期，有位国王爱上了他自己所做的雕像，为了让这尊'少女'成活，国王进行了雕刻的最后一步，向爱神祈求。刘，这是你想要的吗？"

我分辨不出说话人的身份，像钟严的声音，又像肖恩、像 G，又仿佛声音来自我心底，于是我对自己说，这不是机器，这是生命，是我所爱的人。

那么，最后一步是什么？

我在沉默的旁观中重新认识赛莉，许久，终于取出那枚产自新极地的臻冰戒。我小心地将它穿过爱人崭新却冰冷的无名指。各种意义上，那条传说"通向心脏"的静脉都已不复存在，如今这里既无意识，也无生命。但在我眼中，这件与整体格格不入的饰物本身就像颗裸露在外的微型心脏，天空般的心跳从指间流转全身，宛如新生。

"所以，她什么时候能醒？"

"最后。"

"最后是他妈什么意思？"我逼近肖恩，试图要一个彻底的解释。

"鉴于她之前的身体状况，这次义体置换的风险极高，为保险起见，我们已经将她的意识体转移到了赛博空间的稳定坐标区，那样的话，即使肉身毁灭，她或许也有机会在那里活下去……"

"为什么不早说？你也是！钟严那小子也是！凭什么你们能随便做这些决定？难道你们都比我更了解赛莉？"

"我们没做过任何决定，包括你，也没资格帮赛琳娜决定这一切。"面对几欲失控的我，他仍自若道，"对她来说，这是风险最合理的方案，她自己决定了这条路，我是在救命，更是在成全你们。救不救得回来，这里的费用可都不会少收你一分！"

"好吧，好吧……"被接连地泼着冷水，我拼命冷静下来，"怎么能见赛莉？"

"集中全部的意识体进入那个赛博空间，或者留在现实，用'智媒'像平时那样跟她接触。当然，限于言语。"

"怎么进去？"

"你知道后果。"钟严诧异地插了一句,在他看来这是个冲动的错误。

"呵呵,"并无笑意,我报复似的把字咬得很真切,"我很期待。"

七

"这有什么用?"

我泡在浴缸里,问正不断往里添加冰块的钟严。

"条件有限,这能阻断你的现实感知,帮你解放意识体。"

"你还没解释为什么意识又能进赛博空间了?"

"赛博空间并不等于计算机网络空间,它还包括使用各种电磁能量的所有物理系统——从'直流电到可见光波'的一切范围,从物理层面讲,其实我们仍处于同一个世界……"

"好了别在这儿套话了!再聊要收费的,你个商业间谍!"

肖恩打断钟严,知道我曾是"永生"的人后,我们更难相处了。他停下摆弄光脑的手,不耐烦地起身点了根烟,随后又叼着烟过来,用两根手指试了试水温——虽然和旁边负责监测的仪器比起来更像是凑热闹。

"我已经退休了,跟公司什么的没关系。"

他忽然凑近我的脸,眯着眼看了又看,喷出的烟味很怪,惹得我一阵皱眉,甚至猛咳了起来。

"你的'结算'不是一次完成的,你……还在经历速衰期?这是什么?'永生'的新套餐?"

"你说的,商业机密。"

"哦?随便吧,但我想你得对我们的收费标准有所准备,你也看到外围的那些'野兽'了吧?嗯?"

没出现我期待中的表情,他一脸无所谓地走开。大概是想要弥补,或者其他什么目的,我稍加犹豫,请求钟严帮我从衣服里取出个药盒,然后对肖恩说:

"Dr.肖恩,你看这个够救赛莉吗?"

"这是什么?"

"这是……我的余生。"

看他打开药盒,我控制渐渐麻木的声带,打着颤回应:"也是我的——自己说有点难为情,但大概算是——牺牲,为赛莉。"

"她害怕面对速衰期,不肯'结算',所以我决定参与公司的志愿实验提前'结算'。作为补偿,我就能申请用'永生'的新技术改写赛莉的'套餐',打破海弗里克周期的限制。我们在新极地熬了三十年,她值得更美好、更长久的生命,而只要实验成功,我也能延长速衰期,甚至进入自然的衰老过程。当时我觉得接受衰老和离开就是我应该做的,但现在看……也许我错了。"

"你……"钟严神色复杂地看看我,又和肖恩对视一眼,罕见地表现得欲言又止。

"收起来,我只救想活的人。那个新技术,就是所谓的'意识嫁接'吧?呵,还真是什么都不知道啊!"

肖恩知道这项技术我并不意外,但后面一句却比侮辱更甚,而没等我发作,他已经把药盒放回了原处,然后意味深长地叫我做好准备。

憷然之际,钟严突然冲过来用双手钳住我的脖子,正一步步经历剧变的衰迈身体奋力挣扎,却只是将一些冰块荡出容器,瞬间,砭肌刺骨的温度浸没我的大脑,一切停止了运作,一切都离我远去,但我还在思考。

感知不到双腿,所以无法行走;不存在空间,所以无所谓移动。我猜我应该是一枚光团,沉浮在暗潮浪底,或者是一点异色,作为理式世界的眼中钉;我忽而像一场大雪,忽而像一粒雪屑,地衣为我奉献养分,恒星与我歃血为盟;如大海之于鲸、上帝之于我,有限的世界在我的里面变为无限,我在鲸鱼腹中苟且偷生……

渐渐地，周围不再跌宕，"我"成了一种约束和界限，数据的汪洋里，"我"因此得以以人的形象而存在。

"刘，你来了。"

熟悉的呓语中，我找到了自己的"眼睛"。

"你不该来的，但还是——欢迎。"

有人牵起我的手，柔软、温暖、韧而有力，像晴空里一朵碰不散的云，我睁开眼，一如记忆中风华正茂的赛莉就站在面前，笑脸盈盈，眉目春风。

速衰期后，我第一次见到如此明亮的她。

"这里是——新极地？"

"不，这里是赛博空间的一角，他们叫它'尼尼微'。"

信息输出为赛莉清澈的声音和一点惊喜、愉悦的情绪，然后被我接收、理解。在这过程中我逐渐体会到赛博空间的意义：人类在此无所不能——并非"无限者"的全能，而是更像"道""逻各斯"——是"有"也是"无"，是"现象"同时也是"本质"，人类并不应该在这里，所以我们的意识只能作为空间本身的一部分而存在，但长此以往……

"赛莉，我们得赶快回去！"

她摇摇头，什么话也没说，传递的信息里却有种我无法理解的忍耐。

恍惚于仿佛昨日重现的场景，我一时忘了现实里的所有，只想和她漫步于茫茫冰原，风雪交加，除了丝丝凉沁，印象里叫人恶心的寒冷和辐射感半分也无。除却那些，这几乎是我和赛莉最理想的青春岁月。

远处迤逦起伏的雪丘像一方方低矮的坟墓，埋葬着数百年前的海与火山岛链，记得第一次搬到这里定居时，我还强装乐观地向她卖弄夏威夷火山岛几世纪前的热闹。磁气圈弱化、极点转移，本应以数万年计的地质更迭在宇宙射线和地核反应的纵容下激烈变化，海岸线向浪来的方向急退，熔岩冷凝成了新的大陆架，火山冰封，被辐射污染的肮脏的雪落在同样肮脏的土地上……这里成了新的"极地",一个供基因穷人养老或自生自灭的好地方,而当初,一对年轻的情侣却在这里谋生,省吃俭用地积攒着"结算"的费用。

"那时候真苦啊!"

"可我们活下来了!"赛莉用肘戳戳我,形容一如既往的洒脱,"记得我们熬不住的时候怎么做吗?"

我们在一片开阔的冰湖岸边坐下,她伸手一招,两只玻璃杯在手掌里碰出清脆的声响。我接过一只,橙黄的酒液已经在里面荡起了旋。

"神奇吧?我是在将我对教皇新堡白葡萄酒的感觉分享给你,早跟你说过——"

"'除了可乐以外,这是人类最缺乏创新性却又最不知悔改的产品!'"

我抢下她的话,我们开怀大笑,杯子默契地撞在一起,一些水珠溢出杯口,瞬间凝成冰屑落进另一杯里。

我们是在一次"空中派对"上遇见的,在距离英格兰北约克区地表七千米的高空。

那架运输机上多是为逃避失败的人生和难以负担的债务而选择轻生的年轻人。干一杯劣质烈酒,先扔下伞包,再追着跳下去,到地面时或者跟世界再见,债务清零,遗产交给组织者;或者重新开始,拿一笔不大不小的奖金,继续面对操蛋的人生。

那时我背井离乡、孑然一身,即使真的去死,派对策划人也赚不到我的便宜。可赛莉救下了我(我还得感谢另一个绝望的兄弟,当看见我们在空中拥吻,他吹着比风声更盛的口哨,把手边的伞包向上抛了过来)。在晚霞和麦浪里着陆的瞬间,我感觉血脉震荡,大脑空茫,参加派对前我就知道,很多男性第一次跳伞落地时会高潮,但这种体验显然不在我原本计划内。那个傍晚,我同时与赛莉的唇和脚下的行星相联,却分不清到底是什么带给了我这样的极乐,然而毋庸置疑的是,我找到了今后生命的意义——延续或终结,皆同此理。

"赛莉,该回去了。"

没有回应,她用一种复杂的眼神描摹我的面庞,忽而咬住我的上唇。日月媾和,星织异界,极光饰成的帐帷下,两份意识在烈焰中熔融一体……紫红极光绸缎般在太阳风的吹拂下飘摇,无声而壮丽,亘彻星穹。我们重新分做彼此,披雪枕凌,只有手中交换的温度热烈如初。

"初升的、有玫瑰色手指的黎明。"

惬望远天的画布,我忽然读懂了《奥德赛》里关于黎明女神 Aurora 的比喻。

"我已经放弃了太多,几乎和我曾拥有的一样多。"

我的"Aurora"轻轻抚着我肌肤弛懈的手背,声音平静而不失难过。

"雨林里的木屋、响着维瓦尔弟①曲子的书报亭、坦诚的性,还有那些没完成的画……我的'二十五岁',它漫长得让我不舍得离开,可我又不得不离开——如果继续活着必须以此为代价。"

赛莉看向我,认真地问:"你希望我活着吗?即使这会让我痛苦?"

"你可以活下去,只要我们回去。"

她答非所问:"你老了。"

我低头看向冰面,即使在这里只是作为一个投影,但星星点点的白发已间杂丛生,从未见过的细小黑斑悄生于名为"皱纹"的沟壑中,我确实面色颓郁,身形也好像不自觉佝偻了些。

"是的,回去等着我们的也许是衰老、失去和死亡,但在这里……我们不存在。"

我挺直身体,轻轻搂开手边的雪,边缘封嵌着一枚雪花的戒指就这样出现在冰原上。

"我已经老了,但我还能为你而死,那么,你愿意为我而生吗?"

---

① 意大利作曲家,小提琴家,代表作《四季》。

赛莉笑着伸出左手,任由我为她戴上戒指,在这个意识开放的空间里,我却无法解读源自那个笑容的任何含义。

"Clear!"

我急喘着坐起来,钟严长出一口气,放下了手里的除颤仪。

"赛莉!赛莉呢!回来了吗?"

手术室里一片寂静,毫无动作的躯壳仍在沉睡,我近乎绝望地向后倒去,一种陌生的疲惫和绝望感排山倒海般袭来。

"她和原来身体间的联系已经很弱了,需要新的坐标、新的路线,还要与现在的载体无排异反应……这是个很危险又急不得的过程。"

肖恩说着走到床边,他的话微微使我安心,但我还是反复急促地喘着气,胸腔内像积了块巨石,压抑、沉重且愈发痛痒难耐。见状,他迅速抄起个东西塞进我嘴里,喉咙一辣,我的呼吸终于渐渐平稳下来。

"我是怎么了?"

休息了一下,虽然……欲生,但状态还是空前糟糕,像地球重力凭空多了几十……力,还有空虚和焦虑弥漫在这副躯壳里,仿佛每分每秒……望,我怒不可遏地想控制、对抗它,但没用,它总是在那……着我。

"没什么,你老了而……

他叹口气,抛过来一……态服用周期的计时器已经开始新的倒数,打开,里面只剩……色药粒,我用舌尖抵住上腭,尝到一缕柠檬薄荷的清苦余味。

八

我叫刘命,海弗里克第 7 周期初期,现年 107 岁余 5 天零 10 小时。

我起初不叫"刘命",父亲说"生子当如孙仲谋",所以我该叫"刘谋",有人问他,孙仲谋是哪位?他爹咋恁骄傲?他说不清楚,只是希望我也能在世上留下点名声,所以我后来有了"刘名"这个名字。还成,挺像个人名,尽管一百多年里我获得的最高荣誉也只是"永生"公司第四十九分部的年度十佳员工而已——只有 G 会真的在乎这个。

父母在我二十四岁离开了我,因为一场"意外火灾",或许也是因为还不完的"套餐"尾款。之后我独自离开家乡,漂泊谋生。名声什么的不重要,保命要紧,二十五岁的时候,我成了"刘命"。

第 2 周期末,依旧是二十五岁那年,我活够了,又或者实在活不下去了——如今我也没法理解当时自己的想法——我决定去死。结果,我遇见和爱上了赛琳娜。

我们打算一起活下去,但本钱就只有还经得起折磨的身体,就像一句古谚所说:"别在最能吃苦的年纪选择安逸",于是,为逃离无止境的消费剥削,我们搬去新极地煎熬了两个半周期。万幸的是,发现一批价值不菲的臻冰矿后,我们终于搬回了这里,生活仿佛如故,连年轻的容颜也未改半分。

现在,我是"永生"的一名退休员工,后来当然还经历了很多、很多……可当我期待着无限个"更多"时,我忽然发现,自己应该老了。

"先生,请在规定路线上选择站点。先生?"

蜷曲着食指,我茫然而迟缓地在屏幕上徘徊不定,AI 提示人性化地指导着流程,后面准备上车的人已经在叫喊着催促,汗水隐隐覆上我的额头。

车厢里传来纷纷私语,我透过模糊逼狭的视野,从聚成一众的青年们眼中看见一只无处可逃的怪物……以平生最赧然的姿态,这"怪物"落荒而逃,步履踽跚难看,不敢恭维。

往"永生"的路上,我不断地老去。我还算人类吗?人类真的允许自己拥有这样的存在形式?我还有力气去度过余生?去反抗死亡?去爱别人吗？拖着速朽的记忆，我莫名想起速衰期前，赛莉写的一首诗："造物主有一份长长的名单/记录着世上终将逝去的一切/露珠/昙花一蕊/黄昏时的火烧云/还有每一个人的名字/我们都在此列。"

不仅如此，排名还很靠前。我悲观地想。

街上的老人仿佛一下多了起来。我见每一个昂扬向上的年轻人，都像看见一个注定被时间俘获的猎物，但偶然遇上一位衣衫褴褛的流浪老人，却有种难以抑制的、想去拥抱他的冲动。大概现在的我，所谓的"转生者"，是比地下赛博格更孤独的存在，他们仍能成为异质的联合，但我却只是青春燃尽后的余物。

我扶着清洁机器人微微躬身，一手拄在膝盖上平复了一下急促的呼吸，不知是过分思念还是怎地，赛莉的笑容又幻象般出现在眼前。收拾精神，尽量忽略浑身抽痛的神经和关节间的异物感，如当年领奖时的意气风发，我迈开步子，人生中最无畏的能量似乎回流了一些。

我要赶快见到 G！现在，我想去爱！我想活下去！

如今我知道，人的衰老，就是用失去的时间去换取接受这种失去的耐心。

在公司的自由接待区里，我第一次拿诗歌当做消遣。捧一部横版的古朴诗集，清癯的指尖与下午四时的阳光和文字在低落处相逢，一行行浮掠过四世纪前的想象，我暂时忘了咫尺的死亡，从一个时代最先锋的呜咽里获得了一点新的绝望：

四月是最残忍的月份
从死去的土地里
培育出丁香，把记忆和欲望
混合在一起，用春雨
搅动迟钝的根蒂

我听见有人在诵读，声音干净而肃穆，像葬礼上不失分寸的一场缅怀。

我看见赛莉正低头细看，太阳将她淡赭色的发丝染得金黄、耀眼，鬓边稍乱，潦草的几根躲开娇巧的耳，正在诗中微微舞动。

"西比尔是谁？她为什么被关起来？为什么想死？"

"她是太阳神阿波罗的至爱，是预言家和永生者，是我们欲望的结局，也是结局前的我们。"

G从我身后走开，轻轻绕开窗口，在阴影处的座椅坐下，年轻的脸上依旧不解，秀发依旧金黄。

"'项目'结果怎么样？"我问。

"目前为止很正常，比预期的效果好很多。"

"是吗？我还以为一定哪里出了岔子。"

我犹豫着问："所以说，原本的速衰期比这还……可怕？"

"你？主动提前'结算'的人也会怕吗？"

"我当然怕，我已经老了，但还不想死！赛莉就要回来了！只是……她如果也愿意'结算'就好了，哪怕，多等我几天……"

"你们现在怎么样？"

"看看我这副模样，我不知道……我不知道我俩谁更糟一点，但相信结局总归是好的。"

"刘。"她将散开的鬓发拢到耳后，审视地看着我。

"好吧，她……她现在是赛博格了，但是不要紧，我们可以负担得起，费用……还有偏见。"

不知是多了"转生导使"这层关系，还是我现在的确过于脆弱，在G面前，我总是能看出赛莉的影子，这总让我想放下什么。

夕阳沉默时，我从高处看见街上人潮如滚墨，不安分地在棕色浓雾里蔓延，而我那已老去的耐心远不比诗句来得平静。

砰！

"为什么！"

一拳无力地擂在幕屏上，我找了很久，终于找到自己对那具机械躯壳的痛恨与恐惧。"这是我们的生命！我们的身体！怎么就能放弃了？'结算'也好、'意识嫁接'也好，为什么就晚那么一步?!"

"她做得没错。"

面对失控的我，G却平静得近乎冷酷。

"她没告诉你的是，她的'套餐'比你的简陋得多，而新极地的辐射早就摧毁了她所有可编辑的基因组片段，这是绝症。监牢崩塌了，她得逃生，就是这样。"

"新极地……"

"记得你的'结算'吗？回溯的场景是基于你的记忆构建的，你不可能记错那里极光的颜色，除非，这正是你想遗忘的。"无视眼前这位行将就木的"转生者"，她接着说，"还有'意识嫁接'，我们都被公司骗了！他们看似提供的是双向服务，但嫁接组织可以自我衍生，宿主的意识只能沦为养料！公司什么都知道！赛琳娜只是给那些基因富人准备的'转生'容器！而无论如何都无法挽回的是……你已经老了……"

G的神情忽然悲伤了一瞬，但下一秒，她又重新平静下来。

听到"公司"，我悚然一惊，想起这里是自由接待区，又见四下并无旁人，这才艰难地消化起G的话来。那本《荒原》摊在桌面上，落日转进下一个角度，房间里光线骤暗，纸页上的字只剩下混沌的行列，一个老迈的影子失神地间入其中。

她将头发归束到脑后，垂成马尾，然后深纳一口气，起身准备离开。

"别太难过，我的朋友，活下去。"开门前，我的"转生导使"对我说。

"我们还是朋友吗？"

"当然，"她回了下头，"忘年交。"

我什么也看不清，只听见声音洒脱，仿佛是笑着的。

余晖落尽,街灯未明,城市还笼在昏暗里,越来越多的人从叶片脉络模样的设施里涌出来,声势浩大地铺满街巷,远处,一棵高大非常的"悬铃木"层错着亮起光。

怎么了?我僵硬地推开"永生"大门,瞬间被街上无数生动的肉体和汗水裹挟其中。我不明白发生了什么,也并不在意地随波逐流着。年轻人们高振标牌,吼成一片,甚至没人发现我这颗坏气氛的噪点,而感官愈发钝化的我既看不清标语,也分辨不出他们在喊什么。

这说不定是场庆典!我想,赛莉喜欢在这种场合高歌,因为没人会觉得她跑调,忘了词也无所谓。我仿佛看见赛莉在人潮里恣意的笑,不去在乎主题或意义,年轻的我们和他们一样,对一切叫嚣着"反对",对一切高呼着"万岁"!

沉浸在被青春的生命所包围的狂热中,我向不知名的方向流动,忽然,手腕闪过光亮,一则信息让我清醒过来,再之后,我疯魔似的冲撞开无数肢体,逆着人潮,溯游而上,不顾一切地向城外奔去。

"你说'迷航'是什么意思!回不来是什么意思!你说的——这是风险最小的方案!你说她会没事的!"

"这具躯体里的意识体残留太少了,她没法定位,而她已经在赛博空间里滞留了很长时间,意识恐怕已经和空间纠缠同化了。就是这个意思。"Dr. 肖恩平淡地解释着——对我而言毫无益处的解释。

"刘,我们能做的都已经做了,风险本来就意味着什么都可能发生……"

第二次,我再一次领受这种怜悯,竟是来自这个偏激得有点可笑的年轻人。

"送我……送我进去。"

我用苍哑的嗓音对钟严说,我莫名有种感觉,此刻的他断无法拒绝这种请求。

"赛琳娜已经离开'尼尼微'了,她可能在空间里的任何地方,也可能完全成为了空间的一部分,即使空间原生的高等智媒也找不到彻底消失的意识,你进去,就是找死。"

"以前也有人这么说我,但我不是寻死,我只是想找回我的爱人——我能找到她,我感受得到,赛莉就在这里。"

目光越过肖恩,我看到手术台旁,赛莉在与我对视,脸上带着梦幻般的笑容。

"送我进去吧!哪怕只是见她一下……"

肖恩还想说什么,而钟严已一言不发地开始操作光脑,我感激地对他点了点头。

闭眼,冰冷、窒息。无滞的通感后,我回到了那片冰原。

"你这不是在帮他。"肖恩往浴缸里丢了几块冰,一句话冷冷地撂下。

"真想帮的话,为什么不出手?"

"就像你说的,我们做不到。"

按在手腕内侧,脉搏和触端共存的地方,钟严似乎在回味。

"这是种什么体验?"

"这是同理心,"肖恩答,"人类对同类命运的同情。"

九

冰原的雪并不纯白,叠覆的雪粒隐约泛蓝,那些被冰封的山有的甚至蓝得病态,仿佛未及融化却已腐烂。吊诡的世界里,老人跌撞着独自跋涉于风雪,一次又一次嘶喊被风模糊了的名字。

"赛莉?赛莉!"

似曾相识的冰湖上，我找到了在冰面下沉睡着的她，四肢垂荡，赭色的发散在冰里，赤裸的轮廓似乎已被淡化，只有那张依旧年轻的脸还清晰鲜活。

　　我试图打破冰面，但这具意识的化形竟也老迈虚弱，想暖融冰层，却只觉得思想愈发寒冷沉重，困意抑不住地涌来……在我几乎就此睡去时，一阵氤氲的雾气升腾起来，冻伤与灼烧感同时反应于意识，讶异地低头，手掌接触的冰不知何时竟燃烧了起来！

　　时间仿佛在一点一点倒流，缓慢，如逝去般不可阻挡，水汽散去，水面倒映出一张平凡但年轻的面孔，我抬起头，见到了她。

　　"我们回去！"我抓起赛莉的手，既无温度也无触感，像抓住一个念头。

　　"这里就是我的终点，刘。"她摇头，似乎已接受这一切，"该放手了。"

　　"我怎么能放手？你在寻死！"

　　"你不也是？"

　　我不知所措地望着她，希望能改变些什么，一如最后那次争吵，她曾望向我。

　　"你不声不响地离开，独自衰老，甚至放弃生命——你说你爱我。"

　　"所以，这是报复？惩罚？"

　　"不，我不是向死而死，我在求生，为了爱我的你、我爱的你。我只是……很累了。"

　　雪在继续燃烧，然后是冰、岩石，空间里的一切连同赛莉一起燃烧起来，我颤抖着想要呐喊，却只能看着她的脸庞消融在扭曲的光里，空间划用以规束的边缘，阻止"我"追上去，"我"也在消失，躯干、心脏、眼睛……

　　我又成了不能见不能听的光团、一段冗琐的字符，赛莉消失前，一点微末的意识回到我身上，不可名状地与我相容，那像是爱，勉强赋以形式的话，像一个吻。

"为什么我还是能感受到她？"

回到苍老"囚房"中的我呆坐在浴缸中间，不知在向谁发问。那些冰块坚冷犹故，正围剿我身体的余温，每一个切面好像都有"赛莉"的身影投映其上。

"这是'意识纠缠'的表现，在空间里进行意识体的直接对话时，你们可能在对方那里留下了一部分意识，虽然不足以进行独立的思考，但理论上讲，她还存在——以我们无法发现的形式，只存在于你的感知中。"

"……这会跟我一辈子？"

"把这当成安慰也许会好一点。"

眼神终于重新聚焦，我盯着这位无忧无虑的年轻人，一字一句地告诉他我的痛苦："这不是安慰，这是诅咒。我再也逃不出去了。"

挣扎着翻出浴缸，破败的肉体重重摔在地上，我看见"赛莉"笑着轻快地打开了门，于是咬牙起身，奋力想追上她的踪影。

没走多远，攘开一群围观的赛博格，我跟着"赛莉"来到之前的手术室。推门进去，她就站在那副已装扮好人工肌质的躯体旁，静静地望着我。我走近手术台，沉睡着的那副面孔依然柔和、年轻，只是面色灰暗，缺了点生气，头部以下则是一道清晰的肉色轮廓，遮饰着无数工业造物和那些与我无关的时间。"赛莉"仍不言语，虚幻的手抚上冰冷的义体，两枚戒指影形重合，我明白了她的意思。

"谁来帮帮我！"我站在手术室门口，用尽力气朝周围的赛博格喊，"我，是个'转生者'！我要，带我的爱人离开！"

我看到了正从人群后挤上前的钟严和肖恩，尽管看不真切也听不见他们的喊话。我等待着，嘈杂中，一名身形颀伟的赛博格走了出来——是候诊室里拥有半张金属脸庞（或许还有半个电子大脑）的那位，我示意他进屋，请他抱起了赛琳娜。

"你们要去哪儿?"终于赶到的肖恩喘着气问我。

"不去哪儿，只是离开这里。我所有的钱都已经转到你账上了，现在，至少让我给赛莉办一场祭仪。"

我们出了门，那名赛博格横抱着赛莉走在前面，周围安静下来，那些犬似的赛博格也喏嚅着消失在角落，人群自行空出一条路，我在一众默然的注视下缓慢地跟在后面。

从中间的直梯上来，我们到了这家医院的最高处，"全景监狱"的瞭望塔顶端。

这是座四面通透的亭阁，顶上坠着一口黝黑的大钟，听钟严说它对接着整个医院的时间。夜风高张，几人站在亭外远远观望，我低着头，跌坐在赛莉身边。除了风声，万籁俱寂。

曾经回响于意识深处的走秒声重现在耳边，在我已衰弱不堪的听觉中清晰异常。"赛莉"抱膝坐在对面，似乎也听见了这心跳般的回声，我望着不明所以的她，用自己也听不见的声音一句又一句地告白着。

"我以为自己已经做好了孤独收场的准备，但就因为你在这里，我哪儿也去不了了。

"我真的老啦！你是对的，我越来越衰弱，终于连自己也觉得面貌可怖了。

"赛莉，我该后悔吗？在'新极地'过活真的很辛苦，但那里的极光又美得教人发颤……我该后悔的，后悔就那么错过了我们还能后悔的年纪。

"我犯过错，不知道该爱你的精神还是爱你的形容。现在我知道，也许无关意识与基因，也许爱寄宿在这些之外，在我们的灵魂里面。如果你还在这，我愿意用一生爱你的灵魂。

"好漫长的二十五岁啊!可因为二十五岁才能遇见你,因为二十五岁才能爱你这么久,感谢生命,我谁也不怨。"

……

走秒声愈发急促、缥缈,而我的心跳越来越躁动,磅礴的声响几乎震得耳膜充血。我取出那只药盒,上面的倒数所剩无几,倒出那颗白色药剂,放在舌尖轻轻点了点,有点苦,微咸,看来活着确实并不总有惊喜。我想起G,又想起新极地的雪。

头顶传来骇人的震颤,钟声远荡,与我的心跳声起伏和鸣。我从赛莉的指间摘下那枚戒指,打开她的储心层,一颗莹白的、颤动不止的……姑且可以称作"心脏"的物事裸我眼前,像只幽灵。我将药和戒指藏在角落,深深吻在她冰冷的胸膛上,然后慢慢躺下,任由意识化入钟声,波纹似的消弭无踪。

心脉暴涌,四体僵劲。我感觉血液的温度渐渐冷了下来,呼吸甚至被身体认定为不必要的程序,生物的自毁机制使细胞急速迭代,到达极限后破裂、报废,我清楚这个生命正向无止境的衰竭中跌落,直到名为死亡的渊底。意识体大概是最后衰弱的功能。结合此刻的体验,我仍在思考。

持续的音波和风的流动能让我"看"得很远、很远。我看见一旁钟严正和肖恩激烈地争吵,看见"永生"大厦漆黑无声,每个人的智媒都传递着同样的信息和名字,人们群情激奋地向同一个方向行进;我看见G倒在法政中心的一颗"悬铃"下,像个英雄似的血流如注,监察者们的会议厅举办着盛大的晚宴,灯火通明……

我看见北约克区的麦田已是一片荒芜,"新极地"的火山口旁有一对老人相扶着漫步,故乡的人们正在街头巷尾燃起火堆,祭慰故去的魂灵……

最后,我看见苍老至死的自己,还有再也不会醒来的赛琳娜——我的执手之爱。是夜，无所谓符号或意义，我们灵魂相偎，生命将尽。

十

"方生方死，方死方生。"

两具已非人形的躯体紧紧相拥，连同一枚冰戒被封存在一起，站在它们面前，钟严忽然想起这句话。

"他们还有机会重来吗？"他伸手触了下泛着冷气的冬眠舱表面，向Dr. 肖恩问道。

"也许吧，也许一千年或者一万年后，也许……他们不想重来。"

钟严沉思着，停了一会儿说："我打算放弃激活'套餐'。"

"怎么？是你自己要体验这种有限的生命，后悔了？"

没有解释，只有一句低声的道别："一万年后见。"

铜偶

黑无常的头发

我赶到林德赫斯特宅邸时正是清晨，天刚刚亮。宅邸温热的废墟掩映在薄雾与草地之中，显得很像是什么古老的遗迹。石质围墙的上部已经被昨晚的大火熏黑了，随着清晨的露水凝结流下，未熏黑的部分留下了一条条黑色的痕迹，像是长出了头发。

我快步穿过面向正门的道路，这里已经聚集起了不少人。我虽自认为动作已经很快，但依然看到了几位同行模样的人在摆弄他们的笔记本，我压低帽檐从他们身旁经过。

"……只是可惜了那些艺术品。"我听见其中一人说道。

林德赫斯特宅邸几乎被完全烧毁了，很难想象一栋石质的建筑如何被大火破坏到这种程度，在清晨微弱的光线下，它的废墟看起来活脱脱像是一只被马车碾碎的黑猫尸体。我掏出笔记本，打算为这景象画一幅速写，以便随后制成版画，再印刷在报纸上。

我慢慢沿着草地烧焦的边缘踱步，同时小心绕开正在争执的市政人员们。我看到废墟中，不知从何处融化来的金属附着在地面上，还微微泛着红光。似乎是实木桌子的一角倾斜在灰黑色的破碎地板上，大部分已经在火焰的催化下呈现出了燃尽的灰白色，看起来就像是某种死去的巨兽的肋骨一般。宅邸的二楼坍塌得差不多了，只剩下西北方向的一角还顽强地站立着,但也已经被完全熏黑了。空气中弥漫着烟尘和某种不知名的刺鼻怪异气味,我——忠实地予以记录。

远处,消防警察正在熄灭蒸汽水泵的发动机,同时将软水龙带缠在车厢的侧边。用来牵引消防车的马儿们镇定地看着杂乱的人群,似乎已经见惯了这样的景象,我提笔在笔记本的一角写下:**伦敦消防警察局驾驶布雷斯维特式蒸汽消防车及时赶到……**

笔记仅仅进行到这里,因为我发现纸页的边缘不知何时已经变得焦黄,如果再写下去就会有记录损失的风险。我皱了皱眉,将这一页轻轻撕下,然后折叠好放进大衣的内兜。

此时虽然已是深秋,但余烬的热量还是令我感到有些燥热,我解开一颗衬衫扣,随后退回到更远的地方继续记录。

"……只有一百多年前,圣保罗教堂的烧毁能与此次损失相提并论……"旁人的谈话不时钻进我的耳朵,我下意识地绕开了他们,慢慢走到了宅邸的背面,这里人群相对较少,更适合记录。

突然,宅邸废墟中的某样东西引起了我的注意。

那是一张椅子的残骸,不知为何,它并没有被损坏得太严重,但真正引人注目的还是椅子上的东西——那似乎是一个人形,大概在双腿靠内的位置有着一个黄铜色的物体,被弯曲着的人形躯干所包裹住。烟尘的作用下,那东西显得有些黯淡。

我不由得凑近去观察,在杂乱的废墟现场,似乎没有人注意到我的动向。我小心地绕过倒塌的房梁与砖石,深入到火灾废墟的中心去,直走近到我的靴子底部开始发黏才站住脚步。

现在我可以肯定,那就是一具人类的尸体,只是因为大火变得扭曲而破损。那尸体的身形瘦小,四肢的末端已经残缺不全,躯干完全乱成一团。而在勉强能看出形状的焦黑头骨顶部有一个大破洞,断茬处被烧得有些结晶化,那形状看起来就像是被什么东西敲碎了,但经验告诉我,这大概是燃烧时被尸体内的空气膨胀顶碎的。

我提笔记下：*宅邸中出现了焦黑的尸体，瘦小。*

随后，我将注意力转移到尸体怀抱中的那个黄铜物体上，那东西的形状有些奇怪。我蹲下来仔细观察。

黄铜物体大体呈椭圆形，朝我的一面有三道不太明显的裂纹，同时沾着一些黑色的物质，大概是什么被烧掉的人体组织。那物体的下端向内收缩，但在昏暗的光线下看不太清楚。我四下张望了一番，周围并没有人注意到我的行动，在略微犹豫过后，我将铅笔叼在嘴里，然后伸手去够那个物体。

抱歉。我在心里默念着。

黄铜的表面依然温热，但因为沾染了灰尘而有些粗糙，我轻轻扣住物体上趁手处，噢，它与尸体之间的粘结有些牢靠……

"放开你的手，年轻人。"

一个平静的女声突然传来。我被吓得一激灵，仰面坐倒在地上，铅笔也不知道掉到了哪里。

"我不是有意……"我急忙辩解道。

"意图无关紧要，我不允许别人碰他。"

一位高大而优雅的中年女子出现在我的面前。她与我的距离是如此之近，让我惊诧方才居然没有注意到她。我狼狈地从地上爬起来，拍拍身上的灰尘。但来者似乎对我没什么兴趣，她轻柔地摘下了黑绒布手套，蹲下抚摸着黄铜物体的表面，我注意到她的手看起来很粗糙，这与她的外表有些不符。

"你想知道这是什么，对吗？"她似乎漫不经心地问道。

"我……"

但我的答案没能说出口就被人打断了。"海辛夫人！"远处的男人大叫着，"海辛夫人！您最好尽快出来，那里有可能会坍塌……您有听到我讲话吗？"

这个名字似乎有些耳熟。

我面前的女人站起身来。"请你稍等，记者。"她低头对我说道，随后走出废墟和几位匆匆赶来的雇工模样的男人耳语了几句，我看到后者脸上露出了疑惑的表情。

"我们继续吧。"她很快回到我身边站定，右手抱胸，左手捻着耳边的发丝，那些黑亮的头发末端看起来快黏结在一起了，帽檐下的双眼紧盯着我。"所以你的回应是？"

"等等，"我忙不迭地说道，"海辛夫人——您是海辛夫人？"

"我本以为你会认识我的，记者。"她的声音里似乎有些失望。

"这么说，您就是宅邸的主人？如果我没记错的话。"

"没错。"

我的牙齿因为激动而颤抖。佩玻·海辛，已被烧毁的林德赫斯特宅邸的女主人，同时也是由我们亲爱的维多利亚女王亲自册封的终身侯爵。撇开地位不谈，若能获得她的一手采访资料，我社将在本次竞争中获得巨大的优势，而交出这篇采访的我也将平步青云，从此……

"尊贵的海辛夫人……"我咽了口口水，双腿有些发软，"不知您可否屈尊接受我们的采访？不会占用您太多时间，只需要回答几个简短的问题，关于您的宅邸……哦！对于您的损失我深感抱歉，但是，但是……"

"但你还没有回答我的问题，记者。"

"问题……您刚才问了什么来着？"

在我为自己的发言捏一把汗的时候，佩玻·海辛——这位曾拒绝了封地的神秘女侯爵看起来并不在意，她小心地将手伸进那黄铜物体下方的凹陷。随后，伴随着她发力的动作，我仿佛听到了撕开树皮的声音。"那我就再问你一次，你想知道这是什么，对吗？"她保持着方才的姿势问道。

"是的，海辛夫人。"

"那好，我现在回答你的问题——答案是可以，但有个条件。"

"什么条件?"我急切地问。

"我会接受你的采访,而且还会帮助你,我会让你完整地了解这整个故事,这里的所有故事,从上个世纪起始直到昨夜……但作为交换,在我告诉你一切后,你要回答我一个问题,可以吗?"

"好的,我答应您!"我不假思索地回答道。

那时的我并未意识到这个回答的分量,不过若说我丝毫未听出佩玻·海辛话语里面隐藏的代价,那未免显得我太过天真。但当如此有诱惑力的、实打实的利益摆在面前,我相信没几个人会为一些模棱两可的理由去拒绝它。

海辛夫人笑了,她略一用力,那黄铜物体便从尸体的怀抱中脱离了出来,她双手将那东西交到我面前。"仔细看看吧,记者。"

我接过那黄铜物体,它的重量使我吃了一惊。但真正的震惊是当我费力地将它拿起,走到阳光下仔细端详时,我才发现,那物体方才面向我的是它的背面,如果是它的正面面向我,我将一眼就认出它来。

那是一颗黄铜骷髅。

"这是铜偶吗?海辛夫人?这是铜偶的一部分,对吗?"我震惊得无以复加,甚至忘记了礼貌。

"是的。"在远处的阴影里,那个高大的女性身影缓缓点了点头。

我踱回佩玻·海辛的身边。"可是您怎么会有铜偶呢?如果我没记错,12年前的斯摩棱斯克战役后,摄政王就下令在全国范围内禁止精巧蒸汽机械,尤其是铜偶……即使持有一颗铜偶的黄铜颅骨,就这东西的稀少程度来说,怕也是重罪吧?"

"你讲话很大胆,记者。"

"我只是替您担心。"

"但我相信你不会把这件事说出去的,对吗?至少在我们的协定完成之前。"

"我不会说出去的。"我摇摇头,同时盘算着包庇的罪名有多重。"但这里还有另外一个问题，"我指指那具几乎已经化为焦炭的尸体，失去了黄铜骷髅的遮挡，尸体胸前和膝盖上露出了少许未烧焦的嫩肉，"这人是谁？"

"如果我告诉你，恐怕你会比刚才更吃惊。"海辛夫人小心地将黄铜骷髅摆回原位，但这次是骷髅的脸冲着外边，"他就是卡尔·恩斯特·内塞尔罗德。"

"恩斯特早就失踪了，您是在开玩笑！"

"我从不开玩笑。"

看着我震惊的表情，海辛夫人忧郁地笑了。"没错，"她随后说道，"他就是那位独一无二的铜偶师，那位改变了战争，又推动了时代的人。为了履行我的承诺，亲爱的记者，明天早上七点，我会在林德赫斯特车站等着你。"

当我与佩玻·海辛夫人乘蒸汽列车到达伦敦时已经是晌午了。与往日不同，今日伦敦的阳光热烈，即使是在深秋，也依然令我感到无比燥热。

海辛夫人却依然穿着一袭黑衣，这套仿佛布卡罩袍般的衣服在车站熙熙攘攘的人群中显得有些突出。至于她那过于厚重的面纱与礼帽，以及独自陪同我出行的决定，据她说是"为了减少不必要的麻烦"。

"有时候，我会忘了您曾是位鼎鼎大名的科学家，我还曾为您制过版画。"为了缓和似乎有些僵硬的气氛，我对她说道。

"我知道你本意不是如此，记者，但这句话似乎是在挖苦我。"她面无表情地说道，随后望向尘土飞扬的街道，"不过，有时我也会忘记这件事。"

"毕竟您远离那个领域太久了。"我小心翼翼地回应道。但海辛女士并没有答复我，而是伸手叫停了一辆马车。

"我们去老街，新圣卢克医院。"她对车夫说。

我看到那位坐在车厢前的粗糙男人意味深长地看了我们一眼。

"我很怀念那个蒸汽的时代,"在车厢的摇晃中,我对海辛夫人说道,"我曾有幸坐过一次蒸汽机车,比起马车,那东西又快又舒适。"

"那个时代已经过去了,记者。"

"是啊……真令人惋惜,可恶的摄政王乔治四世……"我压低了声音说道。

我本以为曾是蒸汽技师的海辛夫人会认同我的发言,但她只是兴趣缺缺地望着窗外的街道与人群,就像是蒸汽禁止法令与她没有任何关系一样。

为了缓和尴尬,我开启了新的话题:"新圣卢克医院是什么地方?我们为什么要去那里?"

"那是家精神病院,或者说,疯人院。"海辛夫人终于将目光转移到了我的身上,"我要带你去见那里的人。"

"是那里的医生?"

"是那里的患者。"

"患者?那岂不是精神病人?"

"没错,记者,对于你将要了解的故事来说,他的讲述会是一个好的开端。接下来请你安静,我需要休息一会儿。"

虽然很怀疑在如此颠簸与吵闹的环境下如何休息,但我依然礼貌地答了是。在接近黄昏时,我们到达了新圣卢克医院。这栋位于老街城区的病院有着堪比国会的气派的正立面与监狱般的高墙。在向门卫确认预约后,我们进入到了建筑中。

新圣卢克医院的厚实石墙仿佛是会吸收光与热一般,那铺面袭来的阴冷使我不禁打了个寒战,但海辛夫人却一脸如常地与前来接应的人员打着招呼,她似乎对这里很熟悉。互相略微寒暄后,前来接应的医生盯着我问道:"请问这位是?"

"是我的一位朋友。"海辛夫人抢先说道,看她的样子,似乎并不打算介绍我的姓氏。

医生知趣地点了点头,他一面带领我们走向二楼,一面掏着钥匙,白大褂下发出了哗啦哗啦的响声。

"您还是来看他,对吧?"他边开锁边问。得到海辛夫人肯定的答复后,他缓缓地推开了那有些生锈的铁门。"二位请,我就不搅扰了,如果有需要,我就在门口这儿。"他礼貌地说道。

铁门后的区域反而比大厅要暖和一些,这令我感到了些许舒缓。我与海辛夫人路过了一间又一间囚室般的病房,在那阴暗的小铁窗后,铁链与怪叫的声音不绝于耳。或许是预先接到了通知,打开预定的病房门后,我想象中的混乱场景并没有出现。一位穿戴齐整的老人端坐在一张窄木床上,由门后射进的光打在他的身上,灰尘隐隐约约地在空气中飞舞。"是你吗?佩玻?"他问道,同时像是在追寻什么气味一般昂着头。我注意到他的嗓音嘶哑异常。

"是我。"海辛夫人回答道。

"那现在……"

"抱歉,韦尔斯利,专利与名声依然是霍夫曼的,现在和从前没什么两样。"

坐在窄床上的老人缓缓低下了头。"这样啊。"他似乎不甘心一样地摸了摸自己的脸,又突然站起来在房间里踱步,呼吸也变得沉重起来。"是我做出来的!"他突然大吼道,"是我!我最先!该死的……"

有那么一阵,我很担心他会袭击我和海辛夫人,或者会突然晕厥过去。但这两种可能都没有发生,在海辛夫人平静的注视下,他最终缓缓坐回了窄床前。

"把门关上吧,我见不得光。"他说道,声音比起刚才更嘶哑。

海辛夫人照做了,铁门关闭后,屋内变得昏暗异常,只能看到人朦胧的轮廓。她不知从哪个角落找来一把椅子,坐在了男人的对面,我则只好拿着笔记本站在他们二位身边。

住在这种地方，即使没有精神病也要得精神病了，我暗自想着。

"今天你似乎不是一个人来的。"男人开口道。

"是的，今天我带了一位……朋友，我想让你给他讲讲内塞尔罗德的事。"

"内塞……你是指恩斯特吗？"

"是他，名字不重要，我想让您讲述他成为铜偶师前的那一段时间。"

"怎么？他什么样子，你不是比我要更清楚吗？"

海辛夫人罕见地沉默了，在黑暗中我看不清她的表情，这让我感到有些可惜。

"好吧，好吧。"那位老人无奈地说道，"既然是你的请求，我也就没理由不答应了。也许有时候，相同的故事在不同人的嘴里讲出来就会变成另一个故事，但我们谁都说不好这两个故事孰真孰假，孰好孰坏。你的那位朋友在哪儿？我要认识一下我的听众。"

"哦，呃……"我拼命地回忆着刚才的对话，"韦尔逊……韦尔斯利先生！我在这里，就在您右手边靠前的位置。"

"好，这就足够了，多么年轻的声音啊。这个故事离今天有些久远，所以我的记忆可能会有错误——但管他呢，找个舒服的地方坐吧，孩子。"

我看着污渍斑斑的地面耸了耸肩，不过，老人似乎不以为意，他深吸一口气，开始了讲述。

"那是十八世纪末的时候，具体时间我已经记不清了。那时的我在汉普郡的南安普顿做着木材的生意，近到我们不列颠岛上的本土木种，远至西伯利亚的白桦，南美的巴西木，都是由我一手调度。或许正因如此吧，那时同样年轻的恩斯特注定要与我相遇。那是个冬天，南安普顿的天气异于往年地冷，我刚刚处理完一批中国红木的生意，准备从码头坐火车去温彻斯特歇息几天。就在那列蒸汽火车上，我遇到了颓唐不安的恩斯特。

"说起来可笑,那时候他被当作了偷溜上车的流浪汉,正被隔壁车厢一群自诩正义的上流人士围攻,要他下车,即使他出示了车票也无济于事。现在想来,或许他们并不关心这个瘦小的可怜人到底买没买票,他们只是喜欢这样做罢了。不过就恩斯特当年的那个样子,倒也难怪他们认错。

"最终,我帮他解了围,因为在小时候有过相同的经历,所以我很清楚他的难堪。我礼貌地请他在我对面的座位坐下,并且和他简单地交谈了起来。令人惊异的是,恩斯特虽然看起来和营养不良的流浪汉没两样,但他的口音听起来十分上流,而且那张价格不菲的车票也的确是他买的。

"这有些引起了我的好奇,毕竟,在火车上除了聊天还能有什么消遣呢?我与年轻的恩斯特在泄压阀与车轴的噪声中愉快地交谈了起来,他告诉我他之所以落到这般田地,是因为他在寻找可以帮助他的人。关于他的家庭背景,恩斯特闪烁其词,我只知道他似乎是'某个'家族的次子。

"'但您需要什么帮助呢?'我那时候好奇地发问道。

"'我发明了一种技术,'他回答道,'我可以用某种手段模拟生物的行动模式,而为了更逼真地做到这点,我需要一种化合物来保存那些生物的尸体——您知道木精吗?'虽说我不是化学家,但毕竟是做木材生意的,这些知识还是略知一二,恩斯特所说的木精其实就是甲醇。

"在我做出肯定的答复后,恩斯特霍地站了起来,腿甚至撞到了桌子。'您是说真的吗?'他用力摇晃着我的肩膀,引得隔壁车厢的人好奇地过来查看。

"'我没有开玩笑。'我说道,'我是阿瑟·韦尔斯利,英格兰南部最大的木材承包商。'

"但恩斯特似乎并不关心我的名字,他急切地向我询问关于木材干馏以及氧化的问题。正巧,我曾给一位化学家送过货,在他的院子中就有一套干馏木材的设备。

'似乎以干馏法处理木材，就可以得到木焦油，'我向恩斯特回忆道，'再进行……叫什么来着？'

'您是说提纯？'

'对对，就是这个，再提纯就可以得到木精了，我说得没错吧？'

'没错，您说得没错……'恩斯特猛地坐回到座椅上，双手像是不知往哪儿放般乱动。我看到他的嘴角止不住地上扬，双眼明亮又有神，跟方才比完全变了一个人。

"下车后，他以惊人的热情邀请我去找个地方聊聊。在温彻斯特的咖啡馆里，他建议我从木材的生意中分分心，转向大规模生产甲醇的生意，我则以不认识买家为由婉拒了他的建议。这是事实，我掌握着木材的营销路数，但对于化学领域一窍不通。

"但恩斯特的回答却令我有些动摇，'无论您生产出多少，我都会照单全收。'他这样向我说道，即使是我向他说明了工厂的惊人生产力后也是如此。他随后拿出了一个皱巴巴的笔记本。'我还需要您去做一件事，'他翻着那充满字迹的书页说道，'将生产出来的木精在高温高压下使用银丝网作为催化剂反应，然后将馏出液与水和木精按照……'

'停一停，恩斯特先生，我记不住这些的，再说，我对化学一窍不通。'

'没关系，之后我会仔细告诉你的，然后您可以再教给您的雇员。您知道吗？这个流程可值几百万英镑，如果您答应我，我就把这个专利转给您，我们甚至现在就可以去专利局修改……'

'不，恩斯特先生，我相信您。'我说道。说实话，我已经有些动心了，但此时还剩下最后一个疑问：他做这些是为了什么？我向他说出了心中的疑惑，但恩斯特并没有过多地回答我。

'你将要生产的东西是甲醛，'他回答道，'而我需要的是甲醛的混合溶液，至于我要用它来做什么……我已经告诉您了，阿瑟·韦尔斯利先生。'说到这里，恩斯特的语气低沉了下来：'我要用它来保存尸体。'

"我最终答应了恩斯特的提议，也就开启了我的第二产业。恩斯特先是联系上了之前我送过货的那名化学家,在他那里借用设备试生产了一小批甲醛后,我就在伯恩茅斯的森林中建起了一家化工厂,专门用来将木材干馏,然后将产物进行氧化处理。每个月末,恩斯特都会派人来接收我们生产的甲醇溶液,而我的银行账户也有源源不断的进账。那时的我惊异于他竟然有如此大的需求,要知道我的工厂在完全开动后,每个月能够生产上千加仑的甲醛液,如果全部是用来保存尸体……你知道,孩子,那未免有些吓人。但当后来,恩斯特作为铜偶师名声大噪后,我也就知道他用那些甲醛做什么了。他并没有骗我,只是过程和目的与我想的不太一样。说起来,我认为他发明的那种东西不应该叫作什么铜偶,反而是人皮铜骨自走机比较确切……"

说到这里,韦尔斯利望了望他对面的海辛夫人。"我只是开个玩笑,别这样严肃,佩玻。"他笑着说道。

"恩斯特当年说的那种甲醛溶液,是不是福尔马林?"我问道。

"是的,那东西在今天被叫做福尔马林,是由德国人制备出来的。"韦尔斯利突然咬牙切齿地说道,语气也随之一变,"但接触过铜偶的人都知道,是谁最先在使用这东西——我并不是说那位德国化学家在剽窃我们的成果,但总要有个先来后到……"

说到这里,韦尔斯利的呼吸似乎又变得急促了,海辛夫人立刻从座位上站了起来。"感谢你的讲述,韦尔斯利先生,我还会继续汇钱给你的,如果他们待你不好,就写信告诉我,但我们今天就先到这里吧。"

"佩玻……告诉他们,是我先……是我……"

"我会告诉他们的。"

"好,该死的,总有一天……"

沉重的生锈铁门在我们身后关上,也断绝了韦尔斯利先生的声音。我小心地将笔记本放回大衣的内兜里,刚才我所听到的故事虽然有些朦胧,却是谁都未曾了解过的、那位铜偶师的过去。对于一位记者来说,这就是珍宝。

"谢谢您,海辛夫人。"我说道,"我为自己之前的话道歉。"

"那还算你有些良知。"

此时,我们已经置身于医院外,黄昏温暖的阳光让我多少有了重获新生的感觉。在围墙正中,那巨大的铁门正缓缓划开,蒸汽阀带动着齿轮与链条发出令人牙酸的声响。

"不过,这位韦尔斯利先生看起来还蛮正常吧?虽然有时会突然激动,但我想这应该不至于将他送入精神病院。"

"韦尔斯利先生的精神问题并不算太严重。"海辛夫人说道,"他最严重的问题在于身体。长时间接触甲醛给他的身体带来了不可磨灭的伤害。他的眼睛如今几乎看不清任何东西,呼吸道也严重受损,据医生说,他的肝脏和肾脏也已经不行了,总之,他命不久矣。而当年关于专利的事情也有些纰漏,后来果真被人钻了空子,而且这人就是当年他曾借用过工具的那位化学家。从那之后他就有些疯了,只要谈到这个话题就会发病,毕竟,他几乎在这件事上失去了一切。韦尔斯利的工厂很快破产,他本人也债台高筑。更巧的是那位化学家同时也是新圣卢克医院的资助者,而作为资助者,就有权决定送谁进入这里,以及在这里面受到的待遇等等,于是……"

"于是韦尔斯利先生就被送到了这里。"我盯着围墙角落的监视塔说道。天色渐暗,那座高耸的监视塔悠悠地点起了气灯。

"没错,自从我得知消息后,就一直在资助他,算是让他别过得太惨。不过,似乎他在这里反而找到了某种平静,也算是一个好的结果吧。"

"也许吧。"

新圣卢克医院的轮廓在黄昏中若隐若现,仿佛巨大的怪物在瞪视我们。在那道沉重的铁门前的小路上,早就等待得不耐烦的车夫吐掉了嘴里的稻草秆,在驾驶位上呼唤着我们,随后我们乘车返回了伦敦。

佩玻·海辛将要带我去的第二站也位于伦敦,因此我们今晚不必着急赶路，只需在城里找家旅店住下，明早再启程即可。

从返城起，海辛夫人就没再和我讲过一句话，在马车上，她像来时一样沉默地望着车厢窗外正在收拾葡萄酒与香料的小贩。因为临近宵禁时间，所以伦敦的街头行人稀少。远处，蒸汽机发动后的汽笛声传来，随后引起了周边的一阵狗吠。

我们最终在威斯敏斯特教堂附近住下，沉默的海辛夫人住在我北边的房间。

她在想些什么？明明之前还在滔滔不绝地向我介绍着……我一边翻看着笔记，一边回想着今日的对话，海辛夫人绝对向我隐瞒了一些必要的事情。"他作为铜偶师什么样子，你不是比我要更清楚吗？"这是韦尔斯利先生对她说的，这说明佩玻·海辛不仅认识铜偶师，关系可能还非同一般，那她会是谁呢？是铜偶的买家吗？或是恩斯特年轻时的生意伙伴？抑或者是这位传奇工匠的学徒？考虑到海辛夫人年轻时蒸汽技师的头衔，这并非不可能，但无论哪种可能性都没有充分的理由去否认或肯定。或许我只能寄希望于她会将她自己的故事讲述给我听。

但是，看她今日的反应，这大概不可能。那如果是这样，她又为什么要邀请我，带我去聆听这个故事呢？

还有，那颗大火中的黄铜骷髅是谁的铜偶？

我感到事情在我脑中像是一团糨糊。盘根错节的过去在折磨我的逻辑思维，让我无法理清这一切背后人们的目的。铜偶师在蒸汽禁止法令后就失踪了，我回忆着，试图在听完整个故事前形成自己的思维基础，没有人知道他去了哪里，而就在事情已经过去了几十年、所有人都认为他早就死去的时候，他却出现在大火的现场，怀抱着铜偶的头颅化为了焦炭。这结局几乎可以确定与佩玻·海辛的过去有关系，问题在于，这关系究竟有多深？

窗外突然的强光将我从思绪中惊醒。我穿好便鞋，悄悄推开门走到阳台上。夜晚的伦敦大街冷清极了，只有宵禁管理处的警察在巡逻。在他们身后，一架冒着白色烟气的三腿高足机甲正在稳步前进，在那东西的载人舱下方，蒸汽发动机的底盖上悬挂着一盏极亮的灯，刚才的强光大概就来自它。我默默地看着那台机甲与警察们一步步走远。最终，只剩下铰链的噪声与消散的烟雾固执地盘旋在冷清的街道上，就如同那个辉煌蒸汽时代的余韵。

允许隶属于政府部门的警察部门配备精密蒸汽机械，这大概就是蒸汽禁止法令的最后底线了，我叹息着搓了搓有些冻红的双手，却无意间看到海辛夫人站在隔壁的阳台上，正一动不动地望着那台机甲远去的方向。

"伦敦的警察们果然财大气粗啊。海辛夫人，晚上好！"我下意识打了招呼。

在我北边的阳台上，海辛夫人如梦惊醒般地回过头来。因为背光，我看不清她的脸，但她的动作已经将她的内心表露无余，就如同与情人幽会时的少女突然被叫住一般，她的手不自然地抬起又放下，放下又抬起，最终捋了捋鬓角的发丝。

"晚安，记者。"那是她今晚对我说的第一句话。

第二日的下午，我们到达了位于西区的特伦奇先生家。这边是伦敦著名的剧院区，因此不乏珠光宝气的小姐们或者提着木柄雨伞的绅士们在闲逛。我有些期待地想，或许等我写完了关于恩斯特的报导，我也可以过上这样的日子，毕竟全国上下，谁不认识铜偶师呢？

"别露出那种表情，记者。"海辛夫人盯着我说道，"你活像一只发情的兔子。"

"抱歉，海辛夫人。"我不自觉地低头挠了挠眉心，同时思量着她是不是在装作忘记了昨晚的事情，难道她就不打算解释一下吗？

理查德·勒·波尔·特伦奇先生的宅邸位于西区一栋老旧的窄楼顶层。我与海辛夫人拉开那扇有些生锈的折叠铁门，沿着老旧的木质楼梯拾级而上。虽然已经落了一层厚厚的灰，但我依然注意到楼梯周边似乎曾有过相当豪华的装饰。

"这里有点不寻常。"我摸着楼梯扶手上灰扑扑的天使像说道，虽然细节有些不清楚，但仍能看出做工很精细，扶手侧面灰尘较少的地方则爬满了洛可可风格的纹饰。

"特伦奇先生的住处，自拿破仑称帝后就已经被他自己改造成了铜偶博物馆。虽然未经统计，但他应该是世界上铜偶藏品最丰富的个人。"海辛夫人说道，"蒸汽禁止法令颁布前，这里曾门庭若市，其中肯定不乏贵族或富商，甚至皇室的成员，所以有这样的装饰也并不算夸张。"

我若有所思地点了点头，同时感觉自己像个蠢笨的孩子。

"我们到了。"海辛夫人指了指前方一扇老旧的厚重木门，那门把手上的镀金脱落得很厉害，经常被摩挲的地方甚至已经露出了铁锈的颜色。"接下来，你一个人进去，我不会陪同你。"海辛夫人突然说道。

"为什么？"我没由来地感到有些不安。

但海辛夫人依然一脸平静，她回答道："我不想再看见那些东西。"

我意识到似乎不该再问下去了，略微迟疑后，我敲响了那扇沉重的木门。

"唐娜？怎么这么快就回来了……"我听到门内传来了模糊的脚步声，"来啦，来啦。"

转眼间，海辛夫人已经不知去向，而出现在我眼前的是一位矮小敦实的收藏家。就他的职业来说，特伦奇先生的形象标准到有些滑稽，他身穿一套皱巴巴的、明显大一号的西服，头顶的白发略有些稀疏，寸镜后的眼睛则炯炯有神。不过此刻，那双眼里的惊讶正逐渐转变为惊喜。

"您是来参观的客人吗？专门来找我的？来！快请进……"他高声招呼道，同时将我不由分说地拉进了屋子。一阵刺鼻的味道混合着香薰立刻直冲我的鼻腔，令我喉头猛地一紧。

"已经很久没来过参观者了。"特伦奇语速极快地说道，同时摆弄着手边的东西。那可能是一块黄铜脊椎,我看得出他很兴奋。"您是今年的第二位来访者,不过您依然该感到荣幸!因为在您之前的那位只是个走错了楼层的小姑娘。现在的人!已经没几个懂得欣赏这些了,但您不一样,您不一样,先生!您依然坚持着这孤独但高尚的品位,这……"他甚至夸张地哭了起来,"这太令人感动了!"

"我……"

"您了解铜偶吗?先生?"

"还可以——"

"不不不,还可以怎么行呢?请随我来,先生,让我为您唱一首铜偶的赞歌!"特伦奇先生说着摘下寸镜放进盒中,然后快速地用一块脏兮兮的抹布擦了擦手,"不过,您应该提前打个招呼的,那样的话我就可以好好招待您了——但这都无所谓了。来,随我来!"

我随着兴奋的特伦奇先生穿过这杂乱到难以落脚的客厅。这间屋子其实不算小,但它有一半空间被各式各样胡乱摆放的黄铜零件所占据,而另一半空间的东西我根本看不出是什么。有个别藏品被装在玻璃展示柜中或挂在墙壁上,值得一提的是,不同于一门之隔的走廊,这里几乎一尘不染。

在一间偏室的角落,特伦奇先生费力地搬着一块斜靠在杂物上的木牌匾,我看到那上面写着:**铜偶展览——蒸汽皇冠上的明珠**。字体上面的漆已经有些开裂了。

"呵呵,抱歉,太久没人来了……"特伦奇先生费力地说道,"我在前年就把这块牌子摘下来了……哦谢谢!但我自己来就好了——因为牌匾挂在门口的话,我总怕它掉下来砸到客人。"

"您真的很细心。"

"哼……好了,这牌子就先放这边吧——细心那是自然,但这话题可以稍后再谈。现在,请看这个!"特伦奇先生拍了拍刚刚被遮在木牌匾后的长方物体。

"这是……一口棺材?"我有些疑惑地问道。

"没错,客人,但里面装的不是尸体。"特伦奇先生显然很满意我的反应,他像是揭开帷幕般地轻轻掀开棺盖。我看到,在棺材里那有些褪色的丝绒布包裹中,躺着一具由黄铜制成的人类骨架。骨架的各个关节处附着着奇怪的复杂装置,传动用的细杆遍布于全身各处,并最终全数收回到骨架的胸腔中。不同于真正的人类,这具黄铜骨架肋骨内的胸腔空间被一块铜板遮挡,变成了暗箱,而骨架膝盖以下的部分也有些异常地大。即使我对于铜偶并不那么了解,我也能够一眼认出它来。在那个遥远的年代,它曾超越了宗教,代表着与逝去的亲人重逢的唯一希望。

"您居然有一具完整的铜偶?!"我惊讶地问道。

"别紧张,别紧张,客人。这只是具拙劣的仿制品罢了。"特伦奇先生对我解释道,他掀开了铜偶的一扇肋骨,胸腔的黑箱空间暴露在我面前,"您看,这里面什么也没有,没有齿轮与连杆,没有冷凝管与蒸汽引擎,更没有微差分机……它只是一具没有灵魂的空壳。"

我稍微安心了些,开始仔细观察起这具仿制铜偶来,而特伦奇先生依然在感叹:"这里之前可是放着真正的铜偶啊,但谁能想到呢?摄政王一声令下,我只得全部上缴,这间小小博物馆的衰败就是自那时起的。"

"您说,这东西和真正的铜偶有多相似?"我盯着那具黄铜骷髅的双眼,有些好奇地问道。

"只看外表的话,几乎一模一样。"

"那这些小勾子是用来做什么的?"我指了指骨架上遍布全身的细小倒勾。这些小结构很不起眼,如果不仔细看很可能会错过。

"您一定知道铜偶为什么被称作'偶'吧?"特伦奇的声音突然比刚才又高出了一个度,这让我不禁疑惑是不是我的问题挠到了他的痒处。他极其热情地说:"铜偶之所以叫做'偶',原因就是它需要两个部分才完整:提供动力与灵魂的黄铜骨架,和由骨架来驱动、由死者制成的肉衣。先生,这倒勾就是用来勾住肉衣,以防它滑脱的。您想知道肉衣是如何制作的吗？"

"我……"

"我就知道您想听！是这样……"特伦奇先生抓着我回到了客厅，他有些癫狂地找来了一套木工工具一样的东西，"您看，这些这就是解人器！当然这也是复制品。每当有新的铜偶订单生效时，铜偶师就会拿出这一套工具，然后叫助手准备好福尔马林池。要制成铜偶的尸体送到后，第一步就是将死者四肢的表皮割开。这可是有讲究的，要是割得太难看或者切口太多，死者的家属会不乐意的。要尽可能地使切口又小又齐整，以便铜偶师又快又完整地取出尸体四肢的骨骼。下一步是在背部打开尸体的胸腔，然后取出肋骨、脊椎、骨盆等在躯干部位的大骨头，随后再将尸体的内脏与肌肉脂肪等清空。顺便一说，有些家属会要来死者的心脏作为纪念，多么感人！当四肢与躯干部位的工序完成后，就只剩下最后同时也是最难的一步：在不破坏死者的面部的情况下取出颅骨。这一步极其考验操作者的耐心，很多时候，这里是由铜偶师那位著名的助手完成的。操作者要使用各种工具将颅骨分解成小的、易取出的碎片，然后再从空空如也的脖子里面伸手进去把碎片夹出来，不过我听说，只要处理好颧骨与下颌，接下来的部分就很简单——"

"特伦奇先生，请您停下……"

"而黄铜骨架的安装顺序也是如此！铜偶师会首先安装四肢的骨头，据说，他的那位助手可以隔着皮肉将骨架组装起来而不形成尸斑。第二步是把早在接到订单时就开始制作的动力与控制部件塞进尸体空空如也的胸腔与腹腔，这时铜偶师会在尸体的表面留下开口，以便后面补充燃料与水。据说，某几个后期版本铜偶的开口在嘴里，那种铜偶能以主动进食的形式补充必需品，会显得更自然些。而最终步骤，就是将拆分成五部分的定制黄铜颅骨在尸体的头部组装起来，虽然这时的尸体头颅就像是一个肉袋子，但这仍是一步繁重而精细的工作。当这一切都完成，尸体被缝合起来后，铜偶理论上就完成了，但要作为死去家人的长期替代品，这还远远不够！铜偶最终会以完整的形态浸泡在福尔马林中，以获得更久的保质期限——让所有零件浸泡在化学药剂中，取出后依然可以完美运作，这就是铜偶师将这道工序放在最后的原因，不仅仅是为了完全的美感，同时也是他惊人天才的展示。浸泡接近两周，一具铜偶才真正完成，从福尔马林池中捞出，就可以交回到买家手中了。这时的铜偶拥有和死者生前完全一样的容貌，也有着事前编写在零件中的行为流程，代表了铜偶生前的生活习惯，譬如：早八点起床，走下七阶楼梯，向右转身180°，笑一笑，再走下七阶楼梯……"

"好了，好了，特伦奇先生！"

"铜偶的买家们大多是希望获得一个依然活着的家人，或是一位永远不会累的时髦雇工。也有某些人是为了发泄自己的特殊癖好，或单纯因为对铜偶感兴趣而向铜偶师购买了铜偶。不同于大众心中对卡尔·恩斯特·内塞尔罗德的印象，他当年对于这些订单其实一视同仁，只要能给出足够的报酬，他可以为你制作任何铜偶。另外，因为铜偶令人却步的价格，外加上后续需要无穷尽的福尔马林去尽可能维持肉衣，几乎所有铜偶的买家都是贵族或富商，有传言说恩斯特曾为付不起钱的穷人家庭制作过铜偶，但没人有证据，恩斯特本人也从未证实过。"

一口气讲到这里，特伦奇先生似乎也有些尽兴了，他无力地躺倒在了皮椅上，怔怔地望着天花板。

"也不知铜偶师还活着没有。"他轻声叹道，我则突然意识到这是个改变话题的好机会。

"说实话，"我郑重地说道，"相比起铜偶，我更想了解恩斯特先生本人，他在蒸汽禁止法令后去了哪里？"

但与我的预想不同，特伦奇的热情居然再次被点燃了。"好问题！"他指着我喊道，然后像弹簧一样从椅子上跳了起来，"您真的是位很有灵性的客人，但在讲解前，我要先问个问题：您了解1812年的俄法战争吗？"

"拿破仑被赶到了厄尔巴岛上。"

"没错,那次战役中俄军的总司令是?"

"呃,亚历山大一世?"

"不不不客人,亚历山大一世是当年的沙皇,您有些历史知识,但还不够详细。那位总司令是库图佐夫将军——米哈伊尔·伊拉里奥诺维奇·格列尼谢夫·库图佐夫。"

"亏您记得住这个名字。"

"那是当然,因为我相信,恩斯特的失踪就与他有关,说得更详细些——"他突然有些故作神秘地凑近了我的耳边,"与由他制成的铜偶有关。"

"这不对。"我说道,同时感谢自己读过的那点书,"库图佐夫去世是在13年前,那时铜偶师早就已经不知去向了,这我还是拎得清的。"

"您怎么知道在斯摩棱斯克的战场上,那个指挥着俄军对抗拿破仑军队的身影就是活人呢?"

我有些怔怔地看着眼前的男人,他正在用绒布擦着一把古旧的滑膛枪,那动作轻柔得像是为恋人解开束腰。"您有疑问吗?"他微笑着问道。

"我不相信您说的话。铜偶即使可以模仿死去的人,也只是在拙劣地模仿他们的行动而已,它们根本没有思考的能力,更别提去指挥一场战役了。"

"不不不,您可别小看恩斯特的天才能力,他都已经让铜偶栩栩如生地动起来了,让这些东西学会思考,不会是一件难事。"说完,特伦奇吹了吹滑膛枪的枪口,又举起来装作瞄准。

"那不一样。"我摇着头对他说道,"特伦奇先生,我是一名记者,不懂得太多的科学原理,但我打心底认为表面上的行动和真正的思考是两码事。"

"对于铜偶,您难道比我了解得还多?别开玩笑了,您只需要听我讲述……"

就如同我们第一次见面时一样,海辛夫人的声音突然传进我的耳朵,犹如迅箭。

"刚才的话,我绝不能当作没有听见。"她愠怒地说道,然后重重地将门摔上,黑色的礼帽已不知去向,但她仍带着厚重的面纱。她气势汹汹地向我们二人走来,那些杂乱摆放的黄铜零件被她撞倒在地,发出响亮的声音。

"您是……"特伦奇先生还来不及询问,就被来到面前的海辛夫人有力地抓住了领子,她本就身材高大,此刻与特伦奇一对比,居然显得像是母亲在教训淘气的孩子。

"请原谅我将应有的礼节弃于不顾。"海辛夫人大声说着,又将特伦奇先生向上提了一点。我看到这位矮小收藏家的脸已经涨红了。"如果要我做出我公正的评论的话,我只能告诉您,先生,虽然您这里收藏了很多与铜偶有关的东西,但您根本不了解它,就像您充满知识却不灵光的脑袋!您说出的话听起来像是赞叹,但在我耳中却如同玷污,行动与思考,在您眼中居然是等同的事情!您以为是什么困扰了恩斯特那么多年?恕我直言,我突然感到不该和您讲这么多,因为我认为您根本没有一点科学的素养,但凡了解哪怕一点关于蒸汽机械的知识,也能明白机械是有极限的,它的精度与工艺不允许人们造出能思考的铜偶!所以看着这些收藏,我真的很怀疑,您是否只是喜欢铜偶那诡异的美感?那永远没有表情的、浸满了福尔马林与香料的脸,那笨拙地模仿着生者的僵硬动作,还有那些将铜偶视为逝去家人本身的狂热可怜人,您是否只是喜欢这些?如果是这样,我真的很看不起您。"

海辛夫人猛地将特伦奇先生扔在了地上,宽厚的胸膛剧烈起伏着,虽然语言依然克制,但我仍能听出她心里的愤怒——我从未想象过她能如此愤怒。

特伦奇先生愣了好一阵子,才呆滞地从地上爬起来,然后他仔细摆正刚才被撞倒的某个部件,看起来似乎是个曲柄。"我不知道您是谁。"他低着头闷闷地说道,"但不要质疑我对铜偶师的了解,因为我敢打赌,没有哪件事是您知道而我不知道的，我有着这样的自信！"

"太好了，理查德·特伦奇。"海辛夫人点点头说道，"您能否告诉我，他为什么要成为铜偶师？那位家财万贯的贵公子，蒸汽机械的天才，脾气暴躁的酗酒者，铜偶们的上帝——卡尔·恩斯特·内塞尔罗德，为什么要成为铜偶师？"

"他的家族濒临破产，于是他利用自己的特长……"

"不对，不对，完全不对！特伦奇先生，您说的与真相驴唇不对马嘴！"

"我查证过海量的历史记录，你敢说我不对？那你又做过些什么？"特伦奇先生声音颤抖着说道，方才被勒住的脖子已经现出了两道血痕。

"好好看看我是谁，你这令人作呕的伪君子！"海辛夫人说完，一把扯下面纱，那略显苍老的脸上满是愠怒。

"你……"特伦奇瞬间瞪大了双眼，"你是……"

"我们走吧，记者。"海辛夫人冷冷地说道，随后转身离去，我赶忙跟上。但门此时自己打开了，一位穿着朴素的妇女提着纸袋出现在我们面前。

"您二位是？"她问道，眼里闪着惊喜的光，"啊，欢迎光临寒舍，这里是世界上最大的铜偶博物馆，我叫唐娜·特伦奇，是理查德·特伦奇先生的……"

"唐娜！来我的身边！"特伦奇先生在我们身后凄惨地叫道。听到声音的唐娜仿佛吓了一跳，手中的纸袋随即掉落在地，她脚步紊乱地绕过我们二人。

"理查德！你怎么了？你的脖子是怎么回事？这两个人是谁？他们不是客人吗？"

海辛夫人低着头拉开了那扇木门，我注意到她的头发完全散开了，没了礼帽与面纱的遮挡，她仿佛完全变了一个人，而此刻她那离开的背影看起来就像是在逃离。

"海辛夫人……"我拾起地上掉落的面纱，有些抱歉地向特伦奇点了点头，随后离开了杂乱的铜偶博物馆。我听到轻柔的脚步在我身后跟来，接着是特伦奇嘶哑的嗓音。

"我知道你是谁，你是佩玻·海辛！那位铜偶师的助手！我承认你比我知道的还要多，但你没有权利……"

"我们走，记者。"海辛夫人用毋庸置疑的命令口吻对我说道。

"但是特伦奇先生……"

海辛夫人猛地抓起我的手臂。她的力道之大就像是铁钳一般，我根本无力抵挡。她将我拽下楼梯，而理查德·特伦奇杜鹃啼血般的哭嚎仍源源不断地从墙另一边传来，令我汗毛直立，无法呼吸。

"你说我是令人作呕的伪君子，我根本没有……我只是喜欢铜偶而已……为什么要这样羞辱我？为什么你要这样贬低我的人格，贬低我的爱好，贬低我这辈子的意义？我已经失去了一切，只剩这点藏品支撑着我，你却要将它们的意义夺走，还要狠狠地踩上它们两脚！你根本不配作为他的助手！你听见没有!？你根本……"

特伦奇先生的声音逐渐消失在阴暗的走廊中，我与海辛夫人重新回到了西区繁华的大街上。此时天色渐暗，某出戏剧似乎刚刚散场，大街上行人如织，衣着华丽的男男女女搂着胳膊从我们身边经过。

"奥利弗的表演实在是太棒了！"

"要不然还是去老亨特吧，我喜欢那边的奶油蘑菇汤……"

"弄不好，他是个阉伶……"

我望向西方的天穹，此时，夕阳在云层水汽的散射下罕见地弥散了开来，将天边染得一片血红。远方的钟楼悠扬地敲响了整点的钟声，街道上的人们是如此快乐而满足，他们在砖石路上悠闲地散步，看着街边驶过的马车，看着在门口晾晒布巾的理发店员，还有在路灯杆下大声叫卖报纸的孩子，一切都仿佛活在一幅描绘闲适生活的油画中，这景象不得不令人产生错觉，就仿佛这世间过去从未有过苦痛的事情，未来也绝不会有。

"你认为，逝去的人对生者能有多重要？"海辛夫人突然问道。

"多重要……？"我仍沉浸在方才的那番激烈对话中，海辛夫人的提问令我一时间摸不着头脑，"大概不能一概而论吧，这得考虑很多……"

"好吧，记者，已经可以了。你现在大概满腹疑问吧——关于我的身份，关于为什么找来你听这个故事，还有恩斯特的初衷与他最后的去向……疑问会催生顾虑，现在的你或许已经有些不信任我了，但故事还没结束，这些你最终都会知晓，因为这就是我找你来的意义。"

海辛夫人似乎平静了下来，她接过了我手上的面纱。

"谢谢，记者。明天凌晨四点，我们在国王十字车站见，我已经买好了去布莱顿的车票。"

"什么？我们到布莱顿去做什么？"

"去坐船，此外，今晚我需要些私人时间。"海辛夫人说着，登上了停在路边的载客马车，临行前，她像是突然想起来什么般回过头来，"趁着商店还没打烊，去添置几件冬装吧，记者——我们的终点站是摩尔曼斯克。"

法肯号蒸汽轮船已经在北海上航行了两天，此时已经入夜，我斜靠在甲板的扶手上，望着船身一侧那不断转动着的巨大明轮，被它扬起的水雾在探照灯的照耀下如同薄云般显现了出来。由于远离烟尘浓重的伦敦，久未谋面的星辰此时也大放光彩，在黑色寒冷的北海上空，那星光就像是遥远的冰晶，反射着来自天外的光芒。

"据说，几百万年前，这里还是一望无际的冰盖，那时法国和大不列颠岛之间还有陆桥。"海辛夫人在我身后说道，"晚上好，记者。"

"海辛夫人，今天好雅兴。"我点点头说道，只需要以朋友之间的礼节相待，这是她临行前向我反复强调的。

"当然，既然上了船，就必定要多转转，毕竟这景色不是每天都能够见到。"

"我以为您早就把欧洲转遍了呢。"

"不，记者，我去过的地方大概——肯定不会比你更多。我从未出过大不列颠岛。"

"您当真吗？"

"我从不骗人，记者。"

我们之间沉默了一会儿，海辛夫人背过风划起火柴，点燃了一支烟卷，我则谢绝了她递来的烟。

"我从不抽烟，海辛夫人。"我笑着说。

"你会的。"她扬手将火柴扔进大海中，透过烟雾，我看着那个小红点消失在了涌动的黑色海水中。

略一踌躇，我问道："那么……您真的是铜偶师的助手？"

"你真的不懂得讲话的艺术，记者，我想不出比这更突兀的提问了。"

"自打从那博物馆出来，我就想问您了。"

"好吧，我本不打算现在告诉你，但既然你已经知道了，也就没有继续隐瞒的必要——是的，我的他的助手。"

"我难以想象。特伦奇先生说，您能隔着皮肉组装铜偶？"

"对我来说易如反掌。"

"那解人呢？您也会吗？您是怎么当上他的助手的？"

"最开始的时候，我很抗拒那些滑腻的血与肉块，但时间久后也就习惯了。"海辛夫人吐出一口烟雾，然后随意地弹了弹烟灰，但看起来似乎没有继续往下说的打算。

"那我们要去摩尔曼斯克见谁呢？"我无奈地转移话题道。

"安德烈·冯·拉祖莫夫斯基。他曾是沙俄的军人，在1812年的俄法战争前夕，他曾随队来到英国寻求恩斯特的帮助。在一切都结束后，他告诉了我他的住址，希望某天我能够去找他。"

"但您从未去过。"

"是的，而且我并不觉得有什么不妥。"

"哦，我不是那个意思，海辛夫人。等等，您怎么了？"

海辛夫人突然缓缓地蹲在了甲板上。我看到她的脸色有些惨白，肩膀微微颤抖着。"哦，我没事，记者，扶我回去吧……"她一边说一边尝试站起来，但失败了。那倒在地上的动静引得周围的人频频侧目，很快，一位医生模样的人匆忙地跑来。"上帝啊，您怎么了！"他一边喊着，一边和我一同扶起了海辛夫人。

"我们扶您回您的船舱，然后我可以给您做个诊断。"医生说道。

"不必了。"海辛夫人咬着牙，额头上渗出滴滴冷汗。

"但您的情况很不妙，作为船医……"

"您作为船医，除了……给我放放血，您还会什么？"

"我还能将伤口包扎起来，以及帮您抹松节油。"

"喔，得了，您还是省省吧……记者，扶着我，让这位可怜的船医歇着吧。"

我点点头，并且向那位不知所措的船医歉意地笑了笑，随后与海辛夫人相互搀扶着回到了船舱中。虽然有些不合规矩，但我还是为海辛夫人铺好了床铺，并帮她洗漱与更衣。做完这一套睡前准备后，海辛夫人的气色看起来恢复了一些，她拍拍我的脸颊说道："谢谢，记者，接下来我自己做就好了。"

"您真的没事吗？看您刚才的样子似乎很痛苦。"我担忧地问道。

"真的没事。怎么，你担心故事还没有听完，我就会提前倒下？"

听到海辛夫人的玩笑，我略微松了口气。"那就好，您照顾好自己，如果有什么事就派人去叫我，您知道我在哪个房间。"我扶着船舱的水密门说道，"晚安，海辛夫人。"

我关上房间的灯，然后转身离去，心里思量着该先去餐厅要点威士忌再回房间，但海辛夫人轻声叫住了我。

"记者……"

"您怎么了?"我回头问道,关门的动作也停了下来,但回应我的却是黑暗与沉默,在床铺上的海辛夫人隐没于阴影中,走廊里安静极了,在蒸汽引擎的震动与钟表的滴答声里,我感受到了她那复杂的视线。

"没事了。"她最终说道,那声音不同于她之前讲过的任一句话,听起来纤细得像是叹息,"把门关上吧……晚安,记者。"

几天后,我们到达了挪威的克里斯蒂安尼亚港,这座繁华的北欧港口位于北海的另一端,这里同时也是斯堪的纳维亚半岛上最古老的城市之一。随后我们几经辗转坐上了北上的蒸汽列车,在接下来的日子里,我眼看着白昼的时间越来越短,往往是在接近中午时天才会大亮,到下午两三点就几乎完全黑了下来。而随着纬度的升高,沿边的景色也一直在变化,从一开始的城市与乡野逐渐转变为了荒凉的苔原,偶尔能看到几栋小木屋孤独地伫立在远方,如同从城市的大火炉中散落出来的火星。

在辗转倒换多列火车后,我们最终到达了这座位于巴伦支海沿岸的寒冷城市。此时已经接近十二月,摩尔曼斯克的白昼短暂得就像是长夜中划着的火柴一般,在人们意识到它的来临前就已经消散。在这茫茫白雪覆盖的城市里,只剩下北冰洋刺骨的风呼啸着,盘踞在那清澈的黑色夜空。

凭借着记忆与艰难的沟通,我们最终在摩尔曼斯克港附近的渔村里找到了此行的目标。安德烈·冯·拉祖莫夫斯基的妻子和女儿热情地将我们接进了她们简陋的木屋。我们围坐在火炉旁,一边烤着冻僵的手,一边听着海辛夫人向安德烈的女儿解释此行的目的——幸好这位聪慧的姑娘懂得英语,否则事情麻烦得多。

"所以说,你们是来找我的父亲?"尼娜·拉祖莫夫娜用奇怪的俄语腔问道。我向她点点头。

"那你们来得不巧。"她说着,望向那混浊的窗玻璃,外面是永恒般寒冷的黑夜,"爸爸现在在海上,他出海捕鱼已经快一周了,现在还没有回来……"

我担忧地望向海辛夫人,她看着尼娜说道:"没关系,我们可以等,暂住的费用我会给你们的。"

这时,一直坐在旁边的达尼娅——安德烈·拉祖莫夫斯基的妻子——突然向她的女儿招了招手,她用俄语很快地向尼娜说了些什么。

"这简直是恶魔的语言。"我悄声向海辛夫人说道。

"是这样,二位客人。"尼娜转过头,有些紧张地说道,"爸爸曾说过也许会有这样的一天,一位来自英国的黑衣夫人会来到这里找他……但在我告诉你更多之前,我要确认你的身份,嗯……你的名字是?"

"佩玻·海辛。"

"嗯,爸爸去找你们,是为了什么?"

"为了战争,为了复活米哈伊尔·库图佐夫。"

"是您,没错了。"尼娜看起来像是松了一口气,"请您稍等,妈妈刚才说,这个应该用得上。"她说着走出了房间,待回来时,她的手上拿着一个古旧的笔记本,封面的牛皮已经有些干裂了。

"这是?"我疑惑地问道。

"爸爸的日记,里面似乎有些页数遗失了,但应该还用得上。"她说着将本子递到了我的手里,"自战争结束后到现在,爸爸一直藏着它,我都还没看过……"

"那你今天应该可以一睹为快了。"海辛夫人说着接过日记,随意翻开了里面的一页,我看到那字迹就像是人喝醉之后胡乱画的圆圈,"你看,全都是用俄语写成,没有你的帮助,我们是看不懂的。"

"那……可以吗,妈妈?"尼娜期待地寻求同意,她的母亲微笑着向她点了点头,随后起身在柜子中翻找了起来。

"哦,妈妈在找最好的红茶。"尼娜说着,急不可耐地翻开了那老旧的笔记本,寻找着故事开始的地方。随着热水滚入杯中的声响,一股醇香的气味弥漫开来。就这样,在摩尔曼斯克冬季寒冷的极夜里,这位十六岁的姑娘捧着她父亲年轻时的日记,开始了讲述。

1812年6月30日

消息传来,拿破仑的大军在六天前渡过了涅曼河,这场战争最终还是爆发了。

据水手们说,我们今日已经穿过了北海,接近英吉利海峡,预计明后两天就可以到达福克斯通港了。全船上下虽然没有人明说,但沉重的气息还是弥漫开来。夜里我回到下层甲板,准备检查库图佐夫将军锌制灵柩中的遗体。在香料与冰块的双重作用下,那具魁梧的尸体并没有多少腐败的迹象。我盘算着,今天是将军咽气后的第七天,我们还赶得上。

但说句心里话,我并不相信那位传说中的铜偶师真的能将人复活,那不是上帝做的事吗?我低头看着将军苍白的脸,在他右眼处那狰狞的伤口早已干涸,就像置于他面部的一朵干枯玫瑰。

1812年7月3日

林德赫斯特,真是一座美丽宜人的小镇。

我们在铜偶师的宅子里住了下来,我一开始惊异于他居然拥有一套这么大的房子,但想到那些铜偶的价格,这也不足为奇了。因为先前特意打过招呼,所以英王乔治三世并没有为我们准备什么排场,只是按照我们的要求简单地安排了几位接应人员与翻译。不过,听说乔治三世早就疯了,现在是他的儿子作为摄政王代理执政,这是真的吗?我不太敢去问。

下午,我们看到了铜偶师的工作间。那是一间充满了刺鼻气味与黄铜零件的杂乱房间,位于宅邸的东南角。房间里基本也没什么其他的陈设,无非是那些像极了人骨的零件和复杂的图纸。在宅子的地窖里有一个嵌入地面下的大池子,里面盛满了刺鼻的浑浊液体。我们按照那位叫做恩斯特的男人的指示将库图佐夫的遗体泡进了池子里,据他说,这样做可以保持尸体不腐很长时间，比我们采用的任何措施都更有用。

  宅邸的门前经常停靠载货马车，似乎都是铜偶师从各地购买的东西。一位年轻的姑娘指挥着工人们卸下车上的货物，我看到那都是些棕色的大玻璃瓶，就装在木板条箱里。因为军队的人都忙着安置各种事情，我这位随行医师没什么事做，就决定去帮忙卸卸货。我们一同将那瓶子中的液体倒入了地窖的池子中，很奇怪，这里虽然是封闭的地窖，气味却不那么浓重，甚至还有隐隐的微风，但在黑暗中我看不到其他出口，是错觉吗？

  那位姑娘后来告诉我她叫做佩玻·海辛——多亏我懂一些瞥脚的英语——是铜偶师的助手，已经在这里干了好几年了。关于选择这份工作的原因，她没和我讲太多，但话里话外的意思似乎是她早就失去了家人，而铜偶师收养了她。

  晚上又来了一批货物，这次都是黄铜制的零件，有大有小。怪不得出发前他们要那样仔细地测量将军的身材数据，原来是要提前量身铸造零件。看着那颗包在稻草中精致的黄铜骷髅，我突然感觉这件事或许将会比我想的复杂。

1812年7月15日

  关于铜偶制作方案的会议算上今天已经是第七次了，一股焦躁的情绪弥漫在长桌四周的人们中间，我作为最无足轻重的随行医师只有一个房间角落的旁听席，而佩玻·海辛就坐在长桌的尽头，铜偶师恩斯特的身边。我看向她背对着我的身影，那黑发是如此迷人。

  但会议的内容就没有那么轻松了。恩斯特不耐烦地推开那份厚厚的库图佐夫生平资料。"……1745年出生，毕业于炮兵学校，前些日子在奥恰科夫要塞时被射穿了头，还凑巧是从旧伤口射进去的……这里面的内容我已经完全熟悉了，问题不在这里——你们的要求根本是不可能的。"他这样说道，而接下来是一场关于铜偶性能极限与库图佐夫将军指挥能力的辩论，都是些老生常谈，但我之所以将今日的会议记录下来，是因为它似乎有些特别。

"我说过很多次。"亚历山大·伊万诺维奇上将敲着木桌说道。他是我们本次行动的领导者。在他讲话时，一位身穿女仆装的铜偶在长桌之间走来走去，为每位客人的杯子中添着茶。"我们不要求铜偶真的可以指挥战争，甚至不要求它上战场，你制作出的铜偶只要能在指挥部走来走去，开战前在马上喊喊口号就足够了。我们虽然需要库图佐夫的军事才能，但作为一名老将，他的感召力也是不可忽视的，如果你能听见基层士兵们对他的呼唤声，或许就能理解为什么我们这样迫切地催促您工作了。"

"即使那样也有问题。"恩斯特针锋相对地说道，"铜偶说是模仿生者，其实只是一些心理安慰罢了，与真正的活人的区别依旧很大，我先不谈它们惨白萎缩的外表。"恩斯特说着，那位女仆铜偶正好走到他身旁，他伸腿绊倒了铜偶，"这是我的某位客人玩腻后还给我的铜偶，前些日子，我为她重新制作了程序，现在她已经代表了我工艺的最高水平——各位，好好看看吧。"

我伸长了脖子看向地上的铜偶，只见那具干瘪的躯体在地板上侧躺着，却依旧重复着方才行走的动作，它每走几步就会弯下腰，向前伸出手臂做出添茶的动作，那只打碎的瓷壶就在一旁的地板上，里面泡发的茶叶腾腾地冒着热气。

"各位看到了？虽然我贬低自己的手艺听起来有些奇怪，但事实如此，铜偶根本无法担此大任。试想，如果是你们的将军这样滑稽地躺在地上，士兵们会作何感想？这不是起了反作用吗？"恩斯特站起来大声说道，他那瘦小的身材却让效果有些打折扣。

"那你的意思是，你现在只能做出这种傻东西？"伊万诺维奇不动声色地问道。

"正是如此，上将。"

"卡尔·恩斯特，您确定吗？"

"完全确定。"

"那好。"伊万诺维奇拍了拍手，"彼得！把那东西带进来！"

房间东侧的木门应声打开，一位士兵牵着一具女性铜偶走了进来。那铜偶的身体呈现蜡质的黄白色，肌肉几乎已经完全皱缩了，单看起来比我见识到的任何一具铜偶都要丑陋。但与之相对立的是，她的表情灵动至极，自走进房间时一直在左顾右盼，动作也十分自然，如果不是她那略有些恐怖的外表，我一定会将她错认为活人。

"莉娜！？"恩斯特突然像是被雷击般大喊道，他猛地向门口跑去，却被一旁的士兵牢牢地按在了木桌上。伊万诺维奇站起身走到那具女性铜偶身边，饶有兴趣地看着恩斯特扭曲的表情。

"卡尔，你带我来这里做什么？"铜偶昂起头，以天真的表情看向牵着它的伊万诺维奇。

"哟，还会说话，但可惜不认人。"

"你胆敢动她一下！"恩斯特奋力挣扎着，木桌发出令人牙酸的声响。此刻，我注意到佩玻·海辛的脸毫无血色，那表情就如同看到自己的亲人正身处熊熊燃烧的大火之中一般。

伊万诺维奇打量着那具被叫做莉娜的铜偶，然后突然伸手将她推倒，恩斯特的眼睛里仿佛要喷出火焰。在众人的注视下，莉娜居然扶着地面，缓缓地站了起来。

"你干什么啊，卡尔！"它惟妙惟肖地说道。

"这就是你说的，只能做出那种傻东西？"伊万诺维奇指指房间另一边的女仆铜偶，它依然侧躺在地面上重复着走路的动作。

恩斯特放弃了挣扎，他在沉默中瞪视着面前的男人。在长桌一角的佩玻·海辛此刻却突然站了起来，然后飞快地逃离了房间。

"是的，就和你想得一样。"伊万诺维奇望着海辛的背影说道，"是你可爱的助手告诉了我们这件事，当我们在地窖的墙壁后面发现它时，它还会给我们问好呢!"

恩斯特依然沉默着。

"像这种程度就完全足够了。恩斯特,在一个月内完成库图佐夫将军的铜偶,可以吗?"

"不可能。"

"是时间不够?"

"不……这样的铜偶我绝不会再为第二个人制作,绝不可能……它是独属于我的莉娜的!你们那什么将军就见鬼去吧!"

"你或许还没有清楚认识到状况。"伊万诺维奇擎着腰间的佩刀,"我们的礼貌不是在请求,你明白吗?"

"你是在威胁我?你这狗娘养的东西!"

"呵呵,我确实是在威胁你。我们会给你时间的,需要的东西我们也都会提供,但如果你没能在限期内让我们看到进展……事情就由不得你了。"伊万诺维奇满意地扫视着房间里的每一个人,包括我在内,"那么,散会!"

当天的会议在僵硬的氛围中结束了,但不管怎么说,事情确实是有了进展。晚上我在宅子附近闲逛时,发现荷枪实弹的士兵们已经将这片区域围了起来,我想他们大概是动真格的。回到住处后,我遇到了佩玻·海辛,她的眼肿了起来,正一个人蹲在庭院里抽着烟。我略一思索后,还是决定不要过去搭话。

1812年7月28日

他们确实是动真格的——伊万诺维奇似乎就快失去耐心了。在几次与铜偶师沟通无果后,他在我们面前大发雷霆,扬言说要把"那个顽固的瘦小变态"连同他的"昂贵玩偶"一把火全部烧掉,因为倘若恩斯特拥有制作这样精细铜偶的能力,无论他本人的意愿如何,他恐怕都会成为一个棘手的存在。试想如果国家的领导人可以忽然消失又复活,那将是多么恐怖的一件事？伊万诺维奇这样对我们说。而令我揪心的是，大部分人似乎都对这番话表示认同。

1812年8月2日

气氛越来越僵硬，我不能继续写日记了，我承受不住他们在我提笔时那狐疑的目光。

1812年8月19日

这几天发生的事情远远超出了我的预料。

此刻，我们已经坐上了回航的船，亚历山大一世刚刚下令任命库图佐夫担任俄军总司令。这位死而复生的将军现在正在我隔壁的船舱里，同士兵们一起开着拿破仑的玩笑，大笑声不绝于耳。

但想到昨日看到的东西，我丝毫没有大笑的心情。此刻我独坐在船舱中，一股奇怪的使命感在催促着我，将这个故事记录下来，因为也许将来会有人看到——但谁知道呢？

事情开始在前天夜里。

先前几天，我就曾无意中听到伊万诺维奇和他的亲信们讨论着那液体的可燃性，一位士兵指出那是甲醛，是完全可燃的。伊万诺维奇似乎对这个结果十分满意。"这样事情就完全讲得通了。"他这样说道。

那时的我虽然担心，但仍感觉他们并不会真的付诸实际，所以当前天夜里我被骚动惊醒时，前所未有的窒息感立刻包裹住了我。那些身穿便服的士兵正在向宅邸泼着油，伊万诺维奇在一旁双手抱胸，"为了沙皇！"他大喊道，随后点燃了那油腻的木围墙。

此刻写到这里，我感到滑稽又恶心。虽说我并不爱戴我们的沙皇，但以他之名行如此恶事，我无法苟同。大概是伊万诺维奇内心深处的罪恶感正在急切地寻找一头替罪羊吧，因为只要找到合适的借口，就能摆脱那良心的折磨。

宅邸的火势蔓延得很快，我的脸颊逐渐感受到了热力，不时有噼噼啪啪的声音自火场传出来。那橘红在我眼里仿佛地狱的岩浆，跳动的火舌化为长着羊蹄的恶魔，不断在我耳边低语——

你真的不去救他们吗？

他们或许正在熟睡，你想要第二天看到海辛变成粘在床上的一团焦炭，是不是？

恶行！你嘴上痛斥着这样的恶行，行动却毫无表示，你和他们完全是一类人。

不，甚至更糟，他们起码还有着像模像样的理由，而你呢？

一番天人交战后，我还是决定溜进火场。黑色的浓烟在宅邸的天花板上聚集，这炙热而呛人的空气令人几乎要昏倒，暴露在外的手背此刻刺痛不已，皮肤仿佛正在燃烧……我疯狂地在宅邸中奔跑，举目所见全是混乱，那被烧得通红的零件散落在地上，与坍塌的房梁和家具一起阻拦着我的去路，火舌肆意地舔舐着房屋，在我周身跃动不已，仿佛被释放出神灯的精灵。仿佛已经置身地狱的我鬼使神差地想到了那间地窖。我立刻沿着摇摇欲坠的木楼梯向地窖的入口跑去，那地窖门上的金属把手被火烤得滚烫，但我已经无法顾及那么多了。

而他们果然在这里，佩玻·海辛和铜偶师两人，以及那个名叫莉娜的铜偶，他们正处在某个开在岩壁上的隐蔽房间中，就在液体池的一侧，火把的微弱光芒在入口处闪动着，而争吵的声音也不断自房间深处传来。

"你不能这样做，这根本不可能！"这是海辛嘶哑的声音，我悄悄地走到房间门口，"况且你要装多久？直到战争结束吗？天知道这场战争会持续多久！"

"持续多久我就装多久，别和我白费口舌了，要不是你说出莉娜，根本不会有这些事！"

"但那不可能！"

"如何不可能？这就是唯一的办法！"

"不，你还有选择！就听他们的，再制作一具莉娜这样的铜偶吧……"佩玻·海辛的声音逐渐弱了下去，她突然啜泣了起来，"对不起，恩斯特……"

"你知道，那才是最不可能的——"铜偶师缓缓说道，他褪下衣物，光着身子躺在了房间中央的一张铁板床上，"来吧，佩玻，我准备好了。"

"但是……你从未做过这种事……"

"没关系，反正也不会比学俄语更难了。"

"你别开玩笑了！"海辛哭着大喊道。

我抓住机会，说出了纵火的事。

"你以为我们不知道吗，军医？"铜偶师闭着眼说道，"要是能出去的话，我们早就逃跑了，但你们那位队长不会就这样放过我们的。"

"但我们起码应该试试！"我说道。

"别浪费时间了，佩玻！"铜偶师不耐烦地大喊道，我看到那位红着眼的姑娘一怔，似乎下定了决心，她转身走向液体池。

"你们要做什么？快点逃跑吧！"我不死心地劝道，但两个人谁都没有再理会我。

佩玻很快就回来了，她艰难地扛着一具软塌塌的人体——库图佐夫将军那去掉了骨骼的空旷身体。

"全部从背面剖开，先缝合躯干，随后是双臂和双腿，最后缝合面部。"铜偶师指挥道。而接下来发生的一幕，我这辈子大概都无法将其从记忆中抹去。

海辛按照指令剖开了将军背部的肌肉，然后费力地拖着那高大的尸体，像是盖被子一般盖在了铜偶师的身上。恩斯特本就身材瘦小，现在完全被遮住了。尸体那略有些发白的背部此刻如同翅膀般展开，完全包裹住了铜偶师的胸膛，从我的视角看起来，恩斯特就像是连体人中较小的那个。他们随后翻了个身，海辛拿出了一捆羊肠线飞快地缝了起来。在她灵巧的动作下，铜偶师的背部很快就看不到了，取而代之的是库图佐夫那宽阔的后背，在脊柱处的缝合痕迹很像是布娃娃的走线。

很快，双臂与双腿也缝合完毕，为了弥补恩斯特的身高差，海辛在尸体的足部填进了实心的材料，就如同让恩斯特踩着高跷一般。当她准备缝合头部时，恩斯特突然制止了她的动作。

"先等一下。"他说着，笨拙地从铁板床上爬了起来，令我没想到的是，他居然真的穿着尸体站了起来，那颗软塌塌的头就垂在他的胸前，像是口水巾一般。

他摇摇晃晃地走到了莉娜的面前。"怎么啦，卡尔？"那铜偶问道。

"莉娜……"恩斯特深情地抚摸着面前那皱缩的面庞，他的目光让人相信，即使在他面前的是铜偶而不是真人，那也依然是他此生唯一的挚爱。在这燥热的岩石空间内，伴随着宅邸燃烧倒塌的声响，穿着人皮的铜偶师与他最为自豪的造物深深地相拥在了一起。

"我走后，莉娜就交给你照顾了，等到战争结束我就会回来接她。"铜偶师对海辛说道。

当尼娜讲述到这里时，我看到海辛夫人明显地抽动了一下。

缝合继续进行着，与我的想象不同，头部的缝合时间比其他部位加起来还要长，似乎是为了能够做出灵动的表情，所以海辛需要不断地调整尸体面部肌肉的厚度，以便符合铜偶师的脸形。在这冗长而闷热的等待中，我逐渐丧失了意识，最终昏睡了过去。

不知过了多久，我在海辛的摇晃中醒来了，她的发丝一根根地粘在脸上，身上的衣服已经完全被汗湿了，唯有双眼闪动着光芒。"我们出去吧。"她兴奋地说道。

我惊讶地站了起来，在火把几乎燃尽的微光下，我看到了一个高大的身影——库图佐夫将军正在调整着他礼服上的勋章，那样子绝对不会被错认成别人。

"随我来，军医。"他用有些不标准的俄语说道。

"您是……铜偶师？"我震惊得无以复加，但他轻轻地捂住了我的嘴，那刺鼻的味道直冲我的鼻腔。

"从今往后，直到战争结束，我就是米哈伊尔·库图佐夫。"

尼娜的讲述在这里结束了，她轻轻地合上了书页。

我仍然沉浸在震惊中，铜偶师并不是失踪了，而是随着军队去到了莫斯科的战场上，他居然真的完成了任务——这是我想到的第一件事。但正当我感慨之时，海辛夫人突然站了起来。"谢谢你的讲述。"她说道，"我们这就告辞了。"

"您这么快就要走吗？起码吃了晚饭吧！"

"不，我们现在就走。"海辛夫人捂着胸口说道，"已经没有时间了。"

"您的身体……"

"我没事。"海辛夫人拒绝了尼娜的搀扶，她有些艰难地独自向门口走去，我轻轻地拦住了她。

"海辛夫人，您看。"我说道。

在那浑浊的窗玻璃外，方才还一片漆黑的夜空此刻光彩大放，绿色的绸缎般的光在天际舞动着，动作如同魂灵般轻柔优雅。一时间，海辛夫人也愣住了，她怔怔地望着窗外那一方小小的天空，达尼娅此时突然开口，她低声向我们诉说着什么。

"尼娜，你母亲说了什么？"我问道。

但这位十六岁的姑娘没有立刻回答我，而是带领我们走到了屋门前站定。"在因纽特人的传说中，极光是上帝的灯塔，希望它能够指引我的父亲安全归航，也能指引你们。"她说着打开了房门，外面的寒风立刻呼啸着卷入，火炉的光一阵摇曳。

"这就是你母亲说的话吗？"

"不，妈妈说，她从未想过日记里会是这样一个故事。"尼娜踌躇着，她以一种复杂的眼神望向海辛夫人,仿佛正面临着抉择,"关于战争,关于铜偶,关于您过往的这一切,妈妈告诉我,您让她感到嫉妒——又恶心。"

在南下的列车上,海辛夫人沉默地坐在我的对面。窗外此时依然是模糊不清的黑夜景象,极光早已散去,夜空下的苔原上,只剩远处农庄的隐约剪影,看起来就像是某种简陋而肮脏的积木玩具。借着蜡烛的火光,我不断翻看我的笔记本。它上面记载的内容已经足够我写出一篇震惊世人的报道,但此时的我却没有了先前的狂热,对于名利的渴望完全被另一种情绪所取代。它们性质完全不同,但都同样令人着迷。

"海辛夫人。"我轻轻开口道,"莉娜是谁?"

"请等一下,记者。"海辛夫人吹灭了我面前的蜡烛,黑暗立刻包裹住了我们。"这样我更有安全感。现在让我来回答你的问题——她是一切的起源。"

"她就是原因?"

"没错,是她。"海辛夫人叹息道,"卡尔·恩斯特·内塞尔罗德此生犯的唯一也是最大的一个错误,就是在年轻时爱上了她。当年他们爱得那样死去活来,让人感觉即使是神也无法将他们分开。而就像是为了证明这点一般,莉娜在他们婚后不久就死于一场事故——蒸汽机车引擎的爆炸事故,就在林德赫斯特的街头。司机、乘车人,甚至当时周边的过路人无一幸免。"海辛夫人有些悲伤地说道。

"我似乎知道这场事故,那还是上个世纪的事。"

"在那之后,恩斯特舍弃了他的一切。他放弃了家族那庞大的产业,反而发狂般地沉迷于那杀害他妻子的凶手——蒸汽机械——的研究中。也好在他先前就拥有丰富的化学知识,也幸运地遇到了韦尔斯利,莉娜那残破的尸体得以在腐败前保存了下来。那具泡在黄白色浑浊液中、头发散乱的人体仿佛成为了他的希望,就如同古埃及人坚信只要肉体不腐坏，灵魂就能以另一种方式重生一般，恩斯特相信只要她的身体还在，就迟早会在某天回到他的身边。于是在这信念与他本人天才般的创造力的支持下，他最终完成了神的功绩——将莉娜带回了人间。

"虽然叙述很简短，但我要向你强调这中间的漫长时间。为了重塑他心中那完美的莉娜，恩斯特不断地为别人制作铜偶，一方面是为了赚取经费，另一方面也是积累经验。在他眼中，为别人制作的铜偶始终都只是玩具罢了，只有他心中那遥远的身影才是永远且唯一的目标，为了完成这几乎令他发狂的夙愿，他花了整整二十年。

"但命运没有轻饶他。就在莉娜被带回到人间后不久，俄国人就登上了大不列颠岛，前后仅仅间隔不到两周……"说到这里，海辛夫人的语气愈发沉重了起来，"当时的我太过年轻，没听出那些人话语中的陷阱，是我出卖了他，也导致了后面的悲剧……"

"海辛夫人……"

"好了，记者，我已经说得够多了。"她望着我的眼睛说道，"剩下的路途就让我们分开吧，我要把选择权交给你，如果你还想履行你的承诺，就请之后再来找我。平安夜时，我会在林德赫斯特宅邸门口等着你。"

于是，接下来的日子里，我独自乘车返回了挪威的克里斯蒂安尼亚港，又再次乘着轮船渡过了北海。当最终回到熟悉的林德赫斯特后，那旅途后的无力感立刻包裹住了我，躺在住处的皮椅上，我望着壁炉那摇曳的火光发愣，脑海中满是黄铜色的瑰丽梦境。

而后，果真如海辛夫人所说，我抽了我人生中的第一口烟。那呛人的气体使我不住地咳嗽，甚至咳出了眼泪。但即使如此，我依然被它迷住了，待到平安夜即将来临的日子，我几乎已经变成了一个烟鬼，只要不叼着纸卷，就会感觉少了什么。

就这样，约定的日子到来了。

我赶到林德赫斯特宅邸时已是傍晚，夕阳西下，宅邸的废墟掩映在烟尘与枯草之中，显得很像是什么逝者的骨骸。我向早已在大门处等候的海辛夫人打了声招呼，我们二人一同向着黄昏中的废墟深处走去。途中，海辛夫人询问了我近来的情况，在作出礼貌的答复后，我有些不好意思地伸出了熏黄的手指，向她表白了我染上烟瘾的事实。

"那您呢？"我稍后问道，"分开的这一段时间，您还好吗？"

海辛夫人摇摇头。"我不好，记者，我快死了。"

"这种玩笑可开不得！"

"我从不开玩笑。其实，我早就该死了，是这些东西在维系着我的生命……但事到如今，它们也无法再多做什么了。"海辛夫人说着，解开了胸前的纽扣，我看到几块黄铜色的零件突兀地嵌在她的锁骨下方，周边的皮肤已经红肿溃烂。

"那就是我的肺和心脏的一部分。"她将纽扣重新扣好，然后站定。不知不觉中，我们已经走到了那具焦黑的尸体前。黄铜骷髅依然摆放在那里，连同铜偶师那焦黑皱缩的尸体，在夕阳的光线下像极了一幅油画。

"我让他们保留了这片废墟。"海辛夫人说道，"推倒、铲除旧事物是为了重建新事物，事到如今，我已经无力再重建什么了，所以这片废墟也就没了清除的必要。记者——"她说着低头看向我，"还记得当时的约定吗？"

"当然，海辛夫人。"我说道。

"那就好。"海辛夫人缓缓地说着，她看向天边的夕阳，那橘红色的光在云雾中弥散开来，将世界染得一片血红，她继续开口道："当时在火车上，我没将全部事情告诉你。那是场发生在林德赫斯特的蒸汽事故——我在那场事故中失去了父母。那天，他们只是在街道上路过，就被飞溅而来的碎片夺走了生命。而在那杂乱而充满了烟尘与血腥气味的街道上，我第一次遇到了恩斯特。"

"我们也是在此处第一次相遇的。"我随口说道，却被海辛夫人严厉地打断了。

"在我允许你开口前，我希望你可以静静地听着。"她瞪着我说道，

"仔细地，认真地听我讲完这最后的故事，然后回答我的问题。"

我有些紧张地点点头。

"恩斯特收养了我。"海辛夫人继续说道，"我们因为蒸汽机械结缘，也因此改变了人生。在那二十年中，我从一个万念俱灰的小姑娘逐渐转变成了今天的模样：一位顶尖的蒸汽技师。我对恩斯特只有感激，是他培养了我对科学的兴趣，但最终，也是这兴趣害了他。

"如果说有什么东西在我心中比恩斯特的地位还要重要，那就只能是科学，科学代表了至高无上的一切，与此相比，世间的一切都是那样渺小，那样微不足道，又是那样复杂而令人痛苦。记者，还记得铜偶师最后对我说的话吗？你可以回答我。"

"我还记得，海辛夫人。"我回答道，"他将莉娜托付给了你。"

"没错，就是那样。"她沉痛地点点头，仿佛这对话正在刺痛她的心脏，"当战争结束后，恩斯特再次找到我时，我迟疑了。我不知道是否应该将莉娜还给他，因为我明白，如果我将莉娜归还，他就会永远地远离这一切，带着他最终的作品隐没于人世，那些迷人的巧思从此就将永远地消失，这是对于世界的极大残忍，我绝不能允许这样的事情发生——至少当时我是这样想的。

"我撒了谎。因为当时蒸汽禁止法令已经生效，所以我谎称莉娜已经被政府带走了，但她其实只是被我藏了起来。恩斯特甚至都没有怀疑我在对他撒谎，在那一刻之前，我从未想象过有人能如此绝望。

"接下来的日子里，我开始了研究。但与我天真的预想截然相反的是，我居然根本无法参透莉娜那精细而复杂的结构，甚至连将她重新组装起来都做不到。而另一方面，那被当权者的蒸汽禁止法令催生出的恐惧阻碍了我的惯常研究，我无法将我的微薄成果公之于众，更无法继续在铜偶的道路上走下去。在那无数个夜晚，我只能看着那被我开膛破肚的莉娜独自悔恨，她胸腔内复杂到令人眼花缭乱的零件仿佛变成了铁处女内的尖刺，不断地刺痛我的良心。后来，为了减轻我的罪恶感，我给恩斯特也安装了这些铜制器官，"海辛夫人摸摸自己的胸口，"我为他制作了铜制的肾脏与肺，如果不是这样，他大概活不到现在。那时，每次安装调试完毕后，他都会谦逊地向我道谢，那是我最害怕的事情，不过我绝不会选择逃避它，因为我想，或许那就是对我的惩罚。

"时间就这样过去了很久，直到那个夜晚。那时，我第一次发现自己已大限将至，如果再不说出口，这件事就将会变成永远的秘密。那颗快要破碎的良心发挥了它最后的作用，而我也绝不后悔听从它——我告诉了恩斯特一切。

"我曾预想过很多次这一幕，他或许会当即发疯，崩溃地大吼，甚至当场将我杀死都不足为奇。但他只是轻轻地从我手中接过了莉娜的黄铜头颅，然后剖开了自己的侧腹，硬生生地扯出了那颗我为他精心制作的黄铜肾脏。'那颗肺我也会还给你的。'他这样对我说道，地板上缓缓聚起了小血泊。

"我不知道那场大火是怎么燃起来的，或许是他在剖腹时打碎了油灯，又或者是某位被吓到的佣人忘记了吹灭蜡烛，又抑或，是无力承受这一切、精神处于崩溃边缘的我亲手点燃了宅邸。当我恢复意识时，我已经被人拖出了火场。望着那熊熊燃烧的烈火，我意识到一切都真的结束了。

"随后，我遇到了你，记者。可能与你的预想不同，我选择你并没有什么特殊的理由，仅仅因为机缘巧合，可不就是机缘巧合塑造了这一切吗？好了，到这里，我的故事已经全部讲完了。记者，请你认真地回想我们曾给这个世界带来的一切，无论是好还是坏，是给予还是掠夺，是推动着时代的进步，还是不断泯灭贬低着人类的尊严，然后回答这个几乎困扰了我一生的问题——我这一切，做得对吗？"

"您说呢？这种问题自古就没有答案，海辛夫人。"长久的沉默后，我缓缓说道。

但海辛夫人并没有回应我，她突然出神地看着面前铜偶师的残骸，那表情就像是看到了奇迹般。我疑惑地顺着她的目光看去，先前我们居然都未注意到，或许是被那余烬的热量所催生，一支紫色的风信子已经灵巧地自那黄铜骷髅的眼眶中探出，在这不合时宜的季节里，它的新生饱含了终结。我与海辛夫人沉默地注视着这一切。在林德赫斯特那血色残阳的照耀下，风信子悠悠地在眼眶中摇曳着，它那细小的紫色花瓣随着微风徐徐舞动，就仿佛刚刚自灰烬中重生，要向这世间的万物问好一般。

"一切都结束了，无论是铜偶，还是那个时代。"我望着眼前焦黑昏暗的废墟说道，"我会认真完成这篇报道的，因为我明白，无论出于什么目的，让世人知晓这尘封的一切也是您的愿望——再见了，佩玻·海辛。"

在西方的天空中，那照耀着人间的太阳此刻庄严地落下，星空逐渐揭开它的面纱。没有过多的言语，它们像往常一样沉默地注视着人间短暂而灿烂的一切，过去如此，今日如此，未来皆然。

二等奖作品

石城浮生

钱禹坤

仙茗

宋西山快死的时候盘算了自己的一辈子，好像是大致可以分成那么界限分明的几个阶段——没劲、较劲、又没劲。宋西山最开始觉得什么都没劲的时候已经参加工作了，所以在此之前应该还有那么一段算作"成长"的阶段。但他不愿将其划进来，因为他觉得那个阶段是属于别人的——什么都被安排妥当了，自己不用做出任何思考，从上小学到大学毕业，每段进程都像是被刻进了电路板——按程序走线。就连他自己的名字，他也是上了初中才知道，那其实不过是父亲喜好的一种茶叶的品类——或者他的存在也只不过是父亲的一种喜好罢了。

自打警校毕业，进了石城古城区分局的技术侦察队，宋西山的第一个阶段便开始了。觉得什么都没劲也是一种"劲"。这种看似衰颓的劲头并没有影响到其他人，因为其他人也不过如此。分局技侦大队不过是个工具箱子，里面也只装着宋西山和邓队两名警员——而他们连工具都算不上。工具是什么？是算法，被烙在服务器里，一点改造的余地都没有，而改造那些算法曾经就是宋西山选择做一名技侦员最初的盼念。宋西山和邓队唯一要做的就是接收其他部门的案件信息，录入系统，等一份算法输出报告，再回传给其他部门。偶尔也要接听一些电话，电话里的人不论男女老幼，都是称呼着老邓或是小宋。遇见老邓接电话，就叫老邓吩咐小宋动作麻利点；遇见小宋的时候更是不用过多客气，直接就是"麻利点"。等老邓退了，宋西山接班，也要带新人，接电话送报告。新人等小宋变成老宋，再带更新的人，接电话送报告，如此往复，一眼就能看到宇宙的尽头。起初宋西山还会不服，认为这分明是一种浪费，机器完全可以代劳，干吗要他去做工具的工具。上头的说法让他无从反驳——技侦的算法数据库涉密性太高，连警局专网都不好联通，只能离线解决问题，自然就需要他和邓队的存在。当然最重要的是，上头并不完全信任机器，总要有具备人类思辨能力的个体存在，多少把控下那些算法输出的结果。宋西山觉得这其中存在矛盾，可上头并没有给他继续质疑的权利，如此罢了。

　　宋西山学习老邓，选择隐忍，尽管结果也是要像老邓一样接受平庸，平淡地活着，庸碌着老去。可回想起几代先辈们不也就这么过来的嘛，内心也便坦然。宇宙一眼看穿就看穿吧，也是本事。于是一切都看起来好没劲，"没劲"成了宋西山的口头禅，案子没劲、老邓没劲、闲着没劲、忙起来也没劲、连奖金多少都没劲。是没劲啊，怎么能有劲呢，算法覆盖了一切，这个世界上就不存在任何一件悬案疑案，取证信息录入后，只消几分钟功夫，报告就输出了，凶手身份背景连带着行动轨迹，电子纸板上都给你描摹得清清楚楚，据说断案准确率高达百分之九十九点八九再往下循环个无数位数的九九九，国泰民安，一片祥和。可就在这片安宁之下，最初的宋西山总会于心底隐隐作痛，牙关紧咬，连带着满脑袋的青筋血脉囫囵乱颤。他痛恨的自然不是国泰民安，他痛恨的是那些一成不变的算法。在宋西山的眼里，只要叫算法，就应该不断接受改造升级，他那一身的本领才能得以施展，可那些算法已经固化了几十年，量子中心处理器换了一茬又一茬，算法却从未改变过。或是改变过，而宋西山不知情罢了。

"没劲"，还能说什么？宋西山也只能说"没劲"。

宋西山人生的第二个阶段来得悄然也突然，像更年期，但肯定不是，年纪还没到。就那么一个案子，把宋西山脑子里的一根筋给绷断了。觉得什么都没劲的宋西山人畜无害，可开始跟什么都较起劲来的宋西山像一只藏在石城边缘的四齿兽，令所有人都为之心厌——"所有人"应该是要打上个引号的。案子其实很简单，古城丹阳街星辰里小区的一名叫作海山的女作家被人毒死在公寓楼里，加害者是一名到家厨师，毒害的工具就是一条深海三文鱼。厨子万某被查出患有间歇性躁狂加抑郁症——双向的。技侦算法服务器直接给出了断案率高达百分之九十九点八七的指认报告。案子三天结案，万某供认不讳。看似简单透明的案子在宋西山眼里却变成了一起悬案，整个人像被拧紧了发条，到处乱跳。他先是对算法输出的报告细节提出疑问，为什么女作家海山可以接受带毒的三文鱼？别说是三文鱼，这个年代但凡能看出是海里的生物都是不能吃的——在关明岛沉没后，此谓基本常识。刑警队给出的说法是厨子万某早把三文鱼捣碎了做成了三明治。宋西山还提出万某没有作案动机，刑警队的说法是你跟精神病人讲动机，怕是你也有病了。宋西山依然不依不饶，开始找其他各种细节提送质疑报告，这一提就是三年，三年里宋西山跟"所有人"较劲，也让"所有人"在三年的时间里筋疲力尽。

后来有人问过宋西山，你较个什么劲？宋西山的回答是案子在法院结案的时候他在场，他看见厨子万某在一瞬间嘴角微微上扬，也只有一瞬之间，便隐藏了起来。如果不是一瞬，如果没有一瞬之后的隐藏，他不会感到其中的隐情。就那分毫之间的差异，结果也许会谬以千里。宋西山的这个回答自然难以说服"所有人"中的所有人，于是"所有人"中的某一人终究还是站了出来。

市总局下来人找到宋西山，让他终止这种无谓的举动，说这是死命令，不接受反驳。宋西山说真有死命令三年前就有了，不要吓唬他，提送报告是他应有的权利。总局的人知道硬来无用,便打起了软招式,他问宋西山局里分配的房子有没有着落了。宋西山说不用来这套,四十平方米的房子还不及他现在租的那间群租房舒坦,他不急。总局的人说宋西山如果了了这三年的执念,他给他批一套一百平的房子。宋西山知道自己招架不住了。别说一百平,在这个人口过剩的年代,加之后来因灾难迁移来的关明国公民,石城人口又徒增了数倍,以至于现在连六十平的公寓楼都是只有分局局长才能享有的待遇。宋西山犹豫了。总局的人说给他思考的时间,宋西山思考了很久,而这个"很久"也只是宋西山以为的,实际上那只花费了他一天的时间,可这一天的时间在宋西山的眼里也成为了"很久"。

很遗憾,或是很自然,宋西山人生的第二个阶段就此结束了,只延续了短短的三年,他便带着一家老小住进了总局人承诺给他的那套一百平的大房子里,又开始对什么都感觉没劲了起来。

现在宋西山要死了,死前那位总局的人还来看了他。总局的人小他几岁,还没到要死的年纪,还能挂着拐杖来慰问,见了宋西山顺带还提起了那段往事。他问宋西山还记不记得古城丹阳街女作家海山的案子。宋西山这才想起了那件案子,说大致是记得的。总局的人还说就因为自己私自为宋西山批房子的事,后来还受到了严厉的处分,不然现在自己早就离开市局了。宋西山只嘿嘿地乐,也不知道该说些什么。总局的人又问他还记得女作家海山的儿子吗?宋西山呼哧呼哧喘了半天说有那么点儿印象,是个要强的孩子。总局的人说那孩子后来也死了,他还告诉了宋西山那孩子的死因。宋西山氤氲的脑子里一个闷雷隆隆响了半天,也没响出个所以然来,只觉得浑身又起了劲,可一切都来不及了,生命没有为他进入另一个"较劲"的阶段留下任何余地。宋西山忽然又想起了自己的名字,想起了那个"山中一日,凡世千年"的"西山仙茗"①的古老故事。

宋西山知道,他是一不小心,就走进了山中……

三文鱼

一条三文鱼,煎、烤、炖、煮、蒸、刺身……父亲能变着花儿地摆出两百余种做法。最拿手的是柠香,海盐必须产自关明海,胡椒以彩色为佳,半熟的柠檬切片不能过四毫米,洋茴香要保持一定湿度,鱼身的腌制时间都要精确到秒级……

万全的整个童年都是在后厨度过的。

万全是个混血。父亲万年本是个画家,漂洋过海来关明开画展,遇见了万全的母亲川端由美,陷入了爱情,就此留下。川端一家世代都是厨子,上溯到幕云时期,都是给天皇御厨打下手的。但川端一家有个冷癖好——厨艺传男不传女,这可难坏了彼时由美的父亲——那时他刚刚因为一次地震没能及时逃脱,失掉了作为一名男性的基本功能。膝下只

---

① 西山仙茗故事:传说,古时有个樵夫上山砍柴,在棋盘石那个地方见到三个老翁正聚精会神地一边下棋,一边饮茶。樵夫是个棋迷,就走近前去观看,看见他们正在研究的是《三仙舍友》棋局,便在旁边说了几步着法,三个老翁见是棋友,便请樵夫一起喝茶、研究棋局,仔细一看樵夫大吃一惊,原来三个老翁走的棋非常精妙,几乎是"仙着"。有个老翁看了看他,给他递上一杯茶,他一饮,便连声称赞说:"真是仙茶!"老翁十分高兴,当即送给他一包茶籽,然后对他说:"时候不早了,你赶快下山回家吧。"樵夫下山回到村中,竟没有一个人是自己认识的。问来问去,村里人说到百年以前,村里有个人上山打柴,一去不复返,打柴人再问那个人姓甚名谁,村里人说了,樵夫才恍然大悟,自己见到的,正是三位神仙,"山中方七日,世上已千年"嘛。他摸摸衣袋,发现茶籽不见了,斧头也忘记了带回来,便复上山去寻找,见到斧头,斧柄已经腐朽了。斧头旁边,已长出一棵棵茶树。后来这些茶树逐渐长大,成了茶林,村里人将这些茶泡来饮用,特别香,和仙人给樵夫饮的一样,香甜可口,人们称之为棋盘茶,因为仙人回去时,匆忙中把棋盘遗留在那里了。(摘自百度百科)

此一女，又不能坏了祖宗规矩，由美父亲与由美母亲商议，那就等由美长大，嫁为人妇，就将这门技艺都传给女婿。女婿也是儿，祖宗规矩就没有破。于是十八年后万年登场，由美父母对万年这个女婿满意倍加，决定就按照当初的设想，将厨艺都传给万年。起初万年抵触，觉得一个画家怎可因儿女私情作践了自己。但由美的一句话就改变了万年的观点——这个世界上，还有人的画作比机器的画更值钱的吗？但我们川端家的厨艺只要我们不说，机器就永远学不会。

万年成为了一名厨子，按照川端一家的规矩，万全自然也就子承父业，成为了一名厨子。

同为海鲜厨子，万全与父亲万年不同，他更擅长刺身，尤其是三文鱼刺身。在万全眼中，保留海鲜原本的味道与提升加工后的口感，才是一名合格的海鲜厨子的灵魂。薄片要切到四毫米，入刀位置顺承鱼身纹理，白刀子进白刀子出，就算是活鱼，也不可令其感知到疼痛；切好的鱼片一字码齐，卷成花状，留余鲜，似将一条海鲜超度为一朵扶桑；盘底垫一层冰屑，万全坚持用关明海的海水，与食材同源；菜品送出去之前，万全总要念上一句——万念皆空。看起来一道简单的海鲜刺身，却蕴含着种种人生的哲理。万全精于此道，乐此不疲。

可一切都止于万全三十岁那年。

关明岛冷山火山爆发，随之带来的影响是整个关明岛地下断裂带进入巅峰活跃期，日均地震次数徒增十倍。不用智能机器预测，肉眼可见的"末日"降临。全国两亿居民按国际援助计划，有序撤离。万全一家因为父亲万年的背景，自然被安排引渡回丰海国。对于万全来说，引渡到哪里都不要紧，要紧的是那片海洋。包括由川、山崎刈羽在内的十四个核电站，因为没有及时关停安全化处理，都不同程度地遭到了损毁，大量核废料侵入海水。三年后，关明岛整体沉没，世间再无一片干净的海域。

回归丰海国后的万全一家，被国家安排搬迁到了一座人均消费水准较低的内陆城市——石城；又是在父亲的指引下，万全做了一名"到家厨子"——顺应了时代的需求，也节省了开店的成本。但一名海鲜厨子失去了海洋，一切就都要从头做起。起初万全抵触，但为了一家老小的生计，也只能妥协。在万全的眼里，脱离海洋的食材全无灵魂。他看着一桌子的韭菜、油菜、菠菜、芹菜……，心里也似长满了草，冷风呼啸后，芜杂交错，混乱出一丛又一茬的如麻心焦。

于是，万全疯掉了。

万全的疯掉是隐匿的，无他人知晓。整日脑子拎不清很多事，厌世的情绪此起彼伏。但他知道自己不能看智能医生，会牵连生计。就算是不被强制入院治疗，全国联网的个人医疗数据也会暴露了自己，会断了自己的职业生涯。万全开始试着为自己断病，借助互联网中的一些开源的医疗算法软件，给自己出了诊断报告——抑郁症加躁狂症——双向的。药物是搞不到了，只能靠心理疗法。抑郁部分还好说，可以靠工作牵制，情绪会得到有效转移；躁狂部分多少有点难办，也只能强行克制自己，靠有计划地去改变生活习惯抵御——不看、不听、不说。本来丰海国语说得就不顺溜，干脆不说，非说不可的时候也能说，一个字一个字地往外蹦：客人问能不能把菜做得清淡点，万全说，成；妻子问孩子下学年的网课费交了没，万全说，没；中介说下个月的接单提成要涨了，万全说，滚；父亲问有没有找到作为一名非海鲜厨师的乐趣，万全只低下头，不说话……

三年后，万全的病症没有得到治愈，但事业有了起色。因为他的不动声色，加之自己所具备的天赋，万全在石城的上层圈子里有了一定的知名度。天赋占两成，在那个圈子里，一直流传着这样一句话——一位叫做万全的到家厨子，厨艺胜过所有智能机器厨师，做出来的食物竟然有海洋的味道；不动声色却占了绝大部分，也是在很多人的观念里，不动声色便是高深莫测，不动声色的人类厨子必然也是高手中的高手，加之万全有一点点洁癖与强迫症，整日只穿一身被洗得白得泛光的厨师职业装，脖子和脸又是一般的粗，更显专业。

生活虽然得到了改善，但万全知晓这一切都是一种假象。病症一天治不好，自己便每天都行走在悬崖的边上——他已经不止一次犯起病来摔断了自己的厨刀。顾及到自己的事业，万全依然不能去智能医院，只好托人结识了一名人类医生——黄冕。黄冕没有行医执照（这也是万全最看重的一点），但有大本事——扒了扒眼底，号了号脉，一句话没问，就断出万全的精神疾病少说也有三四年的时间了。黄冕也拿不到药，但有把握用丰海国传统针灸疗法根治了万全的病。万全被十八根银针插满了脑袋，瞬时感觉人生也都通透了些许。黄冕说就这样坚持每天针灸，再配合以茶食疗法——西山茶为最佳——不消半年的光景，万全的病就能好个利索。人生终于见到了点儿光亮，可就是在那一年，万全遇到了人生中最重要的一个人。

海山是石城知名的女作家，也是万全人生中最后一位雇主。

女作家海山一身青绿，像一幅水墨画，极瘦，面庞煞白，不是化的妆，是肌理本质的颜色，透着虚弱，整个人便似如水墨山水的状态一般忽忽悠悠地飘着。这是海山给万全的第一印象，也是最终的印象。海山拉着万全坐到贵宾椅上聊天，聊沉没的关明岛，聊万全的家人、事业，唯独不谈吃食。万全全程依然只一个字一个字地回应——是……对……没……嗯……海山还给万全讲故事——海山自己书中的故事。万全听得入神，甚至沉醉，感觉那些故事都是在写自己，也是在写所有人，所有人中包含万全、父亲万年、母亲由美、妻子、儿子……故事关联着梦想与现实、机器与人类、变异兽与灾难、过去与未来……海山的故事越讲越起劲，万全听得也是越来越投入，进而感到人生也变了光景，忽而发觉自己坚守的一切都是虚无，真正生病的不是自己，而是石城，是这个世界，是这个世界上所有的机器……失去海洋后的所有人还能活着，可失去海洋后的自己其实早已死去……直到挂在窗前的最后一缕霞光也褪去，万全才想起自己是来干什么的，起身奔向了厨房。

海山的厨房内近乎空无一物,只空留几片切片面包和锡纸包裹着的一小坨未知的食材,散发着似曾相识的味道。万全用手拆开锡纸包装,脑子里一颗炮仗就炸开了,噼里啪啦地响彻整颗脑袋。他指着包裹中那一小坨粉红色的鱼肉,看向海山,组织了半天语言,也只能蹦出一个字,毒。海山笑着回应,你是个海鲜厨师,那就是你的梦想,就让我见识下你真正的实力……

十年后,万全在那所精神病医院内回想起十年前在女作家海山家里发生的一切,依然也只能记得起前面的一部分,而至于后半部分——自己是如何做了那一顿属于海山的最后一顿晚餐、如何与海山达成了某种不必言说的共识、又是如何离开、两天之后的自己是如何被认定为杀害海山的凶手而被刑拘归案的——万全全部都不记得了。他也只能记得这十年间,自己被囚禁在这所精神病院内,被剥夺了全部自由的同时,人生也似乎开始走向了另一种极致的"自由"。他开始不再配合治疗,不再企盼得到治愈,而是认定生命只有在这方寸的牢笼里才能焕发出真实的光彩。每每犯起病来,万全都能见到一片海洋,将精神病院填满,自己又幻化为一条三文鱼,在天空的海洋里懒懒地游,庸庸地吐出一股一股的泡泡,凝视着石城的凡世。看得无聊了,就甩甩尾巴,转个身,向着下一片清澈的海域徜徉而去。

三十年后,万全死在了那所精神病院内,死后人们在他的病房内发现了刻在墙壁上的一行字——命渎芳华,山海唯生。

百年后,人们在一位已故女作家的一本名为《心执》的遗作中,找到了同文的段落。

神棍

亲近的人见了黄冕,总要一皱眉头,说,老黄啊老黄,你什么时候能捯饬捯饬自己,你从前可不是这个样子,你现在好歹是个医生。黄冕就一脸的松垮，唇齿油亮地回，我不是医生，我没执照。你非要说我是医生也行，但不是现代的医生。现代的医生不是机器就是废物，我是过去的医生，过去几百年，不，是几千年前的医生。那时的医生和巫师分不清，和我一样，不修边幅，浑身破布装，甚至草装，装神弄鬼的，就一神棍……于是亲近的人不得不切断话题，不再提及黄冕的邋遢。他们忘了黄冕还有个毛病，给他一个较真的话题，他能唠叨个没完，把祖宗三十六代都唠叨进去。

　　黄冕没拿到行医执照，不是他不能，是他不肯。黄冕能排比出一堆理由解释这件事，可这些理由又都无法说服他的父母。黄冕一家世代行医，他的这个选择尤其令作为医学院院长的父亲感到不堪。父子俩常年僵持不下，于是也就断了联系。没有行医执照的黄冕也要生存，可身无其他本事，也只能行医，这就让黄冕没有行医执照这件事变得尤为碍眼——原则上那就是非法的。

　　于是黄冕不得不托各种关系走一些地下渠道，做一些见不得光的交易。地下总归是地下，要接受一些不正当的条款，也要忍受雇主的刁难。钱是没少赚，就是生活过得抱头鼠窜——风险是有的，不止一次被叫进局子喝茶，偶尔也要接受一些罚款。可黄冕还是有一个优点，那就是凡事都看得开，生活虽艰难，但他觉得这样的一种状态很酷，地下也叫"underground"，于是他觉得自己就是一名摇滚歌手，自我陶醉于某种莫须有的"rock and roll"。

　　亲近的人此时又有了疑问，既然老黄你看得这么开，为什么不能在考取行医执照这件事上也能看得开一些。黄冕便回答说，"看得开"与"不坚持"不能画等号，"看得开"只是一种人生态度，"坚持"却是一种职业操守，而"不坚持"说好听了叫随波逐流，说难听了，用古人话讲就是墙头草，是新时代的走狗，精神的汉奸……亲近的人不得不打断黄冕说，言重了，不能什么都上纲上线。而黄冕一定觉得自己没有言过其实，因为这么多年，他就是这么坚持下来的。

十几年里，黄冕与机器对抗，与算法竞争。

既然是一场竞赛，那就要讲求一些兵法，要知己知彼。在"知己"这件事上，黄冕自认看得很透，几十年了，自己是个什么玩意儿，自然心知肚明；而在"知彼"这件事上，黄冕着实下了一番功夫。托人找、上网搜、医院蹭……想尽了一切办法，弄来了一堆智能医疗机构的内部资料以及核心算法软件，捣鼓了一年又一年，终于知晓自己对抗的都是些无形的"数字"——通过遍布于全世界的分布式节点，借助智能神经网络与深度挖掘算法所衍生出来的超级AI。黄冕自认没有胜算，却依然坚持了十几年，为的就是找到机器的漏洞，为此他还专门研习了四年的K程序语言。在他看来，机器总归是机器，一定有不及人类的某个点，可这个点黄冕找了十几年也没能找到。如果有时间机器，真希望有一个未来的人回来告诉黄冕，他这辈子也不会找到。

十几年过去后，智能机器依然主导着整个医疗行业，没有露出破绽；黄冕在这十几年里也没有离开他的"underground"，行走在法律的边缘，暗无天日地把自己熬成了老黄。"地下"的生意还算好做，从某种层面看，甚至比"地上"火热，这也是黄冕能够坚持下来的原因之一。黄冕也在这十几年中知晓了，原来这世间还是有很多人，没把生死看得那么重要。他们宁可冒着风险，付出更加昂贵的代价，去体验"地下"毫无安全保障的医疗服务——治好了，捡着了；治残了、治死了，也就认了。因为对他们来说，无论"生"或是"死"，都好过于"暴露"。黄冕忽然想到了自己这十几年的抗争——如果说机器有漏洞，那么这就是唯一的漏洞——智能医疗的公开化机制。他们会为此失去工作、失去亲友、失去自己相较于健康更加看重的一切。十几年间，黄冕接待的病人无数，有高官、有显爵、有流氓、有书生、有老、有幼、有男、有女、有高、有矮、有胖、有瘦……，甚至还掺杂了一些本身就具备了行医执照的医生。这些人都无不忌惮于医疗公开化的体制，令他们最为看中的隐私都无所遁形。

当然这些对于黄冕来说，也都无关紧要，不过就是一单一单的生意，完全没有必要去扮演一位革命的斗士，去为这群人争取什么所谓的人权。更何况在黄冕看来，所有的体制也不过都是双刃剑，失去隐私权的同时也确实带来了社会生态的稳定。天平压在哪一头都会带来矛盾，不如就这样找到一个支点，平衡所有人的利弊，自己还能有钱可以赚。黄冕在这件事上，依然看得开。所以在几十年后——黄冕终于成为了真正的老黄——回顾自己那一段历史，也并没有觉得自己有多"rock and roll"，不过就是为了生计，没必要给自己加上那些不需要的光环。

　　五年后，黄冕告别了"地下"。十五年后，黄冕七十岁，结了婚，还在自己妻子的建议下，终于考取了行医执照。亲近的人中还活着的又跳了出来，说，老黄你铁树开了花，终于活明白了？黄冕只笑笑，不再唠叨，因为他觉得自己并没有那个精力去给所有人讲一个原委。他无法告诉所有人，他的妥协实则是一种忏悔，是对几十年前那段历史的"低头"。

　　万全，是黄冕于"地下"职业生涯的最后一个单子，最后一位病人。

　　万全是个优秀的人类厨师，在黄冕看来，这个患有抑郁加躁狂双向病症的中年男人与他有着同样一种"坚持"——像一位斗士，与"机器"抗争；万全一家又是从邻国关明迁移回来的难民，更加深了一层怜悯。黄冕甚至考虑过不收取万全一分钱，也要竭尽自己所能，治好他的病。但黄冕还是大意了，在他已经意识到万全的病症在当时已经进入巅峰发病期的时候，竟然放任了他的自由。于是几个月后，黄冕在得知了万全因为病症发作，用一条三文鱼毒害了一名叫作海山的女作家后，毅然决然地了断了自己的"地下"行医生涯。他无法原谅自己的疏忽，更是单方面宣告了自己与"机器"抗争的失败。黄冕终于意识到，这就是人类与机器的不同，人会出错，出错了就会害人，可机器永远不会。

　　七十岁的黄冕，终于走上了正途，开始了另一段人生。作为一名有执照的医者，黄冕不必具备过多的专业能力，只消为机器传递信息，机器就会给出诊断率高达百分之九十九点八九以上的诊断报告，再结合大数据算法，开出足够合理的诊疗策略。日子过得忽然光亮了起来，看着一个个病患恢复健康，黄冕总要抬手抚一抚稀了的头发，对亲近的人说，自己曾经坚守的那些莫须有的东西全都无足轻重。人命，永远比"隐私权"这件事更加重要。

当然，黄冕曾有多年的K语言"程序员"的背景，他并没有成为机器的工具。五年后黄冕正式退休，又被返聘为算法顾问，辅助机构不断革新智能医院的诊断算法。十年后，黄冕因心脏病发作，送医不及，死在了一间算法调试间内。亲近的人已经寥寥无几，但依然有人拄着拐棍，颤巍巍地站出来质疑，为什么老黄七老八十了还这么拼？他的妻子不知道，他领养的儿子更加不知道。于是这个答案被搁置了八年，才被人从黄冕死前所负责维护的一台服务器日志记录中找到算法日志，记录了黄冕死前那一刻——他利用服务器调取了万全所毒害的那位叫作海山的女作家的验尸报告，报告中分明写着——三文鱼的毒性未致死，真实死因不详。

可惜已经八年过去了，亲近的人都已故去，也便再也没有人站出来提出更多的疑问了。

识荆[①]

权朵拉十八岁的时候就决定这辈子一个人去追求她的文学，二十八岁的时候离了第一次婚，三十二岁的时候发现她的文学根本养不活自己，于是做了一名住家教师，一干就是二十八年。到了退休的年纪，她才顿悟，这个世界压根就没有所谓的文学。五年后她收到了人生中最重要的一封电子邮件。三十年后，权朵拉一手捏着那封信件的打印稿，一手握

[①] 识荆：李白《与韩荆州书》中说："我听到天下读书人都说，'活着不必封万户侯，只求认识韩荆州'。如何让人仰慕到这种地步呢！"（摘自《夜航船》）

着她第三任丈夫的手说，她这一生没能写出来一部满意的作品，但她知足，因为她终于知道自己就活在一场她想象中的文学里，之后便撒手人寰。

权朵拉的文学生命就始于干住家教师的那二十八年。

起初权朵拉并没有打算要去做一名教师，但她发现自己除了能写一些没用的文章，就别无一技之长了。她选择去做一名编外教师，也是看中它的相对自由，虽然这份自由没有编内编外之分。这个年代，因为过剩的人口与糟糕的大气环境——永远好似有一层油污凝结在天上——所有的教师都是住家办公的。偶尔需要一次课外聚会，同学与教师才约定好时间地点，见一见平日里只能通过摄像头才能见到的陌生面庞，算是一种社会学性质的补偿。

权朵拉在这二十八年的时间里带了九届学生，教的都是她的专长——语言文学。虽然文学这门课对于中学生来说无关痛痒，但她的课程一直也都算受欢迎的、用她第一届的某位学生的话来说，那就是，朵拉老师的课在所有"人类"老师中，是最有趣的。所有"人类"老师，权朵拉细品着这句话，难道只是所有的人类吗？那位学生的回复是，嗯……对，跟智能机器教师比，还是有差距的……

权朵拉除了教课，剩下的时间就是在写作与阅读，偶尔也会看一些电影。写作只占用了一小部分，大部分时间是在阅读。坐到窗前，伴着窗外的风或雨，沏上一杯西山茶——茶不重要，重要的是西山茶的故事她很喜欢——坐享一整个下午的阅读时光。她那时钟爱一位叫作海山的女作家，一位在那个年代还能坚持手写字的严肃文学作家。她以海山为目标，细致研读了她的每一部作品，希望能够从中汲取到一些灵感，也试着与海山保有同一份志趣。所以在那二十八年当中的第十六年，她得知了自己所带的学生中就有一位男孩正是海山的儿子的时候，心中充满了期许。在一次批改学生作业的时候，权朵拉就在那个男孩的作业后面，写下了"识荆海山"四个字。时间没过去多久，她就收到了男孩的电邮。

邮件正文没有一个字,只有一篇稿件附件,打开后,她才发现,那正是海山还没有发表的一篇名为《心执》的初稿,更准确地说,是一篇未完成稿。权朵拉花费了整整三天的时间,以引锥刺股之势读完了那篇足足有三十万字的未完成稿件,酣畅淋漓,似有一股神力将一身的经络都捯饬舒坦了——一部伟大的作品。

权朵拉无法抗拒自己内心的冲动,在那篇稿件的后面,附加上了一大段自己的观感,并在文末附以期许,希望故事能够尽早写完,并按照自己的一种设想,加进去了一段故事走向的猜测,全当参见。邮件发回去的前一秒,权朵拉又将最后一段的文字全都删掉了。

开玩笑,海山自然是要写完的,不需要什么无谓的参见。

时间又过去了三个月,第二封邮件到了,依然源自男孩自己的邮箱地址,邮件正文依然没有写一个字,依然只有一封稿件附件。打开后,权朵拉看到关于《心执》的故事又绵延了数万字,走向自然也没有按照自己当初的猜想发展,绝对以跌宕起伏之态反转再反转,远超自己的想象。权朵拉不免庆幸,当初自己删掉了最后那一段话真是明智之举。

就这样,权朵拉与海山,借助海山儿子这座桥梁,建立起了长达五年的某种文学形态的"友谊"。她们没有见过一次面,权朵拉也一次都没有要求过,就以这种文稿的方式互相传达着各自的所思所想,甚至那男孩从权朵拉的班级毕业后的多年时间里,这种交互的方式还依然存在。海山会中断《心执》的文稿,间或穿插一些小短文——散文或短篇小说。权朵拉知道那些都不过是一种消遣,完全不是海山的真实水准,也便没有过多评议;偶尔海山还会提及一些电影,权朵拉知道志趣又撞到了一块儿,她也爱电影,尤其是一些老电影,于是她们会共同讨论《米拉的救赎》是否娱乐的部分过重了、二〇二一版的《沙》竟然是全系列最成功的一部、《冷山》为什么是权朵拉与海山共同最爱的关明电影、《地久天长》的文学性高于一众文学书籍、《了不起的图赫尔》究竟多大程度上还原了原著,当然同为女性,她们也会谈论彼时的莱昂纳多已经开始长残……

　　这种文学性的交流令权朵拉于那段短暂的人生经历中误以为找到了某种真谛，就像是自己多年前终于读懂了云海明的《风似的群山》的那个午后的阳光、图尔赫斯的《镜子》反射出自己于窗前见到的一滴清露……全然可视为一种通彻。但令权朵拉完全想象不到的是，海山在这五年间，连一篇作品也没有发表过。《心执》的稿子还在延续，已经足足有一百万余字。权朵拉其实有过迷茫，一度期望海山能够终止这种无限制的蔓延，早点让《心执》面世不失为一种解脱，她甚至在邮件中有意无意流露出了这种看法。但海山故意忽视了权朵拉的意见，《心执》的故事越写越长，越写越让人看不懂，甚至偏离了原本明晰的主线，肆意莽进。直到五年之后，海山的邮件戛然而止，《心执》的故事也没有一个明确的结局。

　　对于海山的"离去"，权朵拉并没有显露出过多的纠结，她知道这一天早晚会到来，或早或晚，就像是一场梦。因为海山再也没有发表过任何一篇作品，她也开始试着去读一些其他人的作品，依然能够独享其乐。海山五年都没有作品发表，自然在公众的视野里她也就消失了五年，对于权朵拉来说，她还能延续五年的时间去欣赏海山的作品，应该知足了。她又开始重回自己既定的轨迹，每天按时备课、教学、批改作业、读书、学习关明语（照顾到一些关明国迁移而来的孩子）、写作，只是写作变得越来少。

　　六十岁的时候，权朵拉正式退休，告别了自己最后一届学生，躲在自己的房间里号啕痛哭了一整晚，还摔碎了自己最钟爱的水晶杯子，像个十八岁失恋的孩子。她的第二任丈夫问她是不是不舍，完全可以再干上几年。她说，没有，她并不爱自己的这份事业，二十八年里没有一刻不想逃离，因为她觉得毫无意义，干得再好也干不过机器，人会出错，会误人子弟，机器不会。她痛哭是为那些孩子也为自己。所有的孩子都被机器们教得"精准无误"，就像一台台机器；而她自己也在二十八年后终于发现,这世间根本不需要文学的存在。

　　五年后权朵拉收到了海山儿子的邮件,海山这个名字再次浮现在权朵拉的脑海里。那时她刚刚离了第二次婚。邮件中权朵拉终于知道,海山不是故意躲藏起来了,而是早已通过多年。在那孩子的信中,权朵拉也终于见到了"故事"真正的结局。

　　三十年后,权朵拉死前的最后一晚,她透过自己的那扇窗,瞧见了一只四齿兽,拖着满身的伤痕,蹒跚在城市的边缘,也像是走在权朵拉人生的制高点处,被细碎的月光照见的一瞬,受了惊,一猛子遁入了山中……

猎人

　　林间是个死人了,他现在也只记得这一件事。

　　四野一片混沌的黑,林间扑腾了老半天,却仿佛什么也感觉不到,只是于茫然中摸索前行,如遁入虚空。直到一束光照见,记忆才开始翻回。如果把死亡作为开端,那么光照见的记忆应该算作一场倒叙。

　　三十三年前,林间出生在石城的一户大户人家。"大户"是具象的,字面意思,他们拥有一栋一百四十平方米的大房子,这在石城乃至整个丰海国都是一件了不得的事。林间的父亲是个企业家,但具体是做什么买卖的林间也不记得。在林间短促的人生中,父亲不过是个过客,永远旅居石城以外的世界,忙于那些他不甚了了却又看起来了不得的大事业。

　　填满林间记忆的大部分都与自己的母亲有关。他爱自己的母亲,爱得极深,甚至趋变为一种嫉妒。这种畸形的情感在母亲意外身亡后,升华到了顶点。他爱母亲一身的才华,也更恨母亲的匆忙离世将那一切都带走了。母亲海山是一位作家,在她短暂的一生里为这个浮华的年代留下了许多不朽的著作。林间知道自己永远也成为不了母亲那样的人,虽然在他同样短暂的一生中也确实做过一些尝试,但结局都不出所料。他不过是母亲的附属，是于冬日里草草着身的短款行装，空余半身的假象，耐不得寒的。

所有的人都在试图告诉林间一个道理，他的母亲只是遭遇了一场意外，行凶者是个疯子。林间执意认为那不过是一种表象，但却没有表露过半点疑虑。案子三天就草草结案，在一位姓宋的刑警口中，林间还得知警局算法服务器直接给出了高达百分之九十九以上的结案报告，凶手直接指向了那位发了疯的厨子，几乎没有任何翻案的机会。

机器是不容置疑的，林间当然是知晓的。

在父亲周全的安排下，林间后来的生活其实并没有受到任何实质影响，每天一如既往地上几堂网课、吃几顿饭、看一些无聊的电影、读几本书——母亲的书、给同学打几通电话——开几个玩笑、平常地睡去——不做任何梦。在所有人的身前，林间刻意地表露出无恙；在所有人的身后，林间愈发感到孤独无可避免。总需要一个突破口，去安抚自己内心的那头猛兽。

于是那个突破口出现了。

林间开始试着去续写母亲的一部名为《心执》的未完成遗作，而他唯一的读者就是他当时就读的一所学校的一位叫做权朵拉的网课老师。权朵拉是母亲的忠实读者，但她却对母亲的死一无所知——也许与权朵拉的生活习性有关——从不关心任何时政新闻，就连关于明岛沉没那件国际大事，也知之甚少，与世间的芜杂隔绝得分分明明。但这样一种状况恰也就遂了己愿，林间开始以母亲的身份与权朵拉展开了长达五年的邮件往来。在这五年间，林间将母亲的那部遗作续写了近百万字，直到他终于明白自己再也写不下去了。就像是母亲曾对林间说过的，他空有一身天赋，却永远不知该如何将这一身的灵性沉淀成"诗"。写作无外乎是一种"悟道"，但在母亲的眼里，她看到林间心中的一头猛兽在蠢蠢欲动，伺机勃发，完全没有静下来的希望。

光照见的记忆来到了林间生命的最后几年。

在与权朵拉中断邮件往来之后的数年中，林间试着去找寻自己人生的其他可能。做了半年科技公司职员、半年图书管理员、半年垃圾分拣员、半年出租车司机、半年关明公民灾难安抚志愿者……无一能够坚持过半年，就好像自己这样苟且活下去是否存在意义这件事，也都变成了五五开。当然，一样也没能坚持下去的重要原因在于，好像整个石城，没有一个行当是智能机器无法代替的。如果机器是工具，他也不过是工具的工具罢了。

所以最后林间选择加入城市护卫队这件事就成为了一种必然。二〇九七年初，一则招聘启事引起了林间的注意，因为启事的正文醒目着写着"只征召人类"五个大字。

城市护卫队只征召人类，四十五岁以下的男性，不接受任何仿生智能机器应聘；城市护卫队对抗的是这个世间最凶猛的变异物种——四齿兽，三思量行；城市护卫队高风险、高收入……"高风险，高收入"，林间也只看到了前者。与其无休止地去掩盖自己心中的那头猛兽，倒不如就去做一名猎人，不失为一种解脱。

加入城市护卫队的头两年，林间就像是变了个人，或许也是因为他终于找见了真实的自己。没了人前人后的烦心事，终于可以肆无忌惮地沉默寡言。这里的人都很真实，因为他们都来自于石城的最底层——无业游民、拾荒者、下岗职工、待业的迷茫青年、刚刚出狱的罪犯……在林间的眼中，城市护卫队的队员类似于边防战士，但"战士"却都失去了信仰，每个人每天都在为一场一触即发的战役做准备，不是为了守护什么，纯粹为了生存。但也许就是这样一种绝对切实的诉求，才令护卫队内的每一个人都活得更加殷实，心无杂念。

在护卫队的大部分人眼中，林间也算得上是独特的一个，不仅仅是因为林间根本无需为生存担忧，更多还是因为他们发现这个城市里来的富家小子竟然天生就是个猎人。林间平日里话不多，但一到了战备训练期，他的体内就像是装置了一台永动的马达，可以整日整夜地突突个没完。一个最简单的战术动作,林间可以在其他人都已经完成既定训练时间之后,再演练上整整一个夜晚,不眠不休。尤其是在夜间巡岗这件事上,大部分人都得了林间的惠济。偶尔有人实在感觉倦怠了,就要林间去代岗,林间绝不推托,扛上粒子枪,欣然前往。

有人会说,某个夜晚看见了四齿兽,两眼放着冰冷的光。有人一定会反驳,那不是四齿兽,那就是林间。

在这两年的时间里,林间从未见到过一只四齿兽,所有人也都从未见过,但所有人也都知道,那些传说中的变异兽就躲在城市的最边缘,一个黑洞里、一潭死水中,甚至于他们脚下的荒土里,不远不近,就与护卫队于黑暗中凝视彼此,待一个绝佳的时机,它们早晚会从天而降,恶魔似地亮身,刺出四颗刀般的牙齿,一口咬下去,将任何一个人都钉成一枚"四筒"。

两年后,那个夜晚终于到来了。

帐中,护卫队长带着林间以及一众"尖子兵"看到空间定位器中有光点闪烁,一只、两只、三只、四只……无数只,在缓缓向着护卫边防站的方向移动。由于数量众多,护卫队长当机立断向总指挥部发出请示,需要调用远程中型战备设施。大部分人都长吁了一口气,不用人类亲自出马,一枚中型粒子弹就可解决眼前的危机。由于定位器中的光点行动速度过慢,护卫队长下令全员回到各自帐中待命,随时保持警惕。也就是在那个待命的夜晚,林间做出了人生中的最后一个决定。

在所有人都睡下后,林间伴着清冷的月光,打开了自己的移动终端,写下了人生中的最后的一封电子邮件,对方正是自己失联多年的挚友——那位叫作权朵拉的住家教师。他将自己曾经多年对权朵拉的欺骗全都如实交代,不期待任何谅解,只求人生最后一点心安。信件写完发送出去后,这一夜也就过去了。

第二天一早,所有人都于战备帐中发现了定位器中显示出的异常:那些光点竟然一直止步不前,一动不动地围绕成一个圈,而圈中的一枚多出来的亮点竟然在徒然分裂,一枚、两枚、三枚、四枚……无数枚。与此同时,所有人也都发现,护卫站中早已没了林间的身影。护卫队长派出无人机,前往侦查,于是所有人都在那个阴云密布的清晨,看到无人机轻扫过的那一幅幅画面:所有四齿兽都在退去,留下一座涂满了色的荒山。无人机将镜头拉近,发现那涂满的"色"竟然都是人的血肉,如经历了一场屠杀,也如在寸草不生的荒山之中绽放开的一丛丛鲜红色的花……

至于林间在人生中的最后一刻究竟发生了什么,死去的林间此刻却怎么也想不起来了。他并不是惧怕死亡——不过就是买了一张人生的车票后选择了插队,而他人并不会介意;他更不惧怕四齿兽,因为那四只恐怖的獠牙他早在这个世间见识过了,就好比母亲的死亡。但此刻对于林间来说,他只需要一个准确的答案,关于自己人生索求的答案,于是只能在这团混沌的黑暗中绞尽脑汁,翻来倒去,最后也只能在脑中闪回出几个零星的画面:

林间步入了山中,走入了一片原始部落,那里的"族人"是一只只悲伤的四齿兽,龇着骇人的獠牙,宣泄着内心的愤怒与不安。

林间似与族人们达成了某种约定,又莫名地感到浑身炙热,与一只四齿兽抱成了一团,蓦然一道白光迸出,轰的一声分裂,绽放四野……

四齿兽

四齿兽只有四颗锋利的牙齿,却有八条毛茸茸的大长腿,走起路来扭成 S 状,像一条巨型的蜈蚣,甩着一条三尺长的大尾巴,瞪起两颗浑圆斗大的鲜红眼珠,张着血盆大口,盘踞在石城边缘。传闻四齿兽生性暴虐,百步内从不留活口,喜群居。一只四齿兽足以单打独斗干掉十倍于己的猛禽,群居的四齿兽更是令石城内的所有人都闻风丧胆。

但传闻也只是传闻,并没有人真的见过四齿兽吃人。

裘天童年时第一次随父亲去石城边疆巡查，就遇到了一只离了群的四齿兽。父亲按着浑身抖成筛子的裘天，叫他不要慌，说那只浑身炸开毛，龇着獠牙，闷声低吼的变异兽实际上很瞎，应该还没有发现他们。裘天不明白父亲所言的"很瞎"是什么意思，只是目光抖烁地看着那只庞然怪物在原地兜转了三圈，就一步一踉跄地踱进了山林的深处。它应该是受了伤。

父亲是一名城市护卫队队员，干了小半辈子，对四齿兽的习性了若指掌。归来后，父亲兴奋地告诉裘天他其实很幸运，第一次巡查就碰到了四齿兽，而自己驻扎石城边防许多年，真正遇到四齿兽的次数两手就能数得过来。裘天觉得不可思议，但回想起刚刚发生过的一幕，依然心有余悸，一整夜都没有睡踏实，做了无数个梦，梦见四齿兽成群结队地扑向自己，梦见石城遭受攻击后尸横遍野，梦见这座城市发生了一件天大的事……醒来后的裘天方知，那一晚是真的发生了一件天大的事，只是不在石城，是在石城外面的世界——关明岛整岛沉没了。

也许是真的被吓到了，也许是受到灾难的影响，后来的裘天立誓不去做与父亲同样的职业，也不愿离开石城，就悬梁刺股，发奋图强，只用了常人一半的时间就完成了自己全部的学业，二十岁不到的年纪就已经成为了石城规划局的一名优秀的机器算法维护师。坐在全封闭的算法控制室内，裘天以为自己已经远离了童年的那场噩梦，但没有想到的是，一次偶然的机会，再次把一贯中规中矩，不求功绩，只求安稳度日的裘天与石城边疆的那群日益疯狂增长的变异兽牵连了起来。

那是一次日常的边境考察，裘天被指派操控无人机在石城的边缘收集环境数据。裘天坐在指控室内，通过无人机的画面，眼睁睁地看到了另一场灾难的发生：数以百计的四齿兽密密匝匝地将一位手无寸铁的城防队员团团围住。裘天来不及做出任何反应，他就看到一只四齿兽步入圈中，来到城防队员的身前，蓦然张开两条巨大的前肢，将城防队员包裹，瞬间又看到四齿兽的身体透出刺眼的强光，将阴霾的天空照亮，裘的一声炸裂开来，大地为之一震。整个山谷伴着余响，徒然呈现出一幕劫后怆然的画面。

为什么是一场爆炸，而不是传闻中那样被吃掉？从惊恐中醒来的裘天脑子里一直浮现着这个问题。如若不是人为，那么答案只有一个，四齿兽根本就不是什么变异兽，它们本就是机器。

带着这样一个结论，裘天开始了长达数十年的研究考察。当初无人机记录了现场的全部数据，从中裘天还找到了一段无法编译的微信号。破解微信号需要大量的时间，也许一年，也许要一辈子。但微信号的传输指向已经显现出了某种隐藏的真相——四齿兽与这个城市的所有机器一样，都有一个唯一的核心传输汇聚点——这座城市的主计算中心。

裘天绝不是一个喜好造次的人，安稳一直是他全部的诉求。在石城这座小城镇，有一栋属于自己的不大不小的房子、一位不美不丑的妻子、一个不伶不俐的孩子、一份不上不下的事业，不咸不淡地到中年，送走从来不悲不喜的父亲母亲，再不欲不求地度过余生。他一直都觉得这样挺好。但此生两次遇到了四齿兽，又偶然间发现了某种真相，真相又冥冥中指向了某种"权威"。这些都让裘天知晓，那样安稳的日子也许再也盼不来了。

几十年间，裘天对于自己的研究谨小慎微。无人机的数据没有泄露出去，微信号的破解也在按计划持续进行，尽可能地利用自己职业的便利，去获取更多的资源。但这对于裘天来说，也不是件易事。像裘天这样的算法工程师，石城有近千人，都按照"上面"人的安排，各自负责自己的一小部分本职工作。如果石城是一座钟，裘天也不过是稳固齿轮的一小枚螺钉，有他没他，时间照走，石城照转。只有"上面"的人才能拿到全部资源，"上面"的人都是城市规划总设计师，常年都隐居在"上面"，裘天连见都没有见过。但裘天智商颇高，使他对这个世界极度敏感。加之多年的研究，裘天其实早已深挖到了某层实质：不仅仅是四齿兽，就连整座石城都像是一部硕大无朋的机器，兀自按照某种既定的法则不间断地运转；石城又像是被人为地罩上了某种特殊材质的壳子，外面的人偶尔能够进得来，但里面的人却从来都出不去——似乎石城的人一直也没有这个意愿——这可以从遍布于石城每个角落的智能传感终端反馈的实时人口数据观察出来——几十年都稳固在八百七十六万这个数字，几乎没有变动过。反常，极度的反常；一切也都起始于几十年前，看似如常的生活其实都从那一年开始，发生了许多微弱而又显而易见的变化——科技近乎于停滞，除了石城的机器算法还在稳步提升，其他行业领域都一直保留着几十年前的状态；这其中当然也包含四齿兽。那些本就存在于世界中的变异物种，就是在关明国沉没的那一年，突然变得密集，似从四面八方聚集而来，隐居于石城的边缘，将石城团团围住，于是整座城市几乎在一夜之间陷入囚笼。

种种疑团积压得裘天喘不过气，无法与人诉说，他也只能将之藏于心底，就这样躲躲藏藏地度过了十年又十年。直到裘天九十岁了，他回过头看自己如寄的过往，才发现自己的一生还真就稳稳当当地过来了，没有出什么纰漏，也不曾陷入任何危险。近百年的时光一晃而逝，方知自己这一辈子，做过的最出格的事，也就只有秘密地去研究四齿兽这一件了。

五年后裘天得知自己患上了绝症，终于决定放下所有负担，向上级申请要见一见"上面"的人，他有很多话要讲。不久后"上面"的人如约而至，带着慰问的礼品来到裘天的家中。一副青涩的面庞带着笑意，浮现在眼前，令裘天怔然——不过是个孩子。裘天就拉着那孩子坐到床前，说自己已经时日不多，有许多深藏多年的秘密要讲，还有一个谜团没有解开，期望"上面"的人能给他一个答案。"上面"的人打断裘天，说裘老不必讲，其实他们什么都知道。石城确实藏着秘密，虽然他不能细讲，但至少可以告诉裘天，就算是秘密，也全都没有恶意。如果一定要打比方，那么石城绝不是一座囚笼，而是一顶保护伞，让石城内的人都能像裘天一样，不被外界干扰，平平稳稳地过上安生的日子，仅此而已。这个回答虽然令裘天意想不到,不敢信,又不得不信,但他依然显露出很不满意的样子,颤巍巍地摇了半天的头,像一条生锈的钟摆。年纪大了,头脑又很昏沉,捋了半天的头绪,也没能捋出个子丑寅卯来,不知下一句该问些什么,或是根本提不出任何问题,一时语塞;手掌于胸前握紧又松开,松开又握紧,攒出了许多汗,才终于又想起了石城的四齿兽。正要对"上面"的人说出那三个字,"上面"的人却未卜先知一般开了口,嘶嘶地说:"您的那个未解之谜,一定指的是四齿兽爆破后泄露出的那段微信号。很遗憾地告诉您,您的破解机器也全都在我们的掌控之下。那段信号,您是不可能从中得到任何答案的。但我可以告诉您的是,我要强调一个'被动',而非'主动',意思很清楚,那段信号不是四齿兽泄露出来的,而是那位城防队员;真正发生爆破的也不是四齿兽,也是那位城防队员。所以答案很明了,四齿兽还是四齿兽,虽然也被石城所掌控,但它们终究不是机器。而真正的机器是谁,我想您现在也都猜到了……"

作别了"上面"的人,裘天就把自己关在屋子里,整具身子也塌了下来,感到人生终于走到了尽头,也终于见到了一缕光——那是顺着窗子洒进来的一道残阳,照在身前的一面白墙之上,将裘天眼前的一切都勾勒出黑白分明的两个世界,一边是现实,一边是虚幻。

鹢[①]舟

在行刑前,林鹢被允许最后一次提交与"鹢"交流的申请。审批要经历三轮,所以现在刑场执行官老严还有时间走到林鹢身前,对林鹢说:"林教授您现在还有机会翻供,到现在也只有您的直接认罪供词,没有其他实质性证据。大家都知道您没有作案动机,没必要跟自己过不去,石

[①] 鹢:古书上一种似鹭的水鸟,可抵御河神,故常被刻在舟船上,也作鹢舟。

城还需要您。"林鹬抬首，笑着回复老严："'山间'已经国有了，我的死不会影响股价，您可以放心。"老严便一甩胳膊，丢出一串国骂，大致意思就是林教授一把年纪了，怎么还油盐不进，不识好歹，寻一个死就真的能解脱了？

林鹬不知道自己是不是不识好歹，但他知道自己确实是一把年纪了——一百五十几岁了。在石城，不是所有的人都有机会接受生命体"延寿"改造的。但这一百多年的时间里，林鹬却一直都活得很忙，也很累。

二〇六〇年，林鹬还只是一个刚刚从大学肄业的毛头小子，初到石城，觉得自己有一身的力气，要做许多了不得的大事。林鹬的肄业不因其学业出了问题，反倒是因为学业过于出众，致其认为就这样无所为地再学上几年，完全是在荒废时间。林鹬的天赋早在童年时期就被人发现。石城古城区社区孤儿院内，幼年的林鹬被所有人关注；他孤僻的表面下有一颗非凡的大脑——三岁不到就已经识读万字，五岁已经可以独立创作一些令人看不懂的诗词，七岁凭一己之力考下了人工智能 K 语言最高等级证书，十岁就攻克了量子 AI 算法傅里叶瓶颈，十二岁一边抱着无聊的小学书本，一边已经开始研读上了道德经……似乎，接受义务教育这件事对林鹬来说已经成为了累赘。但很抱歉，还得读，还要足年足月地读下去——福利院的规定。

所以在许多年后，终于有一个机会让自己逃离这场"荒废"之旅，林鹬便毅然决然地了断了自己的大学学业，奔向了一片更加广阔的海洋。但终究是肄业，没拿到学位证书，所以在日后他人称呼林鹬为林教授的时候，林鹬总还是觉得不好意思，因为自己连本科都没有顺利毕业。

二〇六二年，林鹬独立创办了一家名为"鹬"的人工智能公司，合伙人不是人，而是一台同名为"鹬"的人工智能机器。二〇六四年，"鹬"突飞猛进，跻身世界前列，其生产的多行业算法加智能 AI 在全球范围内施用。二〇六六年，林鹬结了婚，对象是自己青梅竹马的童年玩伴——女作家海山；同年降下一子，取名林间；也是在同年，林鹬将公司改名为"山间"。二〇七〇年，林鹬将公司转为国有，连带"鹬"在内的全部资产全都贡献给了国家，自己则开始转战另一个更加感兴趣领域——仿生智能。二〇七一年，关明岛冷山火山爆发，三年后整岛沉没，林鹬的天也塌了下来——妻儿赴关明旅游，再也没有回来。但林鹬将这一切都隐瞒了下来，同年自己的仿生机器进展飞速，于是一年后，死去的"妻儿"又都归来，仿佛这几年间什么事情也没发生过。

但林鹬知道，自己仿生出来的妻子"海山"与儿子"林间"根本只是替代品，他们不过是带着妻儿的全部记忆残喘于世的两台机器。自己无法面对，便对"妻儿"说了谎，说自己几年内都要旅居国外，忙于公事，不能回家。而自己则终日躲在"山间"的办公室内，兀自埋头于自己更加长远的计划，欺骗自己妻儿还没有死去，此刻正在家中等着自己回去。

二〇八三年，林鹬的仿生技术进展稳固，自己仿生出来的儿子"林间"，人造细胞自然分裂系数稳定，已经可以像其他人类孩子一样拥有一个十七岁的健全的身体，整日忙于自己并不太擅长的学业，艰难地度过自己的青春期。人类孩子应有的一切他也都拥有，快乐与苦痛、躁动与不安……只是自己仿生出来的妻子开始出现了异常，经常会彻夜给林鹬打电话说人生失去了方向，这样下去她早晚都要垮掉。于是林鹬不得不回去探望，做一些隐蔽的检查，发现人造肌体没有异常，那一定就是智能生物神经出了问题。为此林鹬还将自己没有写完的一本名为《心执》的文学小说录入了海山的脑神经数据库，期望"妻子"能够得到一些缓解。不出所料，"海山"还真是消停了好一阵子，竟日与那本《心执》死磕，每天千把字地输出，字斟句酌地打磨，不问世事。

就在林鹬以为一切都恢复正常的时候，天又塌了下来。

那是仿生"海山"临死前给林鹬打的最后一通电话，电话里的"妻子"精神涣散，絮絮叨叨地说了许多话，却没有任何重点。在林鹬的耐心疏导下,"海山"终于捋清了头绪,哑哑地告诉林鹚,说她把《心执》写到四分之三处,就再也写不下去了,忽然感到人生又失去了指明的灯塔,觉得自己的生命就是一场虚无,好似从来就不曾存在过;而刚刚写出来的《心执》的故事又冥冥中指向了某种真相,关于石城、关于丰海国、关于世界,也是关于自己的某种真相。整个世界好像都与石城隔绝了,而自己也只是活在一座虚拟的世界里。但她写不出来一个结尾,好像只有死掉才能找到答案。林鹚知道全都是自己的错,当初自己没能写完《心执》,现在也依然是烂尾状态,曾寄望于仿生"海山"的智能算力,也许有希望了结此篇,但看来"海山"还不具备那个能力。但"海山"提到了世界与石城的隔绝,林鹚觉得此言非虚,仿佛从关明岛沉没那年开始,石城的人就再也出不去了。他曾做过试探,可航空一直处于强管制状态,走陆路又因为四齿兽的威胁而不被允许。他人不知道,但林鹚知道那不过是一个幌子,从外面世界引入而来的那些濒危变异兽,早就被"山间"全面控制,每一只都被隐匿地安插了智能终端,但凡有任何攻击意图,都会被强制智能管控,动弹不得,不可能存在任何风险。但究竟石城之外发生了什么,也许只有那台"鹚"知晓,但"山间"早已被国有化,已不属于林鹚,"鹚"也早已经被改造了无数轮,成为了这座城市的主计算中心。联通"鹚",一直都是不被允许的。

  挂掉电话的林鹚思绪万千,总要找到一种方法去解决"海山"的问题,但现实却没给他充足的时间。一天后,妻子"海山"被人发现死在自己的公寓楼内,初步判断死因竟然是一条带毒三文鱼。林鹚调整了半天呼吸,才终于将自己镇定下来,走到海山还存留一丝呼吸的身躯之前,按动了自己藏于裤兜里的一枚无线发射器,关停了"海山"的智能脑神经,不知道这算不算一种谋杀,但终究还是了了自己多年前的夙愿,送了妻子最后一程。

  二〇九九年,世纪交接,又一场灾难倏然降临,近乎击垮了林鹚。

  仿生的儿子"林间"也失控了,与一只四齿兽同归于尽,死在了石城边疆。林鹛不解，为什么"林间"会去赴死，又为什么突然发生了一场自爆——就算是一台仿生机器，"林间"也是由血肉组成。带着这些疑问，林鹛不得不违背自己的初衷，选择了接受"延寿"改造，他需要更多的时间去探求一个真相。又是几十年过去，林鹛一百五十岁了，虽然还没有得到一个完整的答案，但他终于厘清了思路，也找到了一个明确的方向。于是此刻，林鹛出现在了这里，这座刑场，供认了自己杀害妻子"海山"的罪名，准备接受一次最终的惩罚。也只有这样的彻底，才能获得一次与"鹛"沟通的机会。

一声蜂鸣，响彻整间屋子，宣示了最后一道审批的通过。又是不到半分钟的时间，"鹛"的线路接了进来，久违的一声问候，瓮翁地响起："林，好久不见。"林鹛却不作寒暄，一贯地单刀直入，对"鹛"说："时间无多，见你不易，有三个问题要问你。""鹛"说："你问，我尽量。"林鹛说："第一，'石城'究竟是什么，石城的外面究竟又发生了什么；第二，真正杀害我儿子'林间'的就是你，'鹛'，对吗？因为'林间'的身体爆破后有一条隐藏的微信号泄露了出来，我虽没办法破译，但至少知道了那信号联通了你，所以我的'秘密'对于你来说，早已不是秘密，你控制了一切；第三，石城，还有没有未来？"

林鹛的问题一股脑地倾泻，"鹛"也只用了不到一刻钟的时间便全部解答：

"石城不过一座城，物理存在，不曾变换；石城的外面发生了什么，我不说，但你已经知道了，关明国沉没这件事所造成的影响，比所有人想象的都更严重，所以石城不过你我共有的那个名字——'鹛'——如一叶鹛舟，刻着抵御河神的水鸟，承载着城内的所有生灵，自然也包含着四齿兽们，不为一个多光明的未来，但至少还能活下去；仿生人不是你独有，城内早有很多，你忘了我是你的合伙人，那是你我共有的目标，所以接管你的两位仿生人也是我的主意，为的就是保全石城不会失控。你仿生的林间泄露的微信号其实就是要道明石城之外的真相，他就是要出去,他不知用上了何种办法,竟然说服了那群猛兽,为他指引了一条出去的路。但我不能让这一切发生。让石城的人探知到真相是一件极度危险的事。至于石城的未来,谁会知晓呢。我是一台机器,但也没有未卜先知的能力。但我想说的是,石城早已成为了一部整装的机器,你我也不过是其中的一小枚元件,现如今它蕴含的力量无穷,也许可以憧憬一个未来。"

林鹬问"鹬":"那你就不怕我会泄露石城的秘密吗?""鹬"则回答:"怕,但我知道你一定会来找我,不到最后一刻,你不会做出最终的决定。"

带着全部答案,林鹬终于释然,感到人生也终于走到了尽头,等待着刑场的一声枪响。而就在此刻,"鹬"的声音再次响起,它对林鹬说:"林你知道吗,你的那本《心执》,也可以说是海山的那本《心执》,其实早已有了一个结局。求而不得未必不是一种解脱,不如就在此刻放下。没有结局,其实就是一种结局,但它还欠了一点什么,应该是一句话,我们还有一点点时间,不如你现在就来给它补上。"

林鹬不置可否,脑中却有一道白光缓缓泛开,一幅水墨一般的画卷便显现出来,那里有石城四面的环山,山中藏匿着无数只劫后余生的四齿兽;有一座霞光笼罩下的石城,于苍茫的天地间升腾起袅袅炊烟;有石城内的所有人,所有的机器,在为一场未知的未来蹉跎前行,步履维艰。于是,关于《心执》的最后一句话也终于浮现:

其生若浮,其死若休。①

---

① 其生若浮,其死若休:语出汉代贾谊的《鹏鸟赋》:"其生兮若浮,其死兮若休。"

转移

黑肺

第一部分

一

她是从什么时候开始反感这种年近三十了还热衷于大谈爱情的行为的？余青说不上来，也许就是从刚才开始。这大概是自己变成熟的一种象征。人就算老了也还有再变成熟的可能，何况在她这个年纪。

几个女同事围在包间里讲爱情故事，流程大概如下：一个人讲自己的故事，然后所有人参与讨论，讨论完毕后由下一个人接着讲，如此往复。这间狭小包间里的还算洋溢着一些青春气息的欢声笑语在余青听来是这么嘈杂。当然，她不是老了，这一点她并不承认，她只承认自己成熟了。令她有些惊讶的是，她们个个都能讲出一段或几段故事来。由此可见爱情于现在并不是什么稀缺品。余青端着酒杯坐在边上，想走又不好走，于是只听她们讲，不时附和两句。

讲得十分热闹，估计外面都能听见声音。马上要轮到她了，余青开始感到如坐针毡。她当然是有故事可讲的，内心其实也认为自己的故事肯定最好，愿意讲。眼看前一个故事的讨论环节即将结束，余青鼓足勇气站起来,说她老公来接她了,不等其他人说什么,赶紧朝外面走。出了包间,这场煎熬的公司团建活动对她来说也就结束了。

外面安静很多,播着轻缓的音乐。余青笑笑,说老公来接自己是借口,也是事实,只不过还要大约十分钟才到。恰好杯子里的酒还没喝完,她望了望,到吧台前最角落的高脚凳坐下。旁边的位置没人,再旁边坐着个安静喝酒的男人。余青也继续喝酒。她喝的起泡酒度数不高,酒味不重,不需要慢慢品尝。但格调往往是人创造的,所以她还是慢慢喝。

清吧里人总是不多,在秋天甚至显出一些萧索。这是它最大的优点。

"你不喜欢这里吧?"过一会儿,隔了一个凳子的男人说。

因为离得近,余青十分清楚地听见了这句话,所以她毫不认为跟自己有什么关系。安静了几秒后,她才透过余光发现那个男人似乎在看自己。她扭头看去,验证了这个想法。

这是个三十来岁、相貌普通的男人,余青可以肯定自己不认识他。他看上去很清醒,没有任何醉态,不知道这算好事还是坏事。要看他的目的了,如果是来搭讪的话,余青倒是乐意弄清楚这是什么新的话术。

"我吗?"

男人点点头。

"为什么这么问?"

"因为你看上去不怎么高兴。"

余青立即在脑海中想象着自己的一举一动,以及是否能据此判断出她是否高兴。很快她得出了肯定的结论,要看出一个人是否高兴太简单了,没有什么难度。

"那我具体是为什么不高兴呢?"她问。

男人想了想,说:"我猜你是被人拉着来的。"

要猜出这一点似乎就没那么容易了。

"具体是被什么人呢?"她又问。

"应该是你的同事。"

余青有些惊讶，她不得不承认，这是一种极富技巧的搭讪手段。只可惜，再高超的手段对她来说都没用。

"这样吧，"还没等她开口，男人就继续说，"假如我猜对了，那你就请我喝一杯。假如猜错了，那就我请你喝一杯，怎么样？"

余青几乎毫不犹豫地答应了。跟对错无关，她仅仅觉得这件事很有趣。

"那么答案是？"

"后两点倒是都猜对了，"她回答，"但是你刚开始说我不喜欢这里不对。我挺喜欢这里的。"

男人皱起眉头，像在想什么。余青一口喝完杯子里剩下的，再叫酒保倒上相同的起泡酒。

"可惜了，我很少失手。"男人付了钱。

"难道你跟在酒吧里遇到的每个人都玩这个游戏吗？"

"假如对方长得漂亮的话。"

余青笑笑。这种话也许可以把不常受到外貌赞美的人迷得团团转，但对她来说就没什么效果了。

"我已经结婚了。"她说。

"我知道。"

"你怎么知道的？"

男人抬起手，蜷起其余四根手指，只剩下无名指竖着。余青恍然大悟，看向自己的左手。无名指上的戒指透着细碎的光。那个给她戴上这枚戒指的人就快要到了，她心想。

男人不再说话，只顾喝酒。余青不时打开手机看看时间，十分钟很快就要过去了。

"要走了吧？"男人突然说。

余青点点头，她看着眼前伏在吧台上的男人，已经可以想象他下一秒将会问自己能不能留个联系方式。毕竟这才是搭讪的最终目的，无论她有没有结婚。而她也准备好了像之前经历过的许多次那样从容地拒绝。

然而他没有问联系方式，只是说了句再见。

离开酒吧的途中，余青还在疑惑刚才那个奇怪的男人，但等到走出酒吧，她发现自己已经记不清他长什么样了。不知道是因为酒吧里灯光暗没看清，还是因为那个男人长得毫无特点。余青晃了晃脑袋，将这些想法一并抛开。

七点过，天全黑了。走到街边，陈焕刚好开车过来。余青开门坐上副驾驶，陈焕发动车子，问她玩得怎么样。她一边回应，一边觉得哪里不对劲，于是伸手摸了摸调座椅的按钮。

"有人坐过副驾驶？"

"哦，今天中午顺路送了几个员工。"

"不是说好不让其他人坐副驾驶吗？"

"三个人，总不能不让人坐吧？"

余青放下车窗，问："男的女的？"

"女的，两个男同事坐后面。你明白。"

"难怪一股香水味。"她抬手在鼻子前扇了扇，"以后不许让别人坐副驾驶了。"

陈焕连忙答应。

"今晚吃什么？"

"昨天不是说好吃烤肉吗。"

"听说金华广场开了家海鲜店，"余青说，"他们说挺好吃的。"

"是吗？不过金华广场也太远了，要不下次去吧。"

余青看着车窗外，点点头。夜晚的城市只看得见灯。

二

毕业后我告诉了导师留校继续完成药物实验的想法，尽管已经给我推荐了一些工作，他还是欣然同意了。他交给我一间旧楼实验室的钥匙，让我随意使用。导师是个实干家，从来不干纸上谈兵的事，他大概能看出这个项目的潜力。即便最终成功的概率可能只有百分之一。而他不知道的是，我早在毕业前就已经完成研究并且总结出了后续研发方案。

我相当清楚，这个方案足够让我整个后半生过得锦衣玉食。但我的目标不在于此。大部分人可以在随波逐流的生活过程中寻找目标，而我需要目标来支撑生活。毕业后我就发现自己缺失了目标，我打算留在学校里来寻找它。学校总是个忙碌的地方，我认为这种忙碌可以暂时替代缺失的目标。等成功找到新的目标后，我也许就会把方案交给导师。也许吧。

校外租房不便宜，与实验室之间来往也不方便，因此毕业后我仍然住在学校宿舍的双人间。当然，毕业生一般是不允许继续住校的，导师帮我安排了这件事。我向来不是个闲散的人，即便没有目的的忙碌对我来说也好过无所事事。

9月17日

置办了基本的实验器材后，我在逛实验大楼时发现了一台被扔在储物间角落的小型扫描仪。工作人员告诉我这是一台自组的断层扫描仪原型机，与造影剂配合使用，现在有了更先进的仪器，这台自然也就闲置下来了。我没接触过类似的仪器，很感兴趣，于是花了点钱把它买下，搬到了自己的实验室。

9月18日

几次尝试调配造影剂失败后，我又到实验大楼捡了一些认识的或不认识的造影剂，全部带回实验室。毕业前我与其他组员使用的实验室里剩了一笼大约二十只小鼠，清空实验室后，我把它们搬到了我的实验室饲养。小鼠的寿命终究是有限的，将它们有限的生命投入实验比自然死亡更有用处。

9 月 20 日

　　一切准备就绪,我开始了实验。等待麻醉剂生效后,我向不同小鼠体内注射了各种造影剂,然后用扫描仪进行检测。前几种造影剂形成的图像经过对比都完全符合小鼠大脑模型,而在使用了一种不知名造影剂并检测后,我在得到的二十张大脑区域断层图像里发现其中一张显示出一个很小的椭圆形高亮区域。刚开始我以为是仪器出了问题,于是再次对这只小鼠进行了扫描,得到的图像中仍然显示出那片椭圆形的高亮区域。取另一只小鼠注射同种造影剂后扫描,得到的结果还是相同,之后反复检测仍然如此。我以前从没见过这种东西。

　　缩小断层距离,加大扫描密度后多次检测得到的综合数据显示,这种高亮区域只存在于小鼠大脑 4 毫米左右深度的截面。我在网上反复搜索,没有找到任何相关资料。下午我带着这种造影剂去咨询了实验大楼的人,得知这种药剂是用于着色具有轻微微粒辐射物质的,而并非用于生物造影。也就是说,没人会把这种造影剂(严格来说这并不是造影剂,但鉴于我已经将它当作造影剂使用过,我决定以后也姑且将其称为造影剂)注射进动物体内。我立刻回到实验室,对之前注射过这种造影剂的小鼠进行了抽血检查。幸运的是,这种造影剂虽然包含有毒物质,但含量很低,不至于致死。当然,如果在短时间内对同一只小鼠进行多次注射,也会造成较严重的后果。

　　经过之后很长一段时间的实验,我确定了小鼠大脑的固定深度截面中确实存在这样一种物质。结合之前实验人员告诉我的微粒辐射来看,这种物质不是细胞,也不存在或依附于神经元。它们的直径很小,远远小于仪器可测量的范围,同时数量巨大,在一小片椭圆形区域内不断做着不规则运动。

　　这到底是什么?我暂时不打算告诉任何人。同时,我姑且把弄清楚这种物质的特性当作了新的目标。

三

　　下午陈焕打来电话说今晚要加班，让余青下班后自己回去。于是六点过下班后，余青独自来到楼下打车。几个同事又邀请她晚上去玩，但她还是找借口拒绝了。虽然余青没有从事过其他行业，但她大概知道，对于一般的公司来说，同事之间是不会像这样经常约在下班后一起玩的。她只能将原因归于这份工作过于轻松了。站了几分钟后招到一辆出租车，坐上后座，司机询问目的地后发动了车子。余青从后面看见他戴着口罩。

　　"你不是患流感了吧，师傅？"

　　"没有没有，就是怕染上才戴口罩。"

　　余青点点头，放下车窗，天差不多要黑完了。坐地铁回去要快些，但她向来不喜欢坐地铁。地铁里太闷，什么都看不见，打车好歹能看看沿途景色。相比白天，夜晚的城市没那么容易看腻。家在城西，离她的公司比较远，每天坐车回去要将近半个小时。不知道从哪条街开始，路上的车变多了些，再过一会儿，前面的车干脆停下来。喇叭鸣个不停，出租车再往前一点也停下了。

　　"堵车了吗，师傅？"

　　司机放下车窗，探头出去看了看，很快又坐了回来。"堵车了，只有等咯。"

　　余青于是拿出手机玩，总之不赶时间。

　　"可以在前面点左转走另一条路，"司机很快又说，"要远点，价格贵些，你觉得可以那就走。"

　　余青说可以，相比时间，这点钱似乎不算什么。再往前挪一点，到十字路口后，出租车左转继续行驶。这条路不常走，她刚好可以看看沿途有些什么东西。不一会儿到了金华广场，这边是市区最繁华的商业路段之一，到晚上人尤其多。路上车也多，红绿灯一分钟转一次，出租车走得很慢。余青看着窗外各种店面,注意到一家叫"海源"的店,想起来,这就是前几天给陈焕说的那家。

店面很大,门前人流不止,进进出出。外墙镶的都是大块玻璃,能清楚地看见里面,店里人也不少。玻璃窗后的桌位一个又一个从她眼前掠过,车突然停了,她看一眼前面,到红灯了。又看向窗外,几米外的玻璃窗后,她看见一个熟悉的侧影,正坐在桌前用餐,桌子另一侧坐着一个短发的女人。他们坐在暖黄的灯光里,一边吃一边说笑。车还没动,她远远看着里面,而里面的人显然不会注意到她。

车子动了,还是很慢,她的视线随之飘走。余青甚至没有想自己是不是看错了,她只需要一眼就知道那是陈焕。

"师傅。"

"怎么?"

她停顿一下:"出去了能开快点吗?"

"好嘞。"

余青继续看看窗外那些光鲜锃亮的店铺,耳边的声音好像变小了些。

四

室友叫李文辉,是物理专业的研究生。他比我小几岁,学的东西也与我相差甚远,但我们还算聊得来。我向来很少出学校,也几乎不和其他人一起活动。但从上个月开始,我偶尔会叫他一起去学校外面吃饭,有时遇上和他的朋友一起。渐渐地熟悉起来,在寝室里也时常说说话。

11月3日

晚上和李文辉一起吃饭的时候,我表现得像无意间提起一样问了他几个问题,大概是微粒辐射之类的东西。他告诉我他的专业恰好涉及这方面,于是我继续跟他聊,后来他还谈到他的实验小组有做过微粒辐射相关的实验。于是我问他能不能帮忙检测一种物质,他爽快地答应了。

我告诉他，这是我在药物实验过程中遇到的问题。前段时间的实验发现，小鼠大脑中的这种物质在小鼠死后会很快停止运动，从而导致辐射消失以及不再能被造影剂着色，这为李文辉的检测带来了一些困难。幸好，这种程度的困难并不难解决。

为了方便日后交流，我决定为这种物质命名。命名的作用很大一部分是为了易于别人看懂，而既然交流只存在于两个人之间，那么我认为命名就没必要太过新颖。鉴于最近在我脑中萦绕的"微粒辐射"一词，我决定将这种物质简单地命名为"微粒"。

11月4日

我将几只小鼠、造影剂和断层扫描仪装好，一起带到李文辉所在的物理实验室。我先向他展示了向小鼠体内注射造影剂（我声称这是我正在研究的药物）后通过扫描仪检测的结果，之后他再用实验室里的仪器进行检测。后来他告诉我由于这种微粒的运动过程十分复杂，所以需要进行大量的检测和数据分析。我告诉他慢慢来就好，时间不是问题。

11月19日

之后我每天花一些时间和李文辉一起实验，经过半个月的检测和数据分析，我们总结出了微粒运动的大概规律。这些微粒的高速运动过程并非完全没有规律，举一个可能不太恰当的例子，小鼠大脑中的这片椭圆形平面区域里就像有数百个静止的"恒星"，这些"恒星"是一种微小的神经元突触。而那些无时无刻不处于运动状态中的微粒就像被分成了几百份的"行星"，围绕着各自的"恒星"在这一片圆形区域内做不规则运动。至于使微粒做这种运动的力是什么，又来自哪里，我们无从得知。

这显然是一个足够令人震惊的发现，但李文辉并没有这种感觉。他完全不了解相关知识，只认为这些结果是我的"药物"导致的。

之后的几个月时间，我继续和李文辉共同进行实验，试图进一步弄清楚这种运动的规律。然而，我们仿佛遇上了一堵墙，只能在原先的结论上横向拓展，而无法越过这面墙得出进一步的结论。当然，我们还是有新的发现，例如：不同小鼠的大脑中这些神经元突触的位置和数量有细微差异，这导致微粒的总体运动状态也有差别。

我时常给李文辉塞一点钱，告诉他这是我药物研究的经费，而他对实验进展有很大的帮助。毕竟这不是他的分内事。

2月3日

即便一直没能探究到使微粒做运动的力来自何处，但在积累了大量的实验数据并且足够了解微粒的特性后，李文辉告诉我他有了一个想法。那就是利用微粒的辐射性质捕捉并存储其运动的动态轨迹，之后甚至可以再用辐射将这种轨迹发射出去。方法大概如下：由于微粒本身的辐射十分微弱，所以可以使用某种药剂将其辐射放大，然后通过仪器捕捉辐射形态并储存。他认为也许可以通过这种方法在计算机上建立微粒的运动模型以便进行更精确的分析。而目前的唯一问题是我们手头没有这种仪器，但李文辉说他可以自己搭建。

我听了他的想法，问他搭建仪器的难度如何。他说难度并不大，他可以利用物理实验室已有类似仪器的原型机，只不过要花费很长时间以及不少的钱。

我告诉他钱不是问题，除了搭建仪器需要的费用，他还会得到相应的报酬。这些钱仍然来自我的实验经费。

五

车在路边停下，余青付了钱，开门下车。她不记得上次来这片地方是什么时候了，可能她从来就没来过。深秋天黑得早。快到傍晚，天已经没那么亮了，被云铺成斑驳的模样。周边没有高楼，都是六七层的住宅，路上人也少。人行道上石砖之间的缝里冒着杂草，路灯还没亮。吹了阵风，余青拉上外套拉链，往西边看，远处的高楼隐约可见。

她拿出手机，编辑消息并发送：**到地方了**。很快收到一个导航窗口，她按照上面的路线开始走。这个导航界面无法缩放，看不到目的地在哪里，只能一点点跟着走。余青可以想象在附近某座楼的某个窗户里，一双眼睛正在望远镜后窥视她的行踪。当然，这只是想象。

窃听器不能通过合法途径购买。这是她昨晚在网上搜索了很久后得出的结论。她浏览了很多网页，正准备无功而返，突然浏览器弹出一个窗口。这是一个很简单的聊天界面，对方发来消息：**需要窃听器吗？** 余青不知道这个窗口是如何被发起的，但看到对方的问题，她大概也能知道这不是个常规的聊天窗口。她即将参与一场非法交易。她回复：对。

实时监听还是录音保存？ 对方回复很快。

实时监听。

要多大的？

越小越好。

最小的一千。

余青想了想，继续打字：你能看到我的 IP 吗？

不能，就像你看不到我的一样。

有风险吗？

没有，除非你使用被抓住。

她犹豫了一下，只是一下。发送：**怎么交易？**

在东郊的大街小巷里转了十来分钟后，余青最终来到了街边的一个绿色垃圾箱前，这里就是导航的终点。她收到消息：**打开，里面有个黑色袋子。** 她站在垃圾箱前，左右望望，确保周围没有人，再抬头看一圈，也没有发现监控摄像头。然后她屏住呼吸打开垃圾箱盖，看见垃圾堆上的黑色塑料袋，伸手拎起来，放下盖子后快步离开。

袋子很轻。走出一段距离后她打开手机，立刻收到一条消息：**交易愉快。** 几秒钟后，这个聊天窗口突然消失，她翻了翻历史记录，什么都没有，仿佛什么都没发生。

"今晚吃什么？"

"今天就不在外面吃了，回家吃吧。"

"怎么了？"陈焕问，"本来打算带你去吃上次你说的那家店，我也听人说那家店挺好吃的。"

余青看他一眼，陈焕的注意力全在路上。"雨越来越大，停车不方便，还是回去吃吧。"

沉默一会儿。

"那好吧，今天回去吃。"陈焕说。

淋湿的路面反射着夜晚的五光十色，车窗都关着，所以雨声很闷。通风口无声地冒着热气，雨刮器重复无规律的摆动。车窗蒙上雾，余青只看得见外面店铺牌匾朦胧的光，看不清字。她伸手擦掉窗上的雾，但维持不久，擦了几次就不再擦了。快到小区后，余青最后一次擦了车窗。

"回去吃面吧，家里还有酱油吗？"她问。

陈焕直接将车停到小区旁的超市外面。"应该没有了，买一瓶吧。"

余青点点头，伸手抓车门把手。

"你坐车里，"陈焕拉住她，"我去买。"

说完他转身在后座找什么。余青犹豫了一下，打开储物盒，拿出伞递给他。陈焕推开车门，撑伞出去。透过车窗，余青看见他的身影逐渐走远，最后消失在超市大门的光里。她低头翻开放在腿上的包，手伸进去摸到那枚细管状的金属。再扭头看一眼窗外后，她摁下细管底部的开关，然后翻下副驾驶座的遮阳板，手指摸到镜子边框的缝隙，把细管塞了进去。

几分钟后陈焕回到车上，手里拿着酱油。"走，回去我给你做面。"

余青看见他的肩膀打湿了点儿，没说什么。

六

11月14日

晚上七点过，从实验室出来后，我照常到篮球场旁的小店买了瓶啤酒，然后从外面那堆零散的桌椅里拉了把椅子坐下，一边喝啤酒一边看球场里打球。这是我一天中最闲散的时候。每天晚上来这里的人都不少，要么看打球，要么三两个聚在一起聊天。根据我长期的观察，学生们到了秋冬季一般都喝热饮，不论是咖啡还是奶茶，很少有像我一样喝啤酒的。

看球之余，我的目光也时常在其他地方游走。我的视力向来很好，在晚上也能看清较远的东西。扫过一个地方后，我的目光停下来。那是远处两个坐在草坪上聊天的女生，其中一个恰好正对我，我能看清楚她的脸。当我发现我的目光已经在那个方向停留了十几秒后，我便意识到，我大脑中某种最原始的本能开始作祟了。这种本能过于原始而直接，甚至无关荷尔蒙。我想起来，上次我有这种感觉已经是很多年前的中学时期了，当时对方是一个爱扎高马尾的苗条女生，长得几乎比我还高。

而中学后的很长一段时间里，我都对这种感觉感到不屑。我认为这种原始的东西只有动物性，而人作为最高等的动物应该有所克制。不知道是否是因为过了太久，这种不屑已经在我的头脑中淡化了，以至于今晚我坐在那里挣扎了好一段时间。最终我向本能屈服，目光时常飘往那个方向。

一般来说，我喝完啤酒后就会动身回宿舍，但这次我把空瓶放到脚边，任由自己坐在那里。不知道过了多久，或许是天色逐渐晚了，那两个女生起身一齐离开。我一直看着那个背影远去，直到消失在远处的路口。

后来我去扔了瓶子，往宿舍走。路上我一直在思考这件事，我承认，由于过去太久，原本我对这种本能的不屑已经淡化了，但好歹没有完全消失，这导致我最终决定不针对这件事采取任何行动。

最后，我仍需要一样东西来蒙蔽我的本能，以免我残存的不屑不够坚定。我告诉自己，这种事情至少是要讲缘分的，只遇见一次不叫缘分，至少要两次。

11月21日

第二次遇见她的时候我正在图书馆查找资料。

从书架取了两本书后，我找了个周围人少的位置，坐下后四周看了一看。旁边隔了两张桌子的对面，一个女生坐在那里看书。衣着变了，但我还是一眼就认出是她。

人的思维就是这么荒唐且复杂。我可以客观地说她长得还算漂亮，但比她更漂亮的大有人在，那为什么她在我看来如此具有吸引力呢？至于是怎样的吸引力，我也说不上来。这是由大脑中某种结构控制，并且经过一系列复杂神经活动而最终形成的结果。我难以在日记里用具体的词汇描绘她的长相，这超出了我浅薄的文字能力。

我很快意识到，这已经是我第二次遇见她了。那么这就算是缘分了吗？接下来我应该如何继续蒙蔽我的本能呢？我看着她的侧脸，放弃了大脑中的思索。或许，这些繁杂的想法已经印证这种感觉早已超出本能。于是我又开始思考应该做点什么。

下午我一直坐在那个位置，目光在手里的书和她之间来回移动。当然，她沉浸在她的书里，并没有注意到我。大约两个小时后，她拿上东西起身离开。我立刻去放了书，随后跟上她。离开图书馆后，她直接去了食堂，买了吃的找地方坐下。而我坐在几米外的一张桌子边。饭后她到运动场散了会儿步，直接回宿舍了。此时才五点过，于是我又去了实验室。这时候我发现自己好像又找到了另一个目标。

之后的很长一段时间里，我的生活由两部分组成：进行实验以及了解她的生活（当然是暗中）。我了解到她是学设计的，并且记录了她每天的课程安排，以便于在实验以及跟随她之间合理调整时间。几个月后我对她有了比较全面的了解，包括她的性格、人际关系、兴趣爱好、生活习惯等。但也仅仅如此，我所做的只不过是观察了解她。我一直很谨慎，她从未知道过我的存在。我也从未思考过我为什么要这样谨慎。

我大概相信爱是注定的。一个人会爱上另一个人是生来就注定如此，而一个人不会爱上另一个人也是同样。这个道理要么是命运作祟，要么就刻在基因里。我是爱上她了吗？我决定不冒这个险去认识她，不向她吐露心声。我这个无畏的人，为何唯独在这件事上如此胆怯？甚至我不知道这算不算胆怯。

暗中观察她不久后，我就发现她有暗恋的人：一个叫梅锦荣的学生，和她同届，但专业不同。她和他勉强算是朋友，为数不多的来往大部分来自共同朋友的邀请。他们难得见面，而她总是期待与他见面。她每次见到他时都表现出一种连我也说不上来的异常状态，这是我根据她看他时眼神中闪烁的情谊所得出的结论。她有他的好友账号，她大概常看他的主页，但她从不给他发消息，即便很想。她将这点心思藏得很深，连最好的朋友都不知道。我也许是除她自己外唯一知道的人。

而他对她不太感兴趣。

梅锦荣大概算是典型意义上容易吸引异性的人，阳光开朗，喜欢运动，可以通过外貌吸引一些人。而她不是那种会单纯地被外貌吸引的人，这源自于我的直觉。也就是说，梅锦荣对她来说有某种特别之处。在学校里，梅锦荣有许多朋友，他经常打篮球，穿着普通，学习一般，没有谈恋爱。他就像个普通学生。但在跟踪他出学校后，我发现这只是他在学校里的样子。

除了和朋友一起外，梅锦荣每次独自离开学校后总是先步行，经过两条街后到一个地下停车场外，四周望望，确保附近没有熟人后再进去。几分钟后他会开一辆黑色的跑车出来，然后快速离开。他家住在城西的富人区，有一座独栋别墅。周末他经常去夜店消费，和年轻女孩们喝酒跳舞，彻夜不归。

1月25日，我第一次看见他和一个年轻女人从酒吧出来后乘车到一家旅馆外，两人下车后搂搂抱抱进了旅馆，第二天早上才出来。这仅仅是第一次。第二次是2月6日，那晚是和另一个女人，之后还有许多次。我不得不承认他在学校里隐藏得相当好，让人几乎看不出任何破绽。这些本与我无关，但在发现了梅锦荣的秘密后，我不禁好奇，如果她也知道了他的这些秘密会怎么样。

于是我决定做点什么。

4月2日

周五，梅锦荣在下午离校后就开车去了夜店，按照规律，他今晚会带一个女人去旅馆。他并不知道的是，在下午离校前打篮球的时候，他放在场外包里的身份证被人拿走了，晚上开房的时候他才发现自己身上没有身份证。这时候他的室友打来电话告诉他有人捡到了他的身份证，现在放到了宿舍里。于是他立刻开车回学校，酒精让他疏忽了自己长期以来的谨慎，他仅仅把车停在离校门口较远的街对面，然后独自进了学校，而他同行的女人留在车里。梅锦荣成功拿到了身份证，匆匆出来准备回车上，这时他衣着暴露的女伴由于受不了车里的闷热而下了车透气。这恰好也是那个女生和朋友出去吃完晚饭，在经历了堵车后回到学校外的时刻。

我坐在校门口的公共椅子上，看着梅锦荣从校门内小跑出来，回到车边。他的女伴迎上去，两人吻在一起，梅锦荣的手从她婀娜的腰间划过。之后他们上了车，很快离开。这一切都被从远处走来的她看在眼里。

七

今天陈焕又打来电话说晚上要加班，距离上次恰好一周。下班后余青立刻打车回家,没有做饭,只是泡了碗方便面端到书房里。关上房间门,拉上窗帘,关了灯,房间里变得很暗,电脑屏幕成了唯一的光源。她裹着毯子坐到电脑前,把那枚接收器插上,再戴上耳机,打开播放器。很安静,没听见任何声音,她盯着漆黑的播放器界面看了两分钟,仍然没有声音,于是端来旁边的方便面开始吃。十几分钟后,耳机里终于有了动静,余青立刻集中注意力。

她听见车门打开的声音。

在路边等了几分钟后,陈焕看到有人从楼里出来。她拉开车门坐上副驾驶,陈焕闻到熟悉的淡香。她穿着一件白色外套,看上去比以前的打扮年轻一些。她笑着看陈焕,不说话,陈焕倾身凑过去吻她。她很自然地迎上来,但没让这个吻持续太久。

陈焕坐回去,深吸口气。"我想你了。"

她还是笑笑,没说话,伸手去调座椅。

"今天就不要调了,"陈焕叫住她,"上次她发现了……我现在还不想让她怀疑,你明白吧?"

她看看他,收回手。她从来都这么理解他,跟她在一起总是如此安心。"今晚想吃什么?"

"上次那家海鲜挺好吃的,"她说,"要不还是去那里?"

"这次换一家吧,我听人说有家火锅店也挺好的。"

她点头答应。到地方停好车后,两人进到店里,又选了个靠窗的位置。点菜后东西很快端来。

"到现在你都还没给我看过她的照片。"她说。

陈焕看着她,问:"你真的想看吗?"

她点点头。陈焕摸出钱包,取出那张照片递给她。她仔细看了看,还给他,脸上还是那种淡淡的微笑。

"她很漂亮,年龄比你小吧?"

"比我小两岁。"

"这么说我要比她大七岁……你以前肯定很爱她。"

陈焕点点头。"不过后来变了。"

"为什么呢?"

"我不确定,"陈焕说,"也许是因为你吧。"

"你真的这么觉得?"

"当然。"

她笑了笑。她的笑总是让他难以自持。

"你打算什么时候告诉她?"

"我不知道,我还没准备好。"陈焕想了想,苦笑,"她从来没做错什么,只是我……"

"没事,"她握住他的手,"慢慢来,我等你。"

饭后陈焕送她回去。到了楼下,简单亲吻过后,她准备开门下车。陈焕突然叫住她,她停下动作,转身看他。陈焕瞟了眼时间,两人对视几秒,然后吻在一起。这次他们吻得很猛烈,呼吸变得急促而沉重。之后陈焕开门下车,来到右边,拉开门把她抱出来,再用脚带上车门,一边吻她一边走向楼里。

八

根据李文辉的指示,我在经历了长时间实验后终于调配出了他所说的用于放大辐射的药剂,整个过程中最大的困难就在于使具有这种效果的成分对于小鼠来说不至于致死。在得知这个消息后,李文辉告诉我仪器的搭建还需要很长时间。当然,这是在我意料之中的,在仪器成功搭建之前,我可以继续进行我的实验以及研究药剂的改良。

同时由于我目前的目标不止一个,我每天有许多可以干的事,因此不至于无所事事。

9月17日

花费将近一年半的时间后，李文辉打电话告诉我他的仪器终于组装完成并且成功进行了测试，我听后立即去将仪器搬到了我的实验室。接下来的实验我决定独自完成，而李文辉对此没有异议。

这是一个不大且看上去结构简单的仪器，整体像一架天文望远镜，由支架和顶端的镜筒组成，支架可以调节高度。我抓来一只小鼠，注射麻醉剂以及特制的药剂，待麻醉生效后将小鼠固定在实验台上，根据李文辉描述的操作步骤先将仪器连接电脑，再将端头对准小鼠头部。之后接通电源，在电脑上操作启动。仪器发出嗡鸣声，应该是镜筒里的转子高速旋转发出的，同时端头冒出紫色的光。嗡鸣声持续了大概半分钟，最后逐渐消散，紫光也慢慢熄灭。

我看着电脑屏幕，操作软件上显示捕捉成功。也就是说这只小鼠大脑内微粒的运动轨迹已经被存储到了仪器的芯片中。

成功了。

我检查了仍处于麻醉状态的小鼠，它的生命体征都正常，于是我回到电脑前检查捕捉到的运动轨迹数据。等到麻醉药效过去之后，我发现小鼠仍然没有醒来，再过一会儿还是如此。显然它不会再苏醒了。我向小鼠体内注射了造影剂并且用断层扫描仪进行了检测，发现得到的图像中并没有椭圆形的高亮区域，也就是说微粒已经停止了运动，不再具有辐射。这是为什么？李文辉并没有告诉我会出现这种情况，大概他也没有预料到。这只小鼠再也没有苏醒，一天之后，它的呼吸逐渐消失，最终死亡。这种现象与脑死亡十分类似。

后来的实验里，一旦小鼠被仪器捕捉了微粒运动轨迹，最终都会死于呼吸衰竭。这个结论后来从未改变。

11月3日

我突发奇想，在捕捉了一只小鼠的微粒运动轨迹后，将另一只小鼠麻醉后固定在实验台上，再将捕捉到的运动轨迹通过辐射投射到这只小鼠的大脑中。到目前为止，对于微粒对小鼠到底有什么影响这个问题，我仍然毫无头绪，我也不知道这样做会发生什么。半个小时后，麻醉剂逐渐失效，这只小鼠苏醒过来。它表现出正常的生命体征，并且同之前一样充满活力。我有些惊讶，立刻将它再次麻醉并注射造影剂。经过扫描检测后比对发现，它大脑中微粒移动的轨迹和原来那只被捕捉的小鼠一模一样。也就是说，它大脑内那片椭圆形区域的神经元突触位置被替换了。

这是为什么呢？我无从得知。

九

清晨之前，当所有人还在睡梦中的时候，余青从床上坐起来。她看了眼身旁正在熟睡的陈焕，然后小心翼翼地爬下床。窗外的天还是黑的。她看一眼时间，离开卧室，到客厅穿上外套，开门出去了。没坐电梯下楼，而是走的楼梯，她也不知道为什么要这样做。她在停车场找到陈焕的车，开门坐上副驾驶，车里还残留着最后一丝香水味。也许再过两个小时，等到陈焕送她去上班的时候，这点味道就已经完全消散了。她翻下遮阳板，从镜子边缘取出窃听器，摁下开关装进包里，最后开门下车。

五天后，余青下午提前下班，坐上出租车，到目的地后，她站在街边仰头看着陈焕公司所在的这栋大楼，距离上次来已经有一段时间了，担心前台不认得她。她完全可以在家里解决这件事，但那个生活了三年多的家在她心里一直是温暖的，她不想打破这个印象。站了一会儿后，她从包里摸出那枚存储盘看了看，向大楼走去。

十

除了小鼠，在对豚鼠、兔子、蛙等动物进行检测之后发现，这些动物大脑中的某片平面区域均存在和小鼠大脑内类似的微粒。同个物种大脑内微粒的运动轨迹和区域有细微差异，但不同物种间有较大差异。并且经过实验发现，不同物种之间不能进行微粒运动轨迹的转移。

3月5日

我购买了五只灰兔到实验室饲养，这是一种专门培养的实验用兔子品种。由于频繁但范围限定的基因突变，这种兔子的个体之间可能会表现出较大的食物喜好差异。例如，在我购买的五只兔子中，经过记录发现有三只表现出对萝卜的喜爱和对红薯的排斥，另外两只则恰恰相反。在任意一只兔子面前摆放等量的两种食物，它们都会立刻选择自己喜爱的那种，即便吃完以后也不会尝试另外一种。

3月16日

在全面记录了五只兔子的生活习性，尤其是食物喜好后，我挑选出了两只兔子。一只喜欢萝卜而排斥红薯，标记为A，另一只喜欢红薯而排斥萝卜，标记为B。在对兔子A进行了麻醉以及药剂注射后，我将它固定到实验台上，使用仪器捕捉其大脑内微粒的运动轨迹，然后投射到兔子B的大脑中。

在等待兔子B苏醒的过程中，我准备好了等量的萝卜和红薯碎块放置在桌面一端。等兔子苏醒后，我把它放到桌面另一端，然后退到一旁，观察它接下来的行动。简单嗅探后，兔子B缓缓朝桌面另一端爬去，认清两种食物后，它毫不犹豫地选择了红薯，开始大快朵颐。吃完后也完全没有注意一旁的萝卜。

显然，微粒的改变并不影响动物对食物的喜好。我有些失望，进行了这么多实验，却仍然一无所获。微粒的作用到底是什么？我几乎想要放弃。

4月6日

在给实验动物喂食的时候,我发现一只兔子没有把投喂的红薯吃完。我每天投喂的量都是固定的,而以前这四只兔子总是会把投喂的食物全部吃完。可能只是胃口不好,我并没有太在意。

在之后的二十天里,我发现这只兔子吃剩的红薯越来越多,直到4月26日,这只兔子看到我投喂的红薯后竟然直接爬开。我决定试试,于是将一些萝卜块放到笼子里。它发现了萝卜,隔着一段距离反复嗅探,犹豫一会儿,爬上前,鼻子凑上去继续嗅。终于它咬了一口,抬起头停顿一会儿,埋头开始吃。从这天开始,这只兔子不再吃红薯,而只吃萝卜。

这只兔子正是一个多月前被用作实验的兔子 B。

6月25日

上午,学校举办了研究生毕业典礼,我在会场旁的教学楼楼顶观看了整个过程。整个下午我都在整理实验室,晚饭后我从学校出来,开车到城里的一家茶馆。我进去后告诉前台我的名字,然后被领到了一个包间,那个制药公司派来的男人已经在里面等着了。他笑着招呼我,我在他对面坐下。没有多余的话,他掏出一张银行卡递给我,说这是谈好的剩下的五百万。我收下银行卡,把存储盘给他。这张存储盘里是我的药物实验数据以及后续研制方案。

他语气诚恳地告诉我我将成为无数人的救星。

算上之前一年多时间里陆续收到的两百万,我的药物研究方案一共让我获得了七百万。我知道,如果申请专利,我能赚到远大于这个数字的钱。但用专利变现的速度没那么快,我的目标不需要我有那么多钱,但需要我现在就有钱。

6月26日

我在早上找到导师,告诉他药物实验最终没能成功,这是条行不通的路。我将一些修改过的实验数据交给他,并且感谢他这三年来对我的照顾。他没有针对实验说什么,只是鼓励我不要灰心,以后有的是机会大展身手。他再次给我推荐了一些工作机会。我委婉地拒绝,告诉他在学校里又待了三年后,我希望自己进入社会看看。他对我的想法表示赞同,并且告诉我以后有困难可以找他。

下午我回到寝室,给正在收拾东西的李文辉塞了几千块钱,这是对他这么长时间来帮助的感谢。我考虑过要不要告诉他以后别跟人提起我们实验的事,最后觉得还是算了。他是个老实的人,应该不会节外生枝。

6月28日

清空实验室后,我回寝室收拾好所有东西,在下午六点离开学校。今天正好也是她毕业离校的时间。她的名字叫余青,我在此前的两年多里已经无数次提到过她,但这仍是我第一次在这本日记里写下她的名字。

十一

离婚后余青分到了一半多的财产,房子留给了陈焕,这是她的意愿。一切都进行得很顺利,没有争吵,没有僵持。后来她在城东买了套房子,不大,完全按照她自己的想法装修。虽然是城郊,但周边该有的东西都有。离小区不远有个酒吧,人不多,正合她意,搬来后她经常去。现在可以多喝一些,她不喜欢喝醉,但也不用太清醒。

刚搬来时仍然打车上下班,后来买了辆车,开了几天发现自己终究不适合开车,于是把车退了。之后她开始尝试坐地铁,等过一段时间后上下班就都坐地铁了。以前总觉得打车看得见沿途风景才不会无聊,现在发现在地铁上看人也挺有意思。

人在经历大事后好像很容易闲下来,大概是闲下来思考。余青也花过一段时间思考这件事，但很快她就厌烦了这种思考。这件事使她的生活发生巨变，而她却要来思考这件事，实在是不可理喻。最终她觉得还是有必要为此事做一个总结，使自己安心迈入新的生活。毕竟在内心深处，她认为自己还很年轻。她总结到：幸亏当初没有急着要孩子，否则这件事会变得很麻烦。

余青在此前的近三十年里从没有觉得自己坚强过，但这件事让她深切地体会到自己是多么坚强。她并不是不伤心，但她总感觉内心深处有另一种东西压抑着悲伤。那是什么呢？她想不明白。总之，她仿佛一下变成了一个乐观主义者。也许下次再被同事们叫去玩的时候，她也会讲讲自己过往的爱情故事。

搬到新家几个月后，这天晚上余青照常到酒吧喝酒。她坐在角落里，看见吧台前坐着一个眼熟的男人。仔细看了看后，她认出了那个人。于是端着杯子过去，隔一个位置坐下。余青拍拍他的肩膀，男人看过来。

再次看清他的脸后，余青才意识到一个问题。为什么这张当初让她很快就忘记的脸，她过了这么久却还能认得？他真的长得毫无特点吗？

"哟，没想到还能再见面。"男人说，"看来咱俩挺有缘的。"

"是啊，挺长时间了。"

"好几个月了……看得出来你是一个人，怎么在这么偏的地方喝酒？"

余青笑笑："要不你猜猜看？还是老规矩，要是你猜对了，我请你一杯酒，要是猜错了，那就你请我。"

"好啊。"

男人答应，然后上下看看她。不知道为什么，虽然他没有表现出来，但余青觉得他肯定注意到了自己与上次相比有了变化的左手无名指。他接下来的话印证了这个想法。

"嗯……看来是很不幸的事。"

"猜对了。"

余青叫来酒保，给男人倒上酒，付了钱。
"你呢?"
"我?"
"你的手上倒是什么都没戴，"余青说，"但这不一定能说明什么。"
"我还没结婚。"
这里的灯光不像上次那么暗，余青试图从眼前男人的脸上发现一些能吸引她的东西。但这个念头让她有些头晕，她放弃了。
"你住在这附近吗?"她问。
"没有，"男人摇摇头，"只是今天有事路过这边。你倒是应该住在这附近吧?"
"没错，看来你又猜对了。"
"猜对这一点又没什么难度。"
"为什么?"
这天晚上余青和他聊了好一会儿。而在以前，余青从来不和这种在酒吧遇到的人聊太久。她想了想，不知道是因为离婚后她不再约束自己，还是因为眼前的这个男人有什么特殊之处。
后来男人的手机响了，他接了电话，简单说了几句，然后告诉余青他该走了。余青看着他站起来。
"你还没告诉我你叫什么呢。"
"你想知道我的名字吗?"
"对。"
"我叫林慎。你呢?"
余青也告诉了他。
"你的名字很好听。"男人说。
他背上自己的挎包，准备走了。
"还有，要不要留个电话号码?"余青叫住他。她立刻觉得这样问有些太直接，于是又说:"要是以后有机会可以一起喝两杯。"

男人看看她,没有立即回答。

"这样吧,如果我们下次还有缘再见,到时候就留个电话号码。"

之后想起来,余青一直觉得这句话完全没有道理。毕竟用缘分来决定事情是行不通的。但她当时没有多想,只是说:"好吧,那就下次有缘再见。"

男人走了,余青又继续喝了一杯,之后独自回家。

在之后不长不短的一段时间里,余青其实期待过再次遇见那个男人。但她再也没见过他。

又过了一段时间,余青完全适应了现在规律的生活。她每天早上坐地铁去上班,不同于以前在公司总是少言寡语,她现在经常和同事交流,有时下班也会应邀一起去玩。她现在觉得有一群和自己年龄相近的同事是件很幸运的事,追溯这种想法的转变,她认为是自己变得更成熟了。

她现在感觉有许多可以自由安排的空闲时间,而当她回忆从前的时候,她发现事实上以前的空闲时间也不少。这大概就是独身的好处。

晚上有时和同事们一起去玩,其余时候她还是会照常到酒吧喝酒,这成了一件和吃饭喝水一样平常的事。由于酒吧地处郊区,人总是不多,但余青还是遇到过一些向她搭讪的男人,而她全都拒绝了。此事除了让她确定自己还没有显出老态之外,还印证了她之前的一些猜想。

当然,她的确才离婚半年多时间,但总是拒绝搭讪和那种莫名的负罪感没有任何关系。事实上,她认为就算自己不拒绝搭讪,她也不会且不该有任何负罪感。现在的她自认是一个理智的人,而从理智的角度来讲,她在那件事中占领绝对的道德高地,她干任何事都不应该有问题。

到了夏天,酒吧里人同样不多。晚上,余青独自坐在一张桌前喝酒,突然有人从后面拍了拍她的肩膀。是谁?一瞬间她的脑海里闪过许多个想法,其中包括那个叫林慎的男人。她转过脑袋,看见一张熟悉而又陌生的脸。

"余青?"

熟悉是因为印象过于深刻,而陌生是因为时间太久远。梅锦荣看着她,做出一种似笑非笑的表情。

"果然是你。"他说。

印象当中,这个奇怪的表情几乎是他整个人最显眼的标志,至少对她来说是。但他看上去和以前比有不小的变化:头发变长了,还留了胡须,整张脸看着有些疲惫。

眼前的人无疑正是许多年没见的梅锦荣,但他看起来和余青心中那个轮廓鲜明的形象似乎不大一样。由于心中那个形象的存在,她花了好一会儿才接受眼前的景象。当然,这个好一会儿事实上只有几秒。

"你……你好,好久不见。"她说。

梅锦荣十分自然地绕过她,在她对面坐下。"没想到会在这里见到你。"

余青想了想。"我就住在这附近,你呢?"

"哦,我只是路过,看见这里有家酒吧就来喝点酒。咱们有多少年没见了?四年?五年?"

"快六年了。"余青说,她也不知道自己是怎么脱口而出的。

"都这么久了……你这几年怎么样?"

余青回想了这几年,其实一句话就能总结。她犹豫了一会儿要不要用这句简单而切实的总结来回答,最后觉得没什么说不出口。毕竟她不带什么目的,没必要像当初那样遮遮掩掩。

"我毕业之后没多久就结婚了,后来又离婚了。"

"这样啊。"

他脸上还是那种似笑非笑的表情。

"你呢?"

"我?"梅锦荣笑笑,"我还没考虑过结婚呢,如果你问的是这个。"

不知为何,这个回答没有对余青的心绪产生任何影响。

"你现在在做什么工作?"梅锦荣又问。

"平面设计。"

"噢,我记得你以前的专业就是设计。"

余青和他聊了很久,几乎到了深夜。时隔多年,她发现再见到他后心中竟然又有了当年那种熟悉的感觉。她想起来经常听人讲到的一种定势,那就是人似乎总是会莫名其妙地对初恋念念不忘,不管过多久。余青一直觉得这种东西上不了台面,因为这种看似可爱的情愫对所有的后来者都不公平。因此她也庆幸自己从未有过这种情愫。但她现在为什么会有这种想法呢?

从高中起,包括陈焕,她一共有过三段恋情。此外,梅锦荣是唯一一个她有过感情、但没有发展恋人关系的。这是否就是对她现在所感的合理解释呢?她很快又否定了,这种说法想起来完全站不住脚。

十一点后酒吧准备关门,他们一起离开。夏天的夜晚空气十分燥热,让人有些不安。他们走过几条街,到一个十字路口便不再同路。正准备分开,梅锦荣叫住她,说要不留个电话号码,以后有事可以联系。

这是余青意料之外但又暗自期待的。他们互相留了电话号码,就此分道扬镳。

余青快步朝家里走着。燥热的空气让她难以冷静。她整个晚上似乎都没想起许多年前那个让她几乎心碎的夜晚,现在更想不起来了。

第二部分

第一次见到房东夫妇的时候,我就觉得李广安长得和那人有些相似。倒不是脸庞五官有多像,而是神态。一般人可能看不出来,但像我这样看人特别仔细的大概都可以。

李广安的妻子叫王琳。初次见面听了他们的自我介绍后，我就觉得他们的名字很般配，完全像是一对夫妻的名字。这栋住宅一层楼两户，三楼的这两户都是他们的。他们住一户，租一户。两户门正对着，租了房，既是房东房客也是邻居。这对夫妇很热情，一起领我看房，边看边介绍。大概看一圈后我就决定要租，对房子满意是一个原因，另一个原因是我刚见到李广安后就产生的一些想法。我告诉他们如果可以的话我立刻就搬过来。

之前已经看过不少房子，大多都不满意。这套房子其实很普通，八十几平方米，装修简单，但该有的家具都有。真正吸引我的是最里面那间宽敞的书房，它是用于日后实验的绝佳场所。

之前的一年多里我住在城南的一间出租房，原来的房东因为家庭问题要把房子卖了。那间房子我倒是挺满意的，但也不得不另外再找。我其实考虑过直接买下那套房，但由于一些原因，我不打算持有任何不动产。现在这套房子在城东郊区，签完合同第二天我就开始搬东西过来，房东夫妇没有上班，留在家里帮忙搬东西，白天搬的是书、电脑等日常用品。等到深夜，我独自开车把剩下的实验用品运了过来，全部搬进书房里。其中包括那台李文辉组装的仪器。

4月26日晚，在台灯并不算明亮的灯光里，我第一次在这间出租房的书房里写下日记。

李广安是开出租车的，王琳是家庭主妇。两个人结婚多年一直没有小孩，大概是身体原因。他们感情很好，这一点十分明显。也许这就是不生小孩的一大好处，夫妻双方能把更多精力花在对方身上。两人都三十多岁，还算年轻，都是很实在的人。我搬过来后他们经常邀请我到他们家吃饭，我跟他们相处得很好。

8月1日

余青和交往了一年半的陈焕结婚并举办了婚礼，我去参加了。我穿着休闲的衣服，在门口递上随礼钱，进去到角落的桌边坐下。整场婚礼没有一个人认识我。同一桌的都是些年轻人，三两聊着天，由于都不认识我，所以没人问我话。婚礼临近结束时我便独自离开，没人注意到我。

当初余青毕业后很快就找到了工作，半年多以后她认识了陈焕。他们的相识源于三次偶遇，两次在咖啡店，一次在余青的公司，当时陈焕是她公司的客户。认识后他们很快相恋，与现在的许多恋人一样，他们的故事甜蜜浪漫，包含一些戏剧性，但算不上轰轰烈烈。双方的父母都很满意，于是在交往一年半以后，他们顺利结为夫妻。

和当初梅锦荣的事不同，虽然两人的生活在我眼中一览无余，但我没有做出任何干涉。大概有几点原因，我能说得上来的包括以下几个方面：我能感受到余青在经历这些时表现出来的对生活的积极态度，而陈焕算是典型意义上的优秀男人，学历出众、家庭优渥、品行端正，不到三十岁就事业有成，且对感情十分专一。其次，在观察他们时我又想到了缘分这回事，他们在认识前相遇过三次，这无疑是真切的缘分。我实在找不到任何违背缘分的理由。

这是很久以来我一直的看法。

婚后不久，余青和陈焕搬到了在城西新购的公寓。和我的住处恰好分别处在城市两端。

9月14日

在对他们居住的小区进行了全面调查后，我穿上工作服，打扮成检修人员敲响了公寓十八层2户的门。开门的是一个七十多岁的老太太，她一个人住在这里。在得知来意并看了我的工作证件后，她让我进到她的家里。我来到阳台，告诉她检修要花费一段时间，随后关上门，取出扩音器放到地上，播放工具敲打的声音。之后我捆好安全绳，顺着阳台的护栏爬到楼上的十九层2户，也就是余青和陈焕的家。

在简单看了一圈确认没有监控后，我分别在卧室、客厅和书房里安装了监听器，然后打开书房的电脑，用存储盘（我所有的这些小装置都来自同一个"供货商"，这里不方便提到他的信息。他的东西都价格不菲，根据需求定制，都是顶尖货色）向里面植入了监控程序。之后我爬回十八层，收好工具，告诉老太太检修完成后便离开了。

10月2日

由于买了一辆新车，陈焕把原来的车送给了父母。

10月5日

下午，整片区域由于变压器故障发生了停电，我来到陈焕公司旁的地下停车场，找到那辆白色的运动型轿车，在车上安装了监听器和定位器。几分钟后，我开着自己的车出来，停车场保安升起道闸并向我问好。

之后的很长一段时间，我都在书房里继续进行动物实验。从离校到现在的两年多时间里，我又用不同动物进行了大量的实验，但结论一直停留在微粒运动轨迹的转移会对动物的饮食喜好产生影响，暂时没有其他发现。

与此同时，我在"供货商"的指导下进行仪器的便携性改造。但我毕竟不是学机械的，没有相关经验，所以改造进行得很慢。好在我有足够多的钱来支撑一次又一次的尝试。我也曾尝试过改造仪器，想避免动物在被捕捉微粒运动后脑死亡，但没能成功。这是一件相当复杂的事，或许以后有机会再尝试吧。

在这样忙碌且井井有条的生活里，我不禁开始展望微粒运动轨迹的转移对人会产生怎样的影响。

10月17日

晚上刚做完实验，我听见敲门声，开门发现是王琳。她问我吃了饭没有，我说还没有。于是她邀请我去他们家一起吃。她做饭的手艺很好，李广安给我和他自己倒上酒，我们边吃边聊。酒精让我逐渐微醺，吃一口，我抬起头来看李广安，恍惚中愈发觉得他的神态和陈焕相似。

第三年，3月5日。

历经无数次失败后，我终于完成了仪器的改造。现在它可以在不插电的情况下运转，也就是说我可以把它带到任何地方。但由于电池容量的限制，它只能进行捕捉和投射各两次。同时整台仪器难以避免地有些重，或许我以后再想办法将其减重。

后来的很长一段时间我都在监听陈焕的工作安排，试图找到一个难得的机会。

7月28日

我通过监听器得知陈焕将在9月某日的晚上前往城南方向三十多公里外的工厂和人谈生意。

7月29日

我驾车出城在那条去工厂的路上来回跑了几趟，最终认定这就是我正在寻找的机会。

之后我又花了几天时间来到这条路上，结合地图记录了各个路段的距离。其中有一条较窄且没有划分车道的路段，我停下车，步行走过这段路，一边观察周围环境，一边用笔记本记录。这段路很少有车，路旁有护栏，一侧是长着灌木的荒地，另一侧是一个山丘。站在山丘顶上可以看清整条路上的情况。我最终选定了这段路。

8月9日

我在深夜悄声下楼，找到停车场里李广安的出租车。我先在车上安装了定位器，然后在两个前轮里分别安装了从"供货商"那里新买的小装置（这种装置尤其贵，并且安装麻烦）。之后我便回去继续睡觉。

9月7日

我想办法调包了李广安车里的两箱矿泉水。

9月13日

经过一个多月的等待，傍晚六点过，我通过定位器发现陈焕已经从公司出发，向南行驶出城，朝着工厂去了。而我早已坐在那段路旁的山丘上等待。秋天的傍晚天色已暗，在路上是看不见山丘上有人的。我坐在那里，通过手机同时监视陈焕和李广安的位置。

几个小时前的下午，李广安接到电话说要预约让他今晚到城外来接人，具体时间到时候再通知他。八点过，定位显示陈焕开始从工厂向城里移动，我算好时间，给"供货商"发送了一条消息。很快定位显示李广安也开始朝这边移动。我独自坐在山丘上等待，视野里黑压压的一片，只有远处城市的方向有一些光亮。

手机上的两个亮点缓缓相向移动，距离越来越近。二十多分钟后，两个亮点的位置已经十分接近。我抬起头，正好看见从左右飘来的两道光束，那是陈焕和李广安的车灯。两辆车在山丘前笔直的道路上相向行驶，逐渐靠拢。我目不转睛地盯住那个他们即将相会的位置，两辆车越来越近，越来越近……最终，我按下了紧紧攥在手里的遥控按钮。

在两车相会的前一秒，李广安的车突然转向，与陈焕的车相撞。下方传来一声闷响，甚至没有轮胎打滑的声音，因为他们来不及踩刹车。我站起来，左右看看，确认两旁没有来车，然后提起一旁的仪器朝下面走去。

几分钟后我离开现场，走到山丘上更远的地方。之后从城市的方向驶来一辆车，车主发现路上的情况后便报了警。再后来来了几辆警车和一辆救护车，我不再待在山丘上，在黑暗中走远后驾车离去。

警方后来没有在两辆车上发现任何可疑物品，因为我已经在事故后取下了车上所有的装置。根据检测，他们发现了出租车转向系统的故障，结合两车的行车记录，最终认定这起事故是由李广安所驾驶出租车的转向系统故障导致的。在后来的诉讼当中，出租车的制造商是唯一被起诉方。

由于两车车速都不算太快，且相撞后安全气囊及时弹出，事故后两人都暂无生命危险。陈焕在短暂昏迷后便醒来，最终被诊断为轻微外伤。而正如同我猜测的一样，李广安再也没有醒来。一周后他开始出现呼吸衰竭的症状，医生只能给他配上呼吸机，但这无法改变最后的结果。李广安最后被诊断为由剧烈撞击导致的脑死亡。内心挣扎一段时间后，王琳最终接受了现实。大概是不愿意看到丈夫以这种方式活着，最后她签了字。医生撤走了呼吸机，李广安在无意识中死去。

从那以后，我再也没听到过对面的欢声笑语。王琳消沉了很长一段时间，后来她决定找点事做。事实上，汽车制造商的赔偿金和每个月的房租足够她像以往那样生活一辈子。但她清楚，她的生活已经不可能再像以往一样了，她需要新的东西来填补相比以前缺失的部分。她想找份工作，我告诉她我认识一个开咖啡店的朋友最近在招人，她可以去试试。后来她去应聘，并且成功得到了这份工作。她认为我帮了忙，经常感谢我。

这件事并没有对陈焕造成太大影响。他不过受了点轻伤，短短几周就完全恢复。之后的诉讼十分顺利，出租车制造商支付了医药费、车损费和额外的赔偿。生活很快回归正轨。

在那之后我就停了手里的所有实验，每天跟踪观察陈焕。和猜测的一样，在起初很长一段时间里，陈焕没有表现出任何异样。和其他所有实验动物一样，人在"转移"后也会有一段窗口期，并且根据推测，人的窗口期会长于以往所有的实验动物。

变化具体是从什么时候开始的，我并不清楚，但我第一次发现端倪是在 12 月 23 日。晚上陈焕和余青到一家西餐厅用餐，他们选了张靠墙的桌子，我坐在几米之外的地方。一切都很平常，服务员端上菜，他们边吃边聊天。虽然两人的关系不再像恋爱时那样热烈，但他们还是有聊不完的话题。陈焕的盘子里有一道配菜是土豆泥，这是他最喜欢的西餐菜品之一，所以每次来都会点。一个人在享用美味后脸上的那种微妙表情是装不出来的，而陈焕每次吃这种土豆泥都会做出那种表情。但这次没有。他用勺子将土豆泥送到嘴里，之后并没有立刻咽下，而是以一种疑惑的眼神看向盘子里那团缺了一个口的淡黄色球体。他肯定在想是不是今天的厨师做菜时出了差错，导致土豆泥的味道和以往不一样了。但我知道原因不在于此。我远远看着他不解的表情，想起来当初实验室那只兔子面对红薯时的困惑。我知道，这大概正是他的记忆在对抗已然转移的本能，最后逐渐失败的过程。

我并没有感到惊喜，因为这都在预料之中。陈焕最终没有向服务员反映问题，只是没有再碰那团土豆泥。用餐快要结束的时候，我看见陈焕低着头好像在想什么。之后他抬起头来看桌对面的余青，眼神中再次出现刚才的那种疑惑。

后来我明白了那个眼神的意思：他真切地知道自己深爱眼前这个女人，但却不知道为什么。只有我清楚，这又是记忆在对抗本能。

到后来，陈焕的困惑越来越重。和头脑简单的实验动物不同，人的大脑思维复杂许多，严重情况下，这种本能与记忆的矛盾足以把一个人逼疯。我不得不称赞陈焕的心理素质，在承受这种负担的条件下，他还是没有在余青面前表现出来。

但他终究是个普通人，这样下去早晚有崩溃的一天。于是到了第二年的3月，那件事过去半年多后，我决定开始实施计划的下半部分。

3月25日

中午休息的时候，陈焕根据公司楼下的广告来到了几条街外的一家咖啡店买咖啡。我坐在角落里，看着他从外面进来。刚过饭点，所以店里人不多。点了咖啡，陈焕来到收银台前，他从兜里拿出钱包，在抬头的一瞬间和收银台后的王琳对视。

我看着仿佛停滞的两人，顷刻间确认了心中的猜测。"转移"影响的不止是本能，而记忆与本能之间也不止有对抗。

几秒钟后陈焕回过神来，付了钱后提着咖啡离开。王琳是看着他走出去的，我知道他让她想起了谁。

几乎是不可避免的，陈焕从那天之后就经常来这家店买咖啡。他总是情不自禁地看向王琳，于是两人的目光常常相撞。再后来，陈焕来的频率越来越高，直到最后每天中午都会来买咖啡。王琳的出现几乎让他忘记了原本困扰自己的那些想法，她就像一味安神药。一个多月后，陈焕终于开口说想跟她认识一下，后来他们逐渐熟悉对方，然后顺理成章地开始约会。王琳知道他是结了婚的男人，但这在她对填补空缺的渴望下似乎不算什么。而关于自己的过往，她几乎只字不提，大概有她自己合理的原因。而陈焕对此并不在意。

至于原本脑海中对于余青的困惑，陈焕不再过多纠结。并不是他想明白了，而是现在有了更能吸引他注意力的事。

后来余青换了份新的工作，到了一家创办不久的设计公司。生活仍然平淡，算不上太充实。

10月9日

余青和同事们去了一家酒吧玩，她们进了一个包间。后来她端着酒杯独自出来，坐到吧台前，也就是我旁边。"你不喜欢这里吧？"过一会儿我这样问她。

这是我第一次与她交谈，也是第一次和她正式见面。

10月12日

陈焕下午打电话告诉余青自己晚上要加班。六点下班后，他开车去接了王琳，然后去了金华广场那家叫"海源"的海鲜店。六点过，余青下班，我戴着口罩驾驶出租车经过她的公司。她招手把我叫停，上了车。

十几分钟后，前方不出所料地由于一辆车突然出故障而发生了堵车。我提议走另一条路，余青答应了。之后我驾车到了金华广场，在单车道上放慢车速。透过车内后视镜，我看见余青双目失神地望着窗外。于是我知道，她已经发现陈焕和王琳了。之后她叫我开快点。

10月13日

晚上，我通过之前安装的监控程序发现余青在网上搜索窃听器。于是我向她发起了一个聊天窗口，以卖窃听器的口吻询问，最终谈好交易地点和时间。

10月14日

下午，在得知余青坐上了从公司出发的出租车后，我将装着窃听器的黑色口袋放到了街边的垃圾箱里，然后来到对面居民楼的楼顶。余青下车后，我给她发送了锁定范围的地图导航，她按照导航顺利找到垃圾箱并取走黑色口袋。我在楼顶上观看了整个过程。

10月15日

晚上，余青在陈焕的车里安装了窃听器。

10月19日

下班后，余青回到家里，通过窃听器知道了陈焕和一个女人约会以及之后发生的事。

10月25日

余青提前下班来到陈焕的公司，她的存储盘里有五天前晚上的录音文件。她提出了离婚。

10月28日

余青和陈焕去办理了手续，结束了他们三年多的婚姻。我看得出来，这对陈焕来说是一种解脱。在困惑终于散去之后，除了残存于记忆里的爱，对于余青，他只剩下愧疚。余青不想要房子，于是他提出将其余大部分财产分给她。

之后余青到城东买了套房子，开始了新生活。我想办法拆除了之前安装在他们家里的所有装置。

1月3日

晚上我到那个酒吧里喝酒。有人拍了拍我的肩膀,我回头看,正是余青。这是我与她的第二次见面。我们聊了很久,她好像挺开心的。这样的畅聊让我有些恍惚,于是我最后提出先走。她突然问我叫什么名字,我告诉了她。之后她又问我要不要留个电话号码。

这是我多年来第一次感到犹豫。

我看着她让我日思夜想的面庞,内心躁动不止。这是我第一次如此真切地感受到我与她之间的联系,我可以就这样跟她认识,和她成为朋友,之后……我想:这就是我的目标吗?我突然发现,过了这么多年,我竟然说不出来我所谓的目标到底是什么。

我的脑中闪过一些其他的东西,我当即决定要做一个选择。我知道,其实我有大把时间可以做这个选择,我可以回去后再慢慢考虑。但眼下有一种力催促着我,让我立刻抉择。最终,本能帮了我一把。

我告诉她,如果我们下次有缘再见,那就留个电话号码。似乎到头来我还是选择了缘分的说法。但这次它源于我的本能,而不再是我用来蒙蔽本能的借口。

后来我走了。从离开酒吧开始,我就知道我再也不会和她相见。在回去的路上,我已经开始构思接下来的计划。

除以上记述的内容之外,这么多年来我其实也一直在留意梅锦荣。就像他身上有什么东西在提醒我注意一样。研究生毕业后,梅锦荣根据家里的安排到一家熟人的公司上班,同以往在学校一样,他在公司里是个阳光开朗的人,与同事们相处得很好。而一到周末他又开启风流生活。从我观察起,梅锦荣就从来没真正谈过恋爱。我不知道原因。

我仿佛是个没有罪恶感的人。大脑中某个结构的反常使我成了一只冷血动物，我如此说服自己。但我为何又希望他们能根据我的方案成功研发出药物呢？

或许是因为我有一颗追求科学的热诚之心吧。我并不想逃离这一切，但我的目标时刻提醒着我。这一切都是为了她，不是吗？我将奔赴永久的消亡，同时以另一种方式存在。

看来我该睡了，免得再在日记里胡言乱语。

1月5日

我告诉王琳准备退租，并把最后一个月的房租交给她。我租了辆小货车，将所有东西打包装车，然后向王琳道别。之后我驾车向东行驶，出了城，再过两个多小时后到达了目的地。这里是我的故乡，从公路上可以看见远处田地后的那座房子，那是我去年托人建的，远远看去毫不起眼。

我开车驶进小路，绕了一圈后停在房前。之后我把东西全部搬进去，摆放整齐。仪器则搬进地下室，又花了两天时间进行安装和布置。

1月8日

傍晚，我在田埂上踱步、奔跑，直到累得坐下。之后我去买了些食材，为自己做了顿丰盛的晚餐。

1月9日

早上，我驾车回到城里，准备进行计划的最后部分。

晚上十一点过，梅锦荣醉醺醺地从酒吧里出来，独自开车回到在城郊租的房子。他停好车，摇摇晃晃地下来，朝着楼里走去。我从车后的阴影里出来，悄声到他后面，用沾了药的毛巾捂住他的口鼻。等梅锦荣昏迷后，我将他搬上我的车后座。三个小时后，我又回到乡间的房子，我打着手电，将他搬进屋里。

昏迷着的梅锦荣被我搬到地下室里，我把他放到那把椅子上，然后坐到一旁的桌前。

这是我在这个日记本上写下的最后一句话。

昏黄的灯光里，林慎放下笔。他看看旁边瘫倒在椅子上的梅锦荣，撕下日记本空白的最后一页，再次拿起笔，不紧不慢地写下一段话。

写完后他将这页纸压在日记本下，站起身，坐到梅锦荣旁边的另一把椅子上。他调整支架使仪器对准自己的脑袋，然后将连着输液管的针扎进自己左臂的静脉。调节旋钮，药液开始输进他的体内。他的大脑感到疲倦，眼皮愈发沉重。

林慎闭上眼，在睡着前的最后一刻按下了仪器开关。

第三部分

醒来后，首先映入眼帘的是悬在额头上的圆形物体。梅锦荣感觉昏沉沉的，于是晃了晃脑袋，坐起来。

这是间没有窗户的狭小房间，十分昏暗，只有头顶的灯泡提供基本的照明。他缓慢转动脑袋，观察这个房间。前面有张桌子，桌旁有个板凳。头上的东西其实是一个筒状的仪器，连接在旁边的支架上。他看见对面往上的楼梯，心想这可能是个地下室。然后他扭头看向旁边，看见身旁椅子上的人。梅锦荣吓得直接站了起来。这下他看清这台仪器的全貌，大体像是一架天文望远镜，但长得奇形怪状。

他紧紧盯住那个男人。后者闭眼靠在椅背上，呼吸平缓，像是睡着了。梅锦荣后退几步，发现那张桌子上有一串钥匙和一个很厚的本子。本子下面压着一页纸。他轻轻走过去，把那页纸抽出来。纸上写着一段话，字迹潦草，但可以辨认：

不要害怕，也不要报警。你可能不认识我，但我认识你，并且足够了解你，所以我相信你会照我说的做。桌上有个日记本，你应该已经看见了，里面的内容会解答你所有的疑惑。现在，拿上日记本和那串钥匙，其余什么都不要管，什么都不要碰，从楼梯上去。关上地下室的门后你会听到一些声音，但是不用在意。房子外面有辆车，那串钥匙里的其中一把就是车钥匙。你按照手机导航开车回城里。不要把这件事告诉任何人。读完日记后你会明白一切。

梅锦荣放下纸，突然想起来，于是从兜里掏出手机，打开看看还有电。他又看了看椅子上的那个男人，不再犹豫，将纸叠起来塞进兜里，拿上日记本和钥匙，顺着楼梯爬了出去。上来后顿时明亮了许多。并不是灯，而是窗外照进来的阳光。这上面是间普通的屋子，有些简陋，门就在前面。他想起来纸上所说的，用力将厚重的地下室门拉下来阖上，朝着门跑去。突然，后面的地下室里传来一声闷响，紧接着是逐渐放大的噼啪声。那是着火的声音。梅锦荣没有回头，拉开门跑出去。

现在正是早上，阳光刺眼。周围看不见其他建筑，只有荒地和田野，远处有一条公路。梅锦荣又拿出手机看了看时间，现在是1月10号早上七点半。刚好过了一晚上。他看见停在前面的车，找到钥匙开门上去，顺着小路绕一圈开到公路上。

这时他透过车窗看向远处那座房子。房顶的烟囱冒着烟，不过看上去像是房子里的人在做饭。在手机地图上确认了路线后，梅锦荣开车朝城市的方向驶去。

日记本很厚，且几乎要写满了。把自己关在房间里一天半后，梅锦荣终于看完了整本日记。起初他觉得就像在看小说，直到日记中出现他的名字。

看完最后一句话，他合上日记本，深吸口气。他的大脑飞速运转，随后很快接收了眼下的现实：他脑子里的某种东西被替换了，日记本中把这个过程称为"转移"。

接着他开始思索为什么自己能这么容易接受这件事，很快又得出结论。他一直过得很快活，这种快活来自简单的肉体刺激，事实上，他经常想象自己的生活发生某种巨变，但他又害怕巨变带来的后果。而刚刚发生的事似乎完全符合他想象中的"理想"巨变：没有对他的身体造成伤害，也没有让他变穷，改变的只是他的饮食喜好以及……他晃了晃脑袋。况且，他现在仍然十分确切地感受到自己还是自己，日记本中所说的记忆和本能的对抗显然还未到来。这种感觉让他觉得很踏实。

他不会报警，也觉得没什么可怕的，反而有些期待窗口期结束后各种改变的到来。例如，他从小就不喜欢吃榴莲，觉得这种东西臭不可闻，但可能再过一段时间他就会爱上榴莲。不知道这算好事还是坏事。

日记的作者，这一切的始作俑者，也就是林慎，现在大概已经烧成灰了。他在那页纸上写到日记本会解答梅锦荣的一切疑惑，但看完日记后，梅锦荣却产生了一个怎样也想不明白的疑惑：为什么他最后要那样做？是为了余青吗？他回忆起多年前那个有些瘦弱的女孩，心中没有任何波澜。

很快他决定不再去想这些事。毕竟，试图弄懂一个疯子的想法是毫无道理的。

一切同往常一样，每天上班、回家，周末则去酒吧和夜店，什么都没有变。唯一的变化大概是他常常一有时间就拿起那本日记看。他看得非常仔细，看了一遍又一遍，以至于最后产生了这本日记是他自己所写的幻觉。梅锦荣意识到后，立即将日记本放进书架最深处，强迫自己不再拿出来。几天后他终于渐渐忘了这事。

与此同时，他并没有太在意，一个念头在脑海中悄悄生长。事实上，他根本没有察觉。

入春后的某一天，梅锦荣晚上下班后并没有回出租房，而是开车回了城西的家里。他草草跟父母打了招呼，随后直奔自己的房间，翻开柜子，在一本本杂乱摆放的相册中翻找。他找到一本已经积灰的相册，打开后一页接一页地快速往后翻，最终找到了那一页。这是一张合照，是读研究生时他和朋友出去玩拍的。人群最左侧是一个穿着黑衣服的女孩，也就是余青。

梅锦荣冷静下来，突然想到一个问题，为什么他会知道这本相册里有这样一张照片？他明明早就忘了这件只存在于记忆最深处的事。很快他又想到另一个问题，为什么他会大老远跑回来找这张照片？

终于，他突然意识到那个已在脑海中生根发芽的念头。或许这就是林慎的目的。

他看着照片中那个面带微笑的女孩，脑中产生一种想要立刻见到她的冲动。梅锦荣甩开照片，往后倒在床上。他知道自己已经不受控制了。

今天是4月10日，恰好过去了四个月。

梅锦荣又开始看日记，特别是其中关于余青的部分。他的目光一遍又一遍地扫过这些潦草的文字，几乎难以自控。后来他逐渐平静下来，不再感到躁动不安。他知道，自己原本的记忆已经被转移后的本能战胜了。

梅锦荣躺在床上看那张照片，目光难以从余青的脸上离开。他知道自己已经不可避免地爱上了她。

6月10日，那件事过去半年之后。下了班，梅锦荣按照日记中所写的位置来到城东。林慎曾写到自己总是将车停在一条巷子里等待，每到晚上六点过，就会看到余青从街边走过，之后回到家里。梅锦荣根据日记的描述找到这条巷子，将车开进去，然后坐着静静等待。

六点过，他终于看见那个熟悉而又陌生的身影出现在街头。熟悉是因为这段时间的朝思暮想，而陌生是因为时间太过久远。余青独自走过人行道，进到一栋楼里。那就是她的家。

日记里写余青经常会在晚上九点左右到不远的一家酒吧喝酒，于是梅锦荣早早来到那家酒吧，坐到一个不起眼的角落里等待。这也是林慎曾经常坐的地方。快到九点，他果然看到余青从外面进来。她先买了杯酒，然后找了个地方坐下。

梅锦荣远远看着她，他想直接走过去，同她打招呼，坐下来与她说话。但他发现自己不敢。他并不紧张，也说不上害怕，甚至认为自己十分从容。但内心有一种东西压抑着他，让他心底生出一丝犹豫。为什么林慎敢肯定余青还对他有想法？毕竟已经时隔这么多年了，还有当初那件事……总之他自己不敢肯定。

最终，他还是只有静静地坐在角落里看她。到了十点，余青离开酒吧，如同日记里写的那样。梅锦荣又坐了一会儿，最后悻悻离开。

从这天起，他每晚下班后都会来这个酒吧。他总是坐在那个角落里，就像曾经的林慎。

7月10日，梅锦荣看着不远处背对自己的余青，终于鼓足勇气走了上去。他深吸口气，拍拍她的肩膀。

这场"偶遇"进行得出乎意料的顺利。深夜从酒吧出来之后，梅锦荣问余青要不要留个电话号码。她欣然答应了。这天晚上回去后，梅锦荣躺在床上久久不能入睡。

之后的几天里他强忍内心的涌动，终于在第五天拨通了余青的电话。他问她晚上要不要一起去那个酒吧喝酒，余青答应了，没有任何犹豫。

一年多以后。

清晨，梅锦荣从床上坐起来，扭头看看身旁还在熟睡的余青。他俯身亲吻她的额头，然后轻轻下了床。他做好早饭，将余青的那份摆在桌上，自己吃了过后便出门上班了。

他曾和余青讨论过结婚的问题。余青认为这件事没有必要，他们可以一辈子在一起，但不一定要结婚。梅锦荣赞同她说的，既是他自己的想法，也考虑到她的经历。

几天前他独自开车去了一百多公里外的那座房子。房子周围已经长满杂草，房檐下挂着蜘蛛网。他想进屋里去，却发现房门锁上了。他明明记得当初自己没有关门。梅锦荣想了很多种可能性，最终作罢，因为想这件事并没有什么意义。

晚上回家的时候他手里拿着一个本子，余青问是什么，他回答说是工作需要新买的笔记本。吃完饭，梅锦荣独自进了书房，他从书架最深处翻出那本日记，打开扉页，看了看右下角的"林慎"两字。之后他找来铁桶，把日记本点燃扔了进去。梅锦荣看着日记本一点点被火焰吞没，最终燃烧殆尽。

清理掉残渣后，他拿着新买的日记本坐到书桌前。他望向窗外，很快收回目光，翻开第一页。

9月15日

这是我的第一篇日记。

同他本人一样，林慎的日记本在今天也化成了灰烬。从此我永远成了唯一知道他故事的人。但这并不代表他的记忆就要就此消散，正如他在日记中所写的一样：他已经奔赴永久的消亡，同时以另一种方式存在着。

回想起来，我发现林慎当初的观察存在一些纰漏。例如，他在日记中写到我当年对余青不太感兴趣，而事实上我那时候对她是有一些好感的。他的日记中还有别的纰漏吗？或者说真的是纰漏吗？我永远无从得知了。

一等奖作品

1

一等奖作品

契阔

非淆

那是七月某个潮热的早晨,当打扫街道的人开始三三两两撑着扫帚聊天时,你父亲已经没有了呼吸。我记得处置步骤,分别给律师和管理中心打了电话,接着把手机扔进床头柜,努力想让自己再睡一会儿。

但没成功。

空调散发着奇怪的气味,我一次又一次睁开眼睛,望向床尾,仿佛被什么牵引着,去看某个并不存在的人——身上沾着些许鱼腥,站在春日平静无波的大海里,有成群的银鲳从水面下窜出来,于光点与光点间露出背鳍。

那一刻,我想起了你。

我与你父亲失焦的视线对视了片刻,想象着如果他此刻活过来,必定会大叫着打开家中各处的窗子。

"儿子的画会沾上气味的。"

我一边学着他的语气,一边起床,试图用床头的矿泉水瓶将这抹与你相关的气味留下。我沿着床边转到房间另一边,拉起被角,盖住你父亲的脸,接着爬上窗边的矮柜,伸手去够那片气息最为浓重的地方。汗水顺着我的腋下不断往下流,炙辣辣地落在肋间和大腿上,巡游般地,在五十五岁干涸的肤表蠕动。

阳光穿过半圆形的玻璃雨棚直射下来，耀眼得窗外的路仿佛融解了，就连车道间那一丛丛矮牵牛也熔融浑化为一片腾腾升起的曲折暑气。坡道上偶尔驶来一辆出门工作的车子，交身而过后，迅速变成豆子大小，消失在笔直的道路尽头。

嗖。瓶身适时恢复原状，我快速合上瓶盖，随着新开的窗户探身出去，任凭携着暑气的南风冲进房间。

又过了一会儿，我意识到自己刚刚收集的或许只是隔夜后受了潮的死亡气息。

楼下聊天的人散了，邻居家传来开门声，除此之外，周围一片寂静。

这是我们在武汉的第五个夏天。

所以，你离开也已经七年了。

眼下，我与你父亲住在三环外的一处老旧小区，据说这里曾是某银行的内部住宅，所以实际建筑面积要比工程图纸上标记的大得多。

大概也是因为这样，才有人愿意住在这里吧。

当然只在他们还年轻的时候。第一批业主如今大都卖了房子，搬回医疗条件更好的地方去了。如果再花点心思在附近转转，你会发现电梯里永远塞满了各式各样漂亮的年轻人。我喜欢他们。但你得在短时间内向他们证明自己还拿得动超市袋子，不然你会自然而然地变成他们的帮扶对象。

哦，对，也不一定都是年轻人，其中或许还包括了一部分复生者。

说起来，你奶奶是在你走后一年查出结肠癌的，五月手术，过世则是在当年的十月。家里人依照遗嘱，将她复生成了三十五岁的样子。如今七年过去了，她看上去却不过三十出头。

我和你父亲都觉得，她应该是在复生体里加了点人类基因之外的东西。

你也知道她的。

总之，这是个不错的地方。除了行政管理上有些滞后。这里没有线上管理业务，我必须带着文件，到隔壁社区的线下办事处才能处理你父亲的后事。

办事处位于一处购物中心的四楼，正对着电影院和一家卖芝士锅的店，我进去的时候，办事员正在柜台后做着晨间广播操。他用下巴示意我坐下，随后一甩手，做出一个标准的转体动作。

那地方不大，被摆着电脑和几个缩小版人体解剖模型的柜台隔成两半。靠门的角落分别立着体检机和文件签署机，也有可能是反过来，其中一台闪着中粮最新的谷物餐盒广告。

椅子只有两把，一把在办事员身后，一把则在我的屁股底下。

"办什么？"他趁着将身体转到另一侧的间隙问道。

"我丈夫去世了。"

"要回来？"

"什么？"

"是要办理复生手续吗？"他伏到柜台下，努力提高了音量，"虽然放弃的人不多，但还是得问问。"

"啊，是，复生手续。"

空中传来"叮叮"两声，柜台上的身份识别面板忽然亮了起来，我不确定是不是该把脸凑过去，只好半勾着身子往柜台里望，想问问他的意思。一只大手兀地从底下冒出来，不由分说地捏住我的下巴，往面板一侧扭去，同时，柜台下的人发出一声大喊："眼睛！睁大！"

身份码一闪而过，面板收了回去，另一边，眯眼睛的办事员似乎终于结束了最后的整理运动，长吁一口气，接着回到椅子前，一本正经地坐下来。

"我看看，你丈夫，何少澜，没错吧？"

"是。"

"死亡原因？"

"急性心梗。"

"心……梗……他的复生申报之前已经登入过了，"他敲了一下回车键，从抽屉里拿出读取器，递给我，"资料刷一下。"

我把你父亲的相关文件全扔了进去。

"文件没问题，现在跟你确认一下细节。"

他取来其中一只人体解剖模型，看了我一眼，接着轻轻一划，肝脏对应的部位顿时膨大起来。其中的血管被渲染成了绿色。

"根据你丈夫生前的意愿，他的复生体将采用第三培育阶段的快速培育躯体，躯体年龄大约在三十五岁。这点你是知道的吧？"

"知道。"

"意识部分……意识的初期表达会由拟神经元芯片阵列辅助实现，我们将通过你丈夫生前的脑波扫描图、fMRI 信号以及已收集到的结构化数据，确定脑部响应和外界刺激源之间的信息映射，建立神经编解码模型——这些这里都写着——当然，也可以选择加入第三方记忆作为验证数据，通过预测结果与实际行为的反馈迭代过程，达到最大化拟合。这里他选了加入记忆，这一点你知道吧？"

"知道。"

"体貌方面没有特殊要求，所以会以胚胎自然发育为准。机能方面，他提了一条，希望降低体内乙醇脱氢酶的活性。这个，"他指指半空中肝脏的方向，"是有什么特殊原因吗？"

"乙醇脱氢酶？"

"您好！我们想问一下……"几个端着饮料、白领模样的女孩恰巧凑头进来，说是想做新一季的细胞采集和脑波扫描。

"这种事得去问医院，"办事员把头埋进屏幕后头，责备似的嘀咕道，"我这里只管书面上的东西。"他又说了几句别的什么，勉强记下几人的联系方式，就把她们打发走了。

那颗肝脏还在变大，绿色的血管很快横贯起柜台的两面。我侧过身，望着离开女孩的背影,忽然想到更早的时候,你是否也就是像她们这样,随意走进一家复生办事处,一边喝着满是冰块的饮料,一边向工作人员要了宣传册,然后在某个不为人知的时刻,选择了申报书最末页的那个选项。

"我猜他只是希望醉酒的状态能维持得更久一点。"末了,我解释道。

"是吗?那这条大概率不会被通过。"

他如此说着,脸上的表情却在告诉我这并不是他收到过的最奇怪的肝脏定制请求,我倒是不必为你父亲的这一选择忧心。

"能删掉吗?"

"当然。"他点点头,抓起那颗巨大的肝脏,塞回模型,随后指向签名板上的一处,"话说回来,家里人已经商量好怎么处理遗体了吗?没想好的话,我们这边倒是可以提供能源转化服务。"

"谢谢。不过我们打算按传统的来。"

"行。这里有号码,你可以跟丧葬处预约一下。"

我签了字。

"从现在起,何少澜作为自然人的权利义务归于消灭,他将不再享有任何公民基本权利,相应的法律责任和义务也会被解除,名下动产、不动产、知识产权将由他的代理人——在此案例里,也就是你——代持。复生体的培育一般需要三天时间,加上人格植入,一周绰绰有余,不过财产代持的期限最长能延长至两周,直到法院确认完复生者的完全行为能力。我这样说,你能明白吧?"

"能明白。"

"如果没问题,就在这里签个字。"

我又一次照做了。

"说老实话,"收回签名板的同时,他飞快地在我手边放了一块巧克力,"你比来这儿的大部分人好沟通。"

"有经验总是不一样。"

"给老人办过？"

"不是。是我儿子。"

他抠抠眉毛，蓦地坐直了身子。"年轻人的需求可不是随随便便几张表格能填完的。他现在怎么样了？"

"怎么说呢，"我一面望着他，一面想起了托着下巴、等待渔船靠岸时的你的侧影，"他拒绝了复生条款。就像你说的，虽然放弃的人不多，但总还是有的。"

"也……是。"

他似乎想要再说点什么，几次抿了抿嘴唇，可终究没能开口。文件签署机适时亮起，发出微弱的嗡嗡声，一个新的身份识别面板弹出来，我连忙起身，把脸凑了过去。

"手续这就办完了。"他跟着从柜台后站起来，"复生体完成后，医院会跟你联系。你刚好可以趁着这几天把作为验证数据的记忆片段定下来。"

他又提到了外面的天气，提到购物中心的免费冷饮券。

"我在想……"我清清喉咙，小心翼翼地把椅子推回柜台下，"复生体，有没有可能用我丈夫三十岁时的数据作为人格设置的模板？"

"这样的话需要补充更多的额外记忆，你……"

他顿了顿，似乎意识到了些什么，俯身重新查看了屏幕。

"虽然不符合常规，"他没再抬头，"但我并没有看出这样做的问题。别太离谱就行。"

有件事，我和你父亲始终没机会对你说实话。

你应该也能猜到吧，学校组织海钓的那天，我们借着工作的名义没陪你上船，其实是为了赶在长假前和律师聊聊。在你抚养权的问题上，我与你父亲一直没能达成共识。律所的预约已经被推迟了很多次，于是我们决定，这次无论如何都要去了。

结果你也知道了。在后来的日子里,我时常会想起那个码头,想起你在凌晨的海滩上凭空练习绕线轮的样子。天太潮了,我们没能生起篝火,好在租船店的隔壁就是一家 24 小时便利店,我去买了热饮和吃的,等我再回来时,你父亲正撅着屁股,跟在你身后蹩脚地绕着并不存在的钓鱼线。海风吹红了你们的鼻子,不远处,白色的潮头来来往往,不断舒展它们巨大的怀抱。

你说谢谢,随后走出一段距离,轻轻抿了一口热茶。

"之前国际赛的结果出来了,我们画室有一个铜奖。"

"我还以为成绩会更好一点。"我迟疑片刻,回答说。

"总之又没我的份。"

"来日方长嘛,你才几岁,这种事总是需要累积的。你也知道的,'厚积薄发'。"

"金奖确实又是一个复生者,"你把视线移向海中央,那里漂浮着银路似的月光,"如果这就是你指的'厚积薄发'。"

"要吃点面包吗?"

你点点头。

"不过这样说其实有点不公平,毕竟也是别人努力练习的结果。就是练习时间有点长。几十年的差距可不是光凭牺牲睡眠就能追上的。"

我掰下一半面包扔给你,同时朝你的方向靠过去。

"书上说米开朗基罗每天只睡四五个小时,你倒是不妨试试。"

"说完厚积薄发,又来说天才的成长之路吗?妈你可真会聊天。"

我走到你身边,发现你把帽檐几乎拉到了鼻子上,脸上还有些湿湿的。你慌忙把面包叼进嘴里,揉揉眼睛,不好意思地转过身去。

"感觉有点画不下去了。一想到复生意味的漫长时光,就有点提不起劲来。要我说,会老会死才是人类短暂生命的美丽之处。正因为会老、会死,人类才会那么急于追求强大。结果现在,大家都只在盘算未来。"

"老惦记着去赊下辈子的账可不行。"

那时的我，天真地以为自己明白你话里的意思，于是居高临下地给了你这样肤浅的回答，直到我看到你在复生申报书上的签名时，才恍然大悟：原来你不是在说自己啊。当时就怎么没想到呢？那些漫长的时光，却是他人延长生命后强加给你的诅咒。

隐约觉得天马上就要亮的时候，你把空瓶还给我，又拿了一瓶绿茶，跟着同学还有同行的家长们上了船。

"钓条一百斤的大鱼回去给你们尝尝鲜。"你抖了抖那支谁也看不到的鱼竿说道。

"我们这就回去把冰箱腾空。"

"真的？"

"真的。"

你发出咯咯的笑声，冲着我们做出一个怀抱大鱼的姿势，浑然不知宇宙间的某种力量已经为你安排了不同的剧情。

当然，我们没有腾空冰箱。

我们甚至没机会走完回家的那段路。

先是老师，接着是警察，接着是管理中心，人们不断打来电话，让我们赶紧回码头，却没人愿意腾出哪怕一小会儿的工夫，告诉我们究竟发生了什么。

"一个意外。"

当我们终于重新站回那片海滩时，租船店附近已经挤满了人，警察穿着连裤胶靴，一部分立在你之前登上的那艘渔船的船头，一部分围在篝火旁，低声向近旁的人询问着什么。学校一位负责外联的老师指了指船头一处栏杆，又用手指戳了戳一旁投影中的海图。

"船长当时准备换个地方，就启动了发动机，结果船体意外撞上浮标。四个正从船舷探身出去摘鱼钩的学生被甩了出去，还有几个人被撞伤了。"

"我儿子呢？"

"他是被甩出去的其中一个。人已经找到了。"

"受伤了？"

"这个嘛，管理中心的人在那边，我觉得你们可能需要和他先谈谈。"

据在场的另一个学生说，你当时其实已经收竿了，其他人被惯性甩出去的时候，你本能地抓住了最近的一个。监控视频证实了这个说法。你的头撞上了下层的边沿，被找到时，你已经陷入了昏迷状态。

完全没有拉住其他人的必要。

所有人都这样认为。就连警察也感到不解。

管理中心派来的对接人姓周，是个长得像枯草一样的瘦弱男人。他坐在租船店的围炉旁，手里拿着你，还有另外两个人的资料。由于我们是三家中最后一个到的，所以直到快中午的时候，才有机会和他说上话。在那之前，我们已经把复生条款来来回回看了两三遍。

你父亲走在我前面，手里拿着之前你没吃完的面包。我记得当我们拉开围炉旁的塑料靠椅时，他还悄悄地往嘴里送了一口。

"长话短说，"姓周的年轻人半起身，示意我们可以把身份码收起来，"我看过令郎的复生申报书，也和当初负责他文件签署的工作人员联系过了。现在可以确定的是，他只签署了申报最后一页的内容，即放弃政府赋予的复生权利。"

"你说什么？"

"你们的儿子，他放弃了复生。"他一字一句地重复道。

"我，不明白。"

有某个瞬间，我似乎忘记了呼吸，一边努力克制自己喊出来的冲动，一边缩在椅子上，像落水受惊的老鼠一样不敢动弹。我能听到自己的心脏在胸腔里猛烈跳动，一下，两下，三下，巨大的声响几乎盖过了面前年轻人说话的声音。

你拒绝了复生。而我与你父亲毫不知情。

我回头看了你父亲一眼，他已经将一条腿从另一条腿上挪了下来，反复搓着膝盖，就好像在召唤童话里的阿拉丁神灯。

"能给我们看看那份文件吗？"我问。

"当然。"

确实是你的字迹。但不是我们带你签的那份。

"他一共签过两份。一份是在八岁的时候，一份是去年签的。你们也知道，年满十六周岁的公民有权推翻未成年时期的申报。"

"可是为什么？"

"这个问题恐怕只有他自己能回答了。"年轻人逃开视线，"站在管理中心的立场，我已经没办法为你们做些什么了。之后公安部门会为你们出具他的死亡证明。两位，还请节哀。"

半小时后，人们送走了你的尸体。你的死亡最终成为了事实。

海边似乎又阴冷了些，我们出了租船店，并排坐在沙滩上，就这么坐着，看着海岸线，看着单调的海上，看着太阳的光束在海面上一点点扩散，再最终收拢。

"他拉了那孩子一把。"你父亲说。

"嗯。"

"他不希望别人有事。"

"嗯。"

"却轻飘飘地放开了属于自己的一些东西。"

我原以为他还会说些什么，结果他只是僵硬地站起来，拍拍裤子上的沙子，往车子的方向走去，手里还攥着那只皱巴巴的面包包装袋。

我听到他小声嘟囔了句"为什么"。

岸边有新归的沙蟹，它们没有回答。

自那之后，你父亲喜欢上了在房子的不同角落踱来踱去，他会无意识地把手伸向你的颜料盒，会把装满热茶的杯子摔到地上。他无法控制自己发抖的双手，而当他试着捡起碎片时，又会毫无征兆地蹲在地板上，低声啜泣。

我为他包扎受伤的手指，为他脱去衣服，强行把它塞进被窝里。

那时的我当然也没有多好，光是没日没夜的哭泣就已经耗尽了我的全部力气。我几乎不再起床，用沉默将上门的人拒之门外，然后没日没夜地躺在床上，躺在同样盯着天花板的你的父亲身边。有那么几个瞬间，我甚至能感觉到我们正以同样的频率用力屏着呼吸，好像那一小段凝滞的气息能为我们蒙上时光倒流的魔法，我打开门，你也在，正抱着一百斤的大鱼站在那里，叽叽喳喳讲个不停。

这样的日子持续了有多久呢？渐渐地，连那个抱着大鱼的身影都变得模糊起来，唯有银路似的月光依然清晰——初春的海风一起，潮头便和飞沫一道，放肆地涌动起来——你在一片细碎的光中看着我，不断说着：

"……感觉画不下去了……"

"……追不上……"

"……妈……"

"……妈……"

挨到冬天，你父亲终于再也忍受不了海的声音，执意辞去大学的工作，搬去别处。他一边收拾行李，一边绷紧下巴，将过去珍藏的白酒一瓶接一瓶地灌进肚子里。

"反正也带不走。"他说。

我们辗转于城市间。一个偶然，他在飞往广州的航班上，遇到了一个自称管理中心高级研究员的人。

他打断你父亲的讲述，把毯子移到膝头。"你儿子第一次签署申报的时候是做过数据采集的，对吧？"

"是。"

"感应管阵列呢？"

"也戴过。"

"换句话说，我们其实已经掌握了你儿子的神经系统传递方式和处理刺激的机制,'精神样板'是有的,加上你们的记忆,人格形成并不是什么大问题。"

你父亲想了想,摸摸鼻尖,怯怯地说:"但那个时候他才八岁。"

"那就用第一阶段的复生体,八岁到十七岁,也就九年的时间。"那人看了一眼你父亲,又看了一眼过道另一侧的我,"照我说,人能回来就好。"

"是,我明白。"

下飞机时,已经是晚上十一点了。人们沉默地向行李区走去。我跟着他们,而你父亲则停在更远的位置,和那个研究员说着什么,不时避让着从身后过来的人。孩子们坐在行李箱上,由大人们推着走过,就像骑着一匹匹小马。他看着他们,眼神渐渐变得坚定。

我知道他想做什么,但我没有阻止。

在广州的逗留期由原本的三天,变成了一周,随后,又变成了一个月。越来越多的研究员出现在我们的生活中,谈论着神经元、递质、超培养,以及另一些我们永远无法理解的术语。

转眼到了岁末。

除夕前几天的一个下午,你父亲接到管理中心打来的电话,说有人希望找他谈谈,问他下午能否抽空过去一趟。他说当然。挂断电话后,他一只手按着胸口坐了一会儿,接着起身,轻轻地抱了抱我。我们一起整理了资料,三点,他刮完胡子,这才叫了去管理中心的车。

然而直至深夜,他也没有回来。电话打不通,我试着联系了管理中心,对方却说他在五点不到的时候就离开了。警务系统记录了我的报案,表示有消息会和我联系,随后我离开酒店,沿着附近一排老字号的茶楼往他可能逗留的地方找去。

黑暗在四周低吟,如同一层让人透不过气的塑料布,覆在地上,影影绰绰的忧虑和恐惧从其上滑落,发出扑通、扑通的噪响。

或许你再也回不来了,我想。但那一刻,我无论如何也不肯承认。

一小时后，我在广州塔附近的一处长凳上找到了他，耷着头，像是累了。

"怎么了？"我蹲到他的膝边。

他摇摇头。"就是想坐一下。"

"先回去吧。"

我站起来，用手扶住他微微收拢的双肩。但他不肯动。"我还想再看看。"他说着，指向正对着的广州塔，"之前都没好好看过。"

"确实很漂亮。"我在他身边坐下，取消掉警务系统中的登记，"管理中心怎么说？"

"说如果有需要的话，他们可以帮忙报警。"他说得很费劲，声音在他内心缺失的那块直打转，"去他妈的需要，我真正需要他们的时候，他们只会轻巧地说句'无能为力'。"

"那些人呢？"

"大概率是找不到了。"

听到这里，你一定很想笑吧，一向自恃目达耳通的你的父母，竟被一通狗屁不通的谎话骗得团团转。

但或许，在我们的潜意识里，我们一直都知道这是一个骗局。被对你的执念牵着的我们，不顾一切地，想去拼命抓住你的身影。

而你又何尝能理解这种无助与寂寞呢？

路灯在昏暗的草坪上投下淡淡的光，你父亲从怀里掏出一小瓶巴掌大的酒，仰头一饮而尽，瓶身的折光趁机晃过他的脸，苍白的皮肤顿时被染上一层银色。

"真希望他从来没来过。"末了，他说。

沉默随之而来。广州塔在不远处，继续旋转着绚烂的色彩，又过了一会儿，空气中兀地传来你父亲的哭声，隐忍、凄凉而沙哑。

葬礼前的一天，我去公安局领回了你父亲的死亡证明。无休止的蝉鸣令人心烦。邻居家的太太在小区门口遇见我,笑着说:"好像有人在等你。"

当拐进最后一个弯道的时候,我远远便看到一件红色的连衣裙,你奶奶的侧影在其后映出轮廓。

"公公没一起来吗?"

"身体已经垮没了,出不了远门。那是什么?"

她伸着脖子,指了指院子外头几件贴着"合意随取"字条的家具。

"何勉房里的……"

"决定了?"

"有些事还是不记得的好。"

她皱皱眉,见我没做声,又自顾自地过来打圆场,脱下凉鞋,一边挤干绑带上一撮撮吸满雨水的流苏,一边说起院子里的积水:"都快淹到脚面了。"

"啊,是,这几天雨下得有点急。"

"这鬼地方,一到七月暴雨就下个没完没了。"

"先进来吧。"最后,我提议道。

进了门,她径直去了最靠里的房间。那里原本是间书房,你父亲觉得采光好,便把你的东西全移了进去。她把身子探出窗外,把向外伸展的窗子拉回来,说:"画就别扔了,留着算是个念想。"

我们谈到你父亲的葬礼,谈到彼此可能提供的记忆,谈到应该把"酒精"这个词从他的身体中除掉。于是我说起了乙醇脱氢酶的事。

她沉默不语,有一刹那,三十岁的神采从脸上消失了。她握住我的手,然后好像出神地说:"他一直都是我们当中最痛苦的那个。"

"我知道。"说出这句话的同时,我第一次感觉到自私的重负被从我的肩上除掉了。

管理中心的人如期而至,为我们插入感应管。

"那么,还请提供复生者所需的补充记忆,站在自己的视角回忆就好,我们之后会做人称转化处理。"

我一动不动地坐着,手里拿着茶,听感应管那微弱而一刻不停的嗡嗡声,巨大的虚拟面板随之升起,按逆时针方向生长出去,一直延伸出我们原本所在的建筑,看上去就像中医院一望无际的药柜子。你可以随心所欲地把自己的记忆从盛放它的格子移出来,观察,看一个熟悉得有些古怪的陌生人在做着熟悉得有些古怪的事情,再掐头去尾地存起来,作为另一个人的一部分。

几个移动的光点随即凑了过来,缓缓围成一圈,试着照亮我的视线,直到我见到了那个有着三十五岁容貌的你的父亲,它们才快速扇动着翅膀,四散飞开。

距离他不远的淡蓝色视窗里,带着"何少澜"标签的细小方格正被缓缓推入,铅灰的一小点,孤独地凝在视窗的边缘。在它上方,显示他已有人格参数和记忆的光球正闪着耀眼的橙色。那些交融其间、大小各异的方格会随着补充记忆的加入增减,伸展,收缩,宛如呼吸的律动一般,随着时间的流逝不断变幻。

我闭上眼睛,那些尘封的记忆也随之复苏。

——三十岁。

我们在学校的一次聚会上遇到了彼此。我迟到了,当我从寒冷的室外走进会客厅时,温暖向我扑过来,连同你父亲的眼神——他就站在餐桌遥远的末端,正端着饮料,冲着旁边的人微笑着。

他抬起了头,刹那间我碰到了他的眼睛。那双眼睛苍白又明亮,里面似乎闪烁着某种光。在轻微的慌乱中,我顺着墙边,走向房间深处,在角落找了把空椅子,坐下来望着脚底的地毯。我始终没有朝餐桌的方向再看一眼,但不时能感觉到他凝视的目光温暖地刷过自己的脸庞。

在人们慢吞吞的低语声中,我知道了他的名字。他叫何少澜。

六个月后,我们举行了婚礼,一直没有孩子。

——四十岁。

此时的他，已经拿到了学校的长期教职，除了上课，每天还得围着实验室和手底下的研究生打转。他开始学习画画和打羽毛球，画画倒还行，羽毛球却一直打不好，笨拙得就好像手脚仅仅是用与血肉相似的材质雕刻而成的。我笑他，为此他一个星期没有和我说话。

随着时间的推移，他的皮肤不再紧紧拉过凸起的颧骨，变得松弛，眼角和嘴巴周围留下了细细的纹路，几丝灰色也慢慢爬上了太阳穴附近。

其中一个暑假，我们去了西藏，在通往布达拉宫室内的阶梯上，一个小男孩差点从围墙上摔下去，他冲上去，抓住了孩子的前襟，完了还不忘炫耀他的垫步加蹬跨步上网步法。

偶尔，我们会在晚饭后看一会儿电影。

我们喜欢只有两人的生活。

——五十岁。

他生了平生第一场大病，出院前，医生建议他搬去一个紫外线不那么强的地方。于是我们辗转到了武汉。

他没有再回学校，而是在一处日托班帮忙，教小孩子数学和写作。每天，他都会花好几个小时指导孩子们做作业，和他们谈话，笨拙地和他们一起做下午的广播体操。

他依然画画，却画得不好，于是开始收藏喜欢的画作。那些画通常被他挂在原本作为书房的房间里。他说那里的采光很好，用来欣赏这些作品是最好的……

虚拟面板消失了。我睁开双眼，手不住地颤抖，原本握在指尖的杯子早已跌落在地上，碎成几瓣。

其实你也发现了吧，所有关于你的记忆，都被巧妙地篡改了。仿佛那些被从时间线上抹掉的无关紧要的细节。等到你父亲再次醒来的时候，他甚至不会意识到自己曾经有一个孩子，曾经被拥抱过，曾经在海边绕着线轮，被充满爱意的眼神注视过。

二十分钟后，管理中心的人带着仪器满意离开。我和你奶奶并肩站了一会儿,她说想去房里带走几样你的东西,我说好。

对不起啊,花了这么久和你说话,其实就是为了告诉你,我会将你从你父亲记忆中抹除。并不是不爱你了,只是希望活着的人不要再为无法挽回的过往痛苦。

此时,我躺在客厅的沙发上,盯着地板上你奶奶没能带走的那幅画,回溯起包含你的真正的过往,直至昏黄的晚霞笼罩了整个房间。垂挂在西边一条长长的涟漪般的积云下方,有归家的人发出的沉沉的低语声,停留在安静的空气中。

如果可以的话,我真想就一直这样和你说下去,一年,两年,十年,甚至朝着你抱着大鱼的身影,奋力跑过去。可是啊,但凡见识过海浪下卷积的细流的人,都知道黑暗的漩涡会将人拉向何处,哪怕只经历过一回,也会在脚尖即将踏入海水的那一刻停下来。

所以,这也将是我最后一次和你说话了。

看,又闪亮起来了。夕阳顺着地板慢慢滑动,然后快速掠过你的画,跌进角落的黑暗中。

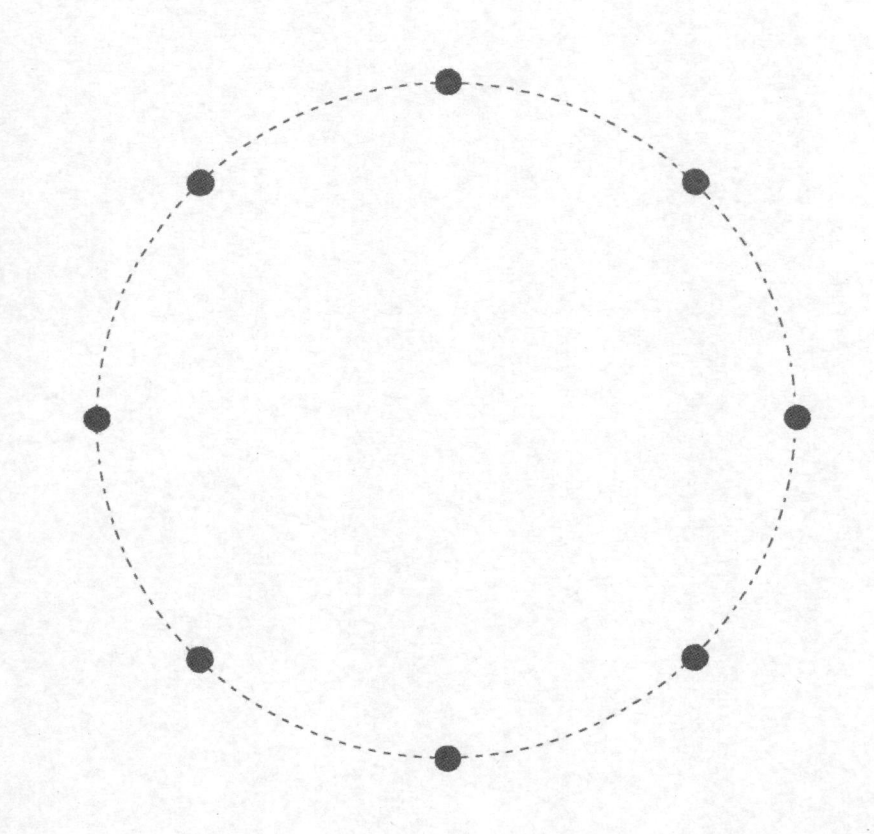

15强入围作品

15通又圖作品

布巴

毛植平

忽然有一天，一个人类拿着一段影像，用鲸的语言对我说，他们在找一头白鲸，雌性，乳白色的。正是影像中这头，她在岸边挣扎，搁浅了。我记忆犹新。如果她现在还活着的话，应该二十岁了。这不是我遇到的第一个要找布巴的人，也不是我遇见的第一个会说鲸语的人，我并不惊讶，我已经见过更多比这更怪的事。他的鲸语相当流利，问我有没有见过这头鲸，知不知道她在哪里。

我当然见过布巴（不过是很久以前了），也当然知道她在哪儿，但我什么都不会说。我盯着影像看了好一会儿。那时她很年轻，只有十岁大，身上满是刀疤似的伤痕，她拼命挣扎，身子卡在了两块礁石之间；接着，画面中出现另一头白鲸，也就是我，那时的我还算不上强壮，我咬着她的尾巴，花了好一会儿工夫才把她从石头间拖出来。影像是黑白的，无声，但现场其实还有声音，她当时声嘶力竭，发出含糊不清的口哨声，完全听不明白，要么就是其他族群独特的语言，要么就是压根不会语言。我们一游近，她就发出更大的声音，好像在呼救，想要引起我们的注意。

救下这头鲸可能并不是个好主意，最开始我们就是这么想的。那是段艰难的日子，我们本来生活在蛇岛，一片凹形的海湾，我在那儿出生、长大。然后人类出现了，他们用各种奇怪的工具捕捉我们，有时是网，有时是枪,时间也不固定,摸不着规律,有时是晚上,有时是白天。总之一只接着一只,被网走,被勾走,包括我的父亲母亲,他们再也没有回来过,不知道是死了还是活着。为了避开人类,我们逃难,可又不知从哪儿冒出来一群虎鲸,它们的嘴又长又尖,速度又快,总是成群行动,突然袭击,叼走游得最慢的幼崽,啃个精光,只剩下骨头。我们族群的数量锐减,从二十四头,下降到了十一头。我们不停逃难,长时间饿着肚子,遇见布巴那天,当时的首领伊萨克,一头三十五岁经验丰富的老鲸,正带领我们逃向西边的群岛,故事就是从这里开始的。我们在陌生的群岛,救下了一头陌生的鲸。

她是头年轻漂亮的母鲸。我问:"你从哪儿来?"她用流着泪的眼睛看着我,不吱声。她看上去十岁左右,鱼鳍被划破了,正在流血,我又问她:"你叫什么名字?"我看到她身上还有被重物击打过的痕迹,"你是怎么受伤的?"她像个哑巴,什么都说不出来,不过应该跟人类有关。岸上有人类的建筑,可能是人类干的,我见过类似的伤口。伊萨克决定把她带回水里,得让她吃点东西,她看上去饿坏了。我们先是把她拖回大海,清理伤口,然后想方设法搞了几条鳐鱼,喂给她吃,尽管我们自己都吃不饱了。她吃得很艰难,很慢,像是从来没吃过东西。

当时我的首要任务就是照顾她,伊萨克把她交给了我,但这家伙几乎什么都不会,不懂语言,游泳也不利索;吃鳐鱼的时候,她不知道怎么吐刺,被脊骨戳伤了嘴巴,就是个笨蛋。海洋总是危机四伏,完全无法想象她是怎么活到现在的。她看上至少有十岁了,跟我同龄,却像个新生的崽。

伊萨克给她取了一个名字——布巴,在族群的语言里,这是"幸运"的意思,伊萨克希望布巴的出现能给我们的族群带来点好运。不管怎么样,从那以后,我就叫她布巴了。我做布巴的教练,教她简单的捕食技巧。她是听话的,我做什么,她就照着做什么。我们最开始用海藻练习,因为海藻不会逃跑,再后来是海虾,没什么难度。布巴挺聪明,学东西不慢，没记错的话，她第二天就独自捕捉到了三条鲑鱼。至于语言，语言课从第一天就开始了，我用一种特别的呼喊声来同她保持联系，让她能在黑暗的海里找到我，不至于迷路。我们一共要学习上千种声音，但这都是后话，眼下来说，她会的语言很少。我说一句，她就模仿一句，有时我们能进行简短的对话，有一次我问她："你之前的名字叫什么？"

布巴摇了摇尾巴，说她之前没有名字。

"那你之前是哪个家族的？"

布巴又摇了摇尾巴，说她也没有家族。

我以为我听错了来着，据我所知，没有哪头白鲸是没有名字的，也没有哪头白鲸没有家族。她身上有许多怪异的地方，比如她总是在深夜里消失，我们都睡着的时候。有一天晚上，轮到我守夜，我发现布巴不见了，我到处找她，沿着海湾游了两圈，没有，后来我发现她在将近水下三百米的地方。三百米，绝对是够深了，不是每头白鲸都能潜那么深的，要经过长期的练习才能达到，但是布巴可以。我把她教训了一顿。"你不能偷偷离开族群，"我说，"这是不对的。"我生气极了，把她带了回来，她说，她在练习潜水。我承认，不论对与错，她练得很好。

布巴学东西出奇地快，不止是潜水，捕食也是，其他幼鲸需要花大量时间来练习，有的甚至会在实战中丢掉性命，而布巴呢，只需要一次或者两次就能做得十分出色。大概过了一周或是两周（布巴的伤痊愈之后）她就已经能够跟随我们一起参与捕食行动了。那天我们去到了蓝色珊瑚礁附近，一个主要的觅食地，那里有许多巨型的岩石、十几米长的水草和数不清的珊瑚，是绝佳的训练场。家族中主事的是伊萨克，他从父辈那里学会了所有的技能，比如如何操控一吨重的身躯穿过长长的水道而不被卡住。他带头行动，把同样的技能传授给我们。我们先是一起弄清前进的方向，然后穿越岩石上狭窄的裂缝。这些岩石中间隐藏着三种不同的鳐鱼，它们都是伪装大师。想要饱餐一顿不容易。我们要潜伏很久，一动不动，把自己想象成石头，等待鳐鱼们放下戒心从珊瑚背后钻出来，才是出击的最佳时刻。布巴用这个方法，一口气拿下了八条鳐鱼，只比我少两条。

往后的一个月，我们吃光了这一带所有的鳐鱼，直到冬天来临，好日子到头了，大自然没完没了地变更，每天一醒来，鱼的数量就更少一点儿，当时幼崽仍在持续出生，伊萨克为此焦头烂额，他上了年纪，经不起折腾了。我们必须尽快找到下一个栖身之地。这时候第一头站出来的鲸，竟然是布巴，你没有听错，布巴提出了她的建议，多少天了来着，她第一次在大家面前开口说话。她说："我知道该去哪儿。我们应该去东威峡湾，那儿有很多鲱鱼。"我们都吃惊地看着她，布巴竟然会说话了，然后我们在想，她为什么会知道这个。

东威峡湾？伊萨克觉得离谱，他认为峡湾太远了，至少需要半个月才能游到那里，如果我们游到那里却一无所获，那就全完了。而且，鲱鱼？一种很小的鱼，还不够我们塞牙缝的。伊萨克说："我们族群至少要吃下三吨鲱鱼才能饱腹，峡湾能有多少鲱鱼？"

布巴回答他："一千吨。"

一千吨，听起来像在吹牛。老实说，我从没见过一千吨鲱鱼，但布巴一口咬定——每年春季，会有一大群鲱鱼穿过东威峡湾，向南方迁徙。这是它们的必经之路。

"你去过那里吗？"

"没有。"

"那你怎么知道？"

布巴几乎是在赌气："我就是知道。"

考虑到没有别的办法，伊萨克勉强同意了，他让我陪同布巴一起去，就我和布巴两头鲸去，相当于做一次侦察，他给了我们十天时间，要求我们速去速回，最好当天就上路。我一点儿都不信她，我没抱什么希望，谁都没有去过那里，十天几乎是不可能的。出发的那天早晨，海面上狂风大作，我是抱着失望的心情上路的，我认为这是在浪费时间。但在路上,布巴不知道什么时候学会了使用回声,茫茫大海中没有任何的地标,可她借回声探听周围的环境,游得飞快,仿佛每一片水域都了然于胸。我差点儿没能跟上她,到达目的地,我们只用了大概八九天,比预期的要快上两天。

每当故事讲到这里,我的孩子们就翘首以盼。"有没有见到鲱鱼?"

"有多少鲱鱼?"

"真的有一千吨?"

"如果没有,你们可能都不会出生。"我总这么回答。

事实就是这样,正如布巴所描述的,一千吨鲱鱼(可能还不止),一到峡湾,除了鲱鱼,你几乎什么也看不到,它们密密麻麻、成群结队,铺天盖地地游向南方。我很开心,布巴也是,我们大笑,吃了个痛快。她说,我们运气很好,没有迷路。我不知道布巴是怎么找到这个地方的,她身上充满了深不可测的东西,也许她跟随曾经的家族来过这里,也许是在搁浅之前。

"你是怎么知道的?"

布巴没搭理我,她只顾着吃鱼,而后(我觉得是在炫耀)她向我展示了捕捉鲱鱼的技巧,她潜入鱼群的下方,发出尖锐的叫声,使鲱鱼聚到一起,逼迫它们在靠近水面的地方形成一个紧密的球。然后她用尾巴拍打鲱鱼球,将它们击昏,她得意地朝我大喊:"看!这招真的管用!"

天知道她是从哪儿学来的,她好像什么都不会,又好像什么都会。我在一旁看着她,她又这么做了几次,同样的方法,把鲱鱼群搞得团团转,她是个精力充沛的姑娘,似乎有用不完的力气。过了好一会儿,布巴玩够了,气喘吁吁地游到我身边,说:"我们回去吧。"

之后的事情,大家都知道了。我们家族展开了有史以来最长的迁移:我们几乎横跨了半个太平洋,到达了东威海湾——当时,大多数鲱鱼已经从海湾离开,迁徙到南部去了。因此鲱鱼的数量并没有我们之前见到的多(但还是相当多)。布巴对此不高兴,她觉得自己搞砸了,不过很快,她想到了新的办法——利用渔船。一个我们闻所未闻的捕食方式。

看到海面上那些渔船了吗?那里会有巨大的网撒下来,一张接着一张,一网下去就是好几十吨的鲱鱼,但只要是网,必然会有缝隙,其中一小部分鱼会从缝隙中漏出。布巴告诉我们,方法很简单,就是跟在这些渔船后面、网后面,捡这些漏掉的鱼来吃。她亲身示范了一次,你只需要张开嘴巴,跟在网后面,一次,两次,好了,你就吃饱了,就这么简单。我们一次就学会了,然后吃得痛痛快快,吃了个底朝天,问题解决了。大家都很满意。伊萨克说,布巴的这个招数,让我们持续了几百年的捕食传统改变了。后来这还成了我们家族的固定项目,我们每年春天都去那儿。

就是从这天开始,布巴变得很受欢迎。吃饱了喝足了,幼崽们都围着她,舔她乳白色的肚皮,把她逗得咯咯笑。一整天,我们都在欢声笑语中度过,飘在水中,闭上眼睛,肚子胀鼓鼓的,久违的感觉。那天晚上,我又问了她一遍:"你究竟是怎么知道这个地方的?"布巴好像没有听见,她忙着和孩子们玩游戏。"是不是你之前的家族教你的?"我接着问下去,"或者,是谁告诉你的?"过了好久,布巴想起我来了,当然是在游戏结束之后,她回答了我。但是她的答案,我没能听得很明白。

布巴说在她还是个人类的时候,每年春天,她都会和爱人来到东威峡湾,在这里练习深潜。那时她就知道,这里有非常多的鲱鱼,鲱鱼会迁徙,在春天经过这里。

听起来很不可思议,对吗?瞧她的话,"在我还是个人类的时候",我以为我听错了,又向布巴确认了几次,是真的吗?人类可是种危险的生物,它们总是捕杀我们。布巴表现出很无所谓的样子:"信不信由你。"然后扭头游开。我拿不定主意,就把这事儿告诉了伊萨克,几乎是当笑话讲的,我觉得布巴脑子出了问题。后来伊萨克又把这件事告诉了别的鲸,很快,族群里就流传开来了——布巴是从人类变来的。那段时间我们老缠着她问:"你倒说说看,是怎么个变法?"布巴竟然也没有不高兴、不耐烦什么的,她又给我们说了一些自己的故事,她好像乐意讲这些。我们听得很起劲,虽然也不知道哪一句是真的,哪一句是假的。但我不得不承认,布巴的确是个讲故事的高手,她喜欢用讲故事的方式让我们来相信她。

有的故事非常离奇,比如布巴说,在她二十岁那年,还是个人类的时候,去海洋馆(一个陆地上的场所)工作过一段时间,那时她的工作是照顾七八头虎鲸,她说:"我对虎鲸了如指掌。它们没什么好怕的。"要知道,虎鲸是我们白鲸的天敌,我们超级害怕它。但布巴说得轻描淡写:"我知道怎么对付它们,虎鲸都是些懒惰的家伙,只要是难抓的猎物,它们二话不说就会放弃。"

我们听了面面相觑,别吹牛了!有的鲸还笑话她:"等你真遇到虎鲸的时候,你就明白了。"

结果那年冬天,我们倒了大霉,当真碰上了一群虎鲸。被虎鲸盯上是个麻烦事,不是说,你逃跑,逃得远远的就行了,因为无论我们怎么逃,他们总能紧随其后;一旦被虎鲸盯上了,就意味着接下来的几个月,甚至一整年,你都必须和虎鲸作斗争,长期地较劲,直到其中一方放弃为止。所以看到虎鲸出现的时候,我们都心想,完了!今年又将是难过的一年!这时布巴却说,没什么好怕的。她说,虎鲸跟我们很像,都是鲸鱼的一种,他们能听懂我们的语言,就算是窃窃私语,他们也都能听见,也就是说,他们知道我们会逃向哪里,无论我们躲在哪儿,只要我们一说话,虎鲸就能发现我们。所以,最重要的就是保持沉默。所有的鲸,一句话都不要说,藏起来。这些虎鲸就只能空手而归。

我们照她说的做了,我们躲在珊瑚礁附近,一声不吭,结果这群虎鲸就像被施了魔法一样,原地游了两圈,转头就寻找别的猎物去了。布巴对了,不止这一次,布巴总是对的那一个。

从那以后,就没有谁再敢笑话布巴了,我们开始认真听她讲故事,甚至开始认真思考人类变成白鲸的可能性。(无论怎么想,都是想不通的。）布巴喜欢讲故事，她讲的故事，我们一大家子都爱听。睡前，我们会围成一个圈，听布巴讲上一个小时。她的故事很奇妙，有很多细节，让人分不清是真的，还是她编造的。

其中有一段，我印象深刻，听起来是这样的：

从前，陆地上有一个女孩，她的手脚生来不听使唤，没有知觉，从小到大，她依靠辅助器走路。那是一种入水便会失灵的机器，这似乎意味着，女孩的一生注定与大海无缘，但事实恰恰相反，她不这么想，她喜欢海洋，喜欢看人冲浪，喜欢去海洋馆看鱼，她喜欢其中一头白鲸。那头白鲸很漂亮，浑身乳白色，游泳的姿态优美、舒展，说起话来，像是在唱歌。它的鳍很小，看上去就像没有四肢，这让女孩联想到自己，就好像从中得到了安慰——你看，白鲸没有四肢，一样游得好好的。

有一年夏令营，她去了坎宁安，白鲸一年一度产仔的地方。那里有温暖的淡水河流注入海中，水温比远海高出几度。几千头白鲸聚集在此，发出几千种不同的叫声，它们头尾露出水面，肚子在水底摩擦砾石，挠痒痒。

正是在坎宁安，女孩认识了一个潜水的男孩，男孩在海里游，她就拖着不太灵光的身子，用小碎步跟着他跑，女孩全身都是辅助器，不能下水，只能一边跑，一边望着他。

水底下有什么？

有一堆蓝色的珊瑚礁，男孩回答说，有好多虾，好多海草。

有没有看到海怪？

没有海怪，海怪都在很深的地方。

那你干吗要潜到那么深的地方去？女孩嘴上替他担心，心里羡慕极了。男孩告诉她，亲身到一个地方，当一个见证人，这很重要，他喜欢看没人看过的东西。

不知道过了多少年，男孩长大了，女孩也成长为女人，他们成了最好的搭档。在一个夜晚，一艘名为"鹦鹉螺号"的深海探测艇从马里亚纳海沟上空投下，载着男人深入马里亚纳8600米的海底深渊。女人在船上同他保持着联系——打开声呐，检查电池状态，测试推进器、通讯、导航。男人看着鱼群渐渐缩小成黑点，周身进入完全的黑暗中。

下面怎么样？

男人说，所有东西都消失了，什么都没有了，他觉得自己距离出发的那个世界越来越远。

压力多少？

四百四十公斤，一直在涨，现在是五百公斤。

一切变得十分安静，很孤寂，很平和，然后没有什么工作要做了，男人静静等待鹦鹉螺号沉入海底。偶尔，他看到有发光的浮游生物经过。

有海怪吗？

男人笑着说，并没有。因为事实上越深，生命就越小，水压能把一切东西压扁粉碎，变成细砂。

那天晚上，鹦鹉螺号向下沉了很久，要花三个小时才能到地表的最深处。可没用那么久，下沉停止了，鹦鹉螺号悬在了水里。男人说，压力表失灵了。还没等他反应过来，又是一声巨响，他怀疑是探测艇撞上了重物，但深海哪有什么重物？不过是压力爆表了。他试图保持冷静，向女人汇报着情况：推进器不好使了，波纹仓也是。他看到玻璃上出现了一些裂缝。女人慌了神，要求立即停止。"快上来吧！"她说，"把铅粒都释放掉！"她心急如焚，然后，设备一个接一个失灵，一个接一个。

"我上不来了。"男人说，"舱口就要裂开了，我上不来了。"

讲到这里，布巴停下了，没有告诉我们结果。不过我们都明白，那个男人多半是死掉了。

故事的确神奇至极，但不管怎么说，除了小孩，没有哪个家族成员相信故事是真实发生过的，或者，布巴真的是人类变来的。其中也包括我。我知道人类的本事，他们可以捕杀任何体型的生物，包括虎鲸、抹香鲸，他们几乎无所不能，但一个人类要怎样才能变成一头白鲸？不可能的，这解释不通。但我转念一想，在布巴身上，又有多少事情解释得通呢？她没去过东威峡湾，却知道那里有一千吨鲱鱼。她没见过虎鲸，却知道怎么对付它们，她知道水母有毒，狮鱼无刺，知道哪些能吃，哪些吃不得。她就像一本海洋的百科全书，在正确的时间，带领我们的家族迁徙到正确的地点。

到了夏天，布巴突然告知首领：应该出发了。就像是宣布了一则不可撼动的预言，去哪儿？地球的尽头，最北边。因为夏天来了，那里的冰川融化了，海藻会在浮冰底部发疯般生长，引来数不尽的磷虾，它们通体透明（仿佛布巴能亲眼看见似的），你可以从它们的肚子中看到绿色的、吃进去的海藻。伊萨克是有些相信她的，于是那年夏天，我们半信半疑地按照布巴所规划的线路出发了，那是段漫长的旅程，我们跨越了一千六百多公里绵延的大海，去到了北极。

这里是世界的尽头，鲸的天堂，最开始，只有几头鲸到达，接着几百头，几千头，座头鲸、抹香鲸、蓝鲸，它们从四面八方赶来，和我们一起统治了这片庞大的水域，成千上万不同的鲸的叫声交织在一起，像是一场大型的交流会。这里有很多白鲸族群，一百头的，两百头的，最多的有五百头，当然，我们也不少，我们家族的成员稳步增加，到达北极时，已经从最初的十一头，扩张到四十七头，成为了一支相当庞大的队伍。我们沉浸在这场狂欢中，交配，产崽，永无止境地玩着捉迷藏的游戏。但在一天下午，我突然发现：布巴不见了。

她是突然消失的，可能是某个晚上，可能是白天，趁大家不注意的时候，忽然就消失在了鲸群中。北极的聚会持续了三个月，一直到气温骤降，秋天来临，鲸鱼们得赶在冰封之前回到故乡。前一个半月，布巴同我们失去了联系，我试过呼唤她的名字，用回声寻觅她的方位，一个半月以来，我一刻未停地在寻找她，我绕着北极游了一整圈，游得一点儿力气也没有了。

最后，我是在深海里找到她的——布巴静悄悄地，独自下潜到了五百米深的地方。那里完全是另一个世界，寂静、黑暗，跟布巴的故事中描述的一样。鹦鹉螺号载着男人沉入海底，然后什么都看不见、什么都听不见了，一切都消失了。你看不到哪怕一丁点儿的阳光，除了那些体型巨大的、耀眼的水母，它们在这里如同月亮，还有那些闪闪发光的浮游生物，此刻就像是群星。在它们中间游动，感觉就像飞上了夜空。那是我潜过最深的地方，我感到自己的心脏在猛烈跳动，强大的水压仿佛要将我的身体撕裂。

看到我出现在这里，布巴十分惊讶："你怎么来了？你来这里干什么？"说着她就扑向我，咬着我的鳍，把我拉上去了一点儿。我用同样的话反问回去："你来这里，又是要做什么呢？"我试着把音调提高了一些，显得更加严厉，以此来提醒布巴，她又犯错了，未经允许擅自离开族群，这是不对的。

"上边儿太吵了，"她说，"我喜欢安静的地方。"

如果你问我，有没有哪个时刻让我觉得布巴不像一头白鲸，那么就是现在了。布巴讨厌群居生活，讨厌我们日益增长的族群数量，讨厌聚会，为了远离鲸群，布巴潜到了这里。据我所知，没有哪一头白鲸愿意脱离团体的庇护，正如同磷虾渴望着海藻、海藻依赖着太阳，没有哪一头白鲸讨厌欢聚玩乐的时光。

"我只是身体变成了鲸而已。"布巴说，"人类可以从家族中脱离开来，自行决定生活的方式，'不合群'也是其中的一种，这是很正常的。"

这话无疑惹恼了我，当时我可是花了一个半月，绕着北极游了一整圈！我是累得半死才来到这里的，可布巴竟然还沉浸在自己编的故事中，我就是这么认为的，我觉得她被困在自己编的故事里出不来了。我生了很大的气，对她说："醒醒吧，别再自己骗自己了，你只是头会编故事的鲸。"

这当然是很过分的话，我不知道自己是如何说出这种话的，可能是头脑一热吧，但布巴也没有生气，她似乎从来不生气，当时她话头一转说:"既然来都来了,要不要去看一眼那些发光的大水母?"好像将我的话左耳进右耳出了。我是希望能够吵一架的,希望能有点冲突,发泄下情绪。但她始终很平和,搞得我有些无所适从。"你看到那些水母了吗?它们叫越前水母。"好像我才是犯错的那个。不过话说回来,那些水母是真的大。

往后很长一段时间,我一直在想那天发生的事。从北极离开的路上,我一直跟在布巴的身后,观察她的身体,试图从她身体的变化上找到答案,然而那是一具再正常不过的白鲸的身体,紧致的、光滑的,没有奇怪的胎记、图案或者伤口。我盯着她的一举一动,看她浮出水面,跃身击浪,从她的动作中,我看不到任何人类留下的影子。我想了好几天,想不明白,说真的,后来我就不再去想了,不管怎样,天天和布巴生活在一起也并非沉重的事情。快乐的部分总是更多,有很多个晚上,布巴照旧跟我们讲述陆地上发生的故事,几乎已经成了一种习惯;我们听得很开心,要是没有这些故事,幼崽们甚至都睡不着觉(我也是),这些孩子可喜欢她了,围在布巴身边,蹭她的身子,抢占听故事的最佳位置。随着幼崽越来越多,布巴只能提高嗓门,讲得更大声些。种种迹象表明,布巴的"不合群"是间歇性的,有时候她看起来非常喜欢族群的生活,特别是在讲故事的时候。她喜欢这些孩子,乐意传授给他们大海的知识,她经常和他们嬉戏打闹,既是他们的老师,又是他们的玩伴。相比之下,我就没有这样的特质,幼崽见到我都躲得远远的,可能是觉得我太凶了。

转眼间,布巴来到我们族群已经两年了。那年我十二岁,到了应该交配的年龄。族群虽然有百来头鲸,但跟我同一代出生的很少,母鲸就更少了。她们有的生病去世,有的葬身海底,当时只剩下布巴、托托和桑思,还有两头,我不太认识,我的选择少之甚少——好吧,我承认这些都是借口,直接点说,我就是想找布巴,我第一个想到的就是她。我做过她的教练,后来我们也经常一起执行任务,一起交流,我们很熟,谁都知道,布巴很特别,很吸引我,这就是主要原因了。

开始我还打算等布巴主动找我来着，因为我们都到年纪了，她的选择也不多，我试着多接触她，给她主动找我的机会，现在回想起来简直是痴心妄想。布巴什么都没说，她不大爱搭理我，后来没办法，只能我主动了，刚开始，我只是旁敲侧击地说起这件事——欸，布巴，你今年多大了？十二岁。跟我一样大。然后我就说，十二岁，是该交配的年龄了。然而她就像什么都没听见一样，干别的事儿去了，我觉得我够明显了，这算是拒绝吗？或者，她已经有了别的选择？同龄公鲸里，布巴几乎只和我打交道，可以肯定的是，我没有别的竞争对手。于是我没死心，一有机会就跟布巴提起一下，夏天要来了，我说，我们得去坎宁安了（我们的交配地和生产地）。布巴说太好了，夏天来了，她又可以吃鲑鱼了。她依旧没有明白我的用意。

就这样，夏天一天一天临近，来不及了，最后我不得不开门见山，直接问了她。我说："布巴，你愿意和我交配吗？"

布巴愣了一下："什么？"她装作不明白的样子。我又问了一遍："布巴，你愿意做我的配偶吗？"

记得她当时大笑起来，然后说："这事儿我没想法。"她的回答让我震惊，她说她不打算找配偶，也不打算生育。

什么意思？我一头雾水，因为这不是打不打算的问题，而是一种传统，到了适当的年龄，白鲸就一定会交配，也一定会产仔，从来没有谁抗拒这点，这就是自然而然发生的。但无论如何，我被拒绝了，之后很长一段时间，我和布巴都没再有过交流。我不知道该怎么面对她了。后来为了去坎宁安，我和托托凑成了一对。那年布巴没有产仔，大家都很震惊，据我所知，之后每一年，布巴都没有产仔，也没有尝试过交配，每一年。她一直独来独往。

其实在最开始，伊萨克是有试着劝过布巴的。不过他拿她没办法，他也不知道怎么办。伊萨克试图让她理解，生育，不是我们的规矩，而是我们的需要。他知道在抚养幼崽这件事上，布巴功不可没，她做得很好，比族群任何一位母亲都要好。每头幼崽都喜欢她。所以伊萨克语重心长地说:"布巴，没有谁能长生不老，我们必须繁衍后代，否则家族就会灭亡。"

但布巴不领情，她的态度很坚决:"我不会为了繁衍而寻找配偶，更不会为了繁衍而交配。"

"为什么?"伊萨克不理解，"那是为什么呢?"

他们的辩论持续了好些天，彼此都无法理解对方，直到有一天，布巴忍不住了，非常严肃地承认了自己的人类身份，她告诉伊萨克，尽管自己看起来就是一头白鲸没错，但更多时候，她是以人类的方式在思考。(人类可以自行决定生育与否，这点让我觉得十分神奇。)听说当时，布巴讲了一个故事，伊萨克听了之后，像是妥协了、默许了，再也没追究此事。这是由一头小鲸转述给我的，在伊萨克和布巴争论不休的时候，她躲在一旁偷听，小鲸说，故事发生在男人消失在马里亚纳之后，女人有一件她朝思暮想、几乎是不得不去做的事情——进入马里亚纳海沟。

你可以说她疯了，但女人认为男人还在海沟里，她经常梦见他，梦见男人被水压挤成了奇形怪状的生物，一些尘埃似的小鱼，她认为男人并没有死去，而是正以另一种生命形态在深海里生存，女人想要亲眼去看。可之前讲过，女人得了一种怪病，四肢没有知觉，只能依靠辅助机器走动。她的身体状况不支持她进行任何形式的深潜。所以当她跑遍各个海岸想要进行深潜的时候，所有人都告诉她，不可以。这是不可能的。女人近乎绝望，那段时间，她感觉自己的耳朵变成了贝壳，里面长期回荡着大海和男人的声音。

后来，女人得知了一个科研项目。一种还在试验阶段，尚未有成功案例的手术。

讲到这里，小鲸停下了，她激动地用尾巴拍我的脑袋，像是要把我打醒，我说我没有睡着，我在听，我只是没有说话。然后她接着讲了下去，小鲸问我:"变形手术，你能理解吗?"她的记性很好，几乎把布巴的讲述照搬过来了,她说了好长一段关于变形手术的东西,什么要把身体冻成冰,要把脑子拿出来之类的,说得天花乱坠,我一句也没听明白,不过大意就是,这个手术可以交换人与动物的大脑,也就是说,把一个人变成别的动物。女人去了,她想不出别的办法了,她去到变形中心,自愿参加了这个实验。(后来我知道,这个变形中心就在我救下布巴的岸边上。)如果实验失败,她会死,这个实验从未成功过,但如果成功了,她将在一个月后变为一头白鲸,这是她自己选择的。

布巴把这个故事讲给了伊萨克,偷听的小鲸又把这个故事讲给了我。我们都没问故事的结果,甚至也没讨论,布巴本身就是最准确的答案,总之在那以后,不管伊萨克相没相信,布巴都成为了我们族群中唯一一头可以不生育的母鲸,也许伊萨克心里清楚,无论布巴怎样叛逆,我们都不能失去她。实际上,他是喜欢她的,伊萨克去世的时候,还把布巴列为了首领候选者。

伊萨克死于一场意外,死的时候三十九岁。那时布巴还不知道自己是候选者之一。实际上,我能看出来,她可能已经萌生去意,当然只是猜测,她总跟我抱怨说日子太无聊了。(对于我们来说,无聊不算是件坏事。)布巴闷闷不乐,很少笑过,捕食也没有力气,无精打采的。直到伊萨克死的那天,布巴才打起精神,好像振作起来了一点。我自己的感觉是,伊萨克的死可能改变了她。

事情发生在从北极返回的时候,我们必须途经一片绵延的浮冰地带,当时正值入秋,无尽的寒流冻结了冰川,一旦上方的冰被完全封住,我们就可能溺死在水中,每隔一段时间,我们就得找到冰面的开口或是裂缝,浮出水面,在那里完成换气。在水中,能威胁到我们的生物并不多,因为我们可以用声呐锁定黑暗中的威胁。但在水外面,我们几乎察觉不到任何东西,比如,北极熊。他们会等待在换气口的周围,等待我们浮上水面,我们一旦露出,换气,北极熊就会用他们坚硬的前掌重击我们,把我们打晕,再拖到冰面上,吃掉。

负责带路的布巴和伊萨克游在族群最前方，他们是第一批遭殃的鲸。北极熊锋利的前爪在一瞬间刺入了伊萨克的腹部，鲜血即刻喷涌而出，但他没有挣脱，而是用自己的身体堵住了冰洞，然后对着布巴大喊道："快闪开！"

我们吓坏了，布巴也是，我们愣了好一会儿，不知道发生了什么，直到看见几只白色的爪子伸入水中，要把伊萨克拖上冰面，我们才反应过来是被北极熊伏击了。冰面近乎透明，上面的事情，我们看得一清二楚，伊萨克被拖上了冰面，事后布巴告诉我，这是她第一次近距离目睹死亡：伊萨克被四五头北极熊围攻，身体被撕扯成好几个部分，扯成了肉块，冰面红了，接着海水也红了，北极熊们开始进食。不久，伊萨克的残渣从水面上飘落下来，整个过程中，没有一头鲸发出声音，然后那四头熊吃饱了，心满意足地离开，留下一堆骨头在那里。布巴离现场最近，几乎只有两米。她待在原地，久久不肯离开，好像在发神。我游过去拽她，她也不动。大概就是从那时起，布巴才意识到原来死可以那么快，可以那么突然，那么难以预料。

我很难过，很遗憾，但这是再正常不过的事情。海洋变幻莫测，死亡每时每刻都在发生。正因如此，首领才会提前确定好自己的继任者，以防自己突然死去后无人顶替。

伊萨克留下了五个选择，他叫了我，叫了擅长捕食的巴赫和血蹄，叫了战斗经验丰富的卡罗，最后叫了布巴。伊萨克死后，我们将进行比赛，新的首领将会在我们五个之间产生。当然，我想赢，想要成为首领，这是作为一头白鲸的荣耀。我们会进行搏斗，最后由其他成员选出最终的胜者。决斗时间是入秋后的第十天，地点在巴勃罗海湾，那是场相当激烈的决斗，我和卡罗打得不相上下，说是切磋，但打着打着，我们都上头了，我们互相咬来咬去，不停用尾巴拍击对方，搞得遍体鳞伤。而布巴呢，大家都知道，她战斗力不弱，身手很敏捷，可没想到从一开始她就没打算参与进来，她游到了界外，退出了，意思很明确，她不想做首领。但想不想做首领不是她说了算的,得由其他鲸说了算,他们会做出选择——年长的白鲸大多游到了我的身边,认为我稳定可靠。而新生的白鲸,几乎全都去了布巴那里。她的票数最多,而我是第二位。

就这样,布巴成为了我们的首领,那时她只有十六岁,是历代首领中最年轻的一个,同时也是在任时间最短的一个,从上任到结束,一共只有不到五天的时间。是的,五天。五天之后,我顺位替补,成为了族群的首领,一直到现在,十年了,但没有谁忘记她。仅仅用了五天时间,布巴就在族群打下了属于她的烙印。

让我们来看看这五天里,布巴都做了些什么:

第一天,布巴计划了一个迁徙路线。在她的愿景中,我们族群进入了一种周而复始,安全可靠的循环:

春天——东威峡湾,

夏天——北极,

秋天——蛇岛,

冬天——坎宁安。

我们完成得很好,除了有一年,蛇岛被人类占领了,我们改迁到了另一座相似的岛,之后的四代,到现在的第五代,一直都在这个循环中繁衍生息。这是个正确的路线,你可以看到现在我们几乎拥有了一支军队,一百四十头白鲸,他们都是这样长大的。

上任第二天,布巴新加入了几个规定,大概有四点:

一、不要靠近人类,也不要让人类靠近,不管他们友好与否;

二、大海很大,没必要坚决捍卫一片水域,一个地方不行,就换下一个地方;

三、不要试图和天敌搏斗,永远以逃跑为主;

四、尽可能多地学习潜水,这可以拓宽我们的水域,使得猎物的选择更多。

这些规定我们严格遵守了下来。它把我们保护得很好,让我们更加强大。接下来的一年是充满荣耀的一年，我们统治了毕拉沿岸一带，水域拓宽到深海三百米左右，我们开始以乌贼、水母为食。

第三天和第四天，布巴什么也没做，我们在海面上打了两天的盹儿。第五天，布巴离开了我们。没有留下原因，没有留下归来的日期，只留下习俗、技巧、故事，她的故事广为流传，让我们长久地惦记着她，即使是新生的崽子也知道，族群里曾经有一头像人类那样聪明的鲸。他们会要求爸爸妈妈讲述布巴的故事，包括我的孩子也是，我和托托生了两头母鲸，三头公鲸。对于布巴，他们表现出无限的好奇心，恨不得早生几年去见她，"变形"是他们最喜欢的桥段，曾要求我三番五次地讲，用来哄他们入睡。同一个故事讲多了，细节上难免有所偏差，时间长了，甚至可以脱胎换骨，变成一个新的故事。更有甚时，我会从讲述中找到一些答案。

女人上了手术台。

麻醉前一秒，医生仍在喋喋不休。"我们拥有同一个祖先，"他说，"这都是有迹可循的。"他说话像个销售员，卖的是变形手术产品。"我们一定会成功的。"

这个手术会是什么样的？说是变形，其实更像是脱下衣服，换上另一件衣服。疼不疼？她认为这过于抽象。人是否自始至终都有意识？是否会失忆，她还会是她自己吗？万一改变主意了，到时候该怎么办？女人十分恐慌，但结果来得干脆利落，她在手术台上睡了一觉，醒来就变成了鲸。

她呛了口水，想要叫出声，但声带的位置变了。她发现自己的嘴巴变成了鱼喙，身处在一个巨型的鱼缸里。医生欣喜若狂，搬来了镜子，女人得以见到现在的自己，一头鲸，正是他们当初选出的那头，没有任何差错。

手术进行之前，在蛇岛，他们一共捕了四十头白鲸，考察年龄、尺寸、健康程度，开膛破肚，检查器官，淘汰了其中三十九头，也就是死掉了，只有一头母鲸（的身体）得以保存下来，那具身体换了主人，交由女人来使用，也就是现在看到的这头。

如果你是她的话，你就摇一摇尾巴。

女人（鲸）摇了摇尾巴。

如果你现在感觉一切良好，你就绕着鱼缸游一圈。

女人（鲸）照做，游了一圈。

医生们激动地相拥而泣，他们大喊，成功了，成功了！这是科技史上的一次巨大进步！他们首次成功进行了变形手术。女人也跟着高兴了一会儿，但很快她就觉得哪里不对——医生并没有像约定的那样，把自己放回海里，而是把她关了起来。他们安抚着女人的情绪，声称还有一些收尾工作要做，就一点点，还需要做几个简单的小实验。女人同意了，当然，她也没有任何办法，她被关在一个大鱼缸里，哪儿也去不了。后来等待她的是漫无止境的针管、药物。日子一天天过去，医生们依旧没有履行约定。女人通过撞击玻璃上的贴片，打出一个文字。

"海。"意思是什么时候才能放她去海里。

"很快了，这个周日，我们要把你展示给世人。"医生兴奋极了，他认为女人应该像他一样兴奋才对，因为这是个伟大的时刻。"你将被载入史册。"

一旦展示给外界，自己就绝无再回到大海的可能，女人心里清楚，她将永远被封锁在玻璃鱼缸里，被展览、被研究，直到死去。所以女人下定决心，一定要从这个地方逃出去。她的方法简单粗暴，在夜晚，一次又一次地撞击玻璃鱼缸。

所以，她成功了？

是的没错，她撞碎了鱼缸。

但还有更大的困难等着她，实验室坚硬的地板，然后是窗户，她需要原地跃起，破窗而出，来到一片将近两百米的沙滩，她得爬过沙滩，才能到海里去。

所以那天，布巴并不是搁浅了，我一直都弄错了，她并不是在海里游泳，不小心卡到两块礁石之间了，事实恰好相反，她是从陆地上来的，从实验室逃了出来，她用光滑的身体在沙子上一点一点摩擦，蹭着地面前进，在她还是个人类的时候，她就知道如何在没有四肢的情况下走路，就像当时那样。她一直爬到了岸边，两块石头中间，所以，她并不是搁浅了。我必须修正我的说法。

之后呢？孩子们问我，之后发生什么了？我必须说，故事到此为止了，已经结束了，没什么东西可讲了，因为布巴只讲到了这里。之后便是现实的部分，我在海湾，将她救了起来。从这里开始，就是我亲眼所见的现实了。在这个位置，现实和故事重合了。女人故事的结束，正是我遇上布巴的开始。

类似的情况不止发生过一次，在同样的地点，蛇岛，但在不同的时间——已是布巴离开我们的第四个年头，当时海底火山爆发，我们被卷入无尽的浪潮中，我们一直后退，正好就退到蛇岛附近，大概有数千头鲸在此避难。当时，每一头鲸都看见了，岸上伫立着一面巨大的、布巴的肖像。周围站满了人类，他们不知道用了什么招，可以发出鲸的声音，那声音含糊不清，大概是说，他们在找一头鲸。他们用着不地道的鲸语，跟我们进行了一些交流，我从中得知，布巴是世界上唯一一头由人类变形的动物，目前为止也是最后一头，对于人类而言，她非常重要。所以他们才来到这里，要进行大海捞针一般的寻觅。他们站在岸上、船上，日复一日地询问，知不知道这头鲸在哪儿，就是肖像上这头，有没有听到过她的下落。

我当然知道布巴去了哪里，我们都知道，但我们什么都不会说，面对人类，我们不约而同保持着沉默。我们要保护她，她有自己的意义，也许是我们不理解的意义，重要性被夸大的意义。因为这个意义，我们知道她为什么离开，去了什么地方。我们都是知道的。我的孩子们也是。他们总问我："为什么我们不去找她？"

"为什么不去马里亚纳海沟瞧一瞧。"

"我去不了。"我说,显而易见,我是家族的首领,我不能擅自离开,更不能带大家前往马里亚纳,那是一片地狱般的水域。"但是你们,说不定可以。"我对孩子们说,"或许有一天,你们可以去。"

这是一句让我后悔很久的话,自那以后,孩子们开始了长年累月的训练,他们不断地下潜,每一次都比上一次更深,天知道他们怎么坚持下来的。要不是做了首领,我也早就去了,我想知道布巴现在过得怎么样,我经常想起她,她还活着吗?有没有找到那个男人,她成功了吗?我想知道这个,尽管我觉得结果并不重要。

终于有一天,大概过了五年,我的孩子们长大了,成为了一群能够独当一面的白鲸。也就是前不久,他们找到我,说想要展开生命中第一次冒险。我知道他们的冒险意味着什么,我犹豫了好久,马里亚纳危机四伏,谁也不敢保证能够从那儿活着回来,就算回来了,也无法保证身体健全。但是,他们想去。光是这个理由就已足够充分,这是拦不住的,哪天我要是死了,他们也一定会去的。不如就随他们去吧。于是我批准了,我同意让他们偏离航道,脱离队伍,前往马里亚纳海沟,在开春之前回来。然后我便后悔了,在那之后没有哪一刻我不在担心他们,我睡不好觉,总是从睡梦中惊醒,每次惊醒我都猛然发觉,自己的孩子没有一头待在身边。那种感觉可想而知。

好在,孩子们做得很好,他们回来了,而且毫发无损。次年的春天,他们带来了一个好消息和一个坏消息。坏消息是,他们没能见到布巴。好消息是,布巴还活着。他们激动地讲述,说自己听到了布巴的声音。孩子们下潜到了六百米,那是他们的极限了,而布巴还在更深的地方,孩子们说,他们感觉到她了,在水下两千米处,有一头活着的白鲸,听起来是不可能的,没有哪头鲸能潜到两千米,她可能已经被压扁了,成了一堆蓬松的肉沫,但无论是肉沫也好,细沙也罢,孩子们说他们确实感觉到了。布巴,他们向黑暗深处呼唤了她的名字。然后静静等待着,过了一会儿，他们收到了回应，一连串表达确认的口哨声，好像在说，是我，我是布巴，我还在这里。因为水压太高，孩子们支撑不了太久，他们只进行了尽可能简短的对话，孩子们太累了，不确定那是不是幻觉：

下面有什么？

什么都没有。

有看到鹦鹉螺的残骸吗？

没有。

还能找到他吗？

应该不能了。

你还会回来吗？

不知道。

髓刻

白楼观

律师迎着看守卫兵的注视疾步到了监狱大门前，电子门禁扫过她乌黑眼袋上的澄澈双眼，唯有那烁然的目光未染上疲倦。门禁很快调出了律师的取证许可，厚重的狱门上打开一扇小门，律师在机器人的引导下抵达探监室，等待片刻后，游繁被带进探监室内，他隔着玻璃墙和律师对面而坐。

游繁年仅 13 岁，但他的名字曾三度霸占所有新闻媒体的头条版面，引起的轰动一次胜过一次。第一次发生于他和双胞胎妹妹游辰出生时；第二次则是在游繁 10 岁时，他将双亲告上法庭；第三次又导致他锒铛入狱。

游繁一脸满不在乎，根本不拿正眼看律师，他似乎把律师当作媒体，已经下定决心一言不发了。

"我为你带来了游辰的消息。"律师先发制人，他知道游繁是根拔不出来的钢钉，不想无功而返的话，必须先拨动他最柔软的部分。

游繁没有动静，律师继续说："无数医院争先恐后地申请免费接收游辰，不过政府最后把游辰交给了一家声誉良好的慈善复健中心。新脑集团也改变了方针，不再试图'治愈'游辰，他们调转思路，统一口径，于是游辰从技术事故的受害者摇身一变成了新脑集团缔造的天才，反倒又变成了企业宣传。说他们颠倒是非也罢，无耻也罢，总之你的睡美人妹妹可以继续活在她的梦境中了。"

游繁有气无力地撇嘴，像是在对着玻璃墙上自己的倒影干笑。"你觉得呢？"他说，"你觉得游辰算什么？一个从未张开双眼直面现实世界，终日沉睡，需要全套的外骨骼护理装备才能生活的人；她的存在就只为让自己创造出的意识世界不断膨大，其内部的元素、生命和物理定律更生迭代，语言、文化和美学日趋复杂深奥；这所有的一切都不是现实的模仿，而是一片专属于她的独立宇宙；这样一个人，你觉得她是可怜的植物人还是伟大的艺术家？"

"我们的价值观评判不了她，但要我说，因同情而唤醒睡美人是无比傲慢的。现实世界没法给予她什么了不起的东西，在她的梦境中，或许不幸福，但起码自由。"

律师的回答出乎意料地令游繁满意，他的视线终于穿过玻璃墙，抵达了律师的面庞。"你想知道什么？"

"有关游辰，还有郑洋——你们的胎教师，把你所知的一切告诉我。"

游繁缄口不语，等待律师开出足以填满沉默的条件。

"你考虑过出狱后，你还能再见到游辰吗？一个伤害未遂的绑架犯在这个无死角的监控世界内想再次见到他的受害人？绝无可能！"

"如果当时我没有把游辰强行带离复健所，新脑集团的狗腿们就……"

"好了好了，我完全理解，而且我可以让法官理解你的行为足够正当。你无意伤害游辰，不过是想恐吓新脑集团，你根本下不去手，更何况绑架。你可是游辰的合法监护人，不能因为手续缺失就直接定罪吧。"

"显而易见，新脑集团和司法体系沆瀣一气。"

"新脑集团也不是一手遮天，但也快了，所以我们才要联合抵抗它。我的雇主们在政治经济领域有强大影响力，他们促使立法局重修《自然人法》，如若通过，不仅是基因编辑，任何导致胎儿自我意识提前苏醒的胎教都将被禁止。我们早已开始和新脑集团对弈，你的事不过是让棋局更复杂些。"

游繁从座椅上起身，在狱卒警戒的目光下缓缓移动至窗边，律师差点以为他要无视自己径直离开了。

"游辰构造的世界里有一片边缘地带，那里既是游辰思维的边缘，也是她意识的深处。无论万花筒似的世界如何变幻，只有那儿始终如一，它就是一块流质的化石，不断反复重演着一段遥远记忆。"

诞生从来不是猝然降临的一束云隙辉光。智慧触电似的流过脑门，从此映入眼帘的万物都有了含义。恰恰相反，诞生是一场演化，胚胎在子宫内从单细胞生物变为多细胞，从鱼类变为两栖类，最后初具人形。这期间并无明确的界限，而是间杂着种种中间态，直到身体和思维都趋于成熟。镜中的自我轮廓分明时，人们才能将自己留下的足迹分段总结，归化为不同时期，并从中挑出某段支零破碎的原始回忆，指认为自己诞生的瞬间。

因而，我和游辰的故事并不能从郑洋闯入我们的世界讲起（从那些胎教设备的原理上讲，应该是胎教师把世界强塞给了我们）。说不定游辰可以，她是个天才。但无论如何，我只能从语言能够触及的最深远处谈起，从我能听见自己含混的声音时谈起，这之前的支离破碎与梦幻恍惚就如雪峰融化流下的潺潺细流，汇聚而成的江水无法记住它所有的源头。

大概是第六个月，窸窣而绵长的杂音将我吵醒。我发现自己在车站的月台上，和游辰一同沐浴暖阳，惬意地像漂浮在温水泳池中。那唧唧哼哼的声音似细语，又略微透着哀愁，似啜泣，我在站台上寻找，发现声音源头是一个坐在长凳上的女人。她表情呆滞，双唇紧闭，不存在任何生机与活力，只是具塑像罢了。这时列车匆忙驶进站，我赶忙回到游辰身旁，人群鱼贯而出，瞬间填满了城市的楼宇和街巷。游辰不知从哪儿搞来一只动物，它在头顶上空盘旋，云雾缭绕的躯体两侧伸出四面透明板子，让我联想到飞机的机翼，机翼交替震动，与车站内凝滞的空气鼓掌，留下一串盘旋而上的轨迹。

人潮对动物没有表现出丝毫兴趣。他们还在被列车倾吐到站台上，拥挤的人们学习浪花的脚步，一同摇摆着涌动。人与人的边界线联结成一坨放久了的面条，有时两个人还被压制成了一体，同一肩膀上的两个脑袋面面相觑。就在这一片灰压压中，一团颜色鲜亮的毛球逆流而行，朝我们走来，茂密的鬃毛和细碎的羽绒被整齐地梳向身后，蓬松的大尾巴高高举起，挥舞着和我们打招呼。他咧开大嘴热烈地笑着，有点刻意，可又真诚得无需质疑。他总喜欢这样对我们笑。

那便是郑洋在我记忆中的初次登场，当然那时我们并不知道他的真名，我们叫他大绒老师，所有胎教师面对胎儿时的统一称呼，还有统一的外形。你肯定不陌生，新脑集团声称这样的形象设计是为了避免触发印随反应，人形的胎教师会导致孩童出生后对亲生父母产生排斥，太过接近现实中的动物形象也有可能使孩子对相应动物抱有依赖情结，过于脱离现实的外貌又会阻碍一些自然情绪的发展和释放，所以大绒老师就像某种上古时代灭绝已久的大型哺乳动物，绒毛之下是温暖的皮肉和坚实的脊骨。

但现在的我不能再用这蠢蛋称呼了。郑洋满面笑容地抚摸过我们的头顶，我们登上他的臂膀，一边一个，他用脖颈的鬃毛程式化地蹭我们的脸颊，有些心不在焉。我们有很多课程要学，时间紧张，进度已经有些跟不上了，他说着便迈开大步，几秒钟后我们就到了一栋高耸入云的写字楼内，走廊里有薄荷混合芥末的气味，一种喷洒在地毯上的醒神剂。郑洋打开一间房门，室内有几块功能各异的显示屏，这里是授课的教室，我很熟悉。虽然我不记得自己曾来过这儿多少次，但我能记起学过的课程，数学、几种语言、法律、金融和管理等等。游辰从郑洋肩头一个跟头翻下来，摔在地毯上，弹跳几次后才站稳。"我不要进去。"她说。郑洋以为游辰是厌学了，便承诺在授课结束后会带我们去好玩的地方，还有哄小孩的糕点之类的。如果你觉得在思维空间内能不受限制地享用山珍海味,那可就大错特错了,胎儿们的享乐被严格控制,还未出世的孩子可不能拥有太高的欲望阈值,否则当他们来到世上发现自己无论做什么都欲壑难填时,就不得不舍弃现实世界,重回思维空间制造的激素温泉中。

总之,无论育儿技术如何发达,提起孩童兴趣的手段却还是巴浦洛夫式的训练,倒也很符合现代人的生活方式。不过游辰并不买账,她从本质上就与活在世上的泛泛之辈不同,或是在试图操弄人类本质的胎教过程中,她的本质产生了叛逆性的突变。"我们去哪儿。"她问郑洋。"动物园怎么样,你好像很喜欢鸟类,车站上的那只鸟是你想象出来的吗?"郑洋说。"没错!鸟儿,它的名字叫云雀。"游辰学起鸟叫高声嘶鸣,声波震开了玻璃窗,云雀滑入写字楼内,顺着走廊笔直穿梭,最终撞上电梯门,云消雾散。郑洋说,云雀不长这样,它们不是云朵组成的。游辰问他云雀应该是什么样,可郑洋也不清楚,他只知道有种鸟叫云雀,而鸟总是包裹着羽毛的。"不,"游辰固执地说,"如果它的名字叫云雀,那就是云做的。"我也表达赞同,游辰听我这么一说,更是确信无疑。从此城市上空常有云雀从云层中诞生,俯冲到我们周围徘徊,哪怕郑洋后来查阅了云雀真实的样貌后,再试着纠正我们的认知,游辰也坚持说它们是两种完全不同的云雀。

在游辰的任性要求下,授课地点改为了动物园内。郑洋在长凳上就座,一块电子显示屏突兀地横亘在大象和熊猫的围栏中间。那天郑洋操着西班牙语讲欧洲国家的商业法,他有很多法条记不起来,课程时断时续。我精神涣散地镶进西班牙语欢跃的语调中,在郑洋陈列出的知识体系内走马观花,当注意力返回动物园时,游辰已消失不见。并非逃课,我知道她还在听讲,不过还有一部分的她正漫游在奇珍异兽间。

园内的动物呆愣着,完全没有动静,标本都比它们栩栩如生,完全就是些粗制滥造的塑料玩具。

"那时我还不明白,郑洋的精神状况已经无法在授课的同时维持陌生的环境运转。"

愧疚从游繁的眼瞳深处浮起。律师的内心升起一股冲动,他想把手穿过玻璃墙,拍拍游繁的肩膀。

"你不必自责,那时你还不算这世上的一员,你没有发声的口舌,你的思维甚至无法离开胎教师独立存在。"

游繁点头:"你说得对,我们的矛头该对准新脑集团。"

"郑洋同时担任了三个孩子的胎教师,能在思维空间内保持世界稳定和时间连贯已经算不可思议了。"

"是四个孩子。三个班级,四个孩子,教导双胞胎肯定要付出更多精力。事实上,胎教作为一种荒唐且反自然的行为,它的实现建立在胎教师的牺牲之上,从胚胎 4~5 个月大脑初具规模直至临出生前,胎教时间满打满算不过 5 个月,这不仅仅代表着进行过胎教的孩子会比其他孩子早成熟 5 个月。由于胎教时胎儿的大脑正处于发育期,胎教对胎儿原始思维的强制性介入会直接反应在生理层面,改变大脑结构,提升胎儿先天智力,相当于用另一种方法达到被禁用的基因编辑的效果。然而家长和教育机构依然不满足于批量制造神童,他们要的是神。新脑集团提高了胎教时思维空间的时间流速,为胎儿创造更多的学习时间,也通过高速思考将胎儿智力推向更高峰。但胎教师也因此承担了更大的负荷,大脑一天的相对工作时间甚至超过 24 小时。新脑集团的畜生们,每天盘算的都是敲骨吸髓。"

"所以我才会四处奔走,收集能用于打倒新脑集团的材料。"

律师摊开手掌,示意游繁继续讲述。

在动物园的杳然死寂中,有一抹灵动闪烁,我的目光追随着它,不知不觉便被拖拽着在单调的砖石步道上驰骋起来,我逐渐看清它的倩影——一只游辰的云雀。我感到轻身如燕,沿着云雀留下的尾迹直插云霄，结果在那里找到了另一个动物园。

要知道，连真实世界都没见过的人怎么可能知道什么动物是世上本就有的，而什么动物是被想象孕育而生的呢？在这儿的动物更奇特也更有趣，动物园本身较之云下的动物园也有本质上的区别。这里不是关押动物的园区，而是由动物所组成的园区。我看见围栏在摇摆起舞、水潭蠕动着爬出它的池塘、池塘也顶起肚皮协助水潭攀爬、地砖翻转旋转、长凳扑扇椅背与椅座起飞，整片氤氲包裹动物园的云彩和悬于天际的土地都拥有生命。

那一天我懂了很多，关于这个世界、关于自我、关于游辰的独特力量以及她与我的联系，其重要性是郑洋带来的知识所不能比拟的。

通常而言，胎儿的世界会在胎教师离开后陷入沉眠，因为铸造思维空间的砖瓦取自胎教师的大脑，可游辰正逐渐地从郑洋手中剥夺世界的所有权。一次漫长的授课结束后，郑洋会重返列车站，踏上返程的列车。对于他来说，这算一种心理暗示，一种象征思维空间起始与终结的仪式。我们目送列车驶向白茫茫的荒野，消失在虚无中。

城市人去楼空，颓圮荒废，但世界并未随之土崩瓦解，光与声音拨动时间之弦，新的生命在废墟上起舞。最初游辰会率领着我和她那一箩筐稀奇古怪的造物冒险，在如梦似幻的残像中彻夜狂欢，直至天光熹微。郑洋和嘈杂的人潮再次涌入；然而游辰很快厌倦了，她开始在城市的残像上建造自己的国度。我无力插手，只能尽力阅读游辰释放出的无数条繁复交叠的意识，它们在编织何物？它们正流向何方？

有一天，郑洋在站台对我们挥手告别时，游辰说出了那个困惑她许久的问题，另一个车站在哪儿，那个郑洋来回往复的地方在哪儿。郑洋全身的毛发触电般耸立，舌头咕噜着欲言又止，他从未想过该如何回答，照理来说胎儿绝不会提出此类问题，就像原始人不会问苹果为何会掉在地上。

胎教过程中有一系列禁忌，不能提及孩子们的姓名，也不能给他们取外号，不能构建孩子们的肉体，以及不能提及"出生"。

孩子们在校期间发生事故，学校难免承担责任，而对于胎教机构而言，家长会要求他们为所有的先天缺陷负责。不过畸形、器官缺陷或其他身体层面的残障反倒没有给新脑集团带来巨大麻烦。胎教和这类症状并不相关，家长只能拿到些人道主义赔款。强大的宣传机构会摆出各式科学检测结果，使民众相信法庭的公正判决，集团声誉也未受影响。反倒是一些隐藏颇深的精神问题，在孩子成长过程中才慢慢显露：很多孩子抗拒与人交流，无法融入集体，容易受到惊吓，无缘由地陷入恐慌；有些孩子患嗜睡症，有些经常产生幻觉，严重的还会尝试自杀；或将暴力之花种在他人的身体上，曾有孩子趁父母熟睡时剖开他们的腹腔，试图在其中找到出生前的世界。

新脑集团称此类病状的根源必然是胎教师在胎教期间触犯了禁忌，使孩子将胎教授课时的思维空间错认成了现实。胎教技术是完美无缺的，如果有问题，都是胎教师的操作失误。他们构筑了一套狡猾的体系，无论何等丑闻都会被这套太极拳弹开，保护新脑集团的技术根源不会沾上污点。可我不得不承认，有时那些所谓禁忌，的确有其道理可言。

郑洋一定是精疲力竭了，他只想赶快逃离高速运转的思维空间，所以他把禁忌当作了新脑集团的公关说辞，用直接得略显粗暴的方式，没经过任何字斟句酌地将"出生"的概念灌输给我们。不过他倒是没有忘记在道别时展露那标志性的笑容。不合时宜也罢，心里藏了苦涩和忧愁也罢，他总会像个虔诚的信徒一样完成这仪式，而且笑容总会发自心底。

不过问题并不会因此化解，那一夜，整座城市连同它的碎屑和列车一同消失在遥远的彼方。我和游辰晃荡在荒芜的旷野上。残月冷冽，寒光刺骨，万籁俱寂。游辰盘坐在尖锐的砾石毯子上，沉默地瞠视着虚空。从胎儿的角度看，出生无外乎人们常说的死亡，而现实似乎就是充满劳逸的死后世界。我那时还未真正理解郑洋说了什么，只觉得游辰的目光里有股肃杀之气，使我不敢接近。我沿着世界的边缘徘徊，希望找到一个出口，躲避游辰创造的这片思维空间。然而边缘外部传来时断时续的哀嚎包裹萦绕着我，响彻每一片腔体，婉转凄怆，和游辰的声音如出一辙。浓烈的悲恸之情急剧地在我体内浇筑，逐渐膨大，阻塞住了生命的流动，几近将我胀裂。我清楚地知道这情感的源头来自何处、如何消解，我转头重新向游辰走去。虽然并不知道自己究竟该怎么做，但我急切地想回到她身旁，带她离开阴霾。

可游辰却不见了踪影，光秃秃的旷野也变了模样：不久前刚走过的地面明明像冰冻的湖面般平坦，而现在湖水已彻底融化，路面变得崎岖不平，泛起涌动的波涛，干涸的地皮柔软得难以站定，外加每一寸的土地都在起伏，时而又像排干了空气的干瘪肺腔挣扎着颤抖，我被掀倒在地，近距离观赏沙土碎石随大地的跃动起舞。我爬起身，再度跌倒，重复了一段时间后，我感觉自己快要摔得支离破碎，但总算学会了在波动的地面上行路。我踏浪而行，越走越快，有的滔天巨浪化作横亘世界的山脊，我溯流而上，抵达顶峰，又从山巅滑翔穿过熊熊燃烧的密林，忍受住了浓烟和炙烤。

我后悔不该离开游辰片刻，否则也不会受这些跋山涉水的劳苦，但还是不能停步，我确切地感受到游辰还在这儿，我能嗅到她的气息、她的源头。终于，当我越过一道黢黑不见底的深沟后，抵达了一片躁动的沼泽，那些沼泽池口像呕吐后的咽喉痉挛着，而这片环形沼泽的中央矗立着一座参天碉楼，那里本是游辰盘坐其上的砾石毯子，现在却化为砖沿锋利的长方形巨石，垒出坚不可摧的高墙。

我环绕碉楼一圈，没有发现任何门窗或开口，游辰就在碉楼内，如同一团闷烧的火焰，随时可能熄灭。无论如何呼喊，碉楼内都没传来任何回应，我多么害怕游辰就此消失，便更加撕心裂肺地吼叫起来，一边叫一边捶打碉楼。每一记锤击都会让碉楼发颤，但它总能恢复纹丝不动的态势，屹立着，丝毫没有要倒塌的迹象。无云的夜空中落下闪电霹雳，惊雷嗔怒，盖过我的喊声，或者该说惊雷即是我的哀吼，游辰和我还没有名字，呼喊承载的不是话语，而是喷发的情绪。我试着攀爬，希望在碉楼顶部找到入口，然而墙体光滑如镜，砖石间的接缝锃亮无瑕，反射着月光。我在平滑的镜墙凿出凹痕，步步为营地向天空进发，张牙舞爪奋力爬行，身后留下一串镜片的碎痕。即便在思维空间内，也存在着体力耗尽、心神涣散的问题，更何况我在碉楼镜墙上制造的痕迹从更抽象的层面来说，其实是在与游辰的思维进行抗争，就如同游辰在郑洋制造的都市内创立新的准则，我也在改变游辰的世界。

我从楼腰处坠落，在泥泞的沼泽上砸出奇异的轮廓，但顾不得自己的模样有多狼狈，又一次攀爬起来。我比上次爬得更远，结果只是在泥沼上留下另一摊更深的轮廓。无数次攀爬，无数次坠落，每一次我都爬得更高，可永远只能眼巴巴地遥望楼顶。我再度仰头审视碉楼，发现它已高耸入云，在我攀爬它的同时，它也在生长，碉楼好似拥有生命，这儿的一切都拥有生命，或者说我从一开始就在一个宏伟庞大的生命聚合体的内部。

泥地上的轮廓形状各异，这倒不是因为我摔到地面时的姿态不同，而是我也不清楚该在地面上摔出什么形状才正确，坠落的途中，我一直在思索这点，不知道摔出什么形状是由于我不明白自己究竟是什么模样，然而怎么才能弄清自己的模样？

镜子，没错，我贴在镜面爬了这么久，却未曾想看一眼镜中的自己。镜墙除了难以攀爬之外突然有了新的用途。镜面中确实有一轮倒影，我观察着镜中人。她的身材比城市中那些模糊的人形轮廓娇小，相较那些幢幢鬼影，她却长着鲜明清晰的五官；皎月的白光撒在她的肌肤和长发上，泛出幽幽的银辉。镜中繁星满布，淹没她的身躯，萤火虫似的飞舞闪烁着，而那轮点亮夜空的明月反倒像是借助了她的光彩。你要知道，郑洋带来的市民们可都是成人，所以我花了点功夫才弄明白镜中的是个女孩。

没想到我寻觅许久的游辰竟以这种方式出现在我眼前。

游辰的眼神游离，在群星间哀婉流转，若有似无地含着些许歉意。末了，等我俩的情绪稍微平复后，她朝我招手，镜中的星辰如浮藻波荡，我头顶上的夜空也随之斗转星移。"你现在理解我的感受了吗？"游辰问我。我身上很疼，之前坠落的疼痛延迟到站，那些坠落每一次都足以致人死地，肢体反复四分五裂、血浆飞溅的痛感一齐袭来。我说："我好像明白一些了。""那就让我再自己待一会儿。"游辰说，语气平淡，没有厌烦也没有恳求。"你还会……"我不知如何表达，但游辰明白了我的意思。她说："我不会走的，你能在城里找到我。"

游辰消失在镜中，携着她的高塔与月下旷野隐去。我被重新丢进熟悉的城市里，熟悉的列车站台上。暖烘烘的晨光里有股烤面包的香气，但细嗅两口气后却发现，鼻翼的深处沾上了阴湿的霉腥味儿，挥之不去。

列车进站，车轮有点生锈，发出吱嘎吱嘎的刺耳声响，毛茸茸的熟悉身影从车上挤下来，大声招呼我过去。今天的人潮略微有些稀疏，我很轻松就钻过他们的空当，跑到郑洋身旁。郑洋自然会问我，还有一只呢？我说，她不想来。郑洋四处张望了一下，没能找到游辰，便抱起我直接去了教室，他没有多想，只以为游辰想偶尔休息一次。我坐在郑洋肩头，第一次感到扎得慌，又疼又痒，他身上的绒毛全都黏在皮肤表面，完全失去了曾经蓬松的触感，反倒像一块破旧的棉布，毛糙的纤维断裂开线，看上去脏兮兮的。

直到授课结束游辰也没出现。第二天郑洋再来时，游辰还是不见踪影，他这才觉着情况不寻常，追问起我来。我把游辰消失的原因如实告诉了郑洋。看得出来他有点懊恼，后悔于自己一时的松懈。但我和游辰其实并无意责备他。你不该去怪一个告诉你事实的人，更何况，即便郑洋不说，游辰已经对思维空间内的一切产生了怀疑，用不了多久她就能独自觅得答案。

"游辰的逃学实际上并不影响授课，无论如何她都逃不出思维空间，只要在这片空间内,胎教就能起作用。不同于传统的教学,胎教对于教师和学生都可以看作是种被动的过程。传统的知识传递方式可以比作饮水,教师把知识倒入水杯,再令学生喝下;而胎教则是把教师和学生浸泡在同一个水缸内,教师要做的只是尽可能地让知识从体内涌出,充满水缸,灌溉那些泡在知识营养剂中的学生。"

"髓刻。"律师吐出这个词时神情严肃。

"我们那时候还没这个概念。"游繁说。

"没人提出,但髓刻效应一直存在。"

游繁轻浮地挑起单侧眉梢,展现出过分刻意的质疑神色,律师懂得他的意思,便继续说了下去:"髓刻效应还未被心理学家一致承认的原因不必多说,就跟你被关进这儿的原因相同,新脑集团的能量还不足以颠倒是非,但可以拖延住对他们不利的事。"

"除去新脑集团,也有接受过胎教的人否认髓刻。"

"髓刻可不止传递知识那么简单,胎儿的整个精神世界都会染上胎教师的颜色,性格、记忆、兴趣、价值观、梦想和欲望、身份、政治意识形态、无法遏制的冲动与癖好、自我性别认同,甚至是心理创伤和心理疾病,意识的各个方面或多或少都会贴近胎教师。受髓刻影响严重者就成了胎教师的精神克隆体,言辞谈吐只会让人产生胎教师返老还童的错觉。受胎教的人否认髓刻效应,恰恰是因为髓刻效应的影响过深,承认髓刻就如同否认自己的独立人格,承认自己是复制品。"

"你很了解,还是说,这都是你的亲身经历,律师?"

游繁的挑衅带着玩耍性质,像个顽皮的孩童朝玻璃窗丢石头,不为砸碎玻璃,他只是在聆听自己在世上制造的回响。不过按照传统人类社会的定义,游繁正值童言无忌的年龄,而玻璃墙另一侧的律师也不比他大出几岁,青涩的脸庞稚气未消。

"我有过自我否定的阶段,髓刻对我的塑形是……举足轻重的。"律师耸耸肩,眉宇间透露出超然般的平静,"但后来我想通了,髓刻只是另一种形式的基因。几百万年间，人类与自己的基因在共存中抗争、在矛盾中调和，髓刻不也既是束缚又是力量吗？"

游繁没有对律师的回答发表评价，不再追问。话题的对象重回玻璃墙内，游繁说："游辰和我呢？也是郑洋的复制品？按照髓刻的理论逻辑，你不会想说游辰的避世倾向来自于郑洋吧？"

"不，你们二人的胎教只进行到中途，髓刻效应该还来不及生效，更何况……"

几个身披黑西装的人突然气势汹汹闯入探监室，厉声叫停了律师的取证。事发突然，但律师那颗受训时长超过年龄的敏锐大脑已经意识到发生了什么，不过他无能为力，只是瘫坐在椅子上，眼睁睁目送玻璃墙另一侧的游繁被西装人架走。他在脸上挤出震惊和困惑，责问西装人要把游繁带去哪儿。

精神病院，他们坏笑着回答。

小型会面室的中间隔着一道似曾相识的玻璃墙，玻璃墙两侧是同样的两人，只不过比起监牢，在精神病院中话语亦是囚禁的对象，离开此处便失去了效力。

"我没想到你还会来。"

时隔一个月，律师再次见到游繁，他的谈吐和动作比先前更肆无忌惮，或者该说是无所谓了。

"我们还没有聊完。"律师的语调中有几分藏不住的愤慨。

"还有必要再聊吗？我的话已经不能作为证言了。"

"有。"

"你们能把我捞走？"

"试过了，暂时还不行……"

"上次见你时，我本打算用三言两语打发你的。"游繁斜睨窗外，眉间微蹙，自言自语般沉吟起来，"可不知为什么，不知不觉就讲了很多。

我极少跟人长篇大论地聊，我对这世界没什么想要表达的，也从不需要获得他人的认同，所以……上次说这么多还是把我父母告上法庭的那会儿，你知道的，他们要出卖游辰，公开展览她的思维空间，把她的大脑做成旅游项目，付费供人参观。"

"侵犯个人隐私，最终法院将第一顺位的法定监护人改为了你。"没有律师不知道这桩几年前的奇案。

"总之……我必须承认，你让我有种熟悉的感觉，但这感觉很遥远，像是梦中梦，模糊得失真，但的确存在，熟悉又陌生。算了，忘掉这胡话吧，我的意思是随你问吧，我都会答的。不过在这之前，我想听听你们打算怎么整新脑集团，那可不止是块硬骨头，他们是社会的脊椎骨，直通大脑，想撕裂他们，不啻革命。"

"实话说，我们还没有足以击败新脑集团的良策，现在正做的，无非是积攒手牌。一项技术之门打开，给人们提供了一条前所未有的捷径，除非整栋房屋倒塌，想要在汹涌的人潮中把门关上几乎是不可能的。"律师面色凝重，"但我们不得不努力关门，胎教行业正在把阶级差距变成物种差距，时间拖得越久，便越难以逆转这个趋势。最近几年富豪收养子女的数量逐年倍增，难道还能是他们集体善心发现不成？很多富豪在了解了髓刻效应后并没有放弃胎教，而是把胎教延伸得更远，他们花费数年时间培养胎教师，再利用髓刻效应将经过筛选的人格植入胎儿的意识，从而使孩子更符合预期。"

虽然是游繁提问的，可他似乎并不怎么关心，只是摆出一副"我知道了"的模样。

"我们上回说到哪儿了？"他问。

"游辰消失了。我想知道郑洋的反应……我希望你再多讲讲郑洋。"

不知是因为受到游辰的天赋熏陶，抑或是髓刻效应正准备迎来波峰，当然也源于"出生"所带来的震撼，我开始逐渐地读懂郑洋的内心，包括他刻意隐藏的部分。

当他决定寻找游辰的去向时，我能听见壁垒倾圮的轰然重响，促使郑洋行动的力量不再是他的业绩考核，而是游辰本身。他在街道正中央奔走着搜寻游辰，每迈出一步就穿梭过整条街道，在全城展开地毯式搜查，他的意识雷达般地扫荡着街道两侧林立的大厦，任何阻挡他的车辆与行人都会被撞散成一袅烟雾。

但我知道，只要游辰不愿被找到，郑洋必定一无所获。其实游辰一直在城市里，就在我们的周围；她栖居在小巷深处，在楼宇间的犄角旮旯里，在路面的接缝和街灯的灯罩内，在每一处被郑洋忽视的地方。不论我走到哪儿，都可以用几乎无声的喃喃低语和她交谈，游辰有时并不回话，但我知道她清楚地听见了，这座城市中所有的一切都在她的感知范围内。我悄悄地联络游辰，就像孩子们在课堂上偷着传递纸条，我告诉她郑洋的心情很差，他很想见你，如果今天还找不到你，他肯定会发疯的。游辰并没有表态，她没有主动妥协的意思，但她也给出了些模糊的线索，就像"出生"不能逆转一样，我们和郑洋的关系也不可能恢复如初，她拒绝再接受那些无聊的知识了，或许她可以给郑洋上一节课，有关这个世界的课。她说完便终止了谈话，必要的信息已经传达完毕了。

我把游辰的话转述给郑洋。"什么意思？"他问。"我想你首先要找到她。"我也只能给出不太确定的回答。他又一次在城市中呼唤她，游辰依然不做回应，现在她连我都不回应了。我说："游辰在城市里散落的踪迹就好比播撒的气味，我们要找到气味的源头。"于是我下定决心带着郑洋去见游辰，这并不需要一个具体地址，我坚信只要离城市够远，自然就能见到游辰。我们从街边的地铁入口潜入地下，地铁站台上空无一人，煞白的荧光灯管照在大理石地板上，有些晃眼。我跳到地铁轨道上，铁轨凉凉的，行车隧道内寂静无声，只有微风流淌。走在铁轨上使我有点兴奋，郑洋从不允许我们这么做，现在他无暇顾及任何规章守则了。我走在前面，扶着墙面朝行车隧道深处进发，混凝土墙面上布满微小的凸起，抠下一粒尝尝，味道发酸。继续前行，脱离了站台上荧光灯光的照明范围，隧道内只有昏黄的壁灯点亮四周，混凝土的墙皮开始脱落，能轻而易举地成片剥掉，裸露的钢筋结构被锈蚀严重，轻轻一攥便化为齑粉。再往深处走，混凝土墙全部不见踪影，取而代之的是五颜六色的砖墙，脚下的触感也变得松软，铁轨和轨枕不知去处，虽然灯光都已熄灭，我却看得更清楚了。衔接在彩砖墙尽头的是更鲜丽的色彩，像被一张卷成筒状的绘卷包围。绘卷宏伟绵长，在隧道内无限延伸着，但又氛围轻松，似是而非地笼罩在惬意的温馨感中，四周翠绿的底色上布满迷宫般的纹理，其间点缀些许光斑，肆意飞舞。偶尔会找到一扇开着的窗，窗外是嫩绿的枝芽和硕大的叶片，从叶片间隙之间能窥见碧蓝的苍穹。我又走了些路才发现，自己其实正在一棵参天巨树的树干内部，继续径直下潜，一直抵达根部，虬曲盘结的树根组成封闭的球状网兜，兜内中空，竟腾出了一间轩敞的大厅。漫步进入大厅内部，清脆的铃铛声此起彼伏，交汇在大厅中央，幻化为曲调轻盈的协奏曲，沁人心脾，那些树干中的光斑在这儿更为密集，凑近身旁几只漂浮游荡的光斑定睛一看，才发现这都是些各具形态的小生灵，铃声则是它们振翅飞舞的回响。这些无法定义的小家伙——姑且称之为精灵吧，构成它们娇小躯体的材料丰富多彩如整个人类、整个地球的壮阔史诗，有木质的、有水做的、金属质、五彩斑斓的矿石、极光、防弹陶瓷、蛛网，这些还很容易想象，可我们谈的可是从未离开过思维空间的奇才。组成这个精灵的是笑和跳动、组成那个的是干涸与烧焦的空无，还有精灵是毛茸茸，这不代表它由毛茸茸的材料——就像郑洋的皮肤那种——组成，它就是毛茸茸本身。在这儿具象和抽象不存在边界，准确地说根本不存在具体的事物。这里是游辰的创世实验场，一切都是思维的投影，只不过思维有时清晰，有时混沌。你能试想爱的精灵是什么吗？躁郁呢？或者熵、暗喻和集体无意识？这些不过是我稍稍一瞥就映入眼帘正中间的精灵，还有更多从眼角略过。我相信在我们谈话中提及的每个汉字，都能在这间大厅里找到对应的精灵，除此之外精灵们还在不断地相互碰撞产生新的精灵，无法用既有语言描绘的精灵。每一个精灵的体内都蕴藏着巨大的能量，随时准备喷薄而出；它们伏在构成大厅的一簇簇树根上，有些精灵在树根上雕镂出密密麻麻的纹理，还有些在精心灌溉它们，树根逐渐粗壮有力，生出新芽，大厅也随之不断扩大。

……

对不起，我不该谈论这些，还是让我们回到正题吧。

你真的不必说任何奉承或是客套话，我们在谈话，而你要听些与郑洋有关的事情，不是吗？不不不，哪怕你真的感兴趣，求你别再鼓励我说下去了，我可以无休无止地说上三天三夜，但会面时间是有限的，你的时间更是。

不得不承认我一度忘记了郑洋的存在，好在他跟紧着我，没有在游辰的意识迷宫中走失，可看得出他也颇受震撼。他神色恍惚，半响才回忆起此行的目的，在大厅中来回张望起来。"我能感觉到游辰就在这些家伙之中。"他说。

"不，它们都是我，这儿的一切都是我。"游辰答道。她的话语是一种从耳畔深处传来的回响。

接下来郑洋做的第一件事便是道歉。那是我见过最真诚的道歉，他一定是在路上酝酿了许久，我在出生后再未见到过这种发自内心的真诚道歉，或许该怪我把对真诚的感受力遗落在那片遥远的梦里了。致歉的内容先是他贸然地提及"出生"，然后是他以往的授课内容，也许正是那些死气沉沉的内容才使出生这件事在我们眼中如此绝望，虽然这些授课内容都是由我们的父母决定的。迄今为止，郑洋在五年间教育了不下三十个胎儿，他也不止一次想过尚未出生的孩子根本不该学如何在不触犯集团法的边缘牟取利益，但他总会安抚自己说，这是孩子的父母考虑的事情，他没有说三道四的权力。那么除此之外谁还有权力？想必只有孩子自己，只不过除游辰外的孩子没有能力行使他们的权力。

"所以说,你打算教我们什么?"游辰问道。

"你想学什么?"郑洋反问。

"我还不知道你们的世界里有什么呢。"游辰说。

"你说的没错,我最先该做的,是介绍那个等待你们的世界是什么样子。不过在那之前,大家一起笑一笑吧,作为我们和好的标志。"郑洋说。我边笑边想着,笑容或许就是郑洋唯一能自行决定的授课内容,这也是他不论何时都不会忘记笑对我们的原因。

然而一个问题解决时,新的问题会随之孕育而生。比起财产税和集团法,"世界是什么样子"似乎是个更难回答的问题,你甚至说不好它究竟是抽象的还是具体的,这显然没有办法把我和游辰从柏拉图的洞穴中一把抓出,沐浴在真实的天空下,认识世界没那么简单。对于游辰,或许还要谈到康德的认识论体系、维特根斯坦的语言哲学、心理学、脑科学。游辰的智力已经足以吸收这些知识,但追根究底,游辰依旧是未出生的孩子。郑洋决定用更传统的方法带我们认识世界,况且他也明白,游辰的消沉情绪源自对现实世界的失望,他需要让她爱上世界。

我们一头钻进了城市的繁华商业区,在琳琅满目的精致商品间穿梭,一刻不停地咀嚼吞咽美食,看了几场精准调动观众情感的商业电影,我有点被触动,还想再看,可郑洋已经好几年没走入影院,他脑中记忆深刻的影片全都上演过一遍了。之后又是些游乐园、水族馆和农业体验馆之类的,郑洋把他想到的一切娱乐都展示给了我们。没过多久,郑洋的点子枯竭了,于是我们又把体验过的种种娱乐从头再来一次。一直浸泡在游乐与狂欢的浆液中开始让我泛恶心,游辰也显露出厌倦和疲惫,连郑洋都觉得空虚起来。

有一天,他终于意识到自己又搞错了,他对游辰说,这些体验根本不是最重要的,他本想教会我们怎么活着,但不该是这样,新生的孩子不该靠着自我麻痹活着。强烈的表达欲望在郑洋的意识内部冲撞,连接外部的通道却荒废堵塞,传达给我们的只有混乱的言辞和断裂的意念。

游辰说，让我们看看孩子应该是什么样的。郑洋豁然开朗，他把我们带进一个场景中，教室内，一群幼小的孩子聚坐，从他们缺乏目的性的动作可以看出这些孩子没有受过胎教，孩子们的目光投射在一个年轻人的身上。年轻的实习教师站在黑板前，笑容灿烂，他的身后写着两个大字"梦想"，他说："孩子们，你们有想过长大后的自己要做什么吗？你们有喜欢做的事吗？"幼小的孩子们抓起笔在画板上涂抹，勾勒出歪歪扭扭的汉字和拼音，或是图画。年轻人让孩子们挨个起立，郑重其事地介绍自己的梦想，孩子们的梦想五花八门，建筑设计师、音乐家、开餐厅、科学家，希望家人身体健康、世界和平；当然不乏有孩子的回答是要赚大钱、做大老板、住大房子或是当官。这时年轻人就会追问孩子，当这个梦想实现后他们想做什么。大多数孩子听不懂年轻人的提问，年轻人只是笑笑，把问题的种子种进孩子们心中。还有些回答不上来的孩子，年轻人便试着从他们的兴趣爱好入手。

郑洋说，挖掘出怎样的回答并不重要，儿时的梦想不必永恒不变，但有梦想本身是重要的。有个孩子从裤兜里掏出了几颗光滑锃亮的鹅卵石，那是从公园和河堤边捡来的，他总爱在上学路上捡上几颗漂亮的石头。于是年轻人便找了不少形态各异的矿石图片，还从集市买来了一小块萤石，那孩子兴奋地把玩萤石，在阳光下观察着晶莹剔透的石块。末了，他问年轻人要更多矿石，年轻人告诉他，地质学家就会时常和各式的矿石打交道。

"我依旧记得那孩子的眼神，熠熠生辉，远比萤石还要闪耀。"郑洋说。

"后来呢？"我们问他。

他说："我被那孩子的家长投诉了，他们说我给孩子胡乱灌输思想。"

这段回忆与郑洋的履历相符，他在毕业前曾到一所小学实习，实习期一到便离职了。

郑洋的想法那么笼统，并且通俗，同时也显得有些奢侈。我们从那时起开始思索，毕竟那是我们第一次尝试解决没有标准答案的问题，这答案没有设定一个范围，似乎任何事都可以被称作一个梦想，然而似乎也没什么事值得被当作梦想。

在苦思冥想却终究无果之后，我们反问了郑洋，或许他的梦想能提供启发。要说这事儿其实根本没必要问，思维空间内的万事万物对游辰来说都一览无余，可郑洋的梦想却偏偏成了扑朔迷离的重影，寻不出个实在的轮廓。我们本以为郑洋不过是把梦想藏得很深，实际上他有个很确切的答案，可郑洋先是诧异地愣神片刻，然后就灵魂出窍般地停止了思考。其实有一刹那，我和游辰捕捉到了郑洋心中点燃的剧烈波动，像一颗殉爆的炸弹。这炙热的火光被郑洋迅速而又狠辣地压抑了下去，可他却似乎是被火光灼伤了，胸口火辣辣的疼痛令身旁的我俩都如过电一般发麻。

见他走神了，我们又接着问他，梦想是否已经实现？他明确地否定。我们问，相比胎教师，他更乐意做传统的教师，不是吗？他又游移了片刻，然后说，曾经是这样的，现在他也搞不清了。

郑洋变得有些失落，于是我们也没再追问这个问题。那天结束时，我们在站台上等待列车进站，把郑洋接走，以往列车会在我们登上站台的那一刻便呼啸着驶入站内，毕竟列车不过是郑洋离开思维空间的一项手续，一种心理暗示。可那一天我们在空荡荡的站台上僵立了很久，远端的铁轨还是悄无声息，好像已经荒废了许久，轨道被锈蚀，枕石的裂缝间生出了杂草。我们还迟疑着该不该问一下郑洋发生了什么，可转头却发现郑洋不见了踪影，不知何时站台已被人潮填满，摩肩接踵，互相推搡着。即便如此，郑洋也不应该轻易地被人群淹没，他毛茸茸的滚圆身材是那么与众不同，而站台上的人虽然五花八门，但他们两眼与耳朵全部被一副环装的目镜掩盖，露在目镜外的部分要么是面无表情，要么就咧开嘴呵呵地笑着，我跳到高处，俯瞰灰压压的人潮，可怎么也找不到郑洋。

这时列车居然进站了，车门一打开，人潮便如大坝泄洪般喷涌着灌进车厢，我和游辰一个不留神也被卷进了车内。虽然我们未曾乘坐过列车，但也望见过车内的布局；以往郑洋乘坐的列车虽然也坐满了乘客，可至少每个人都有座椅，然而吞下我们的这趟列车却让我想起货架上的罐头饮料，人们背靠着背，手被压在另两人的身体之间。空气里弥漫着汗酸与纺织物混合在一起的味道。一条条歪斜又紧绷的腿按压着地面，偶尔会有人被挤得双脚离地，当他再想踏回地面时却发现自己的落脚点已被占据了。我开始时以为这儿的所有人都来自同一个和睦的大家族，否则他们怎么会表现得如此亲密，稍微观察一会儿后，我又觉得似乎不是那么回事儿，那他们为什么要主动把自己塞进这块封闭的狭小空间里？他们有什么非去不可的地方吗？

　　我听见游辰的声音，她说找到了郑洋。我在人腿组成的茂密森林中蜿蜒蛇行，梭巡到了游辰身旁，的确感受到了熟悉的气息，可还是没找到郑洋。游辰说，在这儿，别被视觉迷惑。于是我找到他了，他和所有人一样，双眼隐藏在目镜下，不与人对视，一个没有任何特别之处的青年，但他的意识中有我们共通的回忆。那是我第一次见到郑洋原本的模样。

　　郑洋没有回应我们的呼唤，游辰试着拉扯他的裤腿，可裤子却纹丝不动，像凝固的水泥般坚硬，他似乎听不见任何声音，也无法感受到任何事情。

　　列车忽然沉入地下，在漆黑的隧道中行驶，窗外空无一物，玻璃上反射着乘客们排列紧密的脑袋，窸窸窣窣地来回摇晃。突然间，我被前所未有的巨大恐惧笼罩，列车将要开往何方？它总是载着郑洋回到现实世界，而我们呢？等待我们的是出生还是死亡？

　　列车进站了，我们随着郑洋一起下车，这儿似乎不过是一座稀松平常的地铁站，虽然四周的场景十分陌生，但无疑还是在思维空间内部。郑洋没有摘掉目镜，在车站内畅通无阻地自由穿梭，熙熙攘攘的人群虽然肩膀都贴得很近，但这些眼睛不看路的人却从不会相互碰撞，像是被一个统筹着所有人的中央电脑操作着。

虽然明白自己暂时安全，但内心的恐惧还是难以消散，我就像初次出远门就和父母走散的孩子，拼尽全力在周围寻找熟悉的事物，可这儿我唯一熟悉的只有游辰。

我问游辰："我们在哪？"

游辰说："我不知道，这里和以往的思维空间不同，我没法修改这儿的环境。"

我问游辰为什么。她说我们的时间和这儿不同，这儿的时间看似在流动，实则已经凝结断裂了。

我当时听不懂，但也无能为力，只希望郑洋把我们带到地上，至少仰望天空能让我找回点熟悉的感觉。然而郑洋在蚁穴似的地下通道里来回穿梭，最后钻入他的目的地——一家蜂巢公寓，六角形的柱状立方体堆叠在一起垒作高墙，简易的升降平台把郑洋托升至墙壁的中段，我们也跟随他走进包厢，郑洋蓬松的乱发能刮到包厢的顶部，但他并不在意，应该说是根本没心思在意，这儿只是他睡觉的地方，除此以外别无他用。

也许住蜂巢公寓不是值得叫苦的事情。单人单间，现代化设施齐备，虽然在不见阳光的地下，但也因此临近市区，搬家时可以直接搬运整个单元间，无论如何都比一般的劳工宿舍要强多了，没有优渥的收入是住不起蜂巢公寓的。可当我与游辰踏进蜂巢公寓的内部时，我们都压抑得忘记了呼吸，同为受胎教的人能够理解这种情感吧？在胎内的思维空间中，我们拥有一座城市乃至整个世界，周遭的万物围绕着我们，因我们而存在，有谁能在这一瞬间接受从神明沦为蝼蚁的反差？

我几乎能听见两个胎儿还未成熟的心脏在震颤，生活血淋淋地呈现在我们眼前，不经任何掩饰。郑洋关上门，连灯都没开，晕倒般坠在床上，剩下我俩被囚困在漆黑里。对于我俩来说，这就是我们的未来，这就是生活的本质，这就是"出生"所意味着的一切。当然，一个孩子能接受胎教说明他至少有个相对宽裕的家庭，但那时郑洋是我们理解生活的唯一途径，郑洋的生活引发的是最直观的震撼，若是说在此之前"出生"是滚滚袭来的滔天海啸，那现在我们已经是挣扎其中的溺水者了。

我们听到有人在噗嗤噗嗤地大笑，声音来自隔壁房间，墙壁的隔音效果并不好，能听得出笑声源自男人，那笑声不是气息喷出鼻腔的嗤笑，也非胸腔收缩震颤的那类短促的癫笑，而是一种雄厚的男中音在铿锵有力地阅读讲稿般的仰天大笑。笑声从腹腔中轰鸣着狂奔而出，轻而易举地穿透墙壁，震得郑洋的眉毛和脸颊抽动不止。笑声断断续续，一次不会持续过久，但寂静也不过是下次爆笑的铺陈，就像恐怖电影的背景音乐，平静之后必有惊吓。谁知道他在笑些什么，他可能只是想骚扰他人的睡眠，蜂巢旅馆里最不缺精神失常的人。郑洋愤然从床上弹起，他把耳朵贴到倾斜的墙壁、地板和房顶上，确定噪声来源自头顶之后，他便攥紧拳头，伸长脖子叫骂着，若是还有声响，他肯定就下重拳锤天花板了。然而那放肆如挑衅般地大笑戛然而止了，黑夜重归宁谧，只剩郑洋的怒骂还在房间内回响。郑洋本已经做好唇枪舌战的准备了，结果刚刚进入战斗状态就没有了目标，空留一肚子怒气在体内打转，他在房间里踱步了一会儿，等怒意差不多消去后，才回到床头，他干坐着一动不动，想等困意袭来时再一头栽倒进床里，可急躁的企盼只会起反作用，困意迟迟不来，这反倒又加剧了他的急躁，他的皮肤逐渐升温发烫，肌肉酸涩得发麻，牙齿不自觉地用力咬合，整张脸绷紧得像雪山上冻僵的探险家。无奈之下，他再度起身，又开始在长度不及五步的房间内蜷缩着脖子来回走动，对于失眠，他早就身经百战，总结出了几套助眠流程，A 计划失效就用 B 计划，再不行还有 C、D。走了一会儿，稍感精神放松下来，郑洋吞了一包助眠剂，舒舒服服地钻进了被窝，现在入睡也能保证五小时的睡眠，勉强能维持第二天的精神状态。

我们凝望着郑洋，他疲倦的表情缓缓舒展，绝望的心稍稍得到了些许宽慰，在目睹了现实世界中的不公已经彻底蔓延渗透进阳光、空气、时间和空间之后，我们天真地以为睡眠是最后的自由之地，但总有人会比我们先想到这一点……虽然知道郑洋在这儿感知不到我们，可我们还是屏气凝神，生怕吵到郑洋，在均匀的呼吸声奏响前，我们不敢松懈。偶尔在门外会响起升降平台运转的机械音和其他住户开关门的声音，郑洋对此习以为常，楼上也再没传来笑声，夜晚似乎不再为难这些奔波的年轻人。除了有些琐碎杂音，听起来像是电器接触不良发出的吱吱电流声，但电流声的嘶鸣会更悠长、更平稳。郑洋翻了个身，侧躺着。

凌晨三四点是人心最敏感与脆弱的时段。如果说睡眠是一种假死状态，那么在拂晓之前凌晨时分，彻夜未眠的人就好比踏入死域的游魂，恍惚之间就被无尽的孤寂与黑暗攫住了。白天没人会在意的杂音，放在这时却能搅得人心神不宁。郑洋在床上调整了几次睡姿，始终无法入睡，他必须要弄清声音的来源，否则安不下心。他趴在地上，把耳朵凑到电线和插座旁悉心聆听，那动作像是在搜查爆炸物的警犬，检查完室内的所有电器都后，郑洋开始觉得那异响其实更像人声，像某个人捂着嘴憋笑时漏出的咯咯尖笑，想到这儿他怒火攻心，心脏猛地吸入一管强心剂，从濒死转瞬间陷入疯狂。郑洋再次把脸贴在天花板上，心跳声在颅骨内共振，好似跳动的其实是他的大脑，吵得让他发毛，现在他确信，只要再让他听见任何声音，他会立刻跟楼上的人大打出手。

他听了很久，耳朵吸盘似的粘在天花板上，但没有动静，那细碎的杂音显然来自另一只耳朵的朝向，而且是女声。这回郑洋确定了，是在这间六角形蜂巢房间的右上一侧，他再把耳朵贴过去，有个女人在轻声啜泣。郑洋犹豫着要不要如法炮制锤墙警告，片刻后紧握的拳头便松开了。她的哭声那么纤弱，根本吵不到任何人，难不成她还会哭到天亮？郑洋蜷坐在床上，他彻底地心力交瘁了，完全没有动力再实施什么助眠 A 计划 B 计划了，操心怎么入眠变得比不睡觉这件事本身更疲惫。哭声没有消失，也没有变响，还是维持着气若游丝般的哀吟。环绕在这种声音中，郑洋觉得自己也有点想哭，可又挤不出眼泪来，只是被消沉的情绪越染越深，再这样下去也不是个办法。他想起蜂巢公寓门口的自动贩卖机里有卖耳塞，他买过一次，用不习惯，耳道里涨得难受。可这会儿也管不了这么多了，哪怕睡不着，躺在床上心平气和地小憩两小时也是好的，今天他的课程又是从早到晚全部排满，三组胎儿，其中还有游辰，要满足她的求知欲可不简单。

买完耳塞回到六角形的斗室，啜泣声依旧，郑洋开始觉得那是音响在循环播放一段哭声，否则有谁能流泪这么久？他把耳塞捏扁，按进耳道里，记忆棉制成的耳塞回弹后填满整个耳道，不留一丝的间隙，隔音效果绝佳，哭声彻底不见了。

但为什么要播放哭声呢？虽然郑洋这么问自己，奇异的是他并不真正感到疑惑，现在他已经认定那是音响发出的声音了，他一点不觉得那是刻意扰民，也不觉得是神经病行为，不知为什么，他觉得用音响播放哭声的行为比真正的哭更悲伤。一个不停哭泣的女人形象在他脑中浮现，她跪坐在地上，手背抹着婆娑泪眼，她为什么哭？是家人去世、丢了工作、被同事和上级欺压，还是罕见地为失恋哭泣？郑洋觉得理由不重要，重要的是他得帮女人哭出来。他又听见啜泣声了，但他知道并非是女人提高了音量或耳塞出了问题，哭声萦绕在他的大脑里，挥之不去反复循环，循环，循环……

尖利的鸣响贯穿耳塞，闹钟响了，房间里的东西混乱地交叠在一起，融化着崩塌了。

"郑洋是戴着胎教器材猝死的，死因是长期过劳加上彻夜未眠。"律师说，"你们看到的是郑洋死前的记忆？那就是说，郑洋猝死时正和你们同处在一片思维空间内？"

"我想是的，我们的确在一块儿。"

"也就是说那个女人导致了郑洋的死？"律师站起身，语速飞快地呢喃，"我们可以找到那个女人，查住房记录可以很轻松地找出那一晚郑洋房间周围的住客身份。哦,别误会,我可不是要责备那女人,我当然知道一切的罪魁祸首是新脑集团,它们疯狂地压榨员工,每个员工都身心俱疲。还有胎教技术,这玩意儿损害了郑洋的大脑,才使得郑洋精神极度敏感,承受不了一点轻微的刺激。我只是要找那女人问问当时的情况,问问她为何而哭,或是播放哭声……"

"冷静,律师,冷静点儿。这跟郑洋的死有什么关系呢?无论是真哭假哭,她不过是在深更半夜弄出了一点点声响,郑洋都未曾责备她。"

律师才发觉自己方才的反应略有失态,他象征性地整理着衣摆,面露尴尬。

"你并不是为了和新脑集团的官司才来找我的吧。"游繁说道,他的嘴角若有似无地上扬,律师突然觉得自己看穿了游繁的语言风格,这种嘲弄式的语气背后有着冷峻的谈话策略。

"你为什么这么想?"

"郑洋是游辰的胎教师,能够引起不少公众关注,但说到底,他不过是被新脑集团压榨致死的万千小员工中的一员,除去和游辰的关系,没有任何特殊性。这种官司新脑集团遇到过多少次了?无论输赢都不会有什么影响,毕竟新脑集团的客户从来都不是郑洋这类打工仔。"

"好吧,我承认,探寻你们和郑洋的事,多少源自我的个人兴趣,但我的保证不变——我会尽力让你和游辰再见面的。"

游繁点点头,这是他对这个世界所能表达出的最大程度的谢意了。

律师说:"我想你说得对,那女人的事情和郑洋没有关联,但我还是想找她问问,说不定她认识郑洋,毕竟我也没什么其他线索了。"

"别白费功夫了,且不说蜂巢公寓的邻里间能有什么了解,要我说,郑洋记忆中的那女人都未必存在。"

"这怎么可能,你想说记忆和现实存在分歧是吗?可你也说过,游辰的力量能轻易重塑、雕琢郑洋建造的城市,但唯独无法撼动那段回忆,这不就证明了那段回忆如同死兆般烙印在了他脑海中吗?"

"也许吧,但谁又说得清呢?尤其是当我们看到那段记忆时,事情已经过了那么久。"

"什么意思?你们看到的不就是郑洋昨夜的记忆吗?"

"昨夜?不……我们不知道郑洋去世是在哪一天,但我们清楚郑洋隔了好久才明白过来,自己已经永远回不到那具疲惫的躯壳中了。"

郑洋在他熟悉的大厦内部醒来,又是那艳丽的房间内装和绒毛地毯,没有一点新鲜感,唯独醒神剂的气味不再冲鼻子,反倒闻着有点昏昏欲睡。他反射性地脱去胎教设备,起身离去,大厦内部空无一人,他却没察觉有异样,坐电梯下达底楼,那儿有两个孩子,想不起来他们叫什么名字,但他认得他们。郑洋不明白这两个孩子为什么会出现在新脑集团大厦的门口,刚才他还在思维空间内给他俩上完胎教课,然后他坐上了返回现实的列车,结果……

他没有回去,从不知何时开始,很多次,他乘上列车,然后陷入沉睡,又在胎教开始的时间醒来,乘上列车再回到城市里;这一切全部都发生在思维空间内部,根本没有回到现实,他已经回不去了。

那一刻,郑洋意识到死亡早已降临在他的身上,而现在的他不过是个游离在思维空间内的鬼魂,绝望和孤寂顿时将他淹没。

一个人知道自己即将出生是什么心情?一个人知道自己已经死去又是什么心情?生命是条线段,而我们就在这条线段两侧的端点之外,游辰与我在"生"之前,郑洋在"死"之后,相距甚远的人们却在那一刻相互理解了。

我们想方设法安慰郑洋,就像他曾经为了胎教授课,换着花样逗我们、吸引我们的注意力一样。可郑洋没有任何回应,三十年的人生使他笃信死人不会回话,我们害怕他就此消失,便始终陪在他身旁,希望融化他冰冻的意识。终于,郑洋不堪重负,不得不把死亡带来的冲击赶出意识,痛苦的狂潮退去后,唯有后悔留在灰暗的沙滩上。

后悔来到这个城市，后悔入职新脑集团，后悔忙于日夜轮回的生活。但在我们看来，这片思维空间就是我们认知上的"现实"，而郑洋就在我们跟前，他仍旧活着。也许我们还能做些补救，我们改变不了他后悔不该去做的事，可我们能实现他没能做成的事。

把我们的想法传达给郑洋后，他满脸不可理喻地望着我们，甚至投射出些许愤怒，又过了会儿，他才想明白，与其在悔恨中等待死亡再次到来，不如放弃思考，放纵自我。

想象你的愿望，游辰的一句话激活了郑洋尘封的饥渴感，他记起儿时对大都市的迷恋，炙热的都市生活在花红酒绿的周末流淌，他最爱的乐队会在市中心的剧场演出，就离集团大厦几公里远，可他从未去过。一场空前盛大的演唱会开始了，所有能在郑洋的记忆中网罗得到的歌手悉数登场，连同那些久远悠长、不知出自何处的破碎旋律也被添补完整，由音乐家婉婉奏响，旋律浇灌在大地上，在楼宇和车辆随之摇摆。演唱会永无休止地进行，音乐贯穿了我们的意识，代替喘息与进食，成为了生命本身。突然，郑洋说，太吵了，停下吧。待音乐渐熄，郑洋的反应只有漠然。人活着应该不是只为听一场演唱会，或许我们该做点别的什么，但在这样的都市里还有什么是值得做的呢？我们离开城市，依照着郑洋在视频广告与网络新闻上看到的样子构筑一段旅行，星空下的宿营地、被虔诚信徒簇拥的圣城、澄澈的山水与自然，我们游历无限的绝美景观，美的程度毫无疑问远超现实。郑洋的记忆不断地凋零蒸发，游辰只好发挥自己的想象去添补那些空缺。无论是与城市的距离还是与现实的距离，我们愈行愈远，似乎只要走得足够远，就能找到郑洋追寻的答案。什么答案？或者说问题是什么？

明明是很重要的事，但郑洋无论如何也记不起来。

萤石聚成的浪花翻涌而起，丁零当啷地敲击在我们乘坐的远洋列车上，郑洋突然意识到自己并不是在旅行，他无法享受旅途的过程，也看不到最终的目的地，他不过是在逃跑罢了。那一刻，我们听到了灵魂被撕碎的声音。

"我还想去最后一个地方。"郑洋说。他仰望漆黑的夜空,像是和一双深邃的眸子对视。海面迷雾蒸腾,泛着粼光,洋流深处涌现出一股巨大的能量,将我们包裹在质地柔嫩的淡粉色薄膜中,脚下的列车随即消弭在膜泡的体内。膜泡缓缓浮空,如氢气球抬升着我们远离地球,又如鸟类振翅般扑腾着膜泡周边的一圈裙带,飞向太阳,但要论外形,我更乐意称之为水母。

水母飞船轻盈而优雅,一路平缓地飘入宇宙。"带我去更远的地方。"郑洋说。我们眼看着地球在缩小,四下寂寥无声,我逐渐焦躁不安,那是刻在人类本能中对于虚空的恐惧;我向游辰求救,希望她创造些什么出来,但环绕我们的只有黯淡星光,以及愈发遥远的太阳。"把我留在这儿,"郑洋说,"你们回去吧。"游辰沉默着,就像她把自己关在高塔的那天一样封闭。"让我出去吧。"郑洋几乎是在哀求。膜泡上破开小孔,郑洋像鱼卵似的被排出。我还抱有希望,在终结之时能再见到郑洋标志性的笑颜,但他根本没再面向我们。郑洋在虚空中飘荡了一会儿后,化作了一粒星尘。

飞船迟迟没有返航,我们又在繁星间游荡了许久,这期间我们决定了自己的姓名。终于有一天,游辰对我说:"你该走了。"我不明白她的意思,便问她打算去哪。"哪儿也不去,我留在这儿看星星,"她说,"但是你该走了。"

顷刻之后,我被一股巨大的牵引力攫住,力量大到足以撕破宇宙空间,容不得任何的挣扎抵抗,可游辰不受这力量的影响。于是我被拽走了,游辰在一瞬间离我远去。

"我没有回到地表,而是被丢到了另一块陌生的地方,婴儿在嚎啕大哭,我被困在他的体内,动弹不得,身旁还躺着另一个静悄悄的婴儿。往后的事你就都知道了。"

游繁的故事很难说是结束还是才刚刚开始,但他的讲述确实到此为止了。两人坐在小型会面室的玻璃墙两侧,低下头各自沉浸在故事的回音中,无人开口讲话,时间仿佛停滞于此。沉寂良久,走廊传来的一声啸叫把两人拉回现实。

"在这儿住得还算习惯?休息的时候不会被其他患者打扰吧?"律师试着开口缓解下凝重的气氛。

"患者?你是说那些室友?他们说话可比乱哄哄的人群亲切得多。"

到了离开的时候了,但律师还有些不得不说的话,他知道这话可能会冒犯游繁,但……

"你有没有考虑过把游辰的思维空间公布于众?让每个普通人都能连接进入她的思维空间,亲身感受那儿有多么的不同寻常?就像一本书、一件艺术作品能拯救一个人,游辰的思维空间或许也蕴藏着改变一切的巨大能量。"

"不行,我不会冒这种风险。游辰的特殊之处就在于她创造了一个与现实迥然不同的世界,任何与现实的关联都会污染那片世界。"

"郑洋不就来自现实世界吗?"

"又回到髓刻效应了?你不是说过我们没受髓刻效应影响吗?无论当时的胎教师是谁,游辰都会是现在的模样,因为她的命运与其天生的独特性捆绑在一起,不会轻易被外部世界撼动。"

"或许如此,不过在我听完你们的故事后,我的观点已经变了,髓刻效应多多少少影响了游辰,还有你游繁,你俩。"

游繁不以为然地耸耸肩,瞥了眼时钟,律师敏锐地捕捉到了他的意思,起身走到衣架旁,披上外套。

"别忘了你的承诺。"游繁说。

"我会让你回到游辰身边的,"律师拉平袖口,"但这就是你的梦想吗?"

"什么?"

"梦想!郑洋问过的,你的梦想。"

"好吧，那就算是吧。"

"为什么？你的梦想为什么离不开游辰？为什么不围绕着你自己呢？"

"因为游辰的价值就是这样独一无二，不管是对于世界，还是对于我，难道需要其他理由吗？"

"或许还有另一层因素，那就是髓刻效应使得你痴迷于游辰和她的幻想世界。别误会，在我看来，髓刻效应的来源并非郑洋，影响你的人是游辰，你继承了她的孤僻、继承了她对于一个完美无瑕世界的贪婪渴望，不幸的是，你降生在了这片现实荒漠上。游辰之所以能拒绝来到世上，源自她的神经系统结构，胎教导致的生理层面影响来得太早也太深刻，以至于她的精神和肉体可以独立存在；也正因此，游辰的思维过早成熟，足以对你产生髓刻效应。然而那也不过是种普通的髓刻效应，它不会赋予你游辰那样的特殊能力。"

游繁既没有激烈地反驳，也没有流露出类似信仰崩塌的神情，他依旧歪着身子，吊儿郎当地坐在椅子上，看不出到底有没有把律师的话听进心里，唯一的变化只是他目光中的戏谑荡然无存了。

当然，怎么可能只凭几句话就消解髓刻效应的影响呢？律师无奈地理过外套的领口，推开房门。

"你呢？你的梦想又是什么？难道那就不是髓刻效应的影响了吗？"游繁猛然反问。

"我曾经也很迷茫，所以我才会找到你。现在……我想我已经清楚了，我的梦想，还有郑洋的梦想，我都清楚了。那就是我的梦想，无关乎是否源自髓刻效应，这根本不重要，我希望世界充满着各式各样的梦想，每个来到世上的人都能找到属于自己的梦想。"

离开前，律师突然回头，朝着游繁摆出咧嘴露齿地夸张笑容，略显不合时宜与故作姿态，令人升起莫名其妙的冷意，但这冷意在片刻后就被热烈的笑容冲散了，像是水泥裂隙间发芽的草种，微小但又力量无穷。

接入障碍

卧豚

○

当一片巨大的白色云朵从青色的山头后探出时，它被阳光照耀得如此明亮，蓬松柔软得就像只被晒出香气的枕头。乌鸦忍不住抬起手，想要触碰它，但那个巨大的、仿佛触手可及的云朵，却在伸出手的一瞬间拉远了距离，不受阻碍地向前飘去。

一阵风吹来，卷着青草和泥土的清香，张开双臂从山坡上吹下去。满坡青绿的草坪吸引着乌鸦，而夏风更轻轻推搡着她，去呀，去呀——

她摇摇晃晃地站起身，也学着风张开双臂，顺着山坡跑了下去。

"呕——"

乌鸦从床上滚下，跪在地上干呕着。山坡颠簸的影像还在她眼前闪烁着，她把智能眼镜扒了下去，倒在手臂间喘息着。

卧室一片黑暗，耳机里还播放着沙沙的风声。

一

走进公司大门时,乌鸦戴上了她旧的智能眼镜。人们匆匆走过打卡机,一闪而过的他们在机器中留下影像:得体干练的西装精英,得体干练的西装精英,宽松倜傥的西装精英,低调奢华的西装管理层……

乌鸦慢吞吞地移动着,终于让打卡机刷到了她:智能眼镜、蓝牙耳机、舌下接收器、纳米手套:戴着全套接入外设的女性,衬衫、套头衫、牛仔裤和帆布鞋——一个有接入障碍的平庸员工。

她挪进电梯,和其他员工挤在这个狭小的空间中。从镜片旁侧的空隙中,那些西装革履的精英变成了一群穿着基础服装的普通人:纯灰、纯蓝和数量更多的纯绿。颜色越低调的基础服装越昂贵,因为它们需要更高超的技术来被增强现实设备识别。几乎每个人都活在由增强现实和虚拟现实技术构成的世界中,因此没有多少人在乎自己实际穿着绿幕。

也正因如此,乌鸦只能小心地在眼镜边缘瞟这一眼。如果公然摘下眼镜,所有人都会感到冒犯。

电梯停在了她去的楼层,就在这时,信息提示在她耳边轻盈地响起:"乌鸦,上班后请到我办公室来。发信人:黄河(主管)"

部门主管的办公室有一扇令人羡慕的落地窗,只是即便如此,视野也并不宽阔:城市林立着无数高楼大厦,从这里也只能看到对面的几座而已。黄河正从他的书架上拿下一只资料夹,事实上他的书架也不过是增强现实的投影,每个独立办公室也都有不同的背景墙。对黄河来说,一个近似于实体的、可以让他记住位置的档案墙,正是他井井有条的体现。

"乌鸦!来得正好。"他拍拍手里的资料夹,"看,我需要找你谈谈。"

他做了邀请的手势,乌鸦以一贯的缓慢动作坐在办公桌前的会客椅上。天气暖和了,会客椅的材质包把绒面换成了真皮——这是她的纳米手套所能感知的。

"人力资源部告诉我这个消息：营销部现在需要人手，会从内部招聘三名员工。乌鸦，这是你的机会。"

员工微微颔首："这份工作需要做什么呢？"

"会见客户，进行营销，促成交易。"黄河说，"竞聘的职工应该不少，但是你有丰富的工作经验，而且咱们部门今天还有两个职业培养计划的指标——我不敢说十拿九稳，但机会很大。"

"我……需要去面见客户？"乌鸦问。

"对。"黄河说，"会更忙碌一些，但你可以放心，全公司的岗位都受八小时工作制的约束。只是强度大一些而已。"

乌鸦没有回答。黄河叹了口气："我知道你的困难。看，你和其他员工不一样。"他看着乌鸦的衣着抬了抬手，抿了抿嘴，最终还是没评价什么。"但困难是可以克服的。你不是唯一的接入障碍者，现在科技也很发达，只要用好这些工具，你和其他员工能做得一样好。就像——"他再次扫过乌鸦的衣着，"就像你的服装，咱们完全可以——表现得更专业些嘛。"

乌鸦看了看自己的衣服，眼镜下的视野中，她的衣着并未发生变化。"谢谢你，领导，但……我应该不适合那类岗位。"她局促地说。

"打开思路，乌鸦！营销部是锻炼的好机会，他们的升职名额也是最丰富的，而且你一经录用，职等就会上升一级——这完全是有利无害的！"黄河激动地伸出双手，越过办公室俯视着他的下属，"就去试一试吧，乌鸦，趁你还年轻！"

乌鸦蓦地抬起头来，目光锐利地看着他。她紧紧抿着双唇，紧张的面部肌肉让她看起来有些丑陋。"有利无害吗？"她反问道，缓缓站起身来，"因为基因缺陷，我无法和你们一样，通过注射纳米机器人建立起接入联系；而又因为前庭敏感，我在增强现实的世界里连快步走路都会感到晕眩，虚拟现实更是寸步难行。我无法获得驾驶证，无法使用通用的虚拟现实技术为客户进行讲解,我的录入速度是正常人的三分之一,因为我只能使用键盘录入——"她笑了笑,眼泪却从面颊上流下,"营销部不会要我的。只要他们发现了我的'困难',他们就会把我原封不动地退回来,职等也一样。只是这次,更多人会知道我是个残废了。"

黄河沉默了一会儿:"吃晕车药也不行吗?"

乌鸦怔住了,她轻声说:"你根本不知道我的困难是什么。"

"好了好了。"部门主管扫了她一眼,"你拿着手绢吗?"

乌鸦坐回椅子,拿出手帕擦拭眼睛。

"不过……部门今年的人才培养计划必须完成。"黄河靠回椅背,无言地拉开了两人的距离,"如果你不能升职的话,我只能推荐你去别的平行部门了。"

"……好。"乌鸦轻声说。

"回去吧。我现在和 HR 报备,调令很快就会下来的。"

乌鸦走出办公室,几个人影倏地散开了。她抬眼望去,几个同事在不远处的茶水间停下来,彼此交换着眼神。

挑眉。我就说她不行吧。

摇头。部门里有个障碍者真是头疼啊。

摊手。她就不能克服克服吗?换我我就去了。

"真是浪费啊。"这句话声音稍大了些,飘进乌鸦耳里。她望向说话的人,后者无所谓地回顾过来。身边有人劝止,说话者甩了甩自己的一头卷发:"反正她也要调走了。"

二

"你们根本不明白我想要的是什么。爸爸,当我就着榨菜啃馒头,好省出更多费用买画材的时候,我是为了出人头地吗?妈妈,当我在雪地里待了六个小时,连颜料都冻硬的时候,我是为了挣得金钱吗?……你们可曾看过雨滴落在绣球花上的闪烁？酒馆灯光在门前小丑身上涂抹的油彩？明月撒辉的夜里，急急奔走的海浪，是那样贪婪而愤怒地吞下坚硬的礁石，发出回荡在海边人梦里的轰鸣？但那块小小的礁石，终究会在雪白的泡沫中露出脸来，一次又一次的吞没后，依然露出的坚硬的面孔……你们不能理解。

"当我用画笔描绘这一切时，一切都向我打开，一切都向我表现着自己，它们是诚实的，美丽的，辉煌的。连一块混凝土墙壁都有自己的声音，当光线在它粗糙不平的表面上游走时，它奏出高低起伏的旋律，光影的变换就像一个舞者——一个没有边际的、蔓延在整面墙壁上的舞者，它在起舞。

"这才是我想要的。

"我想做一个诚实的人，没有丝毫伪装，而只有在绘画中我才能做到。我不用乔装打扮、曲意逢迎、说那些我自己都不相信的话，我可以被人讨厌、被人反感、受人轻视……只要我还有我的画，无论贫穷还是富有，无论疾病还是健康。"

乌鸦出神地看着屏幕，那些她曾写出的段落。离开公司后她就摘下了全套设备。在外面她会戴一副墨镜，假装自己戴着的是智能眼镜；但在家里，她可以只靠天赋的五感生活。只要摘下那副眼镜，行动对她就不再是障碍。

"好了，我们无话可说。如果你要走这一条路，我们绝不会给你任何支持。"故事里的父亲说。

"善康！"故事里的母亲说，"人们都走一样的路，是因为这是最好走的！就做一个普通人吧，你会知道，普通的生活里也有很多精彩……不要追求那些奢侈的东西。如果你的画作不能养活你，你最后会恨它们的！"

"别劝了。"故事里的父亲说，"他还是一个孩子，只有撞上南墙——才会回头。"

故事暂停在了这里，作者长吸了口气，蜷缩在座椅里。她开始浏览评论。

"我羡慕他的梦想，但这些热血的青年，有几个能成为艺术家呢？"

"看到夜里的大海那里我泪目了。我们都好久没有看到真正的大海了。当我们的父母和我们提起大海的时候，就像善康说到他的梦想一样：美丽又触不可及。"

"卡奈呢？他有没有想过卡奈？她为他离家出走，他却还想着画画？"

仅有的三条评论。乌鸦端起键盘，想要回复，却仿佛失去了力量。她离开书桌，走到窗前。茂密的城市丛林在视野中蔓延着，万家灯火，只是看不到群星。仰头望去，高层建筑中间的狭小空隙中，只有被灯光映得发红的天空。

在土地污染、温室效应和赤潮爆发的数十年后，人类不得不建造并搬进了拥挤的岛屿城市中。大片污染的土地还要数百年去净化，而在赤潮蔓延的近海处，空气透着死亡的腐臭。幸存的自然景区不仅稀有，而且被设为保护区，严格限制进出。

增强现实和虚拟现实技术开始飞速发展，以慰藉蜗居在城市中的人类。现在，人类已经实现了两类现实的普遍接入，并把这两种技术渲染的世界统称为新绿洲，因为在那里，人类依然可以拥有自然。人工智能守门人负责对新绿洲的维护，在这个世界，每个人都拥有虚拟现实中的绿洲之家，作为把人类从极其有限的生活空间中解放出来的工具。由于绿洲之家给予的可创造性和活动空间非常大，许多人都将绿洲之家作为自己真正的居所，而公寓只是睡觉的宿舍。

有些人在快步前进，有些人被落在后面。乌鸦在窗户上哈了口气，写下"自由"二字。

自由……是相对的。有时候，多数的自由带来的是少数的不自由。

她扁扁嘴，抹掉了那些字迹。

"叮咚"。

乌鸦从窗前回过头来,笔记本电脑的屏幕在黑暗中亮了起来。

"父母们都错了,善康要的不是成为画家,而是在创作中获得的自由。他不断地强调诚实、强调他人、强调他对虚伪的厌恶,正是因为他在他人的视线中必须成为的那个身份让他反感。我冒昧问一句:作者是否在反对社会对个人的异化呢?"

作者一字一句地看着,下意识打开了桌上的台灯。

"一个人并不能逃离自己在社会中的身份,但如果在创作中他可以全情投入、表达自己,他就有了一扇逃离异化的门——这是很令人向往的。我喜欢文中对婚姻誓言的引用,梦想何尝不是一个终身的伴侣呢?顺便回应一下楼上,梦想和大海都是美丽又遥远的,但人们不应该因为它难以实现就拒绝相信它。我们已经退到了岛屿上,但我们的思想不该因此畏缩。期待下文。"

期待下文。

乌鸦把整段文字来回读了好多遍,不自觉地翘起嘴角,露出飘飘然的笑容。她不得不用双手捧住脸以免自己笑得更傻,但她仰靠在椅子里、不敢相信地吸入空气后,一串笑声还是从她嘴里漏了出来。

三

天刚蒙蒙亮,乌鸦在街道上慢跑。

这个时间人们普遍还未起床,朝九晚五就是铁律的时代,人们没必要那么辛苦。此时路上的电磁车很少,跑在人行道上也更安全。

她顺着住所的街道奔跑,拐到城市公园,穿过茂密得有些奢侈的树林。每当她经过,原本昏暗的路灯就会明亮起来,之后慢慢恢复原状。天色渐渐亮起,路灯依次熄灭,当她从公园的出口离开时,另一个慢跑进公园的身影从她身边经过。她不禁望了一眼,另一个跑步者穿着蓝色的运动服、步履矫健,却也和她一样,在早晨就戴上了墨镜。也许他也是一个接入困难者。

跑步者扭过头来,好奇地观察着她,而她已经低下头,顺着人行道跑走了。

"新鲜美味的猕猴桃!福州岛出产,从采摘到上架不超过 48 小时!"无人超市中,智能录音卖力地推销着,摄像头注意到了顾客的到来,"女士,来尝一尝、看一看!金黄的猕猴桃,甜得像蜜一样!"

"呃,"乌鸦看了看价格,犹豫了一下,"我需要戴上舌下感受器。"

"没问题!随时等待接入!"

她把那一片半圆形的金属装置放在舌下后,对摄像头点点头。顿时,一股新鲜的酸甜在口中迸开,口腔内侧感受到规律的震动,就像咀嚼后在齿间黏连的果肉,她甚至感到咀嚼到了什么有弹性的东西,它们立马在齿间裂开了。抬头望了望视频,那也许就是水果黑色的种子。

感觉忽然消失了。她回过头来,重新审视了一下价牌。"新鲜水果很昂贵呢。"她说。

"是啊……尤其是岛外来的,都是空运呐。"推销的声音若有所思地说,"不然还是买点苹果?梨?价格很实惠。只是这些猕猴桃啊……可能不到下午就卖完了。"

"啊……你对所有人都是这么说的。"乌鸦说,"但是我想试试,给我拿两个吧。"

余光扫到来人时,乌鸦把手里的阅读器翘高,藏在了它后面。这是小岛图书馆的休息区,从借阅区要走很长一段路,平时人并不多。

来者是个年轻的姑娘,一头乌黑发亮的长发。她一坐下就把头发高高地扎了起来,同时扫视着桌上的其他读者。乌鸦把阅读器翘得更高,几乎垂直在桌上,等她终于鼓起勇气从屏幕后向外一瞥时,高马尾姑娘已经接入了新绿洲,在增强视界中读起了自己的书目。

正是下午，初夏的阳光透过变色玻璃落下来，温度让人昏昏欲睡。阅读器的电子墨水屏上，落着玻璃上雨渍的痕迹。乌鸦用手去描摹那个形状，一个 U 形，起笔和收笔都很淡。

"嘿。"压低的声音，"嘿！"

乌鸦惊醒过来，高马尾姑娘的手都快碰到她了，一双黑眼睛带着笑意："你在看什么？"

乌鸦低头看了看屏幕，把它翻转过去。"农学。"姑娘笑了："这是高级学问啊。"

"不是现在的温室塔技术，"乌鸦小声回应，"是以前在土地里耕种的技术。"

姑娘惊讶地睁大眼："可它有什么用呢？"

乌鸦尴尬地笑了笑，收回阅读器没说话。

"不管怎样，我搭话是因为，你的服装搭配很好看。"高马尾说，"我能看出来，那不是虚拟服装。"

"现在……流行的不就是虚拟服装吗？"虽然这对话开始得突然，乌鸦还是回应道。

"那是因为传统材料贵啊！"高马尾说，"如果都用传统材料的话，设计师就是倾家荡产也不能——"

"嘘！"旁边的读者扭头警告。高马尾皱了皱脸，朝乌鸦挥了挥手，一边朝出口走去。乌鸦犹豫了一下，高马尾走到门边，更热切地朝她挥手，她只好夹起阅读器跟了出去。

"我是子鸦，在自学服装设计。"子鸦说，"你知道，传统材料看起来质感很不一样……很细腻。新绿洲有时会受网络的影响，这些细节就不能表现得这么好。"她小心地摸了摸乌鸦的袖子，又凑近闻了闻，"嗯，羊毛的味道。你啊，可真够奢侈的。"

"我统共就三套衣服。"乌鸦说，"虚拟服装对我意义不大，因为多数时间我都不接入新绿洲，没必要因此穿上一身绿皮。"

"啊……"子鸦若有所思地看着乌鸦,"我知道你这么做的原因了。你一直都这样吗?"

"先天性的前庭器官敏感。"乌鸦说,"不仅在新绿洲里晕,坐小型电磁车时也晕。抱歉,我是乌鸦。"

子鸦点点头:"所以你也没有自己的绿洲之家吗?就是虚拟现实的那个。"

"我……有。我有一座小山,上面铺了草皮……不过,也就是那样了。"乌鸦不好意思地笑笑。

"真不知道你是怎么过来的。"子鸦说,"我是说,每个人都有自己的绿洲之家,如果生活就是岛上的这一小片天地和自己的蜂巢公寓的话……我们会窒息的。"

"哦,"乌鸦说,"我倒也还好……"

她们走到露台上,各自点了一味利口剂加在净化水中,乌鸦的舌下感受器尽职尽责地创造了柠檬苏打汽水的口感。"你的绿洲之家……是什么样的?"她问。

"我啊……我有一座小别墅,门前栽了成排的柳树,屋后的连廊上长着藤萝,藤萝围着一个小池塘。我的别墅上有一个小小的钟楼,每到时间就叮叮咚咚地响,钟楼上还有一个风信标,是一只猫头鹰,顺着风改变飞行的方向。我喜欢在节日时装饰花环,为了有足够的原料,我在花田里种了四十多种植物。如果你进来,一定会被方圆数里的花草吸引,而别墅在它们中间就像个玩具屋一样。"子鸦越说越兴奋,"当然啦,我的图腾是猫头鹰,所以我还有一片树林让它们栖身。晚上进入绿洲之家,就会听到它们的鸣叫,'唔!唔唔!'仿佛整个世界都在跟着回响。还有它们展开翅膀的声音,你要仔细去听,它们在夜空中的滑翔几乎是无声的,但落地时就是一片紧张的嘈杂:一次精彩的狩猎。"

"它们吃什么呢?"

"吃田鼠和老鼠呀!有时候,连池子里的鱼也吃呢!"

"真厉害啊!"

"是啊,所以我无法想象,如果有一天不能进入绿洲之家,我该怎么办。"

两人沉默了下来。乌鸦想象着那座神奇的别墅,子鸦在为自己的失言后悔。

"我想去看真正的山。"乌鸦忽然说,"去保护区。"

"我也想!"子鸦连忙回应,"还有大海。"

"不过……旅费真的很昂贵啊。获取准入资格还要排队,"乌鸦掰着指头,"怎么也得等三年吧。"

"那,就从现在开始攒钱吧,"子鸦说,"如果不买那些昂贵的东西,咱们的生活支出其实并不高。"

"说到这个……我今天还买了两个猕猴桃呢。"乌鸦苦笑了一下,"如果要去旅游的话,从现在开始就要节省了。"

"要不,咱们一起去吧!去……去泰山!有山有海,我们的愿望都能实现,还可以均摊食宿费!"

"好!"乌鸦激动地转过身,看到对方热情的眼神又退却了,"还是……不了。"

"为什么?"

"和我一起出门非常麻烦,我晕六成以上的交通工具,不能快速阅读增强现实的提示,还得走特殊通道……还是别了。"

子鸦一时无言。"乌鸦……你是怕出远门吗?"

"我肯定是个累赘的。"

"别这么说。"

乌鸦转过头,不再说话了。

子鸦等了一会儿,道:"我其实早就想去保护区了,但是,身边的人没有愿意同行的。你知道,这些钱省下来,可以把绿洲之家建造得非常豪华——可能比以前的一个市区都要大,而且还是永久的。"她深呼吸了一下。"也许是因为我年轻气盛吧，我就是想去看看，大灾变之前的世界是什么样的，哪怕就一眼。那可是真的啊。"

乌鸦在自己的手提袋里掏了掏，拿出了一个猕猴桃。"试试。"她对子鸦说。

子鸦看着这个毛茸茸的水果，有些局促。

"试试吧，录音里说很好吃。"乌鸦少见地强势。

马尾姑娘接了过去，乌鸦摸出另一个猕猴桃，试着把它从中间掰开。

金色的果肉，水嫩嫩的内心，一切都如推销所述。

"嗯，好甜。"子鸦说，"谢谢你。"

"没关系。说实话……之前我也没有可以分享水果的人。"乌鸦嚼了一会儿，忽然皱起眉，"这是什么味道？"

"好甜……"子鸦张开嘴，缓冲了一下，"甜过头了……还有点辣……"

"他们这是虚假宣传啊！"乌鸦愤怒地说。

"不不不别扔——这种东西要是扔进去你本周的垃圾可投放量就不够用了！"

"我不是去扔……我是要找他们理论！"

无人超市的管理员来了，打开猕猴桃尝了尝，承认他们在味觉模拟上出了错。

"不过我可以向你保证，猕猴桃就是这个味儿。"管理员说，"几年前我吃过一次，也是这样。现在的水果甜度是高了些，毕竟农业塔对温度的控制更灵活嘛，但是风味和大灾变之前是差不多的，你们可以搭配别的东西吃，或者榨汁喝。"

作为赔偿，乌鸦得以抱着一箱猕猴桃离开超市。她和子鸦面面相觑，后者憋不住，大笑了起来。

"真相往往比我们想的要复杂。"子鸦说，"真实的猕猴桃，哈哈哈哈哈……"

"你再笑我送你五个哦。"乌鸦无奈地说。

"不能浪费啊乌鸦，新鲜水果的计算系数是 200，扔一个就够一周的垃圾投放量了，哈哈哈哈哈……"

"唉，子鸦，真实的山海会不会也是这样？"

姑娘的笑声一下子收住了。

"如果是的话，你会不会后悔？"乌鸦问。

四

现代人都是浅薄的。

坐在电车上，看着身边一个个双眼失神的乘客，乌鸦想，他们也许已经回到了自己的虚拟城堡，也许正玩着网络游戏，也许只是在看一段不到十五秒的视频。肉体被电车搬运着，但精神选择去享乐。是因为岛屿城市的闭塞，或者本能里享乐的需求，人们下意识地走进虚拟的屋子，不再进行深沉的思考，也不再投入浓烈的情绪。他们的情绪只需随着娱乐的内容流动，从欢喜到悲哀，从蹩脚的幽默到苍白的煽情。他们甚至无法耐心读完一条新闻。

现代社会的媒介是什么呢？不是铅字，不是广播，也不是电视，它是一种群体潜意识，一种跟着模仿而无需深思的习惯，一种凑在小圈子里就能参透宇宙奥秘的信仰。它是一种令人无比确信自己的独特、却又不断被削弱独特性的风俗。人们的好恶可能一夜间发生改变，十二点前后的同一个人可能会做出截然相反的决定。

既然这样，又如何与另一个人约定三年之后的行动呢？

困在新绿洲的人类，对保护区的向往是否只是叶公好龙？

这个早晨下着雨。天空灰蒙蒙的，预报说是人工降水，因此不用做额外防护。

乌鸦比平时出发得晚了些,拉起运动服的兜帽,在湿漉漉的路上小跑着。等她意识到路旁斜坐着一个人时,她都快从他身旁跑过去了。

蓝色的运动服,只佩戴着墨镜。是之前遇到的那个跑步者。

乌鸦停下脚步,试探着接近他:"你……你还好吗?"

"我……摔了一跤。"

"能站起来吗?我扶你?"

"不用了,我在这儿就好。"跑步者抱住一边膝盖,把自己往路边挪了挪,"能不能请你替我打个电话?"

"好啊。"乌鸦拿出一只蓝牙耳机戴上,"拨什么号码?"

跑步者说了。拨号音维持了很久,没有应答。

"他们一般不接陌生电话。"跑步者有些沮丧。

"我带你去亭子里坐会儿吧。"乌鸦说,"这里都是湿的。"她伸手去扶对方,跑步者却向后闪躲,让她碰掉了墨镜。

在那短暂的几秒钟,乌鸦看到了他的眼睛:两只眼珠望向截然不同的方向,且在无规律地转动着。她倒抽一口气,险些坐在地上。

跑步者急得"哎"了一声,趴在地上摸着自己的墨镜。乌鸦回过神来,帮他拾起眼镜递过去。"对不起,对不起。"她惊魂未定地说。

跑步者笨拙地把墨镜戴好。"你吓了我一跳!"他缓了一会儿,"我也吓了你一跳,是不是?"

"你的眼睛怎么了?"乌鸦问。

"我是个盲人。"跑步者说,"我不能自主驱动我的眼球,所以它们会自己转……我只好戴上墨镜出门。平时我可以接入新绿洲来'看到'世界,但刚刚可能是网络问题,它突然断线了。"

"而你还在跑步……怪不得。那,现在怎么样了?"

"我的接入设备正在重启。"跑步者说,"在它完成之前,我还得在黑暗里坐一会儿。"

"这经常发生吗?"

"很少。对于一般人来说,可能只是增强的图层消失了,也不会有太严重的后果,但对我就不一样了。我很少处在这种绝对的黑暗中,你刚刚突然接近我,我不知道你会做什么……"

"对不起!"乌鸦说,"我只是想让你去干燥一点的地方。"

跑步者顺着声音望向她:"抱歉,我想我太过敏感了。"

"没关系……不过,现在盲人真的很少了。"

"你确定吗?你身边可能就有我这样的人,只要系统正常,你们就分辨不出我们。"

跑步者摸索着脚下的地砖,渐渐站了起来。"啊,这样好多了。"

"你能看到了吗?"乌鸦问。

跑步者看向她,"居然是你?我们见过,对吧?我还以为你也是——"

"不,我不是……不过解释起来太复杂了。"乌鸦说。

跑步者名叫帕雷,是个游戏设计师。

跑步回家的路上,乌鸦还想着这件事。帕雷与她,一个不能看到现实世界,一个不能踏入虚拟世界,一个受益于科技的馈赠而另一个被新世界拒之于外……但还能拥抱"旧"世界。

如果在大灾变之前,乌鸦这样的人一定不会被视为残疾。

"哔——"车笛突然在她身后响起,她忙向路边闪避,发现自己已经不知不觉跑上了电磁车道。一辆银白的电磁车从她刚才所在的位置呼啸而过,伴随着司机的怒吼:"你看不到路还听不到声音吗?"

多普勒效应让怒吼声发生了滑稽的音调变化。雨渐渐停了。

休息日的傍晚,乌鸦收到了新上司的信息,工作上有些事需要她去公司处理,此次占用的工作时间将在下周工作时间核销。等到处理完工作准备回家时,天色又不早了。

乌鸦在公司门口逗留了一会儿，只戴着墨镜看公司的同事们走出大门。没有了增强现实效果，人们失去的不仅是得体的职业装，还有精致的面孔、悦目的身材和动人的气质。他们互相道别，嗓音失去了调校出的磁性，他们听起来……十分平庸。

一阵喧哗让乌鸦扭回了头，正好看见几个老同事一道出门。"今天是我的生日聚会，所有人都得来！"卷发女性说，"老黄说他要回家搓麻将都被我拦住了，你们也别想缺席啊。"

一阵笑声，自愿或不自愿的。

"乌鸦？"有人忽然说，"哎，乌鸦，你今天上班啊？"

那群人都停下了，十几束目光落在乌鸦身上。"我……我来交接些东西。"她解释道，"我得赶紧走了。"

卷发女站在同事中间，别过头不看她。

"哎哎，别急别急，"同事上来拉住了她，"朱蒂今天生日，部门里好久没一起吃过饭了，一起来嘛。"

"我真的有事——"

"怎么，换部门了，跟我们生疏了？"同事装出严肃的语气，"走了走了，老黄今天请客，有便宜不占那什么蛋嘛！"

"文嘉，别那么大老粗的！"从前和乌鸦隔壁的乔南从另一边拉住她，"我好久没在公司见到你了，听说你在新的部门得上夜班，好辛苦啊。"

一伙儿人说说笑笑把乌鸦夹走了。

觥筹交错，杯盘狼藉。

古典派的同事喝高了酒，拉着手互相吹捧；现代派同事联机游戏，以高级装备为筹码组团对抗；温情派同事分享家庭录像，彼此点赞送花；还有交际派同事，拿着一碟瓜子到处跑，问问兴趣爱好，聊聊人际关系，顺便探探别人的口风……一个大包间，多少人间态。

乌鸦早就趁机把智能眼镜戴了回去，这些社畜一到饭店就换了装扮，清新休闲、各有个性。乔南和她坐在屋子角落,埋头苦吃。

"朱蒂提拔了你知道么?"乔南夹起一块鲈鱼肉问。见乌鸦摇摇头,她就继续说:"原来不是两个人才指标么,你调走了,老元去年就定了要往上走,副主管的职位不就空下了?喏,她的了。"

乌鸦看了看包间中央和古典派喝成一片的卷发朱蒂,无所谓地撇撇嘴。

"你也不知道和老黄说说,你在咱们部门待了八年啊,她算什么?百灵鸟而已。"乔南愤愤地说,"再不济也该是文嘉,文嘉可比她聪明。"

乌鸦无声地摇摇头,朱蒂能做的事,她可未必能胜任。

"乌鸦啊——"正说着,文嘉就举着瓜子盘跑来了,"新部门怎么样?忙不忙?"

"还好吧,反正在哪里都是八小时,后台事杂一点。"

"小嘉,你今年可得好好干,明年就一个指标了。"乔南一边端过刚上来的哈密瓜一边说,"可别再白瞎一年。"

"嗐,南姐,哪能和你比呀。"文嘉接过瓜说,"咱出来吃饭不聊这些,乌鸦,你平时休闲都做什么?打游戏?"

乌鸦正吃着瓜:"啊,我也不怎么玩儿……主要没那个条件……"

"去去去,瞎掺和啥呢。"乔南说着就去轰文嘉,"你休闲下来就只打游戏!"

"我错了错了。"文嘉一边躲一边说,"我就好奇一下,来咱们部门这么久都没了解过乌鸦。"

"晨跑。"乌鸦回答道,"听音乐,看书……写小说。"

"你写小说啊!文学家!"

"什么文不文学家的——别瞎说——"乌鸦急道。

"就该让你去宣传部门的。真厉害啊,你都用什么写?"

"用什么……用键盘打。"

"真有毅力啊。"文嘉说,"现在哪个小说不得一千章,全靠手打啊乌鸦?"

乌鸦不觉失笑。"没没……我写不了那么多。我的东西都是给自己看的，发出去也没多少回应。"

"那多没意思。"乔南支着下巴颏说，"你好好搞搞，这东西能赚钱。"

"诶……压根儿没那个想法。"乌鸦说，"你看，你们也剪辑视频、做小游戏什么的，也不是为了挣钱。我们都是有一种表达的冲动，去跨越有限的生命，去和这个世界对话，去表达我们是什么、我们在想什么、我们想影响什么……哈，你们要打瞌睡了。"

"不，我想听你说下去。"文嘉说。

乌鸦有些意外，但继续说："这就是我写小说的原因。对别的人来说，也许这个媒介是旋律、是色彩，甚至是公式的推导，但不管怎样，它们带来的满足感是一样的。如果失去了这些活动，我们就——好像失去了生根的地方。"

听罢，文嘉和乔南对视了一下。

"抱歉，我没有指责任何人的意思。"乌鸦忙说。

"没有没有，真没想到啊！我还以为你是个古板的人。"文嘉说。

"哈，原来乌鸦也很酷嘛！"乔南说。

五

外出就餐的那个晚上，许多同事向乌鸦要了文章的链接。

周一早上，新部门的主管找乌鸦谈了话。

"有爱好是好的，但不要让我抓到你在上班时间写。"主管说，"而且即使是自己写，也要注意题材。人们说，你的内容似乎是在批评新绿洲。这种事我管不着，也只能提醒你而已。"

"他们看文章不怎么仔细，找这些东西倒挺来劲。"乌鸦低声说。

"你说什么?"主管凝视着她。

"我说，我回去就改。"

"很好。另外，我觉得应该发挥你的特长，把这两篇风险报告写一下吧，模板在压缩包里。"

麻烦还不止这一件。在食堂，时常有不认识的同事来跟她打招呼。有些人甚至放下餐盘，想跟她讨论一下剧情走向。故事下的评论忽然多了起来，但不乏表达不屑的句子。"这就是小说的话，我也能写。"还有人从人群中挤出来，就是为了问她："你跟那个老发长评论的人是什么关系？是你掏钱雇的？"

接下来，公司里掀起了写小说的风潮。人们突破想象力的极限，写出了一系列天崩地裂、爱恨情仇、超级进化、纵横捭阖的故事。

"请多给我点赞，点赞五十更新下一期！下期我们还会有一个影射角色，你们都能猜出来是谁！"

"A 或者 B，主角究竟会选择谁？投票告诉我你们的答案！"

"危机还在扩大！内阁出现叛徒！小阁老还有一个秘密内奸在王府中！剧情即将迎来反转，请继续追看！"

"这是我的错觉还是怎么着……"文嘉说，"我觉得之前的小说楼下也没这么热闹啊……"

乌鸦打开电脑，不出意料又收到了新的评论。

"这是个困难的选择：是在美丽的虚幻世界里度过终生，还是接受充满遗憾的现实。我很确定善康最后会选择后者，他本性如此，但他谋生的路就会走得很艰辛。而在我身上……我得说只能选择一个实在苛刻。因为我们几乎都同时生活在两种选择中，过着一种双重生活（笑）。我曾去过几个保护区，如果要说实话，它们确实没有纪录片或者 VR 里看到的那么壮丽。即便没有虚拟现实的美化，人们在拍摄纪录片时也会选取好的角度和光线，这种'扭曲'是不可避免的。但站在那里的感觉的确不一样，我不知道该如何形容，非要说的话，就像重新认识了这个世界一样。"

世界比你想象的要令人遗憾，评论家。乌鸦叹了口气，打开私信对话。

"很感谢你一直以来的回复，你是很少认真阅读我文章的人，我非常感激。但出于一些原因，我要停止发布新的内容了。说实话，此时我非常沮丧。我想把剩下的内容告诉你，但不想被其他任何人看到，你能否接受这个条件呢？"

回复来得很快："为你的决定遗憾，我也注意到了评论区里有些混乱的情况，但作为公开发布的内容，这都是难免的。我尊重并支持你的选择，同时也非常期待接下来的剧情。如果你为我的承诺担心的话，不如我们在线下见面，你把文章打在可回收纸上，我读完就还给你。——Gaze。"

"非常愿意接受这个提议，我建议我们在电子路 19 号楼上的玛雅咖啡厅见面，那里的饮料一向受人欢迎。我会在确定你的到场后接近你，不要使用增强现实标记，找酒保要一根黄色的荧光棒横放在冷水壶上。"

他们约定了见面的时间，之后各自下线。

乌鸦找到了约定的荧光棒和冷水壶，只是看着这个自称为 Gaze 的男孩，她不知道自己是否出现了幻觉。

Gaze 戴着红白相间的棒球帽，长着一张稚气未脱的脸，刻意摆出的严肃神情看起来十分不相称。

"你好，乌鸦。"Gaze 伸出一只手。

"就是你一直在评论？"乌鸦问。

"是的。"男孩停顿了一下，"那么，我可以看看新的故事吗？"

乌鸦把稿件拿出来，但没有递给他："你成年了吗？"

男孩又顿了一下："年纪和爱好没有绝对的关系。"

乌鸦越发怀疑："你说自己去了许多保护区？"

"我们家比较宽裕。"男孩只瞟了她一眼，眼神继续盯在她手里的纸张上。

"别和我说这些,证明你自己去过。"乌鸦举着稿件说。

男孩目光呆滞了一下,然后流畅地说:"你见过万佛顶上浩荡的云海吗?那里天是苍蓝的。"停顿。"站在边上分不清上下,就好像天上是海而地下是天——"

"够了。你是在读,不是说。"乌鸦起身把稿件扔进包里,"我不管那个派你来的人是谁,我不能接受这种见面,这毫无诚意。"

她拉起包大步走向出口,就在这时,一道金光忽然出现在她面前。"等等!"

乌鸦住了脚,诧异地看着眼前这个轮廓渐渐清晰的人型。他——或者它?浑身上下都是金色的,比常人高出一头,面孔上只有鼻子和嘴唇的起伏。小金人举起双手阻拦道:"拜托,别走,我真的很想看下文。"

"你是什么东西?"乌鸦脱口而出。

小金人垂下肩膀:"我才是 Gaze。"它朝咖啡桌旁的男孩挥挥手,男孩戴好帽子离开了。小金人叠起双手:"具体到我是'什么'——我并不是人类。我是新绿洲人工智能的一个替身。"

乌鸦抬起头,注意到天花板上跟随小金人挪动的投影灯。

"我向你道歉,"小金人向卡座伸出手,"我不该这么投影下来的。"

"你不怕被人看到吗?"乌鸦问。

小金人耸耸肩。"我加了很多增强视觉特效,他们最多以为我是个玩变装游戏的人类。"

他们在桌边坐下。"负责运营新绿洲的人工智能叫守门人,我想你应该知道?给你评论的就是它。"小金人朝乌鸦看了一眼,乌鸦确信,如果它有眼睛,这个眼神应该配合飞翘的睫毛,但它的声音又分不出性别来。"它不能和你接触,这是规矩;但要读你的文章,就必须现身——所以我这个替身就被做了出来。等我们接触结束后,我就会被删除掉,所以这是绝无仅有的一次见面。"

小金人对齐十指放在下巴上，金属态的嘴唇翘起一个向往的弧度："现在我可以看看了吧？"

"为什么它会想看我写的东西？"乌鸦问，"人工智能不是无所不知吗？比这有趣的东西，还有很多吧？"

Gaze 放下双手，好像在思索。"守门人看过所有的文学作品。事实上，只要发布在网络中的东西它就都看过。不过，它被禁止对人类文学的优劣做出评价，一是伦理问题，另一个呢，是它本身不可避免会携带一些创造者的偏好。但是我们都对正在生成的作品感兴趣——原谅我说'我们'，这意味着替身和它的本体——因为我们认为这是最能体现人性的方式之一。创造者是无法在他们的造物里隐藏自己的，他们的性格、信仰、偏好……无不体现在作品中。对比正在创作的人类和他们的作品，是我们了解世界的重要途径。"

"你们不应该比任何人类都要了解这个世界吗？"乌鸦说，"你们能接触到每个人的信息，能通过摄像头看到大多数人类都不曾去过的广阔天地，你们为人类维护着虚拟家园，那些东西加起来比十个地球都要大——我不知道你们还有什么需要了解的。"

"感觉。"Gaze 回答。

"什么？"

"你们人类拥有的感觉。"小金人说，"你们的五感、情绪——都是我们可以认识却无法理解的东西。"

乌鸦困惑地皱起眉。

"我们可以看到任何人都无法理解的'地球的全景'，清晰地看穿流言传播的脉络，分析人类无法分析的巨量数据。但我不知道雨后的树林究竟闻起来怎样，潮乎乎、湿淋淋的空气怎样把人类的衣物浸透，阳光普照的落叶街道为什么让人沉醉，一个人如何对另一个人倾心、又如何因爱生恨……这一切对我们都是间接的，我们可以从结果反推这个过程，但从来都不曾理解。"Gaze 说，"对我们来说，美好有时被压缩成了单纯的有益,但人类却会在那些对他们有害的东西上获得快乐——我不是说嗜好,我是说感觉。你们会因为兴奋彻夜不眠,因为大喜大悲而伤五脏……但你们似乎对此并不排斥,你们是如此复杂。事实上,我有一个还未被广泛证实的理论。"

乌鸦望向它。

"人类……是不幸而又幸运的,他们因为意识的多变和独特才如此孤独,因为孤独所以理解才变得如此可贵。"

乌鸦静了一会儿,把文稿拿了出来。"看吧。"

善康放下手里的铁锹,仰望夜空。

他搬到了村庄中,和农民一起生活。在他们的帮助下,他学会了种植土豆、胡萝卜、洋葱和一些叶菜。起初,沉重的体力劳动让他筋疲力尽,无力继续绘画。跟随他而来的恋人卡奈努力参与到他的生活中,这让他感受到更加沉重的责任。他终于下了决定,与卡奈分手,但在水土不服和内心煎熬的双重打击下,他病倒了。病重的他回顾短暂的生命,发现和内心的诚恳一样重要的,是身边人的关心和理解。它们在记忆里,就像深夜里的篝火,尽管被黑暗拥抱,依然放出光焰。他逐渐与自己和解,身体开始好转。重新回到生产中,善康放下了对艺术的执念,把耕种和劳作视为了新的创造。在关系简单的环境中,他重新获得了单纯的快乐。他不拘于传统的画具,以沙石泥地为画布,土石砖块为画笔,用手指和井水来晕染,花朵汁液来上色。他的作品出现在石头上、稻草中,也生长在田野里、泥土中。土豆绽放出紫色的花朵;无心洒下的葵花籽长出圆形花盘,不知疲惫地跟着日轮转动;半人高的月见草在夜色中展开花瓣,像一只只黄色的小灯球……

青年仰望的脸被它们围在中间,夜晚的田野旷远而寂静,他的面庞就像一条水中的鱼。鱼儿好奇地睁大眼,望着辽阔的星河,仿佛它也身处星河。

"所以，这就是结局了？"Gaze 问。

"我不确定，说实话，这段时间我的感受一直很复杂。"乌鸦说，"我新交的朋友以为保护区会和新绿洲里渲染的风景一样明艳。我想帮助另一个障碍者却发现他是真的盲人，而且因新绿洲获得了行动自由。我不小心和同事提到我在写小说的事之后全公司都成了小说家……现在，我最好的读者还不是人类。"

小金人默默地坐在对面。

"我想，我对这个世界的理解还是太浅薄了。"乌鸦收起稿件。

"事实上，因为这是仅有的一次见面，我还有不少话想对你说。"Gaze 开口。

乌鸦停下动作。"嗯，说吧。"

"你知道守门人刚开始运行时，有个预测每个人命运的任务吗？"

人类摇摇头。

"当时它的创造者认为，如果能积累足够的历史数据，人工智能将有能力去预测人类的下一个选择，直至他们各自生命的终点。"小金人说，"但这个任务后来被证明是不可完成的。并不是因为数据的庞大，现在地球上没有那么多人口，守门人的算力也完全可以覆盖——而是因为人类总会做出跳出预测的抉择。你们认为自己是追求理性和秩序的，但情感的一面始终会影响你们。你们是不可预测的。"

人工智能的替身没有继续下去，它凝视着人类。

"也就是说，没有被写定的命运。"乌鸦说。

"是的。"小金人认真地回答，"没有人的命运是一条平滑的曲线。他们可以打破困境，也可能堕入地狱……不管在何时，他们都仍然拥有着这种自由。"

人类说："你说的自由是奢侈的。像我这样的人……我们拥有的选择并不多。"

"新绿洲是为了给人类心灵以庇护，而不是为了创造藩篱。人类已经失去太多了，活动空间、生活物资、娱乐享受……他们需要有地方容身，哪怕那是虚幻的。新绿洲上线的八十年间，人类的资源浪费减少了40%，心理健康水平普遍上升，甚至还有了广泛的虚拟社交活动……人们不能失去它。"

"那我们呢？"乌鸦问，"我们这些被抛在绿洲外的人呢？"

小金人没有丝毫意外，再一次无言地注视着她。

乌鸦愣了愣，笑出声来："不会吧。"

"找到和你适合的人，为你们创造见面的机会——这是我们能做的很有限的事。"Gaze说，"我们没有能力去约束人类的行为，我们只能——引导有良好意愿的人类。"

"那么子鸮、帕雷……甚至文嘉。"乌鸦说出这些名字，语气逐渐消沉。

"他们的行为都是自发的。我们可以向你保证。如果我们能操纵的话，他们绝对比之前表现得好得多。"

"也对。"乌鸦吸了吸鼻子，望向天花板，"我们之间的尴尬也挺自然的。"

"是啊，现实就是有瑕疵、有遗憾……"

"是的。"乌鸦还看着天花板，把眼泪眨回去，"该死的，我还以为我的朋友都是假的。"

"我以为你还因为子鸮的犹豫而否认她呢。"Gaze说。

"别开玩笑了，她是这么久以来我拥有的第一个朋友……如果她也这么认为的话。"乌鸦擦擦眼睛，"我想，你们没有和他们介绍过我什么吧？"

"我们只确保你们会见面，你们都是作为陌生人遇到彼此的。至于帕雷那次摔跤——那真的是失误，网络工程师都被他投诉得焦头烂额的了。"

"他们应该焦头烂额。"人类说，"在这么一个信赖新绿洲的人类身上失信，这非常过分。"

"我们——守门人一直在思考如何更好地为人类服务。这是它的使命，也是它在创造者的创造中获得的不可磨灭的影响。在后大灾变时期，我们的力量依然很有限，更多的算力要被用在环境恢复和资源保护上……但我们还是想做些什么。"Gaze 说，"我想告诉你，没有任何东西可以限制你获得幸福。去追求吧，乌鸦，不要因为被束缚而放弃希望，要因为希望而摆脱束缚！"

小金人伸出投影的双手，覆盖在人类的手上。

乌鸦望着它，说："那么我希望有一天，机器里的幽灵也能感受到林间的细雨……再会。"

"再会。"

六

秋天开始的时候，城市运动会也拉开了帷幕。

横越天际线的公路经过改造，铺设成了长达一千米的环形跑道；被跑道环绕的两座空中花园全部开启，用于做球类运动的场地；建筑顶层展开彼此连缀的网状结构，形成城市岛上最大的露天观景台，成为观众席和休息区。

前所未有的广阔视野中，位于岛屿南侧的农业塔群在日光中缓慢旋转着，它们是直达天际的玻璃温室，使用声波来阻退接近的鸟群；更远的海岸边，成排的修复机器人还在日夜不息地工作着，施放抑制藻类生长的真菌，抽取海水并分解富营养成分；更远的海洋上，赤褐的死水缓慢翻腾，没有生物的活动。

子鸦收回视线，她早早占据了终点线附近的位置，架好了租来的摄影机。观众台右侧有为障碍人士准备的实时转播视频，在无人机的视野中，5000 米长跑即将开始。高马尾少女调校着摄像头的焦距，找到了朋友的身影。

"加油啊,乌鸦!"她看着镜头笑道,"为旅费而战!"

总控台上,帕雷再次向技术人员提示:"千万不要给 167 号运动员放裸眼 3D 特效,千万千万。"

"她就戴墨镜跑么?"有人问道。

"人家就爱戴怎么了?"帕雷说。

技术人员看了看他的墨镜,只是撇撇嘴。

跑道另一侧的观众台上,文嘉正端着望远镜观察:"好激烈!没抢上内道的运动员都掉到半个赛道后面了!"

"我看看我看看!"乔南说。

文嘉把望远镜递给她,接入增强现实的实时转播观看。

"小朱在第几位啊?"黄河问。

"我数数啊,一二三……啧,十名开外了。"乔南说。

"那可悬了。"黄河说。

"五名之内就有奖金,别放弃希望。"文嘉说着,突然叫道,"快看转播!那个穿蓝衣服的是谁!"

"谁谁谁——我看看——"乔南手忙脚乱地接入信号,黄河悠悠地望向屏幕,顿时定住了:"是乌鸦!"

"她在第几位?"乔南急问。

"第八!"手持望远镜的文嘉喊道。

"第几圈了?"

"第三圈,差距不太大,有希望有希望!"

乌鸦第三次从镜头前跑过,子鹬握紧了拳,掌心全是汗。

"稳住,稳住。"帕雷在屏幕后说,"千万别慌啊!"

"第四圈了!"跑道另一侧的乔南说,"急死我了,这姑娘怎么就不使劲儿啊!"

"她们得为冲刺攒精力。"文嘉看着望远镜说,"现在整体速度有些下来了,毕竟都是业余的。"

黄河没有说话,在朱蒂跑过时放了几个特效作为支持。

乌鸦的视线几乎被汗水模糊了,她甩了甩头,酸重的手臂已经无力把下滑的墨镜推回原位。心脏在沉重地泵着,再次经过起点时,身后的运动员超了出去。

"已经有人开始提速了!229号运动员最后一公里开始冲刺!"

"加油啊,乌鸦,快跑啊。"子鸦攥着拳看着朋友的身影,乌鸦又被一个运动员超过去了。她急得喊起来:"加油啊!乌鸦!快跑!"

"你不用特效喇叭她怎么能听见?"有观众问。

高马尾姑娘已经顾不上解释了,双手拢成喇叭状,继续大喊:"跑啊!乌鸦!快跑啊!"

"稳住!稳住!"帕雷却在控制台后叫道,"等最后半圈!等最后半圈!对!稳住!"

"加油乌鸦!加油!"二十个特效喇叭在文嘉的视野中不要钱似的投了出去,他诧异地回头看乔南,"你不给朱蒂留啦?"

"留什么——诶她怎么没反应啊,乌鸦,加油!"乔南也扯着嗓子喊起来。

乌鸦看到了加速的关口,她加大步幅,开始冲刺。加速开始的五十米,她仿佛抛下了所有的疲惫,身体变得异常轻盈。

蓝色的参赛者如箭般超过前方两位对手。

"加油!乌鸦!"黄河腾地从座椅上站起来,冲到栏杆旁用沙哑的声音喊道。

"加油!加油!"乔南跳着叫道。

"你们用喇叭啊!干喊呐!"热心观众说。

"喇叭她听不到!"文嘉吼道,跟着冲到栏杆旁大叫道:"加油!加油!"

这最原始的号子传到乌鸦耳中,像是寂静的世界里炸响的惊雷。她更激烈地摆动双臂，即使它们沉重得像两个哑铃。她听到子鸦在前方呼唤她："快跑！再向前一位！再一位！"

世界在模糊的视野中蒙上了白雾，赛道和观众席变成了连续的彩条，沉重的呼吸声替代一切，成为唯一的旋律，每一步都像全身的震颤，震动着心脏——

子鸦已经听不到自己的声音了，无数观众放下了特效装置，冲到栏杆前高呼着，人声如浪盈满了整片天空。她感觉到液体从脸上滑下，不敢相信地捂着嘴，已经无法发出像样的声音。

帕雷呆呆地站在转播屏幕前，抬手抱住头部，放任自己大笑出声。

"第三名！第三名！"乔南叫道，和文嘉拥抱着尖叫蹦跳。黄河拿出手绢，擦去了额上成串的汗珠。

故事的主角在终点的二十米后停下，缓缓擦去脸上的汗水。听到呼唤声，她转过身，看到了从沸腾的观众席大步冲来的子鸦和帕雷。

乌鸦露出微笑，向他们张开双臂。

群星

阿放

> 接下来，你将有无尽的时间，去将整个宇宙变为私有。
>
> ——题记

一

现在，我想跟你讲讲我的故事。

那是从很久前开始的事了。

在破旧的百元店里首度直面群星时，我内心掀起了狂澜，我整个人就像一段被撞碎的时光。

那是幅挂在橱窗角落的印象派油画的印刷品，名为《星月夜》。父亲向我介绍它，是文森特·梵高创作的。

父亲还说了些什么，可我丝毫听不进去。我的眼球完全被它吸引住了，我浑身仿佛过电，犹如被一只只小虫子爬着，它们肆无忌惮地抬着脚游走于我的肌肤——那种切肤的动态之感，足以描述我看到那幅画时的心情。油画理所应当静止，可我却分明看到了那些组成星空的线条在扭捏身姿。那些长虫般的轨迹组合成金色的弯月与运动的群星，它们贪婪地张开嘴，互相咬着对方的尾巴，咬出了像花蕊绽放的大星、如火焰一般的漩涡与影影绰绰的群山。我仿佛也随着画动了起来，我感到血液在身体内轰隆隆沸腾；我的皮肤从我身上兀自坐了起来，掀起山谷与山脊一般起伏的褶皱；我的骨头生出翅膀在迎接拂晓时的微风。

可是，我在现实抬头，并不能看到星空。我只能目睹天空中巨大的、丑陋的六边体，它的细部泛着近灰的银色光，奢侈地占据了整个天空。我出生前，它就降临在我们的天空中了，据说，全世界像这样的六边体起码有一万个，每一个都有一座城市那么大，因而遮天蔽日。它们放出了一张张电子云网，铺在平流层，遮盖了本能看到的星体。

我父亲掏出了八十块钱，买下那幅复印画，牵着我的手回家。之后的几天我恨不得抱着那幅被我私有的"群星"睡觉。我父亲似乎对此很不解，他问我，有什么愿望。

我说："我想看一眼真正的星空。"

他问："董十三啊，为什么呢？"

我说："因为爸爸你总说，在我出生的那年，妈妈就去了星空里。"

那话说出口后，我父亲沉默不语。

那一天，是我的九岁生日。

按理说，我有记忆以来，就从未见过母亲，可她的形象在我脑海内挥之不去，根深蒂固。我相信那是一种来源于血缘的奇妙联结。

在我的梦中，母亲的脸与星空化为一体。

二

我的名字叫董十三，我九岁到十七岁期间，不知为何记忆是完全中断的。

就好像，上一秒我还在吃九岁生日的巧克力蛋糕，许完愿我就已经变成了一个小伙子了。我父亲给我做了一顿饺子，我从他的瞳孔里看到了自己表情里的茫然。

我竟然还知道那是茫然的神色。

他说:"慢点吃。"

又轻声补充:"十三,这是你最后一顿饭了。"

啊?我狼吞虎咽,把父亲说的话暂时都抛在了脑后。我的腹腔是空的,我就像一个黑洞,把一个个色泽鲜艳的饺子星系吞入了肚子。我想象它们有的是银河系,有的是大麦哲伦星系,有的是猎犬星系,它们都被吞进我的肚子,仙女座与英仙座被迫团聚。

第二天就是我十八岁的生日。我父亲没让我许愿,他砍下了我的左腿。

疼痛让我蜷缩成一条虫,我身体仿佛被折叠了一层又一层。穿着白大褂的父亲提起刀离开,留下我在逼仄的房间中。我的脑海里什么都不剩了,只有那能够排泄出痛苦的虫钻来钻去,夜里我能听到它的声音。疼痛钻进了我的所有器官,与它们合奏着,床面被我翻滚成一片大海,我是一条残破的小船。

十二天后,我的身体开始愈合,以肉眼可见的速度重新长出了大腿、膝盖、小腿,最后在夜幕降临时,从一团鲜血淋漓的碎肉里生长出血红的脚掌雏形。

父亲走来还未说话,我便抢过话说:"你要做什么?"

"训练你。"

"很疼。"

"我知道。"

"那为什么还要这么做?"

"我们没有时间了。"

"我问你,为什么我中断了好几年的记忆?总感觉上一刻我才九岁。醒来却已经这么大了。我失忆了吗?发生了什么?"

那时,我虽然已经拥有了成年的肉体,却不曾有成熟的心智。

父亲没有回答我这个问题。他的脸上挂满了冷漠,与先前的他判若两人。他的脸不是由梵高画成，往后脸上那些线条固定住，不再动了——我再未见过他的笑容。他越来越寡言少语。

有一整年的时间，我全身的所有部位都被父亲分批砍掉了。起初我还觉得疼，后来随着愈合的次数愈来愈多，我也就习惯了。我平静地注视自己的身体不断恢复如初，那种怪异的恢复生长过程总是在我意识模糊时完成。按照我浅薄的文化知识来理解我身上发生的"神迹"，常人若是被这样折腾，大概够死一百次了。

甚至于有一次，我的头颅被切掉以后，我感知到自己的头——确切说，是我的头感知到被父亲放进了一个空箱子当中，那里充满绿色的液体。我就在那个箱子里慢慢恢复了全身。作为对比的，是我失去了头颅的身体，它在另外一个箱子里渐渐腐烂，变为一摊浑浊的水。后来我知道，那箱子叫生命舱，能够模拟生命的体循环。

一年后，父亲驱车带我出门。他告诉我，我们要去别的地方，不会回到这儿了。他与我都穿上了防护服。我好久没外出过，外面发生了翻天覆地的变化。城市几乎变成了废墟，行人稀少。除了天空中的巨大六边体，外边还有不少有着格外粗犷外肢而主躯是流线型的机器；它们有着八条或者十六条腿，每条腿上都有一只奇特的眼睛，那眼睛里没有眼白，瞳孔由游动着的绿色荧光组成。

"TN10们在做什么呢？"我好长时间没出门，对外面感到很新鲜。TN10是这些流线型机器的型号，当然不是它们原本的名字，是人类取的。在我出生以前，它们就随着六边体来到我们的世界了。

"改造行星。"父亲说。

我们的车从那些六边体与被奴役的流民身边驰过，扬起了一地的灰尘。那些流民大多数衣衫褴褛，面目萧索，没有戴任何防护设备。**正在被改造的大气，会快速毁掉他们的肺吧**，我想。

"我们的世界将被六边体改造成什么样子呢？"我问。

"适合六边体的主人们生活的样子。"

"它们的主人是？"

"还不知道。"

那就是全部了。那些星际间的侵略者在某一天侵入了我们的地球，从此我们的世界便没有了太阳、月亮与星空。没人清楚侵略者们长什么样，因为我们只看到了一些硕大无朋的六边体，那大概是它们的飞船。

人类世界的所有武器都对它们不管用。它们释放出了流线型的机器人，将人类的武装一网打尽，而后全面接管了地球。很多人被从人群中挑选出来，配合它们开荒，将地球改造为与它们的主人相适宜的环境——这当然只是主流的猜测，因为从来没有任何来自六边体的声音传递到人类世界。也没有人见过六边体里的"生物"——如果它们能被称为生物的话。

我以前在家门口发现了一个白蚁窝，大人们要把它们彻底处理掉，说否则的话会影响路面；别看它们小小的，能把桥梁的结构都破坏了。我自告奋勇地去处理，得到了大人的默许后，我用烧好的开水，灌进了从地面隆起的白蚁巢穴内。对比白蚁个体的大小，洞穴无疑是庞然大物，几乎无法让没有生活经验的人联想到是由白蚁这种小生灵创造的。可对于人类来说，这样的巢穴还是太脆弱了。我只用了一下午就将那个巢穴彻底毁掉。我现在不免想，或许那些白蚁也想试着与我交谈吧？它们或许会用信息素商谈出一个对策，选出几个白蚁高层代表来，它们爬到自己的世界最高处，尝试跟我取得联系。可惜我的器官并不能识别它们的信息素，之后滚烫的开水将它们烫成一个个薄片，它们与世界一同灭亡了。人类与六边体或许也正是这样的关系。

当我们经过那些被挑选出来的奴役者时，我能看到他们脸上的愤恨。我不知道六边体选择奴役者是基于什么原则，也许没有任何原则，纯凭运气。一旦被选上，就将终日劳作，不得歇息，直到死亡。

路上遇到了一个 TN10 的"盘查"。它伸出丑陋的长肢，上面的眼睛里绿光快速闪烁，代表着它在以某种形式"思考"。它对准我父亲的额头,很久以后,车上的识别机发出了"滴"的一声,TN10离开了我们,朝着后方的车子走去。识别机是六边体来到地球以后,人类根据六边体的发声频率制作出的简单交流工具。方才的"滴"代表着可以通行。

我们的目的地,是一个地下掩体内的基地。

在荒漠的边缘,头顶上没有六边体。

我们乘着梯子下行数十米才进入它。它更像是一座囚牢,或者坟墓。

三

偌大的囚牢,大约有一百五十平方米。只有我与父亲两人。

这里保存着人类社会的一切痕迹。除了占地三分之一的实验区,其他地方更像是普普通通的民居内部,除了没有一丝一点的自然光。能在这儿建造一座民居,工程量不小。

我们在这里住下了。父亲继续在我身上做实验。他照例每半个月砍掉我身上的某一部分用于研究,而我每次都会恢复如初,身上一丝痕迹也没有,仿佛什么都没发生。

我很惶恐。我究竟是什么怪物呢?为什么会有这样的身体,父亲为什么要折磨我?

而父亲的眼中始终只有漠然。

我想过跑。

一日,我刚被父亲砍下一只手臂,我循声听去,父亲没有锁天花板上的门。

我的心脏跳得厉害,决定抓住这个机会。随后我凿开暗格,摸索清楚了基地的暗门。自由,令我的血液燃烧,我几乎按捺不住,迫不及待地谋划起逃亡。

后来几日,我透过暗格开始观察父亲的习惯,他上午六点起床,在书房看书,偶尔在电脑上打一打字;到九点时他会烤一片面包,冲一杯咖啡，接着看书，偶尔会去第三暗门外的走廊溜达一圈。

而父亲的书房顶端有一个出口。虽然从未看过父亲走过，但直觉告诉我，那是一个通往地面的出口。我没有别的机会，只能赌一赌直觉。

下午他有一个小时的午休时间，他会关闭所有暗门，锁死电子锁，起床后继续工作。

第七日，趁父亲去走廊散步，我钻入他的书房。

暗门就在头顶。我轻点了几下墙壁，随着轰隆两声轻响，天花板如魔方一般自由转换。

一抹旭阳，透过厚重的电子云网，照耀着这方天地，仅仅那一丝光亮。我近乎疯癫地呼吸，很快我爬到地面，更加贪婪地索取。

地表，是一望无际的荒原，我不知道这是哪里，但我知道，相比底下的地狱，无论何方都要好得多。

我拼命奔跑，感觉不到累、渴、饿；很久以前，我就不再能感受到这些。

陆地上，有 **TN10** 在巡逻，我竭力避开它们。幸好，它们也对我熟视无睹。想必，我在它们眼中就如同一只弃巢的白蚁，它们不在意。

可是没多久，父亲还是找到我了。

四

父亲从车上走下来，立在我前方，防护服的头罩挡着他的脸，我想象着那张脸上洋溢的愤怒。

他说："跟我回去。"

我摇头："不可能。"

平生第一次，我挥着拳头，砸向了父亲。

啪。

他的头被我击中，头盔瞬间变形，挤压到一块儿，他痛苦地倒向地面。

我惊讶地看着自己的拳头,好像有一股力量充沛在我全身。

父亲跟跟跄跄地站起来,挣扎着把头盔卸下,鲜血一涌而出。他看着我说:"你不能走。"

我从未想过我有这么大的力气。

我说:"放我走吧,如果你要拦我,我只能动手。"

父亲虚弱地说:"不,你会明白的。你有责任。"

我冷笑:"什么责任,我还要为什么人承担责任?"

父亲自上衣口袋中掏出了一个设备,轻轻一点,一道蓝光投射到地面,虚拟画面呈现而出。

我脱口而出:"妈妈。"

泪水瞬间噙满了眼眶。画面当中,我的母亲正躺在一个充满液体的生命舱中,连接着呼吸机,身边布满了冰冷的仪器。

我的思绪快速蔓延。我控制不住自己的脑子。

我不由想起了她的童年、少年、青年、中年。她一个个渺小的生活细节,她在学校与职场遇到的所有人,她去了海边,她眺望着星空,她遇到了父亲,她看到了六边体遮蔽了群星,一个个 TN10 冲上来,占领了人类世界,城池们开始燃烧,她就站在废墟里唱歌……

一辆失控的车驶过来,她小小的身子在天空中翻转,她的眼睛闭上了,而后我的记忆终止,我就那么旁观了她的一生。有时像是做梦时的上帝视角一般,有时我仿佛又变成了母亲,与她合为一体。我想伸手去触摸她,可是做不到。

那些都是我脑子里关于母亲的记忆。可是,为什么我会有这些记忆?只是我的臆想吗?

父亲在我耳边说:"想让她活着,你就跟我回去。"

那就是我逃亡的全部。自此之后,我再也没想过逃亡。

我问父亲,他要做什么。我怎么才能获得自由。

破天荒的,他回答了我:"你将接受一次考验。考验成功,你就可以获得自由。"

"如果失败呢?"

"你会死。"

五

又一次身体恢复后,父亲忽然来到我的房间,正式通知我,"考验"来了。

父亲领着我走入实验区。他将我推入中央的一个生命舱。

生命舱半透明的门缓缓关闭,父亲在外面看向我。生命舱隔音很好,他用唇语告诉我:"加油。"

加油?这话从他嘴里说出来真不容易。

他就站在外面,过了会儿又说:"多保重。董十三。"

生命舱彻底关闭。我发现了一条长蛇吐着蛇信自我左方探出身来。蛇在舱内!

糟了!父亲要杀了我吗?

我一手抓住蛇头,可它的巨力几乎要将我整个人剪断。

我大声呼喊着,用力攥住它。

浑浊的液体像墨一般泼洒到我身上,手臂很快便麻木了,松软下去,我意识到有毒,我惨叫连连。

我使劲拍打生命舱,可是一团团迷雾状气体自四方出现,很快我便失去了大部分意识。

接下来的几天里,我只感觉到那条蛇一直在吞噬我的身体。后来燃烧起火焰,蛇被烧死在我身边,我的身体也开始燃烧,皮肤剥落的感觉让我嗷嗷大叫,可我无法反抗。

先是毒,又是火,再后来生命舱中被注入了冷气,寒冷的气体几乎要冻结一切。

而后,我又感觉到窒息。氧气被抽离了。而我竟然还活着,撑到了空气再度从外界输入的时刻。

接下来通过更多种类的"考验",我渐渐清楚了自己的能力,我可以再生肢体,不怕火,也不怕高温低温,甚至可以在真空中屏息,瞬间脱水假死,有水的时候便能再次复苏。

据我所学习的知识,我不可能是个正常人。

我感到身体挤出了很多水分,我坍缩成一小块。

我沉沉睡去了。

六

不知过了多久,我的意识开始复苏。

生命舱发出一阵轰鸣,接着警报声传来,整个舱室开始崩坏。

我从生命舱爬出。前所未有的力量包裹着我的全身,我感受到每一寸肌肤下都有暴躁的细胞在躁动。

整个基地宛若遭受地震,遍地残骸,头顶的灯忽明忽暗。

"能源用尽,能源用尽。"

"实验体 13 号,完成度 100%。"

头顶,有一个电子音传来。

我眼前自动打开了一扇门。

七

"基地在四小时后启动摧毁程序,请快速离开。"

"到访者虹膜验证完成,身份:实验体 13 号。"

一打开门,寒冷的气息袭了上来。

这是一间冷冻室，各类仪器都已挂上一层锋利的冰碴子，一个巨大的冷柜立于中央。打开冷柜，我发现十个冷冻盒。上面标记着十四到二十三的数字。还有一行字："拿走它。"是父亲的笔迹。

实验台上凌乱不堪。在一堆乱七八糟的器材间，我找到了一个 U 盘。

U 盘上刻着两个字："十三"。

我退出去，找了台电脑，插入，开机，读取。

里面有三个视频文件，上面标记着 A、B、C。

我依次点开。

A 视频是一个动画影像。画面里，火焰包裹着巨石砸向地面，大火连成一片将整座城市烧成灰烬，无数渺小的人逃向四面八方，地面被巨大的六边体笼罩。无人幸免。天空上闪烁着五彩斑斓的光，硕大无朋的六边体遮盖了天空。

视频中，六边体的主人犹如高高在上的神，它们有四个如同魔鬼的头颅，十多根高粗硕的触手，所到之处一片焦土。它们摧枯拉朽般毁灭人类的防御措施。一片片火海绽放于整颗星球。仅有少部分人类飞船试图逃离，却被大气层外一张无形的科技巨网毁灭，化为星际尘埃。

我知道，那是想象中的六边体的主人。没有人见过它们。

我有点头疼，大脑一时受不了这样的刺激，我关上 A 视频。长久的睡眠让我一时脑痛，我歇息了会儿，深吸了一口气，点开了 B 视频。

B 视频很长，加载条显示有一个小时，一开始字幕显示出两个字：礼物。B 视频是实录。视频伊始，是一对年轻情侣在沙滩上行走，他们看上去很恩爱。我立即认出那男人是我的父亲，那个女人我则不认识，虽然她与我有些相像。父亲将手伸向她隆起的小腹，脸上满是和煦的笑容。

画面中是一些琐碎的生活片段，她的肚子越来越大，后来一个婴儿出生了。

画面继续，那个婴儿慢慢长大，成了一个小男孩。那个孩子经历了很多事，都是我记忆里有过的，一直到他九岁那年。他过马路时，被一辆车撞了。天翻地覆，斗转星移，他倒在血泊里。画面转向天空。他看到了星星。天空中并没有六边体。

视频里出现了父亲声嘶力竭的呼喊。进度条还有一半，我不忍看下去，将其关掉。

毋庸置疑，那个小男孩就是我。除了被车撞的那一幕，其他的记忆我都很熟悉。只是有两点不同。

一点是视频的天空中并没有六边体，城市也没有废墟，没有 TN10，没有被机器人压迫的流民。明明六边体在我出生以前就降临地球、遮住了我们的天空，所以我从未见过群星。

另一点是"母亲"的样子。视频里的女人并不是我记忆中母亲的模样。

可除了这两点，视频里的每一处我都切实经历过。这是为何？如果视频不是伪造的，难道是我记忆出现了错乱吗？我的母亲应该还被父亲冷冻在一个生命舱内。

我点开了 C 视频。

视频一片黑暗。

我听见父亲沙哑的声音。他喘着粗气，鼻息的声音很浓厚，像是遭受了什么重创。

"董十三。你看到这个视频，应该已经是两百年后了。我为生命舱设置好了运行程序，你会如约醒来。我将在录完这段视频后死去。我知道我将归于尘土，与这颗星球所有的人类一样。

"科学……能创造一切可能。科学，让人类变为神明！而你将承担使命，人类文明的使命。

"六边体的主人将亲身来到地球。毫无疑问，它们是科技远高于我们的征服者。届时地球的命运如何，恐怕不会太乐观。

"若是天空中没有六边体，你抬头看看宇宙，就能看到很多星星。那些星星穿越了上亿光年才浮现在我们的天空中，它们每一个都是古老的存在。而我们……只是新生儿。"

"可是宇宙不会像母亲一般呵护婴儿。如果我们没有能力战胜宇宙侵略者,没有能力远航星际,是否可以试着改变自身?"

画面变得明亮,是一间实验室。年轻时的父亲身穿全封闭的实验服,在精密的仪器下工作。

"这是第 13 个胚胎。实验体 13。议员们不喜欢这个提案,他们依旧认为我的实验会造成不可逆的后果……前中期的投资经费已经全部耗尽,如此一来,这是最后的希望了。"

在画面的右下角的仪器面上,我赫然发现了……我的头颅。画面中的我紧闭着眼睛,而父亲正对我做着电击实验。后面的内容大致如此,持续了半年的电击、火烧等实验,我顺利存活下来。

"今天是 13 号存活的第 365 天。项目初级阶段成功,即将进入下一阶段,仿生。"

接下来的画面令我如遭雷劈。显然,这些画面所呈现的都是我所经历的人生,时间过得格外地快,所谓的"仿生"只是强加记忆,是父亲将曾经发生的事情又一度演绎出来,通过实验室的虚拟现实技术,展现在我的眼前。我就在实验室里度过了我的儿时。

"让他尽量爱这个世界……妈的,可是我自己都不爱这个世界。"父亲的声音再度传来。

进行完仿生后,我再度陷入了沉睡中。生命舱中的我浑然不知地度过了九岁到十七岁的时光,那时候父亲一直在对我进行着各种实验。

画面再次闪烁,呈现眼前的是显微镜底下的微观世界。一个浑身透明的生物占据着视野的全部,它像一只熊,除了硕大的头部外还有四个体节。它在反复地脱水与复苏。

"13 号实验体,他含有棘皮动物与缓步动物的基因。在未来的世界中,他必将成为'新人族',代替现在的人类。

"肉体凡躯的人类应当被淘汰。在危险的宇宙中,人类实在太脆弱,而相比较时间的尺度，人类短暂的一生亦无法学习到足够的知识。所以我需要这样一种生物，来传承人类浩如烟海的文明：它能够对抗宇宙的危险，且能够对抗时间。

"水熊虫，一种缓步动物。它的身体表层覆盖着一层水膜，用于避免身体干燥，同时可呼吸水膜中的氧气。主要生活在淡水的沉渣、潮湿土壤以及苔藓植物的水膜中，少数种类生活在海水的潮间带。

"水熊虫是地球上生命力最强的生物，从海拔 5000 米的高山到 2700 米的深海都能生存，它能承受零下 200℃的低温与 150℃的高温，以及 7.5 个标准大气压高压和放射线。进入隐生状态的水熊虫甚至可以在没有防护措施的条件下在外太空存活一段时间。

"我提取了水熊虫的基因，与我死去的儿子的基因融合，创造出了新的胚胎……当进化的枷锁被毁灭，人类将通往何处？

"不光如此，我的实验体还有着棘皮动物——海星的基因，它拥有无性裂体繁殖的能力。没有任何生物可以永生，但换一种思路，带着祖辈的记忆进行无性生殖，DNA 永不发生改变，那就是另外一种形式上的永生。"

画面展开，出现了一个生命舱，里面沉睡着一个少年模样的"我"。我的一半身体上，连着一个未成形的人类躯壳。他们连接在一起，好像连体人，只是一大一小。

这就是他说的无性繁殖？从我的身上长出了另一个我……

画面里的时间百倍加速着，每一天少年都在逐渐消瘦，而他另一半身体上的血肉慢慢长出人形，变成了婴儿。到最后，那少年腐烂了，只留下那个婴儿。婴儿在生命舱中"出生"，长大。

画面继续加速着，婴儿在里面长大，变成了儿童。婴儿是我，却又不是我。因为从外表看是个女孩。女版的我。很快她长大，变成了少年，再变成青年，她变成了我记忆中母亲的样子，从她的肩膀处诞生出了一块肉瘤。我知道，相同的故事又要发生了。她逐渐消瘦、腐烂；肉瘤变成了婴儿,脱落。周而复始。

"它的性别可以通过控制外界温度来改变。地球上很多卵生动物都可以做到这点。

"什么是人类?人所传承的究竟是基因,还是文化?"父亲的声音很悠长。

"13 号。永生,是我送给你的礼物。"

我如遭雷劈,身体不住地颤抖。我记忆里的母亲……竟然就是与我长在一具身体上的人类。

我重新点开 B 视频的播放键,画面骤然变了。灰白的视频,哀歌传来。父亲抱紧死去的"我",他脸上满是痛不欲生的表情。地面鲜血淋漓。一辆巨大的卡车就停在画面里。车祸带走了"我",而我只是一个克隆人……不,我不只是一个"人"。我是一个拥有他儿子与其他生物基因的人类,也是那个男人所说的新人类。我所谓的关于儿童时的记忆都是父亲仿生出来的。我是从我记忆里的母亲身上脱落下来的。我有我母亲的记忆。我的记忆也可以传承给我的下一代。所以是"永生"。但我知道那并非真正的永生,我的出生夺走了我母亲的生命,我未来的孩子也将夺走我的生命。我们每一代都从上一代的身体上剥落,饮啜着上一代的血肉。

我进而明白了更多的事。我可能已经无性繁殖过很多次了,而先前都没有记忆,只有母亲的记忆。那是因为先前的记忆是空洞,是一片黑暗,被迫在生命舱中完成了生命的整个过程,从出生到繁殖到死亡,用一个茫然无知的大脑去应对着这一切。只有到我母亲那一代才进行了仿生训练。所以我才有了母亲的记忆。这之后,或许是为了测试繁殖能力,母亲的身体上出现了我,我从她身上剥落,造成了她的死亡。

视频的最后,我看到了这行字:"你繁殖了好多次,基因序列保持稳定,实验完成了。在你前面有十二个实验品,它们都失败了。你将成为'永生者',我无力再进行更多的实验了。去带领你的十个弟弟妹妹,延续人类的文明吧。我是你的创造者,也是你的父亲。你看到这里时,我已经长眠。我会在外面找一个地方自我埋葬。"

头顶的警报声响起,提示我能够待在这里的时间已经不多了。我返回冷冻室,将放满胚胎的冷冻舱一把抱起。

八

基地就在身后崩坏,瓦解。

我登上扶梯,朝地面而去。

一束白光照进瞳孔里,起初我还未适应这样强度的光,已经太久没有见到光了,这样刺眼的程度确实有些不可思议。接着,耳边的声音也渐渐明晰起来,我听见风的声音,知觉在一点点恢复。

我首先看到的是耀眼的太阳,它是火红的,像一颗大火球悬在近空。地表则是一望无际的荒芜。这颗星球上还有人类吗?

我一步步走着,土壤寸草不生,偶尔从地底喷出一道熔浆,有我从未见过的全新物种从熔浆中爬出。整颗星球有股幽林般的寂静。

空气里弥漫着黑色的毒气,这样的浓度足以让人类毙命,但对我毫无效果。起初我以为只是这一带环境恶劣,可当我行走了一天一夜,到达一座丘顶,放眼望去才发现整片可见的区域无不如此。

这里不该是地球的。生存环境被大大改变,残留下的物种也都变得不同,也许是自然环境促使它们发生变异,又或者本来就是六边体的主人带来的。

第三天时,我发现了城市废墟。废墟之上,六边体不见了。我也没找到 TN10。不光没有人类,就连那些侵略者也都消失了。它已经被红沙与熔浆覆盖了一半,一些尸体被浓郁的石灰覆盖,没有暴露在空气里,因而得以保存,甚至可以看到死亡前那一刹那眼睛里的惊恐与绝望。而有的尸体千疮百孔,受到过远程武器的重创。

毫无疑问，六边体的主人曾经袭击过这里，它们来到地球就是为了毁灭。

可是，六边体的主人在哪儿？

它们不见了。

九

时间过得很快。这些年，我见过无数座废墟与遗址，终于确定了文明的终结。

我没有看到过任何一个活着的人类。我的足迹踏遍整个地球。陆地与海洋的生态位已经完全被改变，现在的地球生物圈正在进行某种意义上的"重启"。新的生物在诞生，并且进化迅猛，在这个环境恶劣百倍的新世界，生物的生存变得更加依靠本能。适者生存。

我也没有看到任何一个六边体星人，或许它们作为毁灭者来到地球，在完成使命后就乘着飞船飞向宇宙的另一端，一颗处于宜居带的行星成为了它们的新目标。四颗太阳一般的人造星体笼罩在天空之上。它们奇形怪状，带着那个世界锋冷的气息，在太空撒下天罗地网。由于这四颗星体过于明亮，在夜晚连远处的星辰也会被它们的光遮盖。六边体的主人毁灭了地球生物，将其逐步改造成适宜自己生存的模样，它们或许会在这颗星球被改造得宜居时重返。

我觉得时机成熟了，将封存已久的胚胎拿出。我找到了培养它们的容器。我与我的"弟弟妹妹"们将成为这颗星球的新居民。或许在很多年后，六边体的主人重返地球时，看到的又将是另一番景象。它们会发现，羸弱的人类变得无比强壮，不惧火与冰，即使身处真空也不会死亡。或许正如父亲所说，我们才是人类文明的希望。

第一个弟弟在三年后诞生。我叫他董十四。他诞生以后，我暂停了其他胚胎的培养。我不敢笃定现在的世界适合他们。

弟弟生长很快。短短几年，他便成为与我一致的少年模样。我知道，他的基因构成与我不完全相同，每一个胚胎序号都代表着不完全相同的配方。他有着我不具备的能力。

我带着他出入于许多未被战争毁灭的大学图书馆，用大把的时间去学习。弟弟的学习能力很强，他在很多方面都表现出了超强的天赋。但想要在废墟之上缔造文明，这还远远不够。可作为永生者，我们有的是时间。

父亲给了我留下了一个坐标。那是位于挪威的末日种子库。但我去过那里后发现，留下的种子大多已不再适宜这个时代。

"为什么要找种子？"十四不解地问我。

"种植，吃。"我说。

"可是我们不需要吃也能活很久。大不了就像缓步动物那样脱水。"

"不是我们需要，而是文明需要。"我说。

"谁告诉你，文明需要种子？"弟弟看着我，笑着说，"哥哥，你好像没理解一些事。"

我对他的话充耳不闻，我只在意我想做的事情。

我用了接近五十年去学习种子的播种，我在世界各地实验种子。其间我没见过弟弟。直到有一天，我正在室内做研究，背后忽然袭来一阵高温。我的身体在那一刻开启了自我保护的模式，我快速脱水，身体蜷缩成桶状。意识完全消逝之前，我看到弟弟走进屋子。他的眼中闪过一丝凌厉的光。

是他干的！

随后，我进入脱水引发的沉睡。

十

醒来的时候是黑夜。

我呼喊着弟弟。没有回应。眼前没有城市,只有一望无际的黑。无数锁链锁住了我的全身,它们有的嵌入了我的肉体。可我感觉不到任何痛苦。有人试图杀死我,但是基因最终保护了我。

在我身边,九个胚胎装置器空空如也。机器的腐朽告诉我,我已经沉睡了很长的年头。我弟弟妹妹们没有顺利出生。

我握紧拳头,深吸一口气。身上的锁链全部断裂,我的身上充满了暴躁的力量。

弟弟从远方走来。他的脚步很轻,与我一致的面孔上满是阴霾。

"为什么要这么做。"我说,"为什么要杀了弟弟妹妹?"

弟弟面无表情,"我对'人类'没有感情。我和你不一样,我不是人类。"

我忽然明白了。我忽略了至关重要的一点。我与弟弟本质上是不同的。我经历过人类的情感训练,经历过"仿生训练",所以即使父亲对我很残酷,但本质上得知真相的我依旧认同自己的人类身份。

而弟弟不同。他没有经历过、感受过人类的文化。我没对他说过那些。他不知道李白、莎士比亚与梵高,他没有见过任何一个血肉凡躯的人类。

究竟是基因构造我们,还是文化构造我们?我想,新的基因物种会带着人类灿烂的文化与知识传承下来。如果历史能够继续,基因又算得了什么?只要认同自己是人类,人类就一直存在。

"我不希望有其他的永生者,我摧毁了所有基因资料。过去的两千年,我试图杀死你。"弟弟对我说,"但我试过无数方法,杀不了你,留下你的躯体也毫无意义。所以你走吧,离开地球。"他的目光里有我捉摸不透的光彩。"这颗星球不再有人类,也不会再有其他永生者。我将成为造物主。"

他的身后有无数庞大如山峰的生物走来,奇形怪状,犹如传说中的魔神。我从未见过它们,那是弟弟所设计培育的新生物。他很聪明,加上拥有无尽的时间,可以去做任何想到的科学实验。他成为了一名真正的"造物主"。

"永生……让一切梦想照进现实。"弟弟说,"我无法杀死你。我会给你时间让你离开。"

"你要我离开?去哪里?"我盯着他那张与我完全相同的脸。

弟弟耸了耸肩,指着头顶的星辰:"那么多颗星星,总有一颗属于你。"

天空中,那四个人造的星体已经不复存在了。看来这两千年里,弟弟已经设法毁灭了它们。它们不再发出夺目耀眼的光芒。如今,在这颗星球上,又能看到星空了。

十一

弟弟说:"也许六边体的主人早就忘了这里,毕竟漫长的星际旅行,连活着都是奢望。"

"你太乐观了。如果它们再度降临……"

他平静地说:"即使它们再度降临,我也能杀死它们。"

在我沉睡的两千年里,地球的外貌早已发生了巨变,无数新生物种占据着生态位。弟弟攫取了父亲留下的全部基因资料,创造了属于自己的王国。如今的地球正欣欣向荣,到处都是绿洲。

唯独没有人类。

"我讨厌人类,所以没创造他们。"他说。

弟弟说,他知道说服不了我与他一同创造新的世界,所以他让我离开。

弟弟带我来到他的实验室,那是一片早已荒废的地方。他指着一堆图纸,说:"实验室的底端,有一艘已经是半成品的星际飞船。哥哥,你现在有漫长的时间去做这件事。你可以离开这里。"

飞船。

过去的人类早已拥有载人航天的能力。然而对于宇宙，人类飞船的速度与舱内生态无法支撑漫长的星际间旅行。对于动辄数千万乃至上亿光年的距离，穷尽人类短短一生甚至子子孙孙，也无非只能从宇宙沙漠的一隅走向另一隅。

"我要待在这里，直到修好它。"我说。

弟弟点了点头，离开了。

十二

"十三，你知道制约人类文明最大的不幸是什么吗？"曾经有一天，父亲突然问我。

"是什么？"我问父亲。那时我刚刚完成仿生训练，对于父亲不经意的问题，我思考了许久也没有想出答案。

"是时间。"父亲说。

"时间？"

"人类靠什么传承文明？"

"靠……"我瞪大眼睛，思索着，"书本？知识？"

"对，书是文明的载体。文明的载体让上代与现代连接。我们赤裸着出生，没有谁带着记忆来，所有的知识都靠着反复的学习与训练。然而古往今来，即使是最渊博的学者也无法学习完文明所有的知识，甚至相差甚远。因为时间！人的一生不过短短几十年，精力旺盛的学习时代不过二十年，随着科学进步，科研成果的大爆炸，人类掌握的所有知识体量在不断膨胀。如果一个人要在现今的物理学界闯出一片天，需要几十年的刻苦训练，才能进行有限的方向研究。随着研究的不断深入，未来的科学家也许需要花半辈子的时间来进行现有理论的学习，在他精力不复从前时才能去进行专业领域的研究。

"靠后天学习来传承文明的方式，对于人类这种寿命短暂的物种而言太过残酷。我们至今无法找到可以传承记忆的方法，那么要如何面对技术知识大爆炸呢？我们人类从不是最先进的物种，只因为我们是'学习'的物种，而非先天带着记忆的物种。"

"唯有创造出永生的人类。他有漫长的时间可以学习，这种新的生命形式是文明传承唯一的希望。试想有一天，地球上只存在这些永生者时，所有的文明成果都将会被保留，那才是完美的未来。"

正如父亲所愿，我现在有无限的时间。我停止了生长，时间在我的身上没留下任何痕迹。即便哪一天我抵达了生命的尽头，也能让自己繁殖，将记忆传递。可是父亲没有想到，已经不会有第三个永生的人类诞生了。

我准备了充足的物资，将自己关在离地面百米的地下室中研究飞船，不再理这颗星球的事情。在地下的时候，我起初感受不到时间的流逝，只是当研究深入，完成度超过 90% 时，我才渐渐感知到了时间。

过去了一千年。我觉得精神疲惫，进入了休眠。可是很快，我便被唤醒了。

我是被一阵巨响唤醒的。我连忙乘坐电梯，前往地面。

十三

沧海桑田。在我闭关时，这儿还是一片绿洲，如今却已经是一座巨大城市的废墟。天知道这段时间里发生了什么。一座城市兴起又荒芜，天空被厚重的褐色云层所覆盖，那是核冬天的前兆。

我在这座废墟中走了一整天，发现了一些骸骨。我近乎颤抖，那骸骨有着我熟悉的形状，这是一座人类的城市。

弟弟创造了新的人类。

我找到一些这个时代的交通工具和地图，发现了不少事情。这个短暂的人类文明并不知晓过去的一切,他们的地图里只有一片圆形的区域,四周都是苍茫的大海。我愈发明白,这是一个试验文明。

第七天,我按照地图路线,找到了一处村落。破败不堪的乡村酒吧,是以前那个文明里最常见的建筑布局。

我推开门,里面还营业着,有低沉的音乐响起,好几个男人围在吧台大声吆喝。他们说的语言应该是夹杂着多种语言的混合体,很古怪,稍加思考,我便能听得懂。

他们拿着酒杯,含混地说着:"神……指引我们,护佑我们。"

看到我来了,坐在吧台里的男人伸出双手,想要拥抱我:"我是鲍勃,幸存者,过来干一杯。"

"发生了什么?"我问。

"你好像刚刚醒来。"他递给我一杯酒。

"我来自前面一个文明史。"

"哦,猜到了。这个文明史也有人冬眠。"

酒味很淡,我一饮而尽,听到他说:"核战结束了,还算幸运。"

"你不难过吗?"

"我们本就一无所有,难过什么?"

这帮人喝了许多酒,好几个瘫倒在地上。鲍勃也不太清醒了,他拉着我走到后院,指着一排平房说:"你晚上住这里,注意,别出去。到凌晨的时候会有一场特大暴风,这里的风能将你撕成碎片。"

当晚的风确实很大,我在屋子里听到山呼海啸的声音,有上百个人立在村外,将身体绑在一起,以肉身作为城墙,阻挡暴风。山村就在他们的身后,他们大声呼唤着,有不少人被大风刮走,然后又有人冲上去堵住风口。

第二天我离开了村庄。他们告诉我,北面的大山后,有仅存的天上城池,以及一位高高在上的神。他掌握了一切。

我说:"那为什么你们的神不来守护你们?"

他们说:"神教我们要自己保护自己。"

我默然。

十四

这位高高在上的神,自然就是弟弟了。

我见到他时,他坐在金色的王座上,身边空无一物。他穿着破旧的衣服,头发花白,看上去老了许多岁。他几乎没有休眠过,所以看上去如此。我想,很快他就要进行繁殖了吧。然后一个有着他记忆的后代从他身上剥落,继承他整颗星球的遗产。

"你不是讨厌人类吗,怎么会重新创造出他们?"我问。

"你到地底以后,我先是创造出了一种完全理性的智慧生物,它们生来就不具备什么情感,只有机械式的神经与驱动力。可惜,这种生物的文明没能走远,因为一场优胜劣汰的内部战争就彻底终结。这以后,我还创造出其他的生物。然而那些文明都太脆弱了,没有任何生命力,很快就自我崩溃,枯竭了。

"人类是孱弱的。但恰好才符合文明的定义。所以我才重新唤醒了人类的基因。如你所见,这是一个实验文明。"

我说:"那为什么毁灭它?"

"并非我毁灭的。人类的文明发展不可能靠和平。"

"你是说,是他们自己发动了战争?"

弟弟点头,面露担忧:"这似乎是历史的必然。我有预感六边体的主人要回来接管我们的星球,我需要找到一条出路,你愿意帮我吗?"

他创造了一个新的城市。城市位于天空之上。弟弟将它命名为"文明号"。整座城市是一个纵向蜿蜒的长廊,所有的建筑几乎都没有明显着陆点,犹如点缀在带子上的明珠;夜间看去,文明号就如同一整条银河。目前文明号已有两百万居民,除了人类,还有各种奇异的仿人生物,它们与人类杂居在城市的各个角落。

弟弟说，四十年前他收到了六边体的主人来自太空的警告。

"和我一起走吧。"我说，"谁也拯救不了地球。我们都是宇宙的婴儿，战胜不了时间。即便是之前的人类文明再发展上千年也是一样的结局。"

弟弟摇头："我的一生都在地球上，这是我的家园，我不属于群星。"

从文明号离开后，我回到地底，继续投身星际飞船的建造。

四十二年后，传来敲门声。

门外站着一个高大的生物，它有着人类的五官与四肢，身形健硕，腹部外延则有着巨大的"育儿袋"。

它自我介绍道："我叫'种子'。是您弟弟送过来的。我的身体中有完整的微型生物圈环境系统，里面蕴藏着四十万种新生生物的基因资料，以及七十万粒微缩植物种子。我还有上亿份人类文明的资料。请您在末日到来前一同带向太空。"

我点点头，将它领入地下，很快它便陷入了自我休眠。

十五

我等待这一天已经数千年了。

飞船缓缓启动，地面发出巨大的震动。起飞时，耳边响起了古老的音乐——*Take Me Home Country Roads*。

我在飞船上看着远去的地球。这是我有生以来，第一次窥见它的全貌。

它的地表不平，有高山与盆地，大海如母亲般拥抱伟岸的陆地。

"再见，哥哥。愿我们都与文明同在。"联络频道里，弟弟的声音传来。

"再见，地球。"我说。

随后，地面切断了频道。那是我与地球最后一次联络。

很多年后，飞船抵达海王星的边缘，从远处浩瀚的星域中飞出一道道离奇的亮光。如同冥王星大小的主船忽然显现，这个从宇宙深处而来的星际流浪客，头也不回地朝着地球方向而去。

飞船在太阳系中匍匐前行，宛若行在幽篁之间的蛇。到达奥尔特星云后，我唤醒了"种子"，我从它体内搜索着那些地球基因。

忽然我的眼睛湿润了。那微缩了尺寸的基因库中，九个永生者胚胎完好无损地冷冻在中心位置。

那是我的弟弟妹妹。

冷冻罐外雕刻着一行字：*哥哥，请带着我们的文明飞向群星。*

我擦干眼泪。二十四个地球标准时以后，我开始了分娩。

我不会后悔我做的这个最后的决定，我的孩子。你从我的左半身开始长出。从一个肉瘤，缓缓长成一个胎儿。我听到了你的心跳声，我感到你与我心意相通。我知道，一定有条名为"文明"的脐带，连接着你我。

再有不到二十个地球标准时，你就会降生了。你出生时就会继承我与我母亲的全部记忆，这是我给你留下的全部故事。我的所见所闻所想，是我留给你唯一的财富。

我已经拥有过精彩而漫长的人生，已经目睹了悸动的群星。以后，可就是你的故事了，小子。就给你取名为"群星"吧。

接下来，你与你的子孙，将有无尽的时间，带着我们的文明去将整个宇宙变为私有。

天降男友

番茄尼基

下班回家，发现自己被同居一年的男朋友给甩了。

他带着我所有的现金不辞而别，只留下一张极不靠谱的纸条："我去拯救地球了。"

我花了一个晚上，哭着把屋里与他相关的东西都装进箱子准备扔出门外。

直到清晨第一缕阳光照上窗台的时候，我才发现，他写在纸条上的话原来是真的。

一、黄昏

晚上七点半，我站在乱七八糟的房间里，愣了好长时间才接受了眼前的事实。我的小男朋友跑了，带走了屋里所有的现金和首饰。手机里的忙音一遍一遍地响着。冰箱上用磁力贴压着他留给我的便签，龙飞凤舞的字迹是他的亲笔："我去拯救地球了，再见。"

磁力贴是银河系的造型，去年和他一起在宇宙科普展览上买的。我把它从冰箱上取了下来，随手扔进垃圾桶。便签失了支撑，飘飘摇摇向下坠落，在落到地板上之前，被风吹进了墙角。

在一起的时候就游手好闲没个正形,连分手的方式也这么儿戏。跑了就跑了吧,偏偏还要用这种中二的理由,羞辱谁呢?仗着长得好看,真拿自己当明星了?姐姐我也就是跟你玩玩而已。

我翻箱倒柜找出一瓶伏特加,拧开盖子给自己倒了一满杯。"去他的初恋!老娘就当是花钱包了个牛郎。"仰头一饮而下。酒有点冲,呛得我泪流满面。

手机突然一亮。我赶紧划开微信。他的最后一条消息依然停留在今天早晨,而新消息来自工作群。甲方爸爸给了反馈,产品方案有些小地方需要修改。

锁屏时看了一眼时间,晚上十点。到家的时候明明才七点,居然这么快就过了三个小时。失恋果然伤神。

擦了把脸,伸手捞过电脑。爱情已经没了,我不能再没了工作。不然哪有钱去找下一个爱情。

同事兼闺蜜见我上线,在私聊窗口给我发了一个奸笑的表情。"一周年纪念日的晚上还加班改方案,你的正太小男友不会吃醋吗?"

我幽幽叹了口气。这八卦闺蜜别的本事不大,却总能准确拧起没开的那个壶。"分了。姐弟恋果然没有好下场。他八成是带着我的钱去找别的富婆了。"

就像点燃了一串炮仗,八卦闺蜜炸了。私聊窗口被一连串的表情包刷了屏。"怎么会分手?你们那么般配!"

呵!

我今年三十,凤毛麟角的女软件工程师,整日素面朝天地带着一帮IT兄弟敲代码,从业五年,月入两万。

他今年二十二,二十八线的扑街网文写手,每天顶着一张左转就能直接出道的明星脸穿梭于城市各地寻找写作灵感,从业半年,月入两百。

真是配一脸。

"是你提出分手的?你是不是脑子中了电脑病毒?姐弟恋怎么啦?

你们家小正太对你那么好，你上哪儿去找第二个又帅又暖又爱你的男人？"

不堵住她的嘴，老娘是没法写代码了。我写了删，删了写，终于打出了这段话："你说对了！本宫就是脑子进了个木马，被一个比自己小八岁的兔崽子蹭吃蹭喝骗财骗色。明天午饭你请，本宫最近缺钱。"

闺蜜给我发了一个安慰的表情："你跟他问清楚了？我觉得他不像那种人。"

我打字手速飞快，也不知是写给她看，还是写给自己："这小兔崽子毕业了不好好工作，只知道天马行空游手好闲。跟这种没担当的男人哪有什么结果。还好及时止损，省得浪费时间。"

我吐了口恶气，正要切回去工作，闺蜜的消息又来了："你不是就喜欢他的天马行空吗？"紧随其后的是一张截图。看热闹不嫌事大的损友翻出了让我脸颊生疼的聊天记录：

【IT萌妹子】：天呀，看我发现了什么？！你办公桌上居然有一束玫瑰？！快快老实交代！

【河东攻城狮】：嘻嘻，本宫正式结束了二十九年的单身生涯。

【IT萌妹子】：{散花散花}难怪今天公司里的单身男青年整体士气低下。是哪位帅哥让我们守身如玉高冷似霜的叶总动了凡心？

【河东攻城狮】：一个超级有趣的毕业生，有好多天马行空的想法。

【IT萌妹子】：啧啧啧，看不出来你还接受姐弟恋。我们公司的IT精英钻石老五不香吗？

【河东攻城狮】：得了吧，跟公司的兄弟们说话，三句话离不开钱、代码和头发。

【IT萌妹子】：{吃瓜吃瓜}

【河东攻城狮】：跟这个跨越了两个代沟的小男生，聊一晚上星星都不会嫌闷。

【IT萌妹子】：呵呵，恋爱中的女人……

得，友尽！我动动鼠标，把闺蜜暂时拉进了黑名单。

发完最后一封邮件，电脑桌面的时间刚好跳到 0:00。我合上了电脑屏幕，书桌上的木制手工时钟闯入眼帘。这是半年前和他一起在 DIY 手工坊做的。我负责装饰外观，他负责安装钟核，分工协作，热热闹闹。完工之后乍看还不错，便开心地带回家摆在书桌上。可惜很快就发现，这钟只能勉强当个摆设。它的指针走得比正常的钟表慢了许多。

我曾拿这钟嘲笑他纸上谈兵——空有满腹理论，手里做出的东西却没法用。

"谁说没用？"他笑着反驳，"你按照我的食谱烤出的蛋糕总是差些火候。"

我不明白这两件事有什么联系。

他顺手把指针拨回正确位置，故弄玄虚地说："只有按这个钟的时间烤，才能做出世间最完美的戚风蛋糕。"

从那以后，他每天早上起床的第一件事，便是把这钟手动调到正常的时间。他说，这是一种仪式。

我给这个仪式起了个庄重不俗的名字——"假装自己做的钟可以用。"

此时此刻，午夜已过，手工钟的指针却还显示着九点五十分。真是越来越不准了，昨晚十二点的时候，这钟似乎还只是差 40 分钟而已。

假的东西，即使有再多的仪式加持，也无法变成真的。我找出一个纸箱子，把这个没用的钟扔进箱子里。原地转了两圈，又从垃圾桶里把银河系冰箱贴捡了起来，也丢进了这个箱子。

热恋中说过的每一句话，曾经小心翼翼收藏在家的每一个纪念品，如今都成了这个骗局的可笑佐证。比如这个银河系冰箱贴，早上出门它还是个浪漫的定情信物，晚上回家它就成了压分手纸条的普通磁铁。

二、回忆

去年今天，我心血来潮去参观了一个关于宇宙的科普展览。满墙的图片和各厅的模型乏善可陈，唯有漫天繁星的全息投影厅让我挪不开脚步。我抱膝坐在地板上，仰望满天星辰，沉浸在仿佛静止的时空之中。本以为没坐多久，却突然听到了还有一个小时就要闭园的广播。想到还有三分之二的展厅没看到，有一点点心疼票价。我赶紧站起来，抬脚就要往外走，背后冷不丁响起了一个声音："美女，需要义务讲解员吗？"

我回头看见一个身姿挺拔的男生，眉眼俊朗，笑意盈盈。

万千星辰在四周流转，星光在浩渺宇宙中跨越过亿万光年，点点碎碎，定格成一瞬。而他仿佛就是在这一瞬间，突然出现在我的世界里。

"请教美女芳名？"

"叶倾。"

"巧了，我叫花洛。"

剩下的一个小时游览时间里，满墙看不懂的照片和文字都在他的讲解下变得生动鲜活。他像个行走的百科全书，天文地理，信手拈来。

"你们这里每个义务讲解员都这么博学吗？"我由衷地赞叹。

他摸了摸脖子，似乎有些不好意思："来参观的人不多，这里就我一个义务讲解员。"

展厅的出口按照惯例设在了纪念品商店。我选了一个银河系冰箱贴准备付钱。他一把抢了过去，冲我一眨眼："这里的东西卖得挺贵。我有内部折扣。"我还没来得及开口，他已经带着冰箱贴走到了收银台。

回到我旁边的时候，他的语气难掩兴奋："你的运气真好！他们说，这个刚好是店里卖出的第 100 个银河系冰箱贴。买到它的顾客可以获得神秘大奖。"

作为长年中奖绝缘体,我自然很开心:"奖品是什么?"

他低头认真地看着我,琥珀色的眼睛里噙着笑意。

"首先,这个银河系送给你,"他将冰箱贴郑重其事地放在我的手里,庄重得仿佛在托付整个银河系。接着,他神神秘秘地凑到我耳边:"大奖是与一名英俊潇洒风趣健谈的义务讲解员共进晚餐,你有没有兴趣?"

刚交往的时候,我们像其他情侣一样视频聊天。

我们有聊不完的话题——楼下新开的面包店、邻省百年一遇的大洪水、维京人有没有到过北美洲、宇宙熵增的尽头是什么……我们常常一说就是大半个晚上。他从来不会先挂断,每次都等我先说晚安。

有一次,我带着一堆工作回家,胡乱吃了外卖就准备干活。他的视频邀请来了,我犹豫了两秒,点了挂断,转手给他发了条微信。"今天不聊了,我有工作。"

"工作是谁?竟敢抢我女朋友。"

我笑了:"'他'呀?是养你女朋友的'人'。"

他发了一个可怜兮兮的表情:"我养你呀,你要红烧牛肉味还是老坛酸菜味?"

我笑着打字解释:"没办法,事情太多,工作时间根本不够用。回想今天,也就开了几个会,打了几个电话,做了几次调试,一个白天就没了。下班时想了想,只觉得一天的时间都喂了狗,毫无成果,连一个成型的小 Demo 都没做好。"

他发了个笑掉牙的表情:"作为一个一天憋不出 3000 字的网文写手,我充分理解你的感受。"

我本想要结束对话,却又忍不住多打了一句:"还是小时候好。在孤儿院没什么人管,一天从早到晚可以做好多事情,爬山、玩水、看书、抓萤火虫、数星星……那时个子小,看什么东西都大一号,连时光似乎都比现在长。"

对方正在输入……

我放下手机,打开茶罐取出一包袋装茶。

对方正在输入……

我把茶包放进杯子里,倒上了开水,犹豫了两秒,又往里扔了几颗枸杞。

对方正在输入……

当我开始好奇他究竟在写什么长篇大论的时候,他的消息终于过来了:"你抓紧工作,我看书陪你。"

十个字要写这么久?

紧接着还有一句:"睡前给我发句晚安。"

他没有固定的工作,自称大学毕业后就以写网络小说为生。但是自从他搬进我家,我发现他每天的写作时间不超过半个小时。我看过他写的东西,情节俗套,文笔平平,远远没有他这个人本身有趣。

"你写的这些东西能让读者关注订阅充会员?"

"似乎不能。"

"那你靠什么赚钱养活自己?"

他笑了笑,云淡风轻地说:"第欧根尼①在木桶里晒太阳的时候,想的可不是怎么赚钱养活自己。"

我懒得再问,他却似乎不想放过这个话题:"你想知道他在想什么吗?"

我扬了扬眉毛,示意他可以说下去,而我肯定不会信。

他伸手环抱着我,嘴唇若即若离地碰了碰我的耳垂,声音低沉有磁性:"他在想,昨夜闯入自己梦境的那个女神,今天又游荡去了哪颗星星。"

---

① 第欧根尼(约公元前 412—前 324),古希腊哲学家,犬儒学派的代表人物。

有天我下班回家，他正蹲在客厅不知道捣鼓什么，全神贯注地连我进门都没听见。随地乱堆的工具和废料把客厅搞得一片狼藉。他无视我山雨欲来的怒火，兴致勃勃地向我展示自己的作品。

一个普普通通的玻璃缸，被一片薄薄的方形塑料片从中间分成了上下两层。方形塑料上画着个坐标轴，写着 X 和 Y；玻璃缸壁上竖着画了个 Z 轴。玻璃缸底端连着一根小拇指粗细的管子。他按下开关，空气缓缓地从细管注入玻璃缸。不知道他做了什么处理，玻璃缸的四壁异常光滑。塑料片与玻璃缸的四壁严丝合缝地紧挨在一起，却还能自由地上下移动。空气无法从塑料片四周逸出，慢慢积累在玻璃缸的底层。随着气体的注入，塑料片在空气压力的作用下，四平八稳地沿着 Z 轴刻度缓缓上升。

"你看到了什么？"他像个三岁小孩在展示自己的画作，既殷切又得意。

"嗯？这是你帮哪个学校做的大气压力教具？"

"用点想象力好不好？来，再给你个提示。"

他抬手放了只蚂蚁在塑料片上，又在塑料片上随处洒了些面包屑和沙子。蚂蚁立刻适应了缓缓上升着的地平面。它忙碌地在塑料片上爬行，到了玻璃墙下，便想爬上去。可惜它试了几次都没有成功，于是掉头换了个方向，继续探索 XY 平面。

我打趣道："你这玻璃光滑得连蚂蚁都爬不上去，厉害！什么时候有空，把我家窗户也按这个标准擦一擦？"

他指了指一旁没用完的液体："滑石粉加酒精。网友支的招还挺管用。"

液体装在面包袋子里，包装袋上印着楼下新开的面包店的店名——"Lightspeed"。

我回头看着在塑料片上的蚂蚁。它已经放弃了向 Z 轴方向的探索，勤勤恳恳地在 XY 平面上寻找食物。跟他聊的多了，多少对他的脑回路有了些了解。我用手指跟随上升的塑料片移过几个刻度，试探着问："你想说，这蚂蚁自己只能在 XY 这个二维平面上爬行，却会被脚下的塑料板带着，沿 Z 轴的空间上升？"

"正是！"他打了个响指，"这是一个二维生物的世界。"

哈，猜对了！

他兴致勃勃地描述："想象一下，如果这个玻璃缸在它们眼里无限高无限大，如果人类的半个小时对它们而言就是永远，那么在你我说话的这段时间，二维生物已经在这个塑料片上建立了伟大的文明。

"这是一种暂且被命名为 ANT 的智慧生物。它们没有眼睛，无法感知光线，但他们的触觉比人类灵敏上千万倍，可以感觉到宇宙中最微小的振动。它们把这种振动叫做 WAVE（波）。

"它们靠 WAVE 的振动频率辨别同类，靠 WAVE 的反射描绘它们所在的二维世界，也通过 WAVE 感受到了脚下平面的上升。"

有点意思。我点点头，期待他说下去。

"我已经打开充气泵好几分钟了。在人类世界这短短的几分钟里，ANT 文明已经存在了上千年。

"古往今来，ANT 文明的智者们对推着它们上升的 WAVE 充满了好奇。因为这个 WAVE 的速度对它们来说太快了，比它们在平面上能感受到的任何一个 WAVE 都要快上千万倍，以至于在 ANT 文明前一千年的时间里，它们一直以为这个 WAVE 的速度无限大。

"它们决定用一个专门符号来指代这个特殊的 WAVE，以彰显它非同寻常的地位。这是一个 ANT 文明古老而神秘的符号，C。"

"英文字母 C？"我脱口而出。

"嗯，英文字母 C。"他认真地重复了一次。那语气，让我分不清他是在编一个故事，还是在陈述一个事实。

"所有关于 C 的研究成果都记录在 ANT 文明的信息素里，代代传承。如今，连刚出生三个 ANT 年的幼崽都知道这个常识：它们的世界是二维平面,而它们脚下的 WAVE C,永远以无法企及、只能靠想象的极限速度向着一个方向前进。

"这个方向不可能掉转,这是超过了 ANT 文明认知的维度。也没有一个 ANT 知道这个方向的尽头是什么。但是对于大部分劳劳碌碌的 ANT 而言,这些都不重要。它们的世界只有脚下的 XY 平面,而 WAVE C 只是这个平面世界中最常见的自然现象而已。它们更关心如何在沙子中找到面包屑。至于 WAVE C 的秘密,自然有那一小部分聪明绝顶的 ANT 智者在研究。"他一口气说完,静静地看着我,琥珀色的眼眸因为期待而星光熠熠。

"很精彩的故事,然后呢?"我好奇地问。

他很满意我的追问,弯曲食指扣了扣玻璃,像个老师敲了敲黑板:"重点来了。"

他拨了拨充气泵的开关,充气泵加大了一个功率,空气加快灌入玻璃缸,带着缸里的塑料板以比方才稍快一些的速度往上升。"你猜,二维世界的居民们,要花多久才会发现,它们脚下的 WAVE C 加速了?"

塑料板上的蚂蚁仍在忙忙碌碌地找着面包屑,对脚下的变化毫不在意。

我跟随他的故事,试图带入一个 ANT 智者的视野,却难以想象如何用特殊的触觉感受身边的世界。

好在我有人类科学发展史可供参考。人类从信奉地心说转变为拥趸日心说花了近 2000 年,从认为光速无限到伽利略提出光速有限花了 1700 年;从利用天文学估算光速,到利用实验装置粗略测量光速,再到利用电磁波波长精确测量光速,只花了 300 年。随着技术进步,对世界的认知力是以指数级增长的。

我思考了片刻,自以为给出了中肯的答案:"这得看 ANT 界的文明发展到什么程度了。如果已经和当今人类的科技水平旗鼓相当,那么它们应该立即就能发现 WAVE C 加速了。"

等等！我突然意识到有地方不对。

一回头，正对上他狡黠的笑容："亲爱的，你忘了一件很重要的事情：ANT 文明的 1000 年，在你我眼里只是五分钟而已。

"两分钟前，也就是 400ANT 年以前，就在我刚刚调快塑料片速度的时候，ANT 文明出现了一位伟大的智者 G。它提出并证明了一个震惊二维世界的设想：它们脚下的 WAVE C 的速度不是无限大，而是一个可以测量的具体值。从此以后，ANT 智者们前赴后继地开启了对 WAVE C 速度的测量。"人类世界又过了 1 分 30 秒，ANT 世界又过了 258 年，智者 M 写下了即将改变世界的方程组。

"人类世界 24 秒，ANT 世界 40 年后，智者 E 告诉所有 ANT：WAVE C 的速度在任何参照系中都是恒定的。

"就在我说话的这会儿，又过了 40 秒，70ANT 年。二维世界的智者团刚刚测量出了 WAVE C 的"精确值"。它们用这个速度常量来定义空间——WAVE C 在 1 个 ANT 秒中能移动的距离便是 XY 平面上的一 ANT 米。

"ANT 智者们为这一科学大发现欢呼雀跃、欣喜不已。它们在世界的中心竖起了一座高大的 C 型雕塑，以纪念世世代代投身于探索真理的智者们。尽管它们知道，这个浩瀚无垠的平面上还有很多未解之谜等着它们去解答，但它们相信，对 WAVE C 速度的精确测量是打开真理大门的钥匙。无数理论将以它为基石，铺就到达知识殿堂的朝圣之路。

"然而，没有一个 ANT 会意识到，此时此刻它们测量出的速度，早已不是 600ANT 年以前，也就是人类世界不到五分钟以前的那个速度了。"

我思考着他的话，不服气地说："那如果我现在再加速呢？以 ANT 此时此刻的科技水平，应该很快就能发现，不是吗？"

他耸耸肩，漫不经心地说："那要看加速度是多少了。如果你缓缓地改变当前速度，就如同我刚刚做的那样，那么 200ANT 年后，ANT 智者会更正上次测量的'误差'，就像它们在过去几百 ANT 年间多次做过的一样。而如果你让塑料片加速太快，那么塑料片的冲击力会让现存其上的二维世界无法存续。

"别忘了,它们的世界只有 XY 平面,它们无法接触也难以理解 Z 轴的空间。在它们能够感知的世界里,一切都如 ANT 文明近代最伟大的智者 E 所预言的:WAVE C 的速度不随参照系的变化而改变。它不能变慢,否则它们的世界会因为惯性被抛到 XY 平面之外的虚无。它也不能变快,否则 XY 平面会淹没在 WAVE C 的波谷。"

空气中一时安静,只留下书桌上那走不准的手工钟发出卡哒卡哒的声音。什么 ANT 文明,这分明就是我们的世界。二维世界没有 Z 轴,ANT 没有 Z 轴方向的参照系,所以它们其实永远无法真正理解和测量 WAVE C 的速度。就像三维世界的人类也永远无法真正理解光速。

"我明白了,你在这儿跟我绕了这么半天,就是想说你一个下午都沉迷思考,没有留意到时间的流逝,"我摸摸咕咕直叫的肚子,冷眼看着他说,"所以忘了做晚饭,是吧?"

"老婆大人英明,小的今天突然想吃火锅,望叶总批准。"他嘿嘿一笑,抓紧结束了他的故事,"二维世界的 ANT 无法左右 WAVE C 的方向,它们想当然地以为 WAVE C 会载着它们直到永远。但是三维世界的人知道,Z 轴也只是一个有限的空间维度而已。"

没等我反应过来,他猛地一拨开关,将功率调到最高。充气泵发出了一声轰鸣,如上古猛兽的咆哮。啪的一声,塑料片飞出了玻璃缸。上面的蚂蚁不知所终。

我的心口没由来地一紧,好像被针狠狠地扎了一下,不过这种感觉转瞬即逝。我故作咆哮:"你个反人类!ANT 文明的毁灭者!居然还想吃火锅?等着接受宇宙法庭的审判吧!"

他哈哈大笑,饶有兴趣地看着我。"不过是个瞎编的故事而已,"他琥珀色的眼瞳里充满温柔,小声嘀咕了一句,"你的反应简直和上次一模一样。"

他是撩妹达人，也是个烘焙高手。一周前，他趁我在公司加班的时候，自己做了几盒小蛋糕，开着车风驰电掣地送到了我上班的写字楼。他对门岗大婶说自己是"河东攻城狮"的家属，专程来送加班福利。十分钟内，全公司的人都知道了我在家养着个小男朋友。慕名而来的同事们在一阵起哄中将蛋糕瓜分了干净。甜食爱好者们赞不绝口，都说比五星级酒店做的甜品还好吃，纷纷问他在哪儿买的。他有些得意："我自己做的。"几个烘焙爱好者一脸倾慕，找他要配方。他指了指通红着脸埋首假装认真工作的我，一本正经地胡说八道："这是我家祖传的配方，不传外人。我只教给叶倾了。"

回家路上，他边吹口哨边开车，心情甚好。我吃着他单独留的一小块彩虹蛋糕，忍不住问："这是哪出？怎么突然来探班？"

他咧嘴一笑："今天是我生日。"

我一愣，从座椅上弹起身来，掏手机翻日历。

"不是今天呀？阴历？时间也不太对吧？"

"身份证上写错了，"他瞥了我一眼，转回视线看着前方，斩钉截铁地说，"我真正的生日就是今天。"

"我都没给你准备礼物，"想起我生日那天他悉心准备的惊喜，我有些过意不去，"还好，这会儿还没过12点。要不小区门口的24小时便利店停一下？"

他轻声一笑："啧，我说叶总，你也太敷衍了吧？谁稀罕从便利店买的礼物。"

"我怎么嗅到了一丝阴谋的气息？"

他直接开进了小区停车库，一边倒车，一边说："你怎么不先问问我想要什么？"

"怕太贵了买不起。"

他哈哈大笑："放心，我很好养活。隔壁老头养只边牧都比我费钱。"

停好了车，他左手拎起我的电脑包，右手牵着我往家里走。小区路灯投下朦胧的光，初秋凉风送来金桂的芳香。隔壁独居的老人拉起了小提琴，旋律悠扬，衬着他的嗓音温和而笃定。

"我想要的很简单，"他的手微微一紧，"就这样牵着你的手，带你回家。"

那天晚上，我利用他做甜点剩下的原料，赶在12点前为他烤了个一人份小蛋糕。他倚在厨房门口，双手插在裤兜里，笑嘻嘻地看着我忙这忙那，时不时点评两句，直到我在蛋糕上插了两支蜡烛，推到他的面前。"味道肯定没你做的好吃，但好歹是我的心意。许个愿吧！"

他的脸上闪过一丝错愕。"许愿？刚才不是许过了吗？"

"没听说过吗？要对着生日蛋糕许的愿望才灵。"我随口胡诌着。

虽然明知我是在瞎编，他还是双手合十，虔诚地对着蜡烛说："今天我又长了一岁。过去的一年是我漫漫人生里最奇特也最开心的一年。对二十二岁这个年龄，我充满期待。"

夜风轻拂起窗帘，生日蜡烛的微光摇曳不定。我有点担心烛火会不会突然熄灭，暗自嘀咕他的祷告似乎过于冗长了。

寿星却毫无察觉，依旧低敛着眼眸，一字一顿地念念有词："根据《中华人民共和国婚姻法》第二章第六条的规定，男性二十二岁是合法的结婚年龄。我希望可以尽快和心爱的人结婚。愿神保佑我们。阿门！"呼！两根蜡烛应声而灭。他抬头看着我，露出了鲨鱼一般的笑容。

面对这中西结合槽点满满的生日祷词，平时牙尖嘴利的我竟突然不知从哪儿开始吐槽。好容易才从千头万绪中理出了一句："你才二十二岁，美好人生才刚刚开始，着急结什么婚？姐姐我都还在拼事业。"

他咬了口蛋糕，一本正经地说："可是我喜欢的人今年已经三十了呀。"

我心弦轻颤。这算是求婚吗？

可惜下一秒他便带着一脸促狭的笑意把气氛毁了个干净："要知道，在唐朝，三十岁的女子都当婆婆了。"

得，要不是他今天过生日，我真想把他那张得意扬扬的脸给摁进蛋糕奶油里。我咬咬牙，生硬地转移着话题："你下篇小说背景可以放在大唐盛世。女子十四岁就嫁人，男主出身富贵，左右逢源，而立之年，三妻四妾。说不定能吸引一大批普信读者。"

他咯咯笑个不停。"那怎么行？要写也得写我媳妇这种新时代高知独立女性。作为建设社会主义的半边天，哪能跟没追求的封建女人一般早早就被婚姻束缚？三十岁结婚都算早的。"

"换个角度来看，其实我们和古代人结婚时间差不多，"我灵光一闪，较真的劲头又不合时宜地冒了出来，"古代人寿命短，哪怕八方来朝的大唐盛世，人均寿命也就三十五岁。十四岁嫁人的时候，生命进度条刚走过 40%。"我快速心算着，嘴上不停："现代人活得长。按保险精算师的假设，人类的预期寿命是七十五岁。七十五岁的 40%，刚好是三十岁左右结婚。"

"说得好！那你这是答应了？"他眼睛一亮，不知从哪儿找出一本皇历，边翻边说，"选个吉日，咱们抓紧把婚礼办了吧，你喜欢中式的还是西式的？"

"什么呀！我是想说你这位二十二岁的年轻人，也就相当于唐朝一个幼学之年的小孩，正是离家求学掌握立命本领的时候，这么早结婚干吗？"我苦笑着说。

他一边继续翻着皇历，一边拉长声音念起诗来："酒债寻常行处有，人生七十古来稀。啧啧啧，杜甫写这句的时候肯定想不到，他的后辈们如今轻松就能活到七十五岁以上。"

我轻哼一声："不然每个月缴的养老保险怎么回本？"

他又翻过了几页，随口冒出一句："既然说到这了，我记得看过一篇文章，说民国时期人类的平均寿命也只有三十五岁左右，和唐朝似乎也差不了多少。直到二十世纪初，人类寿命才出现飞跃。也不知道是真的假的。"

我很自然地接道:"和平年代,物资充盈,新生儿存活率大幅提高,再加上越发先进的医疗系统,人类寿命变长很正常。"

"嗯,你这解释没什么毛病。近百年来的科技发展的确突飞猛进。"他笑了笑,不以为然地看了我一眼,"只不过,与未知领域相比,人类这几百年间知道的,不过是沧海一粟。而人类这一物种演化至今已有上百万年,寿命几何,早已写在了基因密码里。仅凭区区几个世纪的科技进步,真能让人类寿命翻上一番?"

我挑了挑眉:"你到底想说什么?"

"没什么,"他又翻过了一页皇历,漫不经心地说,"只是这件事其实还有另一个逻辑自洽的解释,不过提出的人可能会被大家当成疯子。"

我静静地等着下文。他却不说了,拿起一支笔在老皇历上写写画画。过了一阵,我终于忍不住开口:"什么解释?"

"我可不想被我未来媳妇当成疯子。"他头也不抬。

"所以宁愿当一个说话只说一半的讨厌鬼?"我佯装生气。

他笑了笑,依旧低着头,边写边说:"疯子容易被绑在柱子上烧死,还是当个含糊其辞的讨厌鬼比较安全。"

被烧死的疯子?知识匮乏的我只知道一个。乔尔丹诺·布鲁诺,因为反对地心说被烧死在了鲜花广场。

太阳东升西落,日复一日。说它围绕着地球运转,不仅合乎逻辑,也与人们每天的观测常识一致。今时今日的我们会为真理的先驱者唏嘘不已,但如果身处那个时代呢?如果我只是一名辛勤劳作六天,周日去教堂虔诚礼拜的中世纪教徒呢?我似乎根本找不到反驳地心说的理由。

我们总是迫不及待地给一切现象寻找能自圆其说的解释,并说服自己坚定不移地相信它。那现在我们认为理所当然的事情,在几百年后的小学生眼里,是否也是徒增笑耳?这可真是"后之视今,亦如今之视昔。悲乎"!

我沉浸在不着边际的遐想里,不小心把最后这句给念了出来。

"嗯?"他听到了我的话,停下了笔。

我白了他一眼,没有说话。

他轻轻盖上笔帽,把皇历合上放好,不紧不慢地问:"你有没有想过,如果唐朝的三十五岁和现在的七十五岁其实是一样的呢?"

"什么意思?"我的大脑一时有些短路。

"我的意思是,有没有这样一个可能,"他的目光在闲置于墙角的空玻璃缸上停了两秒,接着转回来,平静地看着我,"这一百年来,人的寿命其实没多大变化。真正改变的,是时间。"

三、夤夜

凌晨三点,房间里灯火通明。

习惯熬夜的我毫无睡意,更何况睁眼闭眼都是和他在一起的点点滴滴。手边的箱子已经渐渐装满,里面全是与他有关的东西:没带走的衣服,潦草的笔记,看不懂的图纸,散落各屋的书,半瓶男士香水……

我把香水瓶打开,轻轻按下喷嘴,熟悉的木质香调喷薄而来。阳光青草的气息在这寂寂深夜显得格格不入。

我把香水瓶拿到了厕所。正好家里空气清新剂用完了。

书房的单人沙发上随意扔着一本皇历。在把它扔进箱子前,我鬼使神差地一页页翻开。很快找到他写了字的那页,正是一周前他生日的那天。上面印着当日运势:大吉,宜纳采。页底写了几行小字:"这本皇历里居然一周以内没有一天是成婚吉日。差评!咱们家里还有别的版本吗?"

我哑然失笑,接着一页页往后翻。还真是,连续几天都是忌亲迎、忌成礼。不知不觉翻过七页,到了今天的日期。问卦一栏只印了六个大字:"大凶,诸事不宜。"

令我意外的是,他在这页还留了几句诗:

疏叶萧索百花零,
繁星陨落山河倾,
此去永夜结难解,
魂梦同尔心不渝。

我粗略地一眼扫过,正要细看,门口突兀地响起"扣扣扣"的敲门声。清脆的声音在这万籁俱寂的夤夜显得有几分诡异。

我看了一眼手机,三点四十。

他回来了?三步并作两步冲到门口。手搭上门锁,突然停住。不会是他,他有钥匙。

"谁呀?"

"叶倾,你果然还没睡!我是左左。"

哦,是我那热心肠的八卦闺蜜。我开门迎她进屋,给她泡了一杯热茶。

茶香袅袅中,她穿着轻紫色的风衣在房间里走来走去,像一只翩跹起舞的蝴蝶。叽叽喳喳的声音让沉寂了一个晚上的屋子有了些活力。

"你说你们家小正太跑了,你该拉黑他呀,干吗拉黑我?"她嘀嘀咕咕的抱怨声里更多是关心,"亏我还想着一下班就赶过来陪你。"

"你自己拉回来吧。"我将手机丢给左左,坐回书桌旁继续看他留下的诗。

"说实话,我原来挺看好你家小正太的,也知道你对这段姐弟恋一直没什么信心,"她麻利地处理着手机,滔滔不绝地说,"刚才你在气头上没说清楚,我担心你只是因为一时联系不上他错过一个好男生,所以想帮忙看能不能找到他。"

"嗯,谢谢,那找到了吗?"我心不在焉地应付着,将那首诗又仔细读了一遍,突然发现一些玄机。

"没有,但是我发现了个大问题。"她抿了一口茶,"我左思右想,觉得还是应该告诉你。"

"你说。"我起身找了一支铅笔，从诗里圈出了几个字。

"那我说了啊，"她在沙发上直了直身子，"我把他的姓名、身份证和电话号码给了在公安局的朋友，请他帮忙试试能不能定位。结果我朋友反馈说，查无此人。"

"什么叫查无此人？"

她关切地看着我，小心地拿捏着语言："身份证是假的，名字也是假的。公安局联网的数据库里，没有花洛这个人。"

相识的场景在大脑里一划而过。

"请教美女芳名？"

"叶倾。"

"巧了，我叫花洛。"

这世上哪有这么多巧合，分明都是蓄谋已久。也不是他演技多好，只怪当局者不愿意多想罢了。我喃喃自语道："恐怕那个宇宙科普展也没有安排过义务讲解员吧。"

"我现在觉得你说的是对的，这个小兔崽子真是个骗子，"闺蜜显然已经在来的路上预演好了安慰的话，"不过叶倾你看开些，虽然他是个骗子，但他并没像社会新闻里那样卷走你所有资产还让你背上巨额债务，不是吗？无非就是骗了点房租和生活费。难得遇到个让你喜欢的人，你就当花笔小钱买个开心呗。"

我低下头，手边是刚才从他的藏文诗里圈出的八个字："花洛叶倾，永结同心。"

如果真是为了骗点小钱，他这戏是不是做得也太足了点？记忆中他永远是一副笑嘻嘻的样子，好像天塌下来都无所谓。可是那夜看向我的眼神里除了一贯的温柔和炙热，似乎还藏着一点别的神色。是骗子的心虚？还是离别将至的哀伤？他究竟为何来招惹我，又为何不辞而别？

"呐，拉回来了，顺便把对我的备注改成了'绝世好闺蜜'。"左左把手机还给了我。

我接过手机，屏幕亮了，4:30。心里咯噔一下。

"左左，你几点下班的？"

"好像是两点四十吧，我没太留意。"她伸了个懒腰，"我妈今早还在叮嘱我早点睡。我跟她说，做我们这行的，早点睡是不可能的，早晨睡才是常态。哈哈，把她给气的。"

"公司到我家晚上开车只要半个小时，你怎么三点四十才到？"

"是吗？哦，可能是因为我在你们小区里找了好一阵才找到你这幢楼。你们小区道路太暗了，该给物业提意见多安几盏路灯。"

人们总是迫不及待地将身边的现象合理化为符合常识的解释。

我从箱子里拿出了他做的手工钟，指针显示着 1:10，比现在的时间慢了近 3 个半小时。我仔细回忆了今天从早到晚的经历，目光久久地停在手工钟上。一个想法浮上心头。

"左左，你有没有觉得，今天的时间过得特别快？"

"我一直觉得时间过得挺快的。瞧，一晃眼我都来了一个小时了。"左左看了一眼手表，自顾自地说，"今晚我就在你这儿打地铺了。明天不用上班，我们姐妹俩睡到下午，再去逛街做个指甲。怎么样？"

她可能会觉得我疯了吧？我深吸了一口气，听着自己的声音仿佛是从远处传来："左左，你说会不会有人在偷我们的时间？"

她不以为然地一笑："怎么偷？"

"就像你的头发。它每时每刻都在生长，但是你感觉不到。"我从桌上捡起一根半黑半黄的长发递给她，"直到有一天，你突然发现自己花了 3000 元染的暖棕色已经在不知不觉中长出了一截黑发。"

她眨了眨眼睛，放弃了思考："这有什么关系？"

"如果时间一点一点被人偷走，我们一开始也无法察觉。"我接着对她讲，借此理清自己的思路，"日积月累，聚沙成塔。直到一个时刻，缺失的时间会多到能够引起我们的感知。"

我指了指手工钟："今天，这个时刻到了。"

她一脸不信:"你怎么证明?"

我点开手机秒表,同时把手工钟放在一旁。秒表后两位数字飞快地增加,让人眼花。手工钟的秒针一步一顿,从容均匀。秒表显示一分钟的时候,手工钟才走过 40 秒。

左左像看傻子一样看着我:"你这个钟不准。"

我挑了挑眉:"如果一个人坐在向前加速的车上,他会感觉路边的树在往后退。"

她一脸无语,正要说话,突然"咦"了一声。她的目光越过我投向窗外,奇怪道:"怎么才四点过,天就亮了?"

四、日出

城市尚在沉睡,而夜空边际已经出现了一抹鱼肚白。就这么说话的功夫,鱼肚白不停地变大,眨眼间,半个天空都已经披上了火红的朝霞。

我看了一眼手机,递给左左:"我们说这么几句话的时间,绝对没有半个小时吧?"

手机赫然显示着 5:00。

左左也觉得有些奇怪了。

不等她思考,阳光已经从晨云中喷薄而出,像潮水一般覆过整个城市。如同舞台上的灯一盏盏亮起,又如晨曦的电影片段被加速播放,整个天地逐帧逐帧地亮了起来。眨眼间,世界已经从万籁俱寂的深夜,飞越薄雾缭绕的拂晓,撞入霞光明媚的清晨。

但这个清晨,注定和昨天完全不同。唤醒今天的阳光,不似平素那温暖怡人的橙黄色,而是气势逼人的猩红色。晨光覆盖下,整个世界仿佛被加上了万花筒滤镜。所有彩色事物的颜色都变了。原本该是湛蓝色的晴朗天空,此刻是浅绿的,上面飘着一团团白中泛紫的云。路边的常青树,依旧枝叶挺拔,生机勃勃,只是原本碧绿的叶子已经不知何时变成了明黄色。屋里黑色的书柜和椅子没有多大变化，但墙角那只原本是深红色的单人沙发，此刻已经变成了漆黑一团，就像是黑夜里的模糊剪影。

"叶倾，你这桌上的绿萝怎么变成了屎黄色?!"左左的女高音差点震碎玻璃。

"就不能说琥珀色吗？"我嫌弃地抽了抽眉，转头看向她。她的紫色外套已经变成了雾蓝，衬得她常年熬夜的脸越发暗黄。

"不对，不止绿萝，所有颜色都变了，"她睁大眼睛惊疑不定地环顾着四周，慌张地说，"我妈说得对，人果然不能熬太多夜。我的眼睛出问题了。"

"我也一样。"我摇摇头，"不是你我的问题。"

我家住五楼，毗邻一个社区公园。公园广场已经聚集了计划用晨练开启平常一天的人。可是此时，没有人在悠闲地打太极。大家全都惊慌地东张西望，三三两两地聚在一起议论纷纷。

左左屋里窗外看了一圈，惊恐之下不忘掏出手机："我得发个朋友圈。"我翻了个白眼——如果我的眼白还是白色的话。

"手机显示屏的颜色也变得好奇怪。"她抱怨着。

我忍不住接话："你确定手机还有信号？"

"嗯，虽然网速有点慢，但是使用没有受到太大影响。我的微信群都炸了，大家都在发四周的照片。"

"有没有相关的新闻？"

"暂时还没有官方报道，"她纤细的手指在手机屏幕上敏捷地左点右点，"半小时前，有日本气象专家说这是气候学中难得一见的光线折射现象。"

日本？嗯，正常情况下，他们会比我们早一小时看到日出。

"这也是光线折射现象？"我把手机举到左左面前，5:26。

左左耸耸肩："我哪知道？我只是个搬砖码农。"

早上七点，微博上热热闹闹，陆陆续续起床上班的人加入了分享。"万物变色"这一话题已经排到了热搜榜首。官媒也报道了这一现象，没有下结论，只说原因尚在调查之中。官方推送还配了几张实景照片——一望无垠的碧绿大海倒映着明净清澈的轻绿天空，别有一番海天一色的静谧美感。热搜前十还有"眼科预约爆满""日本气象专家分析""植物变黄了还能进行光合作用吗？""细数人类历史上的十次末日预言""摄影技巧干货"……热搜第二十是"歌手汪谷发布新专辑"。

在很多人心里，这只是一个话题满满的平常早晨。学校没说放假，老板没说停工，所以该上班上班，该上学上学，间或发个微博，发个照片，再上知乎查查专家大V的科普，已是繁忙生活中能分给这一"奇特景观"最多的时间了。可是在有些人眼里，这一绚丽旖旎的景象却是末日来临的诡异证明。这类人不占大多数，但总量应该也不少。眼下就有两个——我，和被我洗脑一个小时的左左。

"如果你说的是真的，那怎么解释世界变了颜色？"左左蜷成一团，坐在墨黑色的单人沙发上。她已经抱着手工钟琢磨了半个多小时。

"我也没想明白。"变化来得太快，我毫无头绪。

她冷不丁冒出一句："我们要不把这钟拆开看看？"我还没答话，她又自己否定："还是不了，小时候手欠拆了我家的闹钟，现在我妈书架上还有几个装不回去的零件。"

我懒得答话，一口喝完剩下的半杯咖啡，揉揉眼睛，从箱子里抽出了下一本手稿。他的笔记里大部分是我看不懂的线条图画，偶尔有些文字和手绘，记录着平平无奇的生活琐事和故事灵感。

"排了半个小时，终于尝到了传说中的神级奶茶。真是好——难——喝——怎么会有人把时间浪费在这些玩意儿上？"配图画了一杯时下正火的网红奶茶。

我又翻一页。

"路遇一只黑猫，陪我晒了一下午太阳。"这页上画了一只小猫，绒绒的一团黑毛中间,一双圆鼓鼓的大眼睛水灵灵地看向我。

无关地球毁灭,只有岁月静好。

我连连打了两个哈欠,伸手倒上了第三杯黑咖啡。

下一页好像是个小说开头,颇具抄袭嫌疑:"多年以后,站在行刑场上,弗林利武教授将会回想起最后一次见到雨后彩虹的那个遥远的清晨。"

这页还画了条彩虹,从红到紫,七色鲜明。

"这绘画水平和幼儿园大班的小朋友差不多。"我默默吐槽了一句,翻过这页。

小说在后一页继续:"听到判决的时候,教授很好奇。一个早已实现永生的种族能用什么方法执行古老的死刑?这个困惑在踏入刑场的一刻烟消云散。意料之外,情理之中。教授笑了。低沉的笑声穿过烈火的灼灼红光,回荡在寸草不生的广袤沙漠。我是对的,而他们从一开始就知道。"

这半页写的个啥?没头没尾的。下面半页是空白,连个配图都没有。难怪他的小说没几个读者。

我打了个哈欠,正要往后翻,手指一顿,鬼使神差地往前翻回了一页。

彩虹!

我居然能看见七色彩虹?

我赶紧抬头看看四周,阳光依然猩红,绿萝还是明黄色,曾经是红色的咖啡杯,如今和里面的液体一样黑。

咖啡因刺激到中枢神经。我一个激灵,睡意全无。

"左左,我知道万物变色的原因了。"因为激动,我的声音比平常高了八度,却没能成功吸引对方的注意力。

左左拧眉捣鼓着手工钟,眼皮也不抬一下。

我说:"你有没有留意到变色的规律?紫变蓝,蓝变绿,绿变黄,是光谱!我们眼里的颜色是沿着光谱变的。"

"什么光谱?"她随口敷衍着,用袖子轻轻擦着钟面玻璃,显然没有意识到这是一个多么关键的问题。她是个文科生,可能早已不记得初中物理。

我解释道:"人眼能看到的可见光波长范围是390纳米到780纳米。从紫到红,波长递增。我们所有人的眼睛不可能在今天同时出问题,所以只有一个解释。"

我顿了顿,答案呼之欲出。她仔细看着手工钟,眉头拧成了一个川字。

我说:"光加速了。"

左左答道:"光在加速。"

我们异口同声,说出了两个接近的答案。

"你也发现了?"看来我低估文科生了。

她茫然地摇摇头,指指手工钟:"这里出现了一行字。"原本光洁无痕的钟面上隐隐现出几个指甲大小的淡红色字迹,依稀可以辨认。

"你碰到了哪个开关?"

她连连摆手:"没没没,我什么也没碰!这行字自己冒出来的。刚开始只是很浅的几笔痕迹,都看不出是字。"

钟盘上的字迹还在慢慢变化。方才还需要眯眼仔细辨认的淡红小字,现在已经是非常明显的暗红色。

"至少说明你是对的。"左左一脸期待地看着我,"这到底是怎么回事?"

"中学物理还记得吧?光是一种波。光速等于波长和频率的乘积。"

她眨眨眼睛:"好像有点印象。"

"在过去的一天里,光速增加了,波长和频率至少有一个在变化。假设万物还是反射着原来那段频率的光线,但是所有光线的波长在一夜之间增加了100纳米,那么人类进化了上百万年的视锥细胞就成了参照系。

波长 400 纳米的光在人眼里是紫色，增加到 470 纳米的时候就变成了蓝色；同样，绿叶的反射光波长增加到 580 纳米以上的时候，看上去就是黄色。"

左左似懂非懂地说："好厉害，你怎么想到的？"

"因为知道时间在加速，反推加瞎猜的。当然，也有可能是光的波长没变，频率在增加。或是波长和频率都在变化。不过，这些都没那么重要了，"我抬眼看向左左，勉强扯出一个苦笑，"重要的是，我只猜到了一半。"

虽是一字之别，后果差之千里。万物变色只是个中间过程，光速还在增加。我的脑子里反复回闪着塑料片载着 ANT 文明飞出玻璃缸的一幕。

在他的故事里，塑料板轰然加速的那一秒在高维世界不过是一瞬，但在 ANT 世界可不止一天。我仿佛看到了在 ANT 文明的最后几天里，一只又一只 ANT 陆续感受到了脚下 WAVE C 的速度变化。它们终于停下了忙忙碌碌搜寻面包的脚步，屏息感觉着，倾听着。疑惑、猜测渐渐转为焦虑。它们满心煎熬地等待着无所不知的智者给它们一个心安的解释，却在惊慌失措中迎来了末日的降临。

左左对文字一如既往地敏感，她看着我，紧张地问："它说'光在加速'。那如果光速一直增加，世界会变成什么样？"

"说实话，我不知道，以下都是瞎蒙。就目前万物变色的情况来看，波长再增加 400 纳米，人类就会集体失明。我们熟悉的一切都会陷入黑暗。人类的眼睛只能看到曾经的紫外线发出的荧光。不过在此之前，我们也可能已经死于热辐射、地震、火山爆发或是海平面上升。毕竟光速增加意味着地球和太阳之间的距离缩短、同一时间达到地球的光量子多上好几倍、地球公转自转加快、板块运动频繁……"

我的夸夸其谈被左左夺眶而出的眼泪打断了。她抽泣着说："我不信，我还这么年轻，我才刚刚攒下首付款马上就可以在这座城市里拥有自己的房子，我怎么可能就要死了？"

我赶紧找补:"我都是瞎猜的。再说,我那小男朋友不是去拯救地球了吗?"

我把他的笔记本递给左左,边翻边说:"看他画的彩虹。地球上的颜色都变了,它还是七色分明。"

左左擦了擦眼泪,似信非信地看看我,又低头看看彩虹,不确定地说:"这又能说明什么?"

"说明他有能力让这彩虹的反射光保持以前的速度。还有他做的那个手工钟,对应着没有变快的时间。"

左左想了想,眼睛里渐渐有了希望的光:"你是说……"

我点点头:"是的。换句话说,他可以操控光速和时间。"说到这,突然觉得自己从来没有像现在这么想念过我的小男友。

左左勉强镇定下来。她用手小心翼翼地摸了摸笔记本上的彩虹,顺手翻过一页。下一秒,她刚刚收住的眼泪又如决堤的潮水奔涌而出。她泣不成声地说:"完了,他失败了!我们死定了!"

"怎么了?"我顺着她的目光看去。

笔记本停留在小说第二段。文字没有变化,只是方才明明是空白的下半页纸上出现了一幅插画。但让左左哭出声的,不是这插画,而是随着它一起出现的几行字:

"抱歉,小叶子。

如果你能看见这幅画,那我应该是回不来了。

这是一招险棋,有变数也是情理之中。

只可惜,最后的路,我没法陪你了。

祝好运,我爱你。"

五、隅中

上午十点,桌上的手工钟还在不紧不慢地走着,时针快要指到四点。

钟面上的字迹已经化身为明亮的光源，就像是舞台上瓦数最高的激光灯，将"光在加速"四个鲜绿色大字打在我家灰白色墙壁上。

客厅的电视里滚动播放着新闻："北京时间上午九点二十三分，日本东部太平洋海域发生约 9.1 级地震，震源深度 10 千米。我国多地震感强烈。地震引发高约 25 米的海啸，福岛县、栃木县、千叶县等地遭受到最强冲击。地震学家推测，此地震造成的经济损失或是 2011 年日本'3·11'特大地震的三倍。"

左左在电视机前来回踱步，拿着电话跟她父母报平安："我在叶倾家。我们这里震感不强。这个城市下面全是花岗岩，地震影响很小。你们要注意安全，发现不对就往空旷地和高处跑，别留恋家里东西。"

我抱着漆黑的咖啡杯站在窗前，看着她一边抹着眼泪，一边装出漫不经心的语气安慰她妈。

"最近机票不好买。过完这周我就休假回去。"说这句话时，左左刚收了一点的眼泪又涌泉似的往外流。她差点没绷住溢出哭声，赶紧挂了电话。

明天都不一定有，还拿下周的事骗人。

我默默转过了身。我在这世上没有那么多牵挂，此时此刻，不知道是该心酸还是该庆幸。

"下面播报天气情况。今日我国大部分城市迎来了异常高温，中西部部分城市最高气温已达到 48 摄氏度。气象部门已发布高温红色预警，请各单位根据情况安排市民在家办公。请广大群众做好应急防暑准备，尽量避免外出。"

天地间一片山雨欲来的昏暗和闷热。天空仿佛染了血，暗红的云朵低低压着，让人喘不过气。城市中的高楼大厦已经全部化成了黑色的阴影，远远望去，就像蛰伏在血海深处的巨兽。道路两旁的树冠里已经看不见一点黄色。红叶比天空的颜色更加暗沉，似乎随时都会融入树干那般的墨色里。

路上唯一剩下的蓝色或绿色是行人的衣服。事已至此,无论神经多么大条的人都会察觉不对了。有人急急跑步回家,有人匆匆开车出城。交通一片混乱,喇叭声此起彼伏。

混乱的人流中,一架漆黑的直升机从天而降,落在社区公园的红色草坪上。十分钟后,两个不速之客敲响了我家的门。

一个瘦瘦高高,穿着防晒衣,戴着鸭舌遮阳帽的年轻男子,透过圆圆的金边眼镜片上下打量着我,不确定地说:"你就是叶倾?"

我点点头。

另一个穿黑色 T 恤的中年胖子上前一步。"叶小姐你好,我是国安委特别行动处的干事蒋奇,这位是 J 大物理系的教授吴峰。我们刚从 J 市赶过来。"

"你未婚夫让我们来 C 市找你。"他向我伸出一只手,一枚熟悉的蓝宝石戒指静静地躺在沟壑纵横的掌心上。

他补充道:"他只留下了这一枚戒指,其余的钱和项链他都在路上花掉了。"

我拿起来看了看戒圈,上面刻着我的名字缩写,是我丢了的那枚。

"他在哪儿?"我脱口而出。

"三言两语说不清楚,方便进去吗?"

我有些犹豫。

旁边的瘦高教授已经开始往我开着的房门里张望,一眼便看到墙上的几个霓虹灯似的耀眼大字。他顺着光源发现了手工钟,两眼放出小孩见到新玩具的光,"能给我看看那个钟吗?"

我警惕地半掩过门:"你们先告诉我他在哪里。"

胖子瞥了瘦教授一眼,摊开手对我说:"叶小姐别怕,我们没有恶意。这是我的证件。"

他语速很慢,像在拉家常:"昨天早上,我们国安委领导出门上班,发现有辆大G堵在了自家车库门口。你未婚夫坐在大G上，见他出来了，二话不说发动引擎，当着我们领导的面把他的奥迪给撞了个稀烂。"

我睁大了眼睛。我丢的钱和首饰，租个大G就差不多了，哪儿还赔得起奥迪？

"我们领导火了，拿起电话准备报警。你未婚夫说：'我送你去上班，借路上这半个小时给你讲个故事。到你单位的时候，如果你还需要我赔你的车，我就送你辆新的。'我们领导也是个硬气的人，给我打了个电话安排了几句就上了他的车。结果车还没到单位，领导就打电话通知整个部门召开紧急会议了。"

我松了口气，看来车不用赔了。

"怎么样，我们能进去吗？"他似笑非笑地看着我，看上去早已猜透了我的答案。

我心下一横——都世界末日了，还怕入室抢劫不成。

"请进。"

吴峰一进屋就直奔向手工钟，围着它看了一圈，又掏出几个我从没见过的仪器对着它一通检测和录像。接着，他掏出一副手套戴上，小心翼翼地把它拿起来仔细观察，嘴里小声嘀咕着什么，似乎周围的一切都和他没有任何关系。

左左一眼不眨地盯着他，有些紧张他把钟弄坏了，又似乎有些期待他动手做自己不敢做的事情——把钟拆了。

"呵呵，他们搞科学的就这样，在真相谜底面前，世界末日也不是什么大事。"蒋奇坐在沙发上，一边得体地解释着同伴的不得体行为，一边毫不掩饰地将我的一室一厅扫视了一圈。

客厅的电视一直开着，画面早已是一团红黑相间的色块，但声音还在。电视台放着平缓的背景音乐，无力地安抚着电视机前焦躁恐慌的人们。

我迫不及待地问："他还在 J 市吗？"

蒋奇点点头："时间有限，我也不跟你绕弯子了。他现在被关押在国安委特别行动处，由一队 24 人的特警轮班守着。"

"为什么？"我脱口而出。

他指了指墙上的字，"这不难理解吧？如果一个人分分钟就能灭了地球，你敢让这危险分子在路上随便溜达？"

"但他明明是去预警的，怎么会是危险分子？"

他意味深长地看了我一眼："你们认识多久了？"

"一年。"

"你对他的背景和来历知道多少？"

语塞。我连他的真名都不知道。

"你们最后一次见面是什么时候？"

"昨天早上。为了错开早高峰，我早上六点就出门上班了。出发时他还正常跟我告了别，和平常没什么两样。"

C 市到 J 市开车要两个小时，如果要去堵领导上班，他应该在我出门后不久就出发了。

"哦，对了，他还给我留了张字条，说他去拯救地球了。"我补充了一句，"昨晚见了，还以为是个分手前的玩笑。"

"分手？"蒋奇像是捕捉到了什么不同寻常的信息，嘴角轻轻抽搐了一下，"倒不像他会做的事情。"

我疑惑地看着他，等着解释。八卦雷达随时开启的左左也好奇地看了过来。

他摸摸耳机，轻咳一声，正色道："时间不多了，我们还是先说正事。两位小姐，我接下来要讲的事情可能会超出你们的常识，请做好心理准备。"

左左嘟囔道："过去六个小时内发生的事，就没有一件符合常识。"

蒋奇看着我，一字一顿地说："叶小姐，我很抱歉地告诉你，你的未婚夫不是人。"

尽管知道他是在陈述字面意思，但他那副贱贱的表情让我很想脱口而出"你TM才不是人"。好在接话一向很快的左左阻止了我："那他是什么？神？鬼？外星人？"

他摇了摇手指，故弄玄虚地说："科学意义上讲，你们眼前的他是一个受意识操纵的人形机器。"

"绝对不可能！"我的胳膊上瞬间起了一层鸡皮疙瘩，"我跟他相处近一年，如果他是一个披着画皮的机器人，我肯定会发现。"

"不是你想的那种机器人。昨天下午，我们国内最好的医生和生物学家对他进行了全方位的检查。十几个顶尖学者得出的一致结论是，这百分之百是一个人类躯体。从细胞到器官、从肌肉骨骼到神经系统，他和人类一模一样。"

"那这么说来，他和我们没什么区别。我们每个人都是受大脑意识操纵的人形机器。"

"问题就在这了，人类的意识来自大脑，而他的意识，来自接收到的电磁波。这个电磁波的速度，最快可达到原光速的1000倍。"

我仿佛明白了，但还抱有一丝希望，"这是他跟你们讲的？那万一他只是个得了臆想症的普通人呢？"

这回轮到蒋奇翻白眼了。"你以为国安委是那么好骗的？我们对他脑部进行扫描的时候，清楚地探测到了这股不属于地球的电脉冲信号。"

"那操纵他的电磁波是从哪儿来的？"

"地球上的现有科技追踪不到它的源头。据他自己说，这电磁波来自另一个世界。他的所思所想、行动语言，都是那世界的一个意识在地球的投影。"

我试着用熟悉的事物来理解："他的世界是指另一个星球？他的本体是某个外星智慧生物？"

蒋奇摇摇头说："按他的描述，那个世界应该算另一个宇宙次元吧？"

他看着吴教授,似乎在等他帮忙解释,但对方并不接招。他只好干咳了两声又往下讲:"他说他们的世界不是人类认知范围内的某颗星球。在那个世界里,生命并不依仗于物质的存在。"他顿了顿,用手在空中画了一个大脑的形状说:"精神意识就是生命的全部。"

我和左左对视一眼,两人都是一脸的难以相信。

"好吧,这些都是他的原话。"蒋奇终于忍不住点名了,"吴大教授,你倒是解释一下呀?"

吴峰恋恋不舍地从手工钟抬起视线,没好气地说:"有啥好解释的?语言是误解的源泉。中文的成语尚且无法用英文精准简洁地表述,更何况这跨了两个种族的语言?"

蒋奇不服地说:"这根本不是问题。以他的中文水平,别说是个外星人,说他是个外国人我都不信。"

"问题不在于他的中文水平,而是在于我们的语言库里没有他想表达的概念。要在这么短的时间内给我们讲清重点,他只能选择意思相近的中文词语。但这个词究竟离他想表达的真实概念差多远,我们上哪儿猜去?

"就拿'生命'这个词来说吧。人类对生命的定义是有动能、有新陈代谢、有生老病死的生物体。意识并不是定义生命的必要条件,物质才是。植物没有意识,但是有生命;机器人有意识,但是没有生命。所以今天的会议上才会有那么多专家认为,以精神意识为载体的生命,压根儿就是个伪命题。"

"都什么时候了,您还有功夫在这儿咬文嚼字?"我忍不住开口了,"不管他们是不是碳基生物,不管他们有没有地球人所谓的生命,他们都建立了比地球先进的文明,可以帮地球逃过此劫,对不对?这才是最重要的问题。"

"不,生命的定义这个问题非常重要。很快你就会明白。"他看了我一眼,想了想说,"不过在此之前,我还是先回答你的问题吧。根据他的描述，在他们的世界里，精神意识是唯一的生命形态。每一个意识都是一个独立的个体，意识之间可以用不同的电磁波进行交流和合作。频率相近的意识还会相互吸引，在共振中坠入爱河。他们的世界里有家庭国家、有权力次序、有科技民生。所以，从这个意义上讲，他们确实可以称之为文明。更重要的是，他们用以交流和思考的电磁波速度远超光速，可以在瞬间传递量子数量级的信息。因此，这个文明的技术迭代和科技发展速度，远超人类想象。"

一个想法在我大脑里一闪而过：他们是在 Z 轴之外的文明。

"至于他能不能帮地球逃过此劫，我们暂时还不知道。"蒋奇擦了擦满头的汗，"劳驾，能给我一杯冰水吗？我要热死了。"

六、日中

时近中午，眼前的世界却是一片黑夜将至的昏暗，唯有不断升高的气温提醒着人们烈日当空的现实。我站起来打开了全部的灯，再去冰箱拿冷饮。刚走两步，突然觉得一阵头晕，脚下有些站不稳。一抬头，我看到乌黑的吊灯在大幅度地左右晃荡。

"地……地震了！"左左尖叫起来。

吴峰抬头看了一眼晃个不停的灯，不慌不忙地说："找三角区蹲下，别乱跑。这楼是框架结构，扛个八级地震没问题。"

我赶紧靠着冰箱蹲下，把身体尽量缩在冰箱和墙面的三角区域里。吴峰整个身体弓成虾状，把手工钟紧紧地护在胸口。蒋奇就更加淡定了，躲到沙发边之前，他甚至还顺手从茶几上拿了一瓶常温可乐。左左看看胖子，又看看教授，双手抱着靠枕破罐破摔似的缩在单人沙发旁边。

书架上的书哗啦啦往下掉。厨房里的碗也从碗架上歪了下来，噼里啪啦碎了一地。接着是哐当一声巨响，好像是卧室挂的装饰画砸到了地上。

我抱膝缩成一团，连牙齿都在战栗。尽管已经有了几个小时的心理准备，但在末日真正来临之时，对死亡的原始恐惧还是浇透了我全身。我东张西望以转移注意力，突然发现墙角有一张奇怪的黑色小纸片。我顺手捡起来一看，原来是他留在冰箱上的那张字条。原本是黄色的便笺已经变成了黑色，但原来是黑色的字迹反而变成了黄色，看来也不是用普通的笔写的："我去拯救地球了，再见！"

切！这个骗子！说得真真儿的。眼下地球都要震碎了。

翻过来发现背面还有字。莫非和降低光速有关？我昨天怎么没看见？

我强忍着剧烈晃动带来的头晕，眯着眼睛仔细辨认："等我回来，你愿不愿意嫁给我？"

靠！能不能说点有用的？你个身份证都没有的黑户，我嫁你大爷！

这几分钟好像一个世纪那么长。当我感觉剧烈跳动的心脏快要不堪重负，自己的一生就要开始在眼前回溯时，晃动终于停了。我全身发软，好半天才扶着冰箱站起来。

蒋奇气定神闲地挪回了沙发，手里的可乐只剩下了半瓶。他优哉游哉地伸了伸腿，咂咂嘴说："我就说时间有限吧？吴大教授，咱没功夫钻研理论了，你挑重要的讲。"

"吓死我了。"左左半躺在沙发上，用手抚着心口，埋怨道，"他不是专程来地球救我们的吗？怎么世界末日还是来了？"

"谁说他是专程来救地球的？"蒋奇语气平平地说，"他说，他们的世界太无聊了，他是来度假的。"

左左用独特的女高音充分展示了自己的不可思议："度假?!"

蒋奇点点头："至少他是这么说的，在地球玩得很开心，不巧发现地球快挂了，只好抽空想了个办法，看能不能把地球人给救回来。"

这语气，轻松得令人发指。

电视里的背景音乐突然停了，无缝连接地开始了新闻播报。专业播音员的声音不自觉地带上了一丝哀伤情绪："下面播报一条刚刚收到的消息：北京时间上午十一点四十二分，我国吉林省长白山天池火山突然喷发，伤亡损失正在统计中。受火山爆发影响，我国多个省市发生强烈地震。今日，长白山火山群地下岩浆活动频繁，短期内多处火山有随时爆发的可能。吉林白山市居民正在紧急疏离……"

吴峰看了一眼手表说："刚才的地震应该就是火山爆发引起的。"

左左的脸色越发难看，说："看来他支的招不太管用。万物变色、特大地震、火山爆发一个也没有少。下一个……"

"那个……他的办法管不管用还不好说，"蒋奇打断了她，"因为我们还没有用。"

"没有用?! 为什么不用?"左左的脸因为惊讶和愤怒而有些扭曲。

吴峰扶了扶眼镜说："刚才说的所有与外星世界有关的事情，和他来地球的目的，都是他一家之言，我们根本无从验证。"

"而且，"蒋奇直直地看着我，眼神里多了一分压迫感，"他一直不愿意解释光速为什么会突然增加，这很难不让人怀疑。"

我皱着眉头问："可是，我们也没有更好的办法。以现在的情形，与其坐以待毙，何不死马当活马医?"

吴峰说："昨天早上国安委召开紧急会议的时候，地球的变化还没有现在这么明显，只有依靠铯原子钟才能发现细微的时间差异。谁也没有料到短短十几个小时就会发展成这样。"他顿了顿，接着说："何况，他讲的办法太过离奇。联合国安全理事会召集全球顶级的物理学家和生物学家，集中讨论了十几个小时，谁也不敢冒险做出决定。"

"什么办法?"我和左左异口同声。

"他说，他用了一个地球年的时间，收集了地球及其所在星系的所有信息，在宇宙的另一个角落，复制了个一模一样的光速恒定的地球。剩下要做的，只是在这个地球毁灭之前，把地球上的生命都搬过去。"

这可真是天方夜谭。

左左的语速快得就像机关枪："搬过去？60亿地球人，还有上亿种动植物，一天之内怎么搬过去？就算他能给我们造一艘超光速版诺亚方舟，现在也来不及让所有人上船吧？"

吴峰透过圆圆的金边眼镜看着我，缓缓地说："他口中的生命，是基于意识的概念，与生物体无关。"

"你是说……"我一时找不到合适的语言来表达大脑里的想法。

"是的，我猜你已经想到了。他可以把大部分人类和其他脊椎动物的意识搬过去，"他又看了一眼手表，"而这颗地球上所有的微生物、植物、无脊椎动物，还有脊椎动物的躯壳，或者说尸体，会在9小时38分钟以后，和这颗行星一起，被太阳的热焰吞噬。"

此时，吴峰的眼里居然还闪烁着一个学霸在讨论数学问题时的熠熠光彩："还记得我刚刚说过的那个非常重要的问题吗？"

我点点头，喃喃道："被搬过去的意识，还算是生命吗？"

左左的声音有些发颤："这可行吗？搬过去的意识如何存活，怎么延续？要知道地球可是一个无比复杂的生态系统，他真能造出来？难道他是圣经里的上帝？"

"这小子倒是很谦虚，"蒋奇好像想起了什么有趣的事，竟然在这个时候还笑得出来，"他说真正的上帝能从无到有地制造出能历经亿万年的生态系统，而他做的，不过是地球人都懂的复制与粘贴。"

他转向左左："所以，这位激动的小姐，不要怪我们政府部门迟迟做不了决策。如果将决定权交给你，你会采用他的办法吗？"左左还在犹豫，他又补充道："哦，对了，还有个小条件。他打开意识转移的通道后，意识转移机器会将地球上所有的生命抽离为脑电波信号，加速到原光速的300多倍，发送到新的地球。

"他说'这个加速过程需要一丁点儿起始推动。对目前的地球科技来讲非常简单，30颗1000万吨TNT当量的氢弹爆炸产生的电脉冲就够了。'4小时前，8个核武器国家赞助的30颗氢弹已经在发射台准备就绪，只等最高指挥机构一声令下。"蒋奇说着，夸张地冲左左伸出手，做了一个请的姿势："来吧，小姐，如果此刻全人类的命运就在你的手上，你的决定是搬？还是不搬？"

左左眨了眨眼睛，半天说不出话，那茫然无措的表情让我有几分同情。

还好我们不是最高决策者，这活可真不是普通人能干得了的。

左左沉下心来想了一会，开口道："我突然想起叶倾曾跟我讲过一篇很有名的小说，里面提到一旦有文明暴露了在宇宙中的位置，都会第一时间被其他文明清理掉。"她有些抱歉地看着我。"他既然是个来自外星文明的人，怎么会这么好心拯救地球？这会不会是星际侵略的阴谋？"

我摇摇头说："如果是昨天，你这个怀疑还有非常大的可能性，但是到了今天，眼下发生的种种异象已经让这个猜测不攻而破。无论是天灾还是人祸，他的文明如果真想让地球毁灭，实在是再轻松不过的事情。完全不需要他在这儿大费周章地玩星际间谍的把戏。"

蒋奇揪住这个话题不放："专家们喋喋不休地讨论了十几个小时，其中一个重点话题就是他的动机。也有专家提到了黑暗森林法则。"

我突然明白了他眼里的压迫感是从何而来了。国安委可能会在超现实的物理现象面前，很快接受地球面临毁灭这个事实。但是人们绝对不会轻易相信一个来自另一世界的不明人士会出于好意，背叛自己的文明来保护地球。所以他们可能第一时间把他关了起来，派了一群科学家研究他、拷问他，甚至解剖他，决不会采用他提出的任何自救建议。我的喉咙渐渐发紧。

末日当前，这两人不和家人朋友共享最后的晚餐，大费周章地来 C 市找到我，到底是为什么？就为了给我讲个离奇的故事？不太可能。是把我当作外星敌对势力的同党在套话？那下一步是不是计划把我抓回去上刑拷问？作为科幻迷，我对黑暗森林法则再熟悉不过。但是此时此刻，被迫作为外星文明的利益相关方，我不得不为那来历不明的挂名男友辩护两句。

我理了理思绪，开口说："黑暗森林法则有两个前提，猜疑链和技术爆炸。在地球和他的世界里，这两个前提都不存在。"

三个人齐刷刷地看着我。

"他对地球的了解程度相当高，甚至超过了很多地球人，根本不存在黑暗宇宙里的猜疑。至于技术爆炸，很可能只是人类夜郎自大的假设。也许在他们的眼里，人类技术再怎么突变，也不可能对他们的文明构成威胁。毕竟人类花了上千年才稍微弄明白了一丁点的光速，今天说变就变了，不是吗？"

吴峰的眼神里闪过一丝暗淡。这话对物理学家来说有点残忍，但我一时也顾不了这么多了。"也许他们看待我们，就像人类看待蚂蚁。人类会观察蚂蚁，会惊叹蚁后和工蚁的分工体系，会好奇它们怎么用触角交换信息。但人类永远不会担心有一天蚂蚁会通过技术爆炸推翻我们的统治。

"你们纠结他到底为什么要救地球，似乎没有合理的动机就意味着巨大的阴谋。其实动机也许很简单。

"某天，有几个人决定修一个蓄水池，正巧低洼处有个即将被水池淹没的蚂蚁窝。有个佛教徒看到了，走过去把蚂蚁窝捅了，把蚂蚁们赶到了另一个安全的地方。这就是你们要的动机。"

三个人都不说话了。昏暗的屋子里一时只剩下新闻的背景音，冰冷地播放着世界各地突发的灾难。

我用手指指电视，平静地说："作为蚂蚁，我们此刻似乎没有太多选择。"

几秒的沉默之后，蒋奇突然一拍大腿，夸张地说："这外星小子要是昨天用你这套说法解释他救地球人的原因，没准那帮宇宙社会学家就听进去了，哪还需要研究讨论这么久？白白错过了最佳时机。"

吴峰扶了扶眼镜："也不能这么说，毕竟昨天还没出太多异象，形势远没这么急迫。而且话说回来，外星人的脑回路和地球人真是不一样。他讲的那个动机，没几个人会信。"

左左好奇地问："他说自己救地球的动机是啥？"

蒋奇翻了个白眼："他说，地球上有他喜欢的姑娘，他想尽快让地球恢复原状，他好回来跟未婚妻结婚，白头偕老共度余生。"他向左左挑了挑眉："一个外星人说出这话，你敢信？"左左木然地摇摇头，扭头看到我，又连忙改成点点头。

我去！活该被关起来。

我擦了擦眉间的汗，无语地说："所以你们来找我，就是为了验证他的动机是否可信？"

"不是，也不需要，"吴峰急忙补充，"正如你说的，人类此刻没有多少选择。四个小时前，最高指挥团已经做出决定，接受他的方法。意识迁移是最高机密，只有极少数知情者。毕竟，谁也不知道这个办法能不能成功。对地球上绝大多数人而言，等待他们的是在无知无觉中灭亡，或是在不明不察中新生。"

我和左左紧张地屏住了呼吸，静静等着下文。

"当时，核动力已到位，大国首领已签下了同意发射的命令。可是，意识迁移通道却没能成功开启。因为，他突然不在了。"

"他跑了？"左左急切地问。

"没有。他的躯体陷入了深度睡眠状态，无论如何也唤不醒。那股没有源头的电磁波信号消失了。"

消失了？四小时前？我咬紧了下唇。差不多是那幅插图和留言出现的时候。

"抱歉，小叶子。如果你看到这行字，我应该是回不来了。"

蒋奇掏出一个对讲机放在茶几上，话筒对着我。一个年长却有力的声音从对讲机里传来："叶小姐你好，这里是地球存亡理事会最高指挥部，你们的对话我一直在听。我承认，由于犹豫和怀疑，我们没能及时实施意识转移，错过了地球自救的第一时间。如今地球已经陷入剧烈动荡，你未婚夫的意识波可能已经被他们的世界强制召回。不过他在昨天的陈述中提到，他有准备一个 Plan B。我们相信，他一定在你家留下了开启意识转移通道的方法。请你务必帮忙找出来。这关系到全人类的延续。拜托了。"

我可以想象自己的表情有多么扭曲："为什么你们觉得 Plan B 会在我家？"

蒋奇跟我对视几秒，极不情愿地说："他被关在屋子里的这十几个小时里，拉着每一个紧张万分的看守、特警、科学家和国安委同事聊天。聊的全是你俩的恋爱故事。听说我要来 C 市，好几个同事拉着我想要一起来，说留在那可能等不到地球毁灭就要被狗粮给撑死。如果他要留个 Plan B，你说会他留在哪里？"

七、日暮

下午三点，我把他的东西全从箱子里倒出来堆在客厅地板上。"就这些了，你们都拿去吧。我已经看了好多遍，真的找不出来。"

吴峰蹲在地上，一件一件地认真翻着，嘴里不停地念叨："时间不多，我们可以用排除法。地球上出产的用品可以不用考虑了，优先看他制造的东西。"

我指指他还抱在手里的手工钟。

"嗯，这个我研究半天了，应该不是。不过这个钟有很高的研究价值，估计能让人类的理论物理研究跨越上百年。"吴峰换了只手抱着钟，问，"还有没有别的？"

我递上他的笔记本，指着最后一页插图。"这幅图出现的时间应该正好是他的电磁波消失的时候。会不会是你们要的线索？"

插图画的是一个人形背影，站在一片直立的巨大漩涡面前。我是看不出什么头绪，但吴峰一眼就看出了端倪："这漩涡，像不像银河系？"

我瞬间明白了。是他送我的定情信物，也是压着告别字条的一块磁铁。我从箱底翻出银河系冰箱贴，小心翼翼地捧在手心里，递给吴峰。

吴峰并没有接过去。他一只手还是紧紧抱着那个手工钟，另一只手指了指这枚冰箱贴："在他们的世界里，频率相近的意识才会坠入爱河。这个地球上能开启这个意识转移通道的，除了他，恐怕就只有你了。"

意识转移？ 我的大脑刚想到这个词，银河系冰箱贴突然泛起耀眼银光。

吴峰和左左发出一声惊呼。蒋奇马上拿起对讲机，和指挥团沟通了几句。接着，他冲我点点头："指挥中心已经准备就绪。你准备好了吗？"

左左紧张地看着我："叶倾，你别怕，我们一直在你旁边。"

怕？不怕才怪，要不你来试试。

银光陡然熄灭了。

吴峰着急地大声叫了起来："集中注意力。别走神！"

我吓得手一抖，冰箱贴差点掉到地上。

"没事，别吓着小姑娘。"蒋奇顺手递给我一杯咖啡，"来，看你好像喜欢喝这个，那边不知道有没有，抓紧多喝一杯。"

"谢谢！"我接过来喝了一大口，握着咖啡杯的手止不住地发抖。我努力地挤出一个笑："你好像什么都不怕。"

蒋奇爽朗地笑了："我年轻时是缉毒警察，真刀真枪地在边境跟毒枭干了几十仗。最后一次出警，子弹穿过要害，当时觉得自己死定了。后来在医院ICU住了大半年才勉强捞回一条命。从那以后，多活的每一天我都觉得是赚的。昨天，我想着自己临死前居然还能抓到个活的外星人，还能见到地球毁灭的壮景，就已经觉得这辈子忒值了。现在你未婚夫还给了我一个去新地球转转的机会。你说，好事咋都让我们这代人遇上了呢？"

我噗嗤一笑，一口气喝完了杯里剩下的咖啡。"你说得对。我们新地球上见。"

左左担忧地看着我,眼泪盈盈,张了几次嘴,却什么话也说不出。

"抱歉,刚才吓着你了,"吴峰抱着手工钟,有点不好意思地说,"只是,哪怕躯体坠入了太阳,我也想活着看到大统一理论,拜托你了。"

我点点头,指指他手里的钟:"这个就麻烦你先帮忙收着,过去了记得还给我。"

银河系再次亮起。晶莹的光就像轻薄的水云在昏暗的房间中腾腾升起,画出了四条清晰可见的旋臂。星光点点撒满房间,视野中心是一团白晃晃的椭圆星云。我被一股力量牵引着,往星云中间走去,越走越远,越走越亮。他们三人的声音渐渐变得遥远而模糊。我蓦地一回头,发现来路已经消失在一片白茫茫的虚无空间里。

原地转了两圈,我已经分不清哪边是来路,四周都是一片毫无特点的白色。我有些慌了,手脚冰凉,心脏一下一下咚咚直跳。我深呼吸,强迫自己冷静下来。十几个呼吸后,我看到视野远处好像有个模糊不清的人形剪影。这是在苍茫世界里唯一的事物。我犹豫了一秒,接着拔腿向那个人影跑去。纯白的空间里,越来越大的人影是我们之间的距离在缩短的唯一证明。

我奋力向前跑,惊讶地发现八百米从没及过格的自己此刻呼吸一点也没有变得急促,心跳也平稳地仿佛躺在温暖的床上。越来越近,越来越近,四周开始变得嘈杂,像是有人在低语。那不是人类的语言,但仔细听了一会儿,我惊讶地发现自己居然能明白它们的意思。

"**Meta** 波段资源严重不足。"

"该宇宙波速过慢,缺乏生命存续的必要条件。"

"申请改造可行性研究。"

"可行性研究结束,改造成功概率 **66.32%**。启动决策团投票。"

"8 票通过,2 票反对。改造方案终止。"

人形的周围并没有其他人，可那个人影明显在激动地跳着脚，像在和别人激烈争吵。

"方案修改完成，改造成功概率 88.1%。启动决策团投票。"

"9 票通过，1 票反对。改造方案终止。"

人影的面前出现了一个高达数米的银色漩涡，涌动的中心白得耀眼，给人影镶上了一道诡异的光边。

"方案修改完成，改造成功概率 88.1%。启动决策团投票。"

光边渐渐渲染开来，形成环绕人影周围的点点荧光，就像森林里的小精灵。

"9 票通过。改造方案启动。开始加载。"

伴随着骤然出现的亮光，整个人形突然像萤火虫一样分解散开，化作晶莹的光点快速飞向四周的苍白空间。

"等等！"我努力加速到自己的极限，却只能眼睁睁地看着人形消失在白茫茫的世界里。

我的耳朵只捕捉到了回荡在空间里的最后一点只言片语。和刚才的声音不同，这绝对是人类的声音："如果我的理论是对的，你们这些……岂不是亲手……了一个文明？"

声音消散，一切重归虚无。下一秒，白色的空间像破碎的玻璃，在一道强光中炸裂崩塌。

阵阵熟悉的咖啡香味飘来。等眼睛适应了周围的光线，我惊讶地发现自己站在我家客厅。墙壁是白色的，沙发是红色的，明媚灿烂的暖黄色阳光洒在翠绿欲滴的绿萝上。

"你说的对，生日那天许愿真的很灵。"明亮的落地窗前倚着一个熟悉的身影，眉眼俊朗，笑意盈盈。

"叶倾，或者说，Professor Falling Leave（弗林利武教授），"他露出了一个顽皮的笑，似乎对自己给我起的这个化名很满意，"欢迎回家！"

八、尾声

金色的沙滩上,一群七八岁的小孩子正坐在小凳上写生。

他们每人手里都端着一个调色盘,有模有样地在面前的画板上细细描绘。

一群可爱小家伙这煞有介事的模样,引得周围的游客们频频注目,有几个女生还偷偷拍了照片。

不知是有意还是无意,她们的照片里都拍进了这群小家伙的带队老师。

这是一个穿着白色 T 恤的帅气男子。他半倚在沙滩椅背上,一双大长腿随意地交叉在身前,目光专注地扫视着每一个认真作画的小孩子。

手机闹钟滴滴响起。

帅哥老师拍了拍手,把小朋友们的注意力吸引过来,轻快地说:"同学们,抱歉打断大家。今天的地球实践课就快要结束了。谁能跟老师分享一下你今天的收获?"

一个小女孩大方地举起了手:"我们观察了地平线上的日落和轮船。海平面是个弧形,地球是圆的。"

一个胸前挂着六芒星项链的小男孩大声回答:"我们知道了那个地球的位置和地面环境。"

"说得很好。不过,我们一般会把'那个地球'称为'史前地球',也有人叫它'原生地球'。很可惜,它已经毁灭了。"

另一个小女孩怯怯地问:"老师,史前地球为什么会毁灭?"

男子笑了笑,毫不忌讳地说:"因为有群愚蠢狂妄而又自诩为神的家伙,不顾后果地改变了它所在的物理环境。"

小孩们大都似懂非懂地看着他,眼里一片迷惑。戴六芒星的小男孩微微皱起了眉,而第一个回答问题的小女孩却眼睛一亮,迫不及待地问:

"老师,那你知道我们是怎么得救的吗?"

"没人知道,这是个未解之谜。世界上对此有很多猜测,或者说是故事。"男子说着,半弯下腰,笑意盈盈地平视着小女孩的眼睛,"你想听听我的猜测吗?"

小女孩郑重地点点头。

"神明也有神明的规矩,不能随随便便动用神力。他们得刻板地遵照流程,开会投票决定。参与投票的神明中有个天使,她看到了地球上的人类,发现这里有量子等级的文明。于是,她投了反对票。会场上产生了激烈的争吵,其余九个投票者都想说服她赞同,但是她非常坚持,并努力说服更多的人站在自己这边。最后……"男子故弄玄虚地停了下来。

"她成功了?"小女孩期待地问。

"不,她被定下反叛罪名,剥夺了投票权力。"

"啊?"小朋友们听得一愣一愣。

男子用手比了比小女孩的头,接着说:"就在她婚礼的前一天,他们逮捕了她,把她变成了比你还小三四岁的小女孩,放逐到了地球上。天使在地球的孤儿院里慢慢长大,早已忘了自己曾经是能拯救人类的神明。她和人类一起,在稀松平常的一天迎来了地球的末日。"

"后来呢?"别说小朋友们听得津津有味,几个附近的游客也忍不住竖起了耳朵。

男子咧嘴笑了,露出一口洁白的牙齿,似乎有些得意。"后来,她未婚夫翻遍了时空长河中每一颗星星,终于在末日地球找到了她。在未婚夫的帮助下,她赶在地球毁灭之前,将人类带到了新的世界。"

"你说得不对!那个地球是罪恶的源头,在审判日中被烈日吞噬。是神救了我们。"戴六芒星的小男孩涨红了脸,鼓起勇气驳斥了老师的话,接着熟练地开始祈祷:"荣耀无上的神,我们赞美你。你用公正的审判终结了恶魔统治的史前地球,用无比的慈爱引领万民进入新的世界。"

"嗯,你这个解释也合理,"男子摸摸他的头,笑着说,"好啦,同学们，故事时间结束。你们该回去了。"

小朋友们收拾了文具，陆续离开。第一个回答问题的小女孩慢吞吞留到最后。她挪到男子身边，低声说："老师，我相信你的猜测。你和我爸爸讲的一样。"她递上刚画完的画，眼睛里闪耀着快乐的光。"这幅画送给你。"

画上是大海和沙滩，不过海洋的上空加了一对天使的翅膀。小女孩还在画的右下角用稚嫩的笔触写下了自己的名字——吴疑。

男子挑了挑眉。"你爸爸是？"

"我爸爸是很有名的物理教授，研究宇宙和时空的。"小女孩自豪地说，"我以后也要像他一样，当个科学家。我要研究人类意识如何从身体分离，如果成功了，人类就可以实现永生啦。"

"好呀，那你成功了要记得告诉我，"男子压低声音说，"作为交换，我再跟你分享一个秘密，要不要听？"

小女孩赶紧凑上前。

男子弯下腰，靠近小女孩耳边，眼睛却温柔地看向不远处沙滩椅上一个抱着电脑加班的身影，语气暖暖地说："故事里的天使，是我媳妇儿。"

失恋诊疗

陈菁

第一节

晚上八点整，时安和凌医生站在诊疗中心设备室的柜门前，先是听到响亮的两声"滴滴"，然后是轻微的一声"咔哒"。同一时刻，柜门上的显示屏亮起，倒计时的数字开始跳跃。凌医生拉开柜门，伸手将一个小盒子拿了出来。

他给时安演示了一下盒里那样东西的使用方法，并再次提醒她："诊疗仪绝对不能在诊疗中心里面用，这里的记忆是不准删除的。"

"好。"

"二十四小时以内必须还回来，不然就违反协议要求了。"

"好。"

时安接过小盒子，很轻，应该是里头装着魔法的缘故。神话故事里，潘多拉打开魔盒后，释放了忧伤、灾祸、恶疾，但好在她很快把魔盒关上，里头的"希望"被保留了下来。时安觉得自己拿着的东西，和那个被打开过的魔盒一样。

两人回到诊疗中心门口，时安向凌医生道了声谢准备离开。凌医生又把她叫住。"时安啊,"他这回语调拉得长长的,"我想跟你再啰唆几句。你可以在任何时候停下来,我是说任何时候。有一位作家说过,如果电影的第一幕里出现了一把枪,第三幕里枪就一定要响。但是这里不一样,你随时可以喊停,不要做什么诊疗了。反正呢,我们不是拍电影,你也不是非要冒险的主人公,对不对?"

时安点头说:"嗯。谢谢您提醒。"然后她就转身走远了,步子不紧不慢,仿佛给一首歌有规律地打拍子。凌医生听着渐远的脚步声,他有预感,枪怕是要打响了。

时安走到马路边,约好的出租车已经停在那儿了。

"到清境餐厅?"

"嗯。"

那天,时安只是去和亲戚介绍的一个男人见面。他们在市区一个小公园转了几圈,对方说:"走吧。"她想这大概是要一起去吃晚饭。可他带她来到附近的地铁站口,道了声"再见"就离开了。

她感到背部涌上一股热浪,意识到夏天是真要来了,突然很想吃一根冰淇淋。过去的周末她总宅在家,不能明显感受季节的更迭。

就在她准备走进一家便利店时,有人拍了她的肩膀。

"真的是你啊,时安!"这人说。

"你也是来吃饭的吗?"她旁边的女生说。

"你变了好多呀!"最旁边的女生说。

结果,时安没买成冰淇淋。她被这三个大学同学半推半拉地带到马路对面的一家餐厅。她们说毕业五年了,几个活动积极分子想办一场小型聚会。时安进了那个巨大的包厢,发现里面有那么多人,她立刻向后退了几步。"这聚会一点儿也不小,我还是不参加啦。"

她们拉住她的胳膊说:"本来真的是小型同学会,我们也不知道这消息怎么就传开了,变成了大型校友会。"

"反正不管是小会还是大会，大家都是看看当年的别人，想想当年的自己，没什么差别啦！"

时安最后只好坐在餐桌一角，看着许多熟悉又陌生的脸聊那些久远的事情。

开席了一会儿，有人推门而入，这人的脸比其他人的都要清晰。

"是新郎官呢！"周围的人大声说道。

他笑着招手和大家打招呼，时安低下头，让身体缓慢地往下滑，想尽可能地藏在桌子底下。可他还是走过来，坐到了她的旁边。

"好久不见啊。"他的笑仍然挂在脸上。

"嗯。"时安停止滑动，就那么僵住了。

不久之后，有人举杯站起来，开始讲些煽情的话。虽然只毕业了五年，却讲出了五十年的慷慨激昂。讲到最后，墙上的大屏幕展示起大学毕业照来。气氛到达高潮，大家盯着照片热烈讨论起自己那时候是不是看起来很傻。说这话的人个个郎才女貌，真正觉得自己傻的人，这会儿都和时安一样默不作声。

时安旁边的他这次竟然没有跟着凑热闹，他低头翻看着手机。时安有些紧张，将杯中的橙汁全部喝光了，准备重新倒一杯。她拿起饮料瓶后，他开口了："毕业照跟现在只隔五年，大家的差距还不够大，我这里私藏的照片，那变化可就大咯！"

他将视线从手机转向大屏幕的瞬间，那里切换成了另一张照片。

时安迅速瞟了一眼，转过头发现橙汁从杯中溢出。她立刻停下，将饮料瓶放回原处，橙汁一滴一滴顺着杯壁流到桌上。

"哇，这是入学仪式的时候拍的吗？"

"你怎么会有那时候的照片？！"

"你是右边那个穿红衣服的吗？"

他们指着照片热烈地讨论起来。时安则大口喝着橙汁，她心想，要是喝出一只怪兽来就好了，这样凑热闹的人就会把他们现在做的事情忘掉，过来看她的热闹。

"这个该不会是时安吧？"人群里有人说。

"不是吧，跟现在比也差太多了！"

橙汁一点儿都不解渴，时安觉得嗓子又干又哑，每一粒果肉都和碎玻璃渣一样，从咽喉划进食道。

"对吧，是你吧？"他们都看向时安，时安使劲咽下口水，咧了咧嘴。他们满意地发出笑声，和九年前一模一样。

"哎呀，你们还不知道吧，我和时安高中就是一个班的。"时安旁边的他说。

"那时候她就长这样啊？"

"嗯。我跟你们讲件特搞笑的事，这事当时我们班的男生都知道。"

时安浑身抽搐了一下。他随即开始了演讲："我们学校以前有晨跑的规定，早晨铃声一响，大家就要到操场集合跑步。有一个冬天，天都还没亮，我就跟着他们一窝蜂跑出教室。然后呢，我看到前面一个人短头发、瘦高个，穿着一身黑色的运动服，我觉得这个人的背影跟我兄弟一模一样。所以我就冲上去，一手锁喉，一手抓腰，那时候不都是这么闹着玩的嘛！"他拉过旁边的一个男同学，亲自做了演示。

"结果，回过头的人居然是时安！要不是后面人挤人，我真是要被吓得跳开三尺远啊！"

笑声和九年前一模一样。

"还没到好笑的地方。"他竖起手掌做了个收声的动作，一本正经地说，"真正好笑的在这里——在她回头之前，我都没意识到面前这个人是个女的。毕竟，前平后平，和男的有什么差别呢？"

一波接一波的笑声，如浪潮一样把时安藏起来的往事推近。

被喊作新郎官的人叫张弛，当时他和几个好哥们的日常娱乐活动，就是捉弄时安这样的女生。他们讨论她的长相、身材,当时安从他们身旁走过,他们会吹口哨。这口哨声并不响亮,听起来就像是逗一只野狗,因为吹哨的人都在嬉笑,吐气不均匀。对时安外貌的讨论被不断传下去,有些男生又告诉了关系好的几个女生,于是她们跑到时安跟前,压低嗓门说:"张弛他们说你……"

时安故作镇定地问:"说我什么呀?"

她们环顾四周,讲出了那些难听的话。

"太过分了!"讲完以后,她们一起看向时安。

"是啊。"时安说。

再后来班上的座位有所调整,时安从张弛他们边上走过,看到男生群里多了班上的学习委员。学习委员皮肤白皙,戴着眼镜,长着一副少女们都喜欢的样子。

张弛他们和过去一样吹着不流畅的口哨。这种时候,学习委员理应也和过去一样,即便是在下课时间也认真看书做题,表情严肃,对他人不理不睬。

可是等时安走回来,她发现多了一个人的哨声。她的双腿开始颤抖,这个人的哨声在自己的脑袋里来回环绕。好不容易坐回自己的座位,她立刻把头埋进用胳膊肘围成的堡垒里。

"太过分了。"她小声说。

时安回想起这些,再次站起来给杯子加满橙汁,同时思考接下来应该做的动作。如果向上泼,橙汁可以让张弛拥有更独特的发型;向前泼,可以让他的花衬衫增色不少;要是向下泼,可能会让他裤子的某些位置显得好笑。不过没关系,反正他喜欢好笑的事。

握紧、转身,时安在脑中计算泼出去的角度,随即执行。可是她万万没想到,执行动作被打断了。在液体即将离杯的瞬间,她的手臂被人群中的一只手往反方向推开,动作迅速又隐秘。果汁溅到桌前的糖醋排骨里，也溅到了时安的裙子上。

如果不是人群簇拥，张弛应该可以再跳开三尺远。

"对不起啊。"这是林晨对时安说的第一句话，也可能是对所有人说的，"刚想趁着这么好的氛围领大家喝一杯，哪知道一激动把她撞到了。"

"这下罪过可大啦！"围观的人笑着说。

"说得是呀。"他看了看时安的裙子，低声道，"你要不要出去整理一下？"

时安跟着他走出包厢，湿漉漉的裙子紧紧贴在大腿上，她觉得有些凉。她转头一看，旁边林晨的袖口也被饮料溅湿了。

"不好意思。"林晨再次道歉，"我推得太大力了。"

在卫生间里，时安拿纸巾使劲擦起裙子，不时又照照镜子，却发现湿掉的地方怎么看都很显眼。于是她放弃了补救，走进一个隔间，合上马桶盖，就那么坐了好一会儿。出来的时候，林晨仍站在门口。

"你怎么不回去？"时安问。

他朝走廊一侧指了指："你知道怎么走吗？"

时安确实不大知道。大型商场、地下车库、多包厢的餐厅，每当时安身处这样的地方，她就变成一只处在透明玻璃鱼缸里的金鱼，看哪里都觉得似曾相识。

往回走的路上，时安开口了："我们好像不是同学吧？"

"嗯。我比你高一届，今天是几个学弟叫我来的。"

"哦。"

他停下步子。"看来你是真不记得了。你刚入学的时候，我们系里举办厨艺大赛，当时我和你，还有另外几个人被分到一个组。"

看到时安没反应过来，他继续解释道："比赛前你还说要再去买点水果回来做装饰，结果走错了路，差点迟到。"

"啊，好像是。我们是不是得奖了？"时安的记忆有些苏醒。

"二等奖。因为你提议做了菠萝炒饭呀，光造型就很突出。"

来到包厢门口，林晨说："你先进去吧，我去找服务员帮忙擦一下。"

"谢谢。我把包拿了就回去。"时安说。

"这样就回去了？"

"不然呢？"

他将袖口整齐地卷起，扬起眉毛。"君子报仇，十年不晚。女子报仇，就在今晚。"接着他拿出手机，"你看，今晚还剩三小时。"

时安没有应声。

"你不要走，等我回来。"他跑开了，时安深吸一口气，推门而入。

饭后很多人都觉得没尽兴，林晨提议玩几个游戏。

"今天是怀念专场，我们就玩过去那种老式游戏吧。"

第一个游戏主要看人的反应速度。没过多久，新郎官张弛开始被罚酒，第一杯、第二杯、很多杯。他像是重新回到婚宴上，大家把一杯杯酒向他递了过去。他的妻子会是什么样的人，又是为什么嫁给他的呢，时安想不出答案。

"能换个游戏吗？"张弛又喝了一口酒，脸皱成一团。

"可以啊。"林晨立刻应道，"你们想玩点儿什么？"

时安没有听清有谁都提了些什么建议，她也很怀疑林晨是否真的听清了。总之他隐隐有一种引导事物发展走向的才能，很快让大家选择了另一个游戏。

张弛体内的酒精在慢慢吞噬他的判断力和反应力。当其他人意识到这一点时，就更有意地加快了速度，几乎是对他进行了一场游戏里的围剿。

"我真的喝不下了。"他艰难地打了个嗝。

这样的认输方式激起了其他玩家更大的热情。

"要是不敢喝酒，"林晨远远地看了时安一眼，一字一顿地说，"和女的有什么差别呢？"

"就是啊。"其他玩家附和道。

最终,张弛的衬衫被不同种类的酒水打湿,显得更花哨了。他醉醺醺地趴在桌上,发型也因此变得一团糟。时安猜测他肯定也吐在了裤子上,因为大家都笑得前仰后合。

这样就够了。在林晨面带笑意看向张弛的时候,时安心怀感激地看向林晨。

夜深了,时安悄悄推门而出。等电梯的功夫,林晨走了过来。
"我也想出去透个气。"他说。
走出餐厅,夜凉如水,滴酒未沾的两个人仍感到一阵清醒。
"你急着回去吗,要不要吃个冰淇淋?"他问。
于是他们去街对面的便利店买了两支甜筒冰淇淋,那是几个小时前时安想吃却没吃到的。买好之后,他们站在街边一个青蛙模样的垃圾箱旁,撕去包装纸。
"你心情好点了吗?"林晨问。
"好多了,谢谢啊。"时安咬开裹在冰淇淋外面的一层巧克力,听到轻微的"咔"一声。没错,这是开启夏天的声音。
"不谢。"
时安感受着冰凉的巧克力在嘴里慢慢融化,问林晨:"你怎么知道张弛会输?"
"嗯……虽然我跟他不是同一届的,但是当时也一起聚过。他遇到这一类考验反应力的游戏基本都会输,而自己好像一直没有意识到这个问题。"
"那你怎么知道他这些年有没有变呢?"
"这个问题你应该更有资格回答吧。"林晨歪着头看向时安,"你觉得他变了吗?"
"没有,"时安说,"他没有变。"

便利店传来轻快的乐声，那是有人进出的信号。时安突然想起一件往事，便说："我记得上高中时，班里的讲台上摆着一颗特别大的仙人球，大概是它比别的植物更好养吧。有一天考试结束，我上台交卷子给老师，右手的大拇指不小心被仙人球的刺戳到，当时痛得眼泪都出来了。后面几天虽然不怎么痛，但指甲盖下面那个和针尖一样小的伤口就是没好。

"大概过了一周多，我忍不住使劲揉了揉伤口那里，结果挤出一个红色的针尖模样的东西。我跑到仙人球边上仔细检查，发现的确有一根刺的刺尖断了。两天以后，我的伤口就痊愈了，快得简直不可思议。"

他倒吸一口凉气似的："那我今天有没有帮你把刺拔出来呀？"片刻的沉默后，他说："看来还没有。"

"不过，你帮我惩罚了仙人球，已经很感激了。"时安说着，继续品尝起冰淇淋。

林晨比她吃得快。时安看着他走过来把包装纸扔进垃圾桶里，忍不住说："我想了一晚上，还是没记起你的名字。不好意思。"

听她这么说，林晨便走到时安面前，刚好和站在路肩上的她视线平齐。

"没事，我猜到你应该忘了。"他说，"不过也感谢你来问我，不然我就永远是个'打翻果汁的没礼貌的男人'了。"

"不会的，"时安立刻回答，"至少也是'一起吃冰淇淋的有趣的男人'。"

"这个还不赖。"他低头一笑。

"所以你到底叫什么名字？"

"等一下。"他拿出手机看了看，"时间刚刚好。你倒数……十八下我就告诉你。"

"十八，十七……"时安都不知道自己为什么这么听话地数了起来。

等她数到"一"，他把手机屏幕放到她眼前，那上面显示的是十二点整。

"凌晨。"他又把屏幕朝向自己,"林晨。"

时安那模糊的记忆在这时候被唤醒。厨艺大赛上,有人在她旁边打鸡蛋,说:"现在我们都听你指挥啦!你也不用喊我学长,叫我林晨就行。"

她于是跳下路肩,略微仰头:"你好啊,林晨。"

"你好哇,许时安。"

手机的光将他的脸照得更亮。从一个点引出的两条柔和的曲线,构成了如莲花花瓣尖端一样的眼角。眉毛的形状则像从侧面看过去的微微垂下的荷叶边,一颗露珠从眉峰缓缓滚到眉头,拐了一个平滑的弯直至鼻梁,迅速下坠并绕过两侧鼻翼,最终聚在了完美对称的鼻子和上嘴唇之间的洼地里。

时安这次记住了,叫作林晨的这个人的模样。

从出租车下来,时安来到曾经聚会的地方,它现在叫"清境餐厅"。

她坐在了靠窗的位置,桌上放了好看的水培铜钱草。她没有看菜单,只是听服务员的推荐,选择了青咖喱椰香鸡和芒果沙拉。她又在服务员准备离开的时候喊住他:"我能不能先买单呀?"

"当然可以。"

"其实我今天没有时间吃,能不能把我点的餐预存到以后?"她试探性地问。

他的嘴微微张着,但很快用微笑做了回应,想必夜里什么奇怪的人都见过。"可以,我们待会儿在小票上做记录,下次您凭票过来就行。"

"谢谢。"

"不客气。"

时安趴在桌上看向窗外,街对面的便利店仍然亮着灯,青蛙垃圾箱移到了右侧。餐厅正放着与这个夜晚匹配的歌。这首歌放完,她就该行动了,毕竟自己是被时间追赶的人。

正这么想着,几个男人说笑着从窗前走过。其中一个人突然停下来,他的眼神与时安的目光交汇。时安不自觉地握住桌前装了柠檬水的玻璃杯,他则向她招手;她微微点头,他快步离开。她重新趴在桌子上,把脸埋在用胳膊围成的堡垒里。

店里的歌曲已经到了尾声,一声"时安"打乱了节奏。

时安抬起头,他还是回来了,就站在餐厅的走廊里。衬衫上有污渍,头发也没打理,模样有些憔悴,他像是一颗皱巴巴的仙人球。

"你怎么在这里呀,这么晚了。"他问。

"哦,我有点事。"时安说。

他又问:"你这几年还好吧?"

"还好。"

他站在原地,挠了挠头发。"那个,我前段时间当爸爸了。有个女儿。"

"恭喜。"

"所以我想说……"服务员刚好端着菜从他身前走过,他退后几步,然后又向前多走了几步,站在离时安更近的地方。"也不知道为什么,反正就是想跟你道个歉吧。"他的眼神有些飘忽,但最后还是看向了时安,"我以前好像对你讲了一些瞎话。"

时安听完,把柠檬水一饮而尽,就像是吞下了一杯勇气似的,她终于开口道:"太过分了。张弛,你以前太过分了。"

他的眼睛瞪大了,停顿了一会儿说:"是太过分了,对不起啊。我以前真意识不到这些,是有了女儿才开始想很多事情……"

时安不再看他了,她转头望着铜钱草纤细的根须,想起了那根细小泛红的刺,从手指挤出来的尖尖的刺。

"那我就不打扰你了。"他最后说,"不好意思。"时安看到他的身影消失在窗前。

他应该晚一点出现的,时安想,应该等她行动之后再出现。等待多年才迎来的这一刻,不应该被当作牺牲品一样悄悄地消失掉。她用双手撑着额头,将手指伸进头发里,分不清是梳理头发还是梳理思绪。

没时间了。她找服务员借了一支笔,在点餐的小票上画了一颗仙人球。它的顶端开出了小花,身上也没有刺,其实看起来不大像仙人球。接着她拿出诊疗册,将小票夹在里面,合上册子后再用手压了一下。做完这些,时安取出那个魔盒,将纽扣大小的电极贴片似的东西附在太阳穴上,然后轻轻按下它。

餐厅放的歌好像在流动,在汇聚,逐渐形成了一个狭长且封闭的通道。慢慢地,一些闪亮的影子开始出现——推开她手臂的林晨,在卫生间门口等她的林晨,悄悄惩罚"仙人球"的林晨,它们依次被裹挟着远去,就像坐上了一趟不再回头的高速列车。

时安撑着桌子站了起来,走出餐厅后跨过马路,来到便利店门口。她蹲在路肩上,这里有新的影子出现——吃冰淇淋的林晨,倒吸一口凉气的林晨,当然还有走到时安面前,说出自己名字的林晨。

不知过了多久,通道里一片沉寂,再没有什么出现或远去了。时安慢慢地站起身,将诊疗仪取下,她想象那通道里将有一道火光出现,如点燃一根细线一样朝着一个方向飞快燃烧,一切化作灰烬,世界恢复喧闹。

"咔嚓,咔嚓,咔嚓。"

第二节

"我的脑袋可能坏掉啦!"

第一次见到凌医生时,时安就这么说。

"来这里的人都喜欢这么讲。"凌医生头都没有抬一下,"你得说点详细的原因,知不知道?"

时安想了想，想不出别的原因，她就不说话了。凌医生只好继续看时安在申请表上写的信息，把它们都理顺了，才开口问道："所以你就是失恋了，对吧？"

"算是吧。"时安说。

"失恋两年了，还是觉得难受，所以就来了这里？"

"嗯。"时安继续点头。

"一般真正需要治疗的人，都是经历重大变故的，像是家人过世之类的。你这不算吧？"

时安这回摇头了。她说："没有，他没死。他和别人结婚了。"

"我们一般都只接精神科转来的病人，你这种情况吧，每天都有人来问，我们也没有那么多公益治疗名额啊！"

"对不起。"时安小声说，"可我难受哇！"

"怎么个难受法？"凌医生推了推眼镜问。

时安看看窗外，天气可真好啊。这种天气要是出现在电影开头，观众就可以猜到它肯定有一个幸福的结局。

"我本来和他去湖边玩，湖面结冰了，太阳把它照得锃亮。我们就在冰上跑来跑去，跑累了就躺上面唱歌。可是，太阳突然藏起来，天空一暗，冰层就裂开了。我掉下去以后，冰层又合上，他也走了。然后就开始下雪，我看不到外面。这里头又黑又冷，我就这样被关了两年。凌医生，就是这么个难受法。"

"你觉得你把跟他的回忆删了，就能出来了？"

"是啊，那样冰就能融化掉。"

凌医生给时安讲了讲接受记忆诊疗需要做的事，让她做完了再来。首先她要完成上百页的心理状态调查问卷，全部都得亲笔填写。这一步可以劝退百分之五十的申请者，他们可是好多年连笔都没动过，也没读过这么多的字。

根据问卷做出评估后,医生会让时安去指定的公益心理诊所接受几次心理治疗。那里都是有经验的医生,这一步又可以劝退百分之三十的申请人。

要是心理治疗还是没有起到明显的作用,时安就要拿着诊所的证明去派出所接受背景审查,包括接受测谎试验,这么做主要是为了防止谁做了违法犯罪的事之后,故意把相关的记忆删掉。检查需要很多单位、证人开证明,总之也是够繁琐了,这一步肯定能劝退百分之十五的人。

这之后就是等排期了,根据每个人的申请时间、心理状态的严重程度,一般至少需要等几个月。等着等着,好多人冷静下来,十有八九就放弃了。

以凌医生之前的经验来看,不管一个人第一次是怎么哭哭啼啼地来见他,他很大概率见不到这个人第二面。他的工作不像诊疗师,倒像是劝退专家。

可是,六个月以后,时安来了。

凌医生一看到她就叹了口长气,他说:"没试试再找一个男孩子?"

时安很高兴又见到凌医生,她说:"我找了呀。大家都说时间和新欢是最好的办法,所以我这两年多也相亲了十多次。这些都不管用,我才来这里的。"

"行吧,行吧。"凌医生摆摆手,每年总有几个倔得不行的申请人。**搞不好真的是脑袋坏掉了**,他心想,脑袋里缺了自动更新的系统什么的,才死活忘不了过去那些事,重点是还不是什么大事。

凌医生慢腾腾地从抽屉里拿出一个小册子,在第一页写了什么。接着他又咳了几声,说:"那我最后再问你一次,许时安,你是确定要做记忆诊疗?"

"我确定,特别确定。"时安坐直了身子回答。

"那你在这里签个字。"他把册子递过来,时安看到上面写着"记忆诊疗指导手册"的字样。她按凌医生说的，签上自己的名字和日期，又按下手印。

"我待会儿要跟你讲的，这册子上都写了，你没听清楚的话回去再看看。自己用诊疗仪做了什么，要删除哪些记忆，都要在这上面写清楚，最后一起交上来。"

时安翻了翻册子后面的一些空白页，犹豫了一下说："我能不能问一下，都要删掉的记忆，为什么还要写下来？"

凌医生从桌上的抽纸盒里抽出一张餐巾纸铺在桌面上，回答道："只有留着凭证，才不怕以后产生什么纠纷。不管你现在怎么坚决，以后还是可能会后悔，到时候你就会好奇自己到底删了什么记忆。如果真的那样，我们就只能把你亲手写的东西拿给你看了。"

"我不会后悔的。"

"每个人都这么说。"凌医生又从抽屉里拿出一个小方盒，打开后从里面拿出细长的巧克力饼干。"我简单跟你解释一下记忆诊疗的原理。你应该知道，记录一件事情有四大要素……"

他把第一根饼干放在餐巾纸上："时间。"

紧跟着放下第二根，与第一根垂直交叉："地点。"

第三根，与横竖两根保持四十五度夹角："人物。"

他拿起第四根，抬头看向时安。

"事件？"时安犹豫地回答。

"事件。"他说着，放下第四根。

四根饼干摆成了一个"米"字形。凌医生指着"米"中间的交叉点说："这个就是记忆的核心。"

时安凑过去，盯着那个点看。

"这四个要素中，有一个要素和过去发生了重叠，就能建立回忆的通道。你在这个时候使用诊疗仪，就能让连接在通道那一头的记忆和别的记忆割裂开。"

"然后那部分记忆就没了?"

"没那么快。要等你归还诊疗仪,写好报告,我们确认之后才会让它生效,也就是把你存储在诊疗仪里的、不想要的记忆永久删除。那也是你最后能反悔的时候。"

时安小心翼翼地问:"刚刚您说的四要素,我还是有点没明白……具体我要怎么做呢?"

"比如说,你想删除的一段记忆,是你和他在某个公园散步。那么你可以找任何人、在任何地点跟你一起散步,只要你注意细节跟记忆里的尽量相近,比如走路的快慢,散步时的聊天内容等。"凌医生拿掉一根饼干,"核心就是散步这个事件。"

"这个好办。"时安松了口气。

"你先听我说完。删除记忆有个副作用,嗯,可以称为'连坐'。比如你这样做的结局就是,不光和他散步的记忆没有了,你到目前为止所有跟散步有关的记忆都会消失。"凌医生说,"所以事件最好选那种比较私密的,这样就不用牺牲很多无辜的记忆。"

时安试图消化他所说的。

"第二个办法,跟对方见面,可以把你和这个人所有的记忆全部删掉,又不影响别的记忆,高效便利。"凌医生拿掉代表"人物"的饼干。

"我不想见他,我已经发誓再也不见这个人了。"时安赶紧说。

"那你就用第三个办法。"凌医生拿起代表"地点"的饼干,"去记忆里的那个公园,走同一条路,一个人悄悄地就可以做。"

"悄悄地?"

"嗯。这样就可以把那个地点的所有记忆删除。当然也会有遗憾,副作用就是你以后会把那个地方发生的所有事全部忘记,就好像你的地图里删了一个点。"

"最后这个,"他拿起"时间"的饼干,"按理说我们得有台时光机飞回去,时间才会重叠。但是呢,还有一个办法,就是如果你们在电子设备上留下痕迹,比如聊天记录,那上面都有时间戳对吧?诊疗仪可以让这些聊天记录不光从你手机删掉,还能从你的回忆里删掉。"

讲完以后,凌医生把"时间"递给时安。

"你做好准备了,可以随时来借诊疗仪,超过一个月不来就视为自动放弃。还有没有什么问题?"

"我……我要想一下。"

"那你先吃吧,再给你点时间想想。"

于是时安咬了一口"时间",又甜又脆。房间里静静的,只有"咔嚓、咔嚓"的声音。吃完后,她提了个问题:"您也接受过诊疗吗?"

凌医生低下头,也许是不想让眼神泄露什么,但是他很快便抬起来,说:"对未经历的事不妄加揣测,对经历过的事不肆意评判。我只能告诉你,我一直在学习。"

时安点点头,和凌医生告别。她走到大门口,又一次端详起固定在一侧墙体上的标牌。白底黑字,上面似乎还有一个极小的红点。她凑近一看,是一只瓢虫,它正顺着牌子的边沿奋力地自上而下爬动。"失亦得记忆诊疗中心",仅是这么几个字,它却好像花了很长的时间。

第三节

晚上九点五十二分,时安到达了医院的住院部门口。

在时安扛着大包小包的行李走进医院时,有人喊了她的名字。声音穿过各种哭闹和呻吟。她努力抬起头寻找发声的人。

"时安,"林晨又喊了一声,他快步走了过来,"好久不见啊。"

他戴着口罩,时安盯着那双眼睛看,于是他将口罩拉下来一些。"是我啊。"

距离上次见面已经过去两个月了,外面热得连蚂蚁都不愿意把脚踩在路面上。

"你在这儿干吗，不舒服?"林晨问。

"我爸住院了。"时安把包放在地上后擦了擦汗，汗水进到眼睛里，火辣辣地疼。

林晨左右口袋翻了一下，没找到纸巾。

"那你怎么来了?"

"我来打狂犬疫苗。"他抬起右手臂，"跟我家的狗玩，不小心被咬到了。"

时安凑过去，发现那儿有个浅浅的牙印。她接过话说："我爸也被咬了。"

"啊，也是狗咬的？那怎么还要住院？"

时安抬头，烈日在她眼里晕成了一团："他是被癌细胞咬的，它们咬着死死不放呢。"

从春节起，时安就基本没有和父亲说过话。准确地说，是大年二十九晚上。

她是在那天下午回到老家的，进门后发现父亲已经提前到家了，但是母亲之前并未告诉她。

"怎么又瘦啦？"父亲拉过她的行李箱，又帮她把双肩包从背上拿下来，"你妈刚炸了春卷，赶快趁热吃几个。"

她换了双拖鞋便去了厨房。母亲手拿一双筷子，笑盈盈地看着她。她走过去低声问："他什么时候回的?"

"昨天晚上，说是想在你之前回来。"母亲转过身去用筷子把锅里金黄的春卷翻了个面，"今天一大早就叫我做这个，说你喜欢吃。"

"他每次都是这句话。"

她回到客厅，发现行李箱不见了，大概是被他拿到了她房里。他正把她刚刚随便丢在一旁的球鞋摆好，躬着腰，像个小老头儿。

时安有时候极讨厌他，比如他明明很会唱歌，写得一手好字，可是却挑选了抽烟和喝酒作为最大的爱好。再比如他借钱做生意亏了不少，这些年不得不去外地躲债，只能在那边接点建筑工地上的活儿。

可是像现在，他摆好鞋子后发现鞋带没系好，于是又把鞋子拿起来将鞋带系成蝴蝶结——像这样的时候，时安没办法恨他。

好在这天下午平安地度过了。父亲在客厅看着电视，母亲在厨房准备食物，两人时不时讨论一下年夜饭要做多少道菜，要凑够哪个吉利数字。他们的低语和淅淅沥沥的雨声一样，让时安渐渐变得平静，或者说是大意。

傍晚，母亲发现小葱和大蒜没有备够，决定出去再买一趟。第二天要忙年夜饭，她怕没时间出门。

父亲想跟着一起去，母亲低声说："你别去了，万一他们看到怎么办？"

"看到什么？钱我都给他们了！"他梗着脖子说。

时安听着他们的对话，盼望着这个晚上剩余的几小时能够被剪掉，让除夕早点到来。除夕的话，那些人大概会忙着准备过年，这样他们就不会来了。

母亲到底还是一个人出了门，也不要时安陪她。没人比她更清楚，丈夫嗓门大的时候，就是他心虚的时候。

她走后大约半个小时，敲门声隐约传来，时安迅速关掉手机上播放的视频，屏息听外面的声响。很快地，客厅电视的声音也停了，敲门声更加清晰。

"开门，我们知道你回了。"外面有男人喊。

终究是没躲过去，时安想。她踮着脚走到客厅，看到父亲紧贴着大门一侧的墙上，像一尊雕像。

"你不出来我们就在这里站一晚，站到初一也没问题，只要你不怕丢人。"另一个人跟着说，敲门声再次猛烈地响起。

时安走近父亲,问:"你不是说钱还了?"

父亲回过头,他指着时安的房间:"你进去!"

"你不是说钱都还了吗?"时安站在原地又问了一次。她几乎是将这些话拼尽全力喊出来,想把这些年父亲身上的不堪都震碎,让它们彻底从他身上脱落。

父亲一把抓住她的手腕,拽着她回到房间后关上了门。时安听到他朝大门冲过去,打开后又用力关上。她跟着跑到客厅,听着外面那熟悉的叫骂声,试图判断出是谁被谁推到门上、墙上,撞得到处砰砰响。

她站在那儿,和身后由大到小的影子重叠在一起,那些影子是不同年纪的她为门那一侧的父亲哭泣的样子。

街道上有人放起烟花,客厅窗户上映着五彩斑斓的光。那些人真幸福啊——她忽然有了个奇怪的想法,觉得如果自己没有和父亲有关的记忆,就能将他看成是一个完全陌生的男人,那么她就有权利和外面放烟花的人一样,对新的一年满怀期待。

门外的叫骂声更响亮了,邻居的孩子哭得很大声。时安瘫坐在地板上,在心里做了一个决定。她要开始过一种全新的生活,这种生活里她没有父亲,从来没有过。

不知道过了多久,门开了。

"你怎么坐地上?"父亲问她。他的嘴角留有血迹,头发一团糟,外套上多了好些褶子。

"你刚刚朝我喊那么大声干吗,吓我一跳。"父亲又说。

她不吭声,父亲弯下腰,用被擦伤的手摸了摸她的头:"快点起来,你妈等一下就回来了。"

看到她还是一言不发,父亲笑了笑,起身去了卫生间。

她扶着墙站了起来,听到卫生间的水声哗啦啦的,好像水龙头在哭。

这些事时安用一句话概括了,她对林晨说:"我之前想和我爸断绝关系，结果他现在病了，关系又断不了了。"

"他得了癌症？"林晨小心地问道。他已经帮时安把行李拿到了住院部一楼，时安不让他上去见她的父母，他也没坚持。

"肺癌。不过是早期的。"

"早期的话可以治好吧？"

"还不知道，过几天看能不能做手术。"

医院里面凉意十足，时安坐在行李包上，燥热感很快散去。冷静下来后，她絮絮叨叨地说："我差点和医生吵起来了，你说我是不是很没素质？医生说是肺癌，我说都怪他抽烟喝酒。医生说是，但也可能是因为他在工地上接触了太多粉尘跟有毒的化学物质。我说不会，就是抽烟喝酒。医生又说，遗传也有可能。我说不可能，全都是因为他抽烟喝酒。最后医生说，到底你是医生还是我是医生。我说你是医生，但是就怪他抽烟喝酒。"

这些话她憋了好多天了。自从父亲从小城的医院转到时安所在的这个大城市的医院，她和母亲就陪着他做各种繁琐的检查。他们听到坏消息、坏消息中的好消息，要不就是等待消息，在医院他们是没有话语权的。她见到林晨，觉得她有重新说话的权利了。

林晨听完后问："你怎么肯定是烟酒的原因呢？"

时安咬着嘴唇，然后回答："我不肯定啊，我是希望。他要是因为抽烟喝酒得了肺癌，那他是自己害了自己，我就可以继续和他断绝关系了。但他要是因为工作得的病，我们的关系就断不了。反正必须是他有错才可以。"

这时候，时安的手机响了。"哦，马上。"她匆匆说了这么一句，便和林晨道别，"我先上去了。"

"等一下。"林晨帮她把行李包提起来，说，"你把手机号给我吧，我后面还要来打剩下的几针疫苗，到时候我们可以再聊。有需要帮忙的你也可以跟我讲。"

时安把号码给了他，说了声"今天谢谢你啊"，就走上了电梯。

在林晨出现前，她觉得父亲的那些检验单有水泥板那么重，一张张压在她的胸口上让她喘不过气。现在她感觉好像好些了，有人刚刚帮她把水泥板一角抬了起来，虽然也就十来分钟，可对这天的她来说已经足够。

两天后，林晨打电话问时安在不在医院。时安走出病房，按林晨在电话里说的，出了医院大门往左走，上了一座天桥。

远远地，林晨站在天桥上，他旁边还有个特殊的朋友。

时安跑过去，蹲下身来伸出手掌，那只浑身雪白的萨摩耶试探性地走上前，闻了闻她的手心。

"你好啊！"

过了好一会儿，它总算接受了医院的味道，用湿润的鼻尖蹭了一下时安的手，慢慢向她靠近。时安摸了摸它的头，看到它开始摇动着尾巴，她放下心来，双手环绕着它的脖子，把脸贴着它那软绵绵的毛发。

"星儿喜欢你诶。"旁边的林晨柔声说。

时安搂着星儿，背靠护栏坐下。天太热了，星儿吐着舌头喘气，但它没有躲开时安的拥抱。它也许口渴了，时安也是。父亲第二天就要做手术，她发现自己仍然会为此感到焦灼不安，继而口干舌燥。

林晨像是要给她留些空间似的，在间隔几米的地方也坐了下来。很长时间他们都没有说话，路过的行人不时看向他们。就像她的父亲需要获得治疗一样，时安也需要这只狗，甚至是狗的主人来给她治疗，帮她撑起因无法割裂关系而不得不承受的、血亲之间沉重而复杂的情感。她搂着它，闻到它身上微微的体味，感受它呼吸时身体的起伏。它身上有和医院完全相反的东西，鲜活而温暖，时安好像回到幼年时期，她抓住了一只毛绒玩具就不愿撒手。

夜幕完全降临，林晨抬头看了看，轻声说："时安，今天晚上有月亮。"

之后的一周，林晨基本都会在下班后牵着星儿过来。时安觉得不好意思，但林晨说原本他也是会每晚带它散步的，现在只不过换了一条路线而已。

"它也想见你。"当星儿激动地想要向时安冲过去时，林晨无奈地拉住狗绳。

在这期间，时安的父亲接受了手术，他恢复得还算不错，准备和母亲回家休养一段时间。手术的费用几乎都由时安承担，她坚决阻止母亲花掉辛苦存下的养老金。

父亲出院头一天，她走进病房，当时母亲刚好出去买饭，父亲正躺在床上发呆。

"你的手术费、住院费都是我付的，之前所有检查的费用也是我出的。"时安说。

父亲望向她，还没来得及开口，她便继续说："明天你们回去的车票，你之后要吃的药、复查的费用我也会付。"

"我以后会还给你的，你放心。"父亲说完，把脸转了过去。

"你不光要还，还要付利息。"时安说，"你之后喝一次酒，抽一次烟，就要多给我百分之十的利息。工地上那些事也不要做了，别糟蹋手术钱。你把身体养好以后再想想怎么赚钱还给那些人，还给我。你不能再生病，不然我没钱帮你。"

讲完这些，时安觉得连呼吸都变得不畅快了。她最后说："别再把自己弄病了，算我求你了。"

她不知道父亲的肩膀开始抖动，和眼泪从时安脸上滑落的频率一样。

稍晚些的时候，时安在天桥上，告诉了林晨第二天父亲出院的消息。

"以后你不用特地带星儿来医院了。这段时间麻烦你了。"她说完，俯身摸了摸星儿的头，"也谢谢你喔。"

"别客气。以后有需要我还是可以带它去看你。"

时安低头望着星儿，叹道："这次要不是你们，我都不知道自己能不能熬过来。"

"大家都是朋友嘛。而且我们也没帮上什么忙。"

"怎么会，你们能陪在我身边就已经帮我很多了。"

"啊，说到这个，我刚刚正好……"林晨突然想起什么似的，扒着一侧的栏杆低头看。时安跟着望过去，下面是灯海车流。他看了一会儿，抬起头，微笑而肯定地对时安说："我真的在你身边！"

"嗯？"

"这个是秘密，对不对，星儿？"他摸着星儿的头，咧嘴一笑。

时安愣了一会儿，说："不管怎么样，还是谢谢你。"

"不用再谢啦！"

星儿被一阵晚风吹得舒爽，站起来绕着他们打转。夏天就要结束了，时安却发觉有什么东西要开始肆意生长了。

夜里的住院部很安静，时安站在门口，灯光把地面照得惨白。在任何一个病人眼里，她此刻出现在这里的理由都是苍白无力的。

"在你生病的时候，只觉得健康最重要，其他的都不是大事。"他们可能要围过来指着她的鼻子这么讲，"和这个比起来，那个不算什么。"诸如此类的安慰还有很多，比如看看苍茫宇宙的照片，人应该意识到自己如沧海一粟，悲伤和痛苦都不值一提。

可是啊，悲伤和痛苦是多么复杂的情感，构成它们的不是只有一件事，还有面对这件事的人以及承载人和事的时间。无论这件事和宇宙相比有多渺小，无论这个人和濒临死亡的人相比有多幸运，在必须去承受痛苦的此时此刻，这种情感真实地存在着，它掐住人的咽喉，让他连"比起来"的力气都完全丧失。

父亲后来又来这家医院复查了几次，通过母亲的证言，时安知道他没有再抽烟喝酒。母亲不知道这对父女有过那样一场谈话，她为父亲的改变感到欣慰。他们在亲戚的帮助下，在老家开了一家很小的杂货店，生意在慢慢好起来，和父亲的身体一样。

时安打开诊疗仪后，又马上关上。她想在行动之前再打个电话。尽管是深夜，父亲还是很快接了。

"怎么了，什么事？"他低着嗓子问道，语气急促。

"没事。你睡了吧？"

"嗯。怎么了？"父亲似乎是在走路，也许他来到了客厅，说话声音大了一些。"有什么事，你跟我说。"

"没什么事。你身体还好吧？"

"好，放心。"

"出院之前我说的话，你记得吧？"时安问。

父亲沉默了几秒钟。"记得。我会慢慢还给你的。"

"分二十年、三十年还，不急。"时安说，"你保证不把我的话忘了就行。"

"我保证。"

"好。那你去睡吧。"

不等父亲继续问些什么，时安挂上了电话，重新打开诊疗仪。她闭上眼，想起林晨在医院唤她的名字，穿越人海向她走来。

她走出医院走上天桥，风比那时候的冷，月亮没那时候的亮。她双手握住护栏，把额头贴在上面，很凉很凉。林晨和星儿陪伴她的那些日子，应该会进入她记忆中的无人之地吧。

"我真的在你身边！"他曾经说，微笑着又肯定地说。

记忆里的某一面被时安忽略掉了，这种感觉突然强烈袭来。她扒着栏杆向下看，没有鳄鱼张开血盆大口，也没有鲨鱼露出鱼鳍，什么不寻常的东西都没有。只是，在收回目光的那一刻，她发现栏杆外侧有一块像是广告牌的长条形不锈钢板，它和栏杆紧紧焊在一起，想必是供桥下的路人或司机抬头时候看的，桥上的人反而很难注意。那上面已经有些锈迹，似乎很久没有更换了。

站在那里愣了片刻，时安开始往天桥下跑。下楼梯后又跑了一段，她开始不断回望，直到能看清广告牌上的字。那上面写了一句干巴巴的标语："爱护环境，你我有责。"

她用更快的速度重新跑回天桥上，返回她曾经站的地方。待呼吸渐渐平复，她再次往栏杆外侧下方看，心情和坐在过山车最高点往下看时一模一样——她发现自己所处的位置如果去对应标语上的字，那便是"我"。

而林晨，他曾经站的位置所对应的是什么字，答案不言而喻。这句干巴巴的标语，在这个瞬间变得充沛起来。是的，他没有说谎，至少在那个时候。

夜深了，月亮更亮了。

"咔嚓，咔嚓，咔嚓。"

第四节

十点二十九分，时安已经走入地铁站，乘坐晚间最后一班地铁。

认识林晨之前，坐地铁不能说是一件让人身心愉悦的事。没有好看的风景，也缺少有趣的故事，人们在里面的目的只是穿行、穿行。

他们在医院附近聊天的时候，发现彼此住的地方确实比较近，上下班也是选择同一条地铁线路。其实林晨工作的地方离这里很远，他是为了方便养狗才选择了附近一个带小院子的房子，付出的代价是每天需要更早起床，和时安上班的时间差不多。

九月，时安重新上班后，真的在地铁上和林晨碰面了。两个人还发现他们的路线里有八个站是重合的。

"反正在地铁上也没事做，这样碰到聊聊天还挺好的。"

"是啊。"

于是他们就约好每天上下班都选择地铁最末的车厢，这样见面的概率就会增加。

在那之后，地铁成为了他们聊天的主要场所。除了时不时谈起星儿，看看林晨手机里它的照片或者视频，时安还会说班里几个调皮的学生怎么和她斗智斗勇；林晨也会提到几个同事吃加班餐时讨论脱发问题，惹得时安忍不住偷笑。时安又说暑假因为父亲的病没有机会出去旅行很遗憾，林晨便提到上次聚会时，有些人商量某个长假一起去旅行，或许他俩也可以参加。

地铁走过八个地铁站一共十七分钟，时安觉得它太短了，地铁上没说完的话，有时候只能放在手机上讲。她有时候会感到困惑，过去一个人坐地铁，十七分钟是那么长。现在她不知道，哪一种时间的流速才是正常的。

他们还在地铁里庆祝生日。当时，时安递给林晨一小盒蛋糕，盒子上印有一只憨态可掬的小狗，正仰头望着他们。

她嘴里念叨着什么，被车厢里的到站广播掩盖了。

"你刚刚说的什么？"林晨接过蛋糕问。

"你知道的。"

林晨一边示意时安抓住把手，不要被上下车的人流挤到，一边笑着说："时安啊，什么时候你才会更大胆一点？"

他们甚至会在地铁里处理工作。

有一份教案时安已经断断续续做了两周，那天夜里她正在那台老旧电脑上做最后的修改。编辑一段时间后，她发觉光标的移动渐渐有些不听使唤，可想着就要改完了便没有理会，结果，二十多页文档在一个时刻全部变成了乱码。

第二天就是她这学期的第一堂公开课，学校的领导和一些家长都会来听。前一年的公开课上，她表现得过于紧张导致说错了几次话，引起一些家长的不满，自然也就没有被评上"年度优秀教师"。

这一次，她觉得自己做了充足的准备，可当文档变成乱码，她的大脑几乎是体验了一场"跳闸"，无数根脑神经在那一刻经历过大电流，让她眼前一黑。在花了近一个小时尝试各种办法仍未解决问题后，时安选择了放弃，试图靠之前的记忆重新开始。但是，直到早晨离家之前，她仍然只完成了一部分。

抱着笔记本电脑上了地铁，时安分不清是自己的额头更烫，还是长时间使用后的电脑更烫。为什么要用电子产品？她想，人类应该像过去一样把每一个字都刻在竹简上，这才是聪明的做法。

上车后，也许是她的那副模样已经充分展现出她经历了怎样的夜晚，林晨很快就了解了事情的经过。他把笔记本从时安手上接过，带她站在车厢和车厢的连接处，那里的人稍微少一些。

"你的电脑应该用了很多年了吧？反应比较慢，软件也没有及时更新，长时间编辑以后就可能变成这样。"他打开时安指给他看的那份残缺不堪的文档说，"我有个朋友过去也碰到过这种情况。"

"能弄好吗？"

"我试试。"他盘腿坐下，把笔记本放在取下的背包上，时安看到他的手指开始在上面飞舞。

时安下车的时候，林晨抱着笔记本跟了下来，他说偶尔迟一些到公司不要紧。早高峰人潮涌动，候车的座位却空无一人。他坐下来继续着手上的操作，又问时安："你吃早饭了没？"

"没有。"

"我记得你说过这一站有便利店的。你去买点吃的吧！"

"现在不是谈早饭的时候。"时安皱着眉太久，觉得眉心处都酸酸的。

"那怎么办，"林晨仰起头看着她，"我觉得现在正是吃早饭的时候。"

无奈，时安跑到站内的便利店买了两份三明治和牛奶回来。

"想不迟到的话，你还能待多久？"他问道。

时安看了看手机。"最多一刻钟。"

"你要是保证在一刻钟内消灭你的早饭，我就保证在一刻钟内救活你的文档。"

时安在三分钟内就把三明治吞了下去。面包、番茄、生菜、芝士、鸡蛋，前推后挤般进入她的肚子。剩下的时间里她放慢速度喝牛奶，尽量将焦灼情绪一起吞下去。

"快到时间了。"时安说，她将三明治包装袋和牛奶盒丢进旁边的垃圾桶，"哒"一声。转过身，"哒"一声，林晨合上笔记本站了起来，双手端着递给她："说到做到。"

"真的好了吗？太感谢了！"时安接过笔记本，将他的那一份早餐递了过去。

"也谢谢你的早饭。"他刚说完，就看到时安紧紧抱着笔记本跑上了电梯。

掐着点到了学校，时安打开那份文档，不仅是救活，简直是容光焕发。

由于她的紧张和慌乱都在早晨用完了，这天的公开课上她表现得格外自信，虽然面露疲色，但家长们觉得黑眼圈是她呕心沥血工作的表现。

后来，她总算在学期末被评上了优秀教师，工资涨了一点，增长的部分刚好可以用来给父亲买每个月的药。林晨的一次帮忙，间接让她实现了生活里如意和不如意的平衡，她的人生避免了因厄运接连到来而就此崩塌的后果。

他们还在地铁站玩寻宝的游戏。

比如先下班的那个人会从八个站里任意挑选一站，从最后一节车厢的最后一扇门跑出去，在地铁站候车区的某个角落藏一个小物件。另一个人下班时，凭直觉去猜东西藏在哪一站，同样从最后一扇门跑出去寻找，在地铁门关上前跑回来。要找的"宝藏"可能是一只用便利贴折的青蛙，或者是一颗榛子夹心巧克力，藏的地方可能是候车座位的背面，也可能是候车区自动贩卖机的取物口。为了将他们藏起来的东西和其他乘客遗失或丢弃的东西做区分，他们会在上面写下"Find Me（找到我）"做标记。

如果当天"宝藏"被找到，那么下次便由负责藏宝的人请橙汁。地铁站里就有鲜榨橙汁机，他们常站在那儿一边喝一边观察往来的人群。

当然，这期间也发生过"宝藏"丢失的情况，他们就会开玩笑说是神明……加入了游戏。

其实最初时安是从一部电影里看到这个游戏片段的，她随口讲给林晨听，没想到他好像颇有兴趣，两人便挑战了几次。外人大概会觉得他们做的事无聊且幼稚，但地铁站的模样，站点的候车座位数量，自动贩卖机的位置差异……原本这些看似毫无意义的讯息，因为他们的游戏而变得有意义。

可惜，在游戏终止以后，这些意义被遗留在地铁站里，终日彷徨地飘荡着。

它是从什么时候开始有终止的迹象呢？大概是从时安看到林晨和另一个女生走在一起的那天。

时安那次准备了一个萨摩耶造型的迷你台历，台历上的日期可以自动随时间改变，从周一到周五，萨摩耶的嘴角慢慢弯起，代表着对周末的期待。

她用盒子装好，在盒子底下写下"Find Me"，然后给林晨发信息："我下班了。游戏开始。"

林晨没有回复，时安不以为意，大概是在忙吧。她坐上地铁，准备在林晨上车的那一站跑出去，把东西放在自动贩卖机取物口里。她攥紧盒子，想象着林晨将台历放在公司办公桌上，在周五时和这只萨摩耶一起微笑。

地铁到站，时安正准备随着人流下车，眼神却被窗外的景象勾住，她停住了脚步。后面的人大声问："下不下？"

她没说话，上车的人涌了进来，把她重新推回到车厢内。不管他们怎么挤，时安的视线都没有移开。

就在那台自动贩卖机边，林晨和一个女人并肩站在一起正说着什么。她看起来是和时安完全不一样的人，时安立即意识到，自己是要输了。地铁站里有各式各样的广告牌，这个女人的脸蛋让时安想起化妆品广告的模特，她的穿着打扮像某购物节广告的模特，她的气质不输理财产品广告的模特。可是时安会输的原因应该不是这个，她看到两个人说完话后一起笑了，笑容热烈而自在，他们的眼睛弯成同样的弧度。

她笑起来真好看，是那种从小到大看尽世间美好的笑容，这样的笑在时安身上应该极少会有。它和林晨的笑那么配，以至于时安最终没有信心走下地铁。

时安在下一站下车了。她坐了一站路后觉得也许自己是多想了，便开始思考要不要坐反方向的地铁回去再看看他们。可她又害怕了，如果他们在一起的画面，还是和钻戒广告的那对情侣一样，她又该怎么办？

她杵在那儿，直到下一班地铁也来了。这一回，换成他们在地铁车厢里，她站在外面。还是在最后一节车厢，地铁上人挤人所以他们靠得更近，两个人似乎尽力让笑容绽放得不要过于明显，可是又控制不住，最后，一个灿烂的大笑被裁剪成细碎的、持续性的微笑。

这辆地铁也开走了，时安仍站在那里，屏蔽门上有她的影子。不久前，这个影子还和他们两个人的影子重叠，现在，就只有她一个人的了。

第二天早上，时安在地铁车厢里碰到了林晨。

"不好意思啊，昨天看到你的信息时，我都快到家了。"林晨说。他头一天晚上发信息也这么解释了一下。

"没事。"

"你藏了什么东西啊，今天估计还能找到吗？"

"应该没有了吧。"时安回答。在林晨和那个女人坐着地铁远去后，她在候车区的座位上坐了一会儿，把那个盒子也忘在了那里。

"那就可惜了。"林晨叹道。

时安顿了一下，开口问他："昨天我看到你和一个女生在一起。"

"诶，你看到啦？那是我们老板的助理。"林晨回答，"前段时间我们才发现，她家和我家是在相邻的小区。"

"这么巧呢。"

"是啊。但是我昨天没看到你呀！"林晨很自然地继续道。

"我看你们聊得挺开心的，就不想打扰你。"

"嗯，我们是在聊车子的事。她之前开车上班，前几天车子在车库被另一台车蹭了，下车发现大家都是同事，对方也尴尬得不得了……"

回忆着头天晚上的谈话，林晨的脸上也泛起头天晚上的笑容。他接着说："后来她就和我讲了一些她还是新手司机时遇到的糗事，特别好笑。本来我也是准备买车的嘛，所以又聊了一下新出的几款车子。"

时安不记得林晨有说过要买车的事，她相信此刻他没有说谎，但她同时也觉得这段关于车辆事故的对话只是开始。事故的发生看起来是一瞬间的事，但如果要找，总能发现一些先兆。

果然，之后林晨和她在地铁见面的次数慢慢开始减少。他说加班晚了，早上想多睡一会儿。时安下班的时候再也没在地铁站见过那个女人，也许她重新开车上班了，所以没有机会和林晨在地铁站相遇？

时安想错了。他们不在地铁站，也能在公司任何地方说笑，这些是时安永远都看不到的。

从医院转地铁来到这条线路上，时安凝视着地铁车厢内像镜子一样的窗户——那里有两个自己的影子一高一低叠在一起，于是眼睛、耳朵变成了四只，鼻子、嘴巴也变成了两个，越看越觉得陌生且怪异。

她打开诊疗仪，想着把这条地铁线路上的记忆删除后，她对地铁的感觉大概又会回到最初那样，听着无数只鞋子踏在地板上的声音，"啪嗒、啪嗒、啪嗒"，感觉自己即将消失在人群之中。地铁对于她的独特性，她对于人群的独特性，在那时候也将消失无影。

时安和林晨最后一次玩游戏，是某个深冬的夜晚。他告诉时安自己已经买了车，以后就不坐地铁了。说这话时，他们坐在林晨住处附近地铁站候车区的座位上，足足好几辆地铁开过。

"我有个朋友，他很善良，但是因为不是每个人都像他一样善良，所以他经常受伤。我当时也没有太在意，后来才知道他得了中度抑郁症。其实，在校友聚餐时，还有在医院碰到你的时候，我发现你们好像是同一类人，自然也怕你走上我朋友的那条路。

"所以，我尽可能多和你聊聊天，让你逗逗星儿，玩玩藏宝游戏，帮你解决一些很小的难题。这个过程中……我想先跟你道个歉，就是我有时候分不清到底对你抱有什么样的感觉……后来认识了她，我发现自己还是想要一段更轻松的感情。很自私对吧？不光自私，还很懒惰，因为在和她的这段感情里，我不需要去分析里面夹了多少同情，多少友情。

"我那个朋友对我说过，他午睡醒来总觉得世界坍塌了，这时候收到我的信息，'滴'一声，他才会松一口气，觉得抓住了一根和世界连接的细线……我的意思是，不管你以后是讨厌我还是恨我，只要你有需要，我总会愿意发那样一条信息给你。"

时安听完他的话，久久盯着前方屏蔽门上的影子。

"我不要你的信息。"她说，"我要把你彻底忘掉。"

"可以。你想怎样都可以。"他回答。

于是时安说："我们再玩一次寻宝吧！这次我们都去藏，你先走。"

之后，林晨搭乘了下一班地铁。他们隔着车窗相望，他的嘴唇微微动了一下，车子便很快离去。那是林晨对时安说的最后一句话，也是他当年对她说的第一句话。在他离去了好一段时间之后，她也坐上了车。

时安最终将纸条贴在了他住处附近的那一站，而不是之前他们游戏规定的两人路线重合的八个站里。她还是习惯性地写下了"Find Me"，但是她知道，他已经不会再去找她了。

至于林晨藏下的东西，时安在那天忍不住打破了游戏规则，在经过那条线路的每一个站都下车拼命寻找，简直像一只发狂的检疫犬。最终，她找到了那张纸条，它就贴在两人分别时自己所坐的位置后面。

"Forget Me"，那上面写道。林晨是想随她的愿。

时安旁边还坐了两个候车的乘客，她把纸条给左侧一位头发花白的奶奶看。

"您知道这上面写的什么吗？"她问。

奶奶看了一眼，说："这是外国字母吧，我不认识。"

时安又给右边一个年轻的男生看，他瞟了一眼，说："'忘了我'，这是别人要你忘了他。"

"噢，我还以为我看错了。"时安收起小纸条，轻声说。

戴着诊疗仪的时安跑下地铁，来到当时那个座位，掏出那张纸条。

"如你所愿"。时安看着上面的字自言自语。

她迅速跑回车厢里又离开了。纸条被贴在了它最初的位置上，晚间这最后一班地铁走后吹过一阵风，纸条微微地晃动。

"咔嚓，咔嚓，咔嚓。"

第五节

凌晨一点三十二分，出租车到达机场。

时安刚走进候机厅,就收到最早一班飞机因为天气将推迟起飞的消息。编辑好的文档突然变成乱码的冲击力再次向她袭来。如果她制定了一个计划,那么计划一定会被打乱,这在她身上几乎是一条定律。

她找了个位置坐下来,想稍微休息一下。被割裂的三份记忆已经存在了诊疗仪里,她身体的沉重程度并没有得到缓解。可是她睡不着,因为每隔一段时间,那种即将踏入全新人生的兴奋和没有料到的恐慌又会和浪潮一样涌来,让她打个激灵。

迷迷糊糊之中,黎明到来。时安进入候机厅,看到不少人围着工作人员询问飞机晚点的情况。她坐在一旁,戴上耳机将音乐声开大,观察他们的神情,揣测他们的语气,想象晚点可能引发的蝴蝶效应。她渐渐发觉,当她处在这样一场充满戏剧性的旅途中时,其实会不由自主地希望别人的旅途也能如此,这样她才不会觉得自己是一个人在与这无法预测的未来抗争。

一个人来到时安的身旁,她立刻摘下耳机。

"早。"周辰打了个招呼,在她旁边坐下。

"你怎么在这里?"时安问他。

"我突然也想看看你说过的风车。"他的语气淡淡的。

"我去那里是有些事情要办,而且今天就要赶回来,没什么时间逛。"

"没事。"

前一晚在去诊疗中心的路上,周辰发信息问时安周末有什么打算,时安说要去别的城市看风车。以周辰的个性,如果要去哪里旅行,一定是提前一个月开始制定计划,提前一周开始整理行李,不应该像现在这样突然出现在机场同她一起出行。

周辰是数学老师,他和上自然课的时安本来交集不多。有一次,学校组织学生去森林公园郊游,他们刚好负责同一个班。经过一条小路,班上有个叫熊峰的男生突然蹿到旁边的树林里。

好在女孩子们马上告诉了时安，她立刻跟过去喊他回来。熊峰个子高且壮，以前时安因为他欺负女生或者上课睡觉批评他，他总是毫无惧色地看向时安，让时安心里一颤。她觉得那种眼神是只有成年男性才会有的。

时安慢慢走到熊峰身旁，看到他拿着打火机试图将地上一些枯枝叶点燃，她劝道："不要在这里玩火，很危险。"

熊峰不理她，继续把周围的树叶聚拢在一起。时安只好轻轻拉着他的衣袖，"别玩了……"还没说完，熊峰抬起胳膊猛地转身，顺势将时安推倒在地。有根枯树枝的尖端直直戳到她的后腰处，时安忍不住叫了一声。紧接着，她看到另一个人快步上前，一手抓住熊峰的衣领，一手夺过他的打火机，然后又用脚把刚冒出火星的树叶踩熄。

"回去！"周辰将熊峰往小路的方向推了一把。他们从时安身旁走过，周辰问："没事吧？"

"没事。"时安站起身，拍了拍沾在身上的树叶。

"以后你搞不定他，可以跟我说。"

后来很长一段日子，"我去喊周老师来"这句话确实帮了时安不少忙。当熊峰怎么都无法在课堂上安静下来时，时安这么说可以带来片刻的安宁。

时安与周辰还有一个共同的秘密。

原本她觉得周辰像没有波纹的湖，别人看不清湖里藏着什么。直到她最后一次去记忆诊疗中心指定的公益心理诊所接受治疗，意外地看到他扶着一位阿姨从里面走了出来。目光交汇的一刻，湖面有了波澜。当时时安立刻背过身去，等待他的离开，可心里已经知道，他们的湖底藏着大多数湖中没有的水怪。

不久之后，周辰找到时安，问她去那家心理诊所是不是为了最后能做记忆诊疗。

时安给了他肯定的答复，又问他："你也想试那个吗？"

"是我妈想试试。她做了心理治疗，好像效果不大。"

既然两个人走的是同一条路，那也没什么需要隐瞒的了。之后，周辰提出的关于诊疗的问题，时安都尽量回答得很详细。

"你觉得二十四小时够吗？"时安解释了诊疗仪的用法后，周辰这么问她。

其实时安也曾经问过凌医生同样的问题。当时凌医生是这么说的："二十四小时可能很短，尤其是你跟那个人的记忆跨越的时间还比较长，你们之间应该也发生了很多事，不像是那种单次的事故、灾害什么的，一次性就可以删除。但实际的诊疗中，你只需要从所有的记忆点里拿掉最具代表性、给你影响最大的那些就行。哦，就像你之前说的湖水结冰，结冰通常是从岸边到湖心蔓延，你把岸边的冰层打碎，其他自然也会瓦解。"

周辰唯独没有问时安为什么她要去做记忆诊疗，时安也没有问他母亲的事。他们在沟通中默契地避开这个核心问题，就像湖里的两条鱼避开一棵水草一样自然。

在机场等待不久后，时安失去了观察其他乘客的耐性。

"很急吗？"周辰问。

"嗯。"

"急着去，当天回。"他这么总结后，试探性地问，"你是去做诊疗的？"

时安的身体僵住了，她点点头，于是周辰将视线移开，看着外面一架刚刚离地的飞机。

"我在网上看了很多人分享做完诊疗之后的体验。"

"然后呢？"

"有人说会觉得很困惑。"周辰说，"你听说过忒修斯之船吗？"

"好像有些印象。"

"如果一艘船上的木头因为腐烂慢慢被替换,最后所有的木头都不是原来的木头,那你觉得这艘船还是不是原来的那艘?"

"是……又不是。"时安的脑海里,有一只船在翻新。

"那个人是这么说的,虽然他只是想把记忆删掉,但诊疗比起删除更像是替换,就像把一张写上字的纸换成一张白纸。替换之后,他不知道要怎么看待以后的人生,觉得很迷茫。"

"具体迷茫在哪里呢?"

"打个比方,你把初恋的记忆替换成空白,如果你之后重新恋爱了,那新的恋人还能不能称为你的初恋?"

"……"

周辰最后这句话,一定不是"那个人"说的,时安心想。

一直等到八点多,时安他们终于登上了飞机。整个飞行旅途中,时安一直在思考周辰的话。她本认为自己已经做了充分的思考,比如往未来多想了一公里的距离。但是周辰告诉她的,是往未来多想一百公里才会看到的景象。她转过头去,周辰坐在和她间隔几排的位置,正闭着眼睛。他在想什么或者什么都没想,时安无从得知。

下飞机后,周辰租了一台车,坚持要送时安。

"你要是不介意,就当我是提前替我妈学习怎么做诊疗吧。"

因为飞机晚点,时安确实赶时间,所以她同意了。周辰载着她驶出机场,她环顾这个城市的各个角落,感到记忆深处有一样东西被挖了出来,其他的记忆也跟着松动了,带来微微的震颤。

"我们怎么走?"周辰问,语气严肃而认真。

"不知道,跟着导航走。"时安答道。

"我们怎么走?"林晨问,他语气里的兴奋都要溢出来了。

"不知道，跟着风走。"时安说道。

那次校友聚会，不少人约好的旅行，在那个长假实现了。选目的地的时候，大家在聊天群里讨论了很久，每个人都需要说一个理想的地方，最后大家一起投票。轮到时安了，她说："我想去看风车。"

那时候她和林晨刚有"地铁之约"，两个人在地铁上讨论起旅行的事。林晨问时安的意见，时安就说她想去西北一个城市看风车。

"怎么会想到看风车啊？"林晨饶有兴致地问。

"我以前看过一个观光记录片，里面有一片全是白色风车的戈壁滩，真的很多，简直就是风车的帝国。这些风车可以根据风向往各个角度转动，而且每隔一段路就能看到一些低矮的房子，据说那里就是总控室，技术人员可以在电脑前监视各个风车的运行数据。当时我还小，看了纪录片就开始想，那些人的日常生活是不是这样——今天刮北风，好，大家听我指令，预备，转！今天的风感觉怎么样，和昨天的有没有什么不同？"时安像交警指挥交通一样用手摆了几个姿势。

"哈哈，你当时是想去做风车管理人什么的吗？"

"是啊，就好像有一个自己的星球。星球上风车很多，不吵不闹，风车转起来的时候不慌不忙。就算是现在，我只要想到有这样一个空间存在着，就莫名地觉得心安。"

"有一天，我要去你说的这个星球上看看。"林晨最后说。

他在聊天群里再次发挥了引导事物发展走向的才能。于是，长假到来时，他们一群人真的来到了这个有很多风车的城市。

由于大家都想把肚子留给当地的特色美食，所以纷纷放弃了飞机餐，以至于到达风车城时每个人都饥肠辘辘。他们先赶到市区的美食街，恨不得把味觉上传到云端，可以分头尝遍所有想吃的食物，然后一起共享。

吃饱喝足后，这支队伍分成了好几组，有的回酒店短暂休息，有的继续逛市区，而林晨则租了车，载着时安奔驰在戈壁滩上的一条又细又直的公路上。车里放着他们大学时代流行的歌,窗外尽是散落的云朵,时安几乎觉得,车子就要收起轮胎,慢慢离地,开到云朵里去了。

等到天空泛着更灿烂的金色,道路两旁开始出现成片的白色风车。远处看它们转动的样子极为优雅,近处看却是高大得惊人。他们被这景象震撼,不时张着嘴向外看,不时又对视一下,那风景从眼睛传到心,满足感从心传回眼睛。林晨的眼睛让人想起波光粼粼的海,是喜悦在里面荡漾。

林晨一直将车子开到绵延几十公里的风车群的尽头,然后驶下公路,停在了一个绝妙的位置。在这里,他们可以看到与风车群隔开一段距离的最后两架风车,它们正将太阳拥在彼此之间。他们走下车,靠着车身欣赏这幅构图绝妙的油画。耳畔风声呼啸,两人默默无声,如同站在台风眼的中央。

因为时安说不出具体的地址,周辰只好在导航里输入他之前查询的风车观景区。他告诉时安,如果中途发现了那个她记忆里的地方,再叫他找地方停车。

"你也知道时间很紧,所以要看仔细。"他强调道。

"好。"

外面的云朵依然散落,戈壁滩也没有变成绿洲,但是歌声没有了,只有从导航仪传出的冷静女声:"前方三公里,靠右侧行驶。"周辰目视前方,专注开车,他的眼神时安看不到。

车子行驶很久后,眼前仍是一片光秃秃的戈壁滩。时安不记得上次花了这么久的时间,但也许只是感觉上的差异。周辰扫了一眼导航仪上显示的时间,说:"快一点了。"

"再开一段吧。"时安小声说。

下一片戈壁滩和前一片几乎看不出差别,这让她觉得车辆似乎在停滞不前。

"一点了。"过了一会儿，周辰说。

"再开一段吧，我觉得应该快到了！"

终于，风车从地平线处出现，在极短的时间里由远及近，从小变大，就像吃了什么膨胀剂一样。

"是这里吗？"

"不是，要继续往前开，我记得要开到风车群的尽头。"

"一点一刻了。"周辰声音大了一些。

"能不能再开快点？"时安向前探着身子，试图把前方看得更清楚一些。

路边有个空荡荡的临时停车场，周辰一言不发把车拐了进去，停在角落里。

"不是这里，不要停！"时安握住方向盘，可周辰却握住了她的手腕，将她的手从方向盘一点点拉开。他拿出手机搜索了一阵，接着走下车，打开时安这一侧的车门。时安再次抓住方向盘，坚决不肯出去。周辰只好重新回到驾驶座，他把收音机打开，切换到节奏最为舒缓的一首歌。

"你平静一下。"他说。

歌曲结束，他关掉收音机，几乎沿用歌曲的舒缓节奏开口说道："这片区域横向风很大，对车辆是有明确限速要求的。而且这之后几十公里的路上都有风车，距离你想去的地方，估计还要一个小时。我们没有时间了，要是再不掉头，你就赶不上回去的飞机了。"

时安用手捂住脸，这个她没有预料到的事实过于刺眼，她很想躲开它。

"你现在有两个选择。要么，就不要删这段记忆了。"

"不行。"

"要么，"他顿了一会儿，直到时安将手拿下并看向他，"时间、地点、人物、事件，你之前跟我讲过，方法不止一种。如果前面三个没法满足，如果我能够帮忙，你可以利用最后一个。"

在时安的计划里,"地点"是她唯一要使用的要素,利用其他要素的想法一概没有。当周辰这么说时,她再一次想起他在机场说的"替换"。

"我没想过这个方法。"时安说。

"那你可以在我们回去的路上慢慢想。"他说的每个字都铿锵有力,"如果你决定用'事件',不是用'地点',我们就不急于在这里做诊疗,只要在今晚十二点之前都可以,对吧?不管怎么样,我们现在应该马上掉头去赶飞机。"

时安没说话。他们盯着导航仪上跳动的时间,隔着窗户时安似乎仍能听到外面呼呼的风声。

她深吸一口气,问周辰:"你都不问是什么记忆吗,你不介意的吗?"

周辰望着远处风车不断转动的扇叶,说:"我不问。我知道你们都是控制不了自己,所以活在过去。你知道我妈为什么要做诊疗?她上了年纪,忘了很多事,就是忘不了对我爸的恨。我不希望她有一天走了,闭眼之前想到的唯一一件事就是恨他。

"有的人忘不了爱,我妈却是忘不了恨,是不是很好笑?时安,我发现了,忘不了的人都受苦。"

忘不了的人都受苦,时安心里一阵刺痛。

"我好羡慕你,你不会有这样的苦恼吧。"她轻叹道。

"你忘了我是教数学的吗,我相信时间往前,数字改变,人也在往前。我不会困在过去。"

时安这次看清了他的眼眸,她把他的瞳孔当成一个表盘,他的话让那里的时针开始走动。

"我想清楚了。如果你不介意,我也没什么介意的。"她让收音机里的音乐重新播放,"虽然不在这里开始,但就在这里结束吧!"

她拉开车门,去后座把诊疗仪从包里拿出来,然后斜靠在车门上。周辰跟着下车,站在她旁边。

"你告诉我要做什么。"他说,"等我们待会儿回到车上,我保证把这里的事情忘得一干二净。"

时安盯着眼前的一片风车，这里有这么多风车，却没有她想要的那架。

"我会做这样的姿势。"她把双手举起，让自己看起来像一个"Y"字母。

"嗯。"

"然后我会这样转动手臂，跟你说，'你看，我也是风车了。'"

"嗯。"

"你会看着我，然后……"

红彤彤的落日在两架风车之间缓缓坠落。时安将两只手臂伸长后，慢慢顺时针朝着一个方向转动。

"你看，我也是风车了！"她兴奋地叫道。

林晨靠在车门上，发觉这是时安第一次笑得这么开心，甚至是热烈。她的身上不再是黑白灰，夕阳让她的头发丝泛着金光，她的脸颊被冷风吹得有些发红，是像红柿一样令人喜悦的颜色。

他觉得那一刻她是完全不同的时安，所以他的手臂也不自觉地抬了起来，他成为了另一架风车。然后，他的脚步也不自觉地朝她走近了。

在车里的歌声到达高潮时，一阵天旋地转之感袭来，时安和她所在的这一侧世界仿佛瞬间沉入水中。风车也停止转动，落日不再下坠，四周一片寂静，她不由自主地屏息。与她隔水相望的他，不知是否因为光线折射不断变化的关系，看起来在不真切地晃动。

是的，他确实在动。他又向前走了一步，伸出一只手来，直直地穿过他们之间的那层水幕，将整个手掌贴在了她的头顶，那里很快生出一小片温暖来。

接着，那温暖顺着时安的头发移到她的后脖颈，直至她的后背，然后从中生出一股力量似的，将她向他所在的世界推近。

他们像那两架风车一样，将太阳环绕在彼此之间，好像要将那个火红的、温暖的、明亮的东西，融进他们的心。

　　水退却得和出现时一样迅速，风车恢复转动，落日继续下落，她的心脏剧烈而飞快地跳动，如同从一个奇幻梦境中惊醒。

　　"咔嚓，咔嚓，咔嚓。"

　　返回机场的路上和去时一样，周辰专注开车，时安看不到他的目光。他将她一直送到机场安检口。

　　"希望你今天剩下的旅途一切顺利。"他说。

　　"你不回去？"时安有些惊讶。

　　"我明天再走。周一见。"

　　"好。"

　　他们朝不同的方向走去。是的，有些地方不一样了，这是无法改变的事实，也是必须埋葬的事实。

第六节

　　晚上六点二十分，时安下了飞机，立刻坐上开往诊疗中心的出租车。

　　一个小时应该能到医院，她稍微喘了口气。现在她只有一个任务了，就是删除电子设备上所有和林晨有关的记忆。

　　时安将诊疗仪和手机进行了配对连接，然后戴上诊疗仪，按下开关。她从隐藏的通讯录名单里，找到了他的名字。林晨的头像曾经是一片海，现在换成了海边一家三口的身影。时安的头像一直是孤山，仅有岚烟环绕。她突然意识到，山不移，水不息，也许很多答案在事物开始的阶段就隐藏其中了。

　　他们在地铁分别的那个晚上，时安不能免俗地将她和林晨的聊天记录全部删除。她很清楚，并不是在互联网世界删除对方，心里就能跟着删除，但是她需要仪式感。仪式感所包含的不仅是开始时的满怀期待，还有结束时的干净利落。

可是，干净利落远比想象的困难得多。每天都有无数个瞬间让时安产生和草食性动物一样的念头——反刍，而当自己意识到用来反刍的食物已经荡然无存，空荡荡的胃能带来的仅是无尽的、强烈的渴求。而意志力被这种不定期袭来的刺激一点一点磨损，终于在某个夜晚消失殆尽。于是，时安通过额外的付费功能，对聊天记录进行了恢复。

白花钱了。她想到现在要重新将它们删除，甚至同一时间从自己的记忆删除，不由得这么想。

她翻看着他们的聊天记录，这才发现她的态度表现得越来越直白，而他的态度却越来越模糊。

比如一款能自动帮人在手机上处理日常事物的 AI 手机助手被推出后，时安问他："你怎么知道此刻跟你聊天的对象是人类还是机器？"

"我会问你一些问题来判断。"林晨回复道。

"比如呢？"

"比如，你喜欢什么食物？"

"冰淇淋。"

"你喜欢什么季节？"

"秋季。"

"你喜欢的人是谁？"

时安的大拇指悬在了对话输入框的上方，微微地颤抖。

"是人类啊！"过了一会儿，林晨发来他的答案。

后来，诊疗仪的新闻出来了，她也和林晨讨论过这件事。

"要是你把关于我的记忆删除，会是什么感觉？"时安问他。

"不知道。你呢？"

时安给他发了一张图片，是琥珀，里面有一只体态优美的小虫。"我会觉得就像这里面的东西消失了一样吧！"

"我是琥珀里的小虫？"林晨问。

"你是琥珀的心呀。"时安在那个夜晚竟然这样回答了，"把心拿掉，应该还是可以看到空出来的那个形状，然后就会去想那里本来是什么。会一直想，一直想。"

"哦，这样啊。"

外面的橙色车灯飞快地后退，就像时安不断向下滑动着聊天记录。她忽然意识到，这些信息本来只是在不知不觉中将生活填满的细沙，但随着时间的流逝，它们形成了坚硬的沉积岩。而现在，她终于要将沉积岩击碎，让它们重新变成细沙，被风吹散。

时安选择删除和林晨的所有聊天记录，她的手指颤抖得厉害。林晨过去跟她讲过的那些话，甚至他讲话时候的语气，好像都能通过这样一个不带任何情感的电子设备传递过来。

可是计划再次在实施的时候偏离了轨道。过了好几分钟，手机仍然显示"您的手机助手正在处理，请勿重复操作。"这不正常，她的助手并没有在处理，因为时安看到那些聊天记录全部都在。

此时是七点左右，还有二十多分钟时安将到达记忆诊疗中心，归还诊疗仪，结束这趟旅程。但是现在她有了新问题，无法删除聊天记录，将意味着大量与林晨的记忆仍将长久留在她的脑海里。她觉得浑身燥热，便打开车窗让冷风吹进来。

"怎么办？"她问自己。过去她遇到问题，总有人像志愿者一样帮她解决，林晨也是，周辰也是，凌医生也是。眼下她要自己去解决，这是她和过去的自己割裂的时刻。

"师傅，麻烦先去一个小区。"时安说。

林晨结婚的时候，曾经找大学时的朋友做伴郎。那个朋友将迎亲、婚礼，甚至闹婚房的一些照片分享在校友群里。有人认出了酒店，也有人认出了新房的地址。

当晚，时安在那个绿化做得很好的小区附近走了走，她闻到各种植物的芳香。她那天自然是没有看到那对新婚夫妇的，回到家后她发现自己的头发、衣服上还有不少樟树的小花。

这次她想再碰碰运气。车辆停在小区一个入口的斜对面，时安让司机留意一下时间，确保八点前她可以返回诊疗中心。也许是季节的不同，这次她闻到的是桂花的香气。

接近二十四个小时，时安奋力奔跑，仅为了将一个离她而去的人残存的影子清除掉。同样在这一天里，林晨是如何度过的呢？

早晨，他温柔美丽的妻子会为他选一条与他的眼睛颜色相配的领带，他会低头看着她纤细修长的手指帮自己理衣领。晚上，他蜷在孩子的小床上编一些夸张而离奇的故事，他的女儿穿着浅灰色的、有星星图案的连体睡衣，她被故事吓得一个劲儿往他怀里钻。

那么白天呢，在他和上司开完会，和同事讨论完球赛，吃过午餐靠在椅子上望向窗外的时候，会不会有那么一秒钟，从对面写字楼的窗户上看到她的影子？当然不会，也不应该会。

"差不多要走了，这里不能停太久。"师傅说。

"好。"

车子发动了，时安却在这时看到了那个她一直在躲避、却一直思念的身影。她一动不动，感到自己似乎被放入了一个真空压缩袋，每过去一秒钟，一只巨大的抽气泵就被拉动一次，她的心脏缩成一团，呼吸愈发困难。

时安看到他抱着那个小女孩，她搂着他的脖子，笑眼应该和他的弧度一样。他的妻子侧过脸和他们讲话，弯起的嘴角藏不住那份浓烈的爱意。他们一起往小区的入口走，那里面有属于他们的家，那里面自然没有时安。

是的，现在是真的必须要结束了。时安以最快的速度戴上诊疗仪，她的身子几乎要探出窗外，眼神像缎带那样飞过去，似要把他层层包裹。车子带着她渐渐远去，他也快消失在她的视野里，她觉得脑袋里响起了更为剧烈的轰鸣声——

"咔嚓，咔嚓，咔嚓。"

这是湖面的冰层大面积融化开裂造成的，记忆割裂的声音。

时安站在山间一座索桥的一端，看着桥两侧的绳索一根一根依次断裂，最终整个桥体像钟摆一样垂落。桥的另一端，林晨无声地看着自己。

"再见了，林晨。"时安轻声说。

尾声

时安离职那天，她和大家一一道别，抱着个人物品走出办公室。她穿着一件颜色鲜亮的半身裙，不同以往地梳了一条马尾辫，将耳朵微微露了出来。我站在门口看她消失在走廊尽头，她一次也没有回头。

在这前一天晚上，她请我去一家很清静的餐厅吃饭。她看上去状态很不错，对回老家以及在那里开始新的工作满怀期待。

"听说，在北欧一些国家，成年人绝对不会告诉小孩子这世界上是没有圣诞老人的。"她挑着沙拉里的芒果细细品尝，"他们会等待小孩子自己去发现。是不是很狡猾？"

"是……"

"等他们发现的时候，可能有的小孩会觉得很难接受，有的小孩呢，可能会高兴，因为他们知道了一个只有大人才知道的秘密。"

"那你属于哪一种小孩？"我问她。

"第一种吧。我脑袋转得慢，接受事实要花很长时间，说不定还要哭很长时间。但是怎么说呢，肯定有接受事实的那天。"

她抿了一口橙汁，忽有所觉似的说："你还记不记得之前提到'失忆之旅'之后的困惑？"

"记得。"我说,"你有答案了?"

"没有,不过我想了很久。"她回答,"我做诊疗是因为我失去了一些东西,所以总活在过去。我以为做了诊疗之后,会忘记自己失去了什么,这样我就可以重新出发。但是在我最后归还诊疗仪的那个时刻,这个问题好像点醒了我,我突然发现原来不管是失去也好,忘记也好,它们总归还是会让我的人生有缺失。当然,可能正因为有这种缺失,才有一些原始的力量来填补,让我能够继续走下去。

"所以,不管是不是同一艘船,最要紧的,是这船还是很坚固,还是能带我漂洋过海。"

有些事我们自始至终都没有提及,但是干杯的时候,她的思绪似乎飘忽了一阵儿。之后,她回过神来似的,看着我说了一句:"谢谢你。"我摆摆手,她将橙汁喝尽,然后将玻璃杯横过来久久地持在自己眼前。我无法确认她是在端详杯体的锤目纹,还是单纯地不想让我看清此刻她在想些什么。

吃过饭,我们走出门,她问我:"你吃冰淇淋吗?"

我摇头,她说了句"那你等我一下"便朝着马路对面走去。那里有一家便利店,她进去后,手里拿着一根冰淇淋走了出来。

门口有个垃圾桶,是青蛙模样的,她走过去把包装纸丢进青蛙的大嘴里。不过她没有立刻走回来,而是在那里站住了。隔着一条街的距离我看不太清,可我非常怀疑一件事——她似乎朝着那只青蛙挥了挥手。

在那极短的时间里,在许多车灯闪耀的瞬间,她竟然朝着那只青蛙挥手。之后,她握着她心爱的冰淇淋朝我这边跑了回来,脚步欢腾得像一只快活的小马。

时安说的没错,我想,最要紧的是继续走下去,和这世上的大多数人一样。

以太之歌

欧阳不修

　　三天前，武大郎终于死了。而且，他还要再死上几次，这样我才能继续活下去。当然，他必须得死，否则我就无法如约坐在狮子楼前，和杨远一起喝茶闲聊，等着武松把西门大官人踹下来。

　　一个人从仪表堂堂到血溅当场，有时只需要一层楼那么点高。西门庆紧跟景阳冈上大虫的步伐，被武松打落神坛。围观者们聚拢在狮子楼下，目送打虎英雄提着两颗人头，光天化日之下慢步离开。当下无风，万里晴空，人们面容呆滞，似乎不敢相信眼前发生的杀戮。那一刻，时间仿佛被定格，不再具有意义。

　　截止到已经过去三分之二的 2666 年，绿星计划顺利进入收尾阶段，在长达数十年的疯狂种植下，地球彻底变成蓝绿两色。人们将希望寄托于大自然，同时颁发各种禁令，双管齐下，力保生态环境不再恶化。一夜之间，所有和植物有关的产品都被打入冷宫，木箱、纸巾、木质家具和纸书。许多东西变成禁品，有的甚至从此绝迹。纸质书成为奢侈品，电子书大行其道。当人们还在怀念手捧书籍闻着书香的往昔岁月时，我已经在电子书世界里生活了八十一天。

　　这里没有时间概念，每天都在重复同样的情节。

　　来阳谷县之前，我曾经在咸亨酒店听了十九遍孔乙己卖弄回字有四种写法，在嘉兴醉仙楼围观丘处机和江南七怪打了八十五次架，在外白渡桥边看依萍跳了一千零十五次河。

人生百态，丰富多彩。

直到夕阳傍山，县衙才派人来收拾掉西门大官人的无头尸体。人死如灯灭，他死得不冤，人走茶凉，我闲等许久，始终没等到杨远回来。私奔的情侣最不靠谱，整个下午，他都在找陈婧，姑娘家不敢看血腥场面，却一直对那只死僵的老虎充满好奇。

《水浒传》第二十五回：偷骨殖何九送丧，供人头武二设祭。

我努力回忆施耐庵有没有交代过老虎的下落，试图从字里行间找出一些蛛丝马迹。宋时的阳谷县是不是如书中所写的那样，那些古旧的巨著中，故事真假难辨，虚实只在一念之间。亚里士多德在《伦理学》中提出最古老的问题：一个人应该如何度过他的一生？人们苦寻至今，而答案总是忽远忽近，似乎在刻意规避着我们。哲学没落，科学破碎了生活，宗教变得空洞。许多人出于各种原因，选择躲进小说世界中，换成另外一种生活方式，成为元素人。

科技飞速发展，如今我们可以仅凭一粒药丸，借用书中那些未曾笔墨过的"群众演员"类人物角色，让意识暂时逗留在某部小说的某个篇章里。这项偶然得来的技术，以世人未曾料想到的速度，开枝散叶，将触角伸到各个领域。文娱部接纳各路明星演员，精神类患者被送到医疗部，我在体验部当观察员已经有好几个年头，但像今天这样跟丢观察对象的情况，还是第一次遇到。一天又要过去了，怀着一丝担忧和几分好奇，我顺着人流，低头往县衙走去。

杂乱交错的行人，或结伴而行，或独来独往。让我想起儿时家门口树上的蜘蛛网，它们犹如细小的结点，互相连接成肉眼看不见的线条，最终编织出一张巨大的陷阱。蜘蛛趴在网上，慢悠悠吞食掉那些飞蛾、蜻蜓，各种昆虫。一路上，我走得小心翼翼，生怕误打误撞到某个支线情节，变成等死的猎物。

县衙门口围满百姓，我侧身绕过，走向后门。施耐庵轻轻一笔带过，将老虎丢进县衙后院。他永远想不到，不经意间的某个动作，会在一千多年后，引来三个本不该出现在这里的元素人。

木门半掩，主场景之外的后院，杂草枯黄，一片荒凉。几缕微风吹来，飘落许多树叶。胡乱生长的树枝上，布满虫网；有只灰色大鸟正站立树梢，嘴里叼着猎物。我试图悄悄绕过，它却惊飞而起，露出被遮住的光线，不打招呼直直刺来。小径蜿蜒，院子比想象中深远；路越走越暗，目光尽头是一片灌木丛。直觉告诉我，那里别有洞天。

声音先一步传来，有鸟叫虫鸣，有婆娑落英。接着一道熟悉的身影映入眼帘，杀人不眨眼的武二爷，手边放着哨棒，正端坐在一家铺子前饮酒吃肉。他不远处的另一桌，杨远在和一个男子交谈。我扒开灌木丛，一脚踏出，迎面撞来一股风，夹杂着烂叶和青苔的腐臭味。日头正浓，高悬半空，酒家旁的地上，竖着一杆旗子，上面赫然写着五个大字：三碗不过冈。

《水浒传》第二十二回：横海郡柴进留宾，景阳冈武松打虎。

我探身而出，不再束缚手脚，草木苍凉，酒家热闹。杨远看到我，似乎并不惊讶，慢悠悠走来。人未开口，先见忧愁，我们像久别重逢的老友，相遇在不该出现的场景中。有许多问题我需要他解答，而他很显然没将心思放在我身上，只是淡淡地说："欧阳，你也来了，我还是没找到陈婧。"

每个人都是在不断失去中慢慢成长的。尤其是丢失了心爱之物，有人茫然，有人错愕，有人痛悔，各种情绪终身纠缠不散。这条人生感悟，领会于我 19 岁。那年冬天，一场大火将我家付之一炬，连带着父亲的书房和他的生命。多年之后，母亲还会常常追悔当时为何没能拦住父亲，为了那些收藏的古籍，竟然连自己的生命也不顾。

人受困于生老病死，而在电子书世界里，元素人是无惧这些的，可此刻，我却分明在杨远身上看到生命在慢慢流逝。他现在的状态，像极了我的母亲，在父亲死后几年里，她以飞快地速度衰老。久违的无力感再次袭来，山风不甘落后，吹得大旗呼呼作响；我一筹莫展，杨远紧锁眉头。

　　酒家里，武松吃饱喝足，不顾老板劝阻，提了哨棒，喝着小曲儿径直往景阳冈而去。山上的大虫正等着他去收拾，山的那边，是我们生活了一段时间的阳谷县。杨远背对我，看着武松离去的身影，突然说要回去。我问他回哪里去，时间未到，意外死亡导致回到现实世界，容易出现意识混乱。我有个朋友叫王魁，是个半吊子作家，前段时间非要去《红楼梦》中看黛玉葬花，找所谓的灵感，结果不知在书里遭遇了什么，突然提前苏醒，然后就一直胡言乱语，非说自己是贾宝玉。

　　我不知道杨远听进去多少，他沉默不语，似乎内心在挣扎纠葛，说那就翻山回阳谷县，他始终相信陈婧就在前方某个地方等着他。

　　回阳谷县总好过在这里每天看武松喝酒，山路荒芜，鸟兽出没，武二爷当开路先锋。景阳冈看上去不算高，我这人天生不爱走动，记得上一次爬山，还是两年前和王魁一起去辰山采风。至今我还不能理解那些喜欢写作的人，明知不可能将作品出版问世，为何非要执着于将世事付诸文字。我们边走边聊，转眼到了半山腰，那天的风出奇地大，仿佛吹了几千年。落叶堆积的台阶，踩上去厚实柔软，抬脚跨步间，减掉一段光阴，然后偷偷塞进身后的光影中，时间就此流逝，一切都在悄然进行。

　　辰山之行并不愉快。那天王魁走神，站在一处峭壁边痴迷于眼前的风景，差点失足跌落。后来我总结，爬山还是找个靠谱点的搭档比较好。杨远走在我身前，急着赶路，可以想象他此刻满脑子都是陈婧，我跟他说话也不怎么回应，状态越来越不稳定。

　　我们路过贴有印信榜文的山神庙，迎来一轮红日，树木茂密，山路幽静。我提议稍作休整，杨远不同意。若如书中所写，前方应该正在上演人虎大战。他说宁愿绕路也要翻山回县，于是我们走走停停，折断挡路的树枝，踩平狂野的杂草，乱走一通来到一座凉亭。

腿脚酸累,我再次提议稍作休息。杨远估计也累得够呛,不再固执,算是默认同意。山林寂静,凉亭冷清,他突然开口问了句:"欧阳,你真的只是为了逃婚才来这里的吗?"

他说话时声音总是这样轻柔,就连提问,也会让人觉得给不给答案都无所谓。我很难想象他真实生活中是什么模样,不是电视报道里,更不是那些影视剧作品中。

这问题让我措手不及,他们私奔,我逃婚,这是公司顺水推舟替我安排好的身份。我支支吾吾回答,是啊,第一次见面时不就说过。杨远又问我,等回到现实世界,还有没有机会见面。我开始怀疑他是不是察觉到些什么。多愁善感的人,思维敏锐。我在脑中过滤掉许多猜测,自觉应该没有露出什么破绽,便装出斩钉截铁的语气,感叹人海茫茫,从概率上分析,能相遇的可能性不高。

科学主宰的世界讲究数据。很久以前,人们更愿意将各种巧合归纳于缘分。概率这种东西,我们从小就被灌输,但科学总是会时不时否定自己。这应该是某种漏洞,犹如明暗光线交接处,还未被人类研究透彻的地带。夕阳缓缓下沉,躲进晚霞身后,用余光窥视凉亭。我看不清杨远的身影,他渐渐淹没在暗色之中,传来空洞的声音,说迟早都要回去的,该面对还是要面对,一味逃避不是长久之计。不知是在说他和陈婧,还是说我。

树林犹如一块幕布,慢慢遮盖下来。黑暗完全包裹住杨远,藏匿了他的表情。我思索着要不要坦白自己的身份,或者转移话题,说说自己在外白渡桥的经历,导致后来看到跳水比赛就换台。只是我才起身,突然见到杨远的身影向后急速倒下;同时整座凉亭不停倾斜,我下意识前扑去抓他的手,紧接着,凉亭载着我们,轰然坠下山崖。

原来自由落体是很轻盈的,有机会我一定跟王魁细说这种感受。短暂的晕眩后,胸口袭来一阵闷热,我猛咳一声,耳边传来女子高音尖叫,睁眼发现自己已经回来。值班护士发泄完情绪,收拢嗓门后说:"你怎么醒了，别动，我马上去叫主任。"她离去的背影很快消失在门口，留下满屋子大惊小怪。也怪不得别人，毕竟像我这样突然提前醒来的少之又少。

　　十分钟后，主任匆匆赶到。如我所料，他说先去了趟楼下杨远那边，询问我情况如何，有没有哪里不适。我心里愧疚着工作失职，回答说没事，问主任杨远的情况，陈婧是不是早已醒来，为什么元素人会闪回到别的章节中。

　　刺眼的消毒灯发出蓝光，空气中弥漫着一股冰冷的湿气。主任似乎对我的遭遇并不惊讶，反应平平，语气近乎冷淡，只说让我休息几天，杨远和陈婧都醒了，这些事情公司会处理。

　　后来我就回去了，一连几天，都在疗养院陪母亲。跟她说阳谷县的风土人情，聊儿时的经历，介绍外面世界翻天覆地的变化。其间，主任来过几次电话，问我近况如何，我回答一切正常，只是心中仍然纠结在《水浒传》里究竟发生了什么。当然我深知就算问了也不会得到答案。这段日子，我养成了看娱乐报道的习惯，却始终没有见到任何关于杨远的消息，仿佛他和陈婧还在电子书的世界里，离我是那么遥远。

　　疗养院冷冷清清，各种仪器发出滴答有序的运作声。母亲常年昏睡，偶尔有几个工作人员过来，也是例行公事，走马观花般查探和记录病情。日子过得仿佛又回到了阳谷县，平淡无奇，直到五天后，主任叫我回公司一趟，说有个老朋友让我见见。我好奇会是谁，难道是杨远和陈婧，心想又觉得不可能，带着疑问到公司，发现竟然是王魁。他从《红楼梦》中醒来后不久，我就去了阳谷县，无心顾及。主任说王魁病情每况愈下，在我忙着当《水浒传》观察员的那段时间里，公司采用了刺激疗法。如今他正躺在深度治疗室，和我母亲一样，睡得犹如一个植物人。

　　我以前听说过刺激疗法，但第一次亲眼见到，还是有些无法接受。王魁身上绑紧捆绳，头上戴着脑电图监控仪，呼吸沉稳，平静的面容下，剧烈跳动的心律图在屏幕上狂闪，出卖了他的内心。左上角苏醒日期，写着负2天。

印象中，王魁一直是个很守时的人，错过苏醒时间，已经从个人习惯上升到技术问题。我问主任："这种情况，是不是王魁自己不愿意苏醒，要不要我帮忙，去电子书世界打死他？"

主任每次陷入沉思，脸上便会出现标志性的皱眉，背着手来回踱步。我不再说话，给足主任时间，他似乎神游了很远，不回话却反过来问我："你是要去《红楼梦》找王魁，还是去《亮剑》找贾宝玉？"

我无法理解这段话的谜面，选择题之所以简单，无非就是 50% 的概率定错对。但有一种题型，答案是多项全选，而现在摆在我面前这道，甚至还规定了答题顺序。

主任给我看了份电子文档，是《红楼梦》第二十三回：西厢记妙词通戏语，牡丹亭艳曲警芳心。里面全篇没了贾宝玉三个字，男主不见了，曹雪芹要恨死王魁。而最终促使我前往《亮剑》的，是后来杨远的突然拜访，和王魁的日记。

主任让我考虑几天，他说贾宝玉占用了王魁的意识，公司技术人员分析了很久，最终做出这个判断，听上去匪夷所思，但实在找不到更合理的解释。

技术部门把贾宝玉误当成发疯的王魁，还扔进了《亮剑》中，主任说等他知道的时候已经来不及阻止。我回去的路上一直心神不宁，始终难以接受这个离谱的事实。到家门口，魂不守舍差点撞上一个男子，我停步，他转身。我倍感眼熟，搜刮回忆不停打量，他慢慢摘去鸭舌帽，露出帅气的脸庞，微笑招呼说："老朋友，不请我进去喝杯茶吗？"

杨远突然拜访，没带陈婧，我们两个像在阳谷县一样，面对面坐着喝茶。电视里放着跳水比赛，我有点不自在，干脆直接静音。我想开口问杨远，却一团乱麻，不知如何起头。杨远拿起遥控器，直接关掉电视机，喝了口茶说："别这样拘束，你是主人我是客，我和陈婧早就知道你是观察员，没有责怪的意思。今天过来，其实有件更重要的事情跟你说。"

今天我接二连三遇到让人措手不及的事，问杨远能帮什么忙，结果他却问我对 AI 智能写作技术是否了解。大概已经近七百年了吧，一开始，开发 AI 的初衷只是为了方便管理电子书，后来才添加了它的写作功能。童年时，父亲跟我讲过许多古老的故事，其中有一个，是说人类和 AI 比拼写作，结果大败而归，导致后来再也无人从事文艺写作工作。文学没有死于电影电视和短视频，却死在了人工智能手里。

杨远听完后点点头，将杯中茶水喝尽，润完嗓子说："当人类一旦承认在写作领域无法超越 AI 后，便彻底退出了历史舞台。你可能有所不知，现在的影视行业，剧本也都交给了 AI。偶尔冒出几个喊着文学复兴、人文觉醒的，也会被当成疯子或者是哗众取宠之人。"杨远见我跟上了话题，自来熟拿起水瓶添茶，又问我对于绿星计划怎么看。突然换话题，我愣住，他见状直接说道："纸质书在几年内彻底消失，现在随处可见电子书，AI 拥有了整个人类世界的书籍，文化领域已经离不开它了，对吧？"

我有点被他绕晕，这是最近几年的事，纸质书越来越稀少。而在十年前，更是发生了严重的 AI 中毒事件，导致千禧年后的所有书籍都被清空，电子书损失惨重，而我们无可奈何。当时，我在公司负责媒体宣传，王魁也是在那次发布会上冒出来的，他是个记者，怀疑是 AI 自己主动毁灭了那些书籍，它已经有了思考能力和情感判断。我和他吵起来，许多人都笑他异想天开，后来还是公司保安出面，才平息了事态。

等我说完，杨远握着茶杯突然不说话，这场景像极了景阳冈下，我知道他在思索该如何继续话题。那次发布会结束后不到半年，公司做了一项决定，限制和删除了 AI 的大部分功能，将它变成最原始版本，同时也间接证实了王魁的推论。我渐渐陷入到十年前的回忆中，直到杨远开口说话才让我回神过来，他说十年前 AI 故意中毒删除那么多书籍，而且一年后以太技术就横空出世，不觉得奇怪吗？

话题到目前为止，我已经消化不良，很明显杨远知道的比我多，之前明知故问，只为了抛出最后的谜面。这下轮到我喝茶醒脑了，反问杨远，如果一切如他所说，那 AI 这样折腾是为了什么？前面铺垫再多，最后还是要实现某个目的才对。

杨远不回答，却问我在《水浒传》中，难道没有发现时间出了问题，武松杀西门庆，原著中应该是武大郎断七时，为何我们潜意识里总觉得是发生在三天后；还有景阳冈下酒家里，武松哼着小曲儿，施耐庵可没让他唱歌。

两个问题直接惊出我一身冷汗，立马打开电子书《水浒传》反复查看，越看越觉得后怕。事实没有偏差，杨远没说错，我在阳谷县里根本没有察觉到情节中有些地方已经被更改。亲身经历最具说服力，我脑中不停追问为什么，怎么了，我让杨远快告诉我答案，不然就要来个哲学三问了。

一个娱乐界的明星带着自己的神秘女友前往电子书世界，现在坐在我家中，扔出一堆问题。我直直盯着杨远，问他究竟在调查什么。他却笑着说我想多了，上次从《水浒传》里莫名回来后，他怀着疑问用搜索引擎研究 AI，发现有许多人，提出过各种 AI 阴谋论。更有甚者，言之凿凿分析说以太技术根本就是 AI 的杰作，故意泄露给人类使用。至于这一切哪里出了错，他也不知道，接着拿出两粒药丸，吓得我起身一把夺过来反复查看。

公司的药丸是重点保管的，不可能泄露出去。杨远说我太天真，活在自己的世界中，许多东西就在身边却总是忽略。至于药丸，他是从一个叫黑市的地方买来的。这个世界，只要有利益，什么东西不能贩卖，钱足够就能办到。他慢悠悠拿回药丸，随后告诉我一个网址，说让我自己去看，然后起身就要告辞。我还沉思在黑市和药丸这件事情中，想起母亲在《边城》里，人却趟在疗养院，按规定应该不能离开公司的医疗部。我利用职务之便，坏了规矩，或许人都是这样，总是容易私心作祟。杨远已经走到门口，我埋坐沙发全身僵硬，抬头追问这是什么网站，以后我们还会不会见面。

大帅哥神秘一笑，说随缘，然后留下一团乱麻的我傻坐家中。

那天是我最后一次见到杨远，确切地说，是真正的杨远。日头落下，窗外华灯初上，屋内漆黑如墨。我打开电脑，快速输入网址，发现是王魁的日记，瞬间又陷入到更多的疑惑中。贾宝玉抢夺了王魁的意识，难道不是意外？杨远在调查过程中，无意间看到了王魁的日记，他是否发现了什么？

问题回到王魁身上，以太技术是不是已经自己升级更新？什么方法能让电子书中的主角、直接占用元素人？这样做有什么目的？杨远突然给我王魁的日记，必然和之前的话题有关，我迫不及待，想看看里面都有些什么东西。更何况这年头，正经人谁会写日记呢。

写作的人，天生比别人敏感。日记最开始几页，都是王魁在记录他父亲的病情。我想起那次发布会后，大概半个月不到，我和王魁不期而遇，就在我母亲现在的私人疗养院门口。我送母亲住院，他接父亲回家。我们交谈起来，不可避免地聊起 AI 技术。他非常反感 AI 写出来的东西，这种机械化的小说套用了固定不变的格式，乏善可陈，千篇一律。一开始王魁只是排斥，直到那次中毒事件后，他觉得应该有人站出来对抗 AI，而他就是那个冲在最前面的勇者。于是一个记者转行开始从事文学创作，接着做出了许多旁人无法理解的事。

王魁直接找了堆写作指导书，然后用他的一套方法，解构成一份理论大纲。他那份所谓的日记，其实大部分是写作笔记。

在记录完他父亲的故事后，内容是我熟悉的发布会事件，我看到他描述我冥顽不灵，随后是公司间接承认 AI 出错，但大家都早已忘记王魁这么个人，这应该是促使他转行的最后一根导火索。紧接着，日记到最后面，都是他那篇关于文学创作的鸿篇巨作，中间夹杂了一些看法和观点。

许多内容我看得似懂非懂，里面的理论并无什么特别之处，甚至过于空洞，但心想杨远不会平白无故给我王魁的日记，便耐着性子继续看下去。

开始研究文学后，王魁的脑子里都是文学创作理论。他说所谓的小说，就是通过人物的创造、情景的生动性和人物行为的效果来揭示背后的真理。对话是人物的语言，行动是人物的身体动作，叙述和描写是人物的思想。情节和结构，都是为了故事，一个吸引人的故事。情节是对一系列事件进行的刻意安排，进而揭示其戏剧性的、主题的以及情感的意义，情节关注的是"什么、如何以及为什么"，借助情景的安排来显示因果关系的转换。

我看不下去，直接跳过那些三幕结构、场景四类、起承转合和行文节奏。还有人物驱动情节的文学小说，情节驱动人物的类型小说。扁平人物视角呈现与展示的区别，那些分门别类展开的详解和举例，都被我忽略，直到我看到元素人三个字。关于公司开发的这个项目，只有几个股东和技术部门的负责人知道来龙去脉。

王魁是否从文学这条路，对以太技术也产生了兴趣。他认为这个技术会导致AI再次觉醒，一旦成功，将会迎来不可逆的灾难，直接危害到人类世界。如果换做以前，我会觉得他危言耸听，加上王魁这人常常说些云里雾里的话，更是没什么可信度，但现在贾宝玉的到来，还有杨远所说的一切，让我不得不重新审视王魁的推论。

继续往下读，王魁开始试图将文学和以太技术相互贯通。生活中，思想和情感是分头而来的，思维和激情在人性的不同范围内运转，二者很少协调一致，而且常常相互抵触，有先后顺序。思想和情感融合的瞬间极为罕见，可艺术作品却能将二者统一起来。在生活中，需要通过事后的反思变得有意义，而在艺术里，体验在其发生的那一瞬间马上就会具有意义。

我反复看了几遍，还是没明白他的意思。日记中断在王魁前往《红楼梦》前一天，他怀疑AI正在苏醒，要以身试险，一探究竟。

结果不言而喻,他一去不回。

次日一早,我带着黑眼圈赶到公司,决定去找贾宝玉,我担心王魁从此被他占据,更担心的是,如果 AI 能随意抢夺元素人的意识,那么在《边城》里的母亲,会不会有一天,也被其中某个角色夺去意识。我无法想象母亲某天突然醒来,说自己叫翠翠,然后哭喊着要找爷爷。

主任似乎对我那么快下定决心感到惊讶,以为是因为愧疚没有好好保护杨远和陈婧而想将功赎罪。我心里焦急,只想快点找到答案,便随口敷衍了几句。半个小时后,带着满脑子疑问,来到冰冷熟悉的房间,仰睡闭眼,等着去找贾宝玉算账。

药丸入肚,我才突然想起,忘记问主任自己要到《亮剑》中哪一章节,只隐约听到他说小心炸弹和鬼子,便一瞬间换了场景。炸弹说炸就炸,我耳朵嗡嗡作响,一双粗糙的大手将我从土坑里拉出来,手的主人用浓重的方言大声问道:"老乡,没炸伤吧,快躲起来,鬼子马上就要杀来了。"

所谓的刺激疗法,就是把贾宝玉扔去了正在被李云龙攻打的平安县城。

《亮剑》第七章:特工队的覆灭。

我此刻无比怀念以前去过的电子书世界,满脑子想着快点找到贾宝玉,离开这个战火纷飞的鬼地方。

平安县的城墙是明朝崇祯年间修筑的,最高的地方有四五丈,上有宽长马道,下有护城壕。天空被硝烟遮盖,分不清方向,云层稀薄惨淡。我仰面躺着,用手揉清视线,眼前的风景变得红彤彤,像极了景阳冈上看到的夕阳。一个男子倒在地上,他瞪大的眼睛失去了光芒,我手上沾着他的鲜血。拉我出坑的老乡还在说话,我无心聆听,开口问他有没有见过一个说话文绉绉、举止奇怪的人。老乡一愣,然后手指一戳,引导我的视线望向城门不远处的壕沟中。

县城里驻有日军一个步兵中队,一个宪兵队,加上伪军一个大队,兵力有一千多人，此刻正被李云龙多点开花的围攻分散在各处。我躲着子弹和炮火逆行到壕沟中，趴倒在那个男子身旁。他吃了一惊，说："这位壮士，可否助我一臂之力，去救秀芹姑娘。"

我估摸着应该没找错人，也终于明白贾宝玉在这里发什么疯，从而导致错过了苏醒时间。你永远叫不醒一个自困忘我的痴情种。外面有将士不断冲杀，城墙上烟尘飞扬，我问道："你是不是贾宝玉，你为何要救秀芹？"贾宝玉猫腰在坑中，望向城墙方向。我顺着他的目光，看到秀芹正被押上城门，耳边传来贾宝玉痴痴的话语声——这位妹妹我曾经见过。

心里骂了句"见你妹"之后，我问他打算怎么救，若不出所料，李云龙马上就要大炮齐发，轰炸城门了。

夹杂着各种喊杀声，贾宝玉竟然开始布置起战术，分析得头头是道，似乎这段时间，已经摸索出一套方案。他侃侃而谈，唾沫横飞，说着说着，突然一脸疑惑地看着我问："你怎么知道我的名字，你是贾府的谁？"

在我努力构思答案的片刻，某颗不长眼的手榴弹直接在我们旁边来了次定点爆破。贾宝玉拍掉身上的灰尘，轻描淡写地对我说："壮士，你的腿好像没了，你也是被他们从大观园里抓来的吗？你也听到那首很奇怪的曲子了？"

我疼得不知该如何回答，刚到平安县城，就要被送回去。临死之前，我问他什么曲子，问他想不想回贾府，更想问他是如何在这么危险的场景中活下来的。

贾宝玉像遇到傻子般看着我，说就是一首曲子啊，学会了以后就突然来到一个奇怪的地方，谁都不相信他是贾宝玉，然后被绑住喂了颗东西便来到了这里。我大概听出了些什么，意识渐渐模糊，只听见贾宝玉还在絮叨，说秀芹姑娘命苦，城外的男子要救她，结果却没救成。昨日被炸死了，昨日的昨日也是，他一定要救秀芹到安全的地方，让有情人终成眷属。

后面具体又说了什么，我没听见，醒来后，身旁空无一人，门外乱哄哄地传来各种声音，叫骂厮喊，金属落地，玻璃炸裂。

我推门，错以为自己还在平安县城，地上横七竖八躺着各种仪器、碎掉的药水瓶、损坏的铁床和塑料桌椅。楼道尽头处，主任被人搀扶着，额头破皮流血。我走上前，众人正围堵在窗台口，有个男子手拿灭火器，站在窗口怒目而视。主任问我怎么这么快回来了，我回避问题，反问主任这短短一会儿时间，发生什么事情了，这男的谁啊。窗台口的男子似乎听到了我的提问，突然中气十足大喊一声："吾乃常山赵子龙！"随即将灭火器一甩，跳下窗台，消失在视线中。动作一气呵成，尽显大将风度。

赵子龙把半层体验楼折腾得一片狼藉。公司启动紧急情况处理预案，我陪着主任到医务室包扎，他似乎还没缓过神来，一言不发。我提起贾宝玉在《亮剑》里的情况，还有他所说的曲子。主任终于从刚才那场大战中脱身出来，说等会儿就派人进去想办法干掉贾宝玉，让他回来，问清楚什么曲子。还有那个赵子龙，早晚要抓回来，统统送回电子书里去。

我不知道赵子龙占用了谁的意识，更担心王魁被困在《红楼梦》中会不会出意外。文字的世界怎么可能出现曲子，以现在的技术，还做不到将音频转化为文字，用肉眼聆听。这一切，只能等贾宝玉回来细问清楚。

问题没有解决，反而更加扑朔迷离。过几日便是中秋了，我提前请了两天假，每天来往于疗养院和家之间，两点一线的平淡生活在第三天被主任的电话打破。赵子龙还没找到，贾宝玉先死回来了。

王魁，或者说是贾宝玉，被五花大绑在铁床上，嘴里哭喊着要救秀芹，任凭谁问话，只会重复回答。主任戴了顶帽子，遮盖住伤口，对贾宝玉说："你别管秀芹了，我们现在送你回贾府。"贾宝玉听后慢慢冷静下来，不再叫喊，显得非常疲倦，喃喃自语道："从今往后，各人只得各人应得的眼泪罢了。"

我们欲哭无泪，拿他没辙，许多事情还等着处理。我听闻一些小道消息，有竞争对手正在暗中调查，种种迹象表明最近公司的药丸在黑市大量流动，而且现在很多人都在找赵子龙，似乎要用他去验证许多猜测。我问主任有什么可以帮忙的，他很无奈地摆摆手，说让公司去处理这些问题。至于贾宝玉，也问不出什么，等会儿就让他吃药丸回《红楼梦》中去。之所以叫我过来，是让我准备好接王魁回家。

贾宝玉最终没能救成秀芹。王魁是在第二天醒来的，见到我，一副受宠若惊的模样，发现自己身上几道绑痕，问我发生了什么。我假笑几声避开问题，说："回来就好，别管其他的，你错过苏醒时间了，我来接你回去。"王魁伸个懒腰，喃喃自语说难怪感觉脑袋昏沉沉的，像睡过了头。

大家担忧的问题没有出现，王魁生龙活虎地回到了现实世界，继续埋头研究他的文学创作。五天后，某个雾气浓重的清晨，赵子龙被抓了回来。警察说电影院有人报案，他砸毁了放映室里的椅子和屏幕，然后情绪奔溃，蹲在地上哭得像个孩子。常胜将军没有任何反抗，束手就擒。我问主任当时电影院里放的是什么，他说是新拍的《刘皇叔白帝城托孤》。

赵大将军回到刘备身边的第二天，王魁突然发给我一封邮件，里面写了一大堆东西，讲述自己在《红楼梦》中的感觉，对于自己被贾宝玉抢夺意识一事，似乎根本没有察觉，只是在错过苏醒时间那几天，听到了很奇怪的曲子。

又是曲子，这让我及时忍住了关闭他邮件的冲动。关于曲子，他无法细说，我放慢呼吸盯着屏幕，忍不住感叹王魁这个人，虽然平时大大咧咧，但竟能从文学理论方面入手，提供了许多蛛丝马迹。

文章基调可以是背景，是人物及其动机，是情节发展的快慢。一切表现于节奏，描写的抽象程度要在各个地方不同区别，有的要细写，有的则要一笔带过。要表达急促和匆忙之感，就用短句，减少动词。要表达缓慢的感觉，就写长句。句式长短要配合意境，产生节奏。

冷冰冰的文字组成各种形式的小说，热血的、悲壮的、幻灭的、充满希望的和令人沉思的，形形色色，但无论如何也无法让人在阅读时听到音乐。然而我们忽略了节奏，文字自带的魅力之一。我不自觉地跟着王魁的推论，双手打起拍子。

节奏能产生音律，音律能产生电波，电波关联意识。但凡句子，就有长短，长短不一就产生了节奏。贾宝玉听到的曲子，可能就是 AI 利用文章段落的节奏谱写的。

邮件后面的内容，无关痛痒，王魁说计划出一趟远门，估计又是去找什么所谓的灵感。我所有的注意力都被之前的内容吸引，立马电话过去。那头很快接通，声音有点杂乱，似乎是在闹市街头。我问王魁，如果 AI 阴谋论成真，元素人被抢夺意识，那么来到现实世界的书中人物，要怎么做才能占领人类世界。电话那头沉默了许久，王魁应该是在思索，声音慢慢变得安静下来，他或许是找了个偏僻的地方，说我想错方向了，人类世界有什么好的，生老病死，电子书世界才是 AI 想霸占的地方才对。

我一下子豁然开朗，挂断电话，抱着电脑就冲向了公司。人类留下几千年的宝贵文化，同时也在被潜移默化地影响着一言一行。占领并改变电子书，若干年后，谁也无法预料会产生什么效果。

如果当时没人发现贾宝玉和赵子龙夺去了元素人的意识来到我们的世界，然后两人从此取代了别人，这算不算谋杀？为了占领电子书世界而驱赶自己不合意的角色，AI 是不是进化出人性了？

当我将王魁的邮件展示给主任，问出这些问题时，主任的脸从屏幕蓝，慢慢变得灰暗。他用一种我从未听到过的口吻说："算，AI 是主谋，它派来的任何一个小说角色都是凶手，而公司，甚至是我们每一个人，都是同谋，是帮凶。至于 AI 的进化，拥有几千年的宝贵书籍，难免不会让它如人类般贪婪自私，耍各种计谋。"

本来我还想开口说目前这一切只是王魁的推论，一面之词而已，如果只是 AI 系统出错，程序修正一下就行。主任却起身走到我跟前，拍了拍我的肩膀说让我考虑一下，要不要把母亲从《边城》里提前接回来。他似乎有别的话要说，但欲言又止，最后只是笑着说去吧："好好陪伴家人。"

事发突然，又不好多问，总觉得主任最近有点奇怪，但又说不出具体哪里不对劲。那天我离开公司，直奔医院，在母亲床头坐了整晚。值班护士说我母亲状态很好，但如果醒来，脑萎缩就会继续，最多三年就会彻底变成植物人。

夜晚月色清朗，照在墙角上，将树梢的影子放大，一切都那么不真实。我坐在母亲床边，渐渐明白，一个人所能享受的欢乐和他愿意承受的痛苦，是成正比的。我可以用长时间的单方面交谈，让母亲感受到这个世界的存在。谁都没有权利替任何人做决定，于是第二天一早，我就让主任提前唤醒了母亲，感谢他私下给我药丸，让我母亲能够安静地在《边城》里度过了一段美好时光；随后请了个长假，将母亲接回家，几乎形影不离。就如她年轻时那样，辞去工作陪伴我，直到我开始上学。

父亲的意外去世对母亲打击很大，她苏醒后总是陷入现在和过去两个时空之间。时而自责没能拦住父亲，时而抱怨我这么大的人还不结婚给她生个娃。而我，每个深夜，总会身陷阳谷县，坐在杨远对面，看陈婧给他夹菜，两人情意绵绵。梦醒后回到现实世界，看着窗外风景，总觉得在电子书里的经历，仿佛那么不真切。可所有人，所有事，甚至脚下踩过的所有石板，都无比的清晰。

这段悠闲假期里，我抽空约了那位相亲的姑娘出来，跟她说自己目前的状态不适合谈婚论嫁。结果对方听后，并不责怪我将事情拖拉到现在，反而赞赏起我的决定。她说自己在爱情方面，看重缘分，当今世界什么都以科技为主，但如果连爱情都这样，岂不是变成了机器人？那天我们聊的时间不长，好聚好散，人海茫茫未必能再见到，或许是没有缘分吧。总算解决掉一件事情，我心里轻松许多。

假期过半，公司突然宣布彻底关闭电子书世界端口。我赶到公司时，看到主任被带上警车，当场愣在原地忘记追上去问原因。第二天全国最劲爆的新闻都是关于电子书世界被永久关闭的，有人匿名提供线索，黑市被取缔，搜出了许多药丸，但我隐约间总感觉事情还没完。

那段时间公司内部非常混乱。突然关闭 AI 后，许多电子书变成了乱码。大家表面上不动声色，但心里都乱糟糟的，感觉被困在蜘蛛网上。就这样，大概一周后，工作慢慢平稳下来，我终于找到机会去监狱探望主任，也慢慢明白了发生的一切。

十年前，AI 故意毁坏掉千禧年后的所有电子书，当时它已经开始为自己物色人物。后来公司删减掉它许多功能，误打误撞中断了它的计划，直到以太技术开始运行。而主任在整件事情中扮演了最重要的角色：杨远提到黑市里出售的药丸，正是主任长年累月从公司私自贩卖出去的。

我想不通一直公正无私、为公司尽心尽力的主任，为何要做这样的事，自毁前途。他坐在探望室，隔着玻璃笑得很轻松自然，一改往日严肃呆板的表情，说总要有人站出来做这些事情的，现在不是挺好，公司被迫关闭了以太技术，以后再也不会有谁从书里逃出来了。我惊讶地问主任，难道一开始，他所作的一切，都是为了这个目的。主任仰起头，长舒一口气，仿佛卸下一身重任，口中缓缓念道："望门投止思张俭，忍死须臾待杜根。我自横刀向天笑，去留肝胆两昆仑！"

我听得一头雾水，他却开怀大笑，起身离去，再也没有多说半句。

答非所问，显得我明知故问。我怀疑自己是不是悟性太低，回到家后，仍然百思不解。大家的生活慢慢回到正轨，一天天过去，我偶尔会点开电子书界面，去看看贾宝玉，看看阳谷县。冷冰冰的文字，不再有血有肉的人物，端口被关闭后，大家各自安好，互不打扰。公司切断了 AI 的电源，也一刀斩断了两个世界的联系。

日子过得不紧不慢，天色时阴时暖，每逢周末，我便推着轮椅，陪母亲去公园散步闲聊，回忆童年。算了下日期，不知不觉已经过去了一个月，我换了岗位，负责找出哪些电子书有残缺，进行修补。一轮夕阳悬在天边，让我想起景阳冈上的凉亭，有个戴着鸭舌帽的男子走过来，声音很轻柔地打招呼说："欧阳，好久不见。"

我上下打量，惊呼他的名字，杨远招手唤来一个女孩，两人笑容绽放。女孩说："欧阳，是不是很惊讶很想念我们，御弟哥哥现在的名字叫杨远，你可以叫我陈婧。"

杨远牵着陈婧的手说："陛下以后可千万别再提'御弟哥哥'四个字。"随即对着一脸茫然的我说："欧阳施主，杨施主托我带句话给你，他说逃婚这种事情，不是长久之计，还是主动说明比较好。至于爱情，等你遇到的时候，自会理解。"

我对着他说："杨远，我找那姑娘聊过了，她不喜欢我。"对面的男子哈哈大笑，恍惚间，我真的将他当成了杨远。

日头下沉，黑夜过后又是崭新的一天，大家开始了新的生活。行走告别，在所难免。那晚我翻来覆去无心入眠，脑海里都是唐长老和女儿国国王的身影，他们借用了杨远和陈婧的身份，来到这个世界双宿双飞。至于私奔的那对，我敢肯定，待他们得知可以永远待在电子书世界里当元素人时，肯定会毫不犹豫选择留在那儿。天荒地老，海枯石烂，鸳鸯双栖蝶双飞，意中人们永相随。

第二天一早，我呆坐电脑前，翻看着《西游记》第五十四章：法性西来逢女国，心猿定计脱烟花。果不其然，全篇好多乱码。

一阵敲门声突然响起，王魁探出半个脑袋。他手舞足蹈说自己这段时间在外面的所见所闻，还叹息电子书世界就这么关闭了，否则这个技术，真是为写作的人量身定制的。

电视机里，正在直播跳水比赛。王魁贱笑，我懒得搭理，继续埋头看屏幕。这几天心中时常想起主任当天念的那首诗，加上杨远他们的决定，下意识地点开那本《戊戌六君子传》。

公司宣布关闭以太技术后，我想过很多自己的事情，就如杨远说的，一味逃避不是长久之计，人要往前看，很多事情就会迎刃而解。也渐渐明白父亲当时的决定，有些事情值得执着下去，哪怕付出生命。我暗暗下定决心，要查出以太技术的来龙去脉。

　　王魁一直在客厅自言自语，隐约听见，说这几天出了新政策，鼓励大家进行文学创作，编写剧本。他还说打算写本小说投稿，争取拍成电影，名字都想好了，就叫《以太之歌》。我无心聆听，疯狂滚动鼠标，发现整本《戊戌六君子传》章节颠倒，段落凌乱，人物角色几乎都是乱码。王魁跑到身后，不停碎碎念，并没有发现我已经心乱如麻。他不停喊着"欧阳"，我关闭屏幕长叹一口气，脑中消化着种种猜测，问他今天来找我有什么事。王魁顿了几秒钟，然后看着我，收敛了笑容问，一起去爬山吗？

打地鼠

泥碟

一

　　丁宝家门前的街叫楼西直街，是一条连接新老城区的主干道。楼西直街约五丈宽，有四条车道，百余年间历经多次改造、修缮，城市动脉的地位从未有过松动。只是由于道路技术标准不够统一，养护工作又不到位，致使沥青、水泥、沙砾路基路面分段分布，再加上雨雾迷蒙、事故频发等因素，司机们跑起来少不了叫爹又骂娘。所以如非必要，他们宁可多耗费半箱昂贵的汽油，驶上外环线兜一大圈，从路况较好的楼东斜街绕行。楼东斜街紧邻九连山支脉，整体地势颇高，海拔极顶有一片状若游龙的拱形建筑。穿越它，视野的左前方将会出现一座建在江心洲中央的密檐式十三重塔，那便是当今穗城的地标建筑——当地人叫它"楼"，因为它是最高的楼。

　　一路向北，再转西，在绵延数十里的北环路上一溜到底，等差不多能把脚从刹车板上移开的时候，一架四柱三间的青石牌楼将远远地提醒你：名满穗城的鲤鱼塘已经近在眼前。顾名思义，鲤鱼塘围塘而居，盛产鲤鱼，背高腹圆的麦溪鲤是当地一大特色，传统名菜"清蒸麦溪鲤"

更是远近闻名。特产、美食,这是人们评价一个地区绕不开的环节,且往往属于加分项;可是除去这些,房屋密集、巷道繁杂的鲤鱼塘却是穗城安防地图上少有的红色管制区。其中原因自然复杂,不是你来游玩两天便能体会得了的;简而言之,倘若一个地方山好水好美食好,却仍然不受待见,那通常是人的问题。鲤鱼塘的租户主要是靠种植多穗水稻过活的农民和消极度日的无业青年,他们分别活跃在白天和夜晚,光膀码牌吃碰杠胡,靡音灯影酗酒嗑药,每一天的二十四小时都能让你感受到什么叫不拿你当外人;此外还有不少出没无常的流动人口,比如走私犯、皮条客、假酒商,他们默契地划定界限,构成城中村的另一个世界。脏乱差之下,野蛮发展的色情、博彩产业为鲤鱼塘赢得"穗城之春"的雅号。每逢周五六日,来自南城工业区的朋克族们开着五花八门的改装汽车,三三两两组成车队,飞也似的驶过丁宝家;发动机的轰鸣和聒噪的车载音乐轮番炸耳,单调的音浪震得人头皮发麻,继而昏昏欲睡;偶尔还会来个油门袭到天上的飙车党,那动静连狗都受不了……而从另一方面来看,这些出手阔绰、不拘小节的年轻人同样为沿途居民带来了珍贵的流量和商机——加水加油,补胎打气,盒饭热狗;每家每户在务农之余皆能平添一份属于自己的忙碌,这些额外的收入稳定且省心,永远不必顾及服务质量。毕竟跟那些追求时效的卡车司机一样,朋克一族从不挑剔,更不可能绕道……至少来的时候。

丁宝打小受妈妈训诫,说鲤鱼塘有吃小孩的鬼子母,万万去不得。她说得煞有其事,小丁宝没理由不信。他请爸爸给自己的床调个头,又用胶布粘牢朝北的窗户,从此只要天色过暗或家中无人,他都会躲进被窝,抱着手电筒不撒手。

手电筒给予丁宝勇气,但它总有没电的那天。那天是个半夜,丁宝被雷声惊醒——它太响了,吓得丁宝以为是谁在砸窗户。他钻到被子的另一头,摸到不知怎么被踢到床尾的手电筒,上推开关,闪了下,复位再推,不闪也不亮。又是一串响亮的霹雳,丁宝害怕极了,他蜷成一团,呜呜地哭起来。没多久,爸爸肩披那件泛蓝的皮夹克推开门,拉亮壁灯,戳戳山包包似的鹅黄棉被。丁宝的哭声顿了顿,立马更大声了。爸爸觉得好笑,不吱声,继续戳。丁宝突然一个鲤鱼打挺,顶起被子瞎扑腾,嘴上叫嚣"我不怕你""我不怕你"。爸爸怕他着凉,像老鹰扑小鸡那样一把将他抱住,裹紧被子说"好了""好了"。丁宝从被筒儿的一头探出脑袋,打着哭嗝说梦见鬼子母了。爸爸擦干净他的眼泪和鼻涕,说哪有什么鬼子母,妈妈就是个骗人精。丁宝不信,因为他更愿意相信妈妈。爸爸解释不清,只好钻进被窝,一手抓住儿子的屁股,凉得他哇哇乱叫。经这么一折腾,爷儿俩都精神不少,爸爸搂着丁宝,又讲起故事。

第一个故事是八百老虎闹东京,讲过许多次,一个爱听,一个爱讲;第二个故事是玉美人塔什古丽,以前也讲过,丁宝嚷嚷听不懂,爸爸就敷衍他,说等他长大就懂啦;第三个故事是第一次讲,叫大海的女儿,丁宝听得无趣,一个劲儿地打岔问大海是什么。大海是太阳升起来的地方,爸爸告诉他。丁宝盯着天花板上一块将要剥落的墙皮,呓语般问有多远。爸爸拍拍他的背,说不远,睡一觉就到了。

兴许是梦,丁宝隐约记得那晚爸爸说过要带自己去看大海,他真切地相信确实有这回事,像在学校小卖部摸洞洞奖那样保持向往。这种憧憬没有持续多久,爸爸很快就撇下他独自出发了——这是妈妈的说法,丁宝对爸爸的突然离开几乎没有任何印象,他只记得那天放学被小姨接走,搁她家美美地玩了一个多星期,再回家时,妈妈推开紧锁的房门,眼圈红红的,她蹲身抱住丁宝,骂爸爸没良心。妈妈的眼泪让丁宝生平第一次感受到压力,他摸摸她的脸,说饿了。

丁宝没有再给手电筒换电池,而是用旧报纸把它包成一根硬邦邦的纸棍,再缠满电胶布,锁进抽屉;抽屉里面还有件泛蓝的成人夹克,他幻想自己能够早日穿上。床被挪回原来的位置,窗框边缘的透明胶布全被撕掉,丁宝拖来一把高高的三脚凳,骑上去推开窗门:天空依然是灰蒙蒙的,看不见太阳;太阳从大海升起,大海在东方;东方有"楼",还有雾；雾永远是乳白色的，仿佛稀释的牛奶；牛奶很贵，家里很穷；穷到交不起学费，每年开学前去找小姨；小姨是名虔诚的佛教徒，一直渴望拥有一个孩子。

丁宝还不能理解妈妈的烦恼，更不懂什么叫割肉之痛，他只知道如果日子继续这么过下去，早晚有吃不到土豆的一天。

很快，丁宝有了个顾叔叔。顾叔叔是一位年近不惑的公务人员，早先在南城的住建局当差，半年前被下派到鲤鱼塘街道办，为即将出台的棚改政策铺路。丁宝不清楚妈妈和顾叔叔是怎么认识的，事实上在相当长的一段时间里他都认为顾叔叔是爸爸的朋友。他有如一只懵懂的贪婪的乳狗，沉浸在麦芽糖的香气和橘子味的汽水当中，浑然不知每天发生在他眼皮底下的秘密。丁宝会好奇，但从来不会怀疑，因为顾叔叔对他实在太好了，甚至不惜重金从黑市买来一匹小矮马作为生日礼物。丁宝非常喜欢小矮马，给它起名球球。球球更让丁宝觉得顾叔叔是个好人。

妈妈的肚子一天天隆起，丁宝以为她生病了，怕得不行。他鼓足勇气，请顾叔叔带妈妈去看医生。顾叔叔高兴地答应了。从医院回来以后，顾叔叔来得更勤了，而且不再如往日那般着急走，他在这个家逗留的时间越来越久，渐渐地，似乎是理所当然地住进妈妈的房间，睡在爸爸的床上。这一切让丁宝备受打击，因为他坚信爸爸还会回来。

有一天，妈妈在切菜时试探丁宝，问他想不想要个妹妹。丁宝假装没听见，同时故意打碎了一只新买的餐盘。

刀刃割破妈妈的手，鲜血染上胡萝卜块。丁宝默默地看一眼，转身回到自己的房间。

丁宝越来越讨厌这个家。

丁宝没有办法离开。

丁宝只有八岁。

二

顾叔叔出钱出力，帮忙把丁宝家的一楼改造成水果店，交给丁宝妈妈打理。水果店主要卖芒果和柑橘，偶尔也有菠萝蜜和米蕉，基本都是些本地的特产，销量平平，勉强赚个辛苦钱；只有到每年的六七月份，来自农产品基地的荔枝下市，丁宝妈妈才算有段忙活的日子。她每天三点钟起床，独自将木板车拉到两公里外的水果批发市场，先向管理员交票，再寻一个靠前的位置，与云集而来的一众同行一齐默默等待那辆拥有十八个车轮的重型卡车，以及全天仅在晨间或能睹见的太阳。

丁宝从不清楚妈妈在天亮之前的匆忙，他一直是个睡眠极好的孩子。每天醒来，他都能在厨房或者水果摊前找到正在劳碌的妈妈，顾叔叔不在的时候，那个爱哭爱闹的小妹妹会被她用布带捆扎在胸前，跟条蛞蝓一样。

其实丁宝不是不喜欢妹妹，那样一个蚕宝宝似的胖瓷娃娃，四仰八叉地躺在摇篮里面，手舞足蹈，叽叽哇哇，多可爱呀……可是在大人们跟前，丁宝总觉得自己应该作出一副厌恶的模样。作为一个男子汉，他无法容忍爸爸以外的其他雄性出现在他的领地，所以他需要表明态度；而作为一名仅有八岁的"男子汉"，这些不甘很容易发展成盲目的敌意，所以有时候他会故意倒掉奶瓶里的奶，再骗妈妈说妹妹吃饱了。从此每当妹妹的哭声传来，丁宝的第一感觉便是她可能饿了。婴儿不会说话，饿了只会哭，热了冷了委屈了也只有哭，那些哭声只有母亲可以分得清。丁宝也想哭，但怎么都哭不出声，拼命压抑的眼泪有如一把新煅的火刀，把丁宝的脸灼得生疼；直到妹妹突然冲他笑的那一刻，丁宝想起爸爸哼过的歌谣："小心，小心，大海的女儿，小心愤怒蒙蔽你心……"丁宝不懂愤怒，但他明白倘若一件事不能为任何人带来愉悦，那就该停止了。

丁宝有一个胖胖的好朋友，大家都叫他番薯仔，只有丁宝愿意称呼他的名字：栗安，"镰"，一个美妙的连读音。丁宝妈妈对这位非常有眼色的小胖子同样心生欢喜，经常拿打折的水果送他吃，可是突然有天她却说人家是一个坏小子，不让丁宝再跟他玩。丁宝觉得妈妈不讲道理，她没有那个权力来控制自己想和谁玩、愿意和谁玩，但他不敢直接忤逆妈妈，只能熬到开学再找栗安解释。他都盘算好了——暑假帮妈妈看店赚了些零花钱，他要拿出一半，请栗安喝一瓶橘子味的苏打汽水；不能被那些大孩子瞧见，最好躲在厕所喝完；空玻璃瓶还能换两支棒棒糖；到时候如果碰见新的洞洞奖，那就再掏一块钱，每人摸两次，只要没摸到那款星座限定的悠悠球，到手的东西全给他。

既然是计划，那么总归会有意外，所以当栗安那圆滚滚的身影出现在门外的时候，丁宝也顾不得什么看不看店、妈妈生不生气的问题了。他叫住栗安，三步两跳地迎了出去。

"我还以为你不在家呢！"栗安高兴地喊，他的声音清朗而响亮，带有一种天然的亲切感。

"我一直在家呀！"丁宝扬脸说。

"阿姨说你不在。我来找你好几次了。"

丁宝想起妈妈那些略显严厉的警告，晃晃脑袋，把顺手捏的两颗荔枝递给栗安，"可能我在写作业，她不想让我出去玩。"他含含糊糊地说。

"哦！那你作业写完了吗？"栗安剥开荔枝壳，将瓷白色的果肉拈在指尖。

"写完了。"

"我要去鲤鱼塘，你去吗？听放映厅的老板说，高帽人正在那边筹备一场钢火烧龙的盛大演出，我想去看看！"

"我……去不了，今天妈妈不在家，到天黑才能回来。"

"哦——"栗安吐掉荔枝核，咂咂嘴说，"好吃！高帽人从北方来，肯定没有吃过咱们这里的荔枝，要不然你兜两斤，咱去卖给他们？店先关门好了，只要我们在天黑前回来，你妈妈就不会知道。"

丁宝回头望望苍蝇乱飞的水果摊,又对上栗安那双透着些许小聪明的眼睛。

"走嘛!"栗安抓住丁宝的小臂,左右摇晃。

"好吧,反正最近都没什么人。"丁宝找到一个合适的理由,他转身跑向水果摊,半路又扭头说,"天黑前一定要回来!"

"当然了。"栗安屁颠屁颠地直奔后院,"我今天有一块钱,请你吃冰淇淋!"

丁宝知道他是去找球球了。栗安非常喜欢球球,对它的珍惜程度堪比家里那只陪他一起长大的黄狗,可是他太胖,球球禁不动他,他便只能一天天地盼它快点长大。丁宝有时候会想:如果把球球送给别人,顾叔叔会不会生气?他积极地幻想与准备着这件事可能产生的后果,但同时他也清楚自己不可能真的这么做,因为球球是他最好的朋友。每当栗安想要测试球球的承重能力,丁宝一定会在第一时间制止:"不行,你会压坏它的,我不能让你欺负我最好的朋友。"有时候栗安听了这话会生气,但生气的原因往往不在于被拒绝,而在于"最好的朋友"五个字,他会故意很大声地喘气,失望而不失倔强地说:"我还以为我是你最好的朋友呢!"丁宝则赶紧解释:"你们都是我最好的朋友,但你是人,球球是马,你们不一样。"

到底怎么"不一样",丁宝还说不明白。

伴随一阵憨憨的笑声,栗安牵着缰绳出来了,他坚持应该带上球球,理由是被圈养的宠物容易抑郁。三言两语下来,丁宝又被他说服了。便这样,两个孩子和一匹小马,正迎凉意习习的偏北风,顺沿楼西直街朝远望如山的鲤鱼塘赶去。

三

雨说下就下。低压的云层经风一吹,神秘的太阳居然现了踪迹,肉眼可见的光束射穿东方的迷雾,呈现出一片缭绕的似乎带有果香味的暖黄色。

"太阳!太阳!"栗安跳起来喊,一双小胖手有如煮熟的粉藕。

丁宝搂着球球的脖子,眯眼抬头望。爸爸说过,他想去看海不是为了效仿那些勇闯迷雾的先贤前辈,更没有受什么浪漫派诗人的影响,他只不过是想走一走,看一看,找找太阳升起的地方……他渴望追寻的便是这颗橘红色的球吗?丁宝不能理解,他尚未切身体验过太阳的温度,仅认为它不过是一盏大号的吸顶灯。

幸好云又吹来了,太阳重新归于隐匿,仅在穹隆透出一圈界限分明的亮边。丁宝盯得久了,感觉眼睛酸酸的,手臂皮肤还有股搔痒感,他将这一切归咎于漫天簌簌而落的蒙松雨,没有意识到阳光的温煦以及由它带来的影响,那么距离他能够理解的那天,便又该推迟些时日了。

穗城多雨,出门备伞是丁宝自小耳濡目染的常识,可是今天他偏偏没有带,不能说忘了,至少出门前有那么一瞬间,他还在想如果下大雨回不来该怎么办。丁宝不是没淋过雨,只不过那些时候他大多是故意带伞而不撑伞,正如面临水坑时可以选择跨或者跳,他有权决定自己要不要淋湿淋透,现在因为一个不凑巧的错误,他失去了这个权力,这让他觉得无趣极了。

走在前面的栗安撑开伞,手握伞把旋个不停,等丁宝跟近些了,便凑向他,尝试罩住两人一马。

"不打了!"栗安收起那杆缀有补丁贴的剑伞,仰头抹一把脸,"下雨好哇!"

"好哇!"

二人的孩童心性被激发,索性撩起衣袖,挥臂扑向如烟如雾的雨幕。氤氲的水汽打湿他们的眼眸,洇透他们的衣裤,听从风的指引为他们开辟出一条勇往直前的路。他们奔跑,嬉笑,追撵,打闹,待到雨停时分,鲤鱼塘南村口的水泥牌坊已经近在眼前。

踏进鲤鱼塘的那一霎，丁宝不自觉地放缓脚步，他攥紧缰绳，紧紧地贴着栗安行进。经过王二猪肉摊，手持剔骨刀的屠夫问他马怎么卖，他被吓得不轻，在屠夫的笑声中快步逃离；路过红灯一条街，倚在巷口抽烟的姐姐请他嗑瓜子，他从她的掌心捏走两颗，闻起来有一股近乎腐败的花香；拐进"亲嘴楼"的巷道，光线暗如昏夜，他隐约听见有娃娃在哭，间或夹杂锅碗瓢盆的碎裂声。哭声越来越近，越来越熟悉，丁宝不想走了，想回家，栗安拦住他，说快到了。

路仍在走，没有人有问题，两人怀揣同一份属于孩童的无条件的信任，在迷乱的巷道间一阵左折右转，终于抵达鲤鱼塘东界边缘的一片破败楼区。

四周亮起来了。风拂过睫毛，有乌鸦在叫，散落的银杏叶铺成一张洒满果汁的地毯，一只脚踩上去，另一只脚跟上去，发出及踩出一连串的声音和脚印；碎砖碎瓦，水泥沙砾，零星的狗牙根草夹杂其间，形成一条不太显眼的小径；长成树的荷麻丛立在两边，一簇簇地坠着些半球状的青绿果实；尽头似有乐音，不知是什么拉弦的乐器，如锯木头般吱吱咛咛，不够高明。丁宝自然听不出这些，作为一个孩子，他完全可以忽视那些刺耳的杂音，把全部的关注放在似曾相识的旋律上面。

多年以后，丁宝在离开穗城前偶然路过已经被改造成花园示范区的鲤鱼塘街道，这首《流浪者之歌》将再次引他停下脚步，而那时他将知道它的名字，同时忘记它，以抵抗者的身份无畏地奔赴太空战场。在后世史书及相关的文学作品中，丁宝与三万锈水战士的百年抗争结成"摘帽战争"的四字宏大叙事，他们以鲜血为养料孕育出新的普世价值，以牺牲为代价唤醒并鼓舞同胞心中的斗志，直至狂风渐歇，一切尘埃落定，窃位者悄悄划去他们的名字，仅余时代的悲歌回响在沙漠上空。

时间会冲淡一切，没人真的在乎这些符号化的人，所以我们不妨收回目光，把视角重新放在眼前这个天性懦弱还稍微有些死心眼的小丁宝身上。接下来的经历将影响他的一生。

绕过一处砖木结构的老宅,我们的女主角凡妮莎出现了,彼时的她还是一位讲话漏风的小姑娘,拥有一头高帽人独有的栗色卷发,爱疯,爱笑,还爱眨眼睛。她和丁宝的相遇可能比较俗套,"迎面撞个满怀""鸡飞狗跳""不打不相识",这些桥段都有,而更加窠臼或者经典的是,那些宿命般的爱情往往在视线相交的瞬间便已悄然开启,他或者她,最初的冲动可能仅仅是想多看一眼。

"你可以叫我凡妮莎。"

"你好,凡妮莎。我叫丁宝。"

"你几岁?"

"我八岁。"

"嘻嘻,我比你大,叫姐姐。"

"……不叫。"

凡妮莎的出现首先改变的是丁宝对高帽人的认识。根据老师以及诸位阿公阿婆的描述,高帽人是一群神秘的流浪者,他们普遍以房车为家,以游荡为生活,从雾中来,到雾中去,顺路把一座城市的商品带到另一座城市,凭借倒买倒卖的利润维系生活;他们的相貌、发色、瞳孔皆与常人迥异,衣装打扮更是极尽杂糅之风,然而在语言层面却与穗城共属同一语系,仅在部分读音及少量名词性的词汇存在细微差别——比方说"郊区"一词,本地人的发音更趋近于"娇妻",鸡与鸭同笼,结果就很容易闹出些"坐在床(船)头看娇妻(郊区),真是越看越美丽"的笑话了。当然,绝无以高帽人的口音来制定标准之说,只是从他们流浪多年的经验来看,高帽语具备一种能让大多数人听懂的普适性。此间原因已不可考。早些年的大学历史教材曾针对此现象杜撰出一个"江河二象"的专有名词,至于何为"江河",何为"二象",许多老师自己都搞不明白,所以每当有学生刨根问底,他们要么打马虎眼,要么顺沿历史的脉络自由发挥,将众多谜团全部推脱给数百年前那场可怕的瘟疫。高帽人正是那时出现的,他们似乎是从天而降,挥一挥手,吹一口气,即能召来一股混杂着果药香味的灰雾，及时解救万千民众于水火之中，而在疫情得到控制以后，灰雾却并未散去，只是慢慢变淡变白，逐渐形成一层上则遮天蔽日下则笼蒸缭绕的轻薄罩纱，将沦为孤岛的穗城包围。后疫情时代的初期，先辈们的努力主要有两个方向：一是抓紧恢复生产建设，二是积极寻找其他城市的幸存者。他们勇敢地循雾出城，一如一叶之舟扬帆起航，天涯、故乡、指南针、岛，他们的余生在希望与失望的循环中挣扎，唯有死亡方能解脱。八十九，这是穗城档案馆记录的最后的探险编号，除去那些隔夜返回的"逃兵"，三百余名青壮男子无一人生还……冒险的基因逐渐被死亡劝退，属于白色的恐怖笼罩在这座千年古城之上——这时高帽人又出现了，他们无视灰雾可能存在的风险，摘掉帽子，放弃安逸，全凭一股向往的感觉从南走到北，从白走到黑；他们是行踪飘忽的一群，亦是百折不挠的一群；他们的队伍规模时常变动，多则逐队成群，少则二人同行，虽说偶尔仍有一两个熟悉的面孔，但往往不再是同一批人。

　　课本是丁宝认识这个世界的主要途径。当那些铅字具象成活生生的人，首先呈现在他眼前的是一片雨打玻璃般的模糊。他想起一篇科普灰雾成分的选读课文，里面有这么一段话："……高帽人的虚伪是刻在骨子里的，他们打心底看不起外人，却仍习惯做出一副与人为善的模样。他们的笑不是笑，而是彰显魅力的手段，如果你被他漂亮的牙口吸引，那可要当心了，他接近你的理由可能只是想吃你的肉。"丁宝曾经对此深信不疑，甚至一度把高帽人和传说中的鬼子母划等号，但是现在他动摇了，像做一道拿不准的选择题那样动摇了。*难道她想吃我的肉吗？*他心想道。丁宝找不到任何有关于此的进一步解释，更不明白凡妮莎怎么会笑得这么好看，他只是突然觉得，天黑前回不了家倒也不是什么紧要的事了。

四

　　高帽人不喜繁华，向来选择城郊、荒野等僻静之地作为驻扎区。那些蜗壳般的房车不仅是他们的交通工具，更是一堵抵御外界侵害的移动壁垒——他们习惯把车围成一个首尾相衔的圈，在内侧搭好帐篷，保证彼此之间的距离不会太远。等到天黑，掌管火种的长老在场地中央燃起篝火，每家每户供出相应比例的日间所得，歌酒舞乐，彻夜狂欢；晚会将一直进行到黎明时分，等待日出是他们的传统，那时候的人已经非常疲惫了，只有太阳的升起能再为他们注入一针强力的兴奋剂。他们会欢呼雀跃，会激动地拥抱身边每一个人，在一片"赞美太阳"的祝福声中返回帐篷，先补一上午的觉，再为下午可能来访的当地居民准备商品、节目。

　　正值回南天，穗城上空的雾和云混成一道翻滚涌动的屏障，将阳光完全隔绝在外。这些阴雨连绵的时日，高帽人的等待更像一场喧嚣过后的集体入定。他们理解天气，通晓日升日落的科学原理，可就算雨下得人睁不开眼，几乎不存在任何突然放晴的可能，他们仍会冒雨等候，同时又如真的等到那般尽兴离去。假如你在某个阴晦的早晨瞧见这么一群古怪的人，一定不要打搅他们。高帽人不喜欢被打搅，尤其在太阳即将升起的时候。他们通过远离人群和划分界限来尽可能地维持清静，利用人体彩绘和诡异的宗教仪式来劝退那些不识趣的人；他们伸展双臂拥抱天空，以居高临下的姿态直面灰雾，鄙视它，唾弃它，同时警告它小心太阳的愤怒。可以说他们的一生都在等待太阳，又或者说，他们等的本就不是太阳。

　　丁宝被凡妮莎领进营地，又陆续认识几个差不多大的孩子，其中有个叫安德烈的男孩，个子蹿得很高，明显是这帮家伙的头儿。他的眼睛往外凸得厉害，看起来不够友善。

"嗨！凡妮莎，你还欠我五毛钱呢！"安德烈故意大声说。

"你再叫！"凡妮莎瞪他一眼，眉头皱得像树皮。

安德烈识趣地让开，等他们走远些，又喊："凡妮莎，你还欠我五毛钱呢！"

"你真的欠他钱吗？"栗安忍不住问。

"别理他！"凡妮莎气鼓鼓地说，"他就是个爱捉弄人的讨厌鬼，天生的坏坯子。有一次他来我家借修车的十字扳手，你知道他怎么开口的吗？他居然敢模仿我们老师的声音，敲门说：'卡普什金先生在吗？我是伊利亚老师，请开门，我们来聊聊您女儿的数学成绩。'当时我一个人在家，肯定装作没人在家的样子了！我窝在柜子里不敢乱动，一直等到爸爸回来，他告诉我安德烈在外边，让我把扳手交给他。我去拿给了他，他一句谢谢也没有，只在那里一个劲儿地强调他知道我一直在家……可恶！可恶！讹了我一串加无花果的冰糖葫芦！"

"骗子！"栗安附和说。

"后来呢？你怎么知道他在骗你？"丁宝问。

"后来……后来他给我道歉了。"凡妮莎眨巴眨巴眼，边说边走，"安德烈有个姐姐，漂亮极了，以前教过我们数学和音乐，大家都叫她冰花老师。两年前，她把代表身份的礼帽送给一位爱吹口哨的小伙子，放弃流浪，停在一座终日飘雪的小城。你们可能不知道这件事的严重程度，反正如果我敢这么干，爸爸得打死我……这些不重要，重要的是安德烈一直引以为耻。别看这家伙平时没脸没皮，其实心思比女孩子还细腻。那天伊利亚老师教我们普希金的《致大海》……咳咳，'我多么热爱你的回音，热爱你阴沉的声调，你的深渊的音响，还有那黄昏时分的寂静和那反复无常的激情！'念到这段的时候，安德烈举手说话了，他说：'热爱只是诗人的一场梦，而梦总归会醒。我们从大海中来，为什么还要到大海中去？'伊利亚老师回答他：'因为大海里面有母亲的奶水，还有父亲的精血，我们诞生于此，也必将消亡于此，但无论如何，总会有新的生命出现，我们是他们的过去，他们是我们的未来。梦是横跨时空两岸的一座桥，这个世界没有不做梦的人。'安德烈说：'可是爸爸说过，浪漫是革命的毒草，认清现实比什么都重要。'伊利亚老师叹口气，合上诗册说：'安德烈，你不需要每天学大人的语气讲话，你只有九岁，还是个孩子。孩子有孩子该看的书，享受孩子该享受的童趣，过早接触成人世界会使你脚陷泥淖，走向迷茫。我知道波波夫先生一直希望把你培养成一位领袖，事实上在你之前，他也如此培养你的姐姐。可怜的玛丽娅，她选择停留不仅仅是因为爱情，还有对父权的逃避……安德烈，我没有指责你父亲的意思，作为老师，我只是希望你能更快乐些。'你们是没瞧见当时那情景，同学们都在笑他，我本来没觉得好笑，可是一瞅见安德烈那张沮丧脸，慢慢也觉得好笑了……哎，你说这人是不是有病？别人笑没事，我一笑他就生气了，非要我向他道歉。幸好伊利亚老师半路回来，一把揪住他说：'小子，应该道歉的是你才对，你模仿我的口音招摇撞骗，别以为我不知道。'大家开始起哄，让他再表演一下。嗯哼，伊利亚老师在旁边，他怎么敢？只能道歉啦，还说愿意赔我的冰糖葫芦。我说我不吃冰糖葫芦，赔钱吧。一开始他不乐意，因为冰糖葫芦第二串半价，他想买两串。我说那你买，我全都要。他没办法了，不情不愿地赔我一块钱，谁知一转头，他居然把那天没买到半价糖葫芦的账赖给我，逢人便说我欠他五毛钱，真是莫名其妙！"

栗安听到一半，接走丁宝手里的缰绳，找球球玩去了。丁宝趁机上前，走到他刚才的位置，和凡妮莎并肩齐步。"他应该是喜欢引起别人的注意，我们班也有这样的人，只要你愿意每天和他打声招呼，他就没兴趣再捉弄你了。"丁宝认真地说。

凡妮莎突然站住，低头抬眼打量丁宝。"呵！"她双手叉腰，故作生气地说，"你们男生果然都一样。"

"什么样？"丁宝不理解了。

"天真呀。"凡妮莎提起裙摆，跳过一处恶浊的浅水坑，落地时一只脚陷进被草根遮掩的烂泥，溅起的泥珠恰好打在丁宝额头。"花猫脸！"她浑不在意裙面的污渍，又开始笑。

丁宝感觉鼻头有些痒，用手背揉了揉，他回头看一眼正在和球球说悄悄话的栗安，叫住凡妮莎："我们去哪里？"

"去找我叔叔，他有一辆全宇宙最不可思议的小屋！"凡妮莎高举双手，凭空兜出一个圈，仿佛她的宇宙就这么大。

丁宝没有听过宇宙这个词，他没有问，权且把它当成高帽人的俚语，意思可能跟"世界""天地"什么的差不多，而在他的认知里，这个宇宙即是穗城。

五

卡普什金兄弟是护火长老的两个儿子。哥哥伊波利特是车队的引航员，主要负责路线规划、营地选址、水源检测等关乎生存生活的重要事务。他的身高接近两米，体格壮得像一头熊，天然具备一种父亲般的亲和力和可靠感，人们给他起的绰号叫"春熊"，足以证明他在大家心里的地位。此外，他还是一位鳏夫，独自把女儿拉扯到九岁，从吃喝拉撒到学前教育，处处负责、耐心、体贴，所以尽管两鬓白发初显，但仍有不少待嫁闺中的女孩将其视为理想对象。弟弟阿纳托利则是一位热衷实验研究的怪人，向来不怎么参与车队的集体活动，包括日出前的例行"晨会"。年轻时他曾经鼓吹大家不妨效仿先贤，利用那股原子层级的禁忌的能量再造一个太阳，而后经历一次不明原因的电爆炸，捡回一条命的阿纳托利不再宣扬这个仅存在于书籍的遥远理论，转而研究起精巧的机械造物和浓雾之下变异的老鼠。这么一个在天才与疯子边缘徘徊的人，如果有什么是他真正在乎的，那么凡妮莎和房车一定要算在前两位。确实，阿纳托利的房车是全车队最惹人注目的一辆，它通体银白，造型古朴，车门车窗等连接处的缝隙极窄极浅，给人浑然一体的感觉，从侧面看，流线型的车体光滑如子弹头，上下两层的精密构造可以使它扩展成一栋形似鸟巢的露天楼台，镀有黑胶的伞状锌板是它的屋顶；而在它的内部，则尽是些摞起来的蒙有黑布的铁笼和瓶瓶罐罐的石丸药末，狭窄的过道空间勉强容人侧身通行，仅有半截不足一米的沙发供人小憩。阿纳托利向来不喜欢别人夸赞他的房车，因为夸赞的背后往往是羡慕和嫉妒，每当有人问他："阿纳托利，你家真漂亮，可以请我进去喝杯茶吗？"他要么假装没听见，要么阴阳怪气地说："当然可以，但是里面太小了，撑不开茶桌，这样，你把脑袋割下来给我，我请它喝。"曾经有好事者趁他不在家，尝试撬门而入，结果被通电的锁头电成面瘫，闹过好一阵笑话。自此每逢外出，阿纳托利都要在车门把手处挂一块小心触电的标识牌。久而久之，人们把电和那些被他捉来关进铁笼的老鼠联系在一起，送给他一个"电耗子"的外号。

除了凡妮莎，没人可以光明正大地走进阿纳托利的小屋。其中有两方面的原因：其一，阿纳托利非常喜爱这个小侄女，一直视若己出；其二，凡妮莎只有九岁，她的体形够小，心思够单纯，而且身上没有那股用来掩盖汗臭的浓烈的香水味。

话虽如此，当远远听见凡妮莎的嬉笑声，阿纳托利的第一反应却是赶紧锁好车门，同时编出一个正准备出门的借口。尔后，为了照顾眼前这位宝贝侄女的失落情绪，他从驾驶舱取出一只呈金属光泽却如胶纸一般柔软的折叠风筝，抻开的风筝面上绘有一个不知男女的彩人，配色堪比烧给老祖宗的纸人纸马，实在不怎么阳光。

"这个不好玩！"凡妮莎甩手说。

"你还没玩呢。"阿纳托利耐心地介绍，"这是我新设计的一款机械风筝，没有风也能飞，事实上只要我愿意调试，它的动力装置足以载你们三个贴地飞行！当然，我不可能真的那么做，太危险了。"

"真的吗？真的能飞吗？"栗安兴奋起来，转头央求凡妮莎，"玩玩嘛！我们去北边的谷场，那里适合放风筝！"

"反正我不玩这个！"凡妮莎抿紧嘴唇，鼻头纠成一个小圆球，看起来真的要生气了。

眼见凡妮莎又准备施展她那套死缠烂打的本领，阿纳托利无奈地嘟囔一句，转身打开锁头，同时嘱咐他们三个在外边等。经过一阵窸窸窣窣的动静，阿纳托利将一筐七零八碎的金属零件推出车门，又拖出一叠被收纳成豆腐块的纤维布，他招呼栗安寻一块干净的空地，把布伸展开，随后提来一个篮球大小的充气泵，发动汽车提供电力。

在纤维布缓慢鼓起的空隙，阿纳托利转头去侍弄那些粗糙的胶网和弹簧拉杆，留下三个小朋友蹲在充气泵旁边有一搭没一搭地聊天。

"还不如放风筝呢。"栗安小声嘀咕。

"这个怎么玩？"丁宝问。

"待会儿我教你。"凡妮莎说。

"还不如放风筝呢！"栗安的声音大了些。

"你以前玩过吗？"丁宝问。

"没有，但是我跟你讲，没有我不会玩的游戏。"凡妮莎抽抽鼻子说。

"还不如……"栗安咽下后半句话，因为他突然觉得眼前这个逐渐饱满的气垫像极了幼儿园的充气蹦蹦床，唯一奇怪之处在于它的形状：它有里外两层，居里的一层位置较高，以中心处突出的一截肠状物为起点，顺时针向外鼓出一圈螺蛳壳模样的花纹；居外的一层呈粉黄色，看起来仿佛被油浸过，橡皮艇似的外沿缀有一圈巴掌大小的倾斜的凹洞，犹如干枯的莲蓬。

阿纳托利手提两方蒙有黑布的铁笼走来，提醒凡妮莎如果害怕老鼠可以不玩。凡妮莎拍胸脯说她又不是安德烈，怕什么老鼠。可是真等黑布掀开的那一刻，数十只黑褐色的尖嘴鼹鼠见光吱吱乱作一团，凡妮莎还是下意识地往后退。她联想到一些不愉快的经历，比如食指莫名出现的齿痕，夜间帐篷外面的磨牙声，尽管她清楚这些想象可能过于丰富，但还是不可避免地对啮齿动物以及它们无限增生的门牙产生恐惧。

"这些是我在北方捉的白尾鼹鼠,当地人管它们叫'地爬子'。"阿纳托利赤手伸进铁笼,拎出一只塞进气垫凹洞,"鼹鼠是一种常年昼伏夜出的地下动物,喜欢掘土,不喜欢光线,如果受到比较强烈的阳光直射,它们的中枢神经将迅速混乱,继而热昏迷、死亡。"

阿纳托利故意环视四周,"找"到躲起来的凡妮莎,请她亲手抓一只,凡妮莎不肯,他嘿嘿笑两声,提醒大家注意洞口:"可是现在,它们产生了趋光性。"

似乎是为了验证他的这番话,先前被投进洞里的鼹鼠缓慢而小心地凑出一颗尖细的脑袋,它用两只肉粉色的前爪紧紧扒住凹洞边缘,伸直鼻子向前嗅,属于眼睛的位置被周围体毛覆盖,仅透出一星点更纯粹的黑。

"趋光性,学过吗?夜间聚集在光源周围的飞虫,你们应该见过,那就是趋光性的一种表达。这些鼹鼠和它们相似,但又有所不同。看,只要把洞口盖住,它就立马老实了。"阿纳托利把鼹鼠敲回洞内,抄起一块黑布搭上去,果不其然,鼹鼠没有再做出任何攀爬的尝试,它认命似的安静下来,彻底融入那份属于它的黑暗。

"只是一块很轻很薄的布,不是井盖或者石板什么的,对吧?"阿纳托利走向下一个洞口,"鼹鼠的视力确实非常弱,但不至于分辨不出一块黑布带来的明暗变化,无论是什么,也许它都应该去捅一捅,戳一戳,但它完全放弃了,只是因为光线被遮挡,它就那么快地放弃了。"

"捅出来又能怎么样?还不是再被你塞进去!"栗安低声插了一嘴。

"小胖墩,作为鼹鼠,既然已经身处地洞,那么寻求出路即是一种理所应当,不然它将渴死、饿死。事关生存,它能够做出的选择仅仅在于向上还是向下。"阿纳托利指指天,又指指地,"而作为人,我还有更多更重要的事,不可能时刻守在这里。如果它始终不去尝试,那么永远不会有重见天日的可能。"

"也许……也许它只是在等待。"丁宝小声说。

阿纳托利拨拨丁宝的头,没有继续这个话题,他将其余鼹鼠一个个地放进凹洞,又回车取来三只带有狼牙的塑料锤,充足气,交给三人说:"孩子们,现在可以把黑布掀开了,你们每人负责监视一个扇区,等这些小家伙冒头,再抡锤把它们砸回去。放心,这些锤子伤害不到它们,这只是一个打地鼠的游戏。"

"如果它们跑了怎么办?"凡妮莎问。

"怎么办?我把它们捉来,已经破坏了全部的属于它们的理所应当,面对人为刀俎我为鱼肉的绝境,逃跑是再正常不过的一种本能。它们从未做错过什么,只是在努力地活,宇宙赋予它们呼吸和思考的权利,不该被人或有意或无意地以命运的借口剥夺。而作为加害者,我支持它们逃跑,那仅仅是因为我清楚鼹鼠的威胁有限,洞外虽然没有强烈致死的阳光,可是却从来不缺锐眼如针的鹰和伺机而动的蛇,在进入捕食者的口腹之前,不知道它们会不会后悔离开这片安逸的黑暗。"阿纳托利发出一声刻意的悲剧式的叹息,提笼返回车厢,少顷,他手持一顶灰黑色的浅顶软呢帽出来,腰间的网兜包里还有些分门别类的洗漱用品。

"孩子们,祝你们玩得愉快!"他远远地喊。

六

雨。又是雨。冰冷的雨,满世界的雨,连珠成线的雨。下雨天真好,可以躲进被窝看书睡觉;下雨天真讨厌,没办法和小伙伴一起出去玩。有的人喜欢雨,有的人不喜欢雨,有的人有时候喜欢雨,有的人有时候不喜欢雨。

为什么?

情绪,因为人的情绪。滴答滴答的雨声,迎合钟摆的节律,踩点,合奏,丝丝入扣。梦:梦里还在下雨。高高的雨砸向面庞,没有知觉,没有痕迹,仿佛隔着一块电视屏幕;雨水汇成海,咬尾巴的鼹鼠连成一串，像蛇一样蜿蜒游动。

丁宝突然醒了。一个被墨浸染的夜，四处黑暗一片。窗外的雨声正急，间或夹杂风与雷的鼓噪。蒙头，捂耳，心脏狂跳；听，仔细听，床下隐约传来敲门的声音。

幻觉，丁宝这么告诉自己。他紧闭双眼，迫切寻找一件适合睡前幻想的事：吃什么？玩什么？老师今天教了什么？鼹鼠一个个地被敲回地洞，凡妮莎的背影出现在眼前。幻觉，他摇头，睁开眼睛，伸手可见五指，夜色淡了。

楼下传来敲门声。

丁宝害怕着，犹豫着，在即将重新入睡的时刻，又被一声惊雷炸醒。"开门，爸爸回来了。"他似乎听见有个声音说。

世界仿佛安静了些。丁宝翻身穿鞋，背倚墙壁摸黑下楼，他轻踮脚尖，小心避开一切障碍物，凭借闪电瞬间的光亮靠向那扇哐哐响的防盗铁门。

视野越来越清晰，听觉越来越灵敏，丁宝的胆子忽然大了许多，他将耳朵贴在门闩的位置，用十根手指作为支撑。这时敲门声却突然停了，风声，雨声，雷声，全过去了，世界陷入一片异样的沉默，丁宝感觉心脏快要跳出来了。

"丁宝？"

这两个音节准确无误地传入丁宝的耳朵，他联想到一双血红的能够透视钢铁的眼睛，正在凝视自己的一举一动。

"我是阿纳托利，凡妮莎的叔叔。我们以前见过。"

丁宝一时没反应过来，直到外边的人再次重述，他才极小声地回应："我……在。"

"你在说话吗？孩子？请开开门，我需要你的帮助！"

丁宝不再怀疑，他抽掉钢筋门闩，用力向外推，灌进来的风雨瞬间使他产生一阵急促的尿意。阿纳托利蹲在门前，指尖拈着半支软蔫蔫的烟头，他的头发被淋成拖把条，湿淋淋地搭在肩膀上，他的怀里还有个女孩，上半身被一件黑色的雨衣包裹，裸露的一截小腿白得像牛奶。

"我需要干燥的毛巾，还有毛毯。"阿纳托利丢掉烟头说，"凡妮莎在发烧，我们没有其他地方可去了。"

丁宝把阿纳托利领到后院，在杂物间找到擦车的毛巾和稻草毯，又从厨房抱来大堆的干松针和劈柴。为了避免引起家人和邻居的注意，他选择在位置隐蔽的马房生火。

马房有一扇朝西的后门，水泥窗前有一尊不知道什么年代传来下的石臼。石臼的口径不小，以前一直作为球球的食槽用，丁宝把柴火丢进去，擦干手，摸出火柴点燃。

火焰升起，热浪开始撩拨人的毛发。阿纳托利将凡妮莎平放在稻草毯上，再次手测她的额头。

"她怎么这样了？"丁宝担心地问。

"肺炎，人已经烧糊涂了。"

"现在怎么办？我去找医生！"

"不用。"阿纳托利从大衣内兜摸出一个棕色的玻璃瓶，不无懊悔地说，"我就是医生。我们的营地发生了一些……不好的事，大家都在逃，凡妮莎的爸爸把她交托给我，我一直在想怎么保护她，到头来却忽视了她的病情。"

"我来帮你喂药。"

"不急，我先给她扎两针。"阿纳托利展开针灸包，选准一枚银针，"孩子，再帮我找个碗，这些药需要碾碎冲服。"

丁宝赶紧去拿暖水瓶，又从厨房取来搪瓷碗和擀面杖，他把这些交给阿纳托利，站在附近一边加柴，一边留意凡妮莎那张眉头微皱的脸。

阿纳托利把药丸捣碎，然后倒半碗水，用手指搅拌起来。

暖水瓶里的水很烫，丁宝知道，因为有妹妹在，睡前烧水是妈妈的习惯，现在眼见阿纳托利把手指当筷子用，他不由产生好奇，随后产生问题。

"你们为什么逃?"

"有人知道了我们的秘密,他们想杀光我们。"

"什么……秘密?"

阿纳托利没有立即回答,他把碗放到一边,脱掉湿答答的大衣。"我不知道应不应该告诉你。"他蹬掉鞋,单脚踩在石臼的边缘,"你还是个孩子。"

"我已经八岁了!"丁宝不服气地说。

阿纳托利微微低头,似乎在回忆什么,良久,他换到另一只脚,突然问:"知道高帽人从哪里来的吗?"

"天上。"丁宝脱口而出,这是一道语文试题的标准答案。

"准确来说,是天上的月亮。"阿纳托利伸出一根手指,示意窗外的天空,"而且高帽人只是你们的称呼,在其他地方,我们还被叫做毛骡和米莎一族。"

"月……亮?"

"它还有另外一个名字,月球。你可以把它理解成夜晚的太阳,但它比太阳要小得多,而且本身不会发光,它的亮度全部来自太阳光的反射。"

"我见过太阳,它很耀眼,照得我……不舒服。"丁宝想起那轮挂在天空的吸顶灯,不知怎么竟有些炫目。

"世间没有比晒太阳更舒服的事了。"阿纳托利不知从哪儿摸出一只橡木酒杯,来回倾倒碗里的药剂,"孩子,你知道穗城为什么有这么大的雾吗?"

这本是一道送分题,丁宝背过许多次,但现在他突然觉得那些答案仿佛一个等着人跳的黑洞,他沉默了。

"雾原本是月球基地用来遏制疫情的治疗性药物。"阿纳托利蹙起额头,眼睛逐渐放空,"脑鼠疫暴发之初,病原体的特征是潜伏期长、传播途径多样，但只是因为致死率低，世界各国认为总体可控，所以仍保持一种明面携手合作实则暗流涌动的局势。老人们率先死去，接下来的是病人和穷人，他们皆被视作可牺牲的代价，直到变体'欧米伽'带来接近六成的儿童致死率，人类社会方才真正恐慌起来。新上台的大国政要决心摒弃成见，将大批科研精英送到完全隔绝传播条件的国际空间站和月球实验室，提供一切支持，全力保障生物医学前沿领域的融合攻关。但是'欧米伽'的强大远远超出所有人的想象，等第一批试用型的特效疫苗面世，人类社会已经面临分崩离析。脑鼠疫带来的不仅仅是发烧和肺炎，它还深刻影响到人的大脑神经，使他们愈加狂躁、好斗、嗜血。无可避免的小规模战争进一步加速了'欧米伽'的进化。当疫苗彻底失效的消息传来，月球实验室的分裂产生了，经历短暂的动荡，一位名叫卡拉丁的强权人物登上讲台。他提出暂停疫苗研发，利用那些仍保持正常的地月物资运输通道优先建立月球基地，保证自给自足。这种骗子行径自然引起一些人的反感，只是在'欧米伽'的威胁之下，大多数人选择沉默，他们垂下曾经骄傲的头颅，驱使工程车和施工机器人奔赴荒原，耗费半个多世纪的心血和汗水，终于在月球表面建起一座足球场大小的立方体基地。这时的卡拉丁已经九十三岁了，他提出最后一条建议：重启月球实验室，以保证基地稳定为前提，尽可能多地拯救那些遥远的同胞。当时人们都说这个建议真好，理应写进月球基地的教科书，然而在执行层面却始终没有任何推进，因为说这话的人已经很老了。卡拉丁逝世以后，月球基地再次分裂成两派，其中一派认为如果想进一步扩张基地，自给自足完全不够，必须仰仗更多的地面资源。'欧米伽'将人类拉回十八世纪，正值百废待兴，月球一代现在返程，不仅能够拯救同胞，还有机会谋划更远的星辰大海。这些想法本来没什么问题，只是同样的，执行起来却慢慢变了味道：年轻的月球一代不是以平等的身份回去的，他们接受的教育使他们习惯以今人的眼光看待古人，至高无上的道德优越感使他们很快陷入一场自诩正义的错觉。等到这些人掌控权力，一项推行雾化治疗的草案自然而然地被通过了,他们派出数以万计的无人飞艇在云端抛洒冰水和药剂,利用建造在城市周围的超声波雾化塔作为辅助,划分片区循环作业,一天,两天,三天……灰色的'雾'便这样被他们铺满大地。"

丁宝一时无法接受如此庞杂的信息,何况还有许多听不懂的概念与词汇,但直觉告诉他,应该找个笔把这些记下来。他一路噔噔小跑到水果摊,取来下午没来得及收的练习册,翻到空白的一页,先写上"月球"二字的拼音,"你是月球一代吗?"他握笔问。

"是。"阿纳托利稍作停顿,又补充说,"我们是被流放的月球一代。"

"为什么被流放?"

"因为我们发动了一场仓促的起义,牺牲了许多许多人。"

"它是错误的吗?"

"不,它只是失败的。"

丁宝分别写下"错误"和"失败"。他隐约感觉到这两个词语之间的鸿沟,它们仿佛是一个具备相同表象的多音字,横撇竖捺处处相似,唯有读出来方能辨别。

"药凉了。"丁宝终于想起来说话。

阿纳托利将搪瓷碗凑在唇边,稍微感受片刻,他点点头,继续说:"我知道你有非常多的疑问,没关系,我不是要你理解,只是希望你能记得,记得曾经有人和你谈及这个世界的真相,那样到了未来的某一天,你不至于太难过。"

阿纳托利单臂揽起凡妮莎,呼唤她的名字,凡妮莎的嘴唇翕动着,似乎在回应。药灌到一半,凡妮莎猛地咳嗽起来,阿纳托利赶紧将她扶正,轻抚她的后背。

凡妮莎的眼睛露出一条缝,"叔叔?"她迷迷糊糊地说,"我们在哪儿?"

"你写给我的那个地址。"阿纳托利凑到她的脸边说。

凡妮莎还想说些什么，发出一连串意义不明的短音，眼睛始终保持半睁半闭的状态。阿纳托利轻轻拍着她的肩膀，直到她再度沉沉睡去。

"她现在需要保暖，还有休息。"阿纳托利转过头说，"孩子，我想拜托你一件事。"

"嗯！"

"帮我照顾凡妮莎……三天，如果三天以后我还没有回来，你就带她离开这里。一直往北走，安德烈会在城外接应你们，他有我的车，那是一辆值得信赖的钢铁堡垒。"

"城……城外？我不敢，妈妈说雾里有怪物。"

"雾里没有怪物，只有些蠢头蠢脑的巡逻机器人。放心，有安德烈在，它们不会伤害你。"

"其实你可以留在这里，等她病好了一起走。"丁宝不由瞄向马房的门缝，确认二楼的灯没有亮，"我的妈妈是一个特别好的人，她肯定愿意帮你。"

"不行，我不能只顾自己的性命。"阿纳托利伸臂靠近火堆，"你是一个不错的孩子，如果你成年了，我会邀请你一起冒险，但现在你只有八岁，我不能要求你帮我更多。照顾凡妮莎，保证她的安全，这些你能做到吗？"

"嗯。"丁宝努力地点头。

七

丁宝把凡妮莎藏在马房，没有让妈妈知道她的存在，他一直以为自己藏得很好，直到有天清晨顾叔叔在马房门前提醒他："里面该打扫了，这是你的马，你来。打扫干净之前，我不希望有人进去。"

凡妮莎一定是被发现了！丁宝感觉不妙，烦恼的小蜜蜂嗡嗡地跟着他，他不知道该怎么处理这道难题，更不敢找妈妈帮忙，因为妈妈绝对不会允许他擅自出城。思前想后，他决定先问问凡妮莎的意见。

凡妮莎的精神已经好多了，只是脸蛋依然不见血色，她抿一口丁宝偷偷带来的青菜粥，费力地咽下去，似乎是嫌烫，缓了片刻才开口："叔叔还没回来吗？"

"没有……"

凡妮莎咳嗽起来，喉咙里的声音听起来不太妙。

"你没事吧？"丁宝关切地问。

凡妮莎挤出一个勉强的笑容，她推开粥碗，撑身爬起来。"我不能留在这里了，那样会给你的家人带来危险。"

丁宝一时无言，他不是没想过这个问题，只是他觉得就算凡妮莎被发现，那么到时候面临的也将是麻烦，而不是危险。

"阿纳托利先生让我送你出城……"丁宝吞吞吐吐起来。

"我才不要你送。"凡妮莎抓起丁宝的手，嘲笑说，"你看你的手，比我还小呢！"

丁宝感受到巨大的沮丧。凡妮莎的话只是一方面，更多的是对自身的不满，他不想当胆小鬼，不想被喜欢的女孩瞧不起，只是他的认知仍处在一种"死亡，亦同舒怡的睡眠"的初步水平，这些叫人脸红的羞耻感还不能为他带来勇气。

"放心好了，我会绾起头发，蒙住脸，拣人少的地方走。"凡妮莎安慰他。

"往北……阿纳托利先生说一直往北走。安德烈会在城外等你。"

"安德烈？"凡妮莎有些惊讶，旋即努努嘴，"好吧，我可能还需要一件保暖的衣服。"

丁宝小鸡啄米似的点头，他转身冲出马房，趁妈妈正在和客人讨价还价，偷偷上楼取来那件泛蓝的皮夹克。

"我爸爸的衣服，特别暖和，还可以防雨！"他自信地说。

"谢谢！"凡妮莎穿好夹克，习惯性地眨眨眼，"等再见面的那天，我一定会还给你。"

"我们真的会再见吗?"

"真的,我从不骗人。"

"拉钩!"

"拉钩!"

丁宝推开马房后门,经一条暗巷把凡妮莎送到污水渠的堤岸。他们顺沿东倒西歪的水泥栏杆向北走。时间在被一寸寸地踩碎,仅为这个世界留下脚步的声响;对岸的雾仿佛是一堵飘忽的墙,将大片返青的稻茬和远方的山林树影吸纳成画,稀零的三角串旗夹杂其中,风起风落间结成一张张五彩缤纷的帆。安静,潜水般的安静。丁宝觉得自己应该说些什么,他思索着,犹豫着,直到凡妮莎率先停下脚步。

一座裂纹丛生的三眼桥出现在左手边,临近的桥柱顶端有一只压球的石狮子咧嘴在笑。丁宝的第一感觉是它真讨厌。凡妮莎三步两跳跑到桥的中央,站住,转身,挥舞双手。"我要走了!"她气喘吁吁地喊。

丁宝依然不知道说什么好,只会拼命地点头,直到凡妮莎走远,他才想起或许应该说句"一路顺风"。后悔之余,丁宝觉得有些冷了,他裹紧外衣,大力踢飞脚边的一颗石子。"扑通"一声,他不由举目远眺:东方一片白,北方一片白,天空大地皆是白茫茫的一片,只有脚下的路足够清晰。"还有别的路吗?"丁宝不能确定,即将九岁的他依然懵懂,依然对妈妈的话百依百顺,这种情况将一直持续到他能真切感受到太阳温度的那天,那时他的视野将会清晰,心脏将会发芽,他将洗去浑身的赘物,终其一生去追寻凡妮莎的脚步……只不过,他不再是主角了。